翟海潮

编著

诗情画意品

红楼

中华书局

图书在版编目(CIP)数据

诗情画意品红楼/翟海潮编著. —北京:中华书局,2025.8. —
ISBN 978-7-101-17143-3

Ⅰ. I217.1

中国国家版本馆 CIP 数据核字第 2025A3A171 号

书　　名	诗情画意品红楼	
编　　著	翟海潮	
责任编辑	樊玉兰	
装帧设计	刘　丽	
责任印制	陈丽娜	
出版发行	中华书局	
	(北京市丰台区太平桥西里 38 号　100073)	
	http://www.zhbc.com.cn	
	E-mail:zhbc@zhbc.com.cn	
印　　刷	河北新华第一印刷有限责任公司	
版　　次	2025 年 8 月第 1 版	
	2025 年 8 月第 1 次印刷	
规　　格	开本/787×1092 毫米　1/16	
	印张 37　插页 3　字数 702 千字	
国际书号	ISBN 978-7-101-17143-3	
定　　价	198.00 元	

翟海潮，笔名海潮，1965 年 4 月生于河南濮阳，工学硕士，中国化工作家协会会员，中国红楼梦学会会员，中华诗词学会会员。曾任装甲兵工程学院讲师，德国 Kaiserslautern 大学访问学者，后创业，从事企业管理工作二十余年，出版胶黏剂和粘接技术及企业管理相关著作十余部。

2015 年离开企业从事写作，出版《心想事成：如何成为成功、健康、幸福的人》《诗画品红楼》《企业百论：从创业到基业长青》《胶黏剂行业那些事：从业 30 年所见所闻》等著作。创建公众号"思想者札记"和"诗画品红楼"，发表思想性散文、《红楼梦》品评文章五百余篇。长篇小说《铁哥俩》，已于 2023 年 10 月由作家出版社出版。

目 录

《红楼梦》的人物塑造艺术　/59

《红楼梦》的语言和情节设计艺术　/86

中篇　《红楼梦》主要场景

前八十回主要场景　/98

续书后四十回主要场景 /266

下篇 《红楼梦》主要人物

贾宝玉与金陵十二钗 /310

贾府的老爷、少爷、亲戚等爷们儿 /361

序

赵建忠①

　　曹雪芹擅丹青绘画，其友人敦敏《赠芹圃》诗曾有记载："寻诗人去留僧舍，卖画钱来付酒家。"另一位友人张宜泉《伤芹溪居士》诗前小序描述曹雪芹性格曰："其人素性放达，好饮，又善诗画，年未五旬而卒。"书画在《红楼梦》的书斋琴房、茶室精舍中也有多处描写，如第 40 回写贾探春的闺房："当地放着一张花梨大理石大案，案上磊着各种名人法帖，并数十方宝砚，各色笔筒，笔海内插的笔如树林一般。那一边设着斗大的一个汝窑花囊，插着满满的一囊水晶球儿的白菊。西墙上当中挂着一大幅米襄阳《烟雨图》，左右挂着一副对联，乃是颜鲁公墨迹。"曹雪芹还从仇英、冷枚等明清画家作品中，获得创作灵感，如第 50 回贾母针对宝琴披着凫靥裘、站在山坡上的情境问众人："这山坡上配上他的这个人品，又是这件衣裳，后头又是这梅花，像个什么？"众人遂将明代画家仇英的《艳雪图》与宝琴所处情境进行了比照，但贾母说："那画的那里有这件衣裳？人也不能这样好！"类似的情境还有冷枚的《仕女图》，表现的是仕女形象，人物造型接近葬花的林黛玉，但《红楼梦》中的"黛玉葬花"，其意境更为深邃。曹雪芹可能受到画作的启发，创作出了《红楼梦》中带有画面感的人物、场景、情节，后世的画家又将这些人物、场景、情节呈现于画作。

　　除了书画，另有大量的韵文穿插在《红楼梦》中，包括诗、词、曲、赋、赞、歌、谣、诔、灯谜、酒令等。单以诗论，就有五绝、七绝、五律、七律、排律、歌行；按题材分，可分出咏怀诗、咏物诗、即事诗、即景诗，丰富多彩，这是其他小说中所未曾见的。据统计，《红楼梦》韵文有 150 篇，其中前八十回有 132 篇，后四十回 18 篇。大多数研究者认为后四十回是续书，理由之一是诗词少且写得不好；但也有不同意见。著名红学家胡文彬就提出：八十回后正是荣宁二府大厦将倾的尾声阶段，所有的故事

---

① 中国红楼梦学会副会长、天津师范大学教授。

气氛、人物命运，都笼罩在深沉的悲苦之中。在这样的氛围下，不要说十二金钗风流云散，就是都生活在世上，也没有了吟诗填词的情致。死的死，亡的亡，嫁的嫁，疯的疯，不可能写出前八十回那么多高水平的诗词；况且作者曹雪芹晚年也是心力交瘁，妙笔无花可生。

《红楼梦》中诗词的数量，较其他中国古代小说为多。一般来说，其他小说诗词大多是附加文字，删去后并不影响文本内容的表达，有时反倒使小说文字更加紧凑、干净，读者碰到跳过去无妨；但《红楼梦》中的诗词，是融合在小说故事情节之中的。曹雪芹借《红楼梦》中人物表达出了自己的诗词创作主张：

一、写诗"立意要紧"。小说中通过薛宝钗之口说："诗固然怕说熟话，更不可过于求生，只要头一件立意清新，自然措词就不俗了。"而刚刚学诗的香菱就不懂这其中的道理，认为"只要词句新奇"，就是好诗。黛玉说："诗句究竟还是末事，第一立意要紧，若意趣真了，连词句不用修饰，自是好的，这叫做'不以词害意'。"

二、诗要"善翻古人之意"。古人有"述旧"和"编新"之争，所谓"述旧"，就是今日说的"继承"，而"编新"就是"创新"。《红楼梦》中"善翻古人之意"的诗句是很多的，如第 64 回林黛玉悲题《五美吟》，是最能说明此意的好诗。《红楼梦》此回宝钗论诗中谈到这个问题时说："做诗不论何题，只要善翻古人之意。若要随人脚踪走去，纵使字句精工，已落第二义，究竟算不得好诗。即如前人所咏昭君之诗甚多，有悲挽昭君的，有怨恨（毛）延寿的，又有讥汉帝不能使画工图貌贤臣而画美人的，纷纷不一。后来王荆公（王安石）复有'意态由来画不成，当时枉杀毛延寿'；永叔（欧阳修）有'耳目所见尚如此，万里安能制夷狄'。二诗俱能各出己见，不与人同。"

三、诗要"先度其格，然后定体"。文学作品的表现形式是由其内容、主题的需要而决定的，如第 78 回《姽婳词》的表现形式，宝玉说："这个题目似不称近体，须得古体，或歌或行，长篇一首，方能恳切。"得到众人一致的称赞。其中一人说道："我说他立意不同！每一题到手必先度其体格宜与不宜，这便是老手妙法。就如裁衣一般，未下剪时，须度其身量。这题目名曰《姽婳词》，且既有了序，此必是长篇歌行方合体的。"这段评论，从"立意"谈到"度格""定体"，讲得入情入理，深入浅出，通俗易懂，可谓诗家里手的至评。同回曹雪芹借宝玉之口还说："诔文挽词也须另出己见，自放手眼，亦不可蹈袭前人的套头，填写几字搪塞耳目之文，亦必须洒泪泣血，一字一咽，一句一啼，宁使文不足悲有余，万不可尚文藻而反失悲戚。"这段文字是《红楼梦》的"诗论"中最精彩、最深刻的内容。

四、诗不要"为韵所缚"。第 37 回，薛宝钗说："我平生最不喜限韵的，分明有好诗，何苦为韵所缚。咱们别学那小家派，只出题不拘韵。原为大家偶得了好句取乐，并不为此而难人。"同回她还说："若题过于新巧，韵过于险，再不得有好诗，终是小家气。"林黛玉也如此主张，第48回，当香菱学诗谈到诗韵时，黛玉就说："什么难事，也值得去学！不过是起承转合，当中承转是两副对子，平声对仄声，虚的对实的，实的对虚的，若是果有了奇句，连平仄虚实不对都使得的。"所以林黛玉总能写出自然逼真、警拔的奇句，如第76回《凹晶馆联诗悲寂寞》，林黛玉以"冷月葬花魂"对史湘云的"寒塘渡鹤影"。

《红楼梦》中的诗词描写，固然是曹雪芹所处时代文化精神和文化生态的反映，但从艺术功能角度说，穿插在《红楼梦》中的诗词，可以推动故事情节的发展，按头制帽去塑造相关的人物性格。《红楼梦》中的诗词，还是一种"谶语式"的表现方法，即借诗词暗示不同人物的命运和结局。关于这些，著名红学家蔡义江所著《红楼梦诗词曲赋鉴赏》中有详尽的介绍，兹不赘述。

从诗与画结合的视角去解读《红楼梦》，早些年翟海潮、范文义、刘承彦联合主编的《诗画品红楼》，曾做过尝试。应该指出的是，在画面中体现《红楼梦》复杂纷繁的故事，是件非常困难的事，因为文学语言与绘画语言是两种不同的表达方式。文学作品无法对种种细节交代得面面俱到，这就需要画家在创作时，对有据可依的文字所述之外，进行必要的想象和补白，以保证画面的完整性。在北京香山举行的"纪念新红学100周年、中国红楼梦学会成立40周年暨2021年学术年会"上，《诗画品红楼》曾作为礼品相赠，得到了张庆善（中国红楼梦学会时任会长）、胡德平（北京曹雪芹学会创会会长）等嘉宾的一致称赞。与会代表普遍认为，这是诗词界和书画界有识之士联袂打造的艺术精品。

继《诗画品红楼》之后，翟海潮又编著了《诗情画意品红楼》。此书延续了《诗画品红楼》的特色，但又有创新，两部作品，可以视作"姊妹篇"。全书由《红楼梦》的艺术魅力"、《红楼梦》主要场景"、《红楼梦》主要人物"三大部分共216篇构成，每一篇均由诗词、图画和文字品评三部分组成。当我拿到这部新作的时候，可谓亦喜亦忧，五味杂陈。欣喜的是，《诗情画意品红楼》比起《诗画品红楼》要厚重很多，诗词水平更高，文字品评内容更为丰富。插画直接表现了语言艺术不易表达的情感，延展、丰富了曹雪芹的原著，使得《红楼梦》的文本信息实现了增值。诗词在立意上也进一步深化，作者们对具有召唤性的"文本空白"做出了自己独特的判断。可以说，翟海潮编著的《诗情画意品红楼》，不仅是对曹雪芹原著的再现，还是艺术的"二度创作"，为观者营造出一个无限遐想的视觉空间；悲伤的是，《诗画品红楼》主编之一范文义先生，在新作品问世前不幸去世。本来，三位《诗画品红楼》主编因编纂该书而成为中国红楼梦学会会员，这表明，他们的研究成果得到了红学界的认可。然而，范文义先生却没有等到颁发证书的那一刻。不过，他对《红楼梦》研究的贡献，将永远被红学界铭记。

自 1791 年程伟元、高鹗整理刊行《新镌全部绣像红楼梦》以来，围绕这部经典作品的书画、诗词就广泛传播，社会影响很大。这次中华书局出版翟海潮编著的《诗情画意品红楼》，是件很有价值的工作，对《红楼梦》的传播和研究，具有极为重要的意义。今日的中国已进入新时代，在这个崭新的历史阶段中，包括红学在内的学术文化研究，要不断与时俱进。坚定中华民族的文化自信，提升国人对社会对人生的认知能力和审美情趣，这是新时代文化人的使命与担当。相信《诗情画意品红楼》的出版，对于《红楼梦》的传播和影响研究，将起到积极的推动作用。

乙巳仲春于聚红厅

前　言

　　《红楼梦》是一部旷世奇书，是中华民族优秀文化的瑰宝，被誉为"封建社会的百科全书"。在中国历史上，从来没有一部书能像《红楼梦》这样引起如此广泛的关注，从来没有一部书能像《红楼梦》这样产生如此巨大的影响。从清代的乾隆皇帝，到近代的梁启超、王国维，现当代的鲁迅、蔡元培、胡适、陈独秀、林语堂、张爱玲、王蒙，乃至革命领袖毛泽东等著名历史人物，都曾和《红楼梦》发生过联系。

　　《红楼梦》的无穷魅力在于它的艺术性、思想性和残缺性：

　　1. 艺术性。《红楼梦》具有宏大而精密的网状立体结构，它通过宝、黛、钗爱情和婚姻悲剧的主线和贾府盛衰变故的背景，将众多人物和事件有机地结合在一起，一层一层地扩展下去，又一环一环地收拢起来，在细节描写上又那样逼真，形成了一个近乎天衣无缝的艺术整体。《红楼梦》写了四百多位有名有姓的人物（无名姓的人物更多），写了他们之间错综复杂的关系，包括衣食住行、日常生活、情爱、趣味、礼仪、婚丧嫁娶等等，写得那么鲜活，那么生动，那么千姿百态，读起来如临其境，如见其人，如闻其声。现代社会生活中的事都能从《红楼梦》中找到影子。书中描写的许多人性善恶、爱恨情仇、阴差阳错、吉凶祸福、兴衰消长，今天仍然令人有似曾相识之感，使人警醒，给人启发。

　　2. 思想性。一曲《好了歌》道出了人间的一切。《红楼梦》清醒地反思了人类生存的困境，回答了生命的存在和超越这一根本性问题。一个人来到世界上只不过是到他乡走一遭，只是个过客。人们常常"反认他乡是故乡"，把过境当作常境，反客为主，自然就欲望膨胀，夜以继日地争夺金银满箱、妻妾成群的浮华境遇。挣了一生一世，却什么也带不走，唯留骷髅一具，骨灰一把，戏剧一场，"荒冢一堆草没了"。曹雪芹以菩萨之心，棒喝天下"迷"情之人，世间一切功名利禄、爱恨情仇都不过是梦幻泡影，不该过于执迷。

　　3. 残缺性。20 世纪 20 年代，由于胡适等人考证出《红楼梦》后四十回是续作，立刻就有人指出续作这不对、那不对，应该这样、应该那样，有许多关于续"错"了的论证，譬如指责没写"白茫茫大地真干净"，而写的是"中乡魁"、"延世泽"、"兰桂齐芳"等等，从此开启了"新红学"的百年论争，出现了众多不同的解读、"揭秘"和"探佚"。残缺性增加了神秘性，如今《红楼梦》就像断臂的维纳斯，其残缺性已经成为其魅力的一部分。

《红楼梦》确实是我国文学史上的一部巅峰之作，自其问世以来，从不同角度以不同方式、方法对之进行研究、论述、品评的著作，层出不穷，琳琅满目，可称是浩如烟海。《红楼梦》研究所形成的学问，已成了中国文化的显学。中国红楼梦学会副会长赵建忠教授所著的《红学流派批评史论》，对两百多年以来的红学流派进行了很好的梳理。从红学发展史的角度考察，《红楼梦》研究主要经历了古代、近现代、当代三个重要阶段：第一阶段以曹雪芹开始创作《红楼梦》为起点，包括脂砚斋在早期抄本上作的"自赏型"评语及"程本"（指程伟元、高鹗整理的一百二十回刻印本）面世后的"导读型"评点，还有探究《红楼梦》"真事"的索隐红学；第二阶段为近现代红学，从王国维引入西方哲学及美学理论为《红楼梦》的评论树立典范开始，而胡适改造乾嘉学派建立的"新红学"成为《红楼梦》研究模式的主流；第三阶段为当代红学，以1954年泛政治化语境下出现的社会历史批评学派取得正统地位为标志。改革开放以来，红学在全球化语境下开创了活力四射的新局面，文献研究空前繁荣，文本研究多元化、去"政治化"标志着当代红学新时期的到来。

一般来讲，人们把自清乾嘉以后到五四运动前的这段对《红楼梦》研究评论的历史，称作"旧红学"时期；把20世纪20年代初到中华人民共和国成立前后称为"新红学"时期；把1954年以来称为"当代红学"时期。

旧红学主要包括题咏派、评点派、索隐派、批评派。采用诗词等韵文形式对《红楼梦》进行评论，被称为"题咏派"。题咏作品是红学研究中一座丰富的宝藏，早期的题咏作品里面蕴含着《红楼梦》作者、版本、佚稿等方面的文献。曹雪芹的好友敦敏、敦诚、张宜泉、明义的有关诗篇，提供了曹雪芹的生平资料，弥足珍贵。如果说题咏派是以韵文形式对《红楼梦》进行"聚焦透视"的话，那么，评点派可以说是以散文形式对《红楼梦》进行"散点辐射"，对小说有着"导读"的作用。评点派以清代三大家王希廉、张新之、姚燮为代表。而索隐派，本质是探寻《红楼梦》这部小说的内容究竟写的是谁家的事，即以探寻"本事"为主。民国初年索隐派形成，与清末民初民族主义情绪高涨的"反满"社会思潮密切相关。其主要观点认为，《红楼梦》是一部清朝历史政治小说，是写顺、康、雍三朝的政局，其代表人物和著作是沈瓶庵《红楼梦索隐》和蔡元培《石头记索隐》。

王国维是将西方文艺理论引进红学领域的第一人。他发表的《红楼梦评论》，通过跨文化比较的研究，从美学、哲学的角度诠释《红楼梦》，首次提出了《红楼梦》悲剧性的社会价值和美学价值，以及其形而上的思考关乎人生价值的启悟，被称作美学批评派。但由于不符合中国当时学术传统，可谓昙花一现，很快就被异军突起的胡适新红学光环所遮蔽。

1921 年胡适《红楼梦考证》的发表以及 1923 年俞平伯《红楼梦辨》一书的出版，标志着"新红学"的诞生。新红学着力搜集、考订《红楼梦》的著者、版本等材料。胡适考证出《红楼梦》的作者是曹雪芹，并通过外部材料的辨证，提出前后作者不是一人，后四十回的作者是高鹗。俞平伯则从内部材料的分析入手，在细读文本基础上对《红楼梦》进行考证，他认为后四十回"中乡魁""复世职""沐皇恩""延世泽"等同前八十回的描写相悖，认为后四十回从回目到内容均非曹雪芹原作。

1954 年以来，学者们对《红楼梦》产生的历史背景、作品的思想倾向以及作者的生平、创作方法等进行多方面的探讨，成绩斐然。周汝昌《红楼梦新证》，把历史上的曹家和《红楼梦》中的贾家完全等同了起来，并极力否定后四十回；冯其庸《曹雪芹家世新考》进一步考查了孕育曹雪芹和《红楼梦》的土壤。考证派红学实质上已经蜕变为"曹学"了。

1954 年 9 月山东大学《文史哲》刊出李希凡、蓝翔与俞平伯商榷的《关于〈红楼梦简论〉及其他》，引起了毛泽东高度重视并发表了《关于红楼梦研究问题的信》，以马克思主义文艺观为指导思想的"社会历史批评派"开始备受瞩目，从而在相当层次和范围内展开了《红楼梦》研究方法的大讨论，由此揭开了红学史上新的一页。李希凡、蓝翔的红学范式的可贵之处在于走出了胡适"新红学"文献考据的单维度"还原"模式，由文献还原走向了思辨索原，开辟了红学研究的新向度。但由于受到特定政治环境的影响，社会历史批评派过分看重文本中的社会历史部分，过分看重产生《红楼梦》的社会背景，把它说成是"封建社会衰亡史"，反封建的"现实主义"杰作，从而把红学研究"意识形态化"。

改革开放以来，红学在全球化语境下开创了活力四射的新局面。20 世纪 80 年代兴起了《红楼梦》探佚，梁归智 1983 年出版的《石头记探佚》堪称红学史上第一部探佚派的专著。所谓探佚，顾名思义，就是探讨《红楼梦》八十回后原稿的"迷失"部分，目的是正本清源，还曹雪芹原著全璧的真实面貌。

进入 21 世纪以来，新老一代红学家以多方位、多视角展开对"百年红学"的梳理，更从审美层次诠释《红楼梦》对人类文化所做出的贡献和小说自身的审美价值，还修正了《红楼梦》"后四十回高鹗续书"的误说，续作者未知。百二十回"整本书阅读"也成为红学研讨的趋势之一。可以说，当今红学研究呈现出一个历史上任何时期都不曾有过的崭新局面。

"旧红学"时期的评点、题咏等，还只能算是"随感式"杂评，并没有构成有影响的时代思潮，其影响也仅局限于红学领域。自从蔡元培、胡适以及稍前一些的王国维分别以自己的红学实绩奠定了索隐派、考证派、批评派的主要格局之后，红学研究才真正产生了广泛的社会影响。没有任何一门学问能像《红楼梦》研究这样，学界巨擘、政坛领袖、广大民众等各色人物均入"楼"中，正如当代红学家刘梦溪所说："《红楼梦》仿佛装有整个的中国，每个有文化的中国人都可以从中找到自己。"[①]

《红楼梦》是一部文化底蕴非常丰厚的作品，饱含儒、道、佛等中国传统文化思想，其人物和情节异常复杂，又包含大量的诗词曲赋、谶语和伏脉，渗透着各不相同的文化品位，所以，要读懂《红楼梦》，确实需要一定的知识储备。另外，因为《红楼梦》是一部"残书"，红学中的"死结"和难解之谜太多了，以至于很多学者包括一流学者都去猜谜解梦，有的甚至为此耗费了毕生精力，心香尽燃，其"治红"成果亦未能在学界达成共识。还有一些龙门红学、娱乐红学，什么《红楼梦》揭秘、探谜、戏说等，在浮躁和喧嚣中，招摇过市，吸引着人们的眼球，这是人的娱乐、猎奇心理在作怪。

在当今的移动互联和自媒体时代，所谓的《红楼梦》"揭秘"被大肆炒作，《红楼梦》中的某些人物的"来路"和命运结局，已被"猜谜"到近乎荒诞的地步。特别是近些年来，借《红楼梦》的名义生造出来的故事、经过一顿"油煎水煮"演绎出的作品或戏说的作品，更有"恶搞"作品，有的是有益的探究，但更多的是对原著的损伤和践踏，让人云里雾里。

《诗情画意品红楼》可谓适时之作，它从普及的角度着手，注重学术性、知识性、通俗性的融合，图文并茂，深入浅出，是带有导读、解惑、诠释性的普及性读物。它忠实于原著，不索隐、不揭秘、不戏说，旨在帮助广大读者，特别是青年读者能迅速进入小说所展示的艺术世界，并为其提供一条快速读懂《红楼梦》的便捷之路。

《诗情画意品红楼》姊妹篇《诗画品红楼》已于 2021 年由北京出版社出版。《诗画品红楼》发行之时，正值"纪念新红学 100 周年、中国红楼梦学会成立 40 周年暨 2021年学术年会"召开之际，来自全国 28 个省市的 160 余位与会的红学家和代表均获赠了一部《诗画品红楼》。该书由"故事篇"、"人物篇"、"《红楼梦》与曹雪芹"三辑构成，最大特色是融题咏、绘画、品评三位于一体，立体地、综合地展示了《红楼梦》的人物活动、故事情节、构思布局，从而更深刻地表现出了它的艺术风采与魅力，让人们

---

① 刘梦溪：《红楼梦与百年中国》，北京：中央编译出版社，2005 年，第 17 页。

从中获得思想启迪和美学享受。

自《红楼梦》诞生至今，有关《红楼梦》的题咏诗词等韵文估计已有万首之多。题咏的队伍几乎囊括了社会各阶层之人，优劣掺杂，他们或对红楼人物进行评价，或对其中事件发表看法，或对红楼艺术表达见解，特别是通过《红楼梦》寄托自己的某种观念和心理。以诗词题咏与绘画相结合的著名作品有清代改琦的《红楼梦图咏》和王墀的《增刻红楼梦图咏》，以及现代刘旦宅绘画、周汝昌配诗的《石头记人物画》等；以绘画与文字介绍相结合演绎百二十回《红楼梦》的知名作品有清代孙温绘《全本红楼梦》、民国时期李鞠侪的《石头记画册》、现代戴敦邦的《新绘全本红楼梦》，以及众多的《红楼梦连环画册》等。而将诗作、绘画、文本评论三者有机整合，是作者的首创，体现在《诗画品红楼》《诗情画意品红楼》两部作品里面。它充分发挥平面媒体的集成效应，诗词、图画、文字品评相互呼应，诗文互补，图文交融，诗情画意，简明扼要。注重"以绘画传文情"的作用，再加上"诗"、"文"的特殊魅力，其艺术效果就非同一般了。

《诗情画意品红楼》延续了《诗画品红楼》的特色，但又有创新。本书由"《红楼梦》的艺术魅力"、"《红楼梦》主要场景"、"《红楼梦》主要人物"三大部分构成，包括216篇文章，每一篇文章均由诗词、图画和文字品评三部分组成，共录入诗词433首，插画259幅，文字品评216篇。十多个省市的30位红学、诗词爱好者和专家参与了创作。中国红楼梦学会副会长赵建忠教授写序并推荐。

诗词和文字品评均为近几年的新作，是作者多年潜心研究《红楼梦》的心得和成果的结晶。其中诗词部分，涉及五律、七律、七绝以及70多个词牌、曲牌。插图部分主要选择的是清代著名画家的作品，也有少部分是本书作者的线描作品：上篇插图主要选自《梦影红楼：旅顺博物馆藏全本红楼梦》（清孙温、孙允谟绘）；中篇插图主要选自《增评补图石头记》（清光绪二十六年铅印本）；下篇插图主要选自《红楼梦图咏》（清改琦绘）和《增评补像全图金玉缘》（清光绪十五年石印本）。

上篇"《红楼梦》的艺术魅力"。主要论述《红楼梦》的主题、《红楼梦》之谜、《红楼梦》的结构与叙事艺术、《红楼梦》人物塑造艺术、《红楼梦》的语言和情节设计艺术等。

中篇"《红楼梦》主要场景"。《红楼梦》有太多的精彩的场景，可以说是如诗如画：宝黛初会、共读西厢、黛玉葬花、宝钗扑蝶、元妃省亲、黛玉题帕、探春理家、湘云醉卧、妙玉奉茶、晴雯撕扇、香菱学诗、小红遗帕、平儿理妆、宝琴立雪、凹晶联句、黛玉焚稿、探春远嫁……本篇精选出《红楼梦》主要场景100个，有利于读者快速、准确地掌握《红楼梦》的主要情节。

下篇 "《红楼梦》主要人物"。本篇主要为精选出的 100 位主要人物立传，其中有些是两个人物对比来写（如李嬷嬷和赵嬷嬷、金钏和玉钏、茗烟和李贵、兴儿和旺儿、张道士和王一贴等），将人物散落在原著各章、各节中故事、事件中的作为丝丝抽出，再用平实、精练、准确的语言重新织缀成个人传记，并突出传主的个性、特征以及与其他人物的关系，在整部作品的地位、作用、影响等，有利于读者理解和消化原著，快速、准确地掌握原著的原旨和内容。

《红楼梦》艺术上的巨大贡献，正是在于曹雪芹塑造人物的成功，清人称《红楼梦》所写人物"如过江之鲫"（据说鲫鱼过江是成群结队过去的）。据统计，出现在《红楼梦》里有名有姓的人物达 400 余人，上至皇妃、王爷、公侯、官吏、夫人、少爷、小姐，下至太监、管家、小厮、丫鬟、庄头、村妪、村姑，以至和尚、道士、三姑六婆、娼妓无赖……曹公重点塑造的小说主要人物，如贾宝玉和"金陵十二钗"中的林黛玉、薛宝钗、王熙凤、史湘云、贾探春、妙玉、李纨等，以及贾府的家长和老少爷们——贾母、王夫人、邢夫人、贾政、贾珍、贾琏等，还有众多侍妾或丫头们，如平儿、香菱、鸳鸯、袭人、晴雯、麝月、秋纹、小红、紫鹃、莺儿、金钏、司棋等，可谓血肉丰满，栩栩如生，正邪两赋，个性鲜明，绝不雷同。即使是偶尔出场的小人物，如焦大、倪二、傻大姐、王道士等，曹公所赋予他们的思想和意义，也给读者留下了深刻的印象。正如鲁迅在《中国小说的历史的变迁》讲座中所称赞的那样："至于说到《红楼梦》的价值，可是在中国底小说中实在是不可多得的。其要点在敢于如实描写，并无讳饰，和从前的小说叙好人完全是好，坏人完全是坏的，大不相同，所以其中所叙的人物，都是真的人物。总之自有《红楼梦》出来以后，传统的思想和写法都打破了。"[1]

《诗情画意品红楼》专为大众读者撰写，以图文并茂、深入浅出的形式，帮助读者进入《红楼梦》的巨大艺术空间。本书以中国艺术研究院红楼梦研究所校注本《红楼梦》（人民文学出版社，2022 年第 4 版，简称"红研所校注本"）为主要版本，也参考吴铭恩汇校带有脂砚斋等人评语的《红楼梦脂评汇校本》（清华大学出版社，2020 年，简称"脂评本"）和启功注释的程乙本《红楼梦》（人民文学出版社，2018 年第 4 版，简称"程乙本"）。

需要说明的是，"红研所校注本"前八十回采用的是庚辰本，并参考其他脂本，后四十回采用的是程甲本；"程乙本"是经过程伟元、高鹗整理后的版本，文字比较接近现代习惯，前后文字较少有矛盾抵牾，语言也流畅；"脂评本"汇集了甲戌本、己卯

---

[1]　鲁迅：《鲁迅全集》第九卷，北京：人民文学出版社，2005 年，第 348 页。

本、庚辰本、戚序本、蒙府本、列藏本、杨藏本、甲辰本八个版本的脂砚斋等人的评语。"红研所校注本"由于本身是由前八十回庚辰本和后四十回程甲本拼合而成，前后文字有矛盾之处，如庚辰本把多姑娘和晴雯嫂子看成是一个人，而程本里晴雯嫂子和多姑娘是两个人，晴雯表哥（吴贵）和多浑虫也是两个人。此外，"红研所校注本"和"程乙本"个别文字也有所不同。为读者阅读方便，本书引文一律以"红研所校注本"为准，叙述文字如无特殊说明也采用"红研所校注本"，而引用的脂砚斋评语一律采用"脂评本"。

　　本书既恪守原著，保持原汁原味，同时也吸收了百年红学的研究成果，对续书后四十回不当之处给予了评论和探佚。本书不穿凿附会，不索隐，更不旁逸斜出，以免贻误广大读者。《诗情画意品红楼》是一部全面体现《红楼梦》的写作艺术、故事情节和人物特征的创新性作品，既对读者（尤其是年轻读者）阅读及深入理解《红楼梦》原著有一定的参考作用，又能让读者领悟名著的思想价值、感受名著的艺术魅力，具有一定的欣赏、珍藏价值。

上篇 《红楼梦》的艺术魅力

大观园试才题封类

《红楼梦》的主题

1.《红楼梦》的主题："情书"和"悟书"

最高楼·咏红楼梦
陈瑞林

　　痴情种，还泪葬花魂。金玉梦何存！千姿百态观园里，繁华谢尽叹残痕。守孤灯，空对月，负红尘。　　且莫问、竹边移瘦影，且莫问、柳边飞絮咏。倾大厦，恁纷纭。如云似雾飘无际，清歌好了更伤神。却簪缨，轻礼法，点迷津。

临江仙·题红楼梦〔新韵〕
翟海潮

　　十载心酸挥巨笔，宏描豪府衰兴。繁华落后厦将倾。绛珠还泪尽，金玉世缘空。　　利禄功名皆是幻，痴情贪欲悲同。迷途知返沐春风。红楼多少事，好了悟人生。

一剪梅·题红楼
贺世战

　　平素谁将闲语敲。蓬岳迢遥，世路迢遥。潇湘妃子殒红尘，木石盟消，金玉缘消。　　华屋颓零风雨嚣。霜冷如刀，夜暗如刀。绛花洞主赴空门，朔雪飘飘，行袂飘飘。

卜算子·红楼一梦
陈慧茹

　　木石有前盟，金玉良缘巧。爱恨情痴梦一场，梦断尘缘了。　　富贵又如何，福祸谁能料。势位荣华转眼空，寂寞随荒草。

减字木兰花·梦断红楼
王志霞

　　欲窥缘起。前世今生谁可比。石畔桥旁。犹有花香沁晚凉。　　风驰雨急。纤竹虚窗时滴沥。爱恨情愁。过眼云烟一梦收。

【品评】 翟海潮　撰

《红楼梦》具有宏大而精密的网状立体结构，它通过宝、黛、钗爱情和婚姻悲剧的主线以及贾府盛衰变故的背景，将众多人物和事件有机地结合在一起，一层一层地扩展下去，又一环环收拢起来，加上细节描写上的逼真，形成了一个近乎天衣无缝的艺术整体。

《红楼梦》不仅是一部"情书"，也是一部"悟书"。一曲《好了歌》道出了人间的一切。曹雪芹以菩萨之心，棒喝天下"迷"情之人，世间一切功名利禄、人间情爱都不过是梦幻泡影，不该过于执迷。

关于《红楼梦》的主题，有"写情说"、"盛衰说"、"斗争说"、"性理说"等[①]。就全书内容来看，我们可以从历史角度、艺术角度、哲学角度来解读其主题。

（1）**历史角度**：《红楼梦》以前所未有的广度和深度真实地反映了清代前期的社会面貌和人情世态。小说描写了贾府内部和外部的社会关系、经济关系、政治关系、家庭关系等，八旗制度的特权孕育着自身机体的腐败、上层统治者的争斗、对下层百姓的压榨……在康乾盛世的繁华中开始显现出末世景象。

就贾府而言，辉煌繁荣、赫赫扬扬已近百载，儿孙一代不如一代，后继无人，贾珍、贾赦、贾琏之流的骄奢淫逸，贾宝玉的叛逆……小说详尽地反映了末世贾府的各种弊端，主子们养尊处优，钩心斗角，房族之争，嫡庶之争，寅吃卯粮，出多入少；还有主奴矛盾，下人们得过且过，离心离德。荣宁二公创下的基业，终于毁于儿孙之手。

（2）**艺术角度**：从艺术角度来讲，《红楼梦》是一部伟大的悲剧，彻底打破了中国传统戏曲、小说的"大团圆"俗套而令人耳目一新。《红楼梦》的悲剧并不在于贾府或四大家族兴衰的悲剧，也不简单在于宝、黛、钗爱情和婚姻的悲剧，而是在于曹雪芹所提出的一种以"情"为本的审美理想，在当时的社会条件下是必然要毁灭的。

开辟鸿蒙，谁为情种？情种者，贾宝玉也。《红楼梦》"大旨谈情"，既有"儿女之情"，又有"势利之情"，贾宝玉是"绝代情痴"，从这个角度来说，《红楼梦》是一部"情书"。曹雪芹建构了以"情"为本体的"意淫说"。"意淫"不同于皮肤淫滥，云雨之欢，而是"儿女真情"，有泛爱、体贴、痴情之意。

曹雪芹从"太虚幻境"出发建立了一个"四海之内皆姊妹"的理想世界——大观园。"太虚幻境"是一个"清净女儿之境"，大观园也是一个"女儿国"。

---

① 何红梅：《红楼梦评点理论研究》，济南：齐鲁书社，2015年，第8—9页。

图 1-1　贾宝玉初会林黛玉 ①

图 1-2　贾宝玉奇缘识金锁

①　本篇插图，除特别标注外，均采自〔清〕孙温、孙允谟绘，旅顺博物馆编：《梦影红楼：旅顺博物馆藏全本红楼梦》，上海：上海古籍出版社，2017 年。

曹雪芹以太虚幻境中仙姑们之间的关系作为自己理想的伦理关系，这不能不说是对封建纲常观念的一种深刻解构。大观园这个理想的世界，一开始就笼罩着一层"悲凉之雾"，被周围的恶浊世界所包围，不断受到打击和摧残，很快就呈现出秋气肃杀、百卉凋零的景象。

林黛玉的两句诗"一年三百六十日，风刀霜剑严相逼"，不仅是写她个人，更是写所有有情人的遭遇和命运。在当时的社会，"情"是一种罪恶，"美"也是一种罪恶，晴雯因为长得美，所以被迫害致死。贾宝玉被贾政毒打，差一点打死。大观园的少女们也一个一个走向毁灭：金钏跳井、晴雯屈死、司棋撞墙、芳官出家……直到黛玉泪尽而逝，这部"千红一窟（哭）"、"万艳同杯（悲）"的伟大交响乐的音调层层推进，最后形成了排山倒海之势，大观园这个理想世界被吞噬了。

曹雪芹的审美理想是从汤显祖那里继承下来的。汤显祖认为"情"是人人生而有之的，是人性的根本，它有自己的存在价值，不应该用"理"和"法"去限制它、扼杀它。《牡丹亭》奔放的"情潮"，强烈地震撼着青年男女的心灵。"牡丹亭艳曲警芳心"，一直连接着《红楼梦》贾宝玉与林黛玉的爱情。

木石前盟与金玉良缘的矛盾，充分显示了"情"与"礼"、"法"的冲突。悲剧之所以产生，外在原因是僵化保守的"礼"和"法"的禁锢，内在原因则是贾宝玉、林黛玉对富有浓重叛逆色彩的"情"的执着追求。

脂砚斋说："作者是欲天下人共来哭此情字。"（甲戌本第8回夹批）[①] 把《红楼梦》的悲剧性和"情"字联系在一起是很深刻的。《红楼梦》的悲剧是人们日常生活中常见的，这种悲剧不单是恶人造成的，病态的"集体无意识"使得好人也可能制造悲剧，这才是"悲剧中的悲剧"，有普遍的社会意义。

（3）哲理角度：不要忘了，《红楼梦》除了"石头记"名字外，还有一个名字叫"情僧录"，寓意贾宝玉以情悟道，从这个角度来讲，《红楼梦》又是一部"悟书"。

《红楼梦》开篇讲到，书中"凡用'梦'用'幻'等字，是提醒阅者眼目，亦是此书立意本旨"。曹雪芹后半生穷困潦倒，"披阅十载，增删五次"。"满纸荒唐言，一把辛酸泪。都云作者痴，谁解其中味？"他创作《红楼梦》到底是为了什么？

曹雪芹经历了大起大落、大喜大悲，对人生有着大彻大悟。如果说"色"和"空"是人生的起点和归宿，"情"则是人生的漫长经历和过程。"以情悟道"，就是以情为本体去体悟、探究人生存的本真意义。

---

① 〔清〕曹雪芹著，〔清〕脂砚斋评，吴铭恩汇校：《红楼梦脂评汇校本》，北京：清华大学出版社，2020年，第125页。以下所引脂评均引自该本，仅括注回目或页码。

图 1-3　元妃省亲

图 1-4　大观园全景

曹雪芹先创造出一个繁华盛景让人们执迷其中，把尘世间那些最诱惑人的场面，该经历的全都经历个遍，然后再让繁华落尽，引导人们迷途知返。书中的《好了歌》透顶醒心，读之如冷水浇背，惜乎众生之中少有领悟之人。倘若人人皆能悟此，终不为情所迷、所役，方不负曹雪芹之苦心。

伟大的作家无不关注人类的生存困境与价值意义，无不充盈着对人类命运的形而上的追问和思考。人的个体生命是有限的，而宇宙是无限的，那么人这种有限的生命存在的意义何在呢？贾宝玉和林黛玉就是两位对生命最敏感、体验最深刻的人，他们的惆怅落泪不仅仅是感叹两人爱情的不幸，更是出于对生命、存在的形而上的体验。

对林黛玉来说，"冷月葬花魂"这句诗昭示着生命的真谛，同时概括了她对人生的体验。最集中表现林黛玉人生感的当然是她的《葬花吟》，这首诗的主题"美"、"生命"、"春天"都是脆弱的、短暂的、易逝的、无所归依的，"一朝春尽红颜老，花落人亡两不知！"

贾府的兴衰、宝黛钗的爱情和婚姻悲剧，从表层看是内内外外的罪恶，是人祸；但从深层看，这样的悲剧，不仅仅是时代的悲剧，而且是人生的悲剧，人们追求春天，追求永恒，但是春天终是短暂的。

人生的归宿在哪里？"天尽头，何处有香丘？"这就是对人生终极意义的追问，也是《红楼梦》的永恒魅力所在。

2.《红楼梦》五个书名：打开红楼之门的五把钥匙

破阵子·漫道书名几变迁
贺世战

顽石研痕有记，闲僧情意难圆。风月悠悠观宝鉴，孽债冤缘瞬息欢。祸从一念间。　　十二金钗潋滟，红楼一梦涛澜。细说朱门兴废事，漫道书名几变迁。忽微皆可叹。

风入松·说红楼书名（新韵）
翟海潮

鸿篇巨制五书名，旨寓其中。下凡历世石头记，叙说尽、富贵衰兴。利禄功名好了，情僧录里缘空。　　闲读风月莫心怦，宝鉴痴情。金陵十二钗佳丽，性格异、命运悲同。直许红楼梦醒，感知百幻人生。

洞仙歌·一部鸿篇五名赐

陈瑞林

真真假假，满把辛酸泪。一部鸿篇五名赐。化通灵、尝遍离合悲欢，空门入，看破红尘怨喜。　　可叹痴宝鉴，欲望无穷，早赴黄泉警人耳！袅袅曲回旋，十二金钗，春去也、凋零香逝。问千里凉棚梦何踪？凤姐魄归天，任由评说！

七律·红楼书名

肖芳珠

红楼巨著五更名，各启重门境界生。

石历炎凉心顿悟，僧经爱恨约空盟。

一痕风月邪思鉴，十二金钗命运呈。

道尽繁华如梦幻，几多警世几多情。

鹧鸪天·析红楼书名

丁玉林

灵秀青峰道侣行，石头记里幻其声。尘缘书写情僧录，风月流传宝鉴铭。　　言甄贾，叹宁荣。钗封十二主题生。五名贯注红楼梦，巨著光芒四海生。

【品评】 翟海潮　撰

　　还没有看到哪本书像《红楼梦》一样竟然有五个书名，即《石头记》《情僧录》《风月宝鉴》《金陵十二钗》《红楼梦》。关于书名的由来，小说第 1 回里做了简要交代：女娲补天剩下一石未用，被一僧一道点化，携入红尘，变成贾宝玉出世时嘴里衔的那块通灵宝玉，石头下凡、历尽离合悲欢、炎凉世态、回归本质的一段故事便是《石头记》的由来。后来，空空道人寻仙问道，发现大石头上刻录的这段故事，方从头至尾抄录下来，问世传奇。空空道人看其大旨谈情，因空见色，由色生情，传情入色，自色悟空，遂易名为情僧，改《石头记》为《情僧录》。东鲁孔梅溪则题曰《风月宝鉴》。后曹雪芹于悼红轩中披阅十载，增删五次，纂成目录，分出章回，则题曰《金陵十二钗》。

　　"石头记"乃其本名，各种脂批本（简称"脂本"）多使用《石头记》书名，"程本"（指程伟元、高鹗整理的百二十回刻印本）以"红楼梦"为名，影响深远，因此

图 1-5　黛玉焚稿

图 1-6　宝钗大婚

《红楼梦》这个书名最广为人知。

曹雪芹对于名字有着异乎寻常的兴趣，他自己的名号甚多。曹雪芹名霑，字梦阮，号雪芹、芹溪、耐冷道人等。字和号反映着主人的志趣和追求，如"梦阮"显示着曹雪芹和阮籍生命的连接，而"耐冷道人"则有很强的佛教意味，展现了他的心灵世界。同样，《红楼梦》不同的书名，当然有它不同的内涵，提示着不同的写作或阅读角度。

我们可以把这五个书名看成是打开红楼之门的五把钥匙，分别代表"心灵""情感""欲望""生命"和"世界"。有了这五把钥匙，我们就可以从不同的角度来理解这部巨著。简要说来，"石头记"借助于一块石头的下凡和复归，突出心灵的超越；"情僧录"则像是一个情痴看破红尘之后遁入空门；"风月宝鉴"给这个世界上所有痴迷于欲望之人一个警醒；"金陵十二钗"重在呈现各种生命的悲剧；"红楼梦"则揭示以权力、财富为中心的世界的虚幻[①]。

（1）《石头记》：甲戌本凡例说此书是"自譬石头所记之事"[②]，这部"石上书"的内容，不过是一块无材补天的石头下凡和复归的记录。这块石头，应该是曹雪芹的化身，曹雪芹一生最大的遗憾便是"无材补天"。

"石头记"书名突出的是"心灵"主题，表达的是心灵的觉悟历程和记录。通灵宝玉和复归本质的石头分别代表着心灵从"迷"到"悟"的两种状态，前者是陷溺在这个世界之中的执着而跃动的心，后者则是觉悟之后不动的心。

在佛教中，以石头来比喻不动之心是比较常见的。心如木石，内外清净，方能逍遥自在。

从石头本来状态的迷失到通灵宝玉的终极觉悟，就好像小说的主人公贾宝玉，既在这个世界之中，又能够走到这个世界之外，"石头记"之名表现的就是心灵的旅行及其印记，这个名字的意义和魅力由此呈现。

（2）《情僧录》："情僧录"书名体现的是"情感"主题，根据"脂本"批语，书末应该有一个警幻情榜（庚辰本第18回眉批，第234页）。情榜的目的似乎是从情的角度给每个册中人一个简要的评价和定位，如宝玉是"情不情"，黛玉是"情情"。"情不情"的标签意味着贾宝玉从"情"走向"不情"的生命历程，即一个最伟大的"情人"变成了一个僧人。

空空道人改《石头记》为《情僧录》，空空道人不过是曹雪芹的分身，《石头记》

---

① 参见王博：《入世与离尘：一块石头的游记》，北京：生活·读书·新知三联书店，2020年，第44—45页。
② 曹雪芹著，周汝昌汇校：《红楼梦》，北京：人民出版社，2006年，第7页。

图 1-7　宝玉出家

图 1-8　《石头记》的由来

就是以情悟道的记录，故谓之"情僧录"。

（3）《风月宝鉴》："风月宝鉴"是戒妄动风月之情，突出的是"欲望"的主题。贾瑞病，跛足道人持一镜来，上面即錾"风月宝鉴"四字，此乃点睛。"宝鉴"所观照的风月是贾瑞生命中的男女之欲，其实不仅是贾瑞，它也体现在贾赦、贾珍、贾琏、凤姐、秦可卿等普遍的生命之中。

"宝鉴"背面是骷髅，正面是凤姐，美人即骷髅，骷髅即美人，所谓色即是空，空即是色也。来自太虚幻境空灵殿的风月宝鉴，具有警幻功能，告诫世人，不要妄动风月之情。贾瑞之死，不能怪罪于任何人，而只能归咎于自己执迷不悟的心。

据脂批，《风月宝鉴》是曹雪芹写的另外一本小说，"雪芹旧有《风月宝鉴》之书，乃其弟棠村序也。今棠村已逝，余睹新怀旧，故仍因之"（甲戌本第1回眉批，第8页）。《红楼梦》中的一些章回应该是从《风月宝鉴》修改后搬过来的，比如第12回"王熙凤毒设相思局　贾天祥正照风月鉴"，《红楼梦》中的一些人物如尤二姐、尤三姐也应该是《风月宝鉴》中的人物。

《红楼梦》第1回提到"东鲁孔梅溪则题曰《风月宝鉴》"，庚辰本有个批者署名梅溪，脂批说他就是曹雪芹的弟弟曹棠村，此处作者给他姓孔，原籍东鲁，是取笑他，比作孔夫子。由此看贾瑞的出于儒门，具有强烈的反讽意味，让人们怀疑儒家"以理制欲"思路的实际效果。

（4）《金陵十二钗》："金陵十二钗"显然集中在"生命"的主题上，"曹雪芹……题曰《金陵十二钗》"，作者把这个名字留给自己，表现了他对于悲剧性的人生在世境遇的关注。

作者在第1回反复强调这一点："今风尘碌碌，一事无成，忽念及当日所有之女子，一一细考较去，觉其行止见识，皆出于我之上。"这一部小说，是为这些女子所写的，真正的主角是她们，实际故事又发生在金陵，所以以"金陵十二钗"命名。

其点睛处在第5回，贾宝玉在太虚幻境里翻阅《金陵十二钗图册》，听仙女们演唱《红楼梦曲十二支》。"金陵十二钗"明显是指书中十二女主角的故事。

（5）《红楼梦》："红楼梦"书名表现的是虚幻"世界"的主题。"红楼梦"本是太虚幻境中警幻所演之曲名，古代的"红楼"是指富豪权贵人家妇女所居的华丽楼宇，"梦"则是本书立意本旨。在《红楼梦曲十二支》的《引子》中，作者就明确指出要演出"悲金悼玉"的《红楼梦》，以此名总其全部，最为切中题旨。

"红楼"一词的来源，有人说出自唐寅《和石田先生落花诗》中的诗句"好知青草骷髅冢，就是红楼掩面人"，也有人说取自白居易《秦中吟十首》中第一首《议婚》中的诗句"红楼富家女，金缕绣罗襦"。

图1-9　警幻仙曲演红楼梦

　　关于"梦"，在曹雪芹之前，就有《枕中记》中的"黄粱梦"，《南柯太守传》中的"南柯一梦"，都是写主人在梦中得富贵，梦中当大官，是真正的梦幻。而曹雪芹的红楼"梦"是指他自己家族经历了由原来的繁华富贵到寂寞贫寒，钟鸣鼎食到粗茶淡饭的变化，这种变化给人以"梦幻"的感觉。曹雪芹在家族败落之后，从繁华旧梦中醒悟过来，著书《红楼梦》。

　　作为女儿国的大观园当然可以比作"红楼"来看，而怡红院或绛芸轩，无疑是红楼的中心。但红楼的意义似不尽于此，它是整个尘世的象征。红尘、红袖、红纱、红梅、红花、绛珠、怡红公子等，"红"是这个世界最具代表性的颜色。

　　《红楼梦》不仅是一部"情书"，也是一部"悟书"。《红楼梦》便是贾宝玉的红尘一梦，而红尘不过就是这个世界。从最初对红尘的动心，到最后万境归空的觉悟，始知人生和世界不过是场梦幻。

　　整部书的开头便是"此开卷第一回也。作者自云：因曾历过一番梦幻之后，故将真事隐去，而借'通灵'之说，撰此《石头记》一书也"，稍后又有"此回中凡用'梦'用'幻'等字，是提醒阅者眼目，亦是此书立意本旨"之语。

《红楼梦》之谜

3. 一芹一脂：《红楼梦》的作者和批者之谜

七律·曹雪芹和脂砚斋（新韵）

翟海潮

出身贵望府门中，上系皇权谁与同。
曾见秦淮风月影，犹闻燕市惨歌声。
芹溪著述血抛尽，脂砚批评泪淌空。
十载增删前未有，红楼梦里共哭情。

蝶恋花·谁解秦汉痛

李宝贵

假语真言归一梦。满纸辛酸，莫笑痴情重。看破红尘非似懂，当时谁解秦淮痛。　　黄叶村寒烟水动。脂砚斋评，更与芹溪共。凭任后人多一宠，鸿篇巨制千秋诵。

七律·一芹一脂

王志霞

案头岁月景阑珊，数载芳华数载寒。
十阅五删应不易，一心双笔更尤难。
茜纱公子千般智，脂砚先生百尺竿。
识得情机藏匿处，幻中梦里等闲看。

行香子·闻琴识意

贺世战

字里相逢，行下成疑。是何人遇见芹溪。长篇未结，取予先窥。释一怀梦，一杯泪，一番痴。　　高山流水，闻琴识意，但钦倾知己如斯。钩沉索隐，考绎脂批。有许多猜，许多解，许多迷。

七律·悼红轩里遇知己

沙彩虹

华宴残羹皆过往，岁除羽逝憾盈眸。

情凝笔墨痴人梦，血注词章玉石俦。

鹤影寒塘浮世态，花魂冷月鉴风流。

悼红轩里遇知己，寓意心同难再求。

图 1-10　曹雪芹铜像
（北京曹雪芹纪念馆，翟海潮摄）

【品评】 翟海潮　撰

　　阅读《红楼梦》，不能不了解"一芹一脂"，"芹"指的是《红楼梦》的作者曹雪芹；"脂"指的是脂砚斋，他是《红楼梦》抄本系统《脂砚斋重评石头记》的主要评点者。

　　《红楼梦》作者是谁？程伟元在《红楼梦》程甲本序言中说："红楼梦小说，本名石头记，作者相传不一，究未知出自何人，惟书内记雪芹曹先生删改数过。"[①] 目前，被学者论及的《红楼梦》作者的"候选人"已逾百位，胡适考证出《红楼梦》的作者是曹雪芹，争议最少。

　　近百年来，人们对曹雪芹及其家世的研究已经非常深入，红学界有许多不同的看法，下面介绍大多数人比较认可的观点：曹雪芹，名霑，谱名天佑，字梦阮，号雪芹，又号芹圃、芹溪。大约于康熙五十四年（1715），曹雪芹出生在南京的江宁织造府（据康熙五十四年曹頫的奏折[②]所证）；大约于乾隆二十七年（壬午除夕，1763 年 2 月 12 日），病逝于北京西山，享年四十八岁。

　　曹雪芹的先世原为汉人，其远祖曾任明朝沈阳的地方官，后在清太祖努尔哈赤攻陷沈阳时被俘，编入旗籍，后转入多尔衮统帅的满洲正白旗。清兵入关时，曹雪芹的高祖曹振彦屡立战功，后跟随多尔衮出征大同，并任山西平阳府吉州知州、大同知府及浙江盐运使等官职。曹氏家族"赫赫扬扬，将及百年"的历史从此揭开了序幕。

　　曹雪芹的曾祖曹玺是内务府包衣，曾祖母孙氏做过康熙帝的奶娘，祖父曹寅做过康熙帝的伴读和御前侍卫，后任江宁织造，兼任两淮巡盐监察御史。在康熙、雍正两朝，曹家祖孙三代四人主政江宁织造达六十年的岁月。康熙六次南巡，其中四次以江宁织造府为行宫，由此可见曹家的阔绰与权势。曹家还是一个"诗礼之家"，曹玺少好

---

① 〔清〕程伟元：《序》，〔清〕曹雪芹著：《红楼梦（乾隆间程甲本）》，北京：中国书店，2014 年，第 3—6 页。

② 吕启祥、林东海编：《红楼梦研究稀见资料汇编》，北京：人民文学出版社，2001 年，第 375 页。

学深沉，读书洞彻古今，负经济才，兼艺能。曹寅是康熙年间著名学者和文人，他自幼聪慧，能诗擅曲，终生笔耕不辍，又喜广交当时名士，著有《楝亭集》等。他还是有名的藏书家和校勘家，曾在扬州主持刊刻《全唐诗》《佩文韵府》等重要典籍。

康熙五十一年（1712），曹寅病故，曹雪芹的父亲曹颙接任，不料曹颙短命，接任仅两年多，便于康熙五十四年正月故去，其时曹雪芹尚在母腹之中。康熙对曹颙的死很痛惜，便将曹寅弟弟曹荃的四子曹𬞟过继给曹寅接任曹颙，曹雪芹的堂叔曹𬞟就成了曹雪芹的养父。雍正上台后，各派政治力量之间爆发激烈的冲突，雍正五年（1727），曹𬞟被抄家，当时曹雪芹大约十三四岁。

抄家之后，曹家的生活境遇可以是说一落千丈，由南京举家迁移到了北京，在崇文门外蒜市口一带拨给了一些住房，得以赡养度日。在北京，曹雪芹曾在右翼宗学当"舍夫"，与学生敦敏、敦诚结下深厚的友谊。晚年，曹雪芹迁至北京西郊一个人烟稀少的小山村，"蓬牖茅椽，绳床瓦灶"，"举家食粥"，生活困顿。曹雪芹工诗善画，可惜其诗画都已散佚。曹雪芹好友敦敏、敦诚、张宜泉、明义的有关诗篇，提供了许多曹雪芹生平资料，弥足珍贵。"残杯冷炙有德色，不如著书黄叶村。"（敦诚《寄怀曹雪芹》）①乾隆九年（1744）前后，曹雪芹大约三十岁时，开始写作《红楼梦》，初稿完成直到他逝世前，主要进行修改、整理工作。约在乾隆二十七年，他因幼子夭殇，感伤成疾，加上贫穷无力请医，于是年除夕"泪尽而逝"。

从曹雪芹的家世来看，《红楼梦》中的某些事件如"四次接驾皇帝南巡"、"抄家"等与曹雪芹的家世密切相关。《红楼梦》开篇说作者"因曾历过一番梦幻之后，故将真事隐去，而借'通灵'之说，撰此《石头记》一书也"。曹雪芹如果没有亲身感受，绝对写不出这样伟大的作品。曹雪芹生长于南京，少年时代经历过一段富贵繁华的贵族生活，从鲜花着锦、烈火烹油之盛，一下子落入凋零衰败之境，使他深切地体验着人生的悲哀和世道的无情，看到了封建贵族家庭不可挽回的颓败之势，同时也带来了幻灭感伤的情绪。他的悲剧体验，他的诗化情感，他的探索精神，他的创新意识，全部熔铸到《红楼梦》里了。

"燕市哭歌悲遇合，秦淮风月忆繁华。"（敦敏《赠芹圃》）②秦淮旧梦、燕市悲歌恰是曹雪芹心理定势的表露。他在特定的历史文化背景下，由"悲遇合"——人生巨大的落差，激荡起人生的生命体验、艺术修养和情感的勃发、升华和表现。

《红楼梦》原名"石头记"，目前发现的十几个抄本，都有脂砚斋、畸笏叟等人的

---

① 朱一玄编：《红楼梦资料汇编》，天津：南开大学出版社，2001年，第18—19页。

② 朱一玄编：《红楼梦资料汇编》，第22页。

评语，有脂砚斋批语的八十回抄本被称为"脂本"。其中最早的三个抄本，"甲戌本"（1754年，残存十六回）、"己卯本"（1759年，残存四十一回又两个半回）、"庚辰本"（1760年，残存七十八回），在曹雪芹生前就已经在社会上流传。

　　脂砚斋是谁？他与《红楼梦》的作者曹雪芹是什么关系？迄今未形成一致看法。红学界主要有"作者化名说"、"兄弟说"、"叔父说"、"妻子说"（"史湘云原型说"）、"密友说"等几种说法①。从"脂本"评语的内容、口气、身份等方面，大致知道脂砚斋和畸笏叟非常熟悉曹雪芹的生平家世，熟悉《红楼梦》创作过程，参与过小说的抄阅、对清等工作，可以说是与曹雪芹十分亲密的人。一般认为，畸笏叟是曹雪芹的长辈，有人考证是曹雪芹的叔叔，即曹雪芹的养父；而脂砚斋是曹雪芹的同辈，有人考证是曹雪芹的堂兄。

　　"脂批"在红学研究中有着非常重要的价值。

　　（1）"脂批"证实了《红楼梦》的作者是曹雪芹。《红楼梦》开卷第一回提出"石头""情僧""空空道人"等名字，给作品蒙上一重迷离恍惚的云雾，留下了否定《红楼梦》作者是曹雪芹的借口。而甲戌本第1回眉批曰："若云雪芹披阅增删，然则开卷至此这一篇楔子又系谁撰？足见作者之笔，狡猾之甚……观者万不可被作者瞒蔽了去，方是巨眼。"又曰："能解者方有辛酸之泪，哭成此书。壬午除夕，书未成，芹为泪尽而逝。"（第8页）

　　（2）"脂批"透露了作者家世，揭示了小说与原型背景即曹家相关联的内幕。第1回中癞头僧指着甄士隐大笑，在其所念的四句诗的第三句"好防佳节元宵后"，是提示当年曹家被抄没的往事，曹家正是在雍正六年元宵节前被抄家的。甲戌本第16回回前

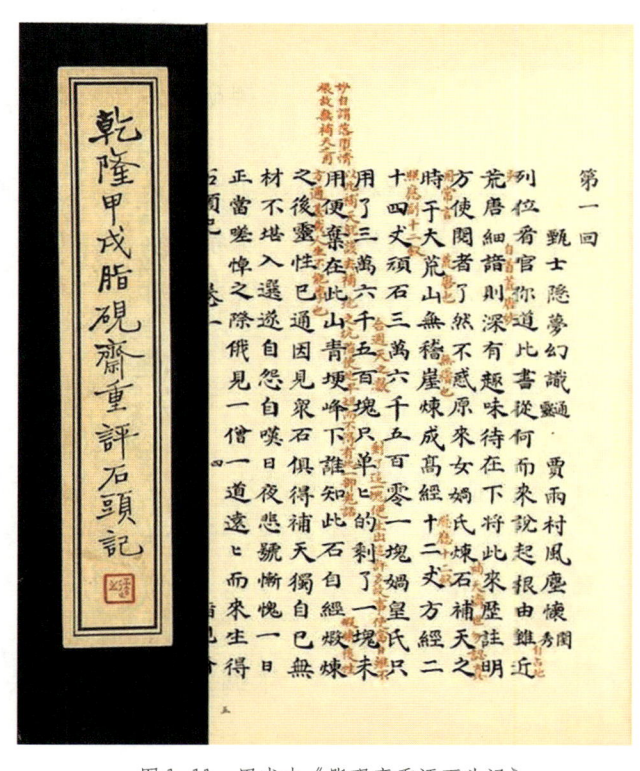

图1-11　甲戌本《脂砚斋重评石头记》

①　赵建忠：《红学流派批评史论》，北京：中华书局，2021年，第8—11页。

总批："借省亲事写南巡，出脱心中多少忆昔感今。"（第200页）明点康熙六次南巡，其中四次住在江宁织造曹家的事。

（3）"脂批"明确揭示脂砚斋参与了小说创作，脂砚斋可以决定一些小说内容的增删。第13回，写秦可卿之死，甲戌本眉批："此回只十页，因删去天香楼一节，少却四五页也。"甲戌本回末又批曰："秦可卿淫丧天香楼，作者用史笔也。老朽因（其）魂托凤姐贾家后事二件，嫡是（非）安富尊荣坐享人能想得到处，其事虽未漏，其言其意则令人悲切感服。姑赦之，因命芹溪删去。"（第176—177页）

（4）"脂批"透露了八十回后的一些回目和情节，如庚辰本第21回有回前总批："此回之文之妙，然未见后三十回，犹不见此回之妙。此曰'娇嗔箴宝玉'、'软语救贾琏'，后曰'薛宝钗借词含讽谏'、'王熙凤知命强英雄'。今只从二婢说起，后则直指其主……"（第281页）其他脂批中还透露了八十回后有"甄宝玉送玉"、"凤姐扫雪拾玉"、"惜春缁衣乞食"、"卫若兰射圃"、"茜雪狱神庙慰宝玉"、"警幻情榜"等情节。

4. 残缺之美：《红楼梦》探佚已经成为一门学问

摊破南乡子·探佚成痴
贺世战

执笔意徘徊。叹著者，魂魄先归。叹留尘世红楼里，判词谶语，谜团谁解，真相谁知。　　续考各参差。又些个、探佚成痴。百年未绝追随客，较论索证，残篇如是，魅力如斯。

踏莎行·题红楼梦
陈慧茹

批阅旬年，增删五次。鸿文撰具千行泪。不知何故剩残篇，程高补续多争议。　　脂砚诠评，曹公暗示。红楼考证随风起。纷纭学派各争鸣，探寻巨著无穷已。

水调歌头·红楼探佚（新韵）
翟海潮

芹圃绘红著，未竟已长眠。生前脂砚抄本，坊巷自流传。程氏搜罗遗稿，兰墅截长补短，宏制乃得全。百廿章合璧，付梓遍人间。　　胡适考，高鹗续，四十篇。百年争论，求证探佚梦难圆。谶语判词多解，伏线脂批难辨，诠释众家言。残本留遗憾，魅力更增添。

满庭芳·探佚红楼
陈瑞林

五次增删，十年呕血，绮梦探佚迷离。盛衰荣辱，鸿著底难违。芹圃初心永驻，纵残缺、气韵神驰。牵红线，万千思绪，跌宕迥云泥。　　依依。诸考证，洋洋洒洒，各执其词。更众语家言，如荡游丝。百二十回付梓，程高本、传世舒眉。叹文采，同晖日月，寰宇竞芳菲。

水调歌头·咏红学流派
王志霞

展卷寻梦去，愁绪锁眉弯。流光飞逝，零落残稿总相牵。漫漫百年求索，代有才人频现，逆水亦行船。篆取千秋笔，纸上著丹铅。　　评点派，索引事，考证篇。无穷妙味，莫把心血等闲看。指月拈花细论，慢品帐前微语，千古尚留连。虽未窥全豹，探佚正春天。

【品评】翟海潮　撰

《红楼梦》的无穷魅力之一在于它的残缺性，也就是说，后四十回不是曹雪芹的原作或者是在曹雪芹残稿基础上修补完成的。残缺性增加了人们对八十回后"真故事"的想象空间，所以才有那么多续书出现。《红楼梦》的续作已达二百种，最近几年仍有新的续作出版。

"程本"（指程伟元、高鹗整理的百二十回刻印本）本来已经被读者接受了，可在20世纪20年代，胡适、俞平伯等人考证出后四十回是高鹗续作，甚至是伪作，从而引发人们对后四十回的百年争论，成为"新红学"的焦点之一。"高鹗续书说"起因是胡适的一个主观判断，他认为程伟元是一个书商、出钱，高鹗出力，完成了后四十回。俞平伯则从文本出发指出后四十回与前八十回的矛盾之处，证明后四十回回目和内容皆非曹雪芹原笔。于是近百年红学界出现一个怪圈，谈《红楼梦》不再谈百二十回本《红楼梦》。

张爱玲认为后四十回与前八十回不在一个水平线上，是狗尾续貂。周汝昌出版于1953年的《红楼梦新证》，把"高鹗续书说"推向极端，将这一说法坐实，并竭力对高鹗口诛笔伐，也就是对后四十回彻底否定，"和曹雪芹的原意来对对看，不客气地说，真是一派胡言，满嘴梦呓"①。1957年人民文学出版社出版的《红楼梦》，在作者曹雪芹

① 周汝昌：《红楼梦新证（增订本）》，北京：中华书局，2016年，第759页。

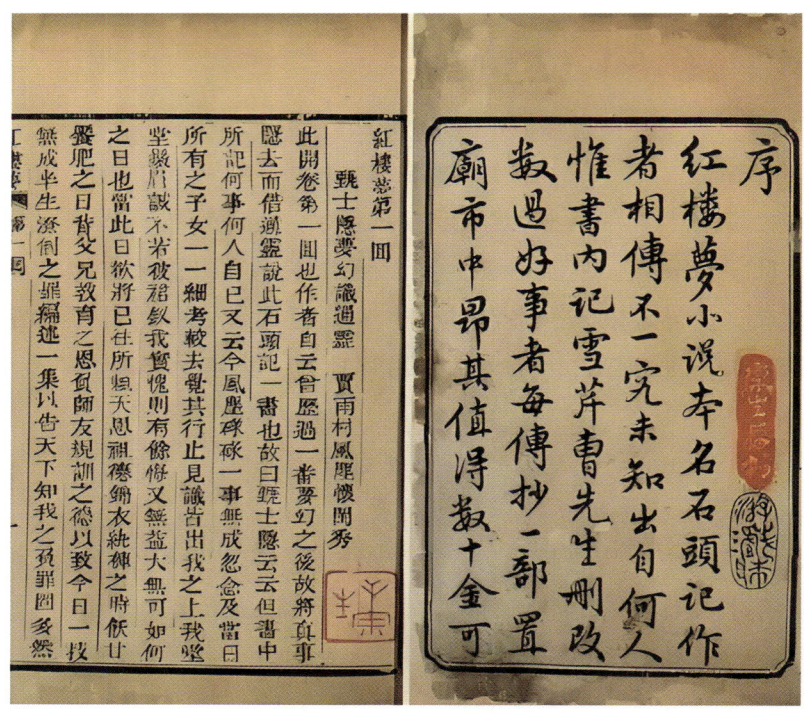

图 1-12　程甲本《红楼梦》

署名的后面第一次加上了高鹗的名字。

人们认定后四十回是续书并对其加以否定的理由主要有两个方面：一是前八十回中的某些判词、谶语、伏线，在后四十回中未能得到照应和遵循，如王熙凤被休、巧姐嫁给了板儿、史湘云嫁给了卫若兰等；关于黛玉之死，有专家考证八十回之后，贾母在"元妃薨逝"不久就死了，黛玉之死的直接原因绝不是贾母在凤姐的"掉包计"之下"弄坏了"黛玉，"黛死钗嫁"另有原因。二是"脂批"透露的八十回后的一些信息如"甄宝玉送玉"、"凤姐扫雪拾玉"、"芸哥仗义探庵"、"惜春缁衣乞食"、"卫若兰射圃"、"茜雪狱神庙慰宝玉"、"警幻情榜"等在后四十回中没有得到体现。

上述现象确实存在，因此，20 世纪 80 年代兴起了《红楼梦》探佚，1987 版电视剧《红楼梦》即是"探佚派"成果的体现，吸引了众多"红迷"的眼球。

"探佚"主要的依据是《红楼梦》文本（谶语、伏笔）和脂砚斋批语，但汉语的语言特点往往具有模糊性和多解性。探佚者对伏笔的肢解或过度诠释，导致对曹雪芹原著人物结局解释的众说纷纭，甚至走向误区。探佚者的另一个通弊，是其目光仅局限于前八十回，而把"程本"简单地视为"续貂"之作，因而不屑于研究后四十回有可能掺杂的曹雪芹原稿。

"探佚"走向误区，还与当代红学中出现的"悟证法"对文本的过度诠释有关。某些探佚者，靠想象和猜测立论，牵强附会，有的的确太离谱。还有一些龙门红学、娱乐红学，什么《红楼梦》揭秘、探谜、戏说等，在浮躁和喧闹中，招摇过市，吸引着人们的眼球，这是人们的娱乐、猎奇心理在作怪。

《红楼梦》原名"石头记"，最初以八十回抄本的形式流传，这些传抄本多有署名为脂砚斋、畸笏叟等人的评语，故习惯上称之为"脂批本"或"脂本"。属于该系统的本子，历年来屡有发现，今可见者十多种。其中有的本子在曹雪芹生前就已在社会上流传，主要有："脂砚斋乾隆甲戌抄阅再评本"《石头记》，通称"甲戌本"，残存十六回，"甲戌"即乾隆十九年（1754），就底本而言，这是目前所发现抄本中较早的一种；"脂砚斋凡四阅评过"、"己卯冬月定本"《石头记》，通称"己卯本"，残存四十一回又两个半回，"己卯"即乾隆二十四年（1759），据考，该本系乾隆时怡亲王府藏抄本，故又称"怡府本"；"脂砚斋凡四阅评过"、"庚辰秋月定本"《石头记》，通称"庚辰本"，残存七十八回，"庚辰"即乾隆二十五年（1760），在"脂本"系统中是较完整的一种。以上三种本子，因离曹雪芹写作年代较近，对研究《红楼梦》的成书过程有重要参考价值。此外，较重要的脂批本，还有苏联列宁格勒藏抄本，通称"列藏本"，残存七十八回，正文有接近庚辰本处，此本于道光十二年（1832）传入俄国；戚蓼生序本，通称"戚序本"，因通行者有"有正书局"石印本，故又称"有正本"。

乾隆五十六年（1791），程伟元邀同高鹗将自己历年搜求所得的《红楼梦》前八十回与后四十回，"细加厘剔，截长补短"，合成全帙，以木活字排印，此即通常所云"程甲本"。次年，程、高二人"复聚集各原本，详加校阅"，对甲本"补遗订讹"、"略为修辑"，重新排印，成为社会上颇为流行的所谓"程乙本"。"程本"的印行，结束了《红楼梦》的传抄时代，使其得以广泛传播，为《红楼梦》的普及起到了巨大作用。

胡适、俞平伯等考证出"程本"《红楼梦》后四十回是高鹗续作后，立刻就有人指出后四十回这不对、那不对，应该这样、应该那样，有许多关于续"错"了的论证。譬如指责没写"白茫茫大地真干净"，而写的是"中乡魁"、"延世泽"、"兰桂齐芳"等等。

林语堂《平心论高鹗》对后四十回作了全面、充分的肯定。他认为"宝玉虽中举"，但"遁入空门"，"仍不能不说是悲剧下场"；贾氏泽皇恩、延世泽，结局仍是衰败，"树倒猢狲散"。程本"有体贴入微，刻骨描绘文字，似与前八十回同出于一人手笔"[1]。作家白先勇认为，后四十回不可能是另一位作者的续作，他在《细说红楼梦》前言中讲道："后四十回的文字风采、艺术价值绝对不输前八十回，有几处可能还有过之。《红楼梦》前大半部写贾府之盛，后半部写贾府之衰，文字自然比较萧疏，这是应

---

[1]　林语堂：《平心论高鹗》，长沙：湖南文艺出版社，2019年，第38、72、91页。

情节的需要，而非功力不逮……黛玉之死，宝玉出家，这两场是全书的关键，可以说是《红楼梦》的两根柱子，把整本书像一座大厦牢牢撑住。"[①] 王蒙先生也有类似的看法："高鹗怎么可能给曹雪芹续四十回，续了三分之一？开玩笑！谁能给谁续？小说能续吗？我不但不能给别人续，明确地说，自己给自己续也是没门儿。我的第一部长篇小说是 1953 年写的《青春万岁》，现在甭说续四十回，就是让我续三回两万字，打死我我也续不出。"[②]

《红楼梦》开篇写有"曹雪芹于悼红轩中披阅十载，增删五次，纂成目录，分出章回"，说明此书在曹雪芹去世前已大体完成。脂砚斋的批语中也透露出八十回后的一些回目和情节，说明初稿基本完成。曹雪芹在长达十年的时间里，"增删五次"，如果只是前八十回，这不符合创作规律。目前大多数人认可《红楼梦》后四十回主体系续书但含有曹雪芹残稿。程伟元、高鹗得到过曹雪芹原作的散稿抄本，但残缺不全。高鹗的贡献是做了"修补"、"补订"之事，也就是说，后四十回是据雪芹原作的遗稿而补订的。残缺性增加了神秘性，如今《红楼梦》就像断臂的维纳斯，残缺性已经成为其魅力的一部分了。如果真的知道了曹雪芹后四十回是如何写的，那么，"为什么史湘云也有一个什么金麒麟？""为什么王熙凤'一从二令三人木，哭向金陵事更哀'？"等一系列疑问都解决了，反倒减少了《红楼梦》的魅力。

《红楼梦》后四十回是高鹗所续之说，半个世纪以来，几乎被传播成了常识。但经过几代红学家的索根查源、据理力辩，终于清除阴霾，修正了误说。在 2008 年人民文学出版社出版的中国艺术研究院红楼梦研究所重校的《红楼梦》封面上面，标明前八十回作者是曹雪芹，后四十回是"无名氏"，百二十回《红楼梦》是程伟元、高鹗整理。第一次以学术权威机构的名义，明确地对程伟元、高鹗整理和出版《红楼梦》的历史功绩给予了恰当而公正的评价。后四十回标注"无名氏"，虽然不是什么理想的做法，但毕竟在拨乱反正的方向上迈开了步子。同时也给我们提出新的使命，即如何把百二十回《红楼梦》作为一个气韵生动的生命有机体来看待，去解读它的叙事肌理、叙事结构、叙事脉络？尽管前八十回与后四十回的某些地方存在着艺术的不统一，甚至矛盾，这也是能在曹雪芹创作过程中找到合理的解释的。而问题的关键则是要回归文本的研究，而少些探佚、揭秘、戏说等。

---

① 白先勇：《白先勇细说红楼梦·前言》，桂林：广西师范大学出版社，2017 年，第 16—17 页。
② 王蒙：《王蒙的红楼梦》（讲说本），长沙：湖南文艺出版社，2010 年，第 175 页。

《红楼梦》的结构与叙事艺术

5.《红楼梦》的蓝图：前五回的叙事艺术

沁园春·红楼蓝图（新韵）
翟海潮

巨著红楼，开篇五回，蓝图绘成。看雨村断案，绛珠还泪；子兴演叙，士隐通灵。楼主佳人，纷纷登场，演绎名门衰与兴。太虚境，翻金钗簿册，万艳悲同。　　鸿篇轮廓分明，众人物结局词曲中。想亭台轩榭，灯红酒绿；贾王薛史，共损同荣。赫赫扬扬，余荫散尽，恰若即僵百爪虫。抬望眼，观茫茫大地，万境皆空！

鹧鸪天·开篇五回
陈慧茹

神话开篇说石头，幻形历世有情由。子兴闲话人丁列，黛玉投亲场景浮。　　胡断案，顺推舟。贾王薛史共绸缪。太虚一梦多悲谶，暗伏群钗薄命休。

法曲献仙音·月满将亏
贺世战

僧道仙姬，瑶山浮世，故事如虚如幻。月满将亏，百年公府，似是秋藤黄蔓。拟络脉分明暗，端倪始初现。　　若纷乱。妙微时、意藏话外，精彩处、曾几隐踪伏线。假假复真真，众形象、千人千面。耽味寻情，仰曹公、致敬经典。恰窗前风过，拾得一声嗟叹。

唐多令·品红楼叙事
王志霞

幻世石开篇。金针摄魄先。聚精华、其妙千般。犹似空中牵一线，几许梦、暗香还。　　悲戚曲中连。哀音自隐间。道荣枯、冷眼旁观。伏脉还须回首看，多谶语、只生寒。

鹧鸪天·曹公椽笔

肖芳珠

甄贾枯荣引线埋，道僧玄语结缘来。绛珠还泪因循果，顽石衔痴玉负钗。　　歌警示，梦思猜。群芳谶谱早安排。曹公椽笔粗勾勒，一瞬繁华一瞬哀。

【品评】 翟海潮　撰

初读《红楼梦》，前五回给人一种眼花缭乱的感觉，好像云雾缭绕，从天上到地上，由梦幻到现实。既有仙姑僧道幻化玄虚，又有人间悲欢离合；既有官场盘根错节荣损与共，又有市井民怨纠葛；既有豪族百年兴衰的五世而斩，又有社会底层百姓的水深火热……

读完全书才明白，前五回是《红楼梦》故事的蓝图，它建构了贾府百年历史大背景所形成的浓缩型的潜在结构，是《红楼梦》整个悲剧的一个缩影，贾府赫赫扬扬的崩塌过程，形形色色人物命运的走向，都在前五回里埋下了根蒂。

第1回至第4回，一方面引出小说的主人公宝、黛、钗和书中其他主要人物，开列了一个"人物简表"；另一方面略叙贾、史、王、薛四大家族的关系，勾勒出悲剧发生的环境。第5回撰出宝玉一梦，将金陵十二钗和晴雯、袭人、香菱十五个主要女性人物的命运和盘托出。

前五回犹如从天上走来，从远处走来，由浅入深，沿着介绍贾府、走近贾府、走入贾府这条中轴线，一步步进入百年望族之家。它不仅是全书故事情节发展的一个引线，还揭示了小说的主题和主要人物的性格命运。读完前五回有读完全书的感觉，它是打开《红楼梦》这座艺术宝库的一把金钥匙。

细细品味，前五回由统领全书的两个梦境和六个故事组成：两个梦境——"甄士隐梦幻识通灵"、"贾宝玉神游太虚境"，两个神话故事——"石头下凡"、"绛珠还泪"，四个现实故事——"士隐出家"、"演说贾府"、"黛玉进京"、"乱判葫芦案"。

上述梦境和故事通过三个"过场人物"——甄士隐、贾雨村、冷子兴串起，他们就像"导游"，让读者跟着他们，把典型人物从不同的时空，集中到贾府这一典型环境中来，为整部《红楼梦》叙事主体打造了一个相对独立的框架结构——序曲。

第一个过场人物甄士隐，在第1回"甄士隐梦幻识通灵"出现。他的"导游"作用，是和"一僧一道"两个仙界的人物的交往和对话，导引出"石头下凡"、"绛珠还泪"两个神话故事，隐喻宝、黛"木石前盟"的爱情；并通过梦境和梦醒把仙界和人间组接在一起，构成"士隐出家"的故事。同时又串联出另一位过场人物贾雨村，接

图 1-13 甄士隐出家

图 1-14 冷子兴演说荣国府

续他的"导游"。

甄士隐这样一个悲剧人物放在《红楼梦》的开篇，大有象征意义。第 1 回是主题思想的总纲，用甄士隐家的一段小荣枯，引出天下望族贾家的大荣枯，并借甄士隐的出家和绛珠仙草"还泪说"伏脉黛玉之死、宝玉出家的结局。

一头牵着仙界、一脚踏着人间的甄士隐，人生经验最后的升华体现在为《好了歌》作"注"上，不仅对其自身，而且是对世世代代人们的思想和行为进行了过滤，最后积淀成一首"人生之歌"，这可以视作贾府衰败史的"文眼"，是《红楼梦》的主题歌。

第二个过场人物贾雨村也是在第 1 回就出现了，他在前五回中的串场作用显著，包含有"冷子兴演说荣国府"、"黛玉进京"和"乱判葫芦案"。这三个故事出现的"顺序"并非随意安排，而是沿着介绍贾府、走近贾府、走入贾府这条中轴线展开的。

第三个过场人物是冷子兴，他在第 2 回演说贾府，讲述贾府五代人百年的故事。贾府几十位主要人物，如果用履历表似的介绍，会让读者感觉索然乏味。如果一上来就让他们进入情节发展的轨道，会让读者坠入千头万绪、前读后忘的困境。而曹公的写法独具匠心，以冷子兴和贾雨村谈都中新闻入手，如数家珍，娓娓道来，引人入胜。

贾雨村在第 3 回担负起"导游"的任务，他受林黛玉的父亲林如海之托，直接把《红楼梦》的女主角林黛玉送进了贾府，让读者跟着林黛玉，并透过黛玉的"眼睛"看荣国府。黛玉进府，详细介绍了从大门一直到室内的具体情况。借她会见贾府内眷的时机，介绍了贾母、邢、王二夫人，李纨妯娌，三春姐妹及凤姐、宝玉等，用墨如泼，如火如荼。

黛玉眼睛看的和心里想的，是对冷子兴演说荣国府的深化，犹如一幅绘画从素描开始，先前只是墨图画稿，现在又着了一层颜色，比先前的画稿更亮丽、更清晰了。

读者的视野随着黛玉的所见所闻，感受到了这个封建家族从内部深处散发出的气味。从冷子兴的介绍，到黛玉所看到的，我们能隐隐感受到：历经百年风雨吹打的贾府，已经露出了没落的征兆。

第一代宁国公和荣国公创业，到了贾母丈夫这一辈第二代是守业。第三代之后的男性贵族不是腐化堕落，吃喝嫖赌，就是昏庸无能，无所事事。贾家把唯一的希望寄托在了贾宝玉身上，而宝玉一味痴钗迷粉，对仕途经济毫无兴趣，因此家业无人继承。

贾府男人堕落、无能，这是封建社会没落时期一个最为鲜明的表现。另外，荣国府长房失宠、二房得势的家族局面，形成的或明或暗的矛盾和争夺一直潜伏在贾府，在大大小小、方方面面的事情上表现出来，贯穿于《红楼梦》的整个故事中。

贾雨村在"走进贾府"艺术使命中的作用，一是把林黛玉送进了贾府，二是通过乱判葫芦案的过程，将贾府的社会背景作充分的展示。如果说第 2 回冷子兴是话说贾府，那么第 3 回送黛玉进贾府，就直接将叙事的中心——贾府引到了读者的眼前。第 4

图 1-15　接外孙贾母怜孤女

图 1-16　薛宝钗初进荣国府

回贾雨村乱判葫芦案，引出薛蟠带着母亲薛姨妈和妹妹宝钗来到贾府，至此《红楼梦》两个重要人物林黛玉和薛宝钗都聚集到了贾府。

第4回贾雨村乱判葫芦案，并不是着意描写如何判案，而是透过贾雨村如何了结这一命案，着重揭示封建社会上层权势网的强大和黑暗，以及与时共存的社会心态。"护官符"是四大家族权势的象征符号，从中可以看出上流权势关系网的基本特征：联络有亲，一损俱损，一荣俱荣。薛家的财势及霸道，英莲被拐后的生活及雨村的宦海沉浮，种种人情世态活现逼真，使《红楼梦》中所有人物的活动有了更为具体的环境。

如果说在贾府这条中轴线上，"冷子兴演说荣国府"是第一阶段，平面展示贾府；"黛玉进京"是第二阶段，从外向里展示贾府；那么"乱判葫芦案"就是第三阶段，是从点到面展示贾府。贾府是一个点，它与薛家、王家和史家结成四大家族，是一个小面，往外与皇亲国戚形成一个大面，也就是封建官僚社会关系网。

《红楼梦》前五回构建的蓝图中，没有更多的空间留给那一群年轻、美丽、动人的女性正面亮相，而又不能不叙说到她们，于是曹公将她们凝缩在金陵十二钗判词、图册中出现。第5回"游幻境指迷十二钗"是全书情节发展的总纲，通过仙曲、判词约略介绍整个悲剧发生的轮廓、主要人物的命运和结局。十二钗统统归入薄命司中，预示了她们的悲剧命运，即"千红一窟（哭）"、"万艳同杯（悲）"，表现了作者对女子命运的同情和对时代的深思，并用太虚幻境的理想世界和荣国府的现实世界加以对照。

警幻仙子让宝玉在"薄命司"看《金陵十二钗》的图册，宝玉犹自未解其中深意，警幻仙姑又让他再听《红楼梦曲十二支》以"警其痴顽"，再授"云雨之情"，宝玉最后陷入迷津，夜叉海鬼将他拖下水去，宝玉在惊恐中醒来。真可谓天上人间！

《红楼十二曲》收尾《飞鸟各投林》中写道："为官的，家业凋零；富贵的，金银散尽；有恩的，死里逃生；无情的，分明报应。欠命的，命已还；欠泪的，泪已尽。冤冤相报实非轻，分离聚合皆前定。欲知命短问前生，老来富贵也真侥幸。看破的，遁入空门；痴迷的，枉送了性命。好一似食尽鸟投林，落了片白茫茫大地真干净！"这可以说是全书情节的概括，以后的情节均由此衍化而来。

《红楼梦》前五回叙事时空结构的特征是大跨度的时空组接，天上人间，远古至今。但无论远近高低，都向着一个时空中心——贾府。尽管对贾府的实写是粗线条的轮廓，对薛家、王家、史家的虚写是一个淡淡的浅线条，虚虚实实，若有若无，似断而连，但给人的感受却浑厚无比，激发读者的无限想象空间。

《红楼梦》前五回的序幕拉开以后，从第6回开始了以贾府为中心的生命流程，有烈火烹油，有鲜花着锦，有波涛翻滚，有静谧柔细，有钟鸣鼎食，有龌龊卑琐……曹雪芹用那如椽的巨笔，极尽描写，充分展现了贾府败落的过程。

1-17 葫芦僧乱判葫芦案

图1-18 贾宝玉梦游太虚境

图 1-19　贾宝玉梦游入迷津

图 1-20　大观园试才题对额

6.《红楼梦》的结构：贾府的春、夏、秋、冬

忆旧游·红楼一梦
陈瑞林

道红楼一梦，贾府风光，春夏秋冬。桂殿观园赐，感龙恩浩荡，锦簇华容。宝钗黛玉迎迓，金玉梦何同？叹共读西厢，前盟木石，开辟鸿蒙。　　融融。结诗社，展绮采群芳，欢宴怡红。岂奈荼蘼萎，惜韶华难驻，花殒匆匆。朔风肃杀飞雪，遮日更迷空。纵冠带加身，凡尘了却影无踪。

七律·叹贾府兴衰
陈慧茹

百载公侯富贵家，朱门玉户锁烟霞。
送迎常奏云中乐，归省犹添锦上花。
但见元宵何鼎盛，哪知秋节勉豪奢。
可怜转瞬严冬至，势败人亡空叹嗟。

念奴娇·咏贾府兴衰（新韵）
翟海潮

曹公鸿著，更兴衰往事，举棋局定。纲目分明、层次列，春夏秋冬通领。赫赫扬扬，尽收眼底，园内风波涌。痴钗迷粉，百年基业摇动。　　纵使酒绿灯红，飞花流水，万艳皆薄命。原应叹惜春盛景，都作严冬冰冻。林凋霜外，钗埋雪里，聚散皆成梦。灵石归去，大野茫茫干净。

减字木兰花·咏贾府
丁玉林

春荣府第。木石前盟初邂会。夏景纷呈。盛世豪门车马兴。　　秋园萧瑟。风拭红楼残烛泪。冬雪迷蒙。暮鼓晨钟万事空。

七律·题红楼（新韵）
王应民

金陵大梦绕红楼，演绎经年喜又愁。
蝶影花颜笙管乐，竹吟凤啸稻粱谋。

一朝风起吹纱帽，三尺冰凝覆土丘。

假作真时真亦假，安得何处觅缘由。

【品评】翟海潮　撰

　　《红楼梦》有八十回"脂本"（脂抄本）和百二十回"程本"（刻印本）两个体系。对于《红楼梦》的总体结构，有把后四十回排除在外的分析，也有把百二十回看成是一个整体的分析。

　　周汝昌极力否定后四十回，他认为《红楼梦》原著应该是一百零八回，第54回是一个大的分水岭，就是那个热闹的过年，元宵节过后笔调马上就改了，后边写的是衰。全书每九回是一个大段落、大变换，十二个九回正好是一百零八回。前半部的五十四回写盛，后半部的五十四回写衰，前半部所谓"盛"，不是真盛，它是给后半部的衰做准备，做反衬，使其艺术效果更加强烈①。

　　贾府的衰败是《红楼梦》的主线之一，王熙凤是荣国府的"总经理"，她从第3回出场，可谓风光无限，"协理宁国府"、"弄权铁槛寺"；到第55回凤姐小产病倒、"探春理家"，第71回贾母生日、"婆媳生隙"；再到第110回贾母寿终、"凤姐力诎失人心"，第114回王熙凤魂归返金陵。王熙凤的个人历程也是贾府衰败的历史，有学者把第55回凤姐小产病倒、"探春理家"作为转折点，并考证出《红楼梦》应该是百一十回而不是百二十回，也是有道理的。

　　最早把百二十回作为整体进行结构分析的是清代书评家王希廉，他把百二十回分作二十一段，每个段落所包含的回数多寡不一。例如，第1回为第一段，说作书之缘起；第2回为第二段，叙宁、荣二府家世及各亲戚；第3、第4回为第三段，叙宝钗、黛玉与宝玉聚会之因由；第5回为第四段，是一部《石头记》之纲领；第6回至第16回为第五段，结秦氏淫丧身之公案，叙熙凤作威造孽之开端……第70回至第78回为第十四段，叙大观园中风波迭起，贾氏宗祠先灵悲叹，宁、荣二府将衰之兆……第113回至第119回为第二十段，了结凤姐、宝玉、惜春、巧姐等人；第120回为第二十一段，总结《石头记》因缘始末②。

　　清代另一位书评家张新之把《红楼梦》第1回看作是"常山蛇"之首，一真一假，从此而起；把第120回看作是"常山蛇"之尾，真假对勘，首尾呼应。其中第56回居于真假有无之枢纽，是"常山蛇"之腰。张新之还将《红楼梦》总分为三大支：自第6

---

①　周汝昌：《献芹集：红楼梦赏析丛话》，北京：中华书局，2006年，第84—95页。

②　朱一玄编：《红楼梦资料汇编》，天津：南开大学出版社，2001年，第578—584页。

图 1-21　凸碧堂品笛感凄清

图 1-22　宝玉挨打

回"初试云雨情"至第36回"梦兆绛芸轩"为第一支,自第40回"三宣牙牌令"至第69回"吞生金自逝"为第二支,自第71回"无意遇鸳鸯"至第113回"凤姐托村妪"为第三支。张新之把它看作《红楼梦》的"通身大结构"①。

尽管"程本"后四十回存在一些问题,与前八十回有不统一的地方,比如林黛玉称赞八股文的言论,贾宝玉读四书、考科举,还有王熙凤、史湘云、香菱的结局以及贾府复世职等,但总体来说后四十回是非常成功的,我赞成把百二十回当成一个整体来分析。

贾府衰落的原因主要有两点:一是经济方面,长期入不敷出;二是后继无人。贾宝玉被视为贾府的"接班人",喜聚不喜散,我觉得可以把第63上半回"寿怡红群芳开夜宴"——大观园最后一次大团聚作为大的分水岭;第63下半回"死金丹独艳理亲丧",贾敬仙逝预示着贾府的衰落,因为第5回秦可卿的曲子中"箕裘颓堕皆从敬,家事消亡首罪宁",贾敬的"颓堕"以及贾珍、贾蓉的荒淫无度是败家的根本。

借鉴先辈们的分析,我把《红楼梦》总体结构划分为六大部分:第1—5回是《红楼梦》的蓝图,第119—120回是归结《红楼梦》,是首尾两个部分。中间诸回可以分成四个部分,我把它们称作"贾府的春、夏、秋、冬":(1)春之艳丽,第6—36回;(2)夏之欢歌,第37—63上半回;(3)秋之悲凉,第63下半回—91回;(4)冬之严酷,第92—118回。

(1)总纲:《红楼梦》的蓝图(第1—5回)

第1回至第4回,一方面引出小说的主人公宝、黛、钗和书中主要人物,开列了一个"人物简表";另一方面略叙贾、史、王、薛四大家族的关系,勾勒出悲剧发生的环境。甄士隐家的一段小荣枯,引出天下望族贾家的大荣枯,并借甄士隐的出家和绛珠仙草"还泪说"伏脉黛玉之死、宝玉出家的结局。第5回撰出宝玉一梦,将金陵十二钗和晴雯、袭人、香菱十五个主要女性人物的命运和盘托出。

(2)春之艳丽:奢靡铺张,形盛质衰(第6—36回)

第6回至第18回,主要写了宁国府秦氏出丧、荣国府元妃省亲两件大事,描述贾府的奢华铺张,内囊尽上,形似盛,质为衰。第19回至第36回,主要写了宝黛初恋以及木石前盟与金玉良缘的纠结,有"黛玉含酸"、"共读西厢"、"宝钗扑蝶"、"黛玉葬花"、"借扇双敲"、"龄官画蔷"、"晴雯撕扇"、"湘云拾麟"、"宝黛诉腑"等精彩场景,其中"宝玉挨打"是前四十回的高潮,"黛玉题帕"、"绛芸梦兆",寓示宝黛爱情基本确立。另外,还写了围绕宝玉特殊地位引发的嫡庶矛盾。

---

① 朱一玄编:《红楼梦资料汇编》,天津:南开大学出版社,2001年,第700—705页。

图 1-23　刘姥姥游戏大观园

图 1-24　抄检大观园

（3）夏之欢歌：钟鸣鼎食，暗流涌动（第 37—63 上半回）

第 37 回至第 52 回，主要写了大观园的主人们结社吟诗和刘姥姥进大观园，描述贾府钟鸣鼎食的生活。同时，还写了"凤姐泼醋"寓示夫妻之争，"鸳鸯抗婚"寓示荣国府的房族之争。

第 53 回至第 63 上半回，"乌进孝交租"，揭示贾府经济困顿；凤姐小产病倒、"探春理家"，透露出贾家内部管理中的诸多问题，矛盾加剧，暗流涌动；"厨房风波"、"宝玉瞒赃"等情节，透露贾府主人与仆人以及仆人之间的矛盾；"怡红夜宴"是大观园最后的欢歌，夜宴中，麝月抽到荼蘼花，而荼蘼花开是春天花季的结束，也寓意麝月是一直陪伴宝玉到最后的丫鬟，八十回后贾府被抄，其他丫鬟都走的走散的散，就剩下麝月。

（4）秋之悲凉：内囊尽上，风雨飘摇（第 63 下半回—91 回）

第 63 下半回至第 69 回，悲凉之气弥漫在这个贵族之家。贾敬宾天，贾琏偷娶尤二姐，了结尤二姐、尤三姐公案。凤姐假装善良把尤二姐接回府里，实为阴毒。

第 70 回至第 78 回，大观园风波迭起，抄检大观园是中间四十回的高潮，晴雯被逐、晴雯之死、宝玉作《芙蓉女儿诔》，寓示金玉良缘压倒了木石前盟；贾母寿辰邢夫人、凤姐婆媳冲突，明争暗斗越来越公开化。贾氏宗祠先灵悲叹，荣国府赏月景象凄凉，宁、荣二府将衰。

第 79 回至第 91 回，薛蟠娶妻，迎春误嫁。从第 79 回"薛文龙悔娶河东狮"起，作者用了很多篇幅描写薛家的败落。薛家内生祸乱，薛蟠"太平命案"事发。薛蟠"葫芦案"发生在《红楼梦》开篇，主要展示贾、史、王、薛四大家族"连络有亲，一损俱损，一荣俱荣"，显露四大家族在上流社会中权势熏天。而薛蟠"太平命案"反映了官僚机构腐败透顶及四大家族势力的败落和无能为力，薛家在"太平命案"整个过程花掉了十多万两银子，掏空了家底。

（5）冬之严酷：大故叠起，走向败落（第 92—118 回）

第 92 回至第 118 回，宝玉爱情婚姻悲剧已成定势，贾母对待宝、黛爱情的态度发生了转变，"掉包计"标志着"金玉良缘"成为定局。有"宝玉丢玉"、"黛玉焚稿"、"宝钗大婚"、"探春远嫁"、"妙玉被劫"、"惜春出家"、"刘姥姥救巧姐"等重要事件，其中第 105 回贾府被抄家是后四十回的高潮。

百年望族走向衰败，大故迭起，笼罩在死亡氛围之下：元春之死（第 95 回）、王子腾之死（第 96 回）、黛玉之死（第 98 回）、金桂之死（第 103 回）、迎春之死（第 109 回）、贾母之死（第 110 回）、鸳鸯之死（第 111 回）、赵姨娘之死（第 113 回）、凤姐之死（第 114 回）。

（6）尾声：归结《红楼梦》（第 119—120 回）

一部大书已进入尾声，准备画上句号。第 119 回，宝玉出家，俗缘已毕；第 120

图 1-25　贾母寿天，鸳鸯殉主

图 1-26　宝玉识金锁，宝钗认通灵

回，袭人证缘，石头回归，甄士隐、贾雨村归结《红楼梦》。

第 119 回，写贾府"沐皇恩"、"延世泽"、"兰桂齐芳"，这是后四十回引发争论的一个焦点问题。有的学者将贾府"家道复初"视作续书的一大败笔，是对《红楼梦》悲剧主题的否定，并认为《红楼梦》的结尾"食尽鸟投林"应该是"白茫茫大地真干净"。

我倒觉得，可以把"沐皇恩"、"延世泽"、"兰桂齐芳"看作贾府这个百年望族"百足之虫，死而不僵"的一种象征，没有必要对"家道复初"太纠结。我赞成林语堂的看法，宝玉虽中举，但遁入空门，仍不能不说是悲剧下场；贾氏沐皇恩、延世泽，结局仍是衰败，树倒猢狲散 ①。后四十回写到此种境地，这是中国文学史空前的大成功。

7. 木石前盟与金玉良缘：宝黛钗的爱情和婚姻悲剧

满庭芳·咏宝黛钗（新韵）
翟海潮

两小无猜，青梅竹马，三生石畔情缘。冷香麝串，园内起波澜。垂泪葬花试探，情极处，碎玉参禅。绛芸兆，西厢佳句，钗黛契金兰。　　纵然情似海，终将难抵，礼法如天。了前缘，绛珠泪尽成仙。焚稿身心凄惨，寒风里，灵玉归山。蘅芜苑，芳龄难继，金玉梦成烟。

南乡一剪梅·林黛玉和薛宝钗
李宝贵

心事几阑珊。竹影潇潇夜不眠。木石前盟空怅望，诗也如泉。泪也如泉。　　何意说良缘。雪里金钗一梦残。隔断凡尘君去也，悲了红颜。愁了红颜。

南乡一剪梅·木石前盟与金玉良缘
贺世战

横影泣伶仃。欲效鹣鹣恨不凭。泪尽魂归离恨界，生亦前盟。死亦前盟。　　随去雪中僧。舍却红尘去未停。所谓良缘终个是，聚也非情。离也非情。

---

① 参见林语堂：《平心论高鹗》，长沙：湖南文艺出版社，2019年，第38、72、91页。

鹊桥仙·题宝黛钗

陈慧茹

灵河岸上，三生石畔，甘露之恩何报？追随下界为还情，珠泪尽，芳魂飘杳。　　相期木石，又逢金玉，谁谓良缘正好？纵然婚配意难平，撒手去，尘缘终了。

七律·林黛玉和薛宝钗（新韵）

王应民

莫如石畔度三生，演绎红楼梦未成。
侍者倾心迷凤愿，绛珠向意泣前盟。
芳龄永继何尝永，仙寿恒昌岂可恒。
风月寒宵情万里，堪怜孤影似飞蓬。

【品评】 翟海潮　撰

宝、黛、钗的爱情和婚姻悲剧是《红楼梦》最重要的一条主线，它伴随着木石前盟和金玉良缘之争而展开，最后金玉良缘胜过了木石前盟，导致黛玉泪尽而亡、宝玉出家、宝钗守寡的悲惨结局。

开卷第1回，讲了一个"绛珠还泪"的神话故事，绛珠仙草为酬报神瑛侍者的灌溉之恩，随其下世为人，用"一生所有的眼泪还他"。这神瑛侍者便是贾宝玉的前身，而林黛玉则是绛珠仙子的转世。他俩的这段姻缘，便是"木石前盟"。第3回，宝黛初会，两人一见如故。黛玉见到宝玉大吃一惊："好生奇怪，倒像在那里见过一般！"宝玉见到黛玉笑道："这个妹妹我曾见过的。"黛玉进贾府，他们一起玩、一桌吃、一床睡，可谓青梅竹马。

第4回，宝钗进贾府，宝钗品格端方，容貌丰美，"人多谓黛玉所不及"。宝玉时常"见了姐姐就忘了妹妹"，惹得黛玉落泪。第8回，宝玉去探望宝钗，宝钗要看宝玉的通灵玉，看到上面的字，念道："莫失莫忘，仙寿恒昌。"丫鬟莺儿在一旁嘻嘻笑道："我听这两句话，倒像和姑娘项圈上的两句话是一对儿。"于是宝玉要来金锁看，是"不离不弃，芳龄永继"，因笑问："姐姐这八个字倒真与我的是一对。"莺儿多嘴，说道："是个癞头和尚送的……"这便是"金玉良缘"的发端。金玉良缘和木石前盟之争，宝、黛、钗的爱情和婚姻悲剧由此展开。

宝、黛的爱情是一种天国之恋，是超脱世俗的心有灵犀；而宝钗的情爱故事，则是地上之恋、世俗之恋。宝钗劝宝玉走仕途经济之路，而林、薛之别，恰恰从这里划

图 1-27　西厢记妙词通戏语

图 1-28　湘云拾麟

分出界限。林黛玉和薛宝钗是曹雪芹塑造的"双峰对峙，二水分流"性格迥异的艺术形象，林黛玉代表的是一种感性而诗意的存在，而薛宝钗则代表一种理性而世俗的存在。宝钗与宝玉、黛玉之间的联系、矛盾、纠葛，构成了《红楼梦》的主要内容。

第 5 回"游幻境指迷十二钗"，警幻仙子将自己的一位乳名兼美（"鲜艳妩媚大似宝钗，袅娜风流又如黛玉"）表字可卿的妹妹许配给宝玉，说明"黛钗合一"的兼美是宝玉的"梦中情人"，也是曹雪芹理想中的女性。"世外仙姝寂寞林"与"山中高士晶莹雪"是美的双璧，曹雪芹以花开两朵，各表一枝的手法，提炼出薛宝钗和林黛玉两种完全不同的生命。依"兼美"的说法，曹雪芹对于黛钗并没有"褒此抑彼"，而是欣赏着各自的美，也怜惜着她们走向悲剧的命运。宝玉的出家，更显示出兼美在世界上无法实现。黛、钗之争，不是善恶之争，也不是是非之争，它其实是曹雪芹灵魂的悖论。

如果把《红楼梦》百二十回看成一个整体来分析，宝、黛、钗的爱情和婚姻悲剧可分为三个阶段：第 8 回到第 36 回，从"黛玉含酸"到"黛玉题帕"、"绛芸梦兆"为第一阶段；第 37 回到第 78 回晴雯之死、宝玉写《芙蓉女儿诔》为第二阶段；第 79 回到第 120 回，"黛死钗嫁"、"宝玉出家"为第三阶段。

（1）第一阶段（第 8—36 回）

从第 8 回"黛玉含酸"情窦初开到第 23 回"共读西厢"是宝黛爱情的萌生。在这一阶段，宝黛二人共有十来次争吵哭闹，比如第 17 回，因黛玉送宝玉的荷包被小厮抢走，黛玉误会，"误剪香囊"；第 20 回，宝玉去看宝钗，黛玉因猜疑又与宝玉吵嘴而哭，宝玉跟黛玉"论亲疏"；第 22 回，贾母给宝钗过十五岁生日，大家看戏，心直口快的湘云说出黛玉像戏子，宝黛争吵，使"宝玉悟禅"。

第 26、27 回，宝玉因一句"若共你多情小姐同鸳帐"惹得黛玉生气落泪。晚上，宝钗到怡红院看宝玉，随后黛玉也来叩门。不料晴雯和碧痕吵嘴，正没好气，索性赌气不开门，引起黛玉误会。第二天"黛玉葬花"，宝玉哭倒，二人争吵后误会消除。第 29 回，因张道士提亲，引起二人争吵，"宝玉砸玉"，还惊动了贾母，气得贾母说出"不是冤家不聚头"。这其间，也有宝钗与宝玉、黛玉的争吵。第 30 回，宝玉说宝钗像杨贵妃，宝钗生气借丫头找扇子的时机来讽刺宝、黛，所谓"借扇双敲"，这是宝钗少有的一次发怒。

第 32 回，黛玉因金麒麟事件而猜疑，引发"宝黛诉腑"，二人交心。有学者认为，"金麒麟事件"是另一处"金玉良缘"，预示史湘云最后嫁给了贾宝玉。己卯本第 31 回回首批曰："金玉姻缘已定，又写一金麒麟，是间色法也。"（第 419 页）在绘画上，作品中画上一种杂色，正是为了强调正色。写金麒麟，是为了烘托气氛，史湘云其实是嫁给了卫若兰。宝黛之间相互试探，在冲撞、纠葛和执着中体验着人生的初恋。这些争吵哭闹，其实都是探测对方心理的不能言说的方式。第 34 回，"宝玉挨打"之后，宝玉送旧手帕给黛

图 1-29　情中情因情感妹妹

图 1-30　泄机关颦儿迷本性

玉，"黛玉题帕"，标志着宝黛"定情"，此后他俩再也没有过争吵哭闹或是明讥暗讽。

第36回"绛芸梦兆"，宝钗坐在袭人的位子代做鸳鸯戏莲花兜肚，宝玉于梦中喊骂："和尚道士的话如何信得？什么是金玉姻缘，我偏说是木石姻缘。"宝钗非常尴尬，此时木石前盟压过金玉良缘。

（2）第二阶段（第37—78回）

在经历了"宝黛诉腑"、"黛玉题帕"之后，宝、黛爱情进入了默契和成熟的阶段，她和宝玉之前的彼此试探已不复存在，两个人都已明了对方的心意，达到了两情相悦的境界。在有了这份自信之后，黛玉的心境也好转了，也能坦然地面对宝钗，还向宝钗敞开了心扉。

第45回"黛钗推心"，黛玉身子愈发不好，宝钗来探望。宝钗不仅体贴地为黛玉分析病理，还给黛玉送来燕窝，这着实让处境孤单的黛玉大为感动。之前黛玉在行酒令时不自觉用了《牡丹亭》和《西厢记》中的唱词，宝钗借此劝解黛玉要少看这些书，这也让黛玉觉得宝钗是很宽厚待人的（第42回）。

宝钗做的这两件事，使得黛玉对宝钗的猜疑、妒忌大大地释然，两个人最终和解。第49回，湘云又开黛玉的玩笑，黛玉也不恼。宝玉对黛玉与宝钗的和好大惑不解，黛玉对宝玉说："谁知他竟真是个好人，我素日只当他藏奸。"金玉良缘和木石前盟之争也随之淡化了。转而黛玉最大的忧愁就是无人为她和宝玉的婚姻做主，这种忧思流露在后来所作的诗词里。

第57回"紫鹃试玉"，宝黛发展到了热恋阶段，宝黛爱情走向了成熟和平静。但金玉良缘与木石前盟之争仍在继续，因为儿女的婚姻毕竟是"父母之命，媒妁之言"，此时的黛玉孤独无援，处境显得更加凄凉，但宝黛仍怀着一丝希望在等待。

第70回，黛玉重建桃花社，众姊妹以柳絮为题作词，黛玉的《唐多令》象征她一生的际遇。"叹今生谁舍谁收？"自己虽然与宝玉有情有爱，但自古婚姻大事皆由父母而定，黛玉无父无母，只能是像柳絮一样"凭尔去，忍淹留"。而此时的宝钗却成竹在胸，她作的《临江仙》，很乐观地寄予了对未来美好的向往，"好风频借力，送我上青云"。

第74回抄检大观园以后，晴雯被撵出大观园，黛玉的身体愈发不好。晴雯死后，第78回宝玉作《芙蓉女儿诔》，透露出宝黛婚姻的无望，此时金玉良缘已经压过了木石前盟。《芙蓉女儿诔》虽是写给晴雯的，其实也是写给黛玉的。

（3）第三阶段（第79—120回）

接踵而来的是"宝玉始提亲"、"凤姐设奇谋"、"定婚瞒消息"、"傻大姐泄密"，一步一步把宝、黛、钗的爱情和婚姻悲剧层层地推向了高潮。

第84回，王熙凤首次大胆地明确地在贾母面前提出了"宝玉"和"金锁"的姻缘，凤姐笑道："不是我当着老祖宗太太们跟前说句大胆的话，现放着天配的姻缘，何用别处去找。"贾母笑问道："在那里？"凤姐道："一个'宝玉'，一个'金锁'，老太太怎么忘了？"贾母笑了一笑，因说："昨日你姑妈在这里，你为什么不提？"看来凤姐也看透了贾母的心思，贾母也从"木石前盟"转向了"金玉良缘"。

第 90 回，贾母的态度明朗了，她和王、邢夫人再一次提到宝、黛的事时，贾母显明地表达了自己对钗黛的取舍。贾母说"林丫头乖僻"，"林丫头这样虚弱，恐不是有寿的"，这两点让贾母最终觉得"只有宝丫头最妥"。并且这些主事的人定好，将此事瞒起来，为"掉包计"的出台做了铺垫。凤姐设计的"掉包计"最终把宝、黛、钗的爱情和婚姻推向了深渊。

第 97 回"黛玉焚稿"、第 98 回"绛珠归天"是以木石前盟为标志的宝、黛爱情的结束，黛玉死的时候才十七岁；而第 97 回"宝钗大婚"也是以金玉良缘为标志的宝玉和宝钗婚姻悲剧的开始，宝玉终究没有放下木石前盟的情感重负；第 119 回，俗缘已毕，"宝玉出家"，宝钗守寡。此时，宝玉十九岁，宝钗二十一岁；第 120 回"石头回归"，归结《红楼梦》。一部《红楼梦》以黛玉泪尽而亡、宝玉出家、宝钗守寡的悲惨结局而告终，当然还有以贾府为代表的四大家族的败落以及众"女儿"的悲惨命运。

木石前盟与金玉良缘之争，充分显示了"情"与"礼"、"法"之间的冲突，"礼"和"法"最终胜过了"情"。脂砚斋说，《红楼梦》是让天下人共来哭这个"情"字，把《红楼梦》的悲剧性和"情"字联系在一起，是非常深刻的。

当然也有不同的解读，有专家考证八十回之后，贾母在"元妃薨逝"不久就死了，也不存在什么"掉包计"，黛玉之死的直接原因绝不是贾母在凤姐的"掉包计"之下"弄坏了"黛玉，"黛死钗嫁"另有原因。例如有人解读说宝玉因涉嫌某案件被拘押狱神庙，致使宝黛"香巢"倾覆，黛玉因思念过度而死，而宝玉与宝钗结婚是在黛玉死后。不同的解读增加了《红楼梦》的魅力。

8. 一僧一道串起一部《红楼梦》：一条通灵的隐线

七律·一僧一道 (新韵)

翟海潮

跛道疯僧无定踪，红楼梦幻越时空。

袖携灵玉游尘世，领引顽石返埂峰。

一鉴病中风月现，复歌好了慧根通。

痴言狂语消雁患，形浪骸癫度众生。

鹧鸪天·一僧一道
孙树娟

跛脚深知世路艰，癫头更可视心斑。红楼一梦浮生醉，翠竹三秋玉露寒。　　云掩影，雨生烟。禅机点化总相关。千红一哭香终散，好了歌中了悟难。

南乡子·一僧一道
王志霞

归隐入苍茫。无束形骸谶语狂。堪叹尘劳皆历遍，嗟伤。经雨千红亦散香。　　忧喜与彭殇。脚踏青云近帝乡。袖石堕尘寻一梦，凄凉。好了歌中演大荒。

踏莎行·一僧一道
贺世战

九域茫茫，凡心渺渺。无稽崖畔逢缘早。云山雾海若萧寥，俗尘应是人声悄。　　跛足形骸，癫头样貌。慧根又把灵光照。如何度得有缘人，劫来应识仙乡好。

七律·一僧一道（新韵）
王应民

雾海茫茫三万里，云山渺渺九千年。
实虚道士皆灵性，隐现僧人尽善缘。
宝玉得时青琐第，顽石失意碧罗天。
个中禅旨谁堪解，月债风情杨柳烟。

【品评】 翟海潮　撰

一僧一道是《红楼梦》第1回开篇便出现的虚幻人物，在青埂峰下、太虚幻境中，他们"生得骨格不凡，丰神迥异"，名曰"茫茫大士"、"渺渺真人"。而"甄士隐梦幻识通灵"梦醒之后，一僧一道来到凡尘世间，则化作了癫头和尚和跛足道人，形象不堪，还疯疯癫癫。

第25回，对癫头和尚的描述是："鼻如悬胆两眉长，目似明星蓄宝光。破纳芒鞋无注迹，腌臜更有满头疮。"对跛足道人的描述是："一足高来一足低，浑身带水又拖

图 1-31　苦绛珠魂归离恨天

图 1-32　甄士隐路遇僧道

泥。相逢若问家何处，却在蓬莱弱水西。"

　　气骨不凡、丰神迥异的茫茫大士和渺渺真人登场时，戚序本第1回夹批："这是真像，非幻像也。"（第4页）而当癞头和尚和跛足道人出现时，甲戌本侧批则曰："此则是幻像，所谓万境都如梦境看也。"（第11页）癞僧、跛道之"幻像"贯穿始终，但书中呈现的却都是现实主义的情节，这是"以幻作真"。

　　《红楼梦》的缘由、贾宝玉的故事由这一僧一道导演出来，也是作者通过一僧一道对故事情节的精心布置和巧妙安排。一僧一道串起一部《红楼梦》，他们看似疯癫，实则处处见禅机，句句是哲理！浮生若梦，佛家讲空，道家讲真，癞头和尚和跛足道人在《红楼梦》里起着穿针引线、度化众生的作用。

　　（1）**穿针引线**：曹雪芹用一僧一道，带领读者进入他编织的《红楼梦》里，把青埂峰下一块不堪入选的顽石，变成一位富贵公子贾宝玉的通灵玉，袖进衣中带到人间的温柔富贵乡游历一番，见证了人生的起起落落，最终也引领着与这块石头相关的人物找到各自的归宿，那"宝玉"又被一僧一道带回青埂峰下，返回了"顽石"的本源。

　　书中提到一僧一道的地方有六十多次，在整部《红楼梦》中起着"一线串珠"的关键作用。一僧一道的形象和行踪变幻不定，从第1回到第120回，他们忽隐忽现，神出鬼没，凡故事发展到大关节、大关键处，便有他们的声音和身影出现。一僧一道在甄士隐、甄英莲、林黛玉、薛宝钗、贾宝玉、贾瑞、柳湘莲、王熙凤等人的故事中多次间接或直接地出现，发挥了穿针引线的关键而又重要的作用。

　　（2）**度化众生**：在"幻境"中时隐时现的癞僧、跛道作为作者的化身，其实是智慧的化身，已臻于"出世醒人"之化境，"通部书中，假借癞僧、跛道二人，点明迷情幻海中有数之人也"（甲戌本第3回眉批，第38页）。

　　细心的读者可以看出，癞头和尚侧重度女，跛足道人侧重引男。香菱、林黛玉、薛宝钗的命运，与癞头和尚分不开；而甄士隐、贾瑞、柳湘莲乃至贾宝玉，又与跛足道人分不开。

　　曹雪芹借用一僧一道与主人公的命运经历紧紧地联系在一起。第1回中，这一僧一道出现在甄士隐的梦境中，梦醒之后又出现在甄士隐的生活中。癞头和尚说甄士隐的三岁女儿英莲"有命无运，累及爹娘"，并口念了四句谶语似的诗："惯养娇生笑你痴，菱花空对雪澌澌。好防佳节元宵后，便是烟消火灭时。"他的"疯话"，几个月后兑现，英莲失踪，再遭火灾，甄士隐一贫如洗，又遇上了高唱"好了歌"的跛足道人，随之飘然而去。

　　第3回，林黛玉说："那一年我三岁时，听得说来了一个癞头和尚，说要化我去出家，我父母固是不从。他又说：'既舍不得他，只怕他的病一生也不能好的了。'"癞头和尚未能带黛玉出家，也未能阻止黛玉和宝玉相遇。和尚知道木石前盟，绛珠仙草必

图 1-33　通灵玉蒙蔽遇双真

图 1-34　甄士隐梦幻识通灵

用一生的眼泪还报神瑛侍者的灌溉恩情，这场轰轰烈烈的爱情终究会发生，因此黛玉夭折的宿命也无从改写。

第 7 回，宝钗自己说，她体内有从娘胎里带出来的一股热毒，寻常药物不管用，癞头和尚专门给宝钗开了一个海上方，这就是传说中的"冷香丸"了。冷香丸看似是一种药丸而已，实际上是和尚劝度宝钗淡泊处事的一种教导。宝钗那个金锁，据说也是个"和尚"给了两句吉利话"不离不弃芳龄永继"錾在上面，恰巧和宝玉那块玉上面的两句话"莫失莫忘仙寿恒昌"成双配对，这便是书中所说的"金玉良缘"。宝钗因这种淡泊处事的从容冷静，在贾府为宝玉挑选媳妇的竞争中完胜痴情、任性的林黛玉。宝钗赢得了贾府上上下下的称赞，却终究没能赢得"情痴"贾宝玉的心，这也是宝钗命运的悲剧。

在《红楼梦》故事的重大情节上，一僧一道也时伏时隐。第 12 回"王熙凤毒设相思局　贾天祥正照风月鉴"，贾瑞在生命垂危之际，跛足道人给他一面镜子，专治邪思妄动之症，且嘱他："千万不可照正面，只照他的背面，要紧，要紧！"跛足道人希望通过风月宝鉴的点化来拯救贾瑞，可贾瑞不信邪，终一命呜呼而死。第 66 回，柳湘莲背信弃义，而导致尤三姐自刎，之后柳湘莲被跛足道士度出凡尘，出家而去。

宝玉也与一僧一道的情缘不断，凡在危难之时，这癞头和尚必定出现，书中第 25 回以及"程本"续书第 115 回、第 116 回、第 120 回都有描述。

在第 25 回中，赵姨娘和马道婆联手对凤姐和宝玉施了魇魔法。二人着"魇"后，百般医治不效，被折磨得不省人事、奄奄一息。而此时，那一僧一道便奇幻般登场。男的有病了，跛足道人来瞧；女人有病了，癞头和尚来瞧。这次姐弟俩都病了，自然是"双真"都要出场了。癞头和尚与跛足道人把那块通灵宝玉"又摩弄一回，说了些疯话"，包管使凤姐和宝玉"三十三日之后"，"身安病退，复旧如初"，救了命悬一线的凤姐和宝玉。

和尚道明原因，想当年青埂峰上的宝玉"天不拘兮地不羁，心头无喜亦无悲；却因锻炼通灵后，便向人间觅是非"。展眼已过十三载，如今的宝玉失去了当年通灵时的明光，已是："粉渍脂痕污宝光，绮栊昼夜困鸳鸯。沉酣一梦终须醒，冤孽偿清好散场！"宝玉如今被声色货利所迷，所以不灵验了。

第 120 回贾政说："便是那和尚道士，我也见了三次：头一次是那僧道来说玉的好处；第二次便是宝玉病重，他来了将那玉持诵了一番，宝玉便好了；第三次送那玉来，坐在前厅，我一转眼就不见了。我心里便有些诧异，只道宝玉果真有造化，高僧仙道来保佑他的。"在毗陵驿地方，贾政亲眼见宝玉随一僧一道飘然而去。

《红楼梦》中这一僧一道，是作者借用神话情节来演绎石头的故事，女娲补天遗下一石，"谁知此石自经煅炼之后，灵性已通"，被这僧、道带入凡世，成为贾宝玉衔之而生、伴随一生的通灵宝玉。又以空空道人之像，在大荒山无稽崖青埂峰下抄录了这个故事，使《红楼梦》有一个神奇怪诞的开头和结尾，第 120 回以甄士隐之口述出："前经茫茫大士渺渺真人携带下凡，如今尘缘已满，仍是此二人携归本处，这便是宝玉的下落。"

9. 甄士隐和贾雨村：演说归结《红楼梦》的侧衬辅线

七律·甄士隐和贾雨村 (新韵)
翟海潮

假语村言真世隐，出家入仕意图深。
演说贾府尘缘事，归总红楼梦幻因。
乡宦荣枯藏预谶，儒生起落匿规箴。
觉迷渡口重相遇，首尾遥呼用笔神。

七律·甄士隐和贾雨村
肖芳珠

名姓谐音伏线藏，贾甄折射大兴亡。
出尘悟了通仙界，入世钻营现宦场。
宝黛情缘清泪抵，宁荣命运疾风扬。
铺陈预演浮沉事，映衬人间意蕴长。

翻香令·甄士隐和贾雨村
贺世战

漫嗟真事或为痴。村言假语也堪悲。兴衰改，荣枯换，这世间、百态看参差。　　驭文玄幻并殊奇。伏来双线亦如斯。觉迷渡，庵堂下，结全书、闲话释仙机。

南乡子·甄士隐和贾雨村
王志霞

重义一文儒。家散人离兴转孤。真事隐言多体悟，蓬壶。来去仙乡自在无？　　贪利恋高梧。假语存焉入仕途。肯许忘恩聊自许，呜呼。宦海沾尘两袖乌。

【品评】翟海潮　撰

　　演说归结《红楼梦》并参与兴衰侧衬性辅线，是贾雨村、甄士隐的双重线索。一方面是演说、归结整部小说的叙事辅线；另一方面，他们本身和小说主题有巧妙联系，与贾府共荣共衰。开卷第 1 回，曹雪芹把甄士隐和贾雨村两相对照来写，表明他撰拟这两个名字的寓意是将"真事隐（甄士隐）去"、"假语存（贾雨村）焉"，由此构成了《红楼梦》中极具特色的谐音寓意艺术。

　　甄士隐原是一地望族，却在元宵之夜突遭丢失女儿的家变，后又遭遇火灾，寄人篱下，落得贫病交加，最后随疯道人飘飘而去，昔日富贵如同幻梦。把甄士隐这样一个悲剧人物放在《红楼梦》的开篇，大有象征意义。甲戌本第 1 回侧批："不出荣国大族，先写乡宦小家，从小至大，是此书章法。"（第 8 页）第 1 回是主题思想的总纲，用甄士隐家的一段小荣枯，引出天下望族贾家的大荣枯，并借甄士隐的出家和绛珠仙草"还泪说"伏脉黛玉之死、宝玉出家的结局。

　　贾雨村也曾是诗书仕宦之族，因他生于末世，父母祖宗根基已尽，人口衰丧，只剩得他一身一口。贾雨村出场的时候，已经贫困到寄居庙中，每日以卖字画为生。后因甄士隐相助，进京考中进士。做官不久，就因贪酷徇私被革职。曹雪芹笔下的贾雨村，非常典型地反映了旧时某些读书人一生的经历：苦读、赶考、高中、为官、革职、复出、高升，最后枷锁扛、获罪等，完美地演绎了一场官场现形记。

　　甄士隐和贾雨村这两个人物在《红楼梦》一书中具有演说和归结的作用，甄士隐沟通了仙凡世界，贾雨村则联系起了贾府和整个社会官场。甄士隐和贾雨村这两个人物正是为展开贾府的悲剧故事而安排的，他们是整个贾府故事的缩影。作者通过这两个人物向我们预示了贾府必然败落的命运。

　　《红楼梦》中塑造了一个现实中不可能存在的太虚幻境，在那里，书中主人公的故事有了一个神话的缘起，而甄士隐起了沟通这个仙境和凡尘两个世界的作用。

　　第 1 回写"士隐于书房闲坐，至手倦抛书，伏几少憩，不觉蒙眬睡去。梦至一处，不辨是何地方。忽见那厢来了一僧一道，且行且谈"。甄士隐听到了绛珠还泪的故事，并曾与通灵宝玉有一面之缘，还亲睹了太虚幻境的入口，看到了那副颇有象征意味的对联："假作真时真亦假，无为有处有还无。"醒来后，依然是一片凡俗世界，梦中一僧一道竟也出现在现实之中。如此，甄士隐便沟通了太虚幻境和现实世界之间的联系，使整部书亦真亦幻，富于艺术性。

　　一头牵着仙界、一脚踏着人间的甄士隐，人生经验最后的升华，体现在为《好了歌》作"注"上，不仅对其自身，而且是对世世代代人们的思想和行为进行了过滤，最后积淀成一首"人生之歌"，可以视作贾府衰败的"葬歌"，也是《红楼梦》的主题歌，故脂批说它预示了贾府一干人的命运。

贾雨村则是连接了贾府和外部社会官场。第2回，他与冷子兴演说荣国府，为我们画了一幅详尽的宁荣二府宗族关系图，同时又将贾家与甄家、贾家与林家等一系列人物家族联系起来。贾雨村在"走进贾府"艺术使命中的作用，一是把林黛玉送进了贾府，二是通过乱判葫芦案的过程，将贾府的社会背景作充分的展示。

如果说第2回贾雨村与冷子兴是话说贾府，那么第3回贾雨村送黛玉进贾府，就直接将叙事的中心——贾府引到了读者的眼前。第4回乱判葫芦案，迫使薛蟠带着母亲薛姨妈和妹妹宝钗进入贾府，至此《红楼梦》两个重要人物林黛玉和薛宝钗都聚集到了贾府。

第4回贾雨村乱判葫芦案，并不是着意描写如何判案，而是透过贾雨村怎样了结这一命案，着重揭示封建社会上层权势网的强大和黑暗，以及与时共存的社会心态。"护官符"是四大家族权势的象征符号，从中可以看出上流权势关系网的基本特征：联络有亲，一损俱损，一荣俱荣。

薛家的财势及霸道，英莲被拐后的生活及雨村的宦海沉浮，种种人情世态活现逼真，勾勒出了贾府故事的社会大背景，让我们知道在一派"人间仙境"的大观园之外原是这般污浊不堪、尔虞我诈的社会，无瑕美玉终究还是逃不了遭泥陷的命运。

贾雨村在官场的荣辱沉浮映衬着贾府的命运，他与贾政、贾赦的交往让贾府始终处在与社会官场的联系中。于是，一部《红楼梦》便再不是只写小儿女离合悲欢、只写一家一族盛衰沉浮的小书，而成为对整个社会状态具有普遍观照和忧患的大书。

甄士隐和贾雨村，一个代表出世，一个代表入世。甄士隐和贾雨村二人的人生轨迹正体现了我国传统社会在人生价值选择上的隐与仕的矛盾互补。

甄士隐原是姑苏城仁清巷一个秉性恬淡、不以功名为念的乡宦，书中称他"每日只以观花修竹、酌酒吟诗为乐，倒是神仙一流人品"，具有典型的道家型人生价值追求。他在经历了女儿丢失、家业凋零的世间劫难之后，得疯道人指引，了悟人间万般"好便是了，了便是好"，遂与道人飘然隐去。

贾雨村则是儒家人生价值观的代表，从他的表字"时飞"，便可看出他"玉在椟中求善价，钗于奁内待时飞"的汲汲功名之心。他渴望实现"天上一轮才捧出，人间万姓仰头看"的飞黄腾达的抱负。

受到甄士隐的接济后，贾雨村竟然因为急于功名不辞而别，大有"仰天大笑出门去，我辈岂是蓬蒿人"的气概。其实，这个时候的贾雨村虽然汲汲于功名，但仍然是想做一个"修身齐家治国平天下"的儒家理想人物的。只可惜腐朽的官场让他身不由己地成了投机钻营、贪赃枉法、陷害无辜，甚至在贾家失势后忘恩负义落井下石的小人。

图 1-35　贾雨村风尘怀闺秀

图 1-36　刘姥姥初会王熙凤

甄士隐、贾雨村在整部小说中的情节并不多，前八十回中，甄士隐的出现只在第1回；贾雨村除了在开场前四回比较集中外，此后就隐伏在一些故事情节中，在第16、17、32、48、53、72回中有所描述，或一言半语，或借他人之口顺便道出，通过几处侧笔使他这一人物在书中笔断意连。例如第48回中，从平儿嘴里说出贾雨村为了给贾赦弄到古扇，讹石呆子拖欠官银，拿他到衙门去，变卖家产赔补，把扇子抄了，作了官价送了来。第53回中提到王子腾升九省都检点，雨村补授了大司马，协理军机参赞朝政。

"程本"后四十回，甄士隐仅出现过两次，对贾雨村的描述也不多，有的也是一言半语。比如，第92回，听说贾雨村降了三级，不久又升了。第107回，东府被抄之后，有人议论贾雨村："他本沾过两府的好处，怕人说他回护一家，他便狠狠地踢了一脚，所以两府里才到底抄了。"

后四十回，出道后的甄士隐和尘世中的贾雨村曾有过两次相遇，而两次相遇的地点，一个是"知机县急流津"，一个是"急流津觉迷渡口"，这两个名字颇有寓意。第103回，贾雨村升了京兆尹兼税务，一日出都查勘开垦地亩，路过知机县，到了急流津，在这里见到了阔别十九年的甄士隐。贾雨村正是春风得意之人，哪里能够"知机"，所以甄士隐只以道家玄语相答，并不相认。

第120回，贾雨村犯了贪索的案件，审有定罪，今遇大赦，褫籍为民。贾雨村叫家眷先行，自己带了一个小厮，一车行李，来到急流津觉迷渡口，在这里遇到了甄士隐。经历了几番宦海沉浮，贾雨村对功名的痴迷也到了觉醒的时候。如今甄士隐已经是一个"仙长"了，他洞悉仙机，似乎见证了贾府这些年来所有的事情，是贾府故事一个隐形的见证者。甄士隐的一番话让贾雨村颖悟仙机，二人茅庵膝谈，归结《红楼梦》，回忆过去发生的一切，总结了尘缘中的奇人奇事。与第1回首尾呼应，可谓妙笔生花。

总而言之，甄士隐和贾雨村这两个贾府主体故事之外的人物在《红楼梦》全书的结构和主题意蕴上都发挥了重要作用，他们的故事预示着贾家的命运，他们的情节起着穿针引线和演说、归结的作用。而他们的人格本身，又体现着作者对中国传统人士人生价值的思考。

10. 袭人和刘姥姥：《红楼梦》穷通交替反讽辅线

七绝·袭人和刘姥姥（新韵）

翟海潮

其一

迷人花气贵如兰，雕镂灵石重任担。

演罢规箴犹未尽，又说茜绿汗巾缘。

其二

穷通辅线妙安排，三入豪门见盛衰。

危难之时赎巧姐，知恩图报显胸怀。

定风波·袭人和刘姥姥
肖芳珠

花意清芬漫袭人，怡红院里欲藏春。暗许芳心追旧主。偏误。缘丝巧绾茜纱巾。　　村姬攀亲原小善。生变。反身救女自衔恩。辅线双埋含谕讽。作弄。兴衰换却几风云。

一斛珠·袭人和刘姥姥
贺世战

繁华易落。死生遭际东西各。从来富贵亲缘薄。大义堂堂，准复轻卑弱。　　寒屋多逢风雨恶。真金总被波涛濯。不言奢绮同荣乐。揽笔生情，总向凡微作。

【品评】 翟海潮　撰

　　《红楼梦》有一条穷通交替反讽性辅线，是以袭人、刘姥姥为主的社会线索。马瑞芳认为，这条辅线跟贾府兴衰主线性质不同，前者是广厦之倾，后者是茅舍之兴[①]。昔日荣国府的家奴花袭人因"茜纱巾"之缘嫁给了蒋玉菡，在贾府败落之后二人曾救助过宝玉；昔日硬跟贾府攀亲的刘姥姥，受贾府接济成了小康之家，后报恩救助巧姐。刘姥姥三进荣国府（"程本"是四进）是贾府盛衰的隐线。

　　实际上，袭人在小说布局中有超出刘姥姥的特殊重要性，她虽然仅仅是宝玉的大丫鬟，却始终参与贾宝玉的情感活动，进而起雕镂主角个性的作用。袭人这条辅线隐蔽性很强，从第3回出场至第120回结束，袭人的故事贯穿始终，共有八十三个章回出现了袭人的身影。

　　袭人原名花珍珠，是贾府买来的一个婢女。第3回，贾母因溺爱宝玉，恐宝玉之婢无竭力尽忠之人，素喜袭人心地纯良，克尽职任，遂与宝玉。第6回"贾宝玉初试云雨情"，从此两人形成了特殊的关系："自此宝玉视袭人更比别个不同，袭人待宝玉

---

① 刘梦溪等：《红楼梦十五讲》，北京：北京大学出版社，2007年，第104页。

图 1-37　蒋玉菡情赠茜香罗

更为尽心。"袭人的形象其实非常复杂，从她的身份上来说：一方面，她是怡红院的第一丫鬟；另一方面，袭人和贾宝玉之间有了"夫妻"之实，也一直将"宝二姨娘"当作自己奋斗的目标。只有把这两层身份相融合，才能完整表达袭人的形象。

　　袭人身为怡红院的第一丫鬟，扛起了照顾贾宝玉的全部责任，怡红院的上上下下，都是袭人亲自打理，而在怡红院出现问题的时候，袭人敢于承担，总是牺牲自己的利益，委曲求全，保全整个怡红院的名声。正因为袭人付出了很多，所以她才在怡红院中具有绝对的权威，底下的小丫鬟们，或有不服晴雯的，唯到了袭人这里，都是清一色的赞叹之语。

　　另一方面，袭人一直将当上"宝二姨娘"作为自己奋斗的目标，她的这种心理必然会表现在她的行动上。自第 6 回之后，袭人开始在各方面规劝贾宝玉，最典型的例子是第 19 回，袭人借着家里人要赎她出去的机会，有意敲打宝玉。袭人箴规宝玉说："我另说出两三件事来，你果然依了我，就是你真心留我了，刀搁在脖子上，我也是不出去的了。"宝玉急忙表态说："你说，哪几件？我都依你。好姐姐，好亲姐姐！别说两三件，就是两三百件，我也依……"在宝玉被贾政棒打之后，袭人又听到宝玉向黛玉倾诉衷情，马上意识到维护宝玉名节是当前的大事，就有了第 34 回她向王夫人进谏的情节。袭人道："如今二爷也大了，里头姑娘们也大了，况且林姑娘、宝姑娘又是两姨姑表姊妹，虽说是姊妹们，到底是男女之分，日夜一处起坐不方便，由不得叫人悬心……"王夫人听了这话，如雷轰电掣的一般，正触了金钏儿之事，心内越发感爱袭人不尽，直呼："我的儿，你竟有这个心胸，想的这样周全！"从此袭人得到了准姨娘的待遇，还增加了二两银子的月例。

袭人是《红楼梦》中最富争议的人物之一。喜袭人者，如脂砚斋等人，认为袭人乃"贤而多智术之人"（第261页）；厌袭人者，如清人涂瀛，认为袭人乃"奸而近人情者，阅其平生，死黛玉，死晴雯，逐芳官、蕙香，挑拨秋纹、麝月等等，其虐肆矣"①。众多的解读恰恰是《红楼梦》的魅力所在。因为《红楼梦》原本遗失，袭人的结局有众多猜测。第5回，袭人出现在《金陵十二钗》又副册上，有几句判词："枉自温柔和顺，空云似桂如兰；堪羡优伶有福，谁知公子无缘。"寓示袭人最后没有成为宝玉的妾，而是嫁给了蒋玉菡。第28回，宝玉偶遇琪官（蒋玉菡），蒋玉菡赠宝玉"茜纱巾"，据说是茜香国女国王所贡的系着能肌肤生香不生汗渍的大红汗巾，且要了宝玉随身的松花汗巾。宝玉的这松花汗巾原是袭人给他的，袭人生气。宝玉悄悄把蒋玉菡送的大红汗巾系在袭人腰上，为后来袭人和蒋玉菡成婚埋下了伏笔。

第20回庚辰本侧批、己卯本夹批和第28回庚辰本、甲戌本总评提供了两条线索：一是袭人出嫁是在宝玉出家之前，因为贾家变故，袭人离开贾府嫁给蒋玉菡，留下"好歹留着麝月"等语；二是袭人与丈夫蒋玉菡在贾家落难后，救济奉养了穷困中的宝玉宝钗夫妇（第271、274、380、395页）。

"程本"后四十回，袭人的结局也是嫁给了蒋玉菡，但嫁的原因和时机和脂批大不相同。

讲完了袭人的辅线，再说一下刘姥姥三进荣国府的辅线。第6回，刘姥姥一进荣国府，为改变女婿王狗儿一家的贫困状态，刘姥姥给狗儿出谋划策，要去有一星半点瓜葛的荣国府攀亲求助。狗儿祖上当年曾与"金陵王家"连过宗，刘姥姥心中的底数是：王夫人"如今上了年纪，越发怜贫恤老，最爱斋僧敬道，舍米舍钱的。如今王府虽升了边任，只怕这二姑太太还认得咱们"。按着这个思路，刘姥姥带外孙板儿斗胆去荣国府。在王夫人陪房周瑞家的引见下，刘姥姥拜见了管家凤姐，得到了二十两银子的资助。刘姥姥本来是到贾府"打抽丰"，却意外结识了凤姐，后来才有了二进、三进荣国府。

刘姥姥二进荣国府，不仅是《红楼梦》中的精彩之处，更展示出刘姥姥一介村妪丰满、诙谐、生动的形象。从第39回至42回，专为刘姥姥在贾府中活动设置。刘姥姥进大观园，受到贾母、王夫人、凤姐及荣国府奶奶、小姐、少爷及丫鬟们的欢迎。贾母亲

---

① 冯其庸辑校：《重校〈八家评批红楼梦〉》，青岛：青岛出版社，2015年，第97—98页。

自陪刘姥姥观光，刘姥姥也以粗俗的语言方式，妙趣横生地引发出一阵又一阵欢快的笑声。

大观园的新奇之景，让刘姥姥大开眼界。在贾母摆的家宴上，刘姥姥与凤姐、鸳鸯合谋出"洋相"，让贾母及众小姐丫鬟，乐得前仰后合，大笑不止，把刘姥姥的圆滑、世故、诙谐、幽默的个性再一次生动地展现出来。刘姥姥在贾府，吃到了精制的"茄鲞"和一两银子一个的小鸽蛋，使了四楞镶银的象牙筷子；去了栊翠庵，见到了精美的瓷器，品了名贵的老君眉。刘姥姥二进荣国府收获之大，让刘姥姥只有"念了几千声佛"的份儿了，刘姥姥得到了"半炕东西"，平儿一一地拿与她瞧："……这一包是八两银子，这都是我们奶奶的。这两包，每包里头五十两，共是一百两，是太太给的，叫你拿去或者作个小本买卖，或者置几亩地……"刘姥姥二进荣国府还为凤姐多病的女儿取名"巧姐"，为刘姥姥三进荣国府救巧儿伏脉。

刘姥姥应该是三进荣国府。但在"程本"后四十回中，刘姥姥在第 113 回和第 119 回两次进府，探望凤姐、救巧姐并为巧姐做媒。加上前八十回两进，刘姥姥四进荣府。重病的凤姐把巧姐委托给了刘姥姥，当王仁、贾环、贾芸合谋将巧姐卖于外藩做偏房时，刘姥姥把巧姐接到乡下，使巧姐在危难中终于有了满意的归宿。这一切都应归于刘姥姥知恩图报的品格。

当然这是"程本"后四十回的情节了，续书也没太违背曹雪芹预设的"伏线"，但巧姐被王仁、贾环、贾芸等所卖情节需要辨析。第 5 回《留余庆》曲中提及"狠舅奸兄"，其中的"狠舅"是王熙凤的娘家哥哥王仁。然而贾环既非"舅"亦非"兄"，而贾芸也并非曹雪芹原稿中说的"奸兄"。因为据靖藏本回前脂批（第 277 页），贾芸在贾府败落后曾"仗义探庵"，是个有情有义之人。

刘姥姥三进荣国府，在《红楼梦》全书的结构方面起到了穿针引线作用。她的每次出场，都能带出不同人物，从而推动了故事情节的进展。从她第 6 回来贾府打秋风，到第 113 回王熙凤托孤，这个乡间老妪见证了贾府从辉煌走向没落的全过程。同时在贾府的资助下，靠自己的勤劳，刘姥姥女婿王狗儿一家已经从穷困变成了小康之家。

《红楼梦》的人物塑造艺术

11.《红楼梦》的人物塑造艺术

满庭芳·咏红楼人物
陈瑞林

美丑加身，春秋风骨，七彩浓墨传神。众钗形影，情景各氤氲。白雪阳春纵雅，还并举、下里巴人。平波卷，行云流水，离恨总牵魂。　　纷纭。斑竹泪，桃花结社，菊咏存真。四春怨难平，凤姐归根。终底繁华落尽，凭谁问、倾厦何因！烟缥缈，甄言贾语，一梦了红尘。

风入松·题红楼人物（新韵）
翟海潮

红楼人物栩如生，百不相同。按头制帽人千面，字名号、寓意无穷。村语诗言惟妙，正邪两赋交融。　　美人陋处显真情，绘影传声。衣食行住描心性，入微处、刻细雕精。巧用多重视角，春秋笔法争鸣。

五律·咏红楼人物（新韵）
王应民

冗冗繁繁事，形形色色人。
正邪持两气，善恶并一身。
衬映星烘月，彰昭日破云。
春秋椽笔在，立影写神魂。

鹧鸪天·题红楼人物
肖芳珠

名姓深藏命运痕，诗词谶语示纷纭。正邪赋就善兼恶，虚实铺排恨与亲。　　人立影，景烘人。思如流水步行云。轻润淡染传神笔，精绘风姿细著魂。

鹧鸪天·题红楼人物

王志霞

百态千姿满目新，春秋笔力自传神。独吟外化情犹寄，补写旁敲意尚存。　　兼善恶，赋贪嗔。诗词隐喻妙无伦。精心营造朦胧影，纸上迎来五色春。

【品评】 翟海潮　撰

《红楼梦》中有名或姓的人物就有四百多个，其中生动而形象的人物不下一百个。如此众多的人物，在曹雪芹笔下，却能各人各面，惟妙惟肖，千姿百态。

《红楼梦》的问世，打破了"从前的小说叙好人完全是好，坏人完全是坏"的模式。《红楼梦》中的人物，特别是主要人物，往往是一个复杂多样而合乎情理的有机体，需要读者细细琢磨，反复思考，才能完整而全面地认识其形象意义。《红楼梦》在奠定人物性格基调的同时，还注重从多个角度、运用多种方法来塑造人物，使人物形象更加丰厚饱满、更立体化。无论是主角还是配角，曹雪芹都用心地刻画出性格鲜明而又饱含丰韵的人物形象，使人读了如见其人，如闻其声。本篇总结出曹雪芹塑造人物的十大技法。

（1）"正邪两赋"，多重性格组合

正邪两赋、集美丑于一身是曹雪芹塑造人物的一大特点，《红楼梦》中的人物大都是多棱角、多变化的圆形人物，打破了"恶则无往不恶，美则无一不美"的传统人物塑造模式。

比如，王熙凤一出场就光彩照人，她既大胆泼辣，精明能干，但又阴险狠毒，贪权弄法。秦可卿是贾母"第一个得意的孙子辈媳妇"，她不但长得袅娜纤巧，并且行事温柔和平，但她却同时具有好淫的性格，并最终因淫而亡。

史湘云娇憨旷达，但却有"咬舌"的毛病，这个毛病的赋予，使其人物形象更加鲜活。美人这一"陋处"，不但不会损害湘云的整体美，反而把她写得更加姣美、真实可感、跃然纸上，这种艺术效果是那些"满纸莺啼燕语之字样"所无法企及的。

（2）善于运用"春秋"笔法

曹雪芹善于运用"春秋"笔法来塑造人物，即文笔隐晦曲折而意含褒贬，给读者留有想象的空间，因此，《红楼梦》中很多人物，往往引起读者的不同看法。

比如，袭人是《红楼梦》中最富争议的人物之一，喜袭人者，认为袭人乃贤而多智术之人；厌袭人者，认为袭人乃奸而近人情者，阅其平生，死黛玉，死晴雯，逐芳官、蕙香，挑拨秋纹、麝月等等，其虐肆矣。众多的解读恰恰是《红楼梦》的魅力所在。

图 1-38　林潇湘魁夺菊花诗

图 1-39　史太君两宴大观园

（3）从名、字、号等给人物"贴标签"

《红楼梦》中的人物众多，曹雪芹起名很注意人物的性格化，许多人物的姓名或字号都大有深意。有的暗示了人物的命运，有的则是对情节发展的某种隐喻，有的概括了人物性格的某些特点，有的是对人物行事为人的绝妙讽刺，有的是人物故事的某种暗示等等。

曹雪芹善于给人物"贴标签"，如贾宝玉为"富贵闲人"，林黛玉为"泪人"，薛宝钗为"冷人"，史湘云为"卤人"，王熙凤为"凤辣子"、"玻璃人"，迎春的诨名儿叫"二木头"，探春的外号叫"玫瑰花"……这些外号生动形象，容易记住。

《红楼梦》中的人名还大量地使用了谐音，大有寓意。如甄士隐意为"真事隐"，贾雨村为"假语存"，甄英莲为"真应怜"，秦可卿为"情可轻"，卜世仁为"不是人"，等等。

（4）从相貌、语言、心理、行为多方面描写人物

从相貌、语言、心理、行为多方面来描写人物是曹雪芹塑造人物的突出特点。例如，第3回林黛玉初到荣府，有对凤姐的一段肖像描写，从人物的衣饰、容貌写到人物的情韵、语言、神态，形神兼备，以形传神。《红楼梦》人物的语言也千差万别，如林黛玉的语言时而尖酸刻薄，时而令人伤怀断肠；宝玉的语言天真活泼，喜怒哀乐发于言词；史湘云是出了名的率直大度，从她的语言风格就能略窥一二。

《红楼梦》有很多地方广泛使用内心独白表达人物的内心活动，比如第58回，贾宝玉听说邢岫烟要出嫁，对着杏树发了一大通不着边际的感慨，是一段非常精彩的心理描写："这杏树子落枝空，再几年，岫烟也不免乌发如银，红颜似槁了。因此不免伤心，只管对杏流泪叹息。正悲叹时，忽有一个雀儿飞来，落于枝上乱啼。宝玉又发了呆性，心下想道：'这雀儿必定是杏花正开时他曾来过，今见无花空有叶，故也乱啼。这声韵必是啼哭之声，可恨公冶长不在眼前，不能问他。但不知明年再发时，这个雀儿可还记得飞到这里来与杏花一会了？'"

动作行为对人物形象的表现起着举足轻重的作用，曹雪芹善于运用故事情节，通过人物的行为来揭示人物复杂的精神世界，例如，塑造黛玉性格的场景有"黛玉含酸"、"误剪香囊"、"黛玉葬花"、"黛玉焚稿"等等。

（5）善于运用对比法写人

在对比中写人是曹雪芹塑造人物的另一大技巧，比如宝钗和黛玉对比，作者写黛玉时必带叙宝钗；同样，写宝钗时也一定带叙黛玉。这样既可以突出黛玉的小气与猜忌，也可以突出宝钗的大方与宽厚。一个"行为豁达，随分从时"，一个"孤高自许，目无下尘"。

李嬷嬷与赵嬷嬷对比，同是奶妈，一个不知体理，一个知趣识理。王一贴与张道

图 1-40　晴雯补裘

图 1-41　莺儿编柳

士对比，都是老道士，一个明显带着混迹江湖的油气，一个则满是从王公藩镇处染上的官气。

第41回，栊翠庵品茶一节同时写到刘姥姥和妙玉，也是一处对比描写，刘姥姥"极村俗"的性格特点和妙玉"极僻洁"的古怪性情"两两相形"。还有第29回，在对待小道士的态度上，凤姐打小道士，是"恃势"；贾母安慰小道士，是"厚道"，运用的也是"两相对照"的描写方法，通过两两对比写出贾母和凤姐各自的性情。

（6）善于运用衬托法写人

戚序本第69回回前总评说："写凤姐写不尽，却从上下左右写。写秋桐极淫邪，正写凤姐极淫邪。写平儿极义气，正写凤姐极不义气。写使女欺压二姐，正写凤姐欺压二姐。写下人感戴二姐，正写下人不感戴凤姐。史公用意，非念死书子之所知。"（第899页）

《红楼梦》对于宝、黛、凤等重要人物的刻画，不仅通过他们性格化的心态与言行进行正面描写，还调动了上下左右人等，或从侧面或从旁面进行渲染、烘托，从而多角度、多层次、多方位地凸显他们的性格特色。例如第3回写林黛玉初到荣国府时，就是运用众人的眼神来刻画她的举止言谈、容貌气质。还有第52回针对宝玉的有关描写，戚序本回末脂批曰："写宝玉写不尽，却于仆从上描写一番，于管家见时描写一番，于园工诸人上描写一番。园中马是慢慢行，出门后又是一阵烟，大家气象，公子局度如画。"（第677页）

让宝玉"爱博而心劳"的几个异样女子中，首推黛玉，次为宝钗，黛钗之下，即数湘云。写湘云只是借来衬托宝钗，后来写宝琴亦是如此，这是《红楼梦》塑造人物的一种特殊需要，湘云和宝琴是烘托宝钗之人。

（7）写"影"艺术的运用

给人物立影、从影处着笔是《红楼梦》刻画主脑人物的一个显著特色，具有独特的审美效果。所谓影子，通常是指镜中照影、水中倒影、光线下的投影等。《红楼梦》中的"影子"之说，指的是人物之间的衬托关系。例如，晴雯是黛玉的影子，袭人为宝钗的影子等。

清代书评家张新之认为，《红楼梦》中人物有远影，也有近影："春燕、四儿，钗、黛远影；晴、袭则近影也。"有实影："湘云为宝钗笼络，宝钗为湘云佩服……'绛芸轩'、'芍药裀'为实影矣。"也有虚影："傅秋芳固钗之虚影也。"有一人多影，如黛玉就有五个影身："第一晴雯，第二湘云，第三小红，第四四儿，第五五儿。"也有多人一影，如湘云为"宝、黛、钗三人共为一影身者"[1]。

---

[1]　何红梅：《红楼梦评点理论研究》，济南：齐鲁书社，2015年，第133—136页。

（8）以环境衬托人物形象

曹雪芹善于以典型环境的描写来衬托人物性格。如林黛玉多愁善感、孤傲自许，为了表现其悲剧性格，她居住在潇湘馆，曹雪芹以竹子、梨花等悲剧性的意象设置了林黛玉的居住环境，对其性格有烘托作用。探春闺房的脱俗布置，是一种高雅脱俗的情调，"三间屋子不曾隔断……案上磊着各种名人法帖，并数十方宝砚，各色笔筒笔海内插的笔如树林一般"。

环境可以成就人格，尤其是逆境。例如，紫鹃、莺儿各侍其主，生存环境自然各类其主。紫鹃的出家由于痛苦的生活阅历，莺儿随宝钗，则一路好风借力，青云直上。再如贾雨村本是一个正直的读书人，中举人后入仕，在官场中逐渐演化为丑恶官僚人物，恶劣的环境足能消灭人的抱负。

（9）以诗词勾勒人物形象

曹雪芹善于用诗词刻画人物性格，《红楼梦》中有诗词曲赋二百余首。曹雪芹"按头制帽"，诗即其人，以诗词表现人物个性。书中人物所作诗词，人物的吟咏、制谜、行令，皆是个性的流露，各有各稿，决不雷同。

例如，第3回曹雪芹用两首《西江月》词传神地给宝玉画像，其中一首是："无故寻愁觅恨，有时似傻如狂。纵然生得好皮囊，腹内原来草莽。　　潦倒不通世务，愚顽怕读文章。行为偏僻性乖张，那管世人诽谤！"

再如林黛玉多愁善感，薛宝钗工于心计、随分守时，他们都作了《咏絮词》，但显示出不同的风格，实际是不同性格的表现。林黛玉的《咏絮词》为："草木也知愁，韶华竟白头！叹今生谁舍谁收。嫁与东风春不管，凭尔去，忍淹留。"薛宝钗的《咏絮词》为："万缕千丝终不改，任他随聚随分。韶华休笑本无根。好风频借力，送我上青云！"

（10）"补笔"和"侧笔"的运用

运用"补笔"和"侧笔"刻画人物也是《红楼梦》的一大特色。比如对贾雨村的人物刻画，在第16、17、32、48、53、72、92、103、107回中，或一言半语，或借他人之口顺便道出，使这一人物在书中笔断意连。

第17回，贾政与众清客准备为大观园各处题联。贾政提议："我们今日且看看去，只管题了，若妥当便用，不妥时，然后将雨村请来，令他再拟。"由此可知贾政非常认可雨村的才华。第48回，从平儿嘴里说出贾雨村为了给贾赦弄到古扇，讹石呆子拖欠官银，拿他到衙门去，变卖家产赔补，把扇子抄了，作了官价送了来。这是贾雨村以权谋私的又一罪证，其谄媚的嘴脸也越刻画越明显。第107回，包勇在街上闲逛，听说贾府被抄，是因为"那个贾大人"负恩，在贾府出事后"狠狠的踢了一脚"。贾雨村之负恩，从旁人补出。

12. 群芳谱：金陵十二钗及众女儿的命运

满江红·题红楼女儿（新韵）
翟海潮

百数金钗，栖息在、人间仙境。曾那般，春光秋色，钟鸣鼎盛。咏罢海棠犹未了，再吟菊蟹心潮涌。只匆匆、短暂是欢欣，繁华景。　　莺飞去，花无影；泪还尽，姻成梦。大观园雪后，月清窗冷。原应叹息余荫散，合当感慨卿薄命。到而今、这大地茫茫，真干净。

八声甘州·咏金陵十二钗
陈瑞林

听仙音袅袅咏群芳，众钗惹悲愁。历秋冬春夏，花开花谢，一任漂流。木石前盟还泪，玉带挂林休。雪里金钗掩，难结良俦。　　谢却三春有怨，感宫围榴艳，芳陨何由。举风帆万里，洒泪忍回眸。叹红尘、云飞烟锁，更簪缨、缺月照楼头。诸芳尽、白茫茫地，一梦悠悠。

忆秦娥·群芳谱
贺世战

凭谁择？钗环列作金陵册。金陵册，各自情性，无尽容色。　　池鱼幕燕寒霜侧，一朝生死音书隔。音书隔，繁华谁得。

喝火令·咏红楼女儿
刘庆珍

入话群芳女，嗟惊万艳悲，雨风吹过爱无归。唯有泪飞空梦，何处理心扉。　　昨夜纤身贵，明朝俏脸卑。最终花落草枯萎。枉了仙姿，枉了美春闺，枉了凤缘凡念，莫问有阿谁。

七律·题金陵十二钗
沙彩虹

潇湘泪雨蘅芜烛，鹤影榴开乡梦随。

宿露千红污淖堕，雁寒万艳朔风悲。

心高性洁如云水，命舛时衰若絮丝。

尘路迢遥庵寺近，理情警幻世人痴。

【品评】 翟海潮　撰

第1回开篇，曹雪芹便开宗名义说写作的目的是为"使闺阁昭传"。曹公在《红楼梦》中塑造了众多性格不同、活灵活现的女儿形象，比如金陵十二金钗：黛玉、宝钗、元春、探春、湘云、妙玉、迎春、惜春、凤姐、巧姐、李纨、秦可卿；副册：尤二姐、尤三姐、薛宝琴、邢岫烟、李纹和李绮；众多的丫鬟侍妾，如袭人、晴雯、麝月、秋纹、香菱、鸳鸯、平儿、小红、紫鹃、雪雁、莺儿、金钏、玉钏、彩云、彩霞、翠缕、绣桔、司棋、侍书、入画……还有十二伶官，如芳官、藕官、龄官，等等。

（1）黛玉、宝钗、湘云、妙玉

黛玉、宝钗、湘云、妙玉都是与宝玉密切相关的女性。黛玉是宝玉的姑表妹，宝钗是宝玉的姨表姐，湘云则是贾母的侄孙女，也是宝玉的远表妹。而妙玉是十二钗中，和黛玉一样，名字带"玉"字的。凡是名字中带玉字的，都与宝玉有着不一般的关系，如蒋玉菡。

黛玉从小父母早亡，寄人篱下，又"娇袭一身多病"，形成了她多愁善感、每每爱哭的性格。她所作的《葬花吟》《柳絮词》，始终放不开自己寄人篱下的阴影，并将这种心情带进自己的生活中，变得自卑、多愁、孤僻、多心。她的性格又是叛逆的、独立的，虽然在意识上要摆脱这种依附，但现实中已被这种依附性折腾得筋疲力尽。她与宝玉的爱情结局终究是一场悲剧，最终泪尽归天。

在金陵十二钗中，宝钗是唯一可以与黛玉分庭抗礼的人物。"双峰对峙，二水分流"的文学结构，在宝钗和黛玉形象的塑造中得到了最集中的体现。曹雪芹显然是化用了"雪满山中高士卧，月明林下美人来"两句，以花开两朵、各表一枝的手法，提炼出宝钗和黛玉两类完全不同的人物。宝钗作为传统道德的信奉者，虽竭力实现自己的人生价值，争取理想的婚姻生活，当上了人人羡慕的宝二奶奶，但最终没有逃脱守寡的悲惨命运。

第5回中，作者借警幻之口，提到了兼美的生命，"鲜艳妩媚，有似宝钗；风流袅娜，则又如黛玉"，这是作者的理想，也是贾宝玉和读者的理想。依兼美的说法，曹雪芹对于钗黛没有明显的扬此抑彼，而是欣赏着各自的美，却也目送着她们走向悲剧的命运。而宝玉的弃世，更显示出兼美在这个世界的无法实现。

湘云自幼父母双亡，由叔父忠靖侯史鼎抚养。尽管湘云身世比林黛玉还苦三分，

图 1-42   林黛玉重建桃花社

图 1-43   敏探春兴利除宿弊

但她从没像林黛玉那样多愁善感，在贾府随时可以听到其爽朗的笑声。她心直口快，性格开朗，比如冒失地以戏子比黛玉、醉眠芍药裀、大吃鹿肉、抢联即景诗等，无不显出她的天真可爱。史湘云是一个豪爽、颇有名士风度的女孩子，然而，这样一位女子，却也逃不脱悲剧的命运，守寡终身。

妙玉自称槛外人，出身世宦之家，因自幼多病而遁入空门，带发修行。妙玉性情孤僻，文墨极通，模样又极好。刘姥姥喝过的茶杯，她嫌脏不要了，而给贾宝玉喝的茶杯却是自己日常用的绿玉斗。贾宝玉生日，她特地派人送去"槛外人妙玉恭肃遥叩芳辰"的字帖。宝玉向她乞求红梅一索即得，暗喻出她与宝玉的微妙关系。妙玉的判词是"欲洁何曾洁，云空未必空。可怜金玉质，终陷淖泥中"。过于高洁的妙玉，在纠结、牵连、犹豫之中，最终还是陷入污泥。

（2）贾府四春：元、迎、探、惜

在金陵十二钗中，作为贾府亲戚和客人的黛玉和宝钗，因为与宝玉的情感和婚姻纠葛，最引人注目。比较起来，宝玉的四个姐妹反居次要地位。但是，如果从表现贾府的盛极而衰，以及生命的终极意义这条线索来看，元春、迎春、探春和惜春却极其重要。

四春虽四人，实则一体。贾府百年的历史被压缩到一个短暂的时间之内，浓缩在四姐妹的生命之中。从元春的荣耀开端，迎春（"二木头"）的软弱无力，到探春（"玫瑰花"）的回天无力，最后到惜春（"冷酷无情"）只能一声叹息！元春最后暴病而亡，迎春被孙绍祖虐待而死，探春远嫁他乡，"三春去后诸芳尽，各自须寻各自门"，惜春出家为尼。"元、迎、探、惜"谐音"原应叹息"，令人顿生无限感慨。

就贾府四春来说，也可以看出四时之寓意。元春为春自不必说，探春却是以秋著称的，她住的地方叫秋爽斋；而迎春号菱洲，菱花盛开于夏季；惜春号藕榭，冬天正是最宜食藕的季节。第5回的判词和红楼梦曲子以元春和探春、迎春和惜春相对，正是春秋和夏冬的象征。元春和探春同为王妃，代表的是春天的灿烂和秋天的绚烂，正是两个最夺目的季节。其为烂也同，而其境其心不同。迎春和惜春似乎都有些弱，但迎春是弱而懦，惜春则是弱而刚，其为弱也同，而其迷其悟不同。自春夏而秋冬，从元春的天恩眷顾、迎春的安富无争、探春的回天无力，到惜春的遁入空门，四春构成了一个从生长到收藏的完整历程。

（3）凤姐、巧姐

王熙凤在荣国府中具有特殊的地位，她是王夫人的亲侄女，又深得老祖宗的喜爱，又是荣国府的当家人，因此，她在贾府里的许多行为可以说是肆无忌惮，正所谓"机关算尽太聪明，反算了卿卿性命"。

图 1-44　憨湘云醉眠芍药裀

图 1-45　贾宝玉品茶栊翠庵

王熙凤"毒设相思局"、"弄权铁槛寺"、"整治尤二姐",弄权、逞强、刻毒和计算,都基于凤姐深入骨髓的贪欲。哪怕是自己身边贴身丫头平儿,也照样成了她的出气筒,至于其他下人,更是有她独特的统治手段。这样一个当家人,当这个家族灭亡的时候,她自然躲不过悲惨的命运。更何况她平日得罪了许多人,别人巴不得她遭此下场,因此当厄运降临时,她只能"哭向金陵事更哀"了。她的悲剧,是性格的悲剧,更是时代的悲剧,是贵族家庭造就了她的性格,也是她悲剧的根源。

巧姐是凤姐的独生女,自幼多灾多病,她出生在一个有权势的家庭,与母亲的强势相反,巧姐的形象显得非常弱小。一强一弱,显然有互相衬托的作用。凤姐因济村妇,巧得遇恩人。当"狠舅奸兄"因银钱而忘骨肉之时,正是庄稼人本色的刘姥姥仗义相助,让巧姐脱离苦海,终身有靠。巧姐的结局,在大观园众多奇女子中,算是幸运的。

(4)李纨、秦可卿

秦可卿和李纨在金陵十二钗中是一个对子,以"情"与"理"的相对来思考可能而现实的人生。

李纨,字宫裁,贾珠之妻,生有儿子贾兰。贾珠不到二十岁就病死了。李纨就一直守寡,虽处于膏粱锦绣之中,竟如"槁木死灰"一般,对世事一概不闻不问,只知道抚养亲子,闲时陪侍小姑等女红、诵读而已。李纨是个恪守封建礼法的贤女节妇的典型,她的判词是:"桃李春风结子完,到头谁似一盆兰。如冰水好空相妒,枉与他人作笑谈。"贾兰爵禄高登之后,李纨的坚持终于有了结果,但紧接着这个结果的却是另外一个无常的结果,贾兰似乎很快又丢掉了性命。其曲子《晚韶华》有云:"……只这带珠冠,披凤袄,也抵不了无常性命。……威赫赫爵禄高登,昏惨惨黄泉路近!问古来将相可还存?也只是虚名儿与后人钦敬。"看来,李纨的命运并不像"程本"的结局那么好,李纨母子那短暂的快乐,却被黄泉路吞没。

秦可卿,长得袅娜纤巧,性格风流,行事又温柔和平,深得贾母等人的欢心。但公公贾珍与她关系暧昧,致使其年轻早夭。秦可卿在《红楼梦》中是一个极特殊的人物,金陵十二钗中,她出场的时间极其有限,第5回露面,第13回即死去。但这却是一个不容忽略的角色,她的葬礼盛极一时,梦中给凤姐的最后交代也颇有见地。更重要的是,曹雪芹让她的形象承担了情欲及反省的重任。

(5)香菱、晴雯、袭人、尤二姐等

贾府中,小姐们尚且逃不脱悲惨的结局,丫头们作为奴仆,结局就更悲惨。香菱、晴雯、袭人是《红楼梦》仅有的有图画和判词的三位丫鬟、侍妾。

香菱是薛蟠的妾,是奴婢,进不了"正册",可她原是甄士隐家的贵小姐,也不能进"又副册",所以作者就把她安排在介于主奴之间的"副册"里。香菱的判词是:

图 1-46　王熙凤弄权铁槛寺

图 1-47　宁国府除夕祭宗祠

"根并荷花一茎香，平生遭际实堪伤。自从两地生孤木，致使香魂返故乡。"

第一句是说香菱原来就是英莲，英莲三岁时被拐子拐走，养到十几岁卖给薛蟠，给这个花花太岁作了侍妾。第二句是说后来薛蟠娶了个搅家不贤的泼妇夏金桂（"两地生孤木"，即：两个"土"字，加上一个"木"字，是金桂的"桂"字），又贪又嫉，又狠又毒，把香菱的名字改为秋菱，秋菱受尽她的凌辱虐待，含恨而死。关于香菱的结局，这首判词说得很明确。"程本"写夏金桂死后，香菱被扶正，当了正夫人，是显然不符曹雪芹意图的。

晴雯是贾宝玉的四大丫鬟之一，位置远不如袭人重要，但每当有重要的事情做，宝玉都会差晴雯去做。如差晴雯送旧手帕给林黛玉一节，恰恰说明了宝玉更加信任晴雯，视晴雯为知己。"晴雯撕扇"、"晴雯补裘"，是塑造晴雯性格的精彩画面。即使"身为下贱"，但是她敢于反抗，要在主子的面前争得一份人的尊严。但是这样一个丫头，却不为封建家长所容，"风流灵巧遭人怨"，最终冤死，宝玉深感哀伤，特作《芙蓉女儿诔》祭奠。

鸳鸯、平儿和袭人，在荣国府的丫头群中，是颇有地位的三个，颇受主子赏识，而又能自觉恪守奴才本分的大丫鬟。

袭人是宝玉的贴身丫头，她的性格温柔，也深得王夫人喜爱。是唯一与宝玉有云雨之情的丫头，她一心想成为宝玉的小妾，却最终不能实现自己的理想，嫁给了蒋玉菡。其判词为："枉自温柔和顺，空云似桂如兰。堪羡优伶有福，谁知公子无缘。"

鸳鸯是贾母的大丫头，性格沉静，深得贾母的信任。但她毕竟是奴才，对自己的命运做不了主。贾赦看上她，非要纳她为妾，但她坚决不从，在贾母的干涉下，贾赦没有得逞。鸳鸯敢于抗争，在她的身上，我们看到了一个丫头身上的性格的闪光点，找不到作为奴才的那种奴性，她有自己独立的人格。贾母死后，可以说她的保护伞也没有了，她自知逃不出贾赦等人的玩弄，宁可悬梁自尽。

平儿是王熙凤的陪房丫头，贾琏之妾，是个极聪明、极清俊的女孩儿，办事公道，虽是凤姐的心腹，帮着凤姐料理事务，但她为人很好，心地善良，常背着王熙凤做些好事。按照"程本"续书，王熙凤死后，王仁和贾环等要把巧姐卖给藩王作使女，是平儿陪伴巧姐逃出荣国府。后来，贾琏把平儿扶了正，平儿的结局算是不错的。

紫鹃，原名鹦哥，是贾母房里的二等小丫头。贾母见林黛玉来时只带了一老一小，恐不中使，便把鹦哥给了黛玉，改名为紫鹃。紫鹃和黛玉情同姐妹，她见黛玉是个孤儿，又和宝玉相爱，就劝黛玉趁老太太还硬朗的时候作定大事要紧。紫鹃曾以林家要接黛玉回苏州的话来试探宝玉，使宝玉痴病大发。黛玉死后，她被派到宝玉屋里做丫头，后跟惜春出家终身服侍惜春。

图 1-48 正家法贾珍鞭悍仆

图 1-49 贾天祥正照风月鉴

　　尤二姐和尤三姐是尤氏继母带来的女儿，模样标致。二姐心地善良，但性格软弱，轻信，追慕虚荣；三姐性格刚烈、豪爽，坚毅果敢。贾珍馋涎妻妹的美貌，对尤二姐无所不至，当他玩腻后，就把她让给了贾琏。贾琏因惧怕王熙凤的淫威，只得偷偷娶尤二姐为二房，并把她安置在荣国府外，但不久被王熙凤发现，在凤姐借剑杀人计谋下，尤二姐备受折磨，当胎儿被庸医打下后，她绝望地吞金自尽。贾珍、贾琏、贾蓉等好色之徒，对三姐颇为馋涎，但她不愿像姐姐那样遭人玩弄，她用泼辣作为武器，捍卫自己的清白。她看中柳湘莲后，就一心一意等他。但因柳湘莲误听他人传言，怀疑尤三姐也是个不干净之人，要索回定礼，刚烈的尤三姐在奉还定礼时拔剑自刎。

　　曹雪芹塑造的女儿形象太多了，形象大都活灵活现，栩栩如生，如瑞珠轴柱、金钏跳井、司棋撞墙……《红楼梦》所展现的不是某一个人某一个问题上的悲剧，而是那个时代里女性的共同悲剧。正如鲁迅所说："悲剧是将有价值的东西毁灭给人看。"（《再论雷峰塔的倒掉》）价值越高，悲剧越重。"千红一哭，万艳同悲"的红楼院内，曹雪芹向我们展现了一出出惨烈的悲剧，尤其是女性的悲剧，可以说《红楼梦》是一部伟大的毁灭女性美给人看的历史悲剧小说。

13. 须眉浊物：曹雪芹笔下的男人们

西江月·红楼须眉（新韵）

翟海潮

　　浊物消沉堕落，须眉凋萎颓衰。不求仕路却迷钗，一代不如一代。　赦琏珍蓉淫乱，政迂敬腐庸才。余荫散尽复难来，五世一朝家败。

散余霞·咏红楼须眉

贺世战

　　披裘冠玉同穿戴。或浊泥做派。应接先祖承遗，又冤缘孽债。　斜阳映红暮霭。皎月明千籁。看这巾帼须眉，是浮生百态。

七绝·红楼须眉

肖芳珠

　　五代兴衰祖辈呈，各从品性溯生平。
　　须眉多是浊泥塑，映衬蛾眉水样清。

临江仙·须眉浊物

王志霞

地惨城摧英雄事，功名百战才成。还凭勋业振家声。子孙安富贵，黎庶说宁荣。　　巍巍大厦谁为主，裙钗徒损柔情。须眉浊物复何能？红消香断后，终是意难平。

鹧鸪天·咏红楼须眉

刘庆珍

可叹京城屡丑闻，骄奢贪腐几多春。不才争霸天难改，无德寻欢祸自存。　　非君子，伪仁人。佚淫凌弱败家因。须眉浊物迷钗粉，纨绔儿孙毁一门。

【品评】翟海潮　撰

　　《红楼梦》第2回冷子兴演说荣国府，说宝玉说起话来也奇怪："女儿是水作的骨肉，男人是泥作的骨肉。我见了女儿，我便清爽；见了男子，便觉浊臭逼人。"可以说《红楼梦》是一部描写女性的书，书里的女儿个个鲜活，而书里男人大都"浊臭逼人"。

　　冷子兴还说："谁知这样钟鸣鼎食之家，翰墨诗书之族，如今的儿孙，竟一代不如一代了！"贾府以武功起家，第一代宁国公和荣国公创业，到了贾母丈夫这一辈第二代是守业。第三代之后的男性贵族不是腐化堕落、吃喝嫖赌，就是昏庸无能、无所事事。贾家把唯一的希望寄托在了贾宝玉身上，而宝玉一味痴钗迷粉，对仕途经济毫无兴趣，家业无人继承。贾府男人堕落、无能，这是封建社会没落时期一个最为鲜明的特征。

　　曹雪芹起名字很有艺术性，贾府五代男人的辈分字分别是"水、代、文、玉、草"，从第一代贾源、贾演，第二代贾代善、贾代化，到第三代贾赦、贾政、贾敬，再到第四代贾珍、贾琏、贾宝玉、贾环等，最后到第五代贾兰、贾蓉、贾蔷、贾芹、贾蓉等，是个逐渐下降的过程。贾府第四、五代的辈分字是"玉"和"草"，富贵美丽有余，雄劲刚勇不足，是个贱草为民的过程，正好应了"君子之泽，五世而斩"的古语。

　　《红楼梦》中曹雪芹塑造了众多男人的形象：如前所述贾府的第三代、第四代、第五代男人；贾府的亲戚，比如薛蟠、薛蝌、秦钟、王仁和邢德全等；贾府的朋友，比如柳湘莲、蒋玉菡、北静王、甄宝玉、冯紫英等；贾府的管家和仆人，比如赖大、林之孝、周瑞、焦大、包勇、焙茗、李贵、兴儿、旺儿等；清客、道士、太监，如詹光和单聘仁、张道士和王道士、戴权和夏守忠等；其他男性，如甄士隐和贾雨村、倪二和卜世仁等等。

（1）贾赦、贾政、贾敬

贾赦、贾政是荣国公的孙子，贾敬是宁国公的孙子，三人都是贾府的第三代男性。贾赦，字恩侯，世袭一等将军之职，贾代善和贾母的长子。贾政，字存周，工部员外郎，贾母的次子。贾敬是京营节度使世袭一等神威将军贾代化的次子，贾珍之父。

贾赦好色，平日不好好做官，整日在家和小老婆喝酒。他胡子花白，儿子、孙子一大群，还看上贾母的丫头鸳鸯，非要把她收为妾。由于鸳鸯的强烈反抗，贾母反对，他才没有得逞。贾母不大喜欢他，这使他颇为不满，中秋赏月他讲笑话影射母亲偏心。贾赦还把自己的女儿迎春许配给狠毒的孙绍祖，性格懦弱的迎春出嫁不到一年，就被这头中山狼折磨致死。贾赦后因交通外官，仗势凌弱，革去世职，发往边疆充军。

贾政是儒家思想的化身，对儿子贾宝玉的叛逆思想大为不满，动不动就骂他"畜生"，他曾亲自抡起大板子将宝玉打了个半死，还扬言用绳子勒死。他一副严肃的面孔，儿女亲属相聚谈笑，他一出现就会让大家敛声屏息，弄得索然无味，贾母也不得不"撵他出去休息"。贾政宽柔待下，外放江西粮道时，手下人横行不法，瞒着他纳贿，后来被参降职。

贾敬是乙卯科进士，却一味好道，将自己的世职三品爵威烈将军袭给了贾珍。他在都外玄真观修炼，烧丹炼汞，别的事一概不管，放纵家人胡作非为。后因吃秘制的丹砂烧胀而死，死后天子追赐他五品之职。

（2）贾宝玉、贾环、贾琏、贾珍等

贾宝玉是荣国府衔玉而生的公子，是贾政与王夫人的次子；贾环是贾宝玉的同父异母兄弟，贾政与妾赵姨娘所生。贾琏是贾赦之子，王熙凤之夫；贾珍是贾敬之子，尤氏之夫。四人都是贾府第四代"玉"字辈男人。

贾宝玉自幼深得祖母宠爱，作为荣国府的嫡派子孙，他聪明灵秀，阖府捧为掌上明珠，对他寄予厚望，但他却走上了叛逆之路，痛恨八股文，给那些读书做官的人起名"国贼禄蠹"，终日嬉戏于脂粉队里。他和林黛玉真心相爱，互为知己，但却被迫娶薛宝钗为妻，终因双方思想不同，且无法忘怀林黛玉，婚后不久就出家当了和尚。

贾环人物猥琐，举止粗糙。他十分嫉妒宝玉，有一天王夫人命他抄《金刚咒》，宝玉躺着，他便故作失手，将一盏油汪汪的蜡烛，向宝玉脸上推去，使宝玉脸上起了一溜燎泡。金钏儿投井自尽后，他又向贾政诬告是宝玉强奸不遂所致，把贾政气得面如金纸，将宝玉打了个半死。"程本"后四十回，贾府败落、王熙凤死后，贾环串通邢夫人想把巧姐卖掉，幸亏刘姥姥相助才未得逞。

贾琏虽捐了个同知官位，但不务正业。他一味好色纵欲，女儿巧姐出天花，按迷信要夫妻分房，他一离开王熙凤就找"多姑娘"鬼混；王熙凤去生日宴会，他就把鲍二媳妇勾搭上手；见了尤二姐，又贪图其美色，骗娶为二房。但贾琏也有值得称赞的一面，从他不赞同贾雨村为了几把古扇把石呆子下狱抄家和真情对待尤二姐，以及劝阻王熙凤将彩霞配给旺儿品德不好的儿子等事中，可以看出他富有同情心，不以自己世家公子的身份压榨别人。

贾珍生活极度放纵，他虽有一妻三妾，但仍和儿媳秦可卿、妻妹尤二姐关系暧昧。秦可卿死后，他"哭的泪人一般"，这场奢靡的丧事，足以说明他与秦可卿之间的特殊关系。他后因作恶多端，被人参奏革去世职，派往海疆效力赎罪。

贾瑞是贾府义学塾贾代儒的长孙，贾代儒如果有事，即命贾瑞管理学中之事。贾瑞是个最图便宜没行止的人，每在学中以公报私，勒索子弟们，后又助着薛蟠图些银钱酒肉，一任薛蟠横行霸道，才引起书房里的一通大闹。在宁府贾敬寿宴时，贾瑞碰上凤姐，又动了勾引之意。王熙凤假意与他周旋，最后，贾瑞丧命于王熙凤设计的相思局。

（3）贾兰、贾蓉、贾蔷、贾芸、贾芹

贾兰是贾政的大儿子贾珠与李纨之子；贾蓉是贾珍之子；贾蔷是宁国府的正派玄孙，他父母早亡，从小跟贾珍过活；贾芸自幼丧父，母亲是"后廊上住的五嫂子"；贾芹人称"三房里的老四"。五人都是贾府第五代"草"字辈男子。

贾兰在寡母李纨的教导下，从小诵读四书五经，"程本"后四十回，贾兰考中第一百三十名举人。但按照第5回李纨的判词推测，贾兰爵禄高登之后，似乎很快又丢掉了性命。曲子《晚韶华》有云："只这带珠冠，披凤袄，也抵不了无常性命……威赫赫爵禄高登，昏惨惨黄泉路近！"

贾蓉长得眉清目秀，但生活上却和他父亲贾珍一样荒淫无耻。他和婶娘王熙凤有着不可告人的关系，还和姨娘尤二姐不干不净。为了达到能与尤二姐不断鬼混的目的，他想出了让贾琏偷娶尤二姐并安置在府外的主意，使得尤二姐被王熙凤逼死。由于他和父亲作恶多端，被人参奏，宁国府被锦衣军查抄。

贾蔷比贾蓉生得还风流俊俏。虽然每日应名去上学，亦不过虚掩眼目而已，仍旧是斗鸡走狗，赏花阅柳。他上有贾珍溺爱，下有贾蓉匡助，越发自大起来。贾蔷后成了贾府小戏班的总管，与小旦龄官相好，有"龄官画蔷"、"龄官伤雀"等场景。

贾芸为了到荣国府谋个事儿做，借钱买冰片、麝香来送凤姐，并百般求告，才得了一个在大观园里种树种花儿的活儿。因宝玉一句玩笑话"像我儿子"，他便伶俐地说："如若宝叔不嫌侄儿蠢笨，认作儿子，就是我的造化了。"他以儿子的名义送宝玉两盆白海棠，大观园才有了"海棠诗社"。他对丫头小红颇有意思，有"小红遗帕"场景。

图 1-50　嗔顽童茗烟闹书房

图 1-51　柳叶渚边嗔莺叱燕

贾芹的母亲周氏求凤姐为他谋了一个管理小沙弥、小道士的职事，每月能得到不少分例，可一听说宁府分发年物，他又匆匆赶去想领一份，反被贾珍着实训饬了一顿。从贾珍口中得知，他在家庙里"为王称霸起来，夜夜招聚匪类赌钱，养老婆小子"。后来贾政革去了他的总管一职，王夫人让贾芹无事不得进入荣国府。

（4）薛蟠、薛蝌、秦钟、柳湘莲、蒋玉菡、甄宝玉

薛蟠是薛姨妈之子，薛宝钗之兄，外号"呆霸王"。因幼年丧父，寡母又纵容溺爱，他终日斗鸡走马。他倚财仗势，喝令手下打死冯渊，强买香菱为婢，后经薛姨妈同意纳为妾。在赖大家的酒席上，他碰到柳湘莲，又动了勾引之意，被柳湘莲骗到北门外的苇子坑打了个半死。薛蟠娶夏金桂后，又把其陪房丫头宝蟾勾搭上手。在一次去南边置货时，途经一小酒店喝酒，因堂倌换酒迟了些，就一时性起，拿起酒碗打去，把堂倌打死了，被判了死罪。

薛蝌是薛姨妈的侄儿，是《红楼梦》中少有的好男儿形象。因父亲去世，母亲又患痰症，作为长子，薛蝌带着妹妹薛宝琴进京聘嫁，投奔薛姨妈。他秉性忠厚，尽力帮薛姨妈料理各项事务，也不理睬夏金桂、宝蟾的挑逗，后娶邢岫烟为妻。

秦钟是秦业之子，秦可卿的兄弟。他生得眉清目秀，粉面朱唇，身材俊俏，举止风流，怯怯羞羞的有些女儿之态。他和宝玉意气相投，秦可卿去世后，他和宝玉同时送殡至水月庵，与尼姑智能儿幽会缠绵，又受了些风寒，回来时便咳嗽伤风，饮食懒进。智能儿随后私自逃入府中来找秦钟，不料被秦业知觉，把智能儿逐出，将秦钟打了一顿，自己气得老病复发，三五日便呜呼哀哉了。秦钟本性怯弱，且带病未痊，受了笞杖，今见老父气死，又添了许多病症，不几日也死了。

柳湘莲原系世家子弟，父母早丧，读书不成，酷好耍枪舞剑，赌博吃酒，以至眠花宿柳，吹笛弹筝，无所不为。他生得又美，最喜串戏，擅演生旦风月戏文。他和宝玉最合得来，有一次薛蟠向他调情，被打了个半死。与尤三姐定亲，赠"鸳鸯剑"为定礼。后听说尤三姐是个不干不净之人，要索回定礼，尤三姐饮剑自尽，柳湘莲随跛足道人出家。

蒋玉菡是戏班演员，擅唱小旦，小名琪官。蒋玉菡赠宝玉北静王所赐茜香国女国王贡奉的大红汗巾，宝玉则曾以玉玦扇坠和袭人所给松花汗巾回赠。贾府败落后，蒋玉菡娶贾宝玉房中大丫头袭人为妻。

甄宝玉系金陵省体仁院总裁甄应嘉之子，他与贾宝玉有着相同的外貌和相似的性情，似为贾宝玉的镜中幻影，贾雨村将二人相提并论，评为正邪两赋人格的典型。但他却有不一样的结局，中举后留在红尘凡间，后娶李绮为妻，似为贾宝玉另一种假设结局的诠释。

（5）贾府的男仆、清客、其他人物

《红楼梦》中曹雪芹还塑造了众多的小人物，如贾府的男仆、清客、道士、太监等，出场机会虽然不多，但都给人留下了深刻的印象。

赖大是荣国府的大总管，是一个奴才逆袭的成功典型，他家里亭台楼阁，花园庭院齐整宽阔，儿子赖尚荣被贾府放了出来，又借贾府之力捐了前程，做了地方父母官知县。焦大是宁国府的老仆人，从小跟宁国公贾演出过三四回兵，曾从死人堆里把奄奄一息的主子背出来。他对宁国府后代糜烂的生活深恶痛绝，有"焦大醉骂"的场景。

焙茗和李贵是贾宝玉的两个随身小厮，焙茗不谙世事、淘气顽皮，李贵比较成熟、颇明事理。有了焙茗的机灵和巧于应付，贾宝玉才可能私自外出；有了他外出买书，才上演了宝黛共读《西厢记》的美丽画面。众顽童大闹学堂时亏李贵力劝，并指明各人的不是，方才平息了事端；宝玉探秦钟时，李贵亦如长兄般慰藉。

兴儿是贾琏的心腹小厮，他曾对尤二姐细说荣国府成员，说得有声有色。后王熙凤发觉贾琏偷娶一事，就拿他来盘问，要他自己打自己嘴巴。兴儿只得自己左右开弓，打了十几个嘴巴，并把贾琏偷娶尤二姐的经过一一告知。旺儿是王熙凤的小厮，也是王熙凤的得力助手，王熙凤在外面放高利贷都是经由旺儿，尤二姐之事也是由旺儿撺掇张华告状。

詹光和单聘仁谐音"沾光"和"善骗人"，他们是贾府的清客，没有功名，略通诗文。他们为了一己私欲对主人刻意奉承，揣度主人心思，不失时机地溜须拍马。例如"大观园试才题对额"，宝玉每题一处匾额对联，清客们就极尽阿谀谄媚之能事。

卜世仁和倪二是两个对比性很强的小人物。卜世仁是贾芸母舅，香料铺主人，贾芸来求舅舅赊些香料时，卜世仁坚决不肯。倪二是贾芸的街坊，绰号醉金刚。虽是一个"专放重利债，在赌博场吃闲钱，专管打降吃酒"的市井泼皮，却颇有义侠之名。他路遇正烦恼不堪的贾芸，即慨然解囊相助，一个轻财利、尚义侠的市井俗人形象就被生动地刻画出来。

14. "宝珠"和"鱼眼"：曹雪芹笔下的女人们

汉宫春·咏红楼女人

陈瑞林

玉骨冰肌，赏宝珠焕彩，鱼眼何攀。荣华尽享，贾府权贵峰巅。知恩姥姥，舍家财、巧姐平安。勤礼佛、无情冷面，可叹花季蒙冤！　独子纵容成祸，更心机枉费，金玉徒然。争强且无自重，亲女羞颜。圆通处事，仗陪房、终底难全。挥墨处、观园内外，尊卑善恶拳拳。

浣溪沙·题红楼女人（新韵）

翟海潮

水做女儿是宝珠，嫁男泥染色全无。变为鱼眼更庸俗。　　婆子嬷嬷颇势利，陪房妻妾太阴毒。知恩刘姥艳阳出。

卜算子·世故虚情

肖芳珠

水作女儿身，清丽藏灵巧。浪漫天真不染尘，悦目如珠宝。　　嫁后女人心，算计奸贪狡。世故虚情鱼眼浑，变换何其恼。

行香子·退下红妆

贺世战

留取矜容，退下红妆。施谋略又损柔肠。她行庭下，汝坐华堂。问为谁来，为谁苦，为谁忙。　　呜呜环佩，营营旦暮，梦醒时诸事堪伤。欢荣有尽，生死无常。看罗衣新，素衣尽，缟衣凉。

南乡一剪梅·沧桑在眼

王志霞

人道美娇娃。璞玉从来未染瑕。巧笑双眸生百媚，明若春花，暗若春花。　　回首即天涯。转瞬萧萧两鬓华。世事沧桑皆在眼，梦委尘沙，心委尘沙。

【品评】 翟海潮　撰

按照常理，男人所对应的应该是女人，但在曹雪芹的笔下，女儿和女人是有本质区别的。第 59 回，曹雪芹借春燕之口，说出宝玉的一段经典言论："女孩儿未出嫁是颗无价宝珠，出了嫁不知怎么就变出许多不好的毛病来，虽是颗珠子，却没有光彩宝色，是颗死珠子了；再老了，更变的不是珠子，竟是鱼眼睛了。分明一个人，怎么变出三样来？"

在宝玉的意识里，女儿与女人是人生的两个境界，她们带给男人的，一个是赏心悦目，一个是污浊混账。水做的女儿，一经嫁了泥做的汉子，染了男人的气味，就不纯洁了，就混账了，就"比男人更可杀"了。

在第 59 回里，因莺儿在柳叶渚折柳摘花编花篮，招致春燕的妈教训春燕。春燕之

图 1-52　嫌隙人有心生嫌隙

所以说她的亲妈（何婆子，芳官的干娘）和她的姨妈（夏婆子，藕官的干娘）"变的竟是鱼眼睛了"，是因为老姐俩"越老越把钱看的真了"，克扣芳官和藕官的月钱，还和她俩吵，不近人情，俗不可耐。

曹雪芹笔下的女儿形象已在前文《群芳谱：金陵十二钗及众女儿的命运》中做了介绍，本节主要介绍曹雪芹笔下的女人形象。

（1）贾母、刘姥姥

贾母和刘姥姥是《红楼梦》中的两位老太太，一个富贵，一个贫贱。贾母是贾府的"老祖宗"，也称"史老太君"，是荣国公之子贾代善之妻，出嫁前为金陵世家史侯家的小姐。她在贾家从重孙媳妇做起，一直到有了重孙媳妇，是贾府的权威。贾母乐善好施，惜老爱幼，是个典型的享乐主义者。贾母虽已年老，但余威犹在。当她发现有下人在园中聚赌时，便立即一一查实，并作严厉的处罚。贾母不大喜欢大儿子贾赦和邢夫人，偏爱小儿子贾政和王夫人。她喜欢众孙女，溺爱孙子宝玉，偏爱黛玉，但按"程本"续书，贾母并不支持宝黛的爱情，她批准了王熙凤的"掉包计"，使宝玉被迫娶了薛宝钗，后以八十三岁高龄去世。

与贾母相对应，刘姥姥则是乡村老妪，她是狗儿的岳母，是个久经世代的老寡妇。

女婿狗儿因儿女无人照管，便将姥姥接来。刘姥姥也就一心一意，帮着女儿女婿过活。有年秋尽冬初，家中冬事未办，狗儿在家中闲得寻气恼，刘姥姥看不过，便替他们想出一个办法来，到荣国府去打秋风。刘姥姥第一次进荣国府，王熙凤给了她二十两银子。刘姥姥一直不忘这次帮助，收获季节便送些瓜果菜蔬来谢，被贾母得知，留下做了几天客，游遍大观园。贾府败落，是刘姥姥救了巧姐，躲过了这场灾难。

（2）王夫人、邢夫人、薛姨妈

王夫人是贾政之妻，京营节度使王子腾之妹，与薛姨妈是一母所生的姐妹。她虽是贾家的二儿媳，也不太说话，但深得贾母的信任。丫鬟金钏和宝玉的一句玩笑话，被她一个巴掌"打得半边脸火热"，还撵了出去，致使金钏儿投井身亡。宝玉的丫鬟晴雯，只因王善保家的谗言，被撵出大观园，后来悲惨地死去。事后，王夫人向贾母回话时却说晴雯又懒又淘气，且得了女儿痨，才送出大观园的。

邢夫人是贾赦之妻，她禀性愚弱，只知奉承贾赦，还帮着贾赦讨鸳鸯为妾，结果碰了一鼻子灰。出入银钱，一经她手，便克扣异常，婪取财货。儿女奴仆，一人不靠，一言不听，故甚不得人心。作为贾家的大儿媳，她得不到婆婆贾母的欢心，也没有当家的权力，自己的媳妇王熙凤又一味奉承贾母与王夫人，这使她极为不满。她一直伺机反扑，不时给她们制造难堪。当她得到傻大姐拾到的五彩绣香囊时，便以此作为武器，打发人交给王夫人，把王夫人"气了个死"，这才引起了抄检大观园。

薛姨妈与王夫人是一母所生的姐妹，薛家是拥有百万之富的皇商，薛姨妈生有儿子薛蟠、女儿薛宝钗。因丈夫早逝，她未免纵容溺爱儿子，遂使薛蟠生活奢侈、言语傲慢、老大无成。她为薛宝钗的婚事操心，最后终于和王夫人等促成了"金玉良缘"，使宝玉和宝钗成婚，但终究还是"金玉成空"。

（3）尤氏、赵姨娘、夏金桂

尤氏是贾珍续弦妻，无子女。尤氏并不是没有理家的才能，而是有所顾忌，不敢约束丈夫和继子，致使东府门风败坏。尤氏心地善良，待人厚道，而且胸有城府，处事机巧。这在第43回"闲取乐偶攒金庆寿"中有突出表现。贾母提议凑份子给凤姐过生日，交由尤氏操办。凤姐一味贪酷，又敛赵姨娘、周姨娘的钱。尤氏悄骂凤姐"没足厌"又拉上了"两个苦瓠子"，暗中免了这两位姨娘的份子，二人对她"千恩万谢"，这是尤氏性格中值得肯定的一面。针对尤氏的表现，庚辰本双行夹语："尤氏亦可谓有才矣。论有德比阿凤高十倍，惜乎不能谏夫治家，所谓人各有当也。"（第562页）

赵姨娘是贾政之妾，贾环和贾探春之母，她粗鄙、愚昧却又爱争强好胜、搬弄是非。她被称为"半个主子"，按理说封建社会很讲究母以子贵，可是，她还要干杂活，可以说所有的好事都没有她的份。因贾环给王夫人抄经时故意弄翻烛台烫伤宝玉，在王熙凤的提醒下被王夫人大骂，于是她便请马道婆作法，使宝玉、凤姐二人中邪疯癫，险些丧命；芳官将茉莉粉代蔷薇硝给贾环，赵姨娘在夏婆子煽动下便不顾体统地进园大闹，同芳官、藕官等四五个小伶斯打起来，直到晴雯找来探春方才罢休。

夏金桂是薛蟠之妻，原系富商之女，"父亲去世得早，又无同胞弟兄，寡母独守此女，娇养溺爱，不啻珍宝。凡女儿一举一动，彼母皆百依百随，因此未免娇养太过，竟酿成个盗跖的性气，爱自己尊若菩萨，窥他人秽若粪土；外具花柳之姿，内秉风雷之性"。《红楼梦》中有一对有名的泼妇：一个是王熙凤，另一个就是"颇步凤姐后尘"的夏金桂。凤姐借秋桐折磨尤二姐；夏金桂利用宝蟾凌辱香菱。比起王熙凤的心地奸诈、阴险毒辣来，夏金桂在除掉香菱的过程中，则是肆无忌惮、明火执仗。薛蟠这个呆霸王，虽称霸一方，但却对夏金桂无可奈何，真是一物降一物。

（4）赖嬷嬷、李嬷嬷、赵嬷嬷

赖嬷嬷是荣国府大管家赖大和宁国府大管家赖二的母亲，她在贾府里属于年高而有体面的嬷嬷，她与贾母谈话时，可告罪后坐在一张小凳上。贾母要她出钱凑份子为凤姐过生日时，赖嬷嬷说："少奶奶们十二两，我们自然也该矮一等了。"贾母道："这使不得，你们虽该矮一等，我知道你们这几个都是财主，位虽低些，钱却比她们多，你们要和她们一例才使得。"赖嬷嬷家里也有楼房厅厦和一个十分齐整宽阔的花园。

李嬷嬷是贾宝玉的乳母，她是一个年老爱唠叨的人，儿子李贵是跟贾宝玉上学的仆人。一次是她阻止贾宝玉喝酒，另一次是喝了贾宝玉的茶，还有一次是她吃了贾宝玉特地留给袭人吃的乳酪，又大骂袭人，几次都显出她的心胸狭窄，倚老卖老。赵嬷嬷则是贾琏的乳母，曾讲述皇帝下江南，王府和甄府接驾的事，还求贾琏夫妇给她的两个儿子找差事干。李嬷嬷与赵嬷嬷对比，同是奶妈，一个不知体理，一个知趣识理。

（5）周瑞家的和王善保家的

周瑞家的是王夫人的陪房，常在大观园及王夫人、琏二奶奶处做事露面。处事较为圆滑、见风使舵，是宝玉口中典型的"鱼眼睛"形象。在荣国府里，周瑞家的管太太奶奶们出行的事，她的丈夫周瑞管宁国府地租庄子银钱的出入。

王善保家的是邢夫人的陪房，司棋的外祖母，抄检大观园的实施者之一。她见园中的丫鬟们不大奉承她，很不自在，趁此机会便诬告晴雯。她是个心内没成算的人，抄检贾探春房里时，对探春也动手动脚，挨了探春一巴掌。到了迎春房里，从她外孙女司棋处抄出潘又安的情书，使她恨得无地缝儿可钻。事后，邢夫人嫌她多事，打了她一顿。

《红楼梦》的语言和情节设计艺术

15.《红楼梦》的语言艺术

浪淘沙令·泼墨大观园
翟海潮

泼墨大观园。春意阑珊。行文似绘创新篇。含蓄诙谐词委婉，留有空间。　挥笔写情缘。诗语村言。按头制帽等闲看。俗雅交融人各异，百态千妍。

一剪梅·品红楼艺术
陈瑞林

字字珠玑雅俗融。景醉芳容，情意浓浓。千红万紫岂相同。咏絮裙钗，各展词风。　书亦藏真事不空。警策重重，思绪重重。出神入化有奇踪。蕴藉其中，陶冶其中。

行香子·落笔含春
贺世战

落笔含春，借字生魂。勾描删拾尽传神。谁行愚拙，谁作痴嗔。这雅中俗，俗中趣，趣中真。　其思穆穆，其语昏昏，任一书中遍钗裙。参差伏线，错选承因。更指间文，文间事，事间人。

临江仙·品红楼语言
肖芳珠

俚语方言添笑骂，高怀妙咏诗词。尊卑秉性鉴云泥。诙谐描俗态，典雅定风姿。　神韵天成精炼字，推陈自铸新奇。几分留白几分迷。众生悲喜相，一境一情思。

浪淘沙令·品红楼艺术
沙彩虹

泼墨浅留痕。藏笔行文。诗情词境巧传神。俗雅和融轻点染，意味缤纷。　　谵语梦长存。仙曲成真。双关灵动黛钗分。十载增删心血聚，意趣丰新。

【品评】 翟海潮　撰

《红楼梦》的语言具有准确、文雅、质朴、简练、优美、诙谐、含蓄、新奇等特点，富有哲理性、反讽意味。人物语言个性化，方言口语与诗词雅言交融，诗情画意，意境优美，具有很高的美学价值，值得我们认真阅读，细细品味，慢慢感悟。

（1）人物语言个性化，方言口语与诗词雅言交融

《红楼梦》在人物语言及对话方面都表现出个性化的特点，例如林黛玉的语言时而尖酸刻薄、时而令人伤怀断肠，而宝玉的语言天真活泼，喜怒哀乐发于言辞；史湘云是出了名的率直大度，从她的语言风格就能略窥一二。《红楼梦》中有诗词曲赋二百余首，在描写场景及人物形象时，曹雪芹"按头制帽"，诗即其人，以诗词表现人物个性和情景。

《红楼梦》的语言雅俗交融，既使用了大量的诗词曲赋，又有许多方言口语。既显得典雅，又感觉亲切、诙谐、有趣。例如，焦大醉吐狂言，刘姥姥村言俚语，焙茗粗言流语……令人难忘的要数刘姥姥这个老村妇满口"萝卜、蒜头、倭瓜、毛毛虫"的村言，当鸽子蛋掉到地上时说："一两银子，也没听见声响就没了！"土话俚语，机智诙谐。第7回"焦大醉骂"，他那句"红刀子进去，白刀子出来"的"醉汉嘴里混嗳"，就成为焦大的名句。光凭这一句话就能让人想到嘴里被塞满了马粪、捆翻在地的焦大的形象和这惊天动地的声音。贾宝玉的小厮焙茗是个货真价实的"俗人"，打起架来，满口粗话，一口一个"茗大爷"，充分展示了身份不同，谈吐各异。

（2）含蓄有味，《红楼梦》的"囫囵语"和"留白"

脂砚斋评论《红楼梦》人物语言时，经常提到"囫囵语"一词，例如，第20回李嬷嬷用"我都知道那些事"躁骂袭人，第21回袭人用"你心里还不明白，还等我说呢"埋怨宝玉，庚辰本侧批"亦是囫囵语"（第286页），即人物不便或不愿把实际想法暴露出来而采用的一种模糊化的语言表达。这些语言看似"囫囵"，通过联系上下文，人物言语所指以及特定的心理倾向其实都是不难领会的。

《红楼梦》语言具有含蓄蕴藉的艺术风貌，其中多有"藏笔"，作者往往将无限情事暗藏其中，只有心领神会，才不会被作者瞒过。例如，第24回，小红不见手帕，于秋纹、碧痕查问时说出，不露芸儿拾的痕迹，善用藏笔法。第35回，莺儿正要说宝钗好处，却被宝钗走来冲断，藏蓄大有意味。第11回，凤姐说与秦氏的"衷肠话"事关秦氏"病源"及往日私情，作者用"低低的说"听不得真切，正是为了将"真事隐云"。

图 1-53　史湘云偶填柳絮词

图 1-54　痴公子杜撰芙蓉诔

曹雪芹善于运用"春秋笔法"来塑造人物，寓褒贬于曲折的文笔之中，不直接阐述对人物的看法与情感倾向，让读者自己体味。因此，《红楼梦》中很多人物，往往引起读者的不同看法。

《红楼梦》叙事中，信息空缺"留白"处不少，或者是因删节造成的，或者是作者故意用的省笔、缩笔或断笔。比如第 13 回，便"因删去天香楼一节，少却四五页"，留下了令人触目的意义空白。据甲戌本回末批语，此节原用史笔正写"秦可卿淫丧天香楼"之事，"其言其行""令人悲切感服"，"姑赦之，因命芹溪删去"（第 177 页）。删节后，秦可卿之死便显得突然、蹊跷，死因似乎成了"空白"。但这又不是绝对空白，作品通过侧面点染暗示，实际上也为读者多少提供了一点信息，再联系前文秦可卿判词画面（"高楼大厦，有一美人悬梁自缢"）和焦大之醉骂，也就基本揭开秦可卿死因之谜，大体填补因删节留下的这段"空白"。

（3）注重"炼字"造句，《红楼梦》语言的准确性和简洁美

炼字是用字得神的一种技巧，也就是说小说语言经过锤炼，可以生动、传神地写出人物、事体的实际情理。例如，第 6 回写刘姥姥一进荣府，"荣府大门石狮子前，只见簇簇的轿马，刘姥姥便不敢过去，且掸掸衣服，又教了板儿几句话，然后蹭到角门前"。"蹭"字用得极妙。

第 19 回，宝玉去袭人家，"花自芳母子两个百般怕宝玉冷，又让他上炕，又忙另摆果桌，又忙倒好茶"。连用三"又"字，活灵活现。第 48 回写香菱学诗，宝钗说香菱"本来呆头呆脑的，再添上这个，越发弄成个呆子了"。"呆头呆脑的"用字有趣之至。

（4）《红楼梦》语言讲究新奇，"自铸"新词和违背"常理"

《红楼梦》用语新奇，为人物取名不落俗套，力求新奇花样、且韵且雅。第 7 回，周瑞家的分送宫花，"迎春的丫鬟司棋与探春的丫鬟待〔侍〕书二人正掀帘出来"。甲戌本夹批曰："妙名。贾家四钗之环，暗以琴、棋、书、画四字列名，省力之甚，醒目之甚，却是俗中不俗处。"又曰："琴棋书画四字最俗，上添一虚字则觉新雅。"（第 101 页）

与"护官符"一样，"禄蠹"这个名目也是作者"自铸"的。第 4 回，门子对贾雨村说："老爷既荣任到这一省，难道就没抄一张'护官符'来不成？"甲戌本侧批："三字从来未见，奇之至。"（第 55 页）第 19 回，袭人劝说宝玉："凡读书上进的人，你就起个名字，叫作'禄蠹'。"己卯本双行批："二字从古未见，新奇之至。"（第 262 页）"禄蠹"指追求功名利禄之人。

（5）诗情画意，《红楼梦》语言的绘画美和境界美

《红楼梦》许多场景的描写行文似绘，意趣盎然。比如，"黛玉葬花"、"宝钗扑

图 1-55 焦大醉骂

图 1-56 王熙凤协理宁国府

蝶"、"晴雯补裘"、"湘云醉眠"、"香菱学诗"……无不富有诗情画意。第 49 回 "琉璃世界白雪红梅"恰似冬季时装展览会；第 50 回 "暖香坞雅制春灯谜"中写道："凤姐儿也不等贾母说话，便命人抬过轿子来。贾母笑着，挽了凤姐的手，仍旧上轿，带着众人，说笑出了夹道东门。一看四面粉妆银砌，忽见宝琴披着凫靥裘站在山坡上遥等，身后一个丫鬟抱着一瓶红梅。众人都笑道：'少了两个人，他却在这里等着，也弄梅花去了。'贾母喜的忙笑道：'你们瞧，这山坡上配上他的这个人品，又是这件衣裳，后头又是这梅花，像个什么？' 众人都笑道：'就像老太太屋里挂的仇十洲画的《艳雪图》'。"这样的文字，实在是写景和叙事的最天然的结合，诗情画意，美妙绝伦。

16.《红楼梦》的情节设计艺术

苏幕遮·品红楼艺术
翟海潮

对兴衰，情欲载。故事风流，悲谶玄机在。伏脉纠缠千里外。一树千枝，多线齐头迈。　　栩栩如生，更转快。绝不雷同，好梦皆精彩。似画如诗人喜爱。情理之文，动魄惊心海。

鹧鸪天·品红楼艺术
肖芳珠

主线双行融巧思，姻缘兴败透离奇。勾连世态纵横网，铺叙人情交错姿。　　应紧凑，转张弛。出真入幻梦依稀。返寻伏脉延千里，一部鸿篇品到痴。

生查子·一梦皆因果
沙彩虹

横岭共侧峰，伏脉绵延过。荣宁转盛衰，宝黛悲欢锁。　　看似景观闲，实则玄机破。悲谶悟禅迟，一梦皆因果。

巫山一段云·一树万枝连
王志霞

笔下玲珑意，胸中浩气旋。啸余风雨乱云间，一树万枝连。　　有味应非易，多歧未觉难。改删数载说心酸，抚卷泪潸然。

更漏子·题红楼
刘庆珍

　　字含香，才渊博，名著谋篇超卓。书百态，话衰荣，笔行情理明。　　筹思苦，霞章落，写尽荒唐迷却。演幻境，道成因，空悲一梦存。

【品评】翟海潮　撰

　　《红楼梦》的叙事设计，打破了传统的线性结构与因果链条，具有纵横交错而又整体推进的性质。曹雪芹对情节的发展做了匠心独运的安排，多线并进，互相纠缠，大段落中有小段落，或加叙别事，或埋伏后文，或照应前文，错综变化，不板不乱。

　　《红楼梦》的情节设计以表现小说主题和人物为中心，是真正的"情理之文"。《红楼梦》情节曲折，变幻多姿，但绝不雷同。曹雪芹运用多种技巧，把生活的多线形态容纳在语言的单线表达之中，有正叙，有穿插，有伏脉，有张有弛，精彩地完成了《红楼梦》的叙事。

　　《红楼梦》里有太多的精彩的场景，可以说是如诗如画。比如宝黛"共读西厢"、"黛玉葬花"、"宝钗扑蝶"、"元妃省亲"、"黛玉题帕"、"探春理家"、"湘云醉卧"、"妙玉奉茶"、"晴雯撕扇"、"香菱学诗"、"小红遗帕"、"平儿理妆"、"宝琴立雪"、"凹晶联句"、"黛玉焚稿"、"探春远嫁"……

　　（1）情节以表现小说主题和人物性格为中心

　　《红楼梦》具有宏大而精密的网状立体结构，它有两大主线：一是宝黛钗爱情婚姻悲剧，二是贾府的盛衰。《红楼梦》情节的描写与小说主题关系密切，例如"刘姥姥三进荣国府"见证了贾府的兴衰，"黛玉焚稿"、"绛珠归天"、"宝钗大婚"、"宝玉出家"则是宝黛钗爱情婚姻悲剧的体现。

　　情节可以单独刻画某个人物的性格，例如，要写探春的性格干练和管理才能，必须令其管事，因此就有了第55回"探春理家"的情节，借凤姐之病，徐徐写起。"鸳鸯抗婚"、"三姐饮剑"、"司棋撞墙"，充分展现了三位红楼女性刚烈的性格。

　　情节也可以集中展示多个人物的性格，例如"宝玉挨打"就集中展现了贾政、贾环、贾母、王夫人、袭人、黛玉、宝钗等人的性格。还可以通过多个情节结合来展现某个人物的多重性格，例如"毒设相思局"、"协理宁国府"、"弄权铁槛寺"、"凤姐泼醋"、"大闹宁府"、"二姐吞金"等情节生动地展现了凤姐威重令行、心狠手辣的性格、机心和手腕。

　　（2）合情合理，真正的"情理之文"

　　合情合理是指情节构造要符合社会生活与人物性格、命运等的内在逻辑与必然规

图 1-57　凹晶馆联诗

图 1-58　香菱学诗

律，旨在"写实"，即高于生活的艺术真实。《红楼梦》的情节是真正的"情理之文"，它源于曹雪芹曾经"身历"的缘故，是那些"搜造而成"的情节所无法企及的。

以"香菱学诗"为例，曹雪芹为什么非要香菱入园？如何才能顺理成章地入园？庚辰本夹批："细想香菱之为人也，根基不让迎探，容貌不让凤秦，端雅不让纨钗，风流不让湘黛，贤惠不让袭平；所惜者，青年罹祸，命运乖蹇，足为侧室。且虽曾读书，不能与黛、钗、湘辈并驰于海棠之社耳。然此人岂可不入园哉？故欲令入园，终无可入之隙。筹画再四，欲令入园，必呆兄远行后方可。然阿呆兄又如何方可远行，曰：名不可，利不可，正事不可，必得万人想不到，自己忽一发机之事方可。"（第 619 页）因此就有了薛蟠遭柳湘莲毒打的情节。要写香菱入园，必须先有薛蟠远行，要写薛蟠远行，必须先有他挨打、思游艺；要写他挨打，必先有赖尚荣请客，情节的安排合情合理。香菱此番入园，既跟黛玉学会了作诗，也以"情解石榴裙"一事在石兄那里挂上了号。

（3）情节曲折，变幻多姿，绝不雷同

就情节曲折而论，脂砚斋提出"辗转相逼"的观点。第 4 回，分析薛宝钗前来贾府一事时戚序本总评曰："看他写一宝钗之来，先以英莲事逼其进京，及以舅氏官出，惟姨可倚，辗转相逼来。且加以世态人情隐跃其间，如人饮醇酒，不期然而已醉矣。"（第 65 页）薛家本居金陵，薛蟠倚财仗势，打死人命，时在应天府案下审理。其母舅王子腾得了消息，告诉荣府王夫人意欲唤取进京。薛家母子行将入都时，却又闻得王子腾升了边缺，不日就要出京，只好一路奔荣府而来。碍于贾家殷勤苦留，更为拘紧些儿子，薛姨妈同意暂栖府内梨香院。由此可见，所谓"逼其进京"继而"惟姨可倚"之"辗转"，是故为曲折。

就情节变换多姿而言，脂砚斋称为"重作轻抹"。第 22 回，宝钗过生日，湘云无意间说出唱戏的小旦长得像黛玉，宝玉怕她两个生"隙恼"，在中间调和，不想并未调和成功，反自己落了两处的贬谤。正合着前日所看《南华经》……越想越无趣，于是占偈填词，参起禅来。宝玉自以为觉悟，不想先被黛玉问住，又有宝钗比出语录，遂收了这个痴心邪话，笑道："谁又参禅，不过一时顽话罢了。"说着，四人仍复如旧。庚辰本夹批曰："轻轻抹去也。"（第 304 页）意即前文对宝玉参禅的来龙去脉是重笔描写，最后则以"不过一时顽话"而"轻轻抹去"。

《红楼梦》情节变化多姿，但绝不雷同。例如《红楼梦》一共写了三十三个梦，前八十回写了二十个，后四十回写了十三个，最长的是第 5 回贾宝玉梦游太虚境，最短的梦是第 13 回宝玉梦中听见秦氏死讯。三十三个梦，情景各异，无一雷同。

图 1-59　宝玉悟禅

（4）一树千枝，伏线千里之外

《红楼梦》的结构和情节具有"一树千枝，一源万派，无意随手，伏脉千里"的艺术特点，情节发展一丝不乱。就伏笔而言，《红楼梦》前五十回就有百余处。

例如，第 6 回刘姥姥的"一进"荣国府，预伏后来的"二进"、"三进"以及巧姐的归宿。第 7 回，焦大醉骂管家"不公道，欺软怕硬"时，凤姐嫌尤氏太软弱，言说"我何曾不知这焦大。倒是你们没主意，有这样，何不打发他远远的庄子上去就完了"。甲戌本眉批曰："这是为后协理宁国（府）伏线。"（第 109 页）第 7 回周瑞家的送宫花，当给惜春时，"只见惜春正同水月庵的小姑子智能儿两个一处顽笑"，惜春笑道："我这里正和智能儿说，我明儿也剃了头，同她作姑子去呢，可巧又送了花儿来；若剃了头，可把这花儿戴在哪里呢？"只是闲闲一笔，却已将后半部书的线索提动，直伏惜春最后出家根苗，可谓伏线千里之外。

（5）有正叙，有穿插，有张有弛

第 2 回"演说贾府"，讲述贾府五代人百年的故事。贾府几十位主要人物，如果用履历表似的介绍，会让读者感觉索然乏味。如果一上来就让他们进入情节发展的轨道，会让读者坠入千头万绪、前读后忘的困境。而曹公的写法独具匠心，以冷子兴和贾雨村谈都中新闻入手，如数家珍，娓娓道来，引人入胜。

《红楼梦》情节的构造有正叙，也有穿插。例如，第6回写刘姥姥正要"忍耻"求助，"只听得二门上小厮们回说：'东府里小大爷进来了。'"凤姐忙止刘姥姥不必说了。凤姐接见刘姥姥的故事中间，插入了贾蓉来借玻璃炕屏，描写了凤姐、贾蓉的暧昧关系。第7回，周瑞家的送走刘姥姥，寻王夫人至梨香院回话，见王夫人与薛姨妈聊得正兴，不想打断，便进宝钗房里闲聊，引出"冷香丸"的故事，暗示了宝钗的心性，也是巧妙的穿插。

一部叙事作品尤其是鸿篇巨制，其情节的演进必须体现出一定的节奏，既有紧张的场面，也要有舒缓的场面；既有喜剧场面，也要有悲剧场面，必然有张有弛、有动有静、有聚有散、有喜有悲，交替运用，富于变化。只有这样，才符合社会生活的客观规律和读者的审美要求。

例如，第16回贾府正为贾政庆寿，宫里忽宣贾政入朝，唬得贾母等合家人的心里都惶惶不定，不住地派人飞马来往报信。得知是元春晋封为凤藻宫尚书，加封贤德妃，大家才心神安定，"洋洋喜气盈腮"，按品大妆地入朝谢恩。之后接着写秦钟病重，智能前去看视，气死了秦业，可谓有惊有喜有悲。

第33回宝玉挨打前，宝玉要老嬷嬷快去报信，老嬷嬷却耳聋，竟把"要紧，要紧"误听成"跳井，跳井"，还笑着说："跳井让他跳去，二爷怕什么？"情势一缓一急，两相对照，一方是紧急待援，一方是木然无知，形成了鲜明对比。第54回元宵节夜宴上，主仆谈笑风生，其乐融融；第55回写探春暂替凤姐理事，生母、下人借机生事。这两回一盛极一衰始，笔致陡变。这样的热文冷收，既有对情节发展的预示作用，也暗含了全书的情感基调。

第63回写贾敬忽然宾天，情急之下，尤氏独理亲丧，封锁玄真观、请太医诊视、命人飞马报信、主持入殓、开丧破孝、做道场、接继母看家等等，紧锣密鼓。第64回接写贾敬灵柩进城应是"极忙乱处"，可是曹雪芹用数笔带过之后，忽然插入"钗玉评诗"、"琏尤赠佩"一段闲雅文字，戚序本第64回回前评语称这种情节搭配为"急脉缓受"（第826页）。

中篇 《红楼梦》主要场景

大观园试才题对额

前八十回主要场景

1. 木石前盟：灵石下凡，绛珠还泪

七律·绛珠还泪定前盟（新韵）

翟海潮

补天无望长嗟叹，偶动凡心化玉生。

侍者浇花结善果，绛珠还泪定前盟。

为酬仙界千般爱，且献人间一世情。

历幻劫终归本质，潇湘梦断太虚行。

鹧鸪天·木石前盟醉一场

陈瑞林

贪恋人间琢玉郎，风流才子赏群芳。簪缨利禄非君意，脱俗诗书荡寸肠。　　春梦窄，泪珠长。花开花谢叹秋霜。今生若得偿还愿，木石前盟醉一场。

【品评】翟海潮　撰

《红楼梦》开卷第1回，叙述了一个通灵神话故事："女娲氏炼石补天之时，于大荒山无稽崖炼成高经十二丈、方经二十四丈顽石三万六千五百零一块。娲皇氏只用了三万六千五百块，只单单剩了一块未用，便弃在此山青埂峰下。谁知此石自经煅炼之后，灵性已通，因见众石俱得补天，独自己无材不堪入选，遂自怨自叹，日夜悲号惭愧。"正当这块顽石自怨自叹之际，恰有茫茫大士、渺渺真人（一僧一道）两位神仙说说笑笑飘然而至，先是说些云山雾海、神仙玄幻之事，后便说到红尘中荣华富贵。

顽石听了他们的谈论，思慕世间的荣耀繁华，便恳请二仙携入红尘。二仙师齐憨笑道："善哉，善哉！那红尘中有却有些乐事，但不能永远依恃；况又有'美中不足，好事多魔'八个字紧相连属，瞬息间则又乐极悲生，人非物换，究竟是到头一梦，万境归空，倒不如不去的好。"这石凡心已炽，哪里听得进这话去，乃复苦求再四。于是，二仙便大施法术，那僧便念咒书符，将一块大石登时变成一块鲜明莹洁的美玉，且又缩成扇坠大小的可佩可拿。再镌上字，然后携至那"昌明隆盛之邦、诗礼簪缨之

族、花柳繁华地、温柔富贵乡去走一遭"，"待劫终之日，复还本质，以了此案"。此石所经历的这段陈迹故事，便是《石头记》。

具体地说，这个神话故事又由以下两个部分组成：

（1）灵石下凡：如上所述，女娲氏炼石补天剩下的那块顽石被缩成块扇坠大小的美玉以后，被二仙师携至红尘中去走一遭。这美玉便是日后贾宝玉出世时嘴里衔下的那块通灵宝玉，上面镌有"莫失莫忘，仙寿恒昌"和"一除邪祟，二疗冤疾，三知祸福"等字样。

这块来历荒唐无稽的通灵宝玉在以后便作为现实生活里的现实存在，在《红楼梦》所描写的极其现实的环境和人与人的复杂关系中一再出现。"无材补天，幻形入世"的顽石变成伴随贾宝玉一生的"通灵宝玉"，对贾宝玉的叛逆性格有隐喻作用。

（2）绛珠还泪：这则故事借茫茫大士之口说出了它的前因后果。

西方灵河岸上三生石畔，有绛珠草一株，时有赤瑕宫神瑛侍者，日以甘露灌溉，这绛珠草始得久延岁月。后来既受天地精华，复得雨露滋养，遂得脱却草胎木质，得换人形，仅修成个女体，终日游于离恨天外，饥则食蜜青果为膳，渴则饮灌愁海水为汤。只因尚未酬报灌溉之德，故其五内便郁结着一段缠绵不尽之意。恰近日这神瑛侍者凡心偶炽，乘此昌明太平朝世，意欲下凡造历幻缘，已在警幻仙子案前挂了号。警幻亦曾问及，灌溉之情未偿，趁此倒可了结的。那绛珠仙子道："他是甘露之惠，我并无此水可还。他既下世为人，我也去下世为人，但把我一生所有的眼泪还他，也偿还得过他了。"

这神瑛侍者便是贾宝玉的前身，而林黛玉则是绛珠仙子的转世。他俩的这段姻缘，便是所谓的"木石前盟"。"木石前盟"暗含了

图 2-1　灵石和仙草（采自《红楼梦图咏》）

宝、黛的前世姻缘，为塑造贾宝玉的性格和描写宝黛的爱情故事，染上一层浪漫主义色彩，也为情节的发展做了铺垫。"木石前盟"是建立在"心有灵犀"基础上的爱情象征，它与建立在门第财产基础之上的"金玉良缘"恰成鲜明的对照。

《红楼梦》开篇讲通灵神话，其本身也是《红楼梦》艺术结构中的一个有机部分。根据靖藏本第79回眉批（第864页），后数十回内还有《证前缘》一回，估计此回即是第1回通灵神话的照应和升华，它们首尾呼应，让被世俗社会所扼杀了的"木石前盟"重又在神话世界得到印证。

2. 士隐出家：贾府和贾宝玉命运的一个缩影

鹧鸪天·士隐出家

翟海潮

性逸情恬品自高，暮年得女掌中娇。岂知福浅命多舛，孰料灾深火尽烧。　　如梦魇，似蓬蒿。寄人篱下日难熬。残躯抱瘼窥来世，好了歌中尘世抛。

千年调·士隐出家

贺世战

白日过浮云，朔气荡林杪。半世安闲自在，半生潦倒。女儿运薄，一去行踪渺。生浩叹，命途乖，福泽少。　　悄然万籁，明月照人皎。白发长随跛足，醒悟方好。麻衣芒履，唱过千年调。自今时，这红尘，全舍了。

【品评】翟海潮　撰

《红楼梦》第1回，曹公敷演一段神话故事做开场白之后，转而进入东南一隅的姑苏，推出了小说的第一个人物甄士隐：

> 这阊门外有个十里街，街内有个仁清巷，巷内有个古庙。因地方窄狭，人皆呼作葫芦庙。庙旁住着一家乡宦，姓甄，名费，字士隐。嫡妻封氏，情性贤淑，深明礼义。家中虽不甚富贵，然本地便也推他为望族了。因这甄士隐禀性恬淡，不以功名为念，每日只以观花修竹、酌酒吟诗为乐，倒是神仙一流人品。只是一件不足：如今年已半百，膝下无儿，只有一女，乳名唤作英莲，年方三岁。

甄士隐本是一地望族，却经历了独女被拐、骨肉分离、家遇火灾、寄人篱下，落得个贫病交加，昔日富贵如同幻梦。遭遇家业凋零的世间劫难之后，士隐得疯道人指引，了悟人间万般"好便是了，了便是好"，遂与道人飘然隐去。

士隐出家是由一系列的事情导致的。甄英莲（取意"真应怜"）是甄士隐的独女，甄士隐爱若珍宝。英莲三岁那年夏天，甄士隐"梦幻识通灵"，梦见一僧一道，正谈论要把一对风流冤家"投胎入世"，当然他没有听懂其中的玄机，醒来以后便把梦忘了一大半。

接着甄士隐抱着英莲出去玩，遇上了一个癞头和尚和一个跛足道人，那僧见了英莲，对甄士隐说："施主，你把这有命无运、累及爹娘之物抱在怀内作甚？"并留了一首诗："惯养娇生笑你痴，菱花空对雪澌澌。好防佳节元宵后，便是烟消火灭时。"

一僧一道一去，再不见个踪影。真是光阴易过，倏忽又是元宵佳节。英莲在看社火花灯时因家奴霍启（取意"祸起"）看护不当而被骗子拐走，后被人贩子拐卖。甄士隐与妻子封氏遍寻不着，先后病倒。祸不单行，没过多久，三月十五日，隔壁葫芦庙炸供失火，接二连三，将一条街烧得如火焰山一般，甄士隐家中房屋被烧成一片瓦砾场。

甄士隐"想到田庄上去安身，偏值近年水旱不收，鼠盗蜂起，无非抢田夺地，鼠窃狗偷，民不安生，因此官兵剿捕，难以安身。士隐只得将田庄都折变了，便携了妻子与两个丫鬟投奔他岳丈家去"。只那封肃是势利眼，甄士隐用来请他置办田地房屋的银子被他半哄半赚，只给他薄田朽屋。"甄士隐乃读书之人，不惯主理稼穑等事，勉强支持了一二年，越觉穷了下去。"士隐本已有积伤，且暮年之人，经过这么些打击，贫病交攻，竟渐渐地露出那下世的光景来。一日，甄士隐拄了拐杖挣挫到街前散散心时，忽见那边来了一个跛足道人，这道人口中念念有词，便是《好了歌》："世人都晓神仙好，惟有功名忘不了。古今将相在何方？荒冢一堆草没了……"

士隐本是有宿慧的，听了道人的《好了歌》，心中彻悟。在解注了《好了歌》之后，甄士隐将道人肩上

图 2-2　士隐出家（翟海潮绘）

裙裾抢了过来背着，竟不回家，同了疯道人飘飘而去。从此抛家弃业，出世而去了。封氏哭得死去活来，求助父亲封肃多方寻找，也杳无音信。

　　"士隐出家"情节在《红楼梦》艺术结构中有着重要的地位和作用。曹公用甄士隐家的一段小荣枯，引出天下望族贾家的大荣枯。甄士隐一家及其本人的遭际，正是贾府和贾宝玉日后命运的一个缩影。脂批曰："不出荣国大族，先写乡宦小家，从小至大，是此书章法。"（第8页）又曰："找前伏后，士隐家一段小荣枯至此结住。所谓真不去假焉来也。"（第23页）曹公把《红楼梦》由盛至衰最后败落这一主题，首先从甄士隐的经历这个雏形故事中预演出来，给全书定下了一个基调，也埋下了伏笔。甄士隐的彻悟也预示着主人公贾宝玉未来相类似的结局。

3. 演说贾府：序幕拉开，荣宁人物略出大半

江城子·冷子兴演说荣国府（新韵）
翟海潮

　　故交酒肆巧相逢，叙闲情，话衰兴。异事奇闻，衔玉落京城。邪欲仁心持两赋，谈前世，述今生。　　冷言贾语论宁荣，外宅同，内囊空。痴粉迷钗，家业少人承。两府成员说大半，余荫尽，厦将倾。

七律·冷子兴演说荣国府
李宝贵

巨著开篇举世惊，绛珠美玉有前盟。
子兴演说荣宁府，贾化闲聊富贵城。
祖上簪缨多荫泽，如今翰墨少功名。
他年梦断繁华落，写尽风流不了情。

【品评】翟海潮　撰

　　写小说很重要的一环，是书中人物如何登场，从哪个角度来介绍他们。许多小说中对人物的介绍给人枯燥乏味或呆板的感觉，而文学巨匠曹雪芹在介绍贾府和贾宝玉时，采取了一种非常巧妙的方法，这就是《红楼梦》第2回中的"冷子兴演说荣国府"。

　　冷子兴是王夫人的陪房周瑞家的女婿，在京城开古董店，喜欢结交官宦名流，颇有见识。因为有这个背景，冷子兴对贾家的来龙去脉，府中的每个人都很清楚。因此，

他演说贾府十分自然，仿佛是在茶余饭后、闲话趣事中无意道出。

那位热衷功名的贾雨村被革了职，流落在扬州坐馆，给林黛玉当塾师。这一天闷得无聊，便独自出去闲逛，逛得不耐烦，决定到村肆中喝上几杯，巧遇一位在京城中的老相识冷子兴，两人便一面对酌对饮，一面聊起闲天来。冷子兴像讲故事一般将荣宁二府中的主要人物作了概括介绍。

宁国府第一代贾演，第二代代字辈贾代化，第三代文字辈贾敷（长子，早逝）、贾敬（次子，出家修道），第四代玉字辈贾珍（贾敬之子，续弦尤氏）、贾惜春（贾敬之女），第五代草字辈贾蓉（娶妻秦可卿）。荣国府第一代贾源，第二代代字辈贾代善（娶妻史氏，即贾母），第三代文字辈贾赦（长子，袭爵，续弦邢夫人）、贾政（次子，娶妻王夫人，即宝玉之母）、贾敏（女儿，即黛玉之母），第四代玉字辈贾琏（贾赦次子，娶妻王熙凤）、贾珠（贾政长子，娶妻李纨，早逝）、贾宝玉（贾政次子）、贾环（贾政庶子，赵姨娘所生）、贾元春（贾政长女）、贾迎春（贾赦庶女）、贾探春（贾政庶女，赵姨娘所生）；第五代草字辈贾兰（贾珠之子）、巧姐（贾琏之女）。

冷子兴把贾府五代世系讲得繁简适宜，脉络清晰，个性突出。之后终于将话题落在小说主人公的身上。"第二胎生了一位小姐，生在大年初一，这就奇了；不想次年又生了一位公子，说来更奇，一落胎胞，嘴里便衔下一块五彩晶莹的玉来，上面还有许多字迹。

图2-3　演说荣府 [①]

① 本篇插图，除特别标注外，均采自《增评补注石头记》，清光绪二十六年铅印本。

你道是新奇异事不是？"曲曲弯弯，冷子兴把那位衔玉而生的富贵公子呈献在读者的眼前，使人非看下去不可。

冷子兴接着说，宝玉抓周时只抓了些脂粉钗环，"如今长了七八岁，虽然淘气异常，但其聪明乖觉处，百个不及他一个。说起孩子话来也奇怪，他说：'女儿是水作的骨肉，男人是泥作的骨肉。我见了女儿，我便清爽；见了男子，便觉浊臭逼人。'"

就此戛然而止，不再介绍贾宝玉的性状了，却让贾雨村就贾宝玉的秉性脾气发了一通长篇大论，从大仁大恶两种人开始引经据典谈论天地正邪二气，以及正邪两赋而来一路之人，并谈起金陵甄府所教学生之怪异言行与贾宝玉相近，揣测宝玉等人乃偶秉正邪两赋之气而生者。接着两人又把话题转向别处，偏对贾宝玉只字不再提，使人感到神龙见首不见尾，更增加了要了解这位"奇"公子的兴趣。

曹雪芹借助冷子兴之口，荣宁二府人物略出大半，同时点出了贾府现时萧疏的光景和面临的危机，所谓"百足之虫，死而不僵"。更有"如今的儿孙，竟一代不如一代了"！这正是冷子兴"冷眼人"的深刻之处，能够透过现象看到本质，通过个别认识上升到认清规律性。宁荣二公开创基业，至今世袭已到了第四代，都不是凭自己的能力通过科举求取功名；家族把承继的希望都压在了宝玉身上，可偏偏宝玉不喜读书，贾府的"后继无人"实在是令人悲哀的事。这为我们理解《红楼梦》是写一个处于"末世"的封建家族的衰亡提供了启示。冷子兴演说荣国府犹如京戏开场前的道白，且将好戏抛上台。

4. 宝黛初会：相逢早识含情目，初尝世味泪婆娑

七律·宝黛初会
王志霞

孤舟寒楫万重波，云指家山又奈何。
雅措言辞防礼少，低回举止恐行多。
相逢早识含情目，共遇偏生配玉魔。
从此浮萍寄风浪，初尝世味泪婆娑。

减字木兰花·宝黛初会（新韵）
翟海潮

姗姗迟也。玉树临风秋仲月。颦目传情。似旧相识心志通。　　闻卿无玉。公子痴狂摔闹去。仙草担忧。石木前盟泪始流。

【品评】王志霞　撰

《红楼梦》第 3 回，林黛玉的母亲因病去世，外祖母念及黛玉年幼无人照顾，便派人把黛玉接进贾府。六岁的林黛玉初进贾府，面对陌生的环境，她步步留心，事事在意，不敢多说一句话，不敢多行一步路，生恐被人耻笑。从林黛玉口中说出的只有七句话，除此之外都是她的心理描写。林黛玉说的七句话中，贾母问药一句、邢夫人留饭一句、王夫人规劝莫惹宝玉时一句、贾母问书一句、与贾宝玉对话三句，而就在这七句话里，曹公就已将林黛玉的聪明、敏感、锋芒毕露统统展现出来。

贾母、贾宝玉曾先后问黛玉"读何书"，黛玉两次的反应却完全不同。先是贾母询问，黛玉的回答是："只刚念了《四书》。"出于礼貌，林黛玉紧跟着询问贾府姊妹们都读什么书，结果贾母却来了这么一句："读的是什么书，不过是认得两个字，不是睁眼的瞎子罢了！"

等到其后贾宝玉回来，再次上演了相似的一幕：宝玉再次询问黛玉读的什么书。这个时候黛玉突然就改变了之前的说法，她回答："不曾读，只上了一年学，些须认得几个字。"林黛玉之聪明、敏感由此可见一斑，她能根据现实情况做出改变，贾母先贬低贾府三春，贾母不在意，不代表三春不在意，所以黛玉刻意在言行之间掩藏自己的真实文化水平，以免太过出头被人针对。

世之厌黛玉者，大多是因为黛玉的小性子，觉得她不通情理，到处怼人，其实不然，且看林黛玉初进贾府时与邢夫人的对话，即可见分晓："邢夫人苦留吃过晚饭去，黛玉笑回道：'舅母爱惜赐饭，原不应辞。只是还要过去拜见二舅舅，恐领了赐迟去不恭，异日再领，未为不可。'望舅母容谅。"黛玉说话滴水不漏，先感谢邢夫人的挽留，再说清不能留下吃饭的原因，然后以一句"异日再领，未为不可"收尾，给足邢夫人面子，一句多余的废话都没有，就算是八面玲珑的薛宝钗，恐怕也不能说得比黛玉还周全。所以林黛玉是很懂人

图 2-4　宝黛初会（翟海潮绘）

情世故的，只是她不屑、也不想成为一个世俗的人，正所谓"知其不可为而为之"，所以才会有其后的各种互怼，这是林黛玉真性情的体现，也是处于幼年时期，难掩锋芒之才女——林黛玉必经的心路历程。

至于描写宝玉和黛玉的初次见面，很唯美，因为有着前世今生的感情纠葛，便不同于一般的才子佳人了：黛玉正和贾母等人说着话，宝玉回来了。黛玉未见宝玉时就听过母亲对宝玉的评论：惫懒、懵懂、顽劣……等见到了宝玉，却吃一大惊，心下想道："好生奇怪，倒像在那里见过一般，何等眼熟到如此！"宝玉看到了黛玉，也笑道："这个妹妹我曾见过的。"两人初会就产生了一种互相熟识的心灵感应。宝玉亲热地和黛玉攀谈，问她的姓名，又要给她起表字，当知道黛玉没有玉时，很生气地将自己的玉扔到地上，众人劝了很久才平息。曹公写他们彼此觉得熟悉，一方面是来自第1回神瑛侍者和绛珠仙草的故事，给两人的关系蒙上一层浪漫主义色彩；而另一方面，更重要的是要通过这初会时的心灵感应，表现两人感情上的默契，为后来两人爱情的发展张本。

但是唯美的画面一闪而过，接下来就是宝玉犯浑，痴狂病发作。他看见黛玉身上也没有玉佩，便狠狠地把他的通灵宝玉摔了。他说："家里姐姐妹妹都没有，单我有，我说没趣；如今来了这们一个神仙似的妹妹也没有，可知这不是个好东西。"贾母好哄歹哄，宝玉才愿意重新戴上。

黛玉担心自己初来便惹了祸，晚上淌着眼泪，睡不着觉。她不知道贾府这辆"列车"将带她去何方。作为一个六岁的小女孩，林黛玉在这方面已经做得非常出色了，她的所言所行，无一不令人佩服。

5. 凤姐出场：未见其人，先闻其声

七律·凤姐出场（新韵）

翟海潮

恍若仙妃降府门，朱唇将启笑先闻。
貂裘珠佩心藏傲，凤眼蛾眉面带春。
放诞张扬辖女诳，逢迎干练祖宗亲。
聪明凶狠施才智，辣姐一出自冠群。

喝火令·凤姐出场

李宝贵

未见花容面，犹闻笑语声。柳眉弯处自风情。金彩翠钗裙动，林妹惑

疑生。　　道是群芳首，由来辣凤名。巧言邀宠尽逢迎。叹那贪心，叹那太聪明，叹那梦魂惊醒，大厦几时倾。

【品评】翟海潮　撰

王熙凤是《红楼梦》中曹雪芹刻画得最成功、最生动的人物之一，王熙凤的出场尤为精彩。在第2回中，曹公通过冷子兴之口对王熙凤略作了介绍："模样又极标致，言谈又爽利，心机又极细，竟是个男人不及万一的。"使读者对凤姐有了一点点印象。

第3回，王熙凤一出场，马上就活生生地呈现在了读者面前。林黛玉进贾府初次与她的外祖母相见，老祖宗把她的外孙女心肝肉儿地搂着哭的时候，只听后院中有笑语声，说："我来迟了，不曾迎接远客！"林黛玉纳罕道："这些人个个皆敛声屏气，恭肃严整如此，这来者系谁，这样放诞无礼？"心下想着，"只见一群媳妇丫鬟拥着一个人从后房门进来。这个人打扮与众姑娘不同：彩绣辉煌，恍若神仙妃子。头上戴着金丝八宝攒珠髻，绾着朝阳五凤挂珠钗；项上带着赤金盘螭璎珞圈；裙边系着豆绿宫绦，双衡比目玫瑰珮；身上穿着缕金百蝶穿花大红洋缎窄裉袄，外罩五彩刻丝石青银鼠褂；下着翡翠撒花洋绉裙。一双丹凤三角眼，两弯柳叶吊梢眉，身量苗条，体格风骚。粉面含春威不露，丹唇未启笑先闻"。

原来是被称为"凤辣子"的王熙凤来了。

黛玉连忙起身接见。贾母笑道："你不认得他，他是我们这里有名的一个泼皮破落户儿，南省俗谓作'辣子'，你只叫他'凤辣子'就是了。"黛玉正不知以何称呼，只见众姊妹都忙告诉他道："这是琏嫂子。"黛玉虽不识，也曾听见母亲说过，大舅贾赦之子贾琏，娶的就是二舅母王氏之内侄女，自幼假充男儿教养的，学名王熙凤。黛玉忙赔笑见礼，以"嫂"呼之。这熙凤携着黛玉的手，上下细细打谅了一回，仍送

图 2-5　凤姐出场（翟海潮绘）

至贾母身边坐下，因笑道："天下真有这样标致的人物，我今儿才算见了！况且这通身的气派，竟不像老祖宗的外孙女儿，竟是个嫡亲的孙女，怨不得老祖宗天天口头心头一时不忘。只可怜我这妹妹这样命苦，怎么姑妈偏就去世了！"说着，便用帕拭泪。贾母笑道："我才好了，你倒来招我。你妹妹远路才来，身子又弱，也才劝住了，快再休提前话。"这熙凤听了，忙转悲为喜道："正是呢！我一见了妹妹，一心都在他身上了，又是喜欢，又是伤心，竟忘记了老祖宗。该打，该打！"又忙携黛玉之手，问："妹妹几岁了？可也上过学？现吃什么药？在这里不要想家，想要什么吃的、什么玩的，只管告诉我；丫头老婆们不好了，也只管告诉我。"一面又问婆子们："林姑娘的行李东西可搬进来了？带了几个人来？你们赶早打扫两间下房，让他们去歇歇。"

《红楼梦》第3回中，有众多的人物亮相，而凤姐的出场最具特色。曹雪芹通过四个方面塑造出了王熙凤精明干练、虚伪圆滑等形象。其一为王熙凤出场的笑声和话语，其二为王熙凤的服饰及容貌，其三是她见到黛玉的反应，最后则是她与王夫人的对白。王夫人问："月钱放过了不曾？"又叫王熙凤准备缎子给林妹妹裁衣裳等，王熙凤道："这倒是我先料着了，知道妹妹不过这两日到的，我已预备下了，等太太回去过了目好送来。"王夫人一笑，点头不语。

凤姐是王夫人的内侄女、贾琏的妻子，年轻又不识字，却掌握着贾府的钱财大权。她极会察言观色、阿谀奉承，所以深受贾母宠爱，在贾府中她有着与众不同的特殊地位和身份。另一方面，凤姐心狠手辣，在府中欺上压下，为所欲为。

曹雪芹写凤姐出场采用了与众不同的方法：让读者未见其人，先闻其声，再见其貌，再知其名，后睹其种种表演。众人都"敛声屏气"、"恭肃严整"，她却又哭又笑，"放荡无礼"。只有这样写，才符合凤姐的特殊地位和身份，才能表现出她泼辣的性格。与众人出场不同的是，王熙凤一出场便通过自身"表演"充分展示了其"才艺"，给读者留下了极为深刻的印象。

6. 葫芦判案：官迷心窍沙迷眼，桃偶何曾是主人

七律·葫芦僧乱判葫芦案（新韵）

王应民

朱笔一挥覆血痕，逢冤不雪判无根。

堂悬明镜胡徒庙，事隐真机假语村。

下里应怜多舛命，衙中当恨尽冤魂。

官迷心窍沙迷眼，桃偶何曾是主人。

定风波·葫芦僧乱判葫芦案（新韵）

翟海潮

对立公堂明镜悬，霸王害命抢英莲。贾化发签拿案犯，疑罕、门僧眼色把其拦。　　一纸官符连网络。惊愕，深谙此道仕途宽。枉法徇情留后手，作秀，忘恩负义势族攀。

【品评】 王应民　撰

第4回"葫芦僧乱判葫芦案"，给读者透露出金陵四大家族的强大背景及利害关系。"葫芦案"指的是贾雨村借助贾政补授应天府审的第一个案子，即薛蟠为抢丫头英莲打死冯渊的案子。葫芦案的主犯薛蟠，来自金陵四大家族"珍珠如土金如铁"的薛氏家族；冯渊，一个有点钱的公子；被拐的丫头英莲，是姑苏大户甄士隐的女儿，幼时被拐子拐走。

原告冯渊家人申诉道："被殴死者乃小人之主人。因那日买了一个丫头，不想是拐子拐来卖的。这拐子先已得了我家的银子，我家小爷原说第三日方是好日子，再接入门。这拐子便又悄悄的卖与了薛家，被我们知道了，去找拿卖主，夺取丫头。无奈薛家原系金陵一霸，倚财仗势，众豪奴将我小主人竟打死了。凶身主仆已皆逃走，无影无踪，只剩了几个局外之人。"

贾雨村听了，勃然大怒，欲发签差公人立刻将凶犯族中人拿来拷问。忽然见案边立的一个门子使眼色儿，不令他发签。雨村心中甚是疑怪，只得停了手。即

图 2-6　葫芦判案

时退堂，至密室，侍从皆退去，只留门子一人服侍。原来这门子本是葫芦庙内一个小沙弥，因葫芦庙着火之后，无处安身，遂趁年纪小蓄了发，充了门子。雨村携手与其相认，门子从顺袋中取出一张抄写的"护官符"来，递与雨村。上面写道：

> 贾不假，白玉为堂金作马。
>
> 阿房宫，三百里，住不下金陵一个史。
>
> 东海缺少白玉床，龙王来请金陵王。
>
> 丰年好大雪，珍珠如土金如铁。

这四句诗把四大家族的奢侈生活和政治权势说得清清楚楚，而且他们互相勾结，组成了强大的关系网，称霸金陵。贾雨村从门子口中知道了四大家族的利害关系，惊出一身冷汗。他怕再次丢了乌纱帽，丝毫不敢得罪薛氏家族，便用计将此案压了下去，叫薛家给冯家一些银子便草草打发了。这就是一桩人命案的前因后果。

甄士隐与贾雨村两人曾于葫芦庙为邻，何况贾雨村还受到过甄士隐金钱、衣物的慨然相助，从而赴京考中进士，可此案中非但没有将甄士隐被拐走的女儿英莲救出，反而通过打压冯家将其判给了薛家。贾雨村的忘恩负义、趋炎附势令人心寒，而官场的黑暗更令人震惊。

回头看看原来的贾雨村，"虽才干优长，未免有些贪酷之弊；且又恃才侮上，那些官员皆侧目而视。不上一年，便被上司寻了个空隙，作成一本，参他'生情狡猾，擅纂礼仪，且沽清正之名，而暗结虎狼之属，致使地方多事，民命不堪'等语"。葫芦案一回，贾雨村就明显在官场上成熟了，他吸取教训，学会了深藏不露，学会了趋炎附势，开始显露出奸诈阴狠的奸雄本色，所以这个案子是其仕途的重大转折。

那么《红楼梦》里这一回，背后有何深意？因为此案不仅非常棘手，而且涉及四大家族和英莲的命运，尤其在塑造贾雨村这个人物形象上起着至关重要的作用。葫芦案对贾雨村的仕途产生了重大影响，成了他仕途的转折点。通过门子的面授机宜，他不仅知道了四大家族"一荣俱荣，一损俱损"的利益关系，还开始懂得如何做官才能保证青云直上、仕途顺利，也是他为人处事开始变得奸猾、圆融之时。而"葫芦案"故事，也是推动整体情节发展的重要一回，更是英莲悲剧命运的开始，甚至伏线了红楼大结局。

看整个案件的发生与判决，有官场的腐败，有黑恶势力的猖狂，还有百姓遭受的欺凌与无奈。这些血淋淋的现实，可谓触目惊心，贪官不除，黑恶势力不灭，百姓安宁何在？

7. 梦游太虚：人物命运的总纲，生命之挽歌

江城子·贾宝玉神游太虚境（新韵）
翟海潮

恍惚何处荡歌声，太虚行，幻仙迎。簿册初玩，未解卷中声。赏却红楼十二曲，尝美酒，品仙茗。　　女儿命运判词中，语朦胧，意多重。点悟痴儿，再授雨云情。忽遇荆榛生满地，迷津陷，路难通。

定风波·梦游太虚
王志霞

香粉娇娃梦里身。璇霄丹阙远尘氛。云雨巫山常关意。须记。风情兼美岂堪论。　　万艳同悲茶酒泣。无力，箴言在耳数声频。词里曲中多谶语。难悟。醒来空自久伤神。

【品评】翟海潮　撰

《红楼梦》第 5 回"游幻境指迷十二钗"，宁国府院内梅花盛开，尤氏、秦氏婆媳二人请贾母、宝玉等人去宁府赏梅，家宴后宝玉一时倦怠，欲睡午觉。贾母素因贾蓉媳妇秦氏生得袅娜纤巧，行事又温柔和平，是重孙媳中第一个得意之人，便把宝玉交给她安排，于是秦氏将这位宝二叔带到自己的卧室。宝玉才合上眼，便恍恍惚惚地睡去，犹似秦可卿在前，宝玉在后，悠悠荡荡，到了一个地方。但见朱栏玉砌，绿树清溪，真是人迹不逢，飞鸟罕到。宝玉忽听山后传来歌声，歌声未息，早见那边走来一位蹁跹袅娜的仙女前来迎接，此乃"离恨天之上，灌愁海之中，放春山遣香洞太虚幻境警幻仙姑是也"。

宝玉欣然随仙姑来到一个去处，石牌坊上书有"太虚幻境"四个大字，两旁对联写道："假作真时真亦假，无为有处有还无。"里面的宫门则题着"孽海情天"。二门内两边配殿上各有匾额，标有"痴情司"、"结怨司"、"春感司"、"愁悲司"等名目，原来这些都是普天下女子命运簿册的存放之所。

仙姑将宝玉领入"薄命司"，但见十几个大橱皆用封条封着，标明各省字样。宝玉一心只拣自己家乡的簿册看，分为《金陵十二钗正册》《金陵十二钗副册》《金陵十二钗又副册》。册子中每页均是一幅画配一首诗，各册各页，俱是如此。宝玉一一看过，只是不解。他哪里知道，这三本册子，正是他家上、中、下三等女子的终身册籍，上面的图画和判词都预示着这些女子的命运和结局。

"宝玉还欲看时，那仙姑知他天分高明，性情颖慧，恐把仙机泄漏，遂掩了卷册，笑向宝玉道：'且随我去游玩奇景，何必在此打这闷葫芦！'"便又将他引入内房，一群仙子出来迎客，娇若春花，媚如秋月。进茶名"千红一窟（哭）"，上酒号"万艳同杯（悲）"，迥非尘间所有，宝玉称赏不迭。饮酒间，又有十二个舞女上来，警幻仙姑命她们演唱新制的《红楼梦曲十二支》。宝玉听着曲子，不见得好处，但其声韵凄婉，竟能销魂醉魄。宝玉哪里知道，这十二支正曲其实正以《金陵十二钗正册》的人物结局为内容。

一一歌罢，还要歌副曲。"警幻见宝玉甚无趣味，因叹：'痴儿！竟尚未悟！'那宝玉忙止歌姬不必再唱，自觉朦胧恍惚，告醉求卧。"仙姑知道宝玉天分中生成一段痴情，必不能见容于世，所以先将宝玉引来领受仙闺幻境的声色风光，让他觉悟万缘俱幻、色总是空的道理。于是她将自己的一位乳名兼美（"鲜艳妩媚大似宝钗，袅娜风流又如黛玉"）、表字可卿的妹妹许配给宝玉，向他密授男女风情的知识，然后掩门自去。

那宝玉恍恍惚惚，与可卿柔情缱绻，软语温存，难分难解，说不尽男欢女爱。二人携手出游，正在兴高采烈之际，忽然前头一道黑溪（"迷津"）阻路，只见警幻从后追来，叫道："快休前进，从速回头要紧！"话犹未了，迷津内水响如雷，有许多夜叉海鬼冒出，将宝玉拖下水去。吓得宝玉失声喊叫："可卿救我！可卿救我！""袭人辈众丫鬟忙上来搂住，叫：'宝玉别怕，我们在这里呢！'却说秦氏正在房外嘱咐小丫头们好生看着猫儿狗儿打架，忽闻宝玉在梦中唤他的小名儿，因纳闷道：'我的小名儿这里从没人知道的，他如何

图 2-7　梦游太虚

得知，在梦里叫出来？'"

《红楼梦》第5回乃全书"悲金悼玉"之精魂，是全书人物命运之总纲，书名"红楼梦"即由此而生。曹雪芹通过撰出宝玉一梦，便将金陵十二钗、晴雯、袭人、香菱等十五个主要女性人物以及贾宝玉的命运和结局和盘托出，皆暗示在此回的判词、仙曲、图画当中，可以说是金陵十二钗命运的挽歌！它体现了曹雪芹对人物、结构、情节的总体设计和构思。

8. 刘姥进府：此番求助恩情重，危难之时识得君

鹧鸪天·刘姥姥一进荣国府
陈瑞林

贫困初探富贵门，只缘祖上有宗亲。物华宝气惊双眼，未语飞红羞老身。　　春满面，笑沾唇。如簧巧舌喜人闻。此番求助恩情重，危难之时识得君。

鹧鸪天·刘姥姥一进荣国府
陈慧茹

窘迫生涯日月昏，村婆勇扣富儿门。深深府第工机事，薄薄人情赖旧恩。　　难启齿，愧攀亲。怀羞赔笑诉寒贫。赢来凤姐慈心动，喜得银钱解困身。

【品评】 翟海潮　撰

刘姥姥和女婿狗儿这个五口之家，生计颇为艰难。眼看"秋尽冬初，冬事未办"，狗儿未免心中烦虑，吃了几杯闷酒，在家闲寻气恼。刘姥姥看不过，劝他想想办法弄些钱来。

狗儿祖上当年曾与"金陵王家"有"连宗"的经历；刘姥姥和她的女儿刘氏与王夫人有过一面之交；王夫人的陪房之夫周瑞昔年争买田地曾得狗儿他爹王成之力。有这些由头，便决计由刘姥姥带着板儿到贾府"打抽丰"，求点施舍周济。这便引出了刘姥姥一进荣国府。

第6回，刘姥姥带着板儿来到荣府大门石狮子前，"只见几个挺胸叠肚指手画脚的人，坐在大板凳上，说东谈西呢"。刘姥姥"蹭上来"，陪着笑烦他们找周大爷，那些人听了，都不瞅睬，半日方说道："你远远的在那墙角下等着，一会子他们家有人就出来的。"有一位年长的说："不要误他的事，何苦要他。"他让刘姥姥绕到后街后门上去问。

　　刘姥姥绕到后门，幸亏抓住个孩子指路，找到周瑞家的，说明来意。周瑞家的告诉她"如今太太竟不大管事，都是琏二奶奶管家了"，并介绍了琏二奶奶的为人。周瑞家的领刘姥姥进了凤姐的院子，上了正房台阶，早有小丫头打起猩红毡帘，才入堂屋，只闻一阵香扑了脸来。满屋的东西都是耀眼争光，使人头悬目眩，刘姥姥此时只有点头咂嘴念佛而已。

　　到了凤姐女儿睡觉的东屋，见平儿遍身绫罗，插金戴银，花容月貌，便当是凤姐了，才要称"姑奶奶"，只见周瑞家的介绍这是平儿。刘姥姥坐下来，喝着茶，不免东瞧西望的，忽见柱子上挂着一个匣子，底下又坠着一个秤砣似的，却不住的乱晃。正在猜想是个什么东西，陡听得"当"的一声，又若金钟铜磬一般，接着一连又是八九下，刘姥姥正对着这个自鸣钟发呆，只见小丫头子们一齐乱跑，说："奶奶下来了。"只听远远有人笑声，约有一二十妇人，衣裙窸窣，渐入堂屋，又见两三个妇人，都捧着大红油漆捧盒，进这边来等候。

图2-8　刘姥姥一进荣国府

　　刘姥姥被周瑞家的招呼着，方蹭到凤姐住的西屋。"那凤姐儿家常带着秋板貂鼠昭君套，围着攒珠勒子，穿着桃红撒花袄，石青刻丝灰鼠披风，大红洋绉银鼠皮裙，粉光脂艳，端端正正坐在那里，手内拿着小铜火箸儿拨手炉内的灰。平儿站在炕沿边，捧着小小的一个填漆茶盘，盘内一个小盖钟。凤姐也不接茶，也不抬头，只管拨手炉内的灰，慢慢的问道：'怎么还不请进来？'"

　　刘姥姥早已由周瑞家的带着站在前面，慌忙下拜，问安。她站在凤姐面前直发怵，一时支吾难开口。凤姐很清楚刘姥姥的意图，既然王夫人有话"既然来了，也不可简慢他"，便说："外头看着虽是烈烈轰轰的，殊不知大有大的艰难去处，说与人也未必信罢。今儿你既老远的来了，又是头一次见我张口，怎么叫你空回去呢。可巧昨儿太太给我的丫头们作衣裳的二十两银子，我还没动呢，你若不嫌少，就暂且先拿了去罢。"

"那刘姥姥先听见告艰难，只当是没有，心里便突突的；后来听见给他二十两，喜的又浑身发痒起来，说道：'嗳！我也是知道艰难的。但俗语说的："瘦死的骆驼比马大"，凭他怎样，你老拔根寒毛比我们的腰还粗呢！'"

刘姥姥一进荣国府，显示出贾府的堂皇富贵、讲究排场、门人的高傲、平儿的艳丽、凤姐不可一世的华贵气派等。刘姥姥本来不过是日子穷，到贾府"打抽丰"，却意外结识了凤姐，为答谢凤姐，后来还有二进、三进荣国府。凤姐初次接待刘姥姥，原本是体面地打发一个投亲的人，却意外得到善报，最终是刘姥姥救了她的女儿——巧姐。刘姥姥三进荣国府（"程本"其实是四进），见证了贾府的兴衰。

9.焦大醉骂：心寒，马粪填喉枉愕然

南乡子·焦大醉骂
陈瑞林

往事去如烟，戆勇忠心救主全。底事老奴忧愤世，危言，怒骂儿曹岂等闲。　少主竟欢颜，锦帐香楼倒凤鸾。散叶开枝何正果，心寒，马粪填喉枉愕然。

七绝·焦大醉骂
翟海潮

马溺当今酬美酒，荒淫无度几时休。
老奴醉詈腥臊事，一片忠心将主羞。

【品评】陈瑞林　撰

《红楼梦》第7回，荣府的凤姐应宁府的尤氏之邀赴宴，与宝玉同车前往，那尤氏和秦氏婆媳殷勤款待。恰巧秦氏之弟秦钟也在府中，宝玉喜出望外，凤姐丸意要见，这秦钟果然生得眉清目秀，粉面朱唇，身材俊俏，举止风流，似在宝玉之上，令凤姐喜得不行。宝玉和秦钟攀谈片刻，便觉亲密起来。

晚饭后，尤氏嘱咐，先派两个小子送秦相公回家。媳妇们将话传了出去，秦钟告辞起

身。尤氏问："派了谁送去？"媳妇们回说："外头派了焦大，谁知焦大喝醉了，又骂呢。"尤氏秦氏都说："偏又派他作什么！放着这些小子们，那一个派不得？偏要惹他去。"

话说这个焦大，对宁府是个有功之人。他为人忠直戆勇，从小就跟着老主人宁国公贾演出兵三四次，出生入死。曾从死人堆里把奄奄一息的太爷背回来，得了命。自己忍饥挨饿，却偷了食物给主子吃。两日不得水，得了半碗水给主子喝，自己却喝马尿，保全了老主人，才有后世的荣华富贵。凭他以往的功劳情分，宁府的主子们对他另眼相看，不大难为他。

而今宁国公的晚辈们荒淫奢侈、不讲伦理、不求进取，在焦大的眼里都是些败家子，对此深恶痛绝。每每怀念老主人，总为之痛惜，心情郁闷，只得酗酒发泄。而贾珍视他为无眼色的绊脚石，下人们也都不把焦大放在眼里。那焦大又恃贾珍不在家，更可以恣意洒落，因趁酒兴，先骂大总管赖二，说他不公道，欺软怕硬，"有了好差事就派别人，像这等黑更半夜送人的事，就派我。没良心的王八羔子！瞎充管家！你也不想想，焦大太爷跷跷脚，比你头还高呢"。正骂得兴头上，众人喝他不听，贾蓉忍不得，便骂了他两句，使人捆起来，"等明日酒醒了，问他还寻死不寻死了！"那焦大

图2-9 焦大醉骂（翟海潮绘）

反而大叫起来："蓉哥儿，你别在焦大跟前使主子性儿。别说你这样的，就是你爹、你爷爷，也不敢和焦大挺腰子！不是焦大一个人，你们就做官儿享荣华受富贵？你祖宗九死一生挣下这家业，到如今了，不报我的恩，反和我充起主子来了。不和我说别的还可，若再说别的，咱们红刀子进去白刀子出来！"

凤姐在车上与贾蓉道："以后还不早打发了这个没王法的东西！留在这里岂不是祸害？倘或亲友们知道了，岂不笑话咱们，这样的人家连个王法规矩都没有。"贾蓉答应："是。"众小厮上去几个，将焦大揪翻捆倒，拖往马圈里去。那焦大越发把贾珍都说出来，乱嚷乱叫说："我要往祠堂里哭太爷去。那里承望到如今生下

这些畜牲来！每日家偷狗戏鸡，爬灰的爬灰，养小叔子的养小叔子，我什么不知道？咱们'胳膊折了往袖子里藏'！"众小厮听了这番话，吓得魂飞魄散，用土和马粪满满地填了他一嘴。凤姐、贾蓉也远远的闻得，便都装作没听见。而宝玉却觉有趣，因问凤姐道："什么是'爬灰'？"凤姐听了，连忙立眉瞪目断喝道："少胡说！那是醉汉嘴里混嗙，你是什么样人，不说没听见，还倒细问！"可见凤姐贾蓉对焦大的醉骂，心知肚明，更不想让天真烂漫的宝玉知情。

对焦大的醉骂，尤氏和凤姐的态度截然不同。尤氏还是念及焦大以往的功劳，与凤姐说："有祖宗时都另眼相待，如今谁肯难为他去。他自己又老了，又不顾体面，一味吃酒，吃醉了，无人不骂。我常说给管事的，不要派他差事，今儿又派了他。"凤姐道："我何曾不知这焦大。倒是你们没主意，有这样的，何不打发他远远的庄子上去就完了。"短短的对话，表现了尤氏的仁慈，对下人特别是老仆并不太严苛，有宽容之心。而凤姐的确是心狠手辣名不虚传的凤辣子。

焦大的醉骂虽笔墨不多，但骂得酣畅，把贾府的那些见不得人的丑闻，都抖落了出来。曹公把焦大的人品、性格刻画得淋漓尽致，同时也拉开了贾府逐渐走向败落的序幕。

10. 金玉良缘：八字称双微露意，谁道良缘此起

摊破浣溪沙·金玉良缘
孙树娟

　　探病梨香本一般，佳人赏玉见机缘。合璧无痕今世锁，暗情牵。　　伶俐莺儿微露意，聪颖黛玉半含酸。大士红绳生错乱，实堪怜。

清平乐·金玉良缘（新韵）
翟海潮

　　观金睹玉，忽见莺儿喜。八字称双微露意，谁道良缘此起。　　含酸只为情伤，劳心公子曲肠。堪叹多磨好事，终归孤守空房。

【品评】孙树娟　翟海潮　撰

　　《红楼梦》第8回"比通灵金莺微露意　探宝钗黛玉半含酸"，且说宝玉来至梨香院中，先入薛姨妈室中来，正见薛姨妈打点针黹与丫鬟们呢。宝玉忙请了安，薛姨妈忙一把拉了他，抱入怀内，笑说："这么冷天，我的儿，难为你想着来，快上炕来坐着罢。"命人倒滚滚的茶来。宝玉问："姐姐可大安了？"薛姨妈道："可是呢，你前儿又

想着打发人来瞧她。他在里间不是，你去瞧他，里间比这里暖和，那里坐着，我收拾收拾就进去和你说话儿。"

　　宝玉忙下了炕，来至里间门前，只见吊着半旧的红绸软帘。宝玉掀帘一迈步进去，先就看见薛宝钗坐在炕上做针线，头上挽着漆黑油光的鬏儿，蜜合色棉袄，玫瑰紫二色金银鼠比肩褂，葱黄绫棉裙，一色半新不旧，看去不觉奢华。宝玉问道："姐姐可大愈了？"宝钗抬头只见宝玉进来，连忙起身含笑答说："已经大好了，倒多谢记挂着。"说着，让他在炕沿上坐了，即命莺儿斟茶来。一面又问老太太、姨娘安，别的姐妹们都好。一面看宝玉头上戴着累丝嵌宝紫金冠，额上勒着二龙抢珠金抹额，身上穿着秋香色立蟒白狐腋箭袖，系着五色蝴蝶鸾绦，项上挂着长命锁、记名符，另外有一块落草时衔下来的宝玉。宝钗因笑说道："成日家说你的这玉，究竟未曾细细的赏鉴，我今儿倒要瞧瞧。"说着便挪近前来。宝玉亦凑了上去，从项上摘了下来，递在宝钗手内。

图2-10　金玉相见

宝钗托于掌上，只见玉的正面镌着："莫失莫忘，仙寿恒昌。"反面镌着："一除邪祟，二疗冤疾，三知祸福。"

　　宝钗看毕，又翻过正面来细看，口内念道："莫失莫忘，仙寿恒昌。"念了两遍，乃回头向莺儿笑道："你不去倒茶，也在这里发呆作什么？"莺儿嘻嘻笑道："我听这两句话，倒像和姑娘的项圈上的两句话是一对儿。"宝玉听了，忙笑道："原来姐姐那项圈上也有八个字，我也赏鉴赏鉴。"

　　宝钗道："你别听他的话，没有什么字。"宝玉笑央："好姐姐，你怎么瞧我的了呢。"宝钗被缠不过，因说道："也是个人给了两句吉利话儿，所以錾上了，叫天天带着；不然，沉甸甸的有什么趣儿！"一面说，一面解了排扣，从里面大红袄上将那珠宝晶莹黄金灿烂的璎珞掏将出来。宝玉忙托了锁看时，果然一面有四个篆字，两面八字，共成两句吉谶："不离不弃，芳龄永继。"

宝玉看了，也念了两遍，又念自己的两遍，因笑问："姐姐这八个字倒真与我的是一对。"莺儿笑道："是个癞头和尚送的，他说必须錾在金器上……"宝钗不待说完，便嗔她不去倒茶，一面又问宝玉从哪里来。

上述情节场面描写，是"金玉良缘"的第一次证合。莺儿、宝玉所说上面的话儿是"一对儿"，正透露了这方面的信息。而此段文字传神处则在宝钗身上，"看毕，又从新翻过正面来细看"，这写出了宝钗看玉乃是有心；"口内念道"，这是心中沉吟思索；"念了两遍"，这暗点出宝钗心内已意识到玉上的两句话和自己项圈上的是一对儿；"乃回头向莺儿笑道"，并先后两次"嗔他不去倒茶"的神态表情，则把这个因证实了"金玉良缘"而满心喜悦、但又不愿袒露内心情感的贵族少女的性格恰如其分地刻画了出来。

随后忽听外面人说："林姑娘来了。"话犹未了，林黛玉已摇摇的走了进来，一见了宝玉，便笑道："嗳哟，我来的不巧了！"宝玉等忙起身笑让座。黛玉的话充满醋意，金玉良缘与木石前盟不宣而战。

11. 黛玉含酸：巧借手炉奚落，淋漓酣畅深论

画堂春·黛玉含酸
陈瑞林

如风摆柳女儿身，朱唇轻启眉颦。俐齿伶牙半娇嗔，谁解何因。　　巧借手炉奚落，淋漓酣畅深论。香茶烈酒两氤氲，只为情真。

踏莎行·黛玉含酸（新韵）
翟海潮

仙寿恒昌，芳龄永继，颦儿炉意心头起。柔声细语似尖刀，聪明善辩词犀利。　　既有前盟，何来后遇，手炉巧借揶揄去。怡红公子解其言，宝钗谈笑留情谊。

【品评】陈瑞林　撰

第8回"比通灵金莺微露意　探宝钗黛玉半含酸"，宝玉来到梨香院看望宝钗，问候姐姐。

　　两人互识灵玉和金锁之后，宝玉与宝钗并肩坐着，只闻一阵阵香气，遂问："姐姐熏的是什么香？我竟从未闻见过这味儿。"宝钗想了想，说："是我早起吃了丸药的香气。"一语未了，林黛玉已摇摇摆摆的进来了，一见宝玉，便笑道："嗳哟，我来的不巧了！"宝玉等忙起身让座。宝钗笑道："这是怎么说？"黛玉道："早知他来，我就不来了。"宝钗道："我更不解这意。"黛玉道："要来一群都来，要不来一个也不来；今儿他来了，明儿我再来，如此间错开了来着，岂不天天有人来了？也不至于太冷落，也不至于太热闹。姐姐如何反不解这意思？"黛玉的这番话确实有点软中带刺。黛玉身体羸弱，行动如弱柳扶风。想必是之前宝玉和宝钗的对话她依约会听到一些，心中已有醋意，又不便直说。

　　这里薛姨妈已摆了几样细巧茶食，宝玉因夸前日在东府里珍大嫂子的好鹅掌，薛姨妈连忙把自己糟的取了来给他尝。宝玉笑道："这个须得就酒才好。"薛姨妈便命人灌了上等酒来。宝玉又说："不必温暖了，我只爱吃冷的。"宝钗笑道："宝兄弟，亏你每日家杂学旁收的，难道就不知道酒性最热，若热吃下去，发散的就快；若冷吃下去，便凝结在内，以五脏去暖他，岂不受害？从此还不快不要吃那冷的了。"宝玉听这话有情理，便放下冷的，令人暖来再饮。

　　黛玉嗑着瓜子儿，只抿着嘴儿笑，其实心里已是五味杂陈。正巧黛玉的丫鬟雪雁走来给姑娘送小手炉儿，黛玉因含笑问她说："谁叫你送来的？难为他费心，那里就冷死我了！"雪雁道："紫鹃姐姐怕姑娘冷，使我送来的。"黛玉接了，抱在怀中，笑道："也亏了你倒听他的话。我平日和你说的，全当耳旁风；怎么他说了你就依，比圣旨还快些！"宝玉听这话，知是黛玉借此奚落，也无回复之词，只是嘻嘻地笑了一阵罢了。宝钗素知黛玉是如此惯了的，也不理她。

　　说话时，宝玉已是三杯过去

图2-11　黛玉含酸（翟海潮绘）

了，李嬷嬷上前阻拦。宝玉只得屈意央告："好妈妈，我再吃两钟就不吃了。"李嬷嬷道："你可仔细老爷今儿在家，提防问你的书！"宝玉听了此话，便心中大不悦，慢慢放下酒，垂了头。黛玉生怕宝玉受委屈，忙说道："别扫大家的兴！舅舅若叫你，只说姨妈留着呢。"一面悄悄推宝玉，一面咕哝说："别理那老货，咱们只管乐咱们的。"那李嬷嬷不知黛玉的意思，说道："林姐儿，你不要助着他了。你倒劝劝他，只怕他还听些。"

黛玉冷笑道："我为什么助他？我也犯不着劝他。你这妈妈太小心了，往常老太太又给他酒吃，如今在姨妈这里多吃一口，料也不妨事。必定姨妈这里是外人，不当在这里的也未可定。"

李嬷嬷听了，又是急，又是笑，说道："真真这个林姐儿，说出一句话来，比刀子还尖。"黛玉这番犀利的话给宝玉解了围。从以上细节的描述，可看出黛玉对宝玉的真情。生怕所爱之人远离了自己，因爱而生嫉恨，因爱而极力维护。

12. 大闹学堂：吃醋争风飞墨砚，火烟骤起理难评

捣练子·大闹学堂
孙树娟

年正少，性初萌。寓柳歌桑暗寄情。吃醋争风飞墨砚，火烟骤起理难评。

生查子·大闹学堂（新韵）
翟海潮

并肩入孔门，岂为读书故。情种竟风流，斗草招花怒。　　两方相斗殴，砚起书飞舞。休怪众顽童，应谙狎徒盅。

【品评】 孙树娟　翟海潮　撰

第9回，宝玉同秦钟一起入贾府家塾读书，因同窗群顽之间的亲疏厚薄，引起了一场大闹学堂的风波。这学中虽都是本族人丁与些亲戚的子弟，未免人多了，就有龙蛇混杂、下流人物在内。薛蟠就是其中之一，上学只图结交些契弟，金荣等学生因贪图银钱吃穿，都被薛蟠哄上了手。

自宝玉、秦钟二人来了，都生的花朵儿一般的模样，又见秦钟腼腆温柔，未语面先红，有女儿之风，宝玉又是天生成惯能作小服低，赔身下气，情性体贴，话语绵缠，因此二人更加亲厚，也怨不得那同窗人起了疑，背地里你言我语，诟谇谣诼，布满

书房内外。金荣因见宝玉、秦钟与学内两个小学生名叫香怜和玉爱的彼此有情，心生醋意。

可巧这日代儒有事，暂命贾瑞暂且管理。因秦钟与香怜私语，被金荣看到，从而引发了一场纠纷。其中贾蔷既和贾蓉最好，今见有人欺负秦钟，如何肯依？他也装作出小恭，走至外面，悄悄地把跟宝玉的书童名唤茗烟者唤到身边，如此这般，调拨他几句。这茗烟乃是宝玉第一个得用的，且又年轻不谙世事，如今听贾蔷说金荣如此欺负秦钟，连他爷宝玉都干连在内，不给他个利害，下次越发狂纵难制了。这茗烟便一头进来找金荣，也不叫金相公了，只说："姓金的，你是什么东西！"贾瑞忙吆喝："茗烟不得撒野！"金荣气黄了脸，说："反了！奴才小子都敢如此，我只和你主子说。"便夺手要去抓打宝玉、秦钟。尚未去时，从脑后飕的一声，早见一方砚瓦飞来，并不知系何人打来的，幸未打着，却又打在旁人的座上，这座上乃是贾兰、贾菌。

嗔顽童茗烟闹书房

图 2-12　大闹学堂

贾菌在座上冷眼看见金荣的朋友暗助金荣，飞砚来打茗烟，偏没打着茗烟，便落在他桌上，正打在面前，将一个磁砚水壶打了个粉碎，溅了一书黑水。贾菌如何依得，便骂一句，随后便抓起砚砖来要打回去。贾兰忙按住砚，极口劝说，贾菌如何忍得住，便两手抱起书匣子来，照那边抢了去。终是身小力薄，却抢不到那里，刚到宝玉、秦钟桌案上就落了下来。只听哗啷啷一声，砸在桌上，书本纸片等至于笔砚之物撒了一桌，又把宝玉的一碗茶也砸得碗碎茶流。贾菌便跳出来，要揪打那一个飞砚的。金荣此时随手抓了一根毛竹大板在手，地狭人多，哪里经得舞动长板。茗烟早吃了一下，乱喊："你们还不来动手！"宝玉还有三个小厮，这三个岂有不淘气的，一齐乱嚷："小妇养的！动了兵器了！"墨雨遂掇起一根门闩，扫红、锄药手中都是马鞭子，蜂拥而上。

贾瑞急的拦一回这个，劝一回那个，谁听他的话，肆行大闹。众顽童也有趁势帮着打太平拳助乐的，也有胆小藏在一边的，也有直立在桌上拍着手儿乱笑，喝着声儿叫打的。登时间鼎沸起来。外边李贵等几个大仆人听见里边作起反来，忙都进来一齐喝住。问是何原故，众声不一，这一个如此说，那一个又如彼说。李贵且喝骂了茗烟等四人一顿，撵了出去。这才结束了这场闹剧！

这是一幅绝妙的群顽闹学图。金荣的称霸，贾蔷的滑头，茗烟的淘气，李贵的成熟，贾兰的省事，宝玉的倚势，以及众顽童的形象，都可谓历历如绘。群顽闹学，妙处又在写出了一个"闹"字。你看，砚飞匣抢，墨溅壶碎，笔落书撒，更兼板舞鞭挥，一个"闹"字可谓写尽矣。

13. 凤姐设局：若怨佳人出辣手，还教浪子起淫心

七律·凤姐设局（新韵）

王应民

痴痴一念辱斯文，引就谲谋毒害深。

若怨佳人出辣手，还教浪子起淫心。

寒刀刺骨髓将透，浊物浇头脑愈昏。

试看红楼风月事，几多清醒几沉沦。

喝火令·凤姐设局（新韵）

翟海潮

赴宴逢佳丽，淫心令智迷。任凭邪欲祸相依。几度戏言撩凤，劫难怎逃离。　　两次毒局设，三番骗语欺。鉴中勾命命归西。休道谁恶，休道色刀劈。休道道仙作弄，一念陷荆棘。

【品评】王应民　撰

故事要从第11回"见熙凤贾瑞起淫心"说起。这天是贾敬的寿辰，凤姐儿在宁国府饭罢去看望秦可卿，回会芳园时，猛然从假山石后走出贾瑞来，向前搭讪道："也是合该我与嫂子有缘。我方才偷出了席，在这个清净地方略散一散，不想就遇见嫂子也从这里来。这不是有缘么？"一面说着，一面拿眼睛不住的觑着凤姐儿。凤姐儿催他

走，他却身上已木了半边，慢慢地一面走着，一面回过头来看。在那男女授受不亲的时代，贾瑞却大胆动了歪心。

凤姐儿口上假意应付，心里暗忖道："这才是'知人知面不知心'呢，那里有这样禽兽的人呢！他如果如此，几时叫他死在我的手里，他才知道我的手段！"这是头一次，贾瑞淫心荡漾、出言调戏，凤姐儿虚掩厌恶、从容周旋，倒也没发生什么事。此后贾瑞到荣府来了几次，偏都没见着凤姐儿。还不死心，又使人来打听凤姐儿在家没有，他要来请安说话。凤姐儿听了，哼了一声，说道："这畜生合该作死，看他来了怎么样！"这才引出第 12 回"王熙凤毒设相思局　贾天祥正照风月鉴"。

这天贾瑞终于见到了凤姐，言语挑逗，凤姐儿与他悄悄地道："你且去，等着晚上起了更你来，悄悄的在西边穿堂儿等我。"晚上，贾瑞黑地里摸入荣府，钻入穿堂，半日不见人来，两边门关得铁桶一般。此时要求出去亦不能够，南北皆是大房墙，要跳亦无攀援。这屋内又是过门风，空落落的；现是腊月天气，夜又长，朔风凛凛，侵肌裂骨，一夜几乎不曾冻死。可怜的瑞大爷天亮回家后又被祖父惩罚，"其苦万状"，照说这个教训够深的了。

可是过后两日，他仍来找凤姐自投罗网。凤姐儿又约他晚上在小过道子里那间空屋里等，然后便点兵派将，设下圈套。掌灯时分，贾瑞直往那夹道中屋子里来等着。只见黑魆魆的来了人，贾瑞便不管皂白，如猫捕鼠的一般，抱到屋里炕上就亲嘴扯裤子。不曾想等到的却是贾蓉和贾蔷。不但出乖露丑，又在威吓之下，给两人各写了五十两欠契才罢。

二人又嘱他在院外大台矶底下蹲着别动，说先去哨探哨探。贾瑞此时身不由己，只听头顶

图 2-13　凤姐设局

上一声响，唰拉拉一净桶尿粪从上面直泼下来，可巧浇了他一身一头。贾瑞撑不住"嗳哟"了一声，忙又掩住口，不敢声张，满头满脸浑身皆是尿屎，冰冷打战。然后贾蔷才来叫他出去。这一次较前尤甚，贾瑞是臊得"无地可入"，吓得"魂不附体"。

凤姐儿设局戏弄贾瑞，风寒刺骨到屎尿淋头，从生理上和心理上都给了他狠狠打击。奈何贾瑞相思尚且难禁，不觉就得了一病：心内发膨胀，口中无滋味，脚下如绵，眼中似醋，黑夜作烧，白昼常倦，下溺连精，嗽痰带血。诸如此症，不上一年都添全了。

这日来个跛足道人，口称专治冤业之症，从褡裢中取出一面镜子来，即"风月宝鉴"，递与贾瑞道："这物出自太虚幻境空灵殿上，警幻仙子所制，专治邪思妄动之症，有济世保生之功。所以带他到世上，单与那些聪明杰俊、风雅王孙等看照。千万不可照正面，只照他的背面，要紧，要紧！三日后吾来收取，管叫你好了。"

贾瑞收了镜子，向反面一照，只见一个骷髅立在里面，气得乱骂。遂不顾跛足道人之嘱，又将正面一照，只见凤姐站在里面招手叫他。贾瑞心中一喜，荡悠悠的觉得进了镜子，与凤姐云雨一番，凤姐仍送他出来。如此三四次，就再不能说话了，一命呜呼。可怜又可恨的贾大爷，终于在对凤姐儿的单相思中命丧黄泉。

"王熙凤毒设相思局"的是与非，人们见解不一。有人说王熙凤太过狠毒，有人说贾瑞罪有应得。在这个故事里，曹公把王熙凤之毒和贾瑞之淫描写得活灵活现。可是谁说得清，明里暗里的红楼风月事究竟还有多少呢？

14. 贾珍哭媳：恨不倾其所有，一心只要风光

清平乐·贾珍哭媳
陈慧茹

地昏天暗，珠泪连成串。哭煞公爹肠欲断，痛惜佳人命短。　　四十九日行丧，奢华近似荒唐。恨不倾其所有，一心只要风光。

一剪梅·贾珍哭媳（新韵）
翟海潮

半夜云牌叩四声。香断秦卿，阖府疑生。公爹伤痛泪如倾，不符人伦，有悖常情。　　十里长街挽幢旌。四九停灵，魂魄飞升。仍闻焦大醉嚷中，月暗风清，人去楼空。

【品评】陈慧茹　撰

《红楼梦》第13回，宁国府贾珍的儿媳妇秦可卿突然死了，阖府人等无不悲伤，秦可卿尚无子女，然而最难过的不是她的丈夫贾蓉，却是她的公爹贾珍。贾珍哭得泪人一般，和贾代儒等说道："合家大小，远亲近友，谁不知我这媳妇比儿子还强十倍。如今伸腿去了，可见这长房内绝灭无人了。"说着又哭起来。实在是可笑至极，一个儿媳妇死了，儿子健在，并且年纪轻轻，长房内如何就无人了呢？可见这个公爹对儿媳妇的感情非同一般，所以才伤心至极、肝肠欲断。众人忙劝道："人已辞世，哭也无益，且商议如何料理要紧。"贾珍拍手道："如何料理，不过尽我所有罢了！"戚序本在这个地方有一条脂批："'尽我所有'为媳妇是非礼之谈，父母又将何以待之？"（第171页）此时的贾珍可谓心乱智昏，他的言行根本不符合礼法与规矩。看来这个公爹是哭昏了头，难道儿媳妇死了就不过日子了吗？

贾珍吩咐请钦天监阴阳司来择日，择准停灵七七四十九日，三日后开丧送讣闻。这四十九日，单请一百单八众禅僧在大厅上拜大悲忏，超度前亡后化诸魂，以免亡者之罪。另设一坛于天香楼上，是九十九位全真道士，打四十九日解冤洗业醮。然后停灵于会芳园中，灵前另有五十众高僧、五十众高道，对坛按七作好事。好大的排场！超乎寻常！

而贾敬自为早晚就要飞升，不肯回家染了红尘，因此并不在意，只凭贾珍料理。贾珍见父亲不管，亦发恣意奢华。看板时，几副杉木板皆不满意。最后选中坏了事的义忠王老千岁的樯木板，只见帮底皆厚八寸，纹若槟榔，味若檀麝，以手扣之，玎珰如金玉。贾政劝道："此物恐非常人可享者，殓以上等杉木也就是了。"此时，贾珍恨不能代秦氏之死，这话如何肯听。固执的贾珍一味地追求奢华排场，根本就不考虑亡者的身份和地位！

贾珍因想着贾蓉不过是个黉门监，灵幡经榜上写时不好看，便是

图 2-14　贾珍哭媳（翟海潮绘）

执事也不多，因此心下甚不自在，遂趁着大明宫掌宫内相戴权来上祭时，便说要与贾蓉捐个前程。戴权会意，贾珍花了一千二百两银子为贾蓉捐了一个五品龙禁尉的官职。因此灵前供用执事等物，俱按五品职例，灵牌疏上皆写"天朝诰授贾门秦氏恭人之灵位"。贾珍这才心满意足。

因尤氏犯了旧疾，不能料理事务，贾珍惟恐各诰命来往，亏了礼数，怕人笑话，因此心中不自在，宝玉向他推荐了凤姐。贾珍此时也有些病症在身，拄了拐去请凤姐。经邢夫人、王夫人许可，凤姐答应之后，贾珍便忙向袖中取了宁国府对牌出来，命宝玉送与凤姐，又说："妹妹爱怎样就怎样，要什么只管拿这个取去，也不必问我。只求别存心替我省钱，只要好看为上。"贾珍为了丧礼的风光好看，不惜一切代价、不计一切后果地大肆铺张，也许是因为自己内心的愧疚，想安慰儿媳妇的亡魂吧。

贾珍对儿媳妇的死为什么表现得如此伤悲呢？曹公的原意是贾珍与秦可卿的私情被人发现，秦可卿在天香楼自缢身亡。秦可卿去世的夜里，"合家皆知，无不纳罕，都有些疑心"。甲戌本眉批曰："九个字写尽天香楼事，是不写之写。"（第169页）并且书中有多处细节描写都能让读者体会到秦可卿是非正常死亡。贾珍的悲痛欲绝说明贾珍与秦可卿的感情非同一般，绝不是简单的翁媳关系，因此对秦氏的死深感痛惜。另一方面贾珍明白秦可卿的死保全了他的脸面和宁国府的体面，他从心理上觉得又是感激又是愧疚，出于补偿，他给秦可卿办了一个极其奢华的葬礼。也许只有这样，贾珍的心里才能得到一些安慰吧。

15. 协理宁府：宁府众奴兢战战，何人斗胆破清规

定风波·王熙凤协理宁国府
陈瑞林

才调风流出绣帏，万机日理胜须眉。凤眼圆瞋情不许，谁迕？令行执杖叹神威。　　宁府众奴兢战战。无怨，春风桃李各相宜。冷面裙钗危坐帐，酣畅，何人斗胆破清规。

减字木兰花·王熙凤协理宁国府（新韵）
翟海潮

杀伐决断。明令严查丝不乱。责任分清。雷厉风行何怨声。　　有条不紊。日理万机心手狠。八面玲珑。万事明察竹在胸。

【品评】陈瑞林　撰

　　王熙凤在《红楼梦》里是赫赫有名的人物，金陵十二钗之一，贾琏之妻，深得贾母和王夫人看重，人称凤辣子。作为大户人家的千金，有教养，恪守三从四德，尊老爱幼，即使对年长的奴仆也很尊敬。她的另一面却是狡黠、刁钻、伶牙俐齿，遇事能随机善变，心思缜密，而且争强好胜，善于玩弄权术。

　　曹公笔下的凤辣子是个多面性人物，但在第13回、第14回里，从正面彰显了她的精明强干、临事不乱、有条不紊、杀伐果断的持家能力。宁国府秦可卿因蒙羞绝命天香楼，贾珍痛心疾首，拟大办丧事寻求精神安慰予以补偿，而其妻尤氏因心有怨恨故称旧疾复发，休于绣帐，只得求助凤姐协理为好。而"那凤姐素日最喜揽事办，好卖弄才干，虽然当家妥当，也因未办过婚丧大事，恐人还不服，巴不得遇见这事"。贾珍又在婶子面前苦苦哀求，王夫人也便默许了。

图2-15　协理宁府

　　这凤姐果然心思缜密，事先需理出个头绪来，心想："头一件是人口混杂，遗失东西；第二件，事无专执，临期推委；第三件，需用过费，滥支冒领；第四件，任无大小，苦乐不均；第五件，家人豪纵，有脸者不服钤束，无脸者不能上进。此五件实是宁国府中风俗。"正是：未雨绸缪，成竹在胸，"金紫万千谁治国，裙钗一二可齐家"。

　　次日卯正二刻凤姐便到了宁国府，那府中的婆娘媳妇已到齐，见凤姐正与来升媳妇分派，众人不敢擅入，但在窗外听觑。只听凤姐与来升媳妇道："既托了我，我就说不得要讨你们嫌了。我可比不得你们奶奶好性儿，由着你们去。再不要说你们'这府里原是这样'的话，如今可要依着我行，错我半点，管不得谁是有脸的，谁是没脸的，一例现清白处治。"吩咐彩明念花名册，逐一唤进看视。各项事宜按人头均分两班，各司其职。若有损坏、丢失者一律赔偿。并责令来升家的每日揽总查看，"或有偷懒的，赌钱吃酒的，打架拌嘴的，立刻来回我。你有徇情，经我查出，三四辈子的老脸就顾不成了。如今都有定规，以后那一行乱了，只和那一行说话"。"卯正二刻我来点卯，巳正吃早饭，凡有领牌回事的，只在午初刻。戌初烧过黄昏纸，我亲到各处查一遍，回来上夜的交明钥匙。"

一切井井有条，定时定规，安排停当。可见王熙凤要改变宁府不良的旧风俗，雷厉风行，思虑周全，铁面无私，惩罚分明。此时的凤姐也为自己威重令行，心中得意而醋畅。

虽然明令清规，竟还有人撞到枪口上了，按名查点，唯有迎送亲客上的一人未到。那人得知已张皇愧惧，苦苦求饶。凤姐便道："明儿他也睡迷了，后儿我也睡迷了，将来都没了人了。本来要饶你，只是我头一次宽了，下次人就难管，不如现开发得好。"喝命："带出去，打二十板子！"一面又掷下宁府对牌："出去说与来升，革他一月银米！"众人这才知道凤姐的严苛和利害。自此再没人敢偷闲，兢兢业业执事保全。

《红楼梦》是具有高度的思想性和高度的艺术性的一部世界名著，王熙凤协理宁国府的精彩描绘，已初步具备了当今的岗位责任制的管理模式。这在封建时期可谓是划时代的创举，充分体现了曹雪芹是封建时代的叛逆者，有着超前的思想和对美好的向往。

曹公对王熙凤的刻画着墨最重，成功地塑造了一个封建时代大家庭中精明干练、泼辣狠毒、掌管家事的主妇。琏二奶奶生命力充沛，每一出场都生龙活虎，八面玲珑，让人目不暇接，耳不暇听，给人留下了深刻的印象。对她的描述既有赞扬，也有抨击。回顾王熙凤短暂的一生，这个封建家族的牺牲品，有恨，有怜，不一而足！

16. 凤姐弄权：仗势显才能，不信阴司报

卜算子·凤姐弄权
陈慧茹

仗势显才能，不信阴司报。私下传书扰讼堂，棒打鸳鸯鸟。　　苟利太轻松，后果何须料。从此为非胆愈狂，大展生财道。

浣溪沙·凤姐弄权（新韵）

翟海潮

凤姐专权水月庵，老尼牵线巧周旋。如簧妙语意缠绵。　　一纸密书
节度使，两条性命鬼门关。机关算尽孽缘缠。

【品评】陈慧茹　撰

　　宁国府贾珍的儿媳妇贾蓉之妻秦可卿死了，尤氏正犯了胃疼旧疾，躺在床上不能
理事。贾珍便委托王熙凤协理秦可卿的丧事。第15回，秦可卿的棺木要寄放在贾府的
家庙铁槛寺，族中诸人送殡到铁槛寺，皆在铁槛寺下榻，独有凤姐嫌不方便，因而早
遣人和馒头庵的姑子净虚说了，腾出两间房子作下处。馒头庵即水月庵，离铁槛寺不
远，奠过晚茶，凤姐便辞了众人，带着宝玉、秦钟往庵里来歇息。

图 2-16　凤姐弄权

　　众人侍奉已毕各自散去，老尼静虚趁着没人求凤姐办一件事。原来长安城里有一个张财主，他有个女儿小名金哥，那年进庙烧香，被长安府太爷的小舅子李衙内看上了，一心要娶张金哥，不想金哥已受了原任守备公子的聘礼。张财主贪慕李家势力想和守备公子退亲，守备家不同意，两家打起官司。张家上京寻门路找到静虚，因此静虚来求凤姐。

　　凤姐笑道："这事倒不大，只是太太再不管这样的事。"老尼道："太太不管，奶奶也可以主张了。"凤姐笑道："我也不等银子使，也不做这样的事。"净虚听了，打去妄想，半晌叹道："虽如此说，张家已知我来求府里，

如今不管这事，张家不知道没工夫管这事，不希罕他的谢礼，倒像府里连这点子手段也没有的一般。"这个静虚很狡猾，她明白了凤姐的意思，为了尽快把事情办成，故意用了一个激将法。

凤姐果然发了兴头，说道："你是素日知道我的，从来不信什么是阴司地狱报应的，凭是什么事，我说要行就行。你叫他拿三千银子来，我就替他出这口气。"此时的王熙凤一方面是利欲熏心，为了得到三千两银子，管他什么天地良心，因果报应；另一方面是仗势逞能，凭借着贾府的强大势力，什么违法悖理的事儿她都敢做。

明明是为了银子才去办此事，虚伪的凤姐又道："我比不得他们扯篷拉纤的图银子。这三千银子，不过是给打发说去的小厮作盘缠，使他赚几个辛苦钱，我一个钱也不要他的。便是三万两，我此刻也拿的出来。"她一面赚着大把的银子，一面又轻描淡写地表白着自己的"清高"。刘姥姥二进荣国府时说过二十两银子够他们庄稼人过一年的，三千两银子就是一百五十户庄稼人一年的生活，可见王熙凤的胃口之大、口气之狂。世故的老尼又是一番奉承，凤姐越发受用，竟不顾劳乏与之攀谈。

凤姐私下里找来陪房旺儿，急忙进城找着主文的相公，假托贾琏所嘱，修书一封，连夜送往长安县，不过百里路程，两日工夫俱已妥协。因长安节度使云光插手，守备家忍气吞声退了婚。谁知爱势贪财的张财主却养了个知义多情的女儿，闻得父母退了前夫，她便自缢身亡。那守备之子闻得金哥自缢，遂也投河而死，不负妻义。王熙凤仗着贾府的权势，私下传书扰乱了诉讼公堂的公平与正义，活脱脱拆散了一对有情有义的未婚夫妻。更可悲的是，凤姐包揽词讼的行为直接导致了张金哥与守备之子的双双殉情。

在这件事情上，王熙凤表现出了她的极端利己主义与贪婪霸道的一面，她办事情只是为了赚取银钱，根本不考虑其后果，她的目的达到就算成功了。张家落了个人财两空，守备家也搭上了儿子的性命，长安太爷的小舅子李衙内落个没趣，唯有王熙凤自己轻轻松松得了三千两银子。王夫人等连一点儿消息也不知道。

书中交代：自此凤姐胆识愈壮，以后有了这样的事，便恣意的作为起来。可见王熙凤从此更加肆意妄为，机关算尽，聚敛无数，一步一步走向罪恶的深渊，这也为贾府积累了太多的罪状与仇恨，最终势败，落得个家亡人散各奔腾，她也"反算了卿卿性命"。

17. 秦钟夭逝：喝醒天下迷人

鹧鸪天·秦钟夭逝

翟海潮

钟玉相逢似故人，不称叔侄弟兄亲。并肩携手入黉舍，飞砚抛书闹孔门。　　情毁志，欲伤身。馒头得趣若惊魂。何当夭逝黄泉路，方劝功名语意真。

行香子·秦钟情逝
李宝贵

公子秦钟，年少温盈。且清眉秀目书生。一朝初见，宝玉心倾。更行同步，学同趣，笑同声。　　尼庵得趣，歧途失志，为风流个里传情。谁知薄命，负了卿名。叹梦难圆，孝难尽，意难平。

【品评】 翟海潮　撰

秦钟，秦可卿的弟弟，工部营缮郎秦业之子。秦是"情"的谐音，秦钟是"情种"的意思。秦钟和秦可卿、贾瑞一样，都是《红楼梦》开篇不久就因情欲而死、转瞬即逝的人物。

第7回"宴宁府宝玉会秦钟"，宝玉跟随凤姐到宁国府赴宴，贾蓉领秦钟来见凤姐，"果然出去带进一个小后生来，较宝玉略瘦些，眉清目秀，粉面朱唇，身材俊俏，举止风流，似在宝玉之上，只是怯怯羞羞，有女儿之态，腼腆含糊，慢向凤姐作揖问好"。凤姐喜得先推宝玉，笑道："比下去了！"凤姐给秦钟"一匹尺头、两个'状元及第'小金锞子"作见面礼。

宝玉见了秦钟的人品，心中似有所失，痴了半日，乃自思道："天下竟有这等人物！如今看来，我竟成了泥猪癞狗了。可恨我为什么生在这侯门公府之家，若也生在寒门薄宦之家，早得与他交结，也不枉生了一世。"秦钟见了宝玉的形容出众，举止不凡，更兼金冠绣服，心中亦自思道："果然这宝玉怨不得人人溺爱他。可恨我偏生于清寒之家，不能与他耳鬓交接，可知'贫窭'二字限人，亦世间之大不快事。"宝玉问秦钟读什么书，秦钟答以实话。二人你言我语，十来句后，越觉亲密起来。因为秦钟，宝玉甚至主动提出去上学念书，不过是因为想要和秦钟时常待在一起。

第9回"起嫌疑顽童闹学堂"，秦钟和宝玉共进家塾上学。"自此以后，他二人同来同往，同坐同起，愈加亲密。又兼贾母爱惜，也时常的留下秦钟，住上三天五日，与自己的重孙一般疼爱。"论辈分秦钟应该叫宝玉叔叔，宝玉以俩人一样年纪，又是同窗为由，"以后不必论叔侄，只论弟兄朋友就是了"。秦钟生性腼腆温柔，未语面先红，怯怯羞羞，再加上宝玉惯能作小服低，赔身下气，所以宝玉和秦钟两人自然会引起同学的误会。一天，金荣欺负秦钟，众顽童大闹学堂，最终贾宝玉凭借着自己的尊贵身份，强行压了金荣一头，让他跪下给秦钟道了歉。秦钟将此事和"不干不净的话"告知了重病在床的姐姐秦可卿，让本就重病的可卿又生了一场闷气。

秦钟与宝玉同样是早熟早慧的少年。第 15 回"秦鲸卿得趣馒头庵"，秦钟在姐姐秦氏出殡之际，与水月庵智能儿眉目传情，幽期密约，被宝玉发现。第 16 回"秦鲸卿夭逝黄泉路"，秦钟与智能儿偷期缱绻，让这个禀赋极弱的少年，"因在郊外受了些风霜……未免失于调养，回来时便咳嗽伤风，懒进饮食，大有不胜之态，遂不敢出门，只在家中养息"。智能儿进城寻秦钟，被秦业撞出，将秦钟打了一顿，老头秦业气得"三五日光景呜呼死了"。秦钟本自怯弱，又添了许多症候。宝玉带人看望病危的秦钟，"见秦钟面如白蜡，合目呼吸于枕上。宝玉忙叫道：'鲸兄！宝玉来了。'"连叫两三声，秦钟不睬。书中此时描写鬼判捉拿秦钟，只因宝玉是个运旺时盛的人，震慑了鬼判放手秦钟返回阳界，秦钟向宝玉留下两句遗言："以前你我见识自为高过世人，我今日才知自误了。以后还该立志功名，以荣耀显达为是。"说毕，便长叹一声，萧然长逝了。秦钟的经历和贾瑞是多么的相似，皆因情欲而死。

在《红楼梦》开篇不久的十几回，曹公似乎有意安排贾瑞之死、秦可卿之死、秦钟之死，告诫人们"戒妄动风月之情"，喝醒天下迷人。无论是警幻仙子安排妹妹可卿与宝玉缠绵，还是秦钟与智能儿偷期缱绻，似乎都是在劝诫宝玉，希望宝玉能醒悟！

秦可卿临终托梦凤姐，说贾府的兴盛不过是一时的，要早早为以后的出路做好打算。秦钟临终遗言劝诫宝玉要好好学习，考取功名，光宗耀祖。荣宁二老借托警幻仙子的劝诫终成了一场空，秦可卿对王熙凤的嘱托也被当成了耳旁风，秦钟对宝玉的临终遗言也没有让宝玉醒悟，直至经历那切身之痛方才有所觉悟，真是可悲可叹。

图 2-17　秦钟夭逝

18.大观园试才：人迷柳径奇思绕，声贯花林秀句联

七律·大观园试才题对额（新韵）

王应民

嵌玉镏金作大观，亭台错落水回环。

人迷柳径奇思绕，声贯花林秀句联。

肃厉严亲为主试，卑恭清客是帮闲。

神瑛侍者痴公子，劲展才华在绮园。

浣溪沙·大观园试才题对额（新韵）

翟海潮

亭馆楼台景致佳，拟联题句笔生花。编新述旧似通家。　　严父拈须心默赞，清流拍掌口曾夸。怡红公子展才华。

【品评】 王应民　撰

第 17 回 "大观园试才题对额" 是《红楼梦》的重要情节，其谋篇布局皆曹公独具匠心所为。为迎接元妃省亲，贾府倾力建造了富丽堂皇的园子。其景致秀美繁杂，如放在省亲之时一并介绍，不止占用笔墨颇多，且叙景易冲淡言情。为避免单纯介绍枯燥无味，就精心营造了 "题对额" 这么一个雅而不俗的情节。用此不是游记的游记，既展示了精美的花草树木、亭台楼榭，又活灵活现地描写了题匾额对联的全过程。

贾政欲试宝玉的才学，也恰好给了宝玉一个展示的机会。大家进门一看，果然景致新鲜，怪石峥嵘，长藤掩映，沿一羊肠小径达山口留题处，宝玉道："莫若直书'曲径通幽处'这句旧诗在上，倒还大方气派。"大家一致赞同。贾政笑道："不可谬奖。他年小，不过以一知充十用，取笑罢了。再俟选拟。"又见清流从花木深处曲折泻于石隙之下，前面飞楼插空，雕甍绣槛，皆隐于山坳树杪之间。宝玉道："莫若'沁芳'二字，岂不新雅？"贾政拈髯点头不语。众人都忙迎合，赞宝玉才情不凡。紧接着宝玉又撰一联："绕堤柳借三篙翠，隔岸花分一脉香。"贾政听了，点头微笑。

出亭过池，见前面一带粉垣，里面数楹修舍，有千百竿翠竹遮映。宝玉题 "有凤来仪"，众人都哄然叫妙。贾政点头道："畜生，畜生，可谓'管窥蠡测'矣。"因命："再题一联来。"宝玉便念道："宝鼎茶闲烟尚绿，幽窗棋罢指犹凉"。贾政摇头说道："也未见长。"倏尔青山斜阳，隐隐露出一带黄泥筑就矮墙，墙头皆用稻茎掩护。有几百株杏花，如喷火蒸霞一般。宝玉也不等贾政的命，便说道："旧诗有云：'红杏梢头

挂酒旗。'如今莫若'杏帘在望'四字。"众人都道："好个'在望'，又暗合'杏花村'意思。"宝玉冷笑道："古人诗云：'柴门临水稻花香'，何不用'稻香村'的妙？"众人听了，越发哄声拍手道："妙！"贾政一声断喝："无知的业障！你能知道几个古人，能记得几首熟诗，也敢在老先生前卖弄！你方才那些胡说的，不过是试你的清浊，取笑而已，你就认真了！"宝玉又直言此处缺少天然之趣，贾政气得喝命："又出去！"转身又喝命回来再题一联："若不通，一并打嘴！"宝玉只得念道："新涨绿添浣葛处，好云香护采芹人。"贾政听了，摇头说："更不好。"

　　转过山坡，忽闻水声潺湲，泻出石洞，上则萝薜倒垂，下则落花浮荡。宝玉题曰"蓼汀花溆"，贾政听了，更批胡说。大家攀藤抚树过去，便见一所清凉瓦舍，异草垂檐绕柱，紫砌盘阶，味芬气馥。宝玉道："匾上则莫若'蘅芷清芬'四字。对联则是：'吟成荳蔻才犹艳，睡足荼蘼梦也香。'"贾政笑道："这是套的'书成蕉叶文犹绿'，不足为奇。"见一桥前，水如晶帘一般奔入，原来这桥是通外河之闸，引泉而入者。宝玉道："此乃沁芳泉之正源，就名'沁芳闸'。"贾政道："胡说！偏不用'沁芳'二字。"一路行来，俄见粉墙环护，绿柳周垂，院中点衬几块山石，数本芭蕉、一棵海棠。宝玉道："依我，题'红香绿玉'四字，方两全其妙。"贾政摇头道："不好，不好！"众人从这里回去，贾政亦将宝玉喝退。

　　让我们来做一下回顾，会发现两个挺有意思的现象：一是每当宝玉题出匾额对联时，贾政都有几句评语，但即使心里赞同，嘴上也全是批评，好

图2-18　大观园试才

像不这样不足以显示老子的威严。二是清客们则无一例外地叫好，虚伪嘴脸暴露无遗。贾政原知元妃最疼宝玉，所以命他题对联匾额。这次题匾额对联，相当于对宝玉一次苛刻的考试，既有父亲过于严厉的评判，又有众多清客的评点，还待元妃最后的定夺。它充分展现了宝玉卓尔不群的才华，匾额和对联都题得清新脱俗，令贾政和众清客心悦诚服。这里佳词妙句都值得细细体味，尤其那联"宝鼎茶闲烟尚绿，幽窗棋罢指犹凉"，是我第一次读《红楼梦》就留下的深刻记忆。

19. 元妃省亲：牵情处、红袂染啼痕

小重山·元妃省亲

王志霞

　　锦绣华灯十里春。相逢真许似，梦中身。宫深月冷掩朱门。牵情处、红袂染啼痕。　　争道笔生尘。毫端书暖意，沐皇恩。梨园声色警悲辛。凤辇启、又作断肠人。

七律·贾元春归省庆元宵（新韵）

王应民

荣府光宗作大观，今宵人月两团圆。

笙歌荡漾明湖里，色彩缤纷绮榭间。

缀锦怡红灯似海，嘉荫梳翠柳如烟。

满堂金玉归宁处，谁晓个中悲与欢？

【品评】王志霞　王应民　撰

　　贾元春是贾府的大小姐，小的时候就被送入宫中做女史，后来才选凤藻宫，皇上降圣旨，恩准元春元宵节回家省亲。第18回，元宵节那天，自贾母等有爵者，皆按品服大妆，清早就在大门口迎候。但等至晚间，元春才姗姗到来。贾元春在贾宝玉等人的陪同下，将贾府刚建成不久的省亲别墅大致地游览了一下，暗叹过于奢华，并赐其名为"大观园"，元春书匾额、对联后，又题大观园一绝，然后命众姊妹也各题一匾一诗，借此面试显示个人的才情。

　　这次作诗大家心知肚明，比拼是为了众星捧月凸显贾宝玉的本事，好让元春这位亲姐姐高兴。以薛宝钗的性情，她早已明白今夜诗歌大赛主角不是自己，安心演好"配角"才是正道。同样明白这个道理的，还有探春，她自谦地说自己才华有限，而

她这次故意作出的诗，水平远远低于平常。于是便有了众姊妹作诗大"比拼"争奇斗艳的场面。

林黛玉代贾宝玉所作的《杏帘在望》从"一畦春韭绿，十里稻花香"的稻香村景色写到"盛世无饥馁，何须耕织忙"，格局宏大、立意高远的诗作受到了贾妃的好评。贾元春看到《杏帘在望》那首诗后喜之不尽，甚至立马命人将"浣葛山庄"改为了"稻香村"。贾元春是在富贵场中走过了的人，她也羡慕怡然自得、充满活力的田园生活。

元春省亲一回，端的是花团锦簇，但从元春在娘家先后的六次哭中可知，她在宫里的生活并不快乐，好像有许多难言之隐。元春归家，见到贾府众人后，第一句话就是"当日既送我到那不得见人的去处"，什么是"不得见人的去处"？在皇宫物质生活富贵至极，但孤单、寂寞的感情生活也是贫乏至极的。

另外，元春省亲点了四出戏也别有深意，分别是：《豪宴》《乞巧》《仙缘》和《离魂》，分别出自《一捧雪》《长生殿》《邯郸记》和《牡丹亭》。己卯本脂批给出的答案是：《豪宴》伏贾家之败，《乞巧》伏元春之死，《仙缘》伏甄宝玉送玉，《离魂》伏黛玉之死（第246页）。曹公偏在热处写冷，偏在热闹时写悲凉，欢聚时写离散，盛极时写哀音。细品四出戏的伏笔，无论是贾家之败还是元春之死，无论甄宝玉送玉还是黛玉之死，桩桩件件，都指向了败落和死亡，可见这是不可避免的了。我们用"梨园声色警悲辛"概括之。

贾府纵有千万好，元春也不能久停留，待听到一声"请驾回銮"，只见元春噙着

图2-19　元妃省亲

泪水，紧握贾母和王夫人的手不放，又满腹言语、待说不说的样子，完全是告诉别人，"含情欲说宫中事，鹦鹉前头不敢言"。

"烈火烹油"也好，"鲜花着锦"也罢，终究是大梦一场。元妃省亲是生离，更是死别。这种华丽与哀伤的组合也正是曹雪芹的妙笔生花之处。"元春省亲"是《红楼梦》中的一大高潮。世人只看到了满眼繁华的盛典，而这背后，却是贾家倾尽家财换来的盛极而衰。

从正月初一到正月十五，是月亮不断上盈的时候，至正月十五彻底满月，达到最盛，随后就越来越亏损下去。贾元春省亲正是在正月十五，可见这次省亲是她一生中的高光时刻。脂批两个字形容最贴切："显极"（第 73 页）！月满则亏，贾家的好日子到头了……

果然，贾家从贾元春晋升贤德妃的荣耀中没有得到一丝一毫的好处，反倒因为修建元春省亲的别院大观园花光了家底，彻底衰败下去。再回过头来看元春的判词："二十年来辨是非，榴花开处照宫闱。三春争及初春景，虎兕相逢大梦归。"这样一个美貌的、有才气的、聪明的天之骄女，用自己的性命和幸福换来的却只是贾府一时的荣光。令人唏嘘！

20.袭人箴玉：都言花解语、性情真

小重山·袭人箴玉
陈瑞林

缜密心思和善人。都言花解语、性情真。怡红院里展芳芬。春秋度、朝暮亦精神。　　箴谏见娇嗔。此心长念念、道般勤。者番伦理十分亲。终憾事、美愿化烟云。

七律·袭人箴玉（新韵）
翟海潮

公子爱红天性僻，巧施小计劝收心。
借题一事泪盈面，约法三章血满襟。
解语含情情切切，箴言有意意真真。
断簪立誓难回转，恰似东风过耳云。

【品评】陈瑞林　撰

　　袭人是宝玉房中的首席大丫鬟，在《红楼梦》书中出现的场面较多。曹公采用了春秋笔法，用语曲折含蓄。袭人的言行举止，给人的印象是温柔贤惠，善良和气，恪尽职守，聪明颇有心计。自从和贾宝玉初试云雨情之后，袭人与宝玉的关系便发生了微妙的变化。她的身份也有了双重性：一是怡红院的第一大丫鬟，将宝玉的生活起居打理得井井有条，此为奴才身份；二是与宝玉有了夫妻之实，"宝二姨娘"的位置已可期。至此袭人便将姨娘之位当作自己奋斗的目标，一方面对宝玉如姐如母地爱护；另一方面以封建社会的价值观规劝宝玉，"立足仕途经济之道，委身孔孟之儒学"。

　　袭人自幼见宝玉性格异常，其淘气憨顽自是出于众小儿之外，更有几件千奇百怪口不能言的毛病，且仗着祖母的溺爱，父母亦不能十分严格管束，任性恣情，最不喜务正。每欲劝时，料不能听。这对于袭人来说，却是心心念念之大事。曹公在第 19 回里，细致描绘了袭人巧妙抓住了宝玉的致命弱点，借赎身之论，先用骗词，以探其情，以压其气，然后好下箴规。宝玉听了袭人的母兄将要来贾府赎人，赌气睡下，泪痕满面。袭人便笑道："这有什么伤心的，你果然留我，我自然不出去了。"宝玉见这话有文章，便说道："你倒说说，我还要怎么留你？"袭人笑道："咱们素日好处，再不用说了。但今日你安心留我，不在这上头。我另说出两三件事来，你果然依了我，就是你真心留我了，刀搁在脖子上，我也是不出去的了。"

　　宝玉破涕为笑道："好姐姐，好亲姐姐，别说两件，

图 2-20　袭人箴玉

就是两三百件，我也依。只求你们同看着我，守着我，等我有一日……化成一股轻烟，风一吹便散了的时候……那时凭我去，我也凭你们爱那里去就去了。"急得袭人忙捂他的嘴说："好好的，正为劝你这些，倒更说的狠了。"宝玉忙说道："再不说这话了。"袭人道："这是头一件要改的。"宝玉道："改了，再要说，你就拧嘴。还有什么？"

袭人道："第二件，你真喜读书也罢，假喜也罢，只是在老爷跟前或在别人跟前，你别只管批驳诮谤，只作出个喜读书的样子来，也教老爷少生些气，在人前也好说嘴。他心里想着，我家代代读书，只从有了你，不承望你不喜读书，已经他心里又气又愧了。而且背前背后乱说那些混话，凡读书上进的人，你就起个名字叫作'禄蠹'；又说只除'明明德'外无书，都是前人自己不能解圣人之书，便另出己意，混编纂出来的。叫别人怎么想你？"宝玉笑道："再不敢说了。"

袭人又道："再不可毁僧谤道，调脂弄粉。还有更要紧的一件，再不许吃人嘴上擦的胭脂了，与那爱红的毛病儿。"宝玉道："都改，都改，再有什么，快说。"袭人笑道："再没有了。只是百事检点些，不任意任情的就是了。你若果都依了，便拿八人轿也抬不出我去了。"

袭人温情脉脉，细致入微，对宝玉的这番规劝，宝玉又答应得如此顺畅，因此喜不自禁，两人的情感又近了一层，实却体现了袭人处世的心机。被箴规的宝玉能让袭人如愿以偿吗？曹公在第21回作了描述。这日，宝玉未待湘云、黛玉起床便跑了过来，就便在这里梳洗了。袭人进来，见这般光景，知是梳洗过了，只得回来自己梳洗。忽见宝钗走来，因问："宝兄弟那去了？"袭人道："宝兄弟那里还有在家的工夫！""姊妹们和气，也有个分寸礼节，也没个黑家白日闹的！凭人怎么劝，都是耳旁风。"宝玉回来，那袭人只管合了眼不理，宝玉没了主意，也合目装睡。袭人明知其意，便冷笑道："从此后我只当哑子，再不说你一声儿，如何？"宝玉起身问道："你劝我也罢了，才刚又没见你劝我……我何尝听见你劝我什么话了。"袭人道："你心里还不明白，还等我说呢！"

袭人再次规劝宝玉，宝玉最后赌咒折断玉簪作为保证。当然袭人得到的只是一时的许诺，他不可能改变本性，以后时不时地"旧病复发"，还会吃人嘴上的胭脂。

21. 宝玉悟禅：痴心邪话，一时玩弄

青玉案·宝玉悟禅（新韵）

翟海潮

心劳博爱一情种。惹謇怒，招湘讽。烦懑纠结心意冷。慢题佛偈，自

觉禅定，睡下方安静。 黛钗妙语皆禅证，无境容身始干净。明镜菩提催客醒。痴心邪话，一时玩弄，真假终成梦。

浪淘沙令·宝玉悟禅
王志霞

平地起风波。又奈愁何。多情公子断肠多。金马玉堂添世累，枉自消磨。 声色隐悲歌，短偈相和。芒鞋禅衲胜绫罗。未必红尘常误我。心向头陀。

【品评】翟海潮 撰

第22回"听曲文宝玉悟禅机"，薛宝钗生日，贾母置办酒戏。宝钗点了《鲁智深醉闹五台山》，并把她喜爱的一支《寄生草》念给宝玉听，宝玉称赏不已。其间凤姐说贾母喜爱的小旦像一个人，宝钗笑而"不肯说"，宝玉"不敢说"，湘云心直口快照直说像黛玉，宝玉忙使眼色制止，当下惹恼了湘云。

宝玉又找黛玉解释，黛玉一句"拿我比戏子取笑"怼得宝玉无话可说，宝玉要离开，黛玉赌气说："这一去，一辈子也别来，也别说话。"宝玉处在中间两头受气，于是百感交集，心想：目下两人尚未应酬妥协，将来犹欲为何？正在伤心，袭人来劝宝玉大家随和，他便

图 2-21 宝玉悟禅

随口说出戏文唱词我是"赤条条来去无牵挂",赌气说不再"大家彼此",提笔立占一偈:"你证我证,心证意证。是无有证,斯可云证。无可云证,是立足境。"随后又填了一支《寄生草》,才自觉无挂碍,中心自得。

黛玉见宝玉此番果断而去,以寻袭人为由来视动静。宝玉在睡觉,黛玉看到宝玉写的曲子和偈子,知是宝玉一时感忿而作,不觉可笑可叹。于是第二天又拉宝钗、湘云一起来看宝玉,宝钗看罢宝玉写的曲子和偈子,笑道:"这个人悟了。都是我的不是,都是我昨儿一支曲子惹出来的……"黛玉对宝玉说:"你那偈末云,'无可云证,是立足境',固然好了,只是据我看,还未尽善。我再续两句在后。"因念云:"无立足境,是方干净。"

宝钗道:"实在这方悟彻。当日南宗六祖惠能,初寻师至韶州。闻五祖弘忍在黄梅,他便充役火头僧。五祖欲求法嗣,令徒弟诸僧各出一偈。上座神秀说道:'身是菩提树,心如明镜台,时时勤拂拭,莫使有尘埃。'彼时惠能在厨房碓米,听了这偈,说道:'美则美矣,了则未了。'因自念一偈曰:'菩提本非树,明镜亦非台,本来无一物,何处染尘埃?'五祖便将衣钵传他。今儿这偈语,亦同此意了。只是方才这句机锋,尚未完全了结,这便丢开手不成?"

黛玉笑道:"彼时不能答,就算输了,这会子答上了也不为出奇。只是以后再不许谈禅了。连我们两个所知所能的,你还不知不能呢,还去参禅呢!"宝玉自己以为觉悟,不想忽被黛玉一问,便不能答;宝钗又比出"语录"来,此皆素不见她们能者。自己想了一想:"原来他们比我的知觉在先,尚未解悟,我如今何必自寻苦恼。"想毕,便笑道:"谁又参禅,不过一时顽话罢了。"说着,四人仍复如旧。

《红楼梦》"大旨谈情",又归结为"梦""幻"。它写尽了人情,又似乎悟透了人生。《红楼梦》既是"情"书,也是"悟"书。但宝玉的"悟"连带着"情",因而就难于从心灵深处彻底斩断情缘,断绝尘念,达到六根清净、大彻大悟的境地。

像宝玉这种"堕落情根"的情痴情种,不历经"千红一哭""万艳同悲"的女儿悲剧和"木石前盟""终虚化"的爱情悲剧,不历经"势败""家亡""树倒猢狲散"的家庭悲剧、人生悲剧,他是绝不可能"斩断情缘""悬崖撒手"的。

平心而论,宝玉参禅,内心的确还有所触动,只不过一觉之后,便忘得一干二净,甚至以为寻求解悟是"自寻苦恼"。而宝钗、黛玉的"悟性"似乎比宝玉高,但她们并没有"悟",黛玉更是地地道道的情"痴"。黛玉、宝钗的斗机锋、比"语录",有意借禅破禅,使宝玉收了参禅的"痴心邪话",不过是在拿她们所掌握的禅学知识,进行"知识竞赛"、比禅学知识罢了。知易行难,有丰富的禅学知识,不一定就能"悟"禅。一个有血肉之躯和七情六欲的常人,真要净心自悟,达到六根清净的境地,谈何容易!

22. 贾政悲谶：勘破红颜花落时，谶成人自悲

长相思·贾政悲谶

李宝贵

其一

年一更，梦一更。春唤新桃爆竹声，元宵不夜城。　　怕离情，说离情。寂寞宫闱灯谜兴，此时心有灵。

其二

灯满枝，月满枝，灯下金钗共谜词，猜来自可知。　　夜长思，叹长思。勘破红颜花落时，谶成人自悲。

【品评】李宝贵　撰

《红楼梦》第22回，元宵佳节，元妃差人送出一个灯谜，命大家来猜，猜着了每人也作一个进去。至晚太监出来传谕，娘娘的灯谜"俱已猜着，惟二小姐与三爷（迎春与贾环）猜的不是。小姐们作的也都猜了，不知是否"。说着，也将娘娘写的拿出来，也有猜着的，也有没猜着的，大家胡乱说猜着了。太监又将颁赐之物送与猜着之人。

贾母见元春这般有兴，自己越发喜乐，便命速作一架小巧精致围屏灯来，设于堂屋，命他姊妹各自暗暗的作了，写出来粘于屏上，然后预备下香茶细果以及各色玩物，为猜着之贺。贾政朝

图 2-22　贾政悲谶

罢，见贾母高兴，况在节间，便也来承欢取乐。设了酒果，备了玩物，上房悬了彩灯，请贾母赏灯取乐。贾母命摆下三桌酒席，众人按辈分分头坐了。又唤贾兰，贾母命他在身旁坐下，抓果品与他吃。大家说笑取乐。不想今日贾政在这里，宝玉与姊妹们皆不敢长谈阔论，反见拘束。因此酒过三巡，贾母便撵贾政去歇息，贾政亦知贾母之意，自己去后好让他们姊妹兄弟放松取乐。贾政走之前，猜了一个贾母的灯谜，又出了一个灯谜让贾母猜。贾母甚喜，命："给你老爷斟酒。"宝玉执壶，迎春送酒，贾母因说："你瞧瞧那屏上，都是他姊妹们做的，再猜一猜我听。"贾政答应，起身走至屏前，只见头一个写道是："能使妖魔胆尽摧，身如束帛气如雷。一声震得人方恐，回首相看已化灰。"贾政道这个是炮竹。宝玉答道："是。"贾政又看道："天运人功理不穷，有功无运也难逢。因何镇日纷纷乱，只为阴阳数不同。"贾政道："是算盘。"迎春笑道："是。"又往下看是："阶下儿童仰面时，清明妆点最堪宜。游丝一断浑无力，莫向东风怨别离。"贾政道："这是风筝。"探春笑道："是。"又看道是："前身色相总无成，不听菱歌听佛经。莫道此生沉黑海，性中自有大光明。"贾政道："这是佛前海灯。"惜春笑答道："是海灯。"

贾政心内沉思道："娘娘所作爆竹，此乃一响而散之物。迎春所作算盘，是打动乱如麻。探春所作风筝，乃飘飘浮荡之物。惜春所作海灯，一发清净孤独。今乃上元佳节，如何皆作此不祥之物为戏耶？"心内愈思愈闷，因在贾母之前，不敢形于色，只得仍勉强往下看去。后面是一首七言律诗，是宝钗所作，随念道："朝罢谁携两袖烟，琴边衾里总无缘。晓筹不用鸡人报，五夜无烦侍女添。焦首朝朝还暮暮，煎心日日复年年。光阴荏苒须当惜，风雨阴晴任变迁。"贾政看完，心内自忖道："此物还倒有限。只是小小之人作此词句，更觉不祥，皆非永远福寿之辈。"想到此处，愈觉烦闷，大有悲戚之状，因而将适才的精神减去十分之八九，只垂头沉思。回去房中也只是思索，翻来覆去竟难成寐，不由伤悲感慨。

古人迷信，讲究一语成谶。事实上这些灯谜，也正像一道道谶语，预示红楼姊妹们未来的命运。元春在皇宫短暂地受宠辉煌后，如烟花爆竹一样，短命而亡。迎春的婚姻，如算盘打动乱如麻，被孙绍祖算计虐待至死。探春远嫁，如风筝飘荡在天空，细线如丝，家乡遥远，骨肉分离。惜春最终的结局也是小小年纪遁入空门，削发为尼。更有宝钗，虽费尽心思嫁给了宝玉，却因贾府被抄家，宝玉看破红尘怀着对黛玉的思念和愧疚，含恨出家，丢下宝钗独守一生。

23. 共读西厢：深情共赴，暗爇心香

满庭芳·宝黛共读西厢
王志霞

无限韶光，眉梢心上，亭桥正倚红妆。春风做客，点检入柔肠。一袭花锄联璧，鲛绡意、共品西厢。痴狂惹，惊鸿照影，琴瑟舞霓裳。　　匆忙！行蹀躞，深情共赴，暗爇心香。叹流芳溪水，艳骨深藏。又觅新愁几许，笛音缈、梨院传殇。声声慢，"如花美眷"，一曲转凄凉。

唐多令·共读西厢
翟海潮

桥畔两情长，沁芳花正香。试比肩、共品西厢。一目十行能背诵，心共振、语轻狂。　　借戏比鸳鸯，佯怒对檀郎。面娇羞、爱意深藏。阵阵落红春意闹，传爱慕、度韶光。

【**品评**】王志霞　撰

宝黛"共读西厢"是《红楼梦》里最富有诗情画意的场景之一。元妃省亲后，总觉得大观园闲置不妥，所以叫夏太监到荣府下了一道谕，命宝玉和众姊妹都搬到大观园里住，宝玉从此进入了自由天地。而贾政却要他死读八股、送往迎来等等，他厌恶极了。茗烟便给他找来些传奇小说解闷。春天来临，给大观园带来了生机，也给宝玉和大观园女儿带来了萌动的春情。

第23回，一日，宝玉携了一套《会真记》（曹雪芹用《会真记》指代《西厢记》），走到沁芳闸桥边桃花底下一块石上坐着，从头细玩。正看到"落红成阵"时，只见一阵风过，把树头上的桃花吹下一大半，落得满身满书满地都是。恰逢林黛玉也来沁芳桥边葬花，与宝玉相逢。黛玉见宝玉拿着一本《会真记》，两人便共同偷看。书里面的爱情故事不仅打动了宝玉，也同样打动了黛玉。宝黛双方都十分喜欢这部作品，一个称赞"真真这是好书"，一个"自觉词藻警人，余香满口"；一个会过目成诵，一个能一目十行。

春天温暖的阳光下，落红成阵，爱意滋长。宝玉用《西厢记》中词句相戏，自比张生，比黛玉为崔莺莺，其实是借机向黛玉表达了心里的爱意。黛玉表面恼羞成怒，竖眉瞪眼，带怒含嗔说宝玉欺负她要告诉舅舅，其实是内心害羞，引得宝玉又求饶又发誓。这次，林黛玉试探到了宝玉的内心。可见，宝黛二人在不满封建礼教、追求婚

姻自主的方面是和《西厢记》里的男女主人公相一致的，正是这种共同的思想基础，成为宝黛爱情发生和发展的原动力。

宝玉怕践踏了落花，要用袍子兜住抖进水里，而黛玉又比宝玉高一层，她说撂在水里不好，怕落花流出去碰到脏的臭的人家还是会糟蹋，不如埋了，一缕香魂随土化去，这才干净！黛玉教宝玉以绢袋盛之，以土葬花为冢，于是两人一起葬花。中国人骨子里传统的"天人合一"、"敬畏生命"、"和自然和谐共处"的思想在这里体现得淋漓尽致。

试想，在姹紫嫣红的春天，朵朵粉红娇艳的桃花"落红成阵"的景色之美、宝黛共读西厢时情不自禁借着戏词互相告白逗趣的情境之美，还有两人一起收拾落花的生命之美，当这种种的美感交织在一处，凝结成情景交融的片段时，它给每一位读者带来的不仅是审美震撼和生命启示，生命的魅力、"情"的魅力也已经充分融入读者的呼吸中了。

曹公让笔下这两个彼此钟情的年轻人共同做出了如此痴情的举动，而他们的爱情在那瞬间也升华到了精神的层面和灵魂的高度，这是多么的美好啊。葬过落花，宝玉被袭人叫走。黛玉闷闷回房，路过梨香院，听见梨香院的戏子们在排练《牡丹亭》，"良辰美景奈何天，赏心乐事谁家院"两句戏文被黛玉听得明明白白。本来不喜欢听戏的黛玉，今儿一听才发现，原来这些戏文写得倒很有意思。当黛玉听到"如花美眷，似水流年"这句唱词时，不觉得惆怅悲伤，触动心弦，心痛神痴，眼中落泪。"如花美眷，似水流年"的词曲，更加揭示了美好时光之短暂，悲剧结局之必然。

我所作《满庭芳·宝黛共读西厢》中"叹流芳溪水，艳骨深藏"句好似实写落花掉在沁芳闸桥水中，随水流去，其实是借鉴《红楼梦》一贯的"草蛇灰线，伏脉千里"之写法，暗示了"花落水流红"及"万艳同

图 2-23　共读西厢（翟海潮绘）

悲"的结局。曹公的《红楼》，十年辛苦不寻常，字字都是对生命的感悟。也许，我们当代人缺乏的恰是这一份对生命的终极思考，对生命美感的发现吧！

24. 小红遗帕：幽悰暗生羞去问，机缘成就有情人

定风波·小红遗帕
陈慧茹

俏丽容颜占几分，不甘落寞度青春。千里长棚终会散，无怨，自行筹计费心神。　手帕巧丢专意找。烦恼，恍然一觉梦如真。幽悰暗生羞去问，传信，机缘成就有情人。

长相思·小红遗帕（新韵）
翟海潮

事悠悠，梦悠悠，遗帕相思自不休，顿添缕缕愁。　爱难收，意难收，眉目传情似电流，漫说点点羞。

【品评】 陈慧茹　撰

"小红遗帕"是《红楼梦》里的重要情节。小红原名林红玉，因"玉"字犯了黛玉、宝玉，便改叫"小红"。她出场时十六岁，是荣国府管家林之孝之女，怡红院里的三等丫头。小红有远见有志向，她自恃有几分容貌，想向上攀高，欲在宝玉面前现弄，宝玉身边一干人都是伶牙俐齿的，根本插不下手，小红便在别处寻觅机会。

第 24 回"痴女儿遗帕惹相思"，小红在宝玉的外书房前意外遇见贾芸，便抽身躲去。可巧焙茗跑来道："好姑娘，你进去带个信儿，就说廊上的二爷来了。"小红听说，方知是本家爷们，便不再回避，下死眼把贾芸钉了两眼，让他先回家去，明天再来，晚上得空儿替他回宝玉。焙茗道："这是怎么说？"小红道："他今儿没睡中觉，自然吃的晚饭早。晚上他又不下来。难道只是要的二爷在这里等着挨饿不成！"

贾芸见她生的细巧干净，说话简便俏丽，已有好感，待要问名字，又不便，只得说："这话倒是，我明儿再来。"说着便往外走，眼睛瞧着小红还站在那里。书中没有交代小红几时丢的手帕，根据此回后文小红之梦推测，她的手帕就在此时丢的，多半是故意丢的，贾芸亦能会意，便伺机拾起。

转天宝玉去了北静王府，晚上回来要吃茶，恰巧他身边服侍的几个大丫头不在，小红进来给他倒茶。宝玉一面吃茶，一面仔细打量小红：一头黑鬒鬒的头发，挽着个

鬟，容长脸面，细巧身材，十分俏丽干净。笑着与她搭讪，问她是这屋里的人么？怎么不认得？小红趁机告诉了宝玉贾芸来找他的事。这是小红难得的一次与宝玉近距离接触交流，秋纹、碧痕撞见，当面啐一口，骂道："没脸的下流东西！""你也拿镜子照照，配递茶递水不配！"小红被秋纹、碧痕一顿谩骂攻击，心灰意冷，着实烦恼。这时，一个婆子来传话明天有人带花匠来园子里种树。秋纹便问谁带进匠人来监工，婆子说是后廊上的芸哥儿。小红听见，便知是昨儿外书房所见那人，不觉心中一动，回至房中，睡在床上暗暗盘算，忽见贾芸拿着她的手帕叫她，待要上来拉她，她回身一跑惊醒，方知是梦。可见所梦即所思。

第25回道，第二天早上，袭人让小红去潇湘馆借喷壶。她走上翠烟桥，抬头一望，见山坡上拦着帏幕，远远一簇人在掘土，贾芸正坐在山子石上。小红待要过去，

图2-24　小红遗帕

又不敢过去，只得闷闷地向潇湘馆取了喷壶回来，无精打采，自向房内躺着。小红此时心里想的都是贾芸，如何能与贾芸接触？如何能知贾芸的心思？她害起了相思病。

又过两天，宝玉被马道婆用魔魔法害得大病一场，贾芸带着家下小厮坐更看守，昼夜不离，小红同众丫鬟也在这里守着宝玉，彼此相见多日混熟。小红见贾芸手里拿的手帕像是自己的，待要问他，又不好问。过后小红欲将此事放下，心内又放不下，待要问去，又怕人猜疑，犹豫不决、神魂不定。

有一次，小红去蘅芜苑取笔，途中听说贾芸要进来，便放慢脚步，至蜂腰桥前，见坠儿引着贾芸来了。

贾芸一面走，一面拿眼把小红一溜；小红装着和坠儿说话，也把眼一溜贾芸，四目恰相对时，两个有情人定有触电的感觉。小红羞得扭身往蘅芜苑去了。小红和坠儿说了什么呢？说她的手帕丢了，让坠儿帮她找，找回来给她好处。这话明着说给坠儿，实则说给贾芸。贾芸岂能不懂小红的心，于是将自己的手帕交给坠儿，谎称是进来种树时捡的，并告诉坠儿得了谢礼不许瞒他。坠儿拿着贾芸的帕子在滴翠亭问小红是她丢的吗？小红说是，坠儿问她拿什么谢贾芸，小红又把她的另一块帕子让坠儿送给贾芸。小红和贾芸通过坠儿互传手帕，彼此心心相通。据推测，在曹公的原著八十回后，两人结成美满姻缘。

25. 叔嫂遭魇：祸起愚氓妒妇，叔嫂险赴黄泉

鹧鸪天·叔嫂遭魇
李宝贵

祸起愚氓事有因，朱门闹剧起烟尘。应怜叔嫂无常命，可恨妖婆是恶人。　　颠玉户，乱晨昏，满堂钗眷泪纷纷。尚存一息凭谁救，隐士驱邪遁鬼神。

南乡子·叔嫂遭魇（新韵）
翟海潮

烛泪面轻伤，嫡庶之争怨恨长。念咒画符裁五鬼，猖狂，叔嫂疯癫遇祸殃。　　阖府陷惊慌，医救无门欲治丧。法鼓声中僧道现，荒唐，人醒邪除玉见光。

【品评】李宝贵　撰

赵姨娘素日常怀嫉妒之心，不忿凤姐、宝玉两人，却不敢露出来。第25回，贾环又烫伤了宝玉的脸，不仅贾环被王夫人骂，被凤姐奚落，赵姨娘也被数落和痛骂。这场恶气，只能吞声忍受。正在房中独自烦恼，来了宝玉的干妈马道婆。马道婆开导几句，并试探说："明不敢怎样，暗里也就算计了。"此话正合赵姨娘心意，于是赵姨娘拿出了自己的梯己，并写下五百两银子的欠契。马道婆看到白花花的一堆银子并欠契，满口应承，向裤腰里掏了半晌，掏出十个纸铰的青面白发的鬼并两个纸人，教导赵姨娘如何如何，再由她在家里作法。

赵姨娘和马道婆的一番操作，差点要了凤姐和宝玉的性命。这一日，黛玉来怡红

院看望宝玉，见李纨、凤姐、宝钗也在这里，大家说笑一回，有王夫人房内的丫头来请奶奶姑娘们过去。众人刚走，黛玉也正要动身，宝玉忽然"嗳哟"了一声，说："好头疼！"又见宝玉大叫一声："我要死！"将身一纵，离地跳有三四尺高，口内乱嚷乱叫，说起胡话来了。黛玉和丫鬟们慌了，忙去报知王夫人、贾母等。当众人一齐来时，宝玉益发拿刀弄杖，寻死觅活，闹得人仰马翻。贾母、王夫人吓得抖衣乱颤，放声恸哭。贾赦、邢夫人、贾珍、贾政、贾琏等人，以及家中上上下下里里外外众媳妇丫头们，都来园内看视，登时园内乱麻一般。

正没个主见，只见凤姐手持一把明晃晃钢刀砍进园来，见鸡杀鸡，见狗杀狗，见人就要杀人。众人越发慌了，周瑞媳妇忙带着几个有力量的胆壮的婆娘上去抱住，夺下刀来，抬回房去。平儿、丰儿等哭得泪天泪地，贾政等顾了这里，丢不下那里。众人七言八语，也有推荐请端公请巫婆请道人的，又请医开药、祈祷，问卜求神，均无效果。次日各亲戚眷属都来瞧看，也有送符水的，也有荐僧道的，总不见效。他叔嫂二人愈发糊涂，不省人事，睡在床上，浑身火炭一般，口内无般不说。那些婆娘丫头们都不敢上前。因此把他二人都抬到王夫人的上房内，夜间派了贾芸带着小厮们挨次轮班看守。贾母、王夫人、邢夫人、薛姨妈等寸地不离，只围着干哭。贾赦各处去寻僧觅道，也不灵验。只三日光阴，那凤姐和宝玉躺在床上，愈发连气都将没了。合家人口无不惊慌，都说没了指望，忙着将他二人后世的衣履都治备下了。贾母、王夫人、贾琏、平儿、

图2-25　叔嫂遭魇

袭人这几个人更比诸人哭得忘餐废寝，觅死寻活。赵姨娘、贾环等心里暗自称愿。

到了第四日早晨，贾母等正围着宝玉哭时，只见宝玉睁开眼说道："从今以后，我可不在你家了！快收拾了，打发我走罢。"贾母听了这话，如同摘心去肝一般。偏这时赵姨娘还在旁劝道："哥儿已是不中用了，不如把哥儿的衣服穿好，让他早些回去……"话没说完被贾母照脸啐了一口唾沫，一顿臭骂。贾政喝退赵姨娘，自己上来委婉解劝。

正闹得天翻地覆，忽听木鱼声声，癞头和尚和跛足道人来到。贾母、王夫人忙命人快去请进来。二人也不多言，令取宝玉项上的那玉来，口中念念有词，挬颂一番，让悬于卧室上槛，将他二人安在一室之内，除亲身妻母外，不可使阴人冲犯。三十三日后，包管身安病退，复旧如初。果然，至晚间他二人竟渐渐醒来，说腹中饥饿。吃过米汤，精神见长，邪祟稍退，全家人才把心放下来。待养过三十三天之后，身体强壮，宝玉连脸上烫伤的疮痕也平复了。

曹雪芹把这一章回写得离奇荒诞，透过这些离奇荒诞的故事，看到的是豪门光鲜富丽表面下的重重矛盾，人心的算计，利益的争锋。凤姐大权在握严厉泼辣，使她树敌太多。宝玉心地善良，因他是贾母的心肝，最可能是荣国府家族继承人，也招来嫉妒仇恨。赵姨娘愚蠢可憎，可细思她也是被压迫被损害的人。倒是马道婆趁机发了一笔不大不小的财。

26. 宝钗扑蝶：穿水岸，绕花茎，只身扑赶到池亭

鹧鸪天·宝钗扑蝶
陈慧茹

暖日熏风柳色明，画罗小扇掌中轻。忽来玉蝶翩翩舞，竟引佳人款款行。　　穿水岸，绕花茎。只身扑赶到池亭。隔窗无意闻私语，巧动心机一计成。

南乡子·宝钗扑蝶（新韵）
翟海潮

晴日柳荫深，芒种群芳饯花神。沁芳桥头蝶起舞，追寻，把扇轻盈粉汗涔。　　裙袖色缤纷，花谢莺飞至暮春。滴翠亭边闻密语，馋音，一计金蝉壳脱身。

【品评】陈慧茹　撰

　　宝钗扑蝶是《红楼梦》里的一个精彩片段，发生在第27回。芒种节这天，大观园中的女孩子们都起得很早，她们忙着设摆各色礼物，祭饯花神。李纨和姑娘们、丫鬟们都来了，独不见黛玉。宝钗道："你们等着，我去闹了他来。"说着便丢下了众人，一直往潇湘馆来。

　　正走着，忽然抬头见宝玉进了潇湘馆，宝钗低头暗忖：他们兄妹从小儿一处长大，多有不避嫌疑之处，况黛玉素习猜忌，好弄小性儿。此刻自己若跟了进去，一恐宝玉不便，二恐黛玉嫌疑。想毕便抽身回来。刚要去寻别的姊妹，忽见前面一双玉色蝴蝶，大如团扇，一上一下迎风翩跹，十分有趣。宝钗意欲扑了来玩耍，遂向袖中取出扇子来，向草地下来扑。只见那一双蝴蝶忽起忽落，来来往往，穿花度柳，将欲过河去了。

图 2-26　宝钗扑蝶

倒引得宝钗蹑手蹑脚地，一直跟到池中滴翠亭上，香汗淋漓，娇喘细细。

　　这一段描写细致入微，鲜活灵动，极具画面的美感，历来备受画家们的青睐。文中将蝴蝶翩跹飞舞的动态之美描写得淋漓尽致，再加上体态丰腴的宝钗来来回回对蝴蝶的一番追赶，形成了一幅绝美的"杨妃戏蝶"图。这段描写把宝钗的人物形象刻画得非常丰满。宝钗素日里平和稳重，但她毕竟是一个十五岁的妙龄少女，她天真烂漫、活泼可爱的一面得到生动展示，一个青春女孩的天性得到了恰当的释放。

　　蝴蝶飞走了，宝钗听到亭子里喊喊喳喳有人说私房话。她并未选择非礼勿听，而是"煞住脚往里细听"，并且从声音判断出说话的人是怡红院里的丫头小红。小红是怡红院里浇花喂鸟烧水的三等丫头，宝玉对她一无所知，宝钗对她却了如指掌。由此可见，宝钗是一个处处留心、城府极深的人，她对怡红院里的人和事一清二楚。

小红和坠儿说的正是关于小红与贾芸互换手帕的绝密私事。两人说了一会儿突然意识到不能让人听了墙根，应该推开窗子说话，让大家认为她俩在闲聊，即使人来了，也能看得见。宝钗在外面听见这话，心中吃惊，她的心思更加缜密：一则她认为小红眼空心大、刁钻古怪、颇有心机，她们的谈话内容是私密的，不能让外人知道；二则如果小红知道了谈话被宝钗听去，可能会狗急跳墙生出事端；三则宝钗如果被人发现偷听人家秘密谈话也会觉得没趣。况且此时已经来不及躲藏了。

犹未想完，只听"咯吱"一声，窗子推开。宝钗便故意放重了脚步，笑着叫道："颦儿，我看你往那里藏！"一面说，一面故意往前赶。还笑问她俩："你们把林姑娘藏在那里了？"坠儿道："何曾见林姑娘了。"宝钗道："我才在河那边看着林姑娘在这里蹲着弄水儿的。我要悄悄的唬她一跳，还没有走到跟前，他倒看见我了，朝东一绕就不见了。别是藏在这里头了。"一面说，一面故意进去寻了一寻，抽身就走。宝钗担心偷听被人发现给自己惹来麻烦，情急之下使了个"金蝉脱壳"的法子。再后来，一面说，一面走，心中又好笑："这件事算遮过去了。不知他二人是怎样。"

后人评价宝钗，褒贬不一，往往在这个情节里说她心机太重而嫁祸于人。可细理一下前因后果，似乎能得出不同的结论。要知道，宝钗是在去寻黛玉的路上遇到蝴蝶玩耍一番，才于无意中突然地听到小红和坠儿的私密对话。为了避免给两个小丫头造成尴尬，才灵机一动，顺理成章地喊出了黛玉的名字，把这件事遮过去了，而非有意嫁祸于黛玉。

27. 黛玉葬花：轻扫残红埋净土，芳魂他日归何处

蝶恋花·黛玉葬花

陈慧茹

桃李争妍开满树，蝶舞蜂飞，来往无重数。可叹韶光留不住，东风一阵花如雨。　　手把花锄含泪诉，霜剑风刀，岂忍频频顾？轻扫残红埋净土，芳魂他日归何处？

八六子·黛玉葬花

陈瑞林

荷花锄，俏然身影，娇容艳骨何如？叹片片飞红落寞，水边山石重

重，锦堆卷舒。　　　无端天雨风梳，净土一抔魂掩，漂流那得清渠。却道是、怜春岂能留挽？但闻凄恻，素弦难拨，那堪字字声声泣诉，香丘何处愁余？亦如初，幽芳独怀玉壶。

【品评】陈慧茹　陈瑞林　撰

"黛玉葬花"在《红楼梦》里出现过两次，第一次在第23回，宝玉在沁芳闸桥边桃花树下石上坐着读《会真记》，正看到"落红成阵"，只见一阵风过，把树头上桃花吹下一大半来，落的满身满书满地皆是。宝玉恐怕践踏了花瓣，只得兜了来至池边，抖在池内。回来见地下还有许多，正踟蹰间，黛玉来了，肩上担着花锄，锄上挂着花囊，手内拿着花帚。宝玉笑道："好，好，来把这个花扫起来，撂在那水里。我才撂了好些在那里呢。"黛玉道："撂在水里不好。你看这里的水干净，只一流出去，有人家的地方脏的臭的混倒，仍旧把花遭塌了。那畸角上我有一个花冢，如今把他扫了，装在这绢袋里，拿土埋上，日久不过随土化了，岂不干净。"黛玉这次葬花主要是惜花怜花，她担心这些美丽干净的花瓣被人无情践踏，或者流进污水被弄脏，这也是她怜惜自己，洁身自爱的一种表现。她此时的情绪是平和的，给人的感觉是唯美的。

图2-27　黛玉葬花

黛玉第二次葬花在第27回，这日是芒种节，大观园里的女孩子们一大早起来都忙着祭饯花神，宝玉寻不见黛玉，低头看见许多凤仙石榴等各色花瓣落了一地，叹黛玉生了气，也不来收拾这花儿。他便把那花兜了起来，一直奔向那日同黛玉葬桃花的去处。将到花冢，只听山坡那边有呜咽之声，一行数落着，哭得好不伤感。宝玉想不知是哪房里的丫头受了委屈跑到这个地方来哭。一面想一面煞住脚步，听她哭道："花谢花飞花满天，红消香断有谁怜？……一年三百六十日，风刀霜剑严相逼……未若锦囊收艳骨，一抔净土掩风流。质本洁来还洁去，强于污淖陷渠沟……一朝春尽红颜老，花落人亡两不知！"整整哭出了一首《葬花吟》，听得宝玉恸倒在山坡上。

全诗哀婉流畅，如泣如诉，悲恨交加，声声血泪。黛玉这次葬花主要是因落花想到了自己的身世与处境。她多愁善感、敏感小性儿的特点与她的遭遇是相关的。黛玉自幼丧母，六七岁时被接到贾府，后来父亲也殁了，只剩下孤身一人寄居贾府。虽有外祖母的百般疼爱与照顾，但在偌大的国公府里，人人都是一颗富贵心，两只体面眼，复杂的人际关系让她处处小心，步步谨慎，终是缺乏安全感。想起日常的遭际，无依无靠寄人篱下，怎不心酸？

黛玉进贾府的第一天去拜见二舅母王夫人，老嬷嬷先把她引到正室，让她炕上坐，黛玉度其位次，只向东边椅子上坐了。然后又让黛玉到东廊房相见，王夫人自己坐下首，往上首让黛玉，黛玉料定这是贾政之位，便向挨炕的椅上坐了，王夫人再四携她上炕，她方挨王夫人坐了。如果黛玉不小心谨慎，坐了上位，定要给人留下笑柄。估计黛玉每每想起这一幕，还会心有余悸。

黛玉在贾府遇到神瑛侍者转世的贾宝玉，两人极其投缘，又都是贾母的心肝宝贝，一起吃、一块儿睡，情投意合、两小无猜。后来薛宝钗进京为选秀女住进贾府，她是王夫人的亲外甥女，身上带着个金锁，上面镌着的"不离不弃，芳龄永继"八个字倒是和贾宝玉的通灵宝玉上的八个字"莫失莫忘，仙寿恒昌"是一对儿，由此便有了"金玉良缘"之说。从此，黛玉更加焦虑敏感，对宝玉也多了一些猜忌和忧虑。

葬花的头天晚上，黛玉去怡红院找宝玉，眼见宝钗前头进去了，等她走来再敲门时，晴雯正没好气让她吃了闭门羹，还假借宝玉不让开门。这又让她想到自己无依无靠、寄人篱下的酸痛。所以她在葬花时哭得肝肠寸断，哭诉出了自己的悲苦与忧虑，自己的命运自己无法掌握，又没有父母兄弟相依相助，虽有外祖母呵护，毕竟年岁已高。看着落花想到青春易逝，红颜易老，寄居的日子终有尽头，何处是自己的归宿呢？

28. 紫英设宴：淫词雅曲，参差良莠趣横生

鹊桥仙·紫英设宴（新韵）

翟海潮

文龙诳玉，少侠辞设，不幸之中大幸。吊足胃口宴宾朋，唱小调、花

间酒令。　　　淫词雅曲，随心由性，诗语村言相映。参差良莠趣横生，汗巾赠、情缘前定。

【品评】翟海潮　撰

第26回，宝玉独自去了潇湘馆，隔着纱窗，只听黛玉细细地长叹了一声道："每日家情思睡昏昏。"宝玉掀帘进入屋内，笑道："好丫头！'若共你多情小姐同鸳帐，怎舍得叫你叠被铺床？'"黛玉听了他这两句《西厢记》中的顽话，顿时撂下脸来。二人正闹，不想有人来传话："老爷叫你呢！"宝玉似焦雷轰顶一般，赶紧穿上衣服走了。

谁知并不是贾政传唤，而是薛蟠邀宝玉赴宴，故意捣的鬼。宝玉也只得随着，到薛蟠屋里入了座。随后冯紫英到了，众人忙起席让座，薛蟠见他脸上有些青伤，便问道："这脸上又和谁挥拳的？挂了幌子了。"冯紫英笑道："从那一遭把仇都尉的儿子打伤了，我就记了再不怄气，如何又挥拳？这个脸上，是前日打围，在铁网山教兔鹘捎一翅膀。"宝玉忙问详情，紫英作答并说出"这一次，大不幸之中又大幸"。随后紫英说家里有急事要告辞，宝玉让他把这个"不幸之幸"说完了再走，紫英说今儿说得也不尽兴，要特治一宴请大家去细谈，于是豪饮了两杯之后，出门上马去了。

第28回，冯紫英宴请宝玉，宝玉进屋，只见薛蟠早已等在屋中，还有唱小旦的蒋玉菡和锦香院的妓女云儿。宝玉擎茶，笑道："前儿所言幸与不幸之事，我昼悬夜想，今日一闻呼唤即至。"冯紫英笑道："你们令表兄弟倒都心实。前日不过是我的设辞，诚心请你们一饮，恐又推托，故说下这句话。今日一邀即至，谁知都信真了。"

说毕，大家一笑，然后摆上酒来。薛蟠三杯酒下肚，拉着云儿的手让云儿唱曲。云儿只得拿起琵琶，唱了一曲。唱完，薛蟠还让云儿再唱一曲。宝玉笑着说："如此滥饮，

图2-28　紫英设宴（翟海潮绘）

易醉而无味。""我发一新令……要说悲、愁、喜、乐四字……说完了,饮门杯。酒面要唱一个新鲜时样的曲子;酒底要席上生风一样东西……"

宝玉先说:"女儿悲,青春已大守空闺。女儿愁,悔教夫婿觅封侯……"说完后唱道:"滴不尽相思血泪抛红豆……"唱完,宝玉饮了门杯,拈起一片梨来说:"雨打梨花深闭门。"完了令。冯紫英、云儿之后,轮到了薛蟠。薛蟠道:"我可要说了:女儿悲……"说了半日,不见说底下的。冯紫英笑道:"悲什么?快说来。"薛蟠登时急得眼睛铃铛一般,瞪了半日,才说道:"女儿悲……"又咳嗽了两声,说道:"女儿悲,嫁了个男人是乌龟。"众人听了,都回头道说道:"该死,该死!快唱了罢。"薛蟠便唱道:"一个蚊子哼哼哼,两个苍蝇嗡嗡嗡。"众人说:"免了罢,免了罢,倒别耽误了别人家。"

最后轮到蒋玉菡,蒋玉菡说:"女儿悲,丈夫一去不回归……"说完,唱了一曲。唱完,饮了门杯,拿起一朵木樨来,说:"花气袭人知昼暖。"众人倒都依了,完令。薛蟠跳了起来,喧嚷道:"了不得,了不得!该罚,该罚!"冯紫英与蒋玉菡不知原故,云儿告知花袭人是贾宝玉的丫鬟,蒋玉菡忙起身赔罪。一会儿,宝玉起身上厕所,蒋玉菡跟了出来,两人互换了汗巾。宝玉的这松花汗巾原是袭人给他的,袭人生气。晚上,宝玉悄悄把蒋玉菡送的大红汗巾系在袭人腰上,为后来袭人和蒋玉菡成婚埋下了伏笔。

紫英赴薛蟠宴,向宝玉卖了个"大不幸之中又大幸"的关子,而后他设宴招待宝玉和薛蟠时又矢口否认,只说是"设辞"。"大不幸之中又大幸",究竟指的何事再没有下文。甲戌本第26回侧批:"似又伏一大事情。"(第362页)联系铁网山打围,秦可卿的棺木出自潢海铁网山,樯木原本是坏了事的义忠亲王老千岁要用的,这事可能与后来贾家败落的政治变故有关。

29. 宝玉摔玉:恨不将其砸碎了,从今别再添争吵

蝶恋花·宝玉摔玉
陈慧茹

　　莫道通灵尊至宝,不辨贤愚,怎得夸神巧。妹妹恍如仙子到,亦无罕物相烦扰。　　谁把良缘空口造,金玉谣言,无故生愁恼。恨不将其砸碎了,从今别再添争吵。

【双调·水仙子】宝玉摔玉
翟海潮

　　木石初会泪始流,不是冤家不聚头。良缘如影随身右,麒麟又惹娇羞,

千言难诉此心惆。但愿摔残后，颦儿不再忧，金玉姻休。

【品评】 陈慧茹　撰

《红楼梦》中贾宝玉一共摔过两次玉，都与黛玉有关。

第一次摔玉是在第3回林黛玉初进贾府时，黛玉初见宝玉吃一大惊，心想："好生奇怪，倒像在那里见过一般，何等眼熟到如此！"宝玉看见黛玉笑道："这个妹妹我曾见过的。"两个人的感觉是一样的，只因身份性格不同，表现不同，他们何曾想到是前世的缘分。贾母说你根本没见过她。宝玉笑道："虽然未曾见过他，然我看着面善，心里就算是旧相识，今日只作远别重逢。"贾母笑着连声说好。宝玉走近黛玉身边坐下，问是否读过书，尊名表字？还给她起了"颦颦"为字。又问有玉没有？他听黛玉说没有玉，登时发作起痴狂病来，摘下那玉，狠命摔去，骂道："什么罕物，连人之高低不择，还说'通灵'不'通灵'呢！我也不要这劳什子了！"吓得众人都去拾玉，急得贾母搂了宝玉道："孽障！你生气，要打骂人容易，何苦摔那命根子！"宝玉满面泪痕泣道："家里姐姐妹妹都没有，单我有，我说没趣；如今来了这们一个神仙似的妹妹也没有，可知这不是个好东西。"

宝玉这次摔玉体现了他性格的怪癖与叛逆。这块玉是他出生时嘴里衔来的，贾母和王夫人都拿这玉当他的命根子，对他更加视若珍宝，溺爱非常。但是，宝玉觉得别人都没有，自己就不该有。不仅家里的姐妹们没有，连

图2-29　宝玉摔玉

天仙般的林妹妹都没有，可见这块玉分辨不清人的贤愚高下，并不是好东西，更谈不上通灵。另外还体现了他对林妹妹异于常人的情感，他急切地渴望同黛玉亲近交好，自然容不下自己与妹妹的不同。

宝玉第二次摔玉是在第 29 回，贾母带着一家子人往清虚观打醮，张道士给宝玉提亲，提了一个十五岁的女孩。此时宝玉十三岁，黛玉十二岁，即将步入青春期，宝玉对此非常生气，发誓再也不见张道士，黛玉对此也深感不安。次日，黛玉中暑在家休息。宝玉见黛玉病了，心里放不下，不时来问。黛玉怕他有个好歹，说道："你只管看你的戏去，在家里作什么？"宝玉因昨日张道士提亲，心中大不受用，今听黛玉如此说，心中更加恼火，立刻沉下脸来道："我白认得了你。罢了，罢了！"

黛玉听说，冷笑两声说道："我也知道白认得了我，那里像人家有什么配得上呢。"宝玉听了，向前来直问到脸上："你这么说，是安心咒我天诛地灭？昨儿还为这个赌了几回咒，今儿你到底又准我一句。我便天诛地灭，你又有什么益处？"黛玉自知失言，又是着急，又是羞愧，颤颤兢兢地说道："我要安心咒你，我也天诛地灭。何苦来！我知道，昨日张道士说亲，你怕阻了你的好姻缘，心里生气，来拿我煞性子。"

宝玉听见她说"好姻缘"三个字，越发逆了己意，心里干噎，口里说不出话来，便赌气向颈上抓下通灵宝玉来，咬牙恨命往地下一摔道："什么捞什骨子，我砸了你完事！"宝玉见没摔碎，便回身找东西来下死力砸那玉。众人连忙解劝，宝玉气得脸都黄了，眉眼也变了。黛玉哭得把刚喝下去的解暑汤都吐了出来。婆子们见闹得厉害，怕受连累，急忙回了贾母和王夫人。贾母前来，急得发出了"不是冤家不聚头"的感慨。

宝玉这次摔玉的情绪更加激烈，恨不得一下子就让这块玉灰飞烟灭才好。他如此摔玉砸玉：一是为了消除黛玉的疑虑，因为自从有了"金玉良缘"的传言，林妹妹经常会因此疑心生气，所以他下决心要摔碎这块玉；二是对"金玉良缘"的反抗。他与黛玉情投意合，互为知己，而王夫人为首的几个亲人喜欢宝钗，元春的端午节礼宝钗和宝玉的一样，这更激起了宝玉的反感与叛逆，他想通过摔碎此玉来彻底粉碎"金玉良缘"；三是宝玉很天真，有些孩子气。他认为只要玉碎了，没有了，他和林妹妹就能和睦如初，不会再为此争吵烦恼。

30. 画蔷伤雀：画蔷无解费思量，人比雀悲伤

临江仙·画蔷伤雀

李宝贵

万艳千红花深日，谁知心事愁肠。画蔷无解费思量，更怜笼中雀，人

比雀悲伤。　　只恐年少愁成病，粉腮犹自凄凉。怡红公子叹犹长，从今各得泪，独许恋潇湘。

风入松·画蔷伤雀（新韵）

翟海潮

眼矇眉蹙似潇湘，独自忧伤。泪当水墨簪为笔，数千遍、画字唯蔷。公子呆痴局外，任凭雨打罗裳。　　椿伶心意若冰霜，暗许蔷郎。笼中灵雀欣飞去，仰长天、心欲高翔。都道情缘分定，人生谁解愁肠？

【品评】 李宝贵　撰

龄官是贾府从姑苏买来学唱戏的十二个女孩之一，在《红楼梦》一书中本是次要人物，但通过曹雪芹对画蔷和伤雀这两个情节的精彩描写，不仅使得龄官这个人物灵动鲜活起来，更成为红楼梦中的经典场景之一，给读者留下深刻的印象。

"龄官画蔷"出现在书中第 30 回，那一日，宝玉在王夫人房里惹了祸，自觉没趣，急忙回进大观园来。在赤日当空，树阴合地，满耳蝉声，静无人语之蔷薇花架处，忽听有人哽噎之声。心中疑惑，便站住细听，果然花架下那边有人。

宝玉隔着茂盛的花叶从篱笆洞看到一个女孩蹲在花下，手里拿着绾头的簪子在地下抠土，一面悄悄地流泪。只见这女孩眉蹙春山，眼矇秋水，面薄腰纤，袅袅婷婷，大有林黛玉之态。起初，宝玉疑她在学黛玉葬花，于是心生厌恶，可看出黛玉在宝玉心中地位之高。后又留神细看，她并非是掘土埋花，而是在土上画字，仔细观看按笔画猜测，才看出是蔷薇花的"蔷"字。只见那女孩画来画去，都是一个"蔷"字。画完一个又画一个，已画了有几千个。里面画的痴了，外面的宝玉更痴了。不禁生出同情侧隐之心，不知她有什么说不出来的大心事，内心有怎样的煎熬无处可排遣，又不知怎样才能帮到她，更不忍弃她而去。忽然，一阵凉风吹过，突降阵雨，宝玉自己已淋湿，却还在担忧那女孩。

画蔷这一场景诗情画意，美不可言。不仅有大观园夏日中午的景色，也有美貌如黛玉、痴情如宝玉的龄官。龄官画蔷体现了她对爱情的痴和执着。宝玉也是一个痴情的人，所以才能理解她的感受，两个痴人物交相辉映，相得益彰。

"龄官伤雀"出现在书中第 36 回，那天，宝玉因各处游玩得烦腻，便想起《牡丹亭》曲来。听说梨香院演小旦的龄官唱得最好，便着意寻来，赔笑让她唱一段。谁知龄官一见宝玉在身旁坐下，就起身躲开，正色和宝玉说话，丝毫没把这个人人都想讨好巴结的贵公子放在眼里。宝玉再一细看，原来就是那日蔷薇花下画"蔷"字的那一个。这还是宝玉第一次被人弃厌，红了脸，只好出来了。听说贾蔷让她唱什么，龄官必然会唱，才决定等一会贾蔷。

少时，贾蔷从外面回来了，为了讨好龄官买了一个扎着个小戏台的鸟笼子，并一个雀儿。当贾蔷为龄官展示雀儿在笼内登台杂耍时，别的女孩都傻傻地说有趣，龄官却恼了，说道："你们家把好好的人弄了来，关在这牢坑里学这劳什子还不算，你这会子又弄个雀儿来，也偏生干这个。你分明是弄了他来打趣形容我们，还问我好不好。"贾蔷见龄官生气，连忙赌誓道歉，并将笼子拆了，雀儿放生。

龄官又道："那雀儿虽不如人，他也有个老雀儿在窝里，你拿了他来弄这个劳什子也忍得！"龄官渴望自由，企盼美好的人生归宿，尤其希冀得到一个真正的知己，以此作为苦难人生的些许慰藉。贾蔷却不能体会她的这些心思，买了雀儿来解闷，这只能更加触动龄官的身世之痛和处境之悲。龄官对自己的身份很清醒，也很在意。她虽真爱贾蔷，但也清楚自己身份卑微，贾府不可能允许贾蔷娶她为妻。这也是蔷薇架下画蔷时的纠结和心情抑郁终成病的源头，更是见到笼中雀儿这么伤感烦恼的原因。

龄官多情善感，贾蔷对龄官百依百顺。当听说龄官今天咳嗽出两口血来，贾蔷马上要去请大夫，龄官却又叫站住说："这会子大毒日头地下……"贾蔷听如此说，只得又站住。

龄官和贾蔷的爱情震撼了宝玉，不禁心中感慨，甚至改变了自己的人生观。宝玉过去一贯认为，所有的女孩子眼泪都是为他而流，所

图2-30　龄官画蔷

有的女孩子都爱他。通过这两件事，他认识到，每个人都有每个人的缘分，各人各得眼泪。从此宝玉明显增强了对黛玉的爱恋。

31. 晴雯撕扇：任性争锋折扇撕，博取千金笑

卜算子·晴雯撕扇
陈慧茹

模样自风流，聪慧夸针巧！一向天真爱逞强，不顾东人恼。　　恃宠弄娇嗔，心气多高傲。任性争锋折扇撕，博取千金笑。

如梦令·晴雯撕扇（新韵）
翟海潮

公子酒醺玩闹，奴婢娇嗔孤傲。折扇价千金，但为红颜一笑。撕了，撕了，拍手开心叫好。

【品评】陈慧茹　撰

"晴雯撕扇"是《红楼梦》中让人记忆深刻的画面之一。晴雯是贾府所有丫鬟里长得最漂亮的一个，但她的出身很卑微，她是赖大家买来的丫头，因常跟赖嬷嬷进贾府，贾母见她生得伶俐标致，十分喜爱，赖嬷嬷就把她孝敬给了贾母。晴雯长得风流俊俏，口齿伶俐，针线活尤好，贾母又把她赐给了自己的宝贝孙子宝玉。她虽为丫鬟，却恃宠而骄，为人行事十分高调，竟敢当面顶撞主子。

第 31 回"撕扇子作千金一笑"，那天端午节，宝玉的心情很糟糕，闷闷地在王夫人处赴完筵席，回至自己房中长吁短叹。偏生晴雯上来换衣服，不防把扇子失了手跌在地下，将股子跌折。宝玉因叹道："蠢才，蠢才！将来怎么样？明日你自己当家立事，难道也是这么顾前不顾后的？"晴雯冷笑道："二爷近来气大的很，行动就给脸子瞧。前儿连袭人都打了，今儿又来寻我们的不是。要踢要打凭爷去。就是跌了扇子，也是平常的事。先时连那么样的玻璃缸、玛瑙碗不知弄坏了多少，也没见个大气儿，这会子一把扇子就这么着了。何苦来！要嫌我们就打发我们，再挑好的使。好离好散的，倒不好？"宝玉听了这些话，气得浑身乱战，因说道："你不用忙，将来有散的日子！"

袭人见他们争吵，赶忙过来解劝，结果被晴雯牵三扯四地给痛骂一顿。气得宝玉脸都黄了，执意要去回太太打发晴雯出去。晴雯见此情景急得哭了，袭人、麝月、碧痕、秋纹都一齐跪下为晴雯求情。本来一点儿小事儿，若是平时，宝玉不会计较，此

时恰逢宝玉心情烦闷，埋怨几句，若是其他丫头也不会顶嘴，偏偏遇上火炭脾气、伶牙俐齿的晴雯，因此引发了怡红院主仆三人的一次激烈争吵，后来因黛玉来访才止住。

晚上宝玉从外面喝完酒回来，看到有人在院子榻上乘凉，醉酒的宝玉以为是袭人。过去推了一把，原来是晴雯。宝玉就笑着说："你的性子越发惯娇了……你自己想想，该不该？"晴雯说："怪热的，拉拉扯扯作什么！叫人来看见像什么！我这身子也不配坐这里。"宝玉笑道："你既知道不配，为什么睡着呢？"晴雯说："你不来便使得，你来了就不配了。"这哪里像是和主子说话呢？宝玉仍旧不怪她，让她去洗洗手拿果子吃。

晴雯笑道："我慌张的很，连扇子还跌折了，那里还配打发吃果子。倘或再打破了盘子，还更了不得呢。"宝玉笑道："你爱打就打，这些东西原不过是借人所用，你爱这样，我爱那样，各自性情不同。比如那扇子原是扇的，你要撕着玩也可以使得，只是不可生气时拿他出气。就如杯盘，原是盛东西的，你喜听那一声响，就故意的碎了也可以使得，只是别在生气时拿他出气。这就是爱物了。"晴雯听了，笑道："既这么说，你就拿了扇子来我撕。我最喜欢撕的。"宝玉听了，便笑着递与他。晴雯果然接过来，嗤的一声，撕了两半，接着嗤嗤又听几声。宝玉在旁笑着说："响的好，再撕响些！"正说着，只见麝月走过来，宝玉赶上来，一把将麝月手里的扇子也夺了递与晴雯。晴雯接了，也撕了几半子，二人都大笑，

图 2-31　晴雯撕扇

上午的矛盾烟消云散，主仆二人言欢和好。

　　宝玉作为主子，没有尊卑等级之分，不以身份压人，并且一向怜香惜玉，对丫头们极其宽容，从不有意刁难或打骂她们。晴雯能在宝玉房里是她的幸运，但是，作为奴才，她不小心翼翼地服侍主子，而且还撒气使性，就有些过分。她摆不正自己的位置，有着小姐的脾气，没有小姐的命运。晴雯过于骄纵张扬，她恃宠而骄，心高气傲，仗着主子的恩宠，不管是谁、不分场合，惯使唇枪舌剑，随意顶撞挖苦。她以这样的处事方式在等级森严、人口众多、关系复杂的封建公府里，怎么能够长久生存下去呢？

32. 湘云拾麟：又论阴阳，香靥凝羞思绪长

减字木兰花·湘云拾麟

王志霞

天真无忌。偶得奇珍多恣意。又论阴阳。香靥凝羞思绪长。　　芳心默默。虽倚朱门身是客。重会双麟。寂寂光阴一段春。

七绝·湘云拾麟（新韵）

翟海潮

石木前盟金玉论，缘何今又绘麒麟。

巧施间色埋伏线，脂砚回批露假真。

【品评】王志霞　撰

　　"湘云拾麟"在《红楼梦》第31回"因麒麟伏白首双星"。史湘云自幼父母双亡，很受些磨难，同时也受到些锻炼，使她性格开朗豪爽，办事利落大方。她有一只金麒麟，是父母留给她的。有一天，在游大观园时，她又拾到一只金麒麟，而这个金麒麟是宝玉丢的。

　　《红楼梦》第29回写道：端午节将至，元春派夏太监出宫捐银一百二十两，在清虚观设席打醮，初一至初三唱戏三天。贾母领着众人便来听戏寻乐。张道士端了一盘子物件孝敬贾母众人，金麒麟便在此出现。贾母因看见有个赤金点翠的麒麟，便伸手拿了起来，笑道："这件东西好像我看见谁家的孩子也带着这么一个的。"宝钗笑道："史大妹妹有一个，比这个小些。"贾宝玉听说史湘云有这么一件金麒麟，自己便把这个金麒麟偷偷揣在了怀里。宝玉重视那只金麒麟，是想当成一件有趣的玩意儿送给湘

云。就像宝玉得到北静王送的珠串，得到元春的端午节赐礼，会想着送给黛玉一样。宝玉对湘云，只有兄妹之情。如果有成双成对的意思，宝玉就该自己留着才对。比如同样是看见手臂，宝玉对宝钗有动情之念，对湘云却只是感叹睡觉不老实，小心着凉，赶紧给她盖上。可见宝玉对湘云没丝毫杂念。

　　宝玉虽然小心翼翼地收着这个金麒麟，但是这个金麒麟却在不知不觉中丢了。一日，在游大观园时，湘云和翠缕无意中谈论起阴阳之说。忽然只见蔷薇架下，金晃晃的一件东西。湘云指着问道："你瞧那是谁掉的首饰，金晃晃在那里。"翠缕听了，忙赶去拾起来，看着笑道："可分出阴阳来了。"说着，先拿着湘云的麒麟瞧。湘云要她拣的瞧瞧，翠缕只管不放手，笑道："是件宝贝，姑娘瞧不得！这是从那里来的？好奇怪！"湘云道："拿来我看。"翠缕将手一撒，笑道："请看。"湘云举目一看，却是文彩辉煌的一个金麒麟，比自己佩的又大又有文彩。湘云伸手擎在掌上，心里不知怎么一动，只是默默不语。所有的巧合，好似一种奇缘，就这样，两只麒麟一雄一雌，大概就喻指婚姻以及阴阳交泰，两只麒麟遇合，既有她当时刚刚"大喜"成就姻缘之意，更有两只麒麟送"双生子"之意。

　　后文中交代，关于金麒麟姻缘并不是宝玉与湘云，而是湘云与卫若兰。宝玉是无意中充当了中间人的角色，就像袭人与蒋玉菡之"缘"是通过他交换了彼此汗巾子差不多。这一点，第31回回首脂批说得非常清楚："金玉姻缘已定，又写一个金麒麟是间色法也。"（第419页）间色法，是绘

图 2-32　湘云拾麟

画的一种手法，绘画时为使主色鲜明，另用一色来衬托的方法。湘云的婚姻是宝钗婚姻的陪衬：一个因金锁结缘，一个因金麒麟结缘；一个当宝二奶奶仿佛幸运，但丈夫出家，自己守寡；一个"厮配得才貌仙郎"，谁料"云散高唐，水涸湘江"，最后也是空房独守。所以第31回的金麒麟（一雄一雌）短暂地聚在一处，很快就又分开了。这种预谶式的"提纲"，分—合—分，正象征着后来史湘云与其夫卫若兰的聚散关系。

湘云出身高贵，但只不过有个小姐的身份罢了，她从未体会到真正的千金小姐的金尊玉贵。黛玉还有贾母格外的疼爱，她有谁呢？本以为姻缘会是她人生最好的港湾和归宿，可以让她卸下一身疲惫，好好疗伤，但上天让她享受了短暂的欢愉之后，再一次夺走了她追求一生的爱和希望。她对大观园曾经抱有过多少希望，风霜渐至时她就会感到多么寒冷。终于，她吟出了"寒塘渡鹤影"这样的诗句。大观园终究不是自由自在的人间仙境，而是和她家一样，有许多无奈和凄凉。她所向往的，从来没出现过。

33. 宝黛诉腑：许我心中事，两情相惜在心田

喝火令·宝黛诉腑
李宝贵

许我心中事，听他肺腑言。万般思绪泪涟涟。惟愿与他缘定，风雨共凭栏。　　梦里西厢月，灯前韵墨笺。两情相惜在心田。记否当初，记否夜无眠。记否一时长叹。哭笑黛眉弯。

鹧鸪天·宝黛诉腑（新韵）
翟海潮

但恐麒麟令智昏，忽闻暖语喜惊魂。潇湘隐隐凝心魄，公子轻轻拭泪痕。　　倾肺腑，感知音。错将花婢作鬟鬟。尽尝五味真情见，从此心通未许分。

【品评】李宝贵　撰

贾宝玉和林黛玉互诉肺腑，出现在《红楼梦》第32回。那日，史湘云来看望宝玉和袭人。正玩笑说话间，有人来通报说老爷叫二爷出去会人。宝玉猜是贾雨村来了，心中很不高兴，声称不愿意同这些人交往。湘云笑道，如今大了，就该知仕途经济，应该常常地会会这些为官的人。宝玉立时就翻了脸："姑娘请别的姊妹屋里坐坐，我这里仔细

污了你知经济学问的。"袭人忙打圆场，说宝钗也曾劝过这些话，宝玉却与她生分了。

袭人夸赞宝钗有涵养，心地宽大。又引申到如果是林姑娘，不知又闹到怎么样，哭得怎样，你得赔多少不是呢。宝玉当即对湘云和袭人很不客气地说："林姑娘从来说过这些混帐话不曾？若他也说过这些混帐话，我早和他生分了。"宝玉明确地表达了厌恶仕途的鲜明态度，也表明他与黛玉才是最情投意合的。

黛玉知道史湘云来了，只怕金麒麟又引来"金玉良缘"之说。因而悄悄走来，欲察言观色，见机行事。可巧，刚刚到来正听到她们屋内的谈话，又听到宝玉的内心剖白，不觉又喜又惊，又悲又叹。喜的是，自己一向视宝玉为知己，果然宝玉也视她为知己，与诸人不同。惊的是，宝玉人前一片私心说出这赞扬的话并不避嫌。悲的是，自己身世悲苦，身边无父母为自己的爱情做主。叹的是，既然与宝玉二人情投意合，为什么还有"金玉良缘"的存在？

黛玉亦思亦想往回走，这时宝玉也从屋中出来。忽见黛玉在前面边走边拭泪，便忙赶上来，一面劝说一面禁不住抬起手来替她拭泪。黛玉嗔怪他动手动脚的，并用金锁金麒麟说事。宝玉一急出了一脸汗，黛玉又后悔自己说话过失了，忙笑着道歉，一面禁不住近前伸手替宝玉拭脸上的汗。二人亲密动作，关爱之情，是他们挚爱情感的自然流露。

宝玉瞅着黛玉说道："你放心。"黛玉追问是什么意思。宝玉又继续说："好妹妹，你别哄我。果然不明白这话，不但我素日之意白用了，且连你素日待我之意也都辜负了。你皆因总是不

图 2-33　宝黛诉腑

放心的原故，才弄了一身病。但凡宽慰些，这病也不得一日重似一日。"

黛玉听了这话，如轰雷掣电，细细思之，竟比自己肺腑中掏出来的还恳切。她不但被宝玉如此大胆表白所震撼，还被深深地感动。纵有万句言语，满心要说，却说不出，只是怔怔地望着他。宝玉心中也有万语千言，更不知从哪一句上说起，也怔怔地望着黛玉。二人四目相对，却已是心潮澎湃，心心相印。

当宝玉拉住黛玉还想说时，黛玉只说道"你的话我早知道了"，一面拭泪一面头也不回地去了。此时，黛玉的泪应是喜极之泣，她说出"你的话我早知道了"一语，表明自己已经放心，也让宝玉放心。

而宝玉因表白了心底的肺腑之言，也是很幸福与激动，致使神情有些恍惚，误把送扇子的袭人当作黛玉，一把拉住，说道："好妹妹，我的这心事，从来也不敢说，今儿我大胆说出了，死也甘心！我为你也弄了一身的病在这里，又不敢告诉人，只好掩着。只等你的病好了，只怕我的病才得好呢。睡里梦里也忘不了你！"这句"睡里梦里也忘不了你"表达了宝玉对黛玉的爱之深。

宝黛二人青梅竹马，日久生情，但彼此都无法直接吐露心声。因此二人经常因小事发生争吵流泪，实际上是在以这种特殊的方式试探对方。这一回诉肺腑，是他们之间一次真诚地倾诉表白。从此他们的恋情不再相互试探、猜疑，而是彼此的体谅关心爱惜。他们的爱情进入了稳定成熟的阶段。

34. 金钏投井：可叹含苞春未展，疾风戕害惜花残

忆江南·金钏投井
陈瑞林

情怀烈，忍辱赴黄泉。可叹含苞春未展，疾风戕害惜花残。丝雨泪潸潸。　　心念念，失足更无端。淡写轻描愁绪解，新装银两了尘缘。往事化云烟。

鹊桥仙·金钏投井（新韵）
翟海潮

金簪落井，戏言成谶，一曲悲歌何故？轻佻几句动佛珠，婢遭撵、蒙羞受辱。　　红颜贞烈，情殇魂断，一跳命归尘土。轻描淡写劝姨娘，主伪善、佳人冷酷。

【品评】陈瑞林　撰

　　金钏投井是在两个回目里描述的。事发起因是第30回，王夫人在里间凉榻上午休，金钏坐旁边捶腿，也乜斜着眼乱恍。此时宝玉轻轻地走到跟前，把她的耳坠子一扚，金钏睁开了眼，笑着摆手令宝玉出去，仍合上眼。宝玉却恋恋不舍，悄悄地探头见王夫人合着眼，便从荷包里掏出了香雪润津丹，送到了金钏嘴里。金钏只管嚼了并不睁眼。宝玉便上来拉着手，悄悄地笑道："我明日和太太讨你，咱们在一处罢。"金钏不答话，宝玉又道："不然，等太太醒了我就讨。"金钏睁开眼，将宝玉一推，笑道："你忙什么！金簪子掉在井里头，有你的只是有你的，连这句话语难道也不明白？我倒告诉你个巧宗儿，你往东小院子里拿环哥儿同彩云去。"宝玉笑道："凭他怎么去罢，我只守着你。"

　　只见王夫人翻身起来，照着金钏脸上狠狠打了个嘴巴子，并骂道："下作小娼妇，好好的爷们，都叫你教坏了。"金钏半边脸火热，岂敢言语。顿时众丫头被打骂声惊住了，都围了过来。王夫人便叫玉钏："把你妈叫来，带出你姐姐去。"金钏跪下苦苦哀求："太太要打骂，只管发落，别叫我出去就是天恩了。我跟了太太十几年，这会子撵出去，我还见人不见人呢！"金钏儿此行乃王夫人平生最恨者，断不肯收留，无奈只得含羞忍辱地出去了。

　　这件事原本就是宝玉挑逗。宝玉自幼是在脂粉队里长起来的，生性只喜欢女孩，说女儿的骨肉是水做的，又爱吃女孩嘴上的胭脂，怜香

图 2-34　金钏投井

惜玉，是个多情的种子。而王夫人年过半百，膝下只有宝玉一子，期望值很高，指望他继承家业、传宗接代、养老送终。所以她处处防备。而金钏不过是个纯情的少女，回应了宝玉几句，又透露了贾环和彩云的关系。这对于王夫人来说，有悖于封建大家族的礼教，更触犯了她的切身利益，打了她的脸。盛怒之下，岂能容忍！

金钏虽然是个婢子，但也有尊严。尤其是生在封建社会，女儿的名节尤为重要。如今被撵，让她如何存身？

第32回，两日后从井里打捞出金钏的尸首。宝钗听到消息，忙向王夫人处来道安慰。王夫人垂泪谎称道："原是前儿他把我一件东西弄坏了，我一时生气，打了他几下，撵了他下去。我只说气他两天，还叫他上来，谁知他这么气性大，就投井死了。岂不是我的罪过。"

宝钗叹道："姨娘是慈善人，固然这么想。据我看来，他并不是赌气投井。多半他下去住着，或是在井跟前憨顽，失了脚掉下去的。他在上头拘束惯了，这一出去，自然要到各处去顽顽逛逛，岂有这样大气的理！纵然有这样大气，也不过是个糊涂人，也不为可惜。"王夫人点头叹道："这话虽然如此说，到底我心不安。"可见王夫人对金钏的死有些愧疚。

宝钗叹道："姨娘也不必念念于兹，十分过不去，不过多赏他几两银子发送他，也就尽主仆之情了。"王夫人道："刚才我赏了他娘五十两银子，原还要把你妹妹们的新衣服拿来两套给他妆裹。谁知凤丫头说可巧都没什么新做的衣服……"宝钗忙道："我前儿倒做了两套，拿来给他岂不省事。况且他活着的时候也穿过我的旧衣服，身量又相对。"王夫人道："虽然这样，难道你不忌讳？"宝钗笑道："我从来不计较这些。"这个素日被大观园内外上下皆称许的饱读诗书、娴雅达情、停机才德的冷美人，就这样把一件人命关天的大事，轻描淡写地化解了。

金钏虽然生活在社会最底层，但她也是一个无辜的活脱脱的生灵啊！就这样任意地被封建权贵们践踏，何处申诉！天理难容！这就是曹公的高明之处，金钏投井，通过几个人的对话，笔诛墨伐，酣畅淋漓地揭露了贾府这个封建大家族的阴暗一面，是对封建礼教的无情鞭笞！

35. 宝玉挨打：护孙惜子情何切，谁解家尊一片心

鹧鸪天·宝玉挨打

王志霞

忤逆亲王大祸临。又听庶子谬传音。岂容潦倒荒家业，何许疏狂忘祖

荫。　　悲不尽，恨难禁。声声鞭挞伴愁吟。护孙惜子情何切，谁解家尊
一片心。

【品评】王志霞　撰

　　"宝玉挨打"情节出自《红楼梦》第33回"手足眈眈小动唇舌　不肖种种大承笞
挞"。每次读到宝玉挨打的时候，我都不禁怀疑，到底是什么原因让亲爹往死里打亲儿子。
后来逐渐明白，宝二爷闯的祸，能让整个荣国府面临灭门之灾，真的不能怪他老爹下死手。

　　事情得从一名不速之客说起，忽有门上人来回："忠顺亲王府里有人来，要见老
爷。"贾政听了，心下疑惑，暗暗思忖道："素日并不与忠顺府来往，为什么今日打发
人来？"来者非是旁人，正是忠顺亲王府的长史官。忠顺亲王，肯定是忠于皇帝，绝不
逆鳞的亲王。这样的王爷亲
信前来拜访，贾政琢磨"素
日并不与忠顺府来往"，这
句话挑明了贾府和忠顺亲王
的关系。贾政一面想，一面
命："快请。"那长府官先就
说道："下官此来，并非擅造
潭府，皆因奉命而来，有一
件事相求。看王爷面上，敢
烦老大人做主。不但王爷知
情，且连下官辈亦感谢不
尽。"来者说明来意。说府上
有一个叫琪官的戏子，一向
好好的在府里，忽然就找不
到了，王爷说要是别的戏子也就
算了，偏偏这个琪官随机应
答，很符合他的心意，断断少
不得。贾政一听吓坏了，要知
道，贾政是八旗内务府包衣，
最怕王爷那一级。因为王
爷那一级，政治斗争复杂万
分，惹了他，全家就会遭殃。

图 2-35　宝玉挨打

　　宝玉开始抵赖说不曾和琪官（蒋玉菡）来往，当长府官说到大红汗巾时，宝玉知道再不能隐瞒下去，很无奈地说出了琪官的下落。其实，那个戏子不是宝玉藏的，但是他知道藏在哪里。但贾政听到这里，已然火冒三丈。他告诉宝玉别动，他先送那个长史官出门，回来再和他理论。谁知，这件事还没处理好，送客人走后，他看见贾环疯了一般地在院子里跑。贾政赶忙喝住问其缘由。贾环说，本来没跑，刚才看见井里淹死一个人，头大、身子细，他吓得半死才跑的。贾环又在贾政面前诬告宝玉说，听他母亲说宝玉强奸母婢未遂，金钏赌气投井，其实这是贾环冒的坏。

　　我们设身处地地想一想，这个情景，换作咱们自己该怎么办？贾政该怎么办？就是他说的，你再发展下去就是弑父弑君，这灭门的灾祸就来了。无论金钏儿之死是否与宝玉直接相关，宝玉都脱不了干系，一旦为忠顺王府所知，无异于授人以柄。一旦被扣上"草菅人命"的帽子，无论是对宝玉，还是对贾府，都将是灭顶之灾。这让一贯谨小慎微的贾政惶恐至极，深感大难临头，他唯一能做的就是闹到尽人皆知，将自己已然"大义灭亲"的消息传到忠顺王府。而贾政心中所愿，也不过是能保下宝玉，保下贾府。

　　再看看宝玉挨打后几个人的表现，王夫人知道宝玉被打，速速穿好衣服赶来，甚至来不及避讳。这些联动的细节正是王夫人救子心切的体现。接着王夫人便扶在宝玉身上大哭，甚至哭起了贾珠，哭贾珠实际是哭自己，还向贾政表示要和宝玉阴间做伴。平日里仪态端庄的王夫人，此时真是真情真意的流露。

　　贾母斥责贾政让自己无立足之地，逼得贾政连连叩头认罪。读到此处我也开始同情贾政了。贾府内外如履薄冰。在《红楼梦》中贾政的笑很少，甚至可以忽略不计。此时在地上苦苦叩头的贾政，谁又理解他内心的焦虑和不安，甚至委屈。贾母又提出要带宝玉回金陵，家人都是干答应着。金陵故地已无贾家之根基，故土已凋零，这厢繁盛还有多久？

　　之后袭人精心照料宝玉，细心探察宝玉挨打的原因；薛宝钗送来了治棒疮的丸药；林黛玉两个眼睛哭得桃儿一般，只说了一句话："你从此可都改了罢！"只有她是实实在在地为宝玉而哭，贾宝玉还托晴雯带给她两条旧帕传情。

36. 黛玉题帕：两方旧帕寄情深，从来为尔一沾襟

定风波·黛玉题帕

王志霞

道是无凭却可寻。两方旧帕寄情深。提笔难消残夜怨。还乱。满腔孤愤对谁吟。　　字落鲛绡如泣血。愁绝。久藏心事病常侵。明月窥窗人影

瘦。知否？从来为尔一沾襟。

风入松·题帕三绝

陈瑞林

挑灯题帕泪先流，字字寄悲愁。此中谁解缠绵意，湘妃竹、旧迹肠柔。
侍者神瑛知遇，绛珠仙子相酬。　　前盟木石若同舟，今世又何求？哪堪
泣血抛红豆，菱花镜、瘦影惊羞。尺素深藏心上，吟怀更锁眉头。

【品评】 王志霞　陈瑞林　撰

"题帕三绝"是黛玉对宝玉情真意切的表露。第 34 回，宝玉挨打之后，对比宝钗、
袭人、黛玉的不同态度，突出了宝黛之间的关系完全不同于他人。同样来看望宝玉，黛
玉却是趁无人之时，偷偷前来看宝玉。"只见（黛玉）两个眼睛肿的桃儿一般，满面泪
光……"可见黛玉才是对宝玉真情流露之人，他们相互体贴、理解，宝玉更是派了身边
唯一足以托付心事的忠诚信使晴雯送去两条旧手帕，算是对日间"诉肺腑"的延续。

要知道，古代的手帕是可以作
为定情之物的。《西厢记》里崔莺莺
故意丢落手帕给张生，最终成就了一
段爱情传奇。《红楼梦》里宝玉送给
黛玉的手帕，正是为了向黛玉表明心
意。"不写情词不写诗，一方素帕寄
心知。"黛玉是用生命写诗的人。三
首七绝各有侧重，层层递进。

第一首："眼空蓄泪泪空垂，暗
洒闲抛却为谁？尺幅鲛绡劳解赠，叫
人焉得不伤悲！"这是咏宝玉赠帕，
泪水"暗洒闲抛"是为了赠帕之人，
宝玉舍随身之物两条旧帕相赠，黛玉
深解此帕是让她拭泪的，致使她五内
沸然，情到深处似无声。

第二首："抛珠滚玉只偷潸，镇
日无心镇日闲。枕上袖边难拂拭，任
他点点与斑斑。"这是倾诉对宝玉挨

图 2-36　黛玉题帕（翟海潮绘）

打的痛惜，"抛珠滚玉"皆是在流泪，整日任泪水涌流，诉不尽的哀伤。宝玉是黛玉全部生活中的唯一精神寄托和希望。宝玉受苦怎不让她痛心疾首！

第三首："彩线难收面上珠，湘江旧迹已模糊。窗前亦有千竿竹，不识香痕渍也无？"这是以湘妃竹之典为喻，娥皇、女英哭舜帝而殉情，来表达自己对宝玉的爱忠贞不贰，如今我的泪也会沾染上窗前的千竿竹吧？

题帕诗用泪写成，是林黛玉对贾宝玉爱情的心血之流注，抒发了林黛玉对贾宝玉忠贞不渝的爱情。一个不顾礼法约束，表赠情物，一个不避嫌疑，大胆写下倾诉爱情的诗篇，宝玉借两条旧手帕明确心意，却不免让黛玉更加伤心。

两条素帕，一片真心，三首新诗，万行珠泪。林黛玉将心中的凄苦、孤寂、彷徨通过这三首诗表现得凄婉哀绝，一字一泪，读来令人痛彻心扉。《题帕三绝》从宝黛爱情缘起、无解到缘灭，将林黛玉一生的"爱恨悲欢"描绘得一清二楚。三首诗句句有情，句句有泪，哀婉凄苦仿佛杜鹃啼血，将林黛玉的千愁万绪一股脑儿地写出。

只从"悲情"二字，《葬花吟》《桃花行》皆不如《题帕三绝》。最妙的是，《题帕三绝》是林黛玉的秘密，她不可能给任何人看，更不会让贾宝玉知道。但这三首诗最终却一定会落到贾宝玉手中，并成为二人"情终"之结果。林黛玉作《题帕三绝》时，尚不明白此中道理，而难免自怨自艾，自悲自苦，正是小儿女最痛之时，但她到最后终究会释然。《柳絮词》中"嫁与东风春不管，凭尔去，忍淹留！"林黛玉已经明白"求不得"不如"舍得"！

第 34 回是小说重要的转折点，宝黛爱情由地下转为公开。因此，在其他回目里，黛玉题诗很少见到用"眼泪"的意象，而《题帕三绝》竟反复运用眼泪这个意象，就不难理解了。并不是爱情在透支黛玉的生命，而是因为他们的爱情在这个家庭里无路可走，只能凭知己之间的那份默契才能使心灵相通。

从此，宝、黛之间再也没有闹过别扭，黛玉对宝玉也没有了猜测和怀疑，在与宝玉的感情问题上，黛玉再也没有表现出"小性"的一面。写到此，我不得不为曹公的艺术创造而折服和惊叹！

37. 玉钏尝羹：佳肴虽美略沾唇，红颜一笑拂埃尘

定风波·玉钏尝羹

王志霞

姊妹情深痛溺魂。增银未释恨中身。苦涩霜风何以待，无奈，形单怎敢怨残春。　　小叶荷羹凭玉手。良久，佳肴虽美略沾唇。有意诒君非正

味，赔罪，红颜一笑拂埃尘。

【品评】王志霞　撰

　　《红楼梦》里贾府当差的丫鬟中有一对亲姐妹，即金钏儿和玉钏儿，她们都是王夫人身边的大丫鬟。一日，宝玉乱逛到了王夫人上房内，王夫人正在里间凉榻上睡着，宝玉便上去和金钏玩笑，不料被王夫人看见，于是王夫人掌掴并怒斥金钏儿教坏了宝玉，还说金钏儿是想攀龙附凤，将她赶了出去。金钏儿不堪受辱便跳井自杀了。王夫人为了弥补自己的过失，把金钏儿的月例给了玉钏儿，这样玉钏儿每月就能拿到二两银子，玉钏磕头谢恩，但谁又能理解玉钏的痛苦呢？

　　玉钏知道姐姐的死与贾宝玉有关，所以非常痛恨宝玉。宝玉也因为金钏之死等事挨了父亲贾政的毒打，只好在怡红院里养伤。第35回"白玉钏亲尝莲叶羹"，宝玉受了重伤自然心疼坏了贾母和王夫人，王夫人问宝玉想吃什么，宝玉说："也倒不想什么吃，倒是那一回做的那小荷叶儿小莲蓬儿的汤还好些。"

　　宝玉说的"小荷叶儿小莲蓬儿的汤"是一种什么样的美食呢？就像凤姐说的，口味不算高贵，就是太磨牙了，单银模子就有四副，都有一尺多长，一寸见方，上面凿着有豆子大小，也有菊花的，也有梅花的，也有莲蓬的，也有菱角的，共有三四十样。凤姐就又说这莲叶羹平常是不大做的，趁此机会做十来碗，大家都尝尝，这大家当然是指贾母、王夫人、薛姨妈、宝黛等这些主子们，像赵姨娘、周姨娘这等

图2-37　玉钏尝羹

人自然是没有份的，更别说是丫鬟们了。

荷叶羹做好后，王夫人命玉钏儿给宝玉送过去。自从金钏儿死后，玉钏儿是不大搭理宝玉的，但她是王夫人身边的贴身大丫鬟，王夫人的话她不敢不听。宝玉见玉钏送来了荷叶羹，并没有急着吃。因为玉钏儿的出现让他想起了金钏儿。宝玉因此伤心羞愧，无心去吃荷叶羹。宝玉对着玉钏儿问道："你母亲身子好？"玉钏儿满脸怒色，正眼也不看宝玉，半日，方说了一个"好"字。宝玉见玉钏儿一副爱答不理的样子，知道玉钏儿是因为姐姐的死对他有怨气，于是变法将人都支出去，然后又赔笑问长问短，说道："好姐姐，你要生气只管在这里生罢，见了老太太、太太可放和气些，若还这样，你就又捱骂了。"玉钏儿道："吃罢，吃罢！不用和我甜嘴蜜舌的，我可不信这样话！"说着，催宝玉喝了两口汤。宝玉假意喝了两口汤，就嚷嚷道："一点味儿也没有，你不信，尝一尝就知道了。"宝玉一贯有让女孩儿尝自己菜品的习惯，晴雯尝过，芳官尝过，但这仅限于在怡红院内。

玉钏儿真就赌气尝了一尝，宝玉笑道："这可好吃了。"玉钏儿听说，方解过意来，原是宝玉故意哄她吃一口尝尝味的。玉钏儿便说道："你既说不好吃，这会说好吃也不给你吃了。"宝玉央求赔笑要吃，玉钏儿偏不给他。此时，丫头领人进来，原是有人来看望宝玉。

宝玉一面和来人说话，一面伸手去要汤，一不小心把碗碰翻，汤也泼在了手上。玉钏儿虽不曾烫着，但唬了一跳，宝玉自己烫了手倒不觉得，却只管问玉钏儿："烫了那里了？疼不疼？"玉钏儿和众人都笑了。玉钏儿道："你自己烫了，只管问我。"宝玉听说后，方觉自己烫了。看到宝玉这一番心意，玉钏儿的怨恨之情化解了很多。特别在后来，凤姐生日的时候，宝玉和茗烟偷偷溜出去祭奠金钏儿，玉钏儿知道宝玉是真心为自己的过失悔恨至极。玉钏儿是良善的，她最终选择了原谅宝玉，宝玉也因此减轻了身上背负的罪恶感和羞耻感。

在等级分明的封建社会，作为公子哥的贾宝玉，对于自己犯下错误能做到这些已实属不易了。蒙府本第35回在此有一条批语："金钏儿若有所知，敢何等感激？"（第466—467页）细想想，曹公安排宝玉想吃"小荷叶小莲蓬汤"这个情节来化解玉钏儿心里的怨恨再合适不过了。

38. 探春结社：须眉也逊裙钗，多少胸襟笔底埋

沁园春·探春结社

王志霞

有约怡红，相召嘤鸣，齐聚雅斋。见亭台月榭，犹添气象；溪桃帘杏，

似绝尘埃。黉室飘香，斜枝横玉，桐影清风细剪裁。临佳境，对新炊风物，娓娓言来。　　须眉也逊裙钗。继宋韵唐风咏絮才。更毫端蕴秀，何须善感；句中赓雅，聊寄吟怀。醉盏频飞，悠然菊韵，多少胸襟笔底埋。怅回首，看楼空人去，慷慨生哀。

【品评】王志霞　撰

　　《红楼梦》第37回，探春给贾宝玉写了一封信，说明了自己偶得风寒的原因，因"月色如洗，惜清景难逢"，于是半夜不睡觉在桐槛下赏景徘徊，以至于得了"采薪之患"。信中有建立诗社之意，宝玉看了信非常高兴，直赞三妹探春高雅。园中各位姑娘也都赞同成立诗社，并各自取了雅号。

　　李纨因说自己文采不好，自荐为社长。迎春和惜春也因才华有限做了副社长。所以诗社成立之初，作诗的主力成员就是宝玉、黛玉、宝钗和探春四人。

　　第一次作诗是随兴的，因那日贾芸送了两盆罕见的白海棠来孝敬宝玉，所以李纨就以"咏海棠"为题让大家作诗。

　　薛宝钗的白海棠诗："珍重芳姿昼掩门，自携手瓮灌苔盆。胭脂洗出秋阶影，冰雪招来露砌魂。淡极始知花更艳，愁多焉得玉无痕。欲偿白帝凭清洁，不语婷婷日又昏。"

　　薛宝钗的这首诗无论是诗句平仄、措辞、内涵、诗境都堪称佳作，写得是相当的"稳"，全诗没有半丝轻浮之意，皆是站在庄严礼教高

图 2-38　探春结社

度，歌颂白海棠的朴素、淡雅、高洁，实则咏物喻人。

黛玉的白海棠诗："半卷湘帘半掩门，碾冰为土玉为盆。偷来梨蕊三分白，借得梅花一缕魂。月窟仙人缝缟袂，秋闺怨女拭啼痕。娇羞默默同谁诉，倦倚西风夜已昏。"

"偷来梨蕊三分白，借得梅花一缕魂"二句，把海棠花白花带红的渐变色都写出神韵来了，让人拍手叫绝。"月窟仙人缝缟袂，秋闺怨女拭啼痕。"将白海棠比作是仙人缝制的"缟袂"，秋闺怨女用这块"缟袂"来拭泪，读至此处，不得不佩服林黛玉天马行空的想象力。而更为可贵的是，黛玉的诗作并没有脱离现实，最后一句"娇羞默默同谁诉，倦倚西风夜已昏"，将读者的思路带回到现实。古代闺阁少女一向"大门不出，二门不迈"，她们有青春的觉醒，却只能被困在深墙高院之内，由此延伸出对未来的恐慌与迷惑。也正是因为林黛玉的诗切中了众姊妹的痛点，所以大家读完黛玉的诗句后，都认为林黛玉的诗是三首诗之首！因诗社第一次作诗是以"海棠"为题，于是社名就定为"海棠诗社"。

刚成立了诗社，宝玉让人把湘云也接了过来，而且湘云这次还做了东道主宴请大家吃螃蟹。中秋时节桂花飘香，正是吃螃蟹的大好时候。湘云特意邀请了贾母、王夫人、凤姐等贾府的重要人物。等众人吃完螃蟹离开后，诗社成员开始作诗。这次是诗社正式开社。湘云和宝钗早就拟定了题目，要以"菊花"为题作十二首菊花诗。十二首菊花诗，从"忆菊"开始，到"残菊"结束，写的是由初始到极盛再衰败的整个过程。把花拟人，表达的是金陵十二钗"千红一窟（哭），万艳同杯（悲）"的悲惨命运及结局，有"宁可枝头抱香死，何曾吹落北风中"的洁气。最后黛玉以《咏菊》《问菊》《菊梦》稳居榜首，宝钗紧随其后。

通过诗社这两次雅聚，充分体现了姑娘们的才情和智慧，也体现了她们在诗、词、歌、赋等方面深厚的底蕴。大观园时期是整部书最为风流旖旎，也是曹公铆足了劲儿浓墨重彩展现的一段时期。那时的贾府鲜花着锦、烈火烹油，也是宝玉与众姊妹们最为快乐无忧的一段时期。正是有了大观园这样一个世外桃源般的处所，才激发了她们的创作灵感。她们由起初个体的诗歌创作进而发展成集体的创作，直至成立了诗社。

海棠诗社的兴衰暗示了贾府的兴衰，海棠诗社后来不了了之。第 70 回，春天时大家鼓动林黛玉重建桃花社，大家填柳絮词，结果写词的人中，贾宝玉交了白卷，探春只写了半首。桃花社没有办成。从此大观园再无诗社活动。再后来，女孩子们如花谢一般各自走散，曾经承载了众姊妹寄托情感抚慰心灵的诗社也随着贾府的败落悄然落幕，令人唏嘘！

39. 刘姥戏园：一路奢华暗叹，谁知雨后秋声

清平乐·刘姥戏园

孙树娟

园如仙境，老妇添游兴，白发插花相辉映，笑语时飞曲径。　香茗解得人情，觥筹妙语堪惊。一路奢华暗叹，谁知雨后秋声。

【品评】 孙树娟　撰

刘姥姥第二次进贾府，成为贾母的座上宾，出席了贾府家宴，游览了大观园，深入到了贾府的许多角落，涉及贾府的衣、食、住、行、玩等各个方面。曹公透过刘姥姥的观察、体验、评论，写出了贾府的鼎盛，又为日后贾府败落、巧儿被救埋下了伏笔。

刘姥姥第一次进贾府，是穷得过不了冬，想打点秋风。得到王熙凤的救助，给了她二十两银子，外加一吊钱。这第二次来，刘姥姥带了好些土产来谢恩。贾母正想找一些老人说说话，于是留刘姥姥多住了几天。吃过饭，她讲乡村诸事给他们听，讲女孩子雪地抽柴草的故事，宝玉竟信以为真，还要寻根究底。

第40回，李纨采撷了一盘菊花来，刘姥姥被凤姐横三竖四插了一头，惹得众人笑得了不得。游到潇湘馆，两边翠竹夹

图 2-39　金鸳鸯三宣牙牌令

路，地下苍苔布满，中间羊肠一条石子漫的路。刘姥姥让出路来与贾母众人走，自己却走土地。琥珀拉着他说道："姥姥，你上来走，仔细苍苔滑了。"她只顾上头和人说话，不防底下果真滑了，咕咚一声跌倒，众人拍手都哈哈地笑起来。

从潇湘馆出来，便向紫菱洲蓼溆一带走来。正好赶上吃早饭，贾母便安排在秋爽斋用餐。鸳鸯、凤姐合伙儿捉弄刘姥姥取乐，入了座，拿起箸来，沉甸甸地不伏手。原是凤姐和鸳鸯商议定了，单拿一双四楞象牙镶金的筷子戏弄刘姥姥。刘姥姥说道："这又爬子比俺那里铁锹还沉，那里犟的过他。"说得众人都笑起来。接着又说道："老刘，老刘，食量大似牛，吃一个老母猪不抬头。"自己却鼓着腮不语。众人先是发怔，后来一听，上上下下都哈哈地大笑起来。史湘云撑不住，一口饭都喷了出来；林黛玉笑岔了气，伏着桌子嗳哟；宝玉早滚到贾母怀里，贾母笑得搂着宝玉叫"心肝"，王夫人笑得用手指着凤姐儿，只说不出话来；薛姨妈也撑不住，口里茶喷了探春一裙子；探春手里的饭碗都合在迎春身上；惜春离了座位，拉着她奶母叫揉一揉肠子。地下的无一个不弯腰屈背，也有躲出去蹲着笑去的，也有忍着笑上来替她姊妹换衣裳的，独有凤姐、鸳鸯二人撑着，还只管让刘姥姥。

刘姥姥拿起筷来，只觉不听使，又道："这里的鸡儿也俊，下的这蛋也小巧，怪俊的。我且肏攮一个。"她正夸鸡蛋小巧，凤姐儿笑道："一两银子一个呢，你快尝尝罢，那冷了就不好吃了。"她便伸筷子要夹，哪里夹得起来？满碗里闹了一阵，好容易撮起一个来，才伸着脖子要吃，偏又滑下来，滚在地下。忙放下筷子，要亲自去拣，早有地下的人拣去了。她叹道："一两银子，也没听见个响声儿就没了。"吃罢饭，贾母又带着她去了蘅芜苑、缀锦阁等地。接着又在藕香榭摆宴。贾母又提议行酒令助兴，刘姥姥也没犯难，什么"大火烧了毛毛虫"、"一个萝卜一头蒜"、"花儿落了结个大倭瓜"，着实有些野趣。

第41回，凤姐、鸳鸯还嫌捉弄得不够，便拿出大套杯灌刘姥姥酒，幸亏被贾母止住，但还是被哄着喝了一大杯。此行刘姥姥确是开了眼界，用十几只鸡配的茄鲞、各色花样新巧的点心，又着实让她大饱口福。喝酒吃茶完毕，贾母带领刘姥姥等人来栊翠庵。妙玉用成窑五彩小盖钟招待贾母喝老君眉茶，其他人都用一色官窑脱胎填白盖碗。刘姥姥一口吃尽，遭嘲笑，妙玉要把刘姥姥用过的杯子扔掉，这可是个古董，宝玉向妙玉要了来，要送给刘姥姥。

刘姥姥因为喝了许多酒，吃了油腻食物，便有些内急，好不容易找到茅厕痛快后，晕乎乎地走到了怡红院，看到精美的床帐，便歪身睡倒，酒屁臭气散了一屋子。幸亏袭人发现，及时收拾妥当，才没有被宝玉知道。刘姥姥二进贾府，得到贾府的太太、小姐、丫鬟送的很多衣物和银两，这让她家的生活得到了很大的改善。刘姥戏园趣味十足，同时也看到兴盛时期的贾府，但时间在秋天，这预示着贾府即将的衰败！

40. 妙玉奉茶：休道杯中谙世味，应知槛外是天涯

浣溪沙·妙玉奉茶
王志霞

　　汤沸茶香入盏佳。情怀散淡亦堪夸。壶天蕴藉忆梅花。　　休道杯中谙世味，应知槛外是天涯。惯凭冷眼看繁华。

【品评】王志霞　撰

　　妙玉在《红楼梦》人物中地位有些特殊，她是唯一一位没有贾府血统又非贾府主子或亲属而列入金陵十二钗"正册"且排在第六位之人。妙玉的经历也很坎坷，她幼时多病，被送入玄墓蟠香寺带发修行，以避病厄。后因佞佛的王夫人邀请，进了贾府栊翠庵，与青灯黄卷为伴。

　　"妙玉奉茶"出自《红楼梦》第41回"栊翠庵茶品梅花雪　怡红院劫遇母蝗虫"。刘姥姥进入大观园后得到了贾母的盛情招待。一天，贾母和众人吃完饭后，便来到妙玉所在的栊翠庵，向妙玉讨一杯茶喝。妙玉用一只成窑五彩小盖钟亲自端茶给贾母。这种茶具从描述来看，应为成窑斗彩。成窑斗彩指明成化年间景德镇官窑所出的瓷器，这种瓷器以纹案创新、色泽清雅为特点，又以五彩与青花撞色者为上品，这彰显了

图 2-40　妙玉奉茶

贾母在府中众星捧月的地位以及富贵人家的饮茶品位。因得知贾母不喝"六安茶",妙玉便用去年的雨水为贾母泡制了非常珍贵的"老君眉"。贾母品尝后将茶杯递给了刘姥姥,让刘姥姥也尝一下其中的味道。随后,妙玉告诉侍女,让她们将刘姥姥喝过的茶杯放在外面,不用加以理会。

贾母用的茶具无非名贵而已,后面妙玉私约黛玉、宝钗所用的茶具则别有一番意味。当妙玉为众人上好茶后,悄悄拉了黛玉、宝钗进了耳房,另喝一壶"梯己茶"。妙玉给宝钗的那一只杯,旁边有一耳,杯上镌着"瓟斝"三个隶字,后又有王恺与苏轼的题字。王恺是西晋的富豪,曾与石崇斗富而成了历代奢靡权贵的代名词;东坡先生乃北宋名士,才情傲人又兼具风流豁达之气。此杯先后由此二人收藏,今又为宝钗所用,似乎在衬托她的富贵才高。

妙玉给黛玉的杯形似钵而小巧,镌着"点犀盉"垂珠篆字。而妙玉自己的茶杯"绿玉斗",是只翠玉制成的方形茶具,象征妙玉这个身心如玉、似俗非俗的"槛外人"。再来看妙玉给宝玉斟茶的器具,一只令读者脑洞大开的"九曲十环一百二十节蟠虬整雕竹根的一个大盒",突显宝玉这个既是精工雕琢、浑然天成的奇人,又是个不为世俗所理解的怪人。

曹公对以上茶具的描写,一面充分展现了茶文化,另一面又刻意体现了封建大家族的奢侈生活。最妙的是通过这一段描写,将各个人物的特征交代得恰如其分。随后,妙玉用自己在玄墓蟠香寺采集的雪水为黛玉等人泡茶。妙玉告诉黛玉说,这杯烹茶的雪水已经存放五年有余,味道十分上乘,而刚才给贾母泡茶用的是去年的雨水。由此可以看出妙玉对黛玉、宝钗的看重。

妙玉是聪明绝顶的女子,懂得借助天地间最美的意象,来赋予茶独特的魅力。飞雪有声,唯落花间为雅;清茶有味,唯以雪烹为醇。品茶一事,将妙玉和宝、黛、钗三人紧密地联系在一起,也正是因为拥有一身茶艺,才使"槛外人"妙玉有了跳出槛外,和贾府里最"炙手可热"的男女主们说"梯己话"的机会。

茶有十德,和敬为上。妙玉更是以"一杯为品,二杯即是解渴的蠢物,三杯便是饮牛饮骡了"为其品茶高论。择善水、选美器,终究是微末之表。奉茶人的言谈举止,皆显敬人之心,无轻视之念,方为真的深谙茶道。妙玉在栊翠庵分别给贾母、宝钗、黛玉和宝玉奉茶的情景,从不同的茶具和不同的水折射出人物复杂的内心世界。妙玉自称"槛外人"的原因,被邢岫烟解释得非常通透。一个铁门槛内外就是两个世界:门槛之内是芸芸众生之蝇营狗苟、追名逐利;门槛之外是妙玉的孤高自傲、冷眼旁观。繁华落尽,如梦无痕。

41. 惜春作画：新缯点染费思量，楼台拂墨香

阮郎归·惜春作画
王志霞

名园钟瑞久传芳。丹青渐渐忙。新缯点染费思量。楼台拂墨香。　　星月地，水云乡。悠悠菊又黄。奈何美景入枯肠。料应粉稿荒。

【品评】王志霞　撰

贾惜春是金陵十二钗之一，贾府四春姊妹中年龄最小的一个。黛玉初入贾府时，曹公对她都没有具体的外貌描写，只用了"身量未足，形容尚小"来形容。惜春也不是贾母正经的孙女而是侄孙女。她是宁国府贾珍的胞妹，与迎春、探春一起养在了荣国府，经常陪伴在贾母身边。惜春的存在感并不强，一是年龄太小了，二是她本来并没有太多的特色。贾母再博爱，也有厚此薄彼之分。宝玉、黛玉才是贾母的心尖，优秀如探春，都得努力地争取，才有自己的一席之位，迎春和惜春就显得黯淡了。

惜春有一个特长，便是绘画。贾府的四千金，对应着"琴棋书画"的爱好，连她们丫鬟的名字，也相当考究：抱琴、司棋、侍书、入画。"惜春作画"始自第42回。事情的起因在第40回，刘姥姥二

图 2-41　惜春作画

进荣国府，贾母非常高兴，带领着大家两宴大观园。刘姥姥大开眼界，念佛说道："我们乡下人到了年下，都上城来买画儿贴。时常闲了，大家都说，怎么得也到画儿上去逛逛。想着那个画儿也不过是假的，那里有这个真地方呢。谁知我今儿进这园里一瞧，竟比那画儿还强十倍。怎么得有人也照着这个园子画一张，我带了家去，给他们见见，死了也得好处。"贾母听说，便指着惜春笑道："你瞧我这个小孙女儿，他就会画。等明儿叫他画一张如何？"刘姥姥听了，喜的忙跑过来，拉着惜春说道："我的姑娘，你这么大年纪儿，又这么个好模样，还有这个能干，别是神仙托生的罢。"

贾母和刘姥姥是开心了，惜春却犯愁了。但是她不敢有一点的不愿意，毕竟长辈的话就是权威。这个光荣而艰巨的任务，就落到了惜春头上。贾母不考虑实情，不知道惜春的实际水平，也不问人家愿不愿意。惜春忍不住向大伙儿吐槽，说老太太要叫连人物一起画上，但是她一不会工细楼台，二不会人物，这太犯难了，惜春因此托懒要了一年的假。姐妹们为此也大费周章，群策群力为惜春作画服务，开列了一张绘画用的材料单子交给王熙凤去采办，贾宝玉出外搬救兵，"詹子亮的工细楼台就极好，程日兴的美人是绝技"——全力辅助惜春作画。

曹雪芹深通绘事，其绘画"奋扫如椽笔"，并曾"苑召"宫内如意馆画功臣肖像。故其写"惜春作画"一节，借助薛宝钗之口来论画，从布局藏露、画具准备、界画用尺、毛笔择选、生纸矾绢到淘澄颜色、皴染渲墨、工写技法等等，字字在行，用语十分专业。书中坦言，惜春平素作画，"不过是几笔写意"，不擅工细园林界画。我能体会受命画一从题材到画法均无把握的画是何心境。"诗画本一律，天工与清新"，"诗是无形画，画是有形诗"，惜春耗时一两年，画了怎样一幅画呢？曹雪芹没说，需要读者自寻悟境，作家用惜墨如金的"写意"之笔一带而过，给读者留有联想空间，乃用笔之妙也。惜春作画是贾府由盛转衰的关键时期。惜春作为一个旁观者和冷眼人，描画大观园是惜春因色见空、看破红尘的重要契机。调和颜料，度量方寸，构思画面，然后一笔一画，将景、物、人铺陈。精致的笔触、绚丽的色彩，或能引来观者的赞叹。而画者自己心下明白，这一切皆是苦心经营。于白纸上，无中生有。色相再美丽，也不是真的。

惜春开始作画的时间应该是螃蟹正肥的八月份。到十月份，香菱入园，拜师学诗。学诗之余，众人带她去看惜春的画，此时，"惜春正乏倦，在床上歪着睡午觉"。看那画，"十停方有了三停"。到腊月里，贾母又去看画，惜春推脱天冷，已不作画了。

惜春是想一直拖延着，躲开不喜欢的世界。但又怎么躲得开呢？曾经，她只是开玩笑要做尼姑，当越来越多地看到豪门里的冷漠和腐朽，并且自己也是其中的一员时，她能想到最彻底的逃避就是出家。也许那没画完的画，是惜春最后的倔强吧。

42.凤姐泼醋：偷香夫婿幽欢弄，打翻醋海狂潮涌

踏莎行·凤姐泼醋
陈慧茹

　　玉馔骈罗，金樽高捧。攒金庆寿承恩宠。难胜酒力欲更衣，不期奴婢闻风动。　　凤姐施威，丫头招供。偷香夫婿幽欢弄。窗前闻得恶谗言，打翻醋海狂潮涌。

【品评】陈慧茹　撰

　　《红楼梦》第43、44回，贾母带头让大家凑份子给凤姐过生日，凑了一百五十多两银子，专门指派尤氏张罗置办，目的是让凤丫头不操一点心，受用一日。可见贾母对王熙凤的恩宠非同一般。生日这天，尤氏办得十分热闹，不但有戏，连耍百戏说书的全有。贾母说今日不比往日，定要叫凤姐痛乐一日。本来自己懒待坐席，只在里间榻上歪着和薛姨妈看戏，将自己的两桌席面赏了下人。她不时吩咐尤氏等："让凤丫头坐在上面，你们好生替我待东，难为他一年到头辛苦。"尤氏答应了笑回道："他坐不惯首席，坐在上头横不是竖不是的，酒也不肯吃。"贾母笑道："你不会，等我亲自让他去。"凤姐忙进来笑说："老祖宗别信他们的话，我

图2-42　凤姐泼醋

吃了好几钟了。"贾母笑命尤氏："快拉他出去，按在椅子上，你们都轮流敬他。他再不吃，我当真就亲自去了。"贾母这样的恩宠，让王熙凤觉得无限风光和体面。

尤氏、姑娘们、嬷嬷们、鸳鸯等轮流来敬酒。一直喝得凤姐心里突突往上撞，要家去歇歇。才至穿廊下，见自家一个小丫头站在那里，一见她俩回身便跑。凤姐疑心，忙和平儿叫住她。一通威逼恐吓，审出了贾琏找鲍二媳妇的事。凤姐气得浑身发软，刚至院门，又一个小丫头在门前探头儿，见凤姐缩头就跑。凤姐喝住。这丫头见躲不过便主动向凤姐汇报此事。凤姐扬手打她一个趔趄，蹑手蹑脚走至窗前，只听里头说笑。那妇人笑道："多早晚你那阎王老婆死了就好了。"贾琏道："他死了，再娶一个也是这样，又怎么样呢？"那妇人道："他死了，你倒是把平儿扶了正，只怕还好些。"贾琏道："如今连平儿他也不叫我沾一沾了。平儿也是一肚子委曲不敢说。我命里怎么就该犯了'夜叉星'。"

凤姐气得浑身乱战，在过生日的大好日子听见被人诅咒早死，也足够气炸心肺的。贾琏不但不制止，还满怀怨气牵带出平儿的不满。凤姐气得瞬间搅翻醋海、情绪崩溃、举止失控。酒劲儿被意外一激，怒火中烧，回身先打平儿两下，再一脚踢开门进去，抓着鲍二媳妇厮打一顿。她怕贾琏出去，便堵住门站着，将鲍二媳妇和平儿骂一顿，又打平儿，打得平儿有冤无处诉，气得干哭。此时，凤姐虽然对贾琏极其怨恨，但她始终没有直接骂贾琏，更没打贾琏。因为，在封建社会，妇女地位低下，夫为妻纲是天理，凤姐再心高气傲、争强好胜，也不能乱了礼法。因此，凤姐在急怒之下，撒泼放刁，却始终不越礼法，这就是她的厉害之处。

平儿被冤枉挨打，气得去打鲍二媳妇。贾琏理亏，面对泼醋发威的凤姐无计可施，见平儿打人，顿时上去踢骂平儿。平儿住手，凤姐又打平儿，叫她去打鲍二媳妇。夫妻俩都冲平儿撒气，可怜的平儿受气挨打不敢反抗，跑出去要寻死，可见封建社会的妾是何等的卑微与凄苦。凤姐不肯示弱，一头撞到贾琏怀里撒起泼来，气得贾琏从墙上拔出剑来要杀人。正闹得不可开交，尤氏等人来了。贾琏见了人，越发"倚酒三分醉"，扬言要杀凤姐。凤姐见人来了，便不再撒泼，哭着往贾母那边跑。贾琏为了不失大男人的面子，当众逞威风，结果是赢了面子输了理；而凤姐更善于心计，当众装可怜，却赢了理。

凤姐扑到贾母怀里哭诉求救，说琏二爷要杀她，装得好不可怜。贾母等人问及原因，凤姐隐去自己发威撒泼的情节，只说贾琏和鲍二媳妇要害死她，把自己说成了受气小媳妇。等贾琏拿着剑追来，倚醉逞强还要闹时，恰好给凤姐作了证，结果被骂了出去。最后在贾母的支持下，这场风波以贾琏向凤姐赔礼道歉收场。这结果对王熙凤来说已经很好。因为在那个男尊女卑的封建年代，身为人妇，都得低眉顺眼、逆来顺受，这是社会秩序，是人生常态，凤姐不能改变封建礼教和社会观念，但她在情绪崩溃时，还能给自己争回一口气。

43.平儿理妆：公子多情勤侍奉，云鬟饰，焕容光

江城子·平儿理妆
陈慧茹

忠心奉主一身忙，性温良，不张扬。祸起无端，负屈甚摧藏。带雨梨花诚可惜，人相劝，忍悲伤。　　怡红院里解愁肠，换衣裳，整梳妆。施粉涂脂，轻白透红香。公子多情勤侍奉，云鬟饰，焕容光。

【品评】陈慧茹　撰

　　平儿是王熙凤的陪嫁丫头，贾琏的通房大丫头。她聪明漂亮，是凤姐的心腹，每天帮着凤姐料理事务。她为人和气，心地善良，从不张扬。第44回，贾母带头为凤姐过生日那天，凤姐受宠若惊喝多了酒要回家换衣服，正碰上贾琏与鲍二家的在屋里偷情。窗外听到两人恶语诅咒凤姐死了把平儿扶正的话，王熙凤醋意大发打了平儿，进屋大闹，贾琏丢了面子，也打平儿，他们夫妻两个都拿平儿出气。无辜的平儿并没有做错什么，却横遭荼毒，有冤无处诉，被逼得跑出来找刀子要寻死，众婆子丫头忙拦住劝解。

　　平儿被李纨拉入大观园，依旧哭得哽咽难言。宝钗劝道："你是个明白人，素日凤丫头何等待你，今儿不过他多吃一口酒。他可不拿你出气，难道倒拿别人出气不成？别人又笑话他吃醉了。你只管这会子委曲，素日你的好处，岂不都是假的了？"宝钗站在主子的立场劝慰平儿，平儿心中委屈却只能强忍悲伤，不能宣泄。贾母原本误会了平儿，是尤氏等人为平儿申冤，贾母得知实情后说"可怜见的，白受他们的气"，立刻让琥珀去告诉平儿："我知道他受了委曲，明儿我叫凤丫头替他赔不是。今儿是他主子的好日子，不许他胡闹。"平儿听了琥珀的传话，知道贾母体恤自己，并为自己做主，自觉面上有了光辉，心情有所好转。

　　宝玉让平儿到怡红院中来，袭人忙接着，平儿又说道："好好儿的从那里说起，无缘无故白受了一场气。"袭人笑道："二奶奶素日待你好，这不过是一时气急了。"平儿道："二奶奶倒没说的，只是那淫妇治的我，他又偏拿我凑趣，况还有我们那糊涂爷倒打我。"说着，便又禁不住落泪。平儿与袭人交好，见了好友还是难以掩饰自己内心的委屈。

宝玉忙劝道："好姐姐，别伤心，我替他两个赔不是罢。"平儿笑道："与你什么相干？"宝玉笑道："我们弟兄姊妹都一样。他们得罪了人，我替他赔个不是也是应该的。"又道："可惜这新衣裳也沾了，这里有你花妹妹的衣裳，何不换了下来，拿些烧酒喷了熨一熨。把头也另梳一梳。"一面说，一面便吩咐了小丫头子们舀洗脸水，烧熨斗来。宝玉的一番话才让平儿感受到真正的关心与温暖。平儿换上袭人的衣裳，洗了脸。宝玉一旁笑劝道："姐姐还该擦上些脂粉，不然倒像是和凤姐姐赌气了似的。况且又是他的好日子，而且老太太又打发了人来安慰你。"

平儿听了有理，便去找粉，只不见粉。宝玉忙走至妆台前，将一个宣窑瓷盒揭开，拈了一根递与平儿。平儿倒在掌上看时，果见轻白红香，四样俱美，摊在面上也容易匀净，且能润泽肌肤，不似别的粉青重涩滞。然后看见胭脂也不是成张的，却是一个小小的白玉盒子，里面盛着一盒，如玫瑰膏子一样。宝玉笑道："那市卖的胭脂都不干净，颜色也薄。这是上好的胭脂拧出汁子来，淘澄净了渣滓，配了花露蒸叠成的。只用细簪子挑一点儿抹在手心里，用一点水化开抹在唇上；手心里就够打颊腮了。"平儿依言妆饰，果见鲜艳异常，且又甜香满颊。宝玉又将盆内开的一枝并蒂秋蕙用竹剪刀撷了下来，与她簪在鬓上。

每每看完这一段理妆的描写，心中总是升起一股暖流，深深地为平儿感到满满的幸福与开心。宝玉的周到细致和脂粉的细腻甜香足以平复平儿心底的悲伤和委屈。此时的宝

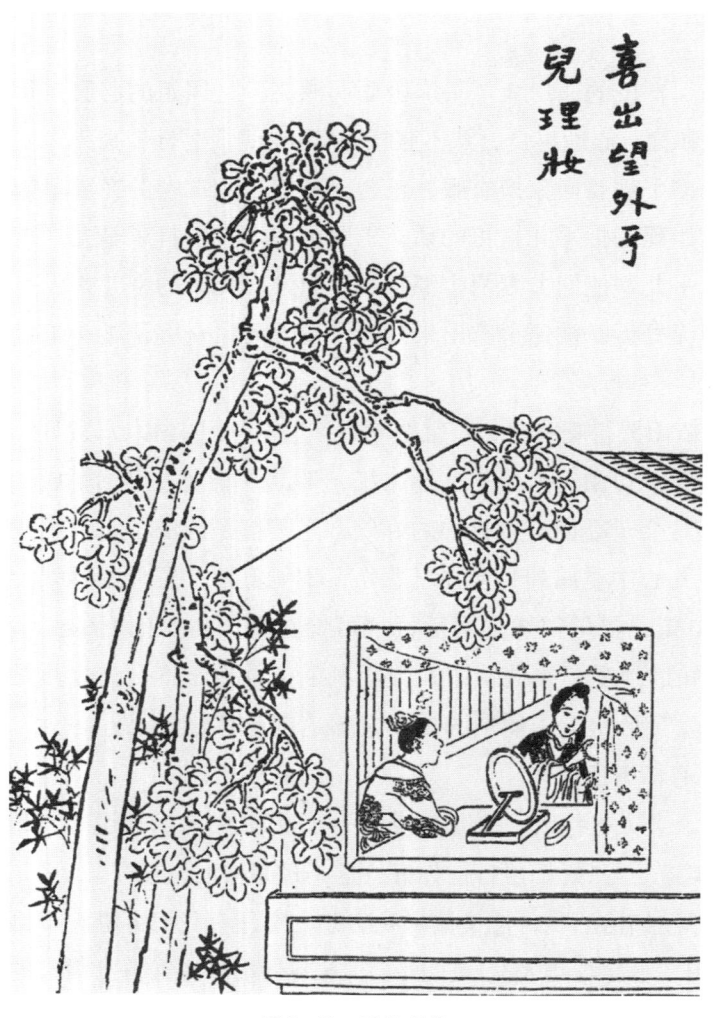

喜出望外子　兒理妆

图 2-43　平儿理妆

玉倒不像一个富贵公子，活脱脱一个殷勤体贴的超级小暖男。宝玉为什么要帮平儿理妆呢？因平儿是贾琏的爱妾，又是凤姐儿的心腹，故宝玉不能和她厮近。宝玉自来把女儿比作是水做的骨肉，他常以能为纯洁漂亮的女儿们做些事情为荣，况且平儿又是个极聪明、极清俊的上等女孩儿，因从未在平儿前尽过心，深为恨怨，不想今日终于得到一个机会能为平儿尽心服务，宝玉因此喜出望外，故而表现得格外热情体贴、周到细致。

44. 黛钗推心：仙方一解惑，心窍自然开

五律·黛钗推心（新韵）

王应民

灿灿环荆玉，莹莹亮宝钗。

仙方一解惑，心窍自然开。

情共别和窨，身同病与衰。

飘摇风雨夜，犹适洗胸怀。

【品评】 王应民　撰

　　林黛玉和薛宝钗是《红楼梦》中并列的女主角，金陵十二钗"正册"判词曰之有"咏絮才"、"停机德"。两人因为都喜欢宝玉，原来关系似乎有点紧张，时作明争暗斗。到了第42回"蘅芜君兰言解疑癖"，二人和好。第45回"金兰契互剖金兰语"，薛宝钗和林黛玉一番推心置腹的谈心后冰释前嫌，更成了闺中密友。

　　黛玉每岁至春分秋分后必犯旧疾，近日又复嗽起来。这日宝钗来望他，道："依我说，先以平肝健胃为要，肝火一平，不能克土，胃气无病，饮食就可以养人了。每日早起拿上等燕窝一两，冰糖五钱，用银铫子熬出粥来，若吃惯了，比药还强，最是滋阴补气的。"看来略懂岐黄之术的宝钗真是一个贴心的大姐姐。黛玉叹道："你素日待人，固然是极好的，然我最是个多心的人，只当你心里藏奸。从前日你说看杂书不好，又劝我那些好话，竟大感激你。往日竟是我错了，实在误到如今。细细算来，我母亲去世的时候，又无姊妹兄弟，我长了今年十五岁，竟没一个人像你前日的话教导我。怪不得云丫头说你好，我往日见他赞你，我还不受用，昨儿我亲自经过，才知道了。比如若是你说了那个，我再不轻放过你的；你竟不介意，反劝我那些话，可知我竟自误了。"黛玉的这番话也是肺腑之言，绝非做作。

　　黛玉接着道出担忧："我因身上不好了，每年犯这个病，也没什么要紧的去处。请

大夫，熬药，人参肉桂，已经闹了个天翻地覆了，这会子我又兴出新文来熬什么燕窝粥，老太太、太太、凤姐姐这三个人便没话说，那些底下的婆子丫头们，未免不嫌我太多事了。你看这里这些人，因见老太太多疼了宝玉和凤丫头两个，他们尚虎视眈眈，背地里言三语四的，何况于我？况我又不是他们这里正经主子，原是无依无靠投奔了来的，他们已经多嫌着我了。如今我还不知进退，何苦叫他们咒我？"黛玉苦于自己的处境，聊有此言。

宝钗道："这么说，我也是和你一样。"黛玉道："你如何比我？你又有母亲，又有哥哥，这里又有买卖地土，家里又仍旧有房有地。你不过亲戚的情分，白住在这里，一应大小事情，又不沾他们一文半个，要走就走了。我是一无所有，吃穿用度，一草一木，皆是和他们家的姑娘一样，那起小人岂有不多嫌的。"宝钗听了，明白地告诉黛玉："你放心，我在这里一日，我与你消遣一日。你有什么委屈烦难，只管告诉我，我能解的，自然替你解一日。我虽有个哥哥，你也是知道的，只有个母亲比你略强些。咱们也算同病相怜。你也是个明白人，何必作'司马牛之叹'？你才说的也是，多一事不如省一事。我明日家去和妈妈说了，只怕我们家里还有，与你送几两，每日叫丫头们就熬了，又便宜，又不惊师动众的。"

黛玉忙笑道："难得你多情如此。"宝钗要走，黛玉叮嘱道："晚上再来和我说句话儿。"宝钗答应着便去了。人心换人心，至此黛玉更消去了疑心。傍晚天就淅淅沥沥下起雨来。

图 2-44　黛钗推心

知宝钗不能来了，黛玉不觉心有所感，遂成一首《秋窗风雨夕》，以抒情怀。宝钗仍派蘅芜苑两个婆子，打着伞提着灯，送了一大包燕窝来，还有一包子洁粉梅片雪花洋糖，说道："姑娘说了：姑娘先吃着，完了再送来。"黛玉睡下，自在枕上感念宝钗，一时又羡她有母有兄；一回又想宝玉素昔和睦，终有嫌疑。又听见窗外竹梢蕉叶之上，雨声淅沥，清寒透幕，不觉又滴下泪来。

两人成了推心置腹的好姐妹，是《红楼梦》的标志性事件，是黛钗关系的分水岭。可能也有惯用"阶级斗争"眼光看人的人，说宝钗在这里是虚情假意。我不是红学家，却觉得曹公不可能非要把"山中高士"和"世外仙姝"这两个小女孩儿写得那么坏吧。黛玉和宝钗对宝玉的感情，在对立中存在，在对立中发展，更是在对立中达到了统一。

45. 鸳鸯抗婚：誓死难从权贵爷，宁把青丝断

卜算子·鸳鸯抗婚

陈慧茹

身世本卑微，奉主才能显。荣庆堂前得力人，上下多称赞。　　生性自刚强，不屑王孙恋。誓死难从权贵爷，宁把青丝断。

【品评】陈慧茹　撰

鸳鸯是荣国府的家生奴才，她父母在南京为贾家看房子，哥哥是贾母房里的买办，嫂子是贾母房里管浆洗的头儿，世代在贾家为奴。她是贾母的贴身大丫头，聪明能干，性情爽利，深得贾母信任。贾母穿的、戴的、玩的、用的等所有贵重物品都由鸳鸯收着。贾母平日倚之若左右手，贾母玩牌，她坐在旁边出主意；贾母摆宴，她入座充当令官。

贾母的大儿子贾赦现袭着一等将军之职，整日里贪财好色，不务正业，他看上了鸳鸯，想纳鸳鸯为妾。第46回，贾赦先是派愚蠢的邢夫人去做说客，邢夫人和凤姐商量未果，自己就亲自去找鸳鸯说："你知道，你老爷跟前竟没有个可靠的人……满府里要挑一个家生女儿收了，又没个好的。……因此冷眼选了半年，这些女孩子里头，就只你是个尖儿，模样儿，行事作人，温柔可靠，一概是齐全的。意思要和老太太讨了你去，收在屋里。你比不得外头新买的，你这一进去了，进门就开了脸，就封你姨娘，又体面，又尊贵。你又是个要强的人，俗话说的'金子终得金子换'，谁知竟被老爷看中了你。如今这一来，你可遂了素日心高志大的愿了，也堵一堵那些嫌你的人的嘴。跟了我回老太太去！"

　　说着拉了鸳鸯的手就要走，鸳鸯气得夺手不行，邢夫人又道："你跟了我们去，你知道我的性子又好，又不是那不容人的人。老爷待你们又好。过一年半载，生下个一男半女，你就和我并肩了。家里人你要使唤谁，谁还不动？现成主子不做去，错过这个机会，后悔就迟了。"鸳鸯只管低了头，仍是不语。鸳鸯面对邢夫人的劝诱，心里虽然十分懊恼，但是不能发作，毕竟邢夫人是主子太太，她只能以沉默来反抗。

　　邢夫人以为她害羞，就去找她的嫂子。她嫂子一听自是喜欢，兴兴头头去找鸳鸯，只望一说必妥，不想被鸳鸯一顿臭骂："怪道成日家羡慕人家女儿作了小老婆，一家子都仗着他横行霸道的，一家子都成了小老婆了！看的眼热了，也把我送在火坑里去。我若得脸呢，你们在外头横行霸道，自己就封自己是舅爷了。我若不得脸败了时，你们把忘八脖子一缩，生死由我。"这一段痛骂酣畅淋漓，充分揭示了封建社会女子的悲哀与无奈。女儿完全没有自由，在家从父兄，出嫁从夫婿。可是鸳鸯偏不要做这样的牺牲品，她看不上贾赦，看透了做妾的苦楚，看破了炎凉世态。

　　贾赦利用"家生女儿"世代为奴的身份威逼利诱其兄嫂，当得知鸳鸯"咬定牙不愿意"时，这位大老爷勃然大怒，威胁说："凭他嫁到谁家去，也难出我的手心。除非他死了，或是终身不嫁男人，我就服了他！"此时的鸳鸯已经无路可退，她干脆拉着她嫂子跪到贾母面前起誓："我是横了心的，当着众人在这里，我这一辈子莫说是'宝玉'，便是'宝金''宝银''宝天王''宝皇帝'，横竖不嫁人就完了！就是老太太逼着

图 2-45　鸳鸯抗婚

我，我一刀抹死了，也不能从命！若有造化，我死在老太太之先；若没造化，服侍老太太归了西，我也不跟着我老子娘哥哥去，我或是寻死，或是剪了头发当尼姑去！"

原来她一进来时，便袖了一把剪子，一面说着，一面左手打开头发，右手便铰。众婆娘丫鬟忙来拉住，已剪下半绺来了。好一个刚烈的女子！她面对权贵老爷的威逼利诱始终保持一个清醒的头脑实属不易，她能够到老太太面前哭诉起誓，求老太太为她做主亦是聪明之举！

通过鸳鸯抗婚，我们看到了一个品格可贵、性情刚烈、为了自己的幸福和自由勇于向封建势力抗争的丫头。她虽然身处底层，却不庸俗，她不屑王孙贵族的地位和金钱，而是去追求自由和幸福。一旦这些都不能拥有的时候，她宁愿放弃寻找幸福的机会，宁肯出家，宁肯去死，也不愿委曲求全嫁给权贵老爷做妾。

46. 薛蟠遭打：恶狠狠倏忽一记当头炮

【正宫·塞鸿秋】薛蟠遭打
王应民

色眯眯呆瓜起意迷心窍，笑呵呵萌男设计抛绳套。恶狠狠倏忽一记当头炮，臭乎乎浑浊几口销魂药。原为呆霸王，此作风流调。哎吆吆直打得鼻青脸肿哇哇叫。

【品评】 王应民 撰

第47回，话说这天赖大家请贾母带了王夫人等至他家花园中坐坐，也请了几个官长并大家子弟作陪，其中就有"冷面二郎"柳湘莲。那柳湘莲原系世家子弟，读书不成，父母早丧，素性爽侠，不拘细事，酷好耍枪舞剑，赌博吃酒，以至眠花卧柳，吹笛弹筝，无所不为。薛蟠原会过他一次，又打听他最喜串戏，误认他做了风月子弟，这次相见，乐得无可不可。

原来这薛蟠还是个同性恋者，即书中说的"酷爱男风"。这柳湘莲跟宝玉交往甚密，见了薛蟠的举止言谈心中早已不快，待悄悄会过宝玉之后，便意欲离开。哪知刚至大门前，遇见薛蟠在那里乱叫："谁放了小柳儿走了！"柳湘莲听了，火星乱迸，恨不得一拳打死，碍着主人脸面，只得忍了又忍。薛蟠如得了珍宝，忙趱赶着，走上去一把拉住，笑道："你一去都没兴了，好歹坐一坐，你就疼我了。"

湘莲见他如此不堪，心中又恨又恼，早生一计，拉他到僻静处，笑道："你真心和我好……这里不便……你随后出来，跟到我下处，咱们替另喝一夜酒。我那里还有两个绝好的孩子，从没出门。"柳湘莲一看不好脱身，就要"撒下金钩钓鳌鱼"。二人复又入席，薛蟠只拿眼看湘莲，心内越想越乐，左一壶，右一壶，并不用人让，不觉酒有八九分了。湘莲就起身出来，跨马直出北门，桥上等候薛蟠。一顿饭的工夫，只见薛蟠骑着一匹马，远远的赶了来，张着嘴，瞪着眼，头似拨浪鼓一般，不住左右乱瞧。及至从湘莲马前过去，却只顾往远处瞧，不曾留心近处。湘莲又笑又恨，便也撒马随后跟来。薛蟠圈马回来，见了湘莲，如获奇珍，忙笑道："我说你是个再不失信的。"湘莲先就撒马前去，薛蟠也就紧紧跟来。从湘莲马前过去而未见，这大呆瓜也真呆得可爱。

　　湘莲见前面人烟已稀，且有一带苇塘，便下马向薛蟠笑道："你下来，咱们先设个誓，日后要变了心，告诉人去的，就应誓。"薛蟠连忙下马，跪下说道："我要日久变心，告诉人去的，天诛地灭！"一言未了，只听"噗"的一声，背后好似铁锤砸下来，只觉得一阵黑，满眼金星乱迸，身不由己，就倒在地下了。湘莲瞧他是个不惯捱打的，只使了三分气力，向他脸上拍了几下，登时便开了果子铺。薛蟠还要挣扎、起身，又被湘莲用脚尖点了一点，仍旧跌倒，口内说道："原是两家情愿，你不依，只管好说，为什么哄出我来打我？"湘莲道："我把你这瞎了眼的，你认认柳大爷是谁！"说着，便取了马鞭过来，从背后至胫打了三四十下。薛蟠的酒早已醒了大半，觉得疼痛难禁，由不得"嗳哟"一声。

　　湘莲又把薛蟠的左腿拉起来，向苇中泥泞处拉了几步，滚得满身泥水。湘莲又

图2-46　薛蟠遭打

掷下鞭子，用拳头向他身上擂了几下，薛蟠便乱滚乱叫，说："肋条折了。我知道你是正经人，因为我错听了旁人的话了。""好兄弟。"湘莲便又一拳。薛蟠"嗳哟"了一声道："好哥哥。"湘莲又连两拳。薛蟠忙"嗳哟"叫道："好老爷，饶了我这没眼睛的瞎子罢！从今以后我敬你怕你了。"湘莲道："你把那水喝两口。"薛蟠一面听了，一面皱眉道："那水脏得很，怎么喝得下去！"湘莲举拳就打，薛蟠只得俯头向苇根下喝了一口，犹未咽下去，只听"哇"的一声，把方才吃的东西都吐了出来。

薛蟠叩头不迭，说："好歹积阴功饶我罢！"湘莲道："这样气息，倒熏坏了我。"说着，丢下了薛蟠，便牵马认镫去了。这顿打，这个痛快劲儿，比"鲁提辖拳打镇关西"还要精彩。一个欺负人惯了的花花公子，哪里享受过这些呀。待人们找到时，只见薛蟠的衣衫零碎，面目肿破，没头没脸，遍身内外滚得似个泥母猪一般，羞得没地缝儿钻进去。从前的威风一丝也没有了。真是"一物降一物"啊！

47.香菱学诗：灯前捧卷孜孜读，月下行文苦苦思

鹧鸪天·香菱学诗
陈慧茹

坎坷生涯不自悲，为偿雅兴学裁诗。灯前捧卷孜孜读，月下行文苦苦思。　　情切切，意痴痴。梦中得句更新奇。吟成佳作人人赞，未负冰心玉雪姿。

定风波·香菱学诗
王志霞

夜已阑珊人未眠。书灯相伴反平间。梦绕心牵三吟月。情切。诗才欲掩料应难。　　几度春风皆过客。忆昔。半生凄苦有谁怜。幸在人间存一角。破萼。谁期绽放照尘寰。

【品评】陈慧茹　王志霞　撰

香菱出身姑苏望族，乳名英莲，自幼生得粉妆玉琢，父母爱如掌上明珠。只可惜她有命无运，五岁时被拐子拐走，受尽打骂，长到十二三岁被卖，先卖给冯渊，再卖给薛蟠，薛蟠使人打死冯渊，抢走英莲，改名香菱。香菱先是服侍薛姨妈，后来与呆霸王薛蟠做了妾。

庚辰本第48回脂砚斋批语："细想香菱之为人也，根基不让迎、探，容貌不让凤、

秦，端雅不让纨、钗，风流不让湘、黛，贤惠不让袭、平。这么好的一个女子，怎能不让她入大观园呢？"（第619页）因此，曹公安排了薛蟠外出，香菱进大观园学诗一节。

香菱在大观园向黛玉学诗的日子，是她人生中一抹不可多得的亮色。薛蟠遭打之后，决意外出做生意，宝钗把香菱带进大观园。刚进园，香菱就要向宝钗学诗，宝钗笑她"得陇望蜀"，并不教她。可她心情迫切，于是去找黛玉，热情的黛玉欣然同意。

黛玉当即就与香菱谈论起作诗之法，她告诉香菱作诗第一立意要紧，若意趣真了，连词句不用修饰，自是好的。黛玉让她先把王维的五言律一百首细心揣摩透熟，再读一二百首杜甫的七言律，次之李白的七言绝句读一二百首，然后再把陶渊明、应玚、谢、阮、庾、鲍等人的看看，自然就会了，并将自己的《王摩诘全集》借给她。黛玉教得自是细致得法，香菱学得更是如饥似渴、如醉如痴。香菱拿了诗，回至蘅芜苑中，诸事不顾，只向灯下一首一首地读起来。宝钗连催她数次睡觉，她也不睡。学完一本，香菱去找黛玉要换一本杜律，黛玉试问她对王诗的领悟程度。香菱不负所望，把王诗中的炼字好处说得头头是道，还由"墟里上孤烟"联想起自己当年进京时所见的日暮炊烟。宝玉称赞她已得三昧。可见香菱的悟性之高，这应该与她的根基有关，想当年她父亲禀性恬淡，每日观花修竹、酌酒吟诗，母亲情性贤淑、深明礼义。她既有基因遗传，儿时又得诗词熏陶，人也聪明，自是领悟得快。

香菱换出杜律，又央

图 2-47　香菱学诗

黛玉出个题目先学着诌。黛玉出了题，让她咏月。香菱欢喜地拿着诗回来，苦思一回，做两句诗，又舍不得杜诗，又读两首，如此茶饭无心，坐卧不定。香菱之刻苦，真是废寝忘食！作成一首，黛玉告诉她"措词不雅"，丢开再作。香菱回来索性连房也不入，只在池边树下，或坐在山石上出神，或蹲在地下抠土，只见她皱一回眉，又自己含笑一回。又得一首，黛玉说过于穿凿，还得另作。香菱不肯丢开手，思索起来，挖心搜胆，耳不旁听，目不别视。至晚间，对灯出神，至三更以后上床卧下，两眼鳏鳏，直到五更，方才蒙胧睡去。香菱学得如此痴迷，必然会作出好诗，所以梦中得出一首："精华欲掩料应难，影自娟娟魄自寒。一片砧敲千里白，半轮鸡唱五更残。绿蓑江上秋闻笛，红袖楼头夜倚栏。博得嫦娥应借问，缘何不使永团圆！"众人看了笑道："这首不但好，而且新巧有意趣。可知俗语说天下无难事，只怕有心人。"

香菱学诗，为什么要咏月？有人说是黛玉出的题目，我认为这是曹公的苦心安排。月亮是皎洁明亮的，却经常被乌云遮掩，一年当中，没有几天是圆满的，大多数时间是弓月、缺月，还有不少时候是完全被遮住看不见的。香菱的一生就像这月亮，好日子太少，苦日子太多。香菱的灾难多发生在农历十五，月亮最圆的时候。她五岁那年正月十五夜里被拐子拐走，从此落入苦海。三月十五葫芦庙炸供失火，她的家被烧了个干干净净，从此一败涂地，后来父亲贫病交加遁入空门。尽管生活对她如此不公，她还是对生活充满了美好的期待与幻想，对皎洁的圆月充满了憧憬与寄托。

48. 啖鹿联诗：鹿肉增豪气，梅花共靓颜

五律·芦雪广联诗（新韵）

王应民

曲岸风梳苇，平冈雪饰檐。

声旋诗亦盛，影乱笑犹酣。

鹿肉增豪气，梅花共靓颜。

持得情性在，恰好要一番。

【品评】王应民　撰

《红楼梦》第50回描写的"芦雪广争联即景诗"，人数众多，嬉笑热闹，不愧为大观园的一次盛会。联句通常由一人先起个头，第二人接上并再起一句，然后下一个人再对这句和起下句，直至作完。芦雪广联诗有十二人参加，是大观园诗社活动人数最多的一次，共同作了一首五言排律。欲切身感受芦雪广联诗的场景，虽然要占很大篇

幅，但最好还是看看原著的精彩描述吧。

整首诗平起，开始由七个水平一般的人组成生力军打先锋。起句由凤姐说出："一夜北风紧，"这里李纨便写了，自己联道："开门雪尚飘。入泥怜洁白，"香菱道："匝地惜琼瑶。有意荣枯草，"探春道："无心饰萎苕。价高村酿熟，"李绮道："年稔府粱饶。葭动灰飞管，"李纹道："阳回斗转杓。寒山已失翠，"岫烟道："冻浦不闻潮。易挂疏枝柳，"然后湘云、宝琴、黛玉、宝玉、宝钗五个组成的主力部队出战。从中不难看出曹公安排的良苦用心。但这第一轮较量，一直是平稳的。

湘云道："难堆破叶蕉。麝煤融宝鼎，"宝琴道："绮袖笼金貂。光夺窗前镜，"黛玉道："香粘壁上椒。斜风仍故故，"宝玉道："清梦转聊聊。何处梅花笛？"宝钗道："谁家碧玉箫？鳌愁坤轴陷，"联到这里李纨找借口跑了，第二轮大战开始。宝钗命宝琴续联，心直口快的湘云借着吃鹿肉的豪气，锋芒毕露，开始压过宝琴抢句："龙斗阵云销。野岸回孤棹，"宝琴也站起道："吟鞭指灞桥。赐裘怜抚戍，"湘云哪里肯让人，且别人也不如她敏捷，都看她扬眉挺身地说道："加絮念征徭。坳垤审夷险，"宝钗连声赞好，也便联道："枝柯怕动摇。皑皑轻趁步，"黛玉忙联道："翦翦舞随腰。煮芋成新赏，"宝玉看宝钗、宝琴、黛玉三人共战湘云，大有"三英战吕布"之势态。黛玉忙推他联，宝玉道："撒盐是旧谣。苇蓑犹泊钓，"

曹公忙里偷闲，插入一笔，让湘云把主力军里有滥竽充数之嫌的宝玉撵开，独自来个"诸葛亮舌战群儒"。

图 2-48　啖鹿联诗

只听宝琴联道："林斧不闻樵。伏象千峰凸，"湘云忙联道："盘蛇一径遥。花缘经冷聚，"宝钗与众人又忙赞好。探春又联道："色岂畏霜凋。深院惊寒雀，"湘云正渴了，忙忙地吃茶，已被岫烟联道："空山泣老鸮。阶墀随上下，"湘云忙丢了茶杯，忙联道："池水任浮漂。照耀临清晓，"黛玉联道："缤纷入永宵。诚忘三尺冷，"湘云忙笑联道："瑞释九重焦。僵卧谁相问，"宝琴也忙笑联道："狂游客喜招。天机断缟带，"湘云又忙道："海市失鲛绡。"

战事愈加紧急，林黛玉就是林黛玉，说时迟那时快，出其不意，剑走偏锋，发起新的挑战。她不容湘云出句，直接就抢过来："寂寞对台榭，"湘云忙联道："清贫怀箪瓢。"宝琴也不容情，也忙道："烹茶冰渐沸，"湘云见这般，自为得趣，又是笑，又忙联道："煮酒叶难烧。"就这样紧锣密鼓，你来我往。到宝琴又忙笑联道："不雨亦潇潇。"湘云伏着已笑软了。黛玉联合宝琴双战史湘云，精彩绝伦，把联诗争斗推向巅峰。众人看他三人对抢，也都不顾作诗，看着也只是笑。还是李纨听了，接过来便联了一句道："欲志今朝乐，"李绮收了一句道："凭诗祝舜尧。"

情绪正高涨的时候，却由大小二李倏忽作结，戛然而止。大家又细细评论一回，独湘云的多，都笑道："这都是那块鹿肉的功劳。"芦雪广联句充满了富贵享乐的情绪，且诗里引用了大量的典故，其内容就不做过多的解读了。本来在书中插入这么一大段排律，是很容易让读者感到索然寡味的。可是曹公妙笔生花，把作诗过程处理得那么跌宕起伏、活灵活现，就不能不引起我们的注意了。

49. 宝玉乞梅：槛外云霞空念远，俗尘公子枉伤神

七律·贾宝玉访妙玉乞红梅

王志霞

踏雪寻芳景色新，庵中红腊正均匀。
一枝入抱千般趣，数朵萦怀别样春。
槛外云霞空念远，俗尘公子枉伤神。
寒风摇曳添凉意，惊起花前未醒人。

【品评】王志霞　撰

《红楼梦》第50回中，众人在芦雪广联即景诗。那日大雪纷飞，天寒地冻，栊翠庵的红梅却绽放得如火如荼，众人见了垂涎欲滴。恰好宝玉联诗连连落第，社长李纨便罚他去栊翠庵向妙玉讨要红梅来插瓶。

　　清晨赴芦雪广之约时，宝玉出了院门，四顾一望，并无二色，远远的是青松翠竹，自己却如装在玻璃盆内一般。于是走至山坡之下，顺着山脚，刚转过去，已闻得一股寒香拂鼻。那栊翠庵的傲雪红梅已是一片香雪海。而此时此刻，艳丽的瓣，明媚的蕊，疏影横斜，暗香浮动，那踏雪寻梅的公子必是笑意盈盈，眉眼含情。妙玉是否神色如常，衣染梅香？两个心意相通的人在冰雪空明的琉璃世界里相遇，更有那红梅花吐胭脂，香欺兰蕙，此情此景让人心生感慨。

　　"一枝入抱千般趣，数朵萦怀别样春。"宝玉讨得梅花抱在怀里，胭脂样的红梅和宝玉红色的衣服浑然一体又和白色的雪景相映成趣，也从侧面描写了两人因两情相悦而引起的微妙心理变化。王希廉评："可见妙玉心中爱宝玉殊甚。前说不给茶吃是假撇清，此番分送红梅亦是假掩饰。"[1]

图 2-49　宝玉乞梅

　　妙玉诚然是"云空未必空"，但她"假"吗？总觉得，吃茶也好，送梅花也好，恰恰是她小女儿家真性情的体现。这种真情流露很美好，美好到黛玉都不会吃醋。宝玉去乞梅之时，李纨要派人跟着，被黛玉拦了下来，说："不必，有了人反不得了。"一向爱吃醋的黛玉，在妙玉面前也变得大度了。果然，宝玉不但得了红梅，而且还是每人一枝。由此可见，黛玉对妙玉甚是了解和信任。

　　妙玉在《红楼梦》里是个非常特别的女子，一是来自命运的无奈选择，自小体弱多病，唯有真身入佛门，方可平安顺遂，无奈之下不得不带发修行，即便带发修

───────────

① 冯其庸辑校：《重校〈八家评批红楼梦〉》，青岛：青岛出版社，2015 年，第 1283 页。

行，也不能如常人般活动。后来贾府为元春归省聘买尼姑，她才被请到了贾府的栊翠庵。这使她与贾府的公子小姐有机会生出俗缘。

妙玉的判词："气质美如兰，才华馥比仙，天生孤僻人皆罕。"在曹公的笔下，妙玉貌美如花而且才华横溢，但是她的很多行为确实不入俗人眼。在大观园里没有人跟她计较，都只是背地里暗暗不喜欢她。她和宝玉为数不多的交往中，宝玉也是讨好屈就的一方。这样一个整体素质都很高的贵族公子，竟对她百般俯就，这对妙玉的虚荣心和自尊心都是极大的认可。判词里说妙玉"欲洁何曾洁，云空未必空"，自从进了贾府，她为情所困、芳心暗许，她口头上拒绝与宝玉单独会面，却又给宝玉红梅花、赠宝玉生日帖……心性相通的两个人心灵上已经有高度的契合。

我用"槛外云霞空念远，俗尘公子枉伤神"来形容他们之间的情感。《红楼梦》中妙玉自称"槛外人"，即特立独行，纯真无伪，通天道，远尘俗之人。"槛外云霞"实写栊翠庵云蒸霞蔚的红梅花，虚指妙玉。"空念远"揭示了妙玉由于身份特殊，虽然对宝玉有好感，但却不能像其他人一样随心所欲表达自己的真实感情的纠结与挣扎。"俗尘公子枉伤神"这句中的"俗尘"和"槛外"相对，写的是宝玉对妙玉的特殊感情。"寒风摇曳添凉意，惊起花前未醒人"是写宝玉讨得红梅转身离去，妙玉立在风雪中久久凝望宝玉的身影甜蜜又怅然的心情。

仅仅用男女之情来描述宝玉和妙玉的感情难免显得轻浮。他们的感情更类似于高山流水遇知音。我们也不妨试着做一个在槛内的槛外人，经常掸一掸心灵上的尘土，带着一颗感恩、宽容的心，去看待纷乱复杂的世事。

50. 宝琴立雪：裁诗尽兴访红梅，琉璃世界胭脂吐

踏莎行·宝琴立雪
陈慧茹

粉饰楼台，银装庭户。山河素裹无穷处。裁诗尽兴访红梅，流璃世界胭脂吐。　　疏影横斜，娇娃凝伫。轻裘玮态谁能赋？浑如艳雪胜丹青，惹人欲点鸳鸯谱。

东风齐著力·宝琴立雪
贺世战

香雾应浓，冰魂尤艳，映雪寒葩。长天一色，邸寺又坡涯。更有云裳绰态，霜风里、旷世仙娃。耽迷也，遗形望性，残梦如赊。　　好语莫

轻夸。谁避得、此间转瞬繁华。绮窗绣户，散去若烟霞。问向兰心玉质，终流落、柳处梅家？曹公味，红楼故事，漫引嗟呀。

【品评】 陈慧茹　撰

　　薛宝琴在曹公笔下是一位近乎完美的女子，她貌美绝伦，见多识广，本性聪敏，才华横溢。宝琴是在第 49 回才出场的，她一进贾府就得到了众人的绝美赞叹。首先是宝玉道："你们成日家只说宝姐姐是绝色的人物，你们如今瞧瞧他这妹子，更有大嫂嫂这两个妹子，我竟形容不出了。老天，老天，你有多少精华灵秀，生出这些人上之人来！"然后是晴雯向袭人道："你快瞧瞧去！大太太的一个侄女儿，宝姑娘一个妹妹，大奶奶两个妹妹，倒像一把子四根水葱儿。"袭人道："她们说薛大姑娘的妹妹更好，三姑娘看着怎么样？"探春道："果然的话。据我看，连他姐姐并这些人总不及他。"

　　贾母见了宝琴更是格外喜爱，硬让王夫人认做干女儿，还要她跟着自己睡，又送了一件异常珍贵的凫靥裘。难不成贾母真的因为宝琴漂亮可爱就疼她胜过了宝玉、黛玉吗？我看不是。她喜欢宝琴不假，但是，她表现出来的这一系列对宝琴的无比宠爱是对薛姨妈母女的暗示。宝钗也是一个绝色女子，宝琴进贾府与宝钗进贾府形成了鲜明的对比。老祖宗的态度很明确，我喜欢比宝玉小的宝琴，不喜欢大宝玉两岁的宝钗。

　　第 50 回，宝琴刚到

图 2-50　宝琴立雪

贾府不久就下了一场大雪，她穿着贾母给的凫靥裘，作完诗去弄梅花。四面粉妆银砌，忽见宝琴披着凫靥裘，站在山坡上遥等，身后一个丫鬟，抱着一瓶红梅。贾母喜得忙笑道："你们瞧，这山坡上配上他的这个人品，又是这件衣裳，后头又是这梅花，像个什么？"众人都笑道："就像老太太屋里挂的仇十洲画的《双艳图》。"贾母摇头笑道："那画的那里有这件衣裳？人也不能这样好！"

贾母对眼前的宝琴立雪图赞叹不已。以至于到了晚上，薛姨妈过来说话，贾母又提及宝琴雪下折梅，比画儿上还好。又细问她的年庚八字并家内景况。薛姨妈度其意思，大约是要与宝玉求配，遂半吐半露回复了贾母，并说明已经许配给梅翰林的儿子。聪明的凤姐最能领会贾母的意思，忙说："偏不巧，我正要作个媒呢，又已经许了人家。"贾母笑道："你要给谁说媒？"凤姐儿笑道："老祖宗别管，我心里看准了他们两个是一对。如今已许了人，说也无益，不如不说罢了。"

贾母也知凤姐儿之意，听见已有了人家，也就不提了。很多人看完这段对话，认为是凤姐打算给宝琴和宝玉做媒。我不这么认为，我觉得这是王熙凤和贾母在演戏，她们应该早就知道了薛宝琴兄妹进京的目的。因为薛蝌带妹妹进京是同王仁（王熙凤的亲哥哥）、邢岫烟一家、李婶娘母女一路来的，他们叙起来都是亲戚，各自进京的目的也会相互交流的。

王熙凤和贾母两个人一唱一和是对薛姨妈她们的"金玉良缘"说又一次有力反击。贾母再一次亮明态度，薛宝钗不是贾宝玉妻子的人选。早在第29回清虚观打醮时，张道士给宝玉提亲，说有一位十五岁的小姐，论模样儿，聪明智慧，根基家当，都配得过。贾母道："上回有和尚说了，这孩子命里不该早娶，等再大一点儿再定罢。"并让他打听着，不管根基富贵，只要模样性格配得上就好。此时的薛宝钗刚过完十五岁生日，贾母这样回复张道士是对"金玉良缘"说的第一次反击。

宝琴虽然出身于四大家族的薛家，她是幸运的，姿容超群，才情出众，自小父亲带她走遍了三山五岳，这在当时的女孩中最是难能可贵，她的出场让人耳目一新。白雪红梅给人一种清新脱俗的观感，梅花在白雪的映衬下凌寒怒放、雅俏艳丽。宝琴立雪的寓意是宝琴这样一个近似完美的女孩儿必有一个完美的归宿。宝琴姓薛（雪），夫家姓梅，红梅白雪的结合一定会鸾凤和鸣，和谐美满。所以这场大雪对宝琴来说是预兆吉庆祥和的瑞雪，她来到贾府，得到了万千宠爱，她将来嫁到梅家，必然会集富贵荣宠于一身。

51. 晴雯补裘：强支病体补恩情，神危力竭招非怨

踏莎行·晴雯补裘
陈慧茹

冬夜深寒，熏炉香暖。雀裘金翠光华灿。纤纤玉指捻花针，分清经纬穿丝线。　　咳喘频频，心慌颤颤。头昏眼黑时时断。强支病体补裘情，神危力竭招非怨。

【品评】陈慧茹　撰

第 52 回，晴雯补裘是《红楼梦》里又一个精彩画面，袭人因母亲病重回家去了，晴雯夜里受了风寒，高烧难退。宝玉去给舅舅王子腾祝寿，贾母特意给了一件雀金呢的氅衣，金翠辉煌，碧彩闪灼。宝玉才穿了一天，就不知怎么在后襟上烧了个指顶大的洞，麝月赶着叫人悄悄地拿出去找个匠人织补，可是东西太名贵，寻遍全城的能工巧匠均没人敢接，都不认得这是什么。

转天是王子腾生日的正日子，老太太、太太还叫穿这件衣服去，众人一筹莫展，宝玉急得直跺脚。晴雯忍不住翻身说道："拿来我瞧瞧罢。"移灯细看一会儿，道："这是孔雀金线织的，如今咱们也拿孔雀金线就像界线似的界密了，只怕还可混得过去。"麝月笑道："孔雀线现成的，但这里除了你，还有谁会界线？"晴雯道："说不得，我挣命罢了。"宝玉忙道："这如何使得！才好了些，如何做得活。"看得出宝玉心疼晴雯病着，实不忍心劳她做活，却也无奈。晴雯道："不用你蝎蝎螫螫的，我自知道。"一面说，一面坐起来，挽了一挽头发，披了衣裳，只觉头重身轻，满眼金星乱迸，实实撑不住。若不做，又怕宝玉着急，少不得恨命咬牙捱着，便命麝月只帮着拈线。

晴雯先将里子拆开，用茶杯口大的一个竹弓钉牢在背面，再将破口四边用金刀刮得散松松的，然后用针绗了两条，分出经纬，亦如界线之法，先界出地子后，依本衣之纹来回织补。补两针，又看看，织补两针，又端详端详。无奈头晕眼黑，气喘神虚，补不上三五针，便伏在枕上歇一会。宝玉一时问："吃些滚水不吃？"一时又命："歇一歇。"一时又拿一件灰鼠斗篷替她披在背上，一时又命拿个拐枕与她靠着。可见宝玉这个主子是真心怜惜晴雯，恨不能自己亲自去做而让她歇息养病。宝玉向来没有尊卑贵贱的概念，平素最是怜香惜玉，见晴雯带病为自己做活儿，着实感动不已。而晴雯见宝玉不停地为她忙乎，急忙央求他赶紧去睡，别把眼睛熬抠搂了。看得出这对主仆的感情非同一般，他们虽是主子与奴才，但更像是知心好友，彼此欣赏，相互吸引与爱慕。晴雯纯真漂亮，聪明灵巧，心直口快，深得宝玉喜爱。记得上次晴雯撕扇，就

是仗着宝玉的娇宠，生性张扬的晴雯才无所顾忌地任性。

晴雯对宝玉亦是心怀爱恋，但是她洁身自爱，从不做出格的事情，侍候宝玉洗澡让别人去做，袭人不在，她让麝月睡在宝玉卧房里。她虽是奴仆，从来也不会低三下四地去服侍主子，她率性爽快、心思细腻，她对宝玉的体贴谅解心存感激，所以看到宝玉着急她强撑着病体连夜补好雀金裘，此时的一针一线全是用心血织补出来的恩情与爱意。晴雯将雀金裘补完，已累得力尽神危，因此曹公用了一个"勇"字来形容她，称作"勇晴雯病补雀金裘"。

晴雯病补雀金裘是在深夜里悄悄进行的，为的是瞒着老太太、太太，所以过去就过去了，不会再提。可是到了第62回，晴雯说了一句玩笑话："明儿我们都走了，让芳官一个人就够使了。"袭人却回道："倘或那孔雀褂子再烧个窟窿，你去了谁可会补呢。你倒别和我拿三撇四的，我烦你做个什么，把你懒的横针不拈，竖线不动。一般也不是我的私活烦你，横竖都是他的，你就都不肯做。怎么我去了几天，你病的七死八活，一夜连命也不顾给他做了出来，这又是什么原故？你到底说话，别只佯憨，和我笑，也当不了什么。"

貌似粗粗笨笨的袭人居然说了这样一段长篇大论，字字句句都是醋意、骚怨和嫉恨。所以晴雯补裘，不仅仅是挣命织补那么简单，分明触了别人的痛，犯了他人的忌，为自己招来了非怨。正如判词所云"风流灵巧招人怨，寿夭多因诽谤生"。晴雯这个缺乏心机、天真纯洁的姑娘，早就成了别人的

图 2-51　晴雯补裘

眼中钉、肉中刺，再加上她平时心高气傲、率性张扬、脾气火爆、言语尖刻，这些都为她的悲剧结局埋下了伏笔。

52. 除夕祭宗：庭中灯烛灿，盛事止如期

五律·除夕祭宗

李宝贵

除夕瞳瞳日，宗祠祭祖时。

庭中灯烛灿，殿上锦帘垂。

长幼皆恭敬，儿孙尽礼仪。

绵延正月半，盛事止如期。

【品评】李宝贵　撰

　　第53回，已是腊月，离年日近，王夫人与凤姐治办年事。贾珍那边，开了宗祠，着人打扫，收拾供器，请神主，又打扫上房，以备悬供遗真影像。贾府内外上下，皆忙忙碌碌。转眼到了腊月二十九，各色齐备，两府都换了门神、联对、挂牌，新油了桃符，焕然一新。宁国府从大门、仪门、大厅、暖阁直到正堂，一路正门大开，两边阶下一色朱红大高烛，点得两条金龙一般。转天是除夕，是一年的最后一天，贾家最是忙碌。先是由贾母带领有诰封者，按品级着朝服，坐八人大轿进宫朝贺，行礼领宴毕回来，便到宁国府暖阁下轿，与早已在府门前排班伺候的诸子弟进入宗祠。

　　宗祠是在宁国府西边的另一个院子，黑油栅栏内五间大门，上悬一块匾，写着"贾氏宗祠"四个字，旁书"衍圣公孔继宗书"。两旁有一副长联，写道是："肝脑涂地，兆姓赖保育之恩；功名贯天，百代仰蒸尝之盛。"亦衍圣公所书。院中白石甬路，两边皆是苍松翠柏，月台上设着青绿古铜鼎彝等器。抱厦前上面悬一九龙金匾，写道是"星辉辅弼"，乃先皇御笔。两边一副对联，写道是："勋业有光昭日月，功名无间及儿孙。"亦是御笔。五间正殿前悬一闹龙填青匾，写道是"慎终追远"。旁边一副对联，写道是："已后儿孙承福德，至今黎庶念荣宁。"俱是御笔。贾家宗祠的规模很大，与祖上宁荣二公的地位和势力有关。其中抱厦和正殿的匾额与对联都是先皇御笔所书，可见皇家对贾家的特殊恩赏和贾家的无限荣耀。宁国府除夕祭宗祠，分为两个部分进行。

　　一，正殿祭列祖列宗。只见正殿里香烛辉煌，锦幛绣幕，列着神主。贾府人分昭穆排班立定。由宁国府贾敬主祭，荣国府贾赦陪祭，贾珍献爵，贾琏、贾琮献帛，宝

玉捧香，贾菖、贾菱展拜毯，守焚池。青衣乐奏，三献爵，拜兴毕，焚帛奠酒，礼毕，退出。

二，正堂祭宁荣二公。书中写道："众人围随着贾母至正堂上，影前锦幔高挂，彩屏张护，香烛辉煌。上面正居中悬着宁荣二祖遗像，皆是披蟒腰玉，两边还有几轴列祖遗影。贾荇、贾芷等从内仪门挨次列站，直到正堂廊下。槛外方是贾敬、贾赦，槛内是各女眷。众家人小厮皆在仪门之外。每一道菜至，传至仪门，贾荇、贾芷等便接了，按次传至阶上贾敬手中，贾蓉系长房长孙，独他随女眷在槛内，每贾敬奉菜至，传于贾蓉，贾蓉传于他妻子，又传于凤姐尤氏诸人，直传至供桌前，方传于王夫人。王夫人传于贾母，贾母方捧放在桌上。邢夫人在供桌之西，东向立，同贾母供放。"烦琐的仪式丝毫不乱，且庄严肃穆。直到将菜饭汤点酒菜传完，俟贾母拈香下拜，众人方一齐跪下，将五间大厅，三间抱厦，内外廊檐，阶上阶下两丹墀内，花团锦簇，塞得无一隙空地。鸦雀无闻，只听铿锵叮当，金铃玉珮微微摇曳之声，并起跪靴履飒沓之响。一时礼毕，众人退出。

祭宗活动结束，贾母在尤氏的上房小憩后即回荣府。从宁国府到荣国府的这一条街上，设列着两府的仪仗执事乐队，来往行人皆屏退不从此过。贾母的正室亦是锦裀绣屏，焕然一新，老太君在这里又接受了贾敬、贾赦等诸子弟，以及女眷们小厮丫鬟们的行礼。至初一五鼓，贾母等又按品大妆，摆全副执事进宫朝贺，兼祝元春千秋。领宴回来，又至宁府祭过列祖。正月十七一早，又过宁府行礼，伺候掩了宗祠，收过影像。至

图 2-52　除夕祭宗

此，除夕祭宗活动才算正式结束。通过曹公对贾府祭祀活动的细致描写，我们看到了贾家昔日的辉煌和当下的奢靡。从除夕祭宗到元宵夜宴，是整部《红楼梦》中贾府繁华极盛的顶点。这以后就开始走下坡路，终至腐朽、衰落，家散败亡。

53. 贾母论书：上元钟鼎夜，贾母论书词

五律·贾母论书

李宝贵

上元钟鼎夜，盛宴正宜时。

好戏连台唱，花灯对月垂。

艺人携鼓曲，贾母论书词。

一语抨陈腐，余闻亦所思。

【品评】李宝贵　撰

第 54 回"史太君破陈腐旧套"，正月十五元宵节之夜，贾母在大花厅并廊上摆十几席酒，带领荣宁二府子侄孙男孙媳们家宴。当时贾府正值钟鸣鼎食之时，只见花厅之上宫香袅袅，花卉新奇，名茶飘香，各色佳灯异彩纷呈。定了一班小戏，早有林之孝之妻带领的媳妇们预备好了簸箩和成堆的散钱，听到一个"赏"字，便每人撮一簸箩向戏台上一撒。贾珍、贾琏也命小厮们抬了大簸箩的散钱来，听见贾母一赏，便快撒钱，只听满台钱响，贾母大悦。

夜已深，众子孙敬酒，又上汤献上元宵来，热闹了一回。贾母体谅唱戏的孩子们辛苦，命将戏暂歇歇，让唱戏的孩子们也吃些滚汤滚菜，各色果子元宵，吃了再唱。在这个空当，便有婆子带了两个门下常走动的，怀抱弦子和琵琶的女先生儿进来为贾母说书解闷。贾母便问近来可有添些什么新书。女先生儿回答：倒有一段新书，是残唐五代的故事。贾母问是何名？女先生儿说叫作《凤求鸾》。贾母让先大概说说原故，若好再说。女先生给贾母讲新书的内容，谁知，刚说了一小半，贾母就道："不用说了，我猜到了。"

贾母笑道："这些书都是一个套子，左不过是些佳人才子，最没趣。把人家女儿说的那样坏，还说是佳人，编的连影儿也没有了。开口都是书香门第，父亲不是尚书就是宰相，生一个小姐必是爱如珍宝。这小姐必是通文知礼，无所不晓，竟是个绝代佳人。只一见了一个清俊的男人，不管是亲是友，便想起终身大事来，父母也忘了，书礼也忘了，鬼不成鬼，贼不成贼，那一点儿是佳人？便是满腹文章，做出这些事来，

也算不得是佳人了。""再者，这样大家人口不少，奶母丫鬟服侍小姐的人也不少，怎么这些书上，凡有这样的事，就只小姐和紧跟的一个丫鬟？"众人听了都笑并附和。贾母又说："这有个原故：编这样书的，有一等妒人家富贵，或有求不遂心，所以编出来污秽人家。再一等，他自己看了这些书看魔了，他也想一个佳人，所以编了出来取乐。何尝他知道那世宦读书家的道理！别说他那书上那些世宦书礼大家，如今眼下真的，拿我们这中等人家说起，也没有这样的事，别说是那些大家子。可是诌掉了下巴的话。所以我们从不许说这些书……"一番话，让人们发现贾母真的是不简单。一般的老太太，听书看戏也只是看（听）个热闹，没有什么思考和见地。可贾母却独具慧眼并远见卓识，她的评论见解颇为独到。贾母的"论书"，实际上是一篇短小精当的文学评论，犀利地指出这种套子的庸俗可笑，以及严重背离现实的不合理之处，并且毫不留情地揭穿了捏造故事的那些人无聊酸涩心理。就连脂砚斋在这一回回末都对贾母大加赞扬了一番："史太君一席话，将普天下不尽理之奇文，不近情之妙作，一齐抹倒。"（戚序本回末总评，第703页）

贾母反对千篇一律男欢女爱的故事，欣赏不落俗套的言情戏剧与鼓书。这与《红楼梦》开卷第1回所言"亦令世人换新眼目，不比那些胡牵乱扯忽离忽遇，满纸才人淑女、子建文君红娘小玉等通共熟套之旧稿"的观点十分吻合。"论书"也正是曹雪芹借贾母之口，表达《红楼梦》一书的创作主张。还有的人认为贾母这一番"论书"，是暗中敲打宝

图2-53　贾母论书

玉黛玉二人。我认为这样的猜测不对，宝黛二人青梅竹马，才华出众，姿容艳美。他们没有私订终身，也没有私奔。两人是单纯的情窦初开，懵懂的知己之爱，不逾规矩。宝玉黛玉又是贾母最疼爱的孙子和外孙女，因此贾母不可能暗指他们。贾母"论书"破腐除旧，切中时弊，语言精彩，令人耳目一新，就是放在现在也不过时。反思我们当今社会，不也仍有许多不真实不真情、追逐低级庸俗趣味的文学作品吗？

54. 探春理家：裙钗也带英雄色，恃权公允何超逸

踏莎行·探春理家

王志霞

智略宏宏，威名赫赫。裙钗也带英雄色。田塘圃木正宜耕，园淋秀雨精分擘。　　府遇良医，家除痼疾。恃权公允何超逸。清明难再启荣昌，一生襟抱何曾息！

【品评】王志霞　撰

老太妃去世，老太太和太太们要出门参加丧事活动，这时家里管事的王熙凤又病了，理家的重任最终还是落在了贾探春的头上。探春理家，正是荣府经济陷入困境之际。贾府仆妇素昔眼空无人，以为探春是个"未出闺阁的青年小姐，且素日也最平和恬淡"，因此办事懈怠不说，还试图刁难。第55回，探春刚坐上议事厅，就碰上了一件棘手的事情。

刚吃过茶，吴新登家的进来说："赵姨娘的兄弟赵国基昨日死了。昨日回过太太，太太说知道了，叫回姑娘奶奶来。"探春问李纨怎么办，李纨想了想说："前儿袭人的妈死了，听见说赏银四十两。这也赏他四十两罢了。"吴新登家的忙答应"是"，接过对牌就走。探春说："你且别支银子。我且问你：那几年老太太屋里的几位老姨奶奶殁了，赏多少两银子？她们有家里的，也有外头的，都赏多少。"吴新登家的不记得这事，满脸通红，探春让她去拿账本来，探春看了，说："给他二十两银子。把这账留下，我们细看看。"吴新登家的答应去了。

这时赵姨娘突然进来。赵姨娘说："我在这屋里熬油似的熬了这么大年纪，又有你和你兄弟，这会子连袭人都不如了，我还有什么脸？连你也没脸面！"探春听了，笑着拿账本给赵姨娘看，并念给她听，说是按着旧规矩办事。赵姨娘问探春："你不当家我也不来问你……你舅舅死了，你多给了二三十两银子，难道太太就不依你？……如今没有长羽毛，就忘了根本，只拣高枝儿飞去了！"探春气得脸发白。对赵姨娘向

她称赵国基为"你舅舅"，探春立即哭着反驳。按照封建礼法，王夫人的兄弟王子腾才是她的舅舅，而赵姨娘的兄弟赵国基却是奴才。即使后来凤姐派平儿来"请姑娘裁夺着再添些也使得"，探春也断然拒绝。探春坚持秉"公"办理，赢得了贾府上下的畏惧与尊重。

第56回"敏探春兴利除宿弊　时宝钗小惠全大体"，探春的改革分两步：先是节流，在蠲免爷们学里费用银每人八两而外，又减去姑娘们每位每月二两脂粉。第二步是开源，将大观园的土地承包到个人，派老成而知园圃的老仆妇收拾管理，每年上交若干银两。薛宝钗比探春有更丰富的社会经验，考虑也更为周到全面，因而她想出了一个"小惠全大体"的法子，贾府每年可以节余白银四百两。

在探春改革新政的描写中，曹公对她的个性特征主要是围绕"敏"字作文章，具体表现为：其一，她善于观察分析。姑娘们的月例与买办采购供应姑娘脂粉的每月二两系重复支出，她注意到了。府中买来的脂粉都与买办供给的一样，都是不能使的坏货色，必须派奶妈的兄弟去买方能得到好的，她也注意到了。经与平儿、李纨商量，她决定把买办的每月蠲了。这样做出的改革当然有根有据，无可驳诘。其二，她处处留心庶务。赖大家的请客，他人不过吃喝玩乐而已，而探春竟会与赖家姑娘闲谈花园的收益。这次谈话实乃她在大观园施行改革新政的契机。其三，她注重实利，敢于说朱子"虚比浮词"。其四，对"利"即金钱在当时社会人际关系中的作用，她看得很透。大观园改革妨碍了账房之利，年终归账时账房必然设法

图 2-54　探春理家

捉弄承包者以出气，探春对此形势看得清楚，故主张将账归到里头，不经外头账房之手。其五，处理实际事务从大处着眼。赖家园子不及大观园一半，承包所余有二百两银子。后来探春只向承包者取四百两银子的实物。

单看"三人管理小组"前期成果，还是比较成功的，单是将大观园的花草树木承包给婆子们，一年下来就能有四五百两银子的收益，这笔钱对花钱如流水的荣国府来说，虽然并不多，但到底算是一个小小成绩。探春虽在凤姐病假期间暂执权杖发动大观园改革，但为时已晚，难以挽回贾府颓势。

55. 紫鹃试玉：忠贞护主不辞劳，枉自心焦

一剪梅·紫鹃试玉

王志霞

忍看潇湘泪未消。谊笃金兰，枉自心焦。浩然胆气薄云霄，假语危词，势若惊涛。　　犹喜前盟识故交。誓共死生，与子同袍。忠贞护主不辞劳，澄澈襟怀，千载名高。

【品评】王志霞　撰

紫鹃原名鹦哥，是贾母房里的二等小丫头。贾母见林黛玉来时只带了两个人，恐不中使，便把鹦哥给了黛玉，改名为紫鹃。紫鹃眼看宝黛情深，年龄日长，而寄人篱下的黛玉，又无父母为之做主谋划，少不得要替姑娘思虑。紫鹃没有黛玉的胸襟格局，也没有黛玉的文化水平以及聪慧的头脑。她只是一个比较伶俐的小丫鬟，忠心护主，想要达成宝玉黛玉的婚事。第57回，紫鹃试"忙玉"前后三番，终于试出了"忙玉"并非泛爱，而是情有独钟。

第一番试玉，紫鹃对"忙玉"故作冷淡，谓"姑娘常常吩咐我们，不叫和你说笑。你近来瞧他远着你还恐远不及呢"，且"说着便起身，携了针线进别房去了"。而宝玉"心中忽浇了一盆冷水一般，只瞅着竹子，发了一回呆"，又"怔怔的走出来，一时魂魄失守，心无所知，随便坐在一块山石上出神，不觉滴下泪来"。这是曹公的描写，紫鹃还未必能全部了解，但宝玉的这种若有所失的神情她已觉初步满意。

紫鹃第二番试玉，乃借燕窝引出黛玉将回苏州之事试探。宝玉始则不信，后听紫鹃驳得有理，"便如头顶上响了一个焦雷一般"。这番试玉，造成了宝玉痴病大发，"一头热汗，满脸紫涨"，"两个眼珠儿直直的起来，口角边津液流出，皆不知觉"，王太医所谓"急痛迷心"。紫鹃这句顽话"妹妹回苏州去"又试出了宝黛之间真挚的互爱之

情。宝玉发作疯病，痴痴癫癫，看似可笑，实系他内心炽烈情感的外部表现；黛玉则一听宝玉"不中用"，即"哇的一声将腹中之药一概呛出，抖肠搜肺，炽胃扇肝的痛声大嗽了几阵，一时面红发乱，目肿筋浮，喘的抬不起头来"，又对紫鹃说"你竟拿绳子来勒死我是正经"，两人誓共生死之情早已绘出。戚序本第 57 回回末总评云："写宝玉黛玉呼吸相关，不在字里行间，全从无字句处运鬼斧神工之笔，摄魄追魂。"（第 746 页）可谓得此文精髓。

　　慧紫鹃的第三番试玉，是在宝玉病愈之后。经前两番试探，她已知宝玉并非泛爱不专的"忙玉"，但是，她还没听到宝玉的心里话，所以才又有了这第三番试玉。这次她得到了宝玉"活着，咱们一处活着；不活着，咱们一处化灰化烟"的誓言。紫鹃听了，"心下暗暗筹画"。"筹画"什么？"筹画"如何促进宝黛的婚事。因此当晚她即向黛玉进言："万两黄金容易得，知心一个也难求"，"趁早儿老太太还明白硬朗的时节，作定了大事要紧"。"慧"紫鹃之"慧"，至此已十分显然。这天，薛姨妈她们凑巧一齐来看黛玉。紫鹃竟然相信了薛姨妈要给宝玉和黛玉说亲的话，忙跑上来催着薛姨妈说："姨太太既有这主意，为什么不和太太说去？"

　　紫鹃之忠心，千古难觅，曹公刻画丫鬟形象，力求丰富多面，比如袭人、鸳鸯、平儿、司棋、晴雯等人，她们都在不同的场景中出现过，或是照顾主子，或是闲来无事各处串

图 2-55　紫鹃试玉

门，抑或是在大观园内闲逛，由此引发故事情节。但细心的读者就会发现，曹公每次提到紫鹃的时候，她要么在给林黛玉熬药，要么在潇湘馆内看家，要么就是派人给大冬天出去的林黛玉送手炉暖手，她的一切活动都是围绕林黛玉展开的！紫鹃最是难得解语花，识花方知其可贵，用现代语言来讲，黛玉和紫鹃是真正意义上的闺蜜关系。紫鹃、林黛玉的主仆关系，是整本《红楼梦》的一大亮点，这对超越时代、阶级的主仆、姐妹，承担了整本《红楼梦》中的人性美与人情美。紫鹃是黛玉在孤苦人世的一抹融融的暖意。

56. 慈姨慰颦：哄得颦卿心内暖，误认慈恩一片

清平乐·慈姨慰颦

陈慧茹

笑堆双眼，爱语多温软。哄得颦卿心内暖，误认慈恩一片。　　奴婢趁势求情，反遭打趣嘲评。婆子齐声称赞，又将巧语回应。

【品评】 陈慧茹　撰

第 57 回"慈姨妈爱语慰痴颦"，紫鹃用"黛玉要回苏州"来试探宝玉，引发了宝玉的痴狂之症，差点儿死过去。这件事惊动了贾母、王夫人等，宝玉对黛玉的痴情大家看得一清二楚，贾母此时不便做主，王夫人见此情景无奈又无语。薛姨妈看出宝、黛的密不可分，说道："林姑娘又是从小儿来的，他姊妹两个一处长了这么大，比别的姊妹更不同。这会子热剌剌的说一个去，别说他是个实心的傻孩子，便是冷心肠的大人也要伤心。"她借宝玉心实，说出了宝玉对黛玉的特殊情感。

宝玉大病过后，一天，薛姨妈和宝钗都来潇湘馆看黛玉，三人在潇湘馆唠起了家常，谈起了邢岫烟和薛蝌的姻缘，薛姨妈道："自古道'千里姻缘一线牵'。管姻缘的有一位月下老人，预先注定，暗里只用一根红丝把这两个人的脚绊住，凭你两家隔着海，隔着国，有世仇的也终久有机会作了夫妇。这一件事都是出人意料之外，凭父母本人都愿意了，或是年年在一处的，以为是定了的亲事，若月下老人不用红线拴的，再不能到一处。"她在暗示黛玉，你和宝玉青梅竹马，情投意合，但是没人拴这个红线就做不成夫妻。一向端庄稳重的宝钗听了便伏在薛姨妈怀里撒娇，卖弄母女情深。敏感的黛玉自幼丧母，孤苦伶仃寄居贾府，见了不免难过流泪。宝钗借此说黛玉轻狂。薛姨妈道："也怨不得她伤心，可怜没父母，到底没个亲人。"此时的薛姨妈很会共情，用慈颜爱语来赢取黛玉那颗受伤的心。她道："好孩子别哭。你见我疼你姐姐你伤心

了，你不知我心里更疼你呢。”

黛玉当了真，要认薛姨妈做干娘，薛姨妈欣然接受。宝钗却称认不得，说她哥哥薛蟠看上了黛玉，只等回家来就下定，边说边冲母亲挤眼儿发笑。薛蟠是何等蠢物？宝钗竟拿他开黛玉的玩笑，气得黛玉要抓她。

薛姨妈忙笑着劝开，向宝钗道：“连邢女儿我还怕你哥哥遭踏了他，所以给你兄弟说了。别说这孩子，我也断不肯给他。”她说的“断不肯”其实是“断不敢”，她很清楚儿子的德行，她若敢向老太太提这门亲，老太太就能立刻把他们轰出贾府，她有自知之明才未敢造次，反说舍不得又让黛玉感动。

薛姨妈接着说：“前儿老太太因要把你妹妹说给宝玉，偏生又有了人家，不然倒是一门好亲。”“我想着，你宝兄弟老太太那样疼他，他又生的那样，若要外头说去，老太太断不中意。不如竟把你林妹妹定与他，岂不四角俱全？”众人皆知薛蟠带宝琴进京是为了发嫁，薛姨妈故意说出这样话来安慰黛玉，以赢得黛玉的心。黛玉心中异常感动，以为得到了慈母般的关怀，但是作为一个千金小姐却羞红了脸，只怪宝钗造次才引出这些没正经的话来。

紫鹃听见薛姨妈的话，跑来笑道：“姨太太既有这主意，为什么不和太太说去？”紫鹃对姨妈的话信以为真，所以忙来催她快去落实。谁知薛姨妈哈哈笑道：“你这孩子，急什么，想必催着你姑娘出了阁，你也要早些寻一个小女婿去了。”紫鹃羞红脸转身去了。潇湘馆里的婆子

图 2-56　姨妈慰颦

们笑道："姨太太虽是顽话，却倒也不差呢。到闲了时和老太太一商议，姨太太竟做媒保成这门亲事是千妥万妥的。"薛姨妈不能再用对付紫鹃的方式来怼婆子们，她这次不做正面回应，只说："我一出这主意，老太太必喜欢的。"

曹雪芹善用史笔，叙述事件，从不做善恶评论，因此就有了众多解读，说薛姨妈真心者有之，说薛姨妈笑里藏刀者有之。有人认为，以黛玉之敏感，都不认为薛姨妈说的是假话，说薛姨妈虚情假意就有些牵强了。如果薛姨妈是狡诈之人，也容不下儿媳夏金桂放肆了。但常理而言，薛姨妈怎么可能疼黛玉胜过宝钗呢？薛家住进贾府不久，便有了"金玉良缘"的传言，薛姨妈知道黛玉是"金玉良缘"的最大障碍，她也很清楚老太太的心思。我个人认为，为了女儿宝钗的幸福，她绝不可能去给宝、黛做媒，薛姨妈的话确实言不由衷。

57. 宝哥叹杏：不忍闻啼雀，映心生寂寥

五律·宝哥叹杏

李振国

神瑛魇昧消，步出沁芳桥。

入目皆空阔，映心生寂寥。

杏青枝缀子，臆白绪翻潮。

不忍闻啼雀，三千取一瓢。

【品评】 李振国　撰

《红楼梦》第58回，且说"慧紫鹃情辞试忙玉"之后，宝玉卧病不起。这一日，因宝玉尚未大愈，饭后发倦，袭人劝他出去逛逛，宝玉拄了杖，靸了鞋，踱至沁芳桥上来。只见柳垂金线，桃吐丹霞，山石之后一株大杏树，花已全落，叶稠阴翠，上面已结了豆子大小的许多小杏。宝玉因想道："能病了几天，竟把杏花辜负了！不觉已到'绿叶成荫子满枝'了！"因此仰望杏子不舍。又想起邢岫烟已择了夫婿一事，虽说男女大事不可不行，但未免又少了一个好女儿，不过两年，便也要"绿叶成荫子满枝"了。再过几日，这杏树子落枝空；再几年，岫烟也不免乌发如银，红颜似缟。因此不免伤心，只管对杏流泪叹息。正悲叹时，忽有一个雀儿飞来，落于枝上乱啼。宝玉又发了呆性，心下想道："这雀儿必定是杏花正开时他曾来过，今见无花空有枝，故也乱啼。这声韵必是啼哭之声。可恨公冶长不在眼前，不能问他。但不知明年再发时，这个雀儿可还记得飞到这里来与杏花一会了？"

"绿叶成荫子满枝"出自杜牧《叹花》诗："自是寻春去校迟，不须惆怅怨芳时。狂风落尽深红色，绿叶成荫子满枝。"杜牧早年游湖州，识一民间女子，年十余岁。杜牧与其母相约过十年来娶，后十四年，杜牧始出为湖州刺史，女子已嫁人三年，生二子。杜牧感叹其事，故作此诗。宝玉借此句委婉地抒发了机缘已误、时不再来的惆怅以及一种无可如何的懊悔惋惜。宝玉言"可恨公冶长不在眼前，不能问他"。公冶长，乃孔门弟子，有德行，颇贤，通鸟语。

人凡大病初愈，观物只宜豁朗，沁芳桥一带，虽非湫隘，但也不能极目云天，氛围压抑，在所难免。宝玉目睹山石后那株大杏树已然"绿叶成荫子满枝"，光阴易逝，竟把杏花辜负，不免一点愁绪，堆来心上，由此感叹。宝玉何以兴此叹？且要从宝玉曾说的一段话分析开来："……等我有一日化成了飞灰，飞灰还不好，灰还有形迹，还有知识。等我化成一股轻烟，风一吹便散了的时候，你们也管不得我，我也顾不得你们了。那时凭我去……"绝情语必生自缱绻情，宝玉与大观园众姊妹能作此语者，可见宝玉之情，为古今天下男女所共有之情，为古今天下男女所不能尽之情。而此情惟宝玉独得之，惟宝玉情钟之，故又必然有此一叹。

窃谓宝玉所叹者三：一为达人之叹，叹沧海桑田，"自其变者而观之，天地不能以一瞬"。二为诗人之叹，叹时事变迁，"旧时王谢堂前燕，飞入寻常百姓家"。三为有情人之叹，叹造化无端，"人面不知何处去，桃花依旧笑春风"。因宝玉日常喜聚不喜散，"只愿人常聚不散，花常开不谢；及到筵散花谢，

图 2-57　宝哥叹杏

虽有万种悲伤，也就没奈何了"，故又见雀儿落于杏枝之上乱啼，触发了呆性，只恨那个通晓鸟语的公冶长不在眼前，不能问一问雀儿，明年杏花发时能否一会？宝玉惜缘，怕的是热闹过后的惘然若失，怕的是此情可待成追忆的怅然，故见不得散筵，经不得离别。故由眼前之杏，又念及岫烟已字，不数年，儿女成行，再数年，白发星星。怅自心生，故欲将每一日时光，长长聚来，细细乐来，慢慢享来，此便是大观园众姊妹所言宝玉之呆性，此呆性便是人间至性，在闺阁，可歌可传，在世路，必疑作愚顽不肖矣。

58. 藕官烧纸：岂无缘故泣虚凰，但教眷侣愧鸳鸯

七律·藕官烧纸
李振国

岂无缘故泣虚凰，偏感人间子意长。
竹帛空传离恨语，烟花到处薄情郎。
啾叽乳燕歌稍歇，缭绕冥灰思未央。
几见自家羞假凤，但教眷侣愧鸳鸯。

【品评】 李振国　撰

《红楼梦》第58回，且说那日朝中老太妃薨逝，凡诰命等皆入朝随班按爵守制。敕谕天下，凡有爵之家，一年内不得筵宴音乐，庶民皆三月不得婚嫁。故各官宦家凡养优伶男女者，一概蠲免遣发。当此际，大观园内，因昔日元妃省亲，于苏州采买的十二个戏子，正无从安排。故王夫人与尤氏议定，有愿意回去的，给与几两盘缠，由其父母领回，不愿意回去的，便留下。于是将十二个女孩子叫来，当面细问。或言父母俱亡，或言无人可投，或言恋恩不舍，愿去者只四五人。贾母留下了文官，芳官与了宝玉，蕊官送了宝钗，藕官与了黛玉，葵官送了湘云，荳官与了宝琴，艾官送了探春，尤氏讨了茄官。于是，众优伶各得其所。

这日，宝玉大愈，跐入杏子阴。见青杏如豆，小雀乱啼，正自感叹。忽听得有人喊道："藕官，你要死，怎弄些纸钱进来烧？"宝玉听了，益发疑惑起来，忙转过山石看时，见藕官满面泪痕，蹲在那里，手里拿着火，守着些纸钱灰作悲。宝玉忙问道："你与谁烧纸？快不要这里烧。你或是为父母兄弟，你告诉我姓名，外头去叫小厮们打了包袱写上名姓去烧。"藕官只不作声，这时一个婆子恶狠狠地走来，口内说道："我已经回了奶奶们，奶奶们气的了不得。"

　　藕官听了，终是孩气，怕辱没了没脸，便不肯去。那婆子又数落了一阵，拉了藕官袖子，拽着要走。宝玉见了，忙以昨晚梦见杏花神托梦索要一挂白纸钱，今日使藕官代烧与神祇为由，为之开脱。婆子不便说什么，只得去了。这时宝玉再去问她："到底为谁烧纸？"藕官含泪说道："我这事，除了你屋里的芳官并宝姑娘的蕊官，并没第三个人知道。"又哭道："我也不便和你面说，你回去背人悄问芳官便知道了。"说毕，怏怏而去。

　　当日，芳官因洗头风波，被干娘欺辱，为绛芸轩里的袭人、麝月护下。宝玉便向芳官问及此事。芳官叹了一口气，说道："你说他祭的是谁？祭的是死了的菂官。"宝玉道："这是友谊，也应当的。"芳官笑道："那里是友谊？他竟是疯傻的想头，说他自己是小生，菂官是小旦，常做夫妻，虽说是假的，每日那些曲文排场，皆是真正温存体贴之事，故此二人就疯了，虽不做戏，寻常饮食起坐，两个人竟是你恩我爱。菂官一死，他哭的死去活来，至今不忘，所以每节烧纸。后来补了蕊官，我们见他一般的温柔体贴，也曾问他得新弃旧的。他说：'这又有个大道理。比如男子丧了妻、或有必当续弦者，也必要续弦为是。便只是不把死的丢过不提，便是情深意重了。若一味因死的不续，孤守一世，妨了大节，也不是理，死者反不安了。'你说可是又疯又呆？说来可是可笑？"宝玉不免感叹一回。

　　藕官多情，以戏情为真情。因是，由戏入真，由真入魔，由魔入恶，而患且不测。藕官与菂官所生之情愫，乃古今天涯沦落人所共有之情愫，在彼此互为慰藉。藕官、菂官因身为戏子，见惯戏外之伪，愈觉戏中之真，故沉浸不能自拔。宁愿相信虚无缥缈处真爱永存，亦不愿见现实中尔虞我诈。由是，藕官一点痴性触发，菂官一死，似乎万念俱失，又将其一记重拳打回现实。在人情冷暖、世态炎凉中失去了仅存的一块心灵安放地，故每逢节令，必奠以楮纸，酹向黄壤，悲

图 2-58　藕官烧纸（翟海潮绘）

从中来，涕泪交零。《红楼梦》中藕官烧纸一节，看似悖乎常理，然细究之，不外乎人情，此人情，乃人间至情，非至性者不能达。故为大观园内一众愚婆子嗤之，而反为绛洞花主怜之。

我认为，藕官念旧，直以思祭碧落，泪奠黄泉。藕官烧纸，戏中事延诸戏外情，不可不谓之有情，然世人只以戏外事演诸戏中情，不可不谓之无情。藕官有情，不忘前情。若以寻常情种，但见新人笑，哪闻旧人哭。故藕官动情，大可圈点矣！

59.莺儿编柳：嫩枝分翠，翻纤手，挽春光

行香子·莺儿编柳
王志霞

露怯朝阳，燕试新妆。抛杂事，问药潇湘。渚边新柳，正吐鹅黄。便解幽怀，翻纤手，挽春光。　　嫩枝分翠，繁花香堕，赠佳人，室染余芳。轻狂竟惹，俗态犹尝。纵尘嚣起，篮未得，又何妨。

【品评】王志霞　撰

莺儿是宝钗的贴身大丫鬟，她本来叫黄金莺，宝钗觉着叫起来拗口就叫她莺儿。莺儿手很巧会编花篮，会打络子，就是用丝线打成很多花样的结再配上珠子，用来装饰。莺儿不仅会的花样多，而且很会配色，她打的珠络，宝玉最喜欢了。

第59回，柳树成荫、鲜花开放的季节，大观园美极了。一天，湘云脸上发了癣，宝钗说蔷薇硝可以治疗癣症，就让莺儿去黛玉那里取一点蔷薇硝来。莺儿带着另一个小丫头蕊官朝潇湘馆走去，两人说说笑笑不知不觉就到了柳叶渚。这里岸边种着连排的柳树，碧绿的柳叶随风飘动，好看极了。莺儿问蕊官："你会拿着柳条子编东西不会？"蕊官说："编什么东西？"莺儿说："什么编不得，顽的使的都可。"说着，她们采了些鲜嫩的柳条，一会儿工夫，就编成了一个精巧的花篮。她们一路走，一路采花做装饰，嫩绿的叶子配着各色的鲜花，可想而知这个花篮有多漂亮了。蕊官想要，莺儿说这个先送给林姑娘，回头再多做几个送给大家玩。

到了潇湘馆，黛玉看见这个花篮果然喜欢，又得知是莺儿编的，夸奖道："怪道人赞你的手巧，这玩意儿却也别致。"然后让紫鹃挂起来，慢慢欣赏。林黛玉的眼光是很高的，连她都喜欢，可见莺儿的手艺有多好了。莺儿拿了蔷薇硝后，同蕊官、藕官一同前往蘅芜苑，因为黛玉说了，等一块儿到宝钗那儿去吃饭。当她们再一次来到柳叶渚时，莺儿便坐了下来，继续掐花折柳编篮子，蕊官和藕官二人将蔷薇硝送去后，也

赶忙过来了。就在这个时候，春燕走了过来。春燕是何婆子的女儿，她是怡红院的三等丫头。

　　王熙凤病后，由李纨、探春、薛宝钗三人理家，将大观园划区域包给贾府里的婆子们管理，而柳叶渚这一块，便是包给了春燕的妈妈、姑妈。春燕来到沁芳堤，是受她姑妈嘱托，照看花柳的。春燕见莺儿这样，知道母亲和姑妈知道后一定会发脾气，特意委婉地说道："如今进来了，老姑嫂两个照看得谨谨慎慎，一根草也不许人动。你还掐这些花儿，又折他的嫩树，他们即刻就来，仔细他们抱怨。"莺儿便说道，别人折不得，偏我折得，园子分下来后，各方的小姐、公子每天都有分例，独我家小姐说不用，到要的时候给你们说就好了。这会儿我掐一点儿算什么。莺儿毕竟低估了那些婆子的昏聩无礼，那些婆子们只看眼前。

　　她们正说着话，春燕的姑妈夏婆子拄着拐杖来了，见她们折了这么多嫩柳，采了这么多鲜花，实在看不过自己的利益受到损失，只能指桑骂槐。莺儿看热闹不嫌事大，还继续拱火，笑着说："这都是他摘下来的，烦我给他编，我撺他，他不去。"莺儿也许是开玩笑，但是在气头上开这样的玩笑实在不妥。接着，春燕的娘何婆子来了，出乎春燕和莺儿的预料，可怜的春燕先被姑妈欺负又被母亲责骂、扇耳光，却完全不能反抗。姑妈不满莺儿折柳条，便将火气发在春燕头上。事情闹到这一步，莺儿始料未及，忙去拉住劝阻："我才是玩话，你老人家打他，我岂不愧？"婆子依然胡搅蛮缠，莺儿索性不理她，接着编起花篮。甚至于最后，

图 2-59　柳叶渚边嗔莺叱燕

赌气把柳条鲜花抛掷水中。

莺儿的行事，跟宝钗又不完全相同。宝钗向来省事，不要分例的花，也不会纵了丫头去自己摘。而莺儿却是贪玩，且天真烂漫。面对婆子的无礼，她并不低头回避，息事宁人，且不以自己主家是客居而胆怯。宝钗待莺儿，似乎也并不严苛。莺儿活泼烂漫，宝钗稳重老成。莺儿的明快似乎某种程度上互补了宝钗的清冷，从莺儿身上，我依稀看到七八岁上的宝钗，以及她那"也够个人缠的"往昔……莺儿这小小的"逾规"折柳事件，正好从另一个角度说明宝钗的成熟世故并非天性如此，而是环境使然罢了。

60. 厨房风波：干戈来后鸟惊啼，愈觉本真天理

西江月·厨房风波

王志霞

花溆何能避日，菱洲有幸闻棋。衷心为主筑藩篱。自恃谁人堪比。　　饮膳聊供品色，盘蔬相差云泥。干戈来后鸟惊啼。愈觉本真天理。

【品评】王志霞　撰

迎春住在紫菱洲，是贾府地位不高的二小姐。迎春的父亲贾赦对她不管不问，邢夫人也不曾给过她温暖和保护，因为贾赦和邢夫人的态度，众人也是不把迎春当回事。她从来不敢惹事，遇事也只知退让，贾府上下暗地里都说她是"二木头"，戳一针也不知道哎呦一声。迎春的攒珠累丝金凤首饰被乳母拿去赌钱她也不追究，绣桔和探春设法替她追回，她却说："宁可没有了，又何必生事。"

司棋是迎春的大丫鬟，这个名字是"掌管棋子"的意思，顾名思义，或许曹雪芹就是让司棋来保护迎春，要保护这位"懦小姐"，自然需要"高大丰壮"的身材以及勇猛跋扈的性格。司棋是王善保家的外孙女，王善保家的是荣国府大太太邢夫人的陪房婆子。

《红楼梦》第 61 回上演了一出好戏。迎春的大丫鬟司棋想吃碗炖鸡蛋，派小丫鬟莲花去给小厨房管事柳嫂子传话，柳家的从心里不太重视司棋，前面已经怠慢过，这次直接就说鸡蛋太难买，还发了好一通牢骚。丫鬟们也知道，怡红院的丫鬟想吃个什么东西，柳家的那叫一个殷勤，这是看人下菜碟啊！莲花回去一汇报，司棋可不比迎春好说话，带上几个丫鬟来到小厨房一通乱砸。司棋一发威，柳家的立马就认了怂，乖乖地蒸了蛋派人送去，司棋一口没吃，全泼到地上。那人回来也不敢说，恐又生事。

柳嫂以前给司棋吃馊豆腐，司棋一直怀恨在心。柳嫂看人下菜碟，司棋饱受柳家的歧视最后爆发为"大闹厨房"。司棋大获全胜，可这口恶气却没发出来，柳嫂子和二小姐的丫鬟们算是结了仇。这表面看是一场小风波，实则还有后手，因为《红楼梦》第61回的回名乃是"投鼠忌器宝玉瞒赃　判冤决狱平儿行权"。

王夫人房中的玫瑰露丢失，王熙凤命林之孝家的调查此事，恰好芳官送给柳五儿一瓶玫瑰露，被林之孝家的从厨房搜出。有意思的是，告密的恰恰就是司棋的丫鬟莲花。柳五儿成为"玫瑰露案"的犯罪嫌疑人。就在这场冤案中，也隐藏着另一层错综复杂的利益关系，那就是林之孝家的希望通过这件事，扳倒以柳家媳妇为代表的厨房势力，将自己的亲信秦显家的提拔为厨房管事，而这位秦显家的，恰恰就是之前打砸厨房的司棋的婶婶。柳嫂管的小厨房是单给姑娘们和宝玉设的，是个肥差。与王善保家的一伙儿的秦显家的觊觎厨房管事之职很久了。第62回柳家的因"玫瑰露事件"被撤职，秦显家的立刻花钱打通关系如愿当上了厨房管事。秦显家的上任第一件事就是给外头账房送礼，给管家送礼，笼络小厨房的厨役们，这个平时不起眼的女人只一晚上的功夫，就让大观园小厨房改换门庭变了天。

这件事终究还是闹到了王熙凤那里。凤姐根本没兴趣了解这等小事的来龙去脉，直接交代平儿处理。平儿对这一切早已心如明镜，她做出了三个决定：一是批评了急急忙忙调整人事的管家娘子林之孝家的；二是将秦显家的退回原处当差；三是将柳家的恢复原职。平儿的这三个决定让一场报复和夺权计划流产了。司棋和秦显家的终是没翻起浪来，反倒损失了不少送礼的财物，司棋气了个倒仰，秦显家的也偃旗息鼓，卷包而出。此事后，柳家的感恩戴德，从此做人小心谨慎。

平儿处理完小厨房风波，给管家娘子林之孝家的训话是这样的："大事化为小事，小事化为没事，方是兴旺之家。若得不了一点子小事，

图 2-60　大闹厨房（翟海潮绘）

便扬铃打鼓的乱折腾起来，不成道理。"小厨房风波描绘了贾府经济危机下底层小人物的众生相，也从侧面反映了贾府不仅仅上层矛盾很尖锐，底层也是矛盾重重，荣国府上上下下积怨很深，已经到了不可调和的地步。

61. 宝玉瞒赃：一肩风雨两成全，此中曲折谁知晓

踏莎行·宝玉瞒赃

王志霞

露已添愁，霜偏生扰。纷繁世事终难料。蒙冤枉自损柔肠，随身鞭挞如何好。　　事渐查明，人应疏导。平衡取舍犹堪要。一肩风雨两成全，此中曲折谁知晓。

【品评】王志霞　撰

　　第61回，司棋打砸厨房后，管内厨房的柳嫂子只能打掉牙往肚子里咽。又忽然想起刚从其兄弟处得来的茯苓霜，眼下正需要芳官说情让其女柳五儿进怡红院，遂分了一半让五儿"趁黄昏人稀之时"给芳官送去。五儿到怡红院门口遇见了丫头小燕，便托小燕转送。在回来的路上五儿遭到了林之孝家的盘查，因回话矛盾引起怀疑。可巧小蝉、莲花儿等人路过此处。在厨房风波之中柳嫂子因得罪司棋，被司棋带莲花儿等丫鬟们把厨房好一顿乱砸。刚与柳家的结下梁子的莲花儿巴不得恶整五儿一顿。莲花儿便告知林之孝家的，说厨房有玫瑰露。近日，王夫人房中正好少了玫瑰露，小蝉要林之孝家的好好审审五儿。林之孝家的遂带人入厨房搜查，果真搜查出一个玫瑰露瓶。林之孝家的半点没犹豫，不但拿了玫瑰露的瓶子当赃证，还叫人彻底搜查，又带出一包茯苓霜。

　　证据确凿，林之孝家的当即带柳五儿去王熙凤处。此时的王熙凤正在养病期间，李纨、探春、宝钗三人暂时管理荣国府。林之孝家的找过李纨，李纨因为儿子生病，无心过问，抛给了探春，探春也不管，丢到了平儿那边。于是，平儿禀告王熙凤，王熙凤的处理方式是：将柳五儿的娘柳嫂子打四十板子，撵出去，永不许进二门。把五儿打四十板子，立刻交给庄子上，或卖或配人。平儿受命出面处理，柳五儿将玫瑰露、茯苓霜等事如实告诉平儿，茯苓霜是舅舅给她的。因为芳官给了她一些玫瑰露，她给芳官茯苓霜算是回礼。

　　五儿为什么不把送芳官茯苓霜的事向林之孝家的说清？因为茯苓霜是粤东官儿贡献荣国府的，她若说了，就会怀疑她舅舅，那会惹出更大的麻烦来。善良公允的平儿

将五儿先关了起来，遂于次日来怡红院暗访芳官。经芳官证实，五儿确实被冤枉了。这时晴雯指出是彩云偷了给贾环，平儿也认定柳五儿是清白的。平儿将王夫人房里的彩云和玉钏儿找来询问玫瑰露之事。彩云很是羞愧，承认玫瑰露是她偷的，要去自首，在袭人、平儿的劝说下才作罢。彩云和平儿私交不错，平儿不忍其受苦。又因为彩云的事会牵扯出赵姨娘，难免又一次打了管家人探春的脸，连累她伤了体面。

平儿和宝玉一干人商量过后，宝玉怕此事宣扬出去有碍彩云、贾府的体面，就决定自己承认下来。就说茯苓霜是宝玉外头得的，玫瑰露是宝玉从王夫人处偷拿出来的。宝玉送给袭人一些，袭人转送给芳官一些，芳官分给了五儿一些。之后，五儿那边也打了招呼，就说五儿的玫瑰露是芳官给的，芳官是和宝玉要的，宝玉那里所剩不多，连瓶子一起给了芳官，芳官直接转送给了五儿。

林之孝家的推举秦显家的顶替柳嫂子掌管内厨房，当林之孝家的跟平儿回道："恐园里没人伺候姑娘们的饭，我暂且将秦显的女人派了去伺候。"并说："他倒干净谨慎，以后就派他常伺候罢。"平儿都觉得反常，一听是司棋的婶娘，便笑道："也太派急了些。"便把这事否了。怎么看这个事都像是一个连环套儿，原来，司棋一家子早就看中了内厨房这个肥差，怎肯叫一个没有后台背景的柳嫂子占着？莲花儿怎么偏偏看见内厨房的玫瑰露瓶子？她早就留心了查看线索了，待回去商议了计策，串通了林之孝家的，找好了茬口，就要谋夺内厨房。

平儿把事情的经过告知林之孝家的，说玫瑰露是宝玉拿的，茯苓霜是宝玉赏的。平儿

图 2-61　宝玉瞒赃

回明凤姐，凤姐要惩罚太太屋里的丫头，在平儿的劝说下作罢。最后经王熙凤同意让柳嫂子职归正位。本回回目是"投鼠忌器宝玉瞒赃"，意思就是赵姨娘那边出的事情，探春心里会不好受，"不肯为打老鼠伤了玉瓶"。宝玉和平儿大事化小的处理问题让贾府少了很多风波。

62. 湘云醉卧：如是香梦沉酣，映落英罗缬

华胥引·湘云醉卧
贺世战

名花佳苑，簇叶擎冠，绿红相接。浅醉贪眠，酡然一抹浮两靥。如是香梦沉酣，映落英罗缬。绰态憨情，此间无尽风月。　　一息繁华，众钗裙，翩然如蝶。高唐云散，哭卿湘江水竭。重拾红楼故事，入词章书箧。夜色阑珊，人间光影明灭。

临江仙·湘云醉卧芍药裀
王志霞

饮罢余欢尚在，绮罗醉卧芳丛。飞花弥望意无穷。翠衫遮瑞雪，玉扇掩残红。　　且看蜂喧蝶舞，休谈桃李春风。沉酣犹在醉吟中。娇憨谁解语，格调与君同。

【品评】 贺世战　王志霞　翟海潮　撰

史湘云，金陵十二钗之一，贾母的内侄孙女，她父母早亡，虽然身为贵族，但从来没享受过贵族小姐的生活。叔婶的横眉冷眼，使得幼小的她早就经历了生活的艰辛，但即使在这样的环境中，湘云仍能保持一份纯真，笑声常在。史湘云的每一次出现，都令人意醉神迷：啖鹿联诗，才华横溢，举止风流；扮男装，喝酒猜拳，率真洒脱。而曹公对史湘云醉眠芍药裀的描写，场景和意境更是达到了唯美的化境，历来为学者们所称道。

《红楼梦》第62回，又值宝玉生日，宝玉从清晨起，到宗祠行了礼，又一一到比自己年辈长的房中去见了一回。回到屋里，探春、湘云、宝琴、岫烟，还有荣府各房的小丫头，都来拜寿。没过多久，平儿也打扮得花枝招展的来了，袭人说今日也是平儿的生日。湘云又拉宝琴、岫烟说："你们四个人对拜寿，直拜一天才是。"探春这才知道又是宝琴、岫烟的好日子。探春提议为平儿过生日，宝玉与众姐妹都一心赞成。

于是就向凤姐处关照了，又在芍药栏中红香圃三间小敞厅中摆下了宴席。让宝琴、岫烟坐了上座，平儿面西坐，宝玉面东坐。宝玉建议行令，众人就叫香菱把各色酒令都写了，拈阄决定。拈出一看，是"射覆"，宝钗笑道："把个令祖宗拈出来……不如毁了，另拈出个雅俗共赏的。"于是又拈出一个"拇战"，湘云觉得这个简断爽利，合她脾气，立马要参加猜拳，违了令官探春，先被灌了一杯。

　　探春命掷骰对了点的射覆，结果是宝琴覆，香菱射。宝琴说了个"老"字，香菱射不出，湘云在一旁提醒，又因犯规罚了一杯。湘云终究按捺不住，便和宝玉猜起拳来，规定负者酒面要一句古文、一句旧诗、一句骨牌名、一句曲牌名，还要一句时宪书上的习语。宝玉输了，黛玉替他缴了令："落霞与孤鹜齐飞，风急江天雁过哀，却是一枝折足雁，叫的人九回肠，这是鸿雁来宾。"不久，湘云作法自毙，便说了个："奔腾而砰湃，江间波浪兼天涌，须要铁锁缆孤舟，既遇着一江风，不宜出行。"一时满座恣意取乐，红飞翠舞，玉动珠摇，真是十分热闹，只是这时不见了湘云。

　　原来，席间醉意朦胧的湘云随意地顺着花间小径步入芍药园，跑到山后头凉快，谁料竟在一块青板石凳上睡着了。园中硕花朵朵，叶茂枝繁，风拂过，花瓣如雨，少女慵懒而惬意地卧于石凳之上，俄而，醉意袭来，须臾便香梦沉沉。周遭落红散乱，花香四溢，蝴蝶纷飞，无限美好。"醉眠芳树下，半被落花埋。"这一幅芍药春睡图，情趣盎然，美得不可方物，又浑然天成，无丝毫的矫揉之态。此处落花是陪衬，是道具，演绎着少女未经雕琢的天然之韵，随性之美。

图 2-62　湘云醉卧

众姊妹、丫鬟大家一起寻来，"果见湘云……香梦沉酣，四面芍药花飞了一身，满头脸衣襟上皆是红香散乱，手中的扇子在地下，也半被落花埋了，一群蜂蝶闹穰穰的围着他，又用鲛帕包了一包芍药花瓣枕着。众人看了，又是爱，又是笑，忙上来推唤挽扶。湘云口内犹作睡语说酒令，唧唧嘟嘟说：'泉香而酒冽，玉碗盛来琥珀光，直饮到梅梢月上，醉扶归，却为宜会亲友。'"一番梦中的行酒令，豪气中又不乏才情与气度，不同于大观园众女的柔婉娇弱，亦不流于世俗，有着魏晋名士的率真和洒脱，这样的湘云，这样的醉卧，自有一番豪气的情味，让历代红迷钟爱不已。

曹公用红香散乱、蜂蝶闹嚷等环境描绘为画面作了生动的艺术渲染，烘托出湘云娇憨俏丽的形象和洒脱不羁的个性。是人是花，难以分辨，如诗如画，纯真无邪。特别是她"睡语说酒令"这一细节，妙在断断续续，"唧唧嘟嘟"，闪烁出浪漫主义光彩，极富传神色彩。

63. 香菱斗草：新裙污湿惹愁肠，多情公子相宽慰

踏莎行·香菱斗草

陈慧茹

芍药堆红，荼蘼叠翠。大观园里风光美。赏花斗草趁新晴，良辰好景撩人醉。　　尽选奇芳，冥搜异卉。优伶淘气无防备。新裙污湿惹愁肠，多情公子相宽慰。

【品评】陈慧茹　撰

《红楼梦》第62回，初夏一天，阳光明媚，大观园里的红芍药开到极盛，一阵暖风吹来，吹落了成堆的花瓣。荼蘼架上碧绿的叶子重重叠叠，枝叶间刚生出一些细小的花骨朵。杨柳依依，榴红似火，草木的清香令人陶醉。这一天恰好是宝玉、宝琴、岫烟、平儿的生日，因贾母、王夫人不在家，大家伙儿中午在红香圃祝寿吃酒，猜拳行令，热闹非常。下午小螺和香菱、芳官、蕊官、藕官、荳官等四五个人，满园中玩了一回，大家采了些花草来兜着，坐在花草堆中斗草。这一个说："我有观音柳。"那一个说："我有罗汉松。"那一个又说："我有君子竹。"这一个又说："我有美人蕉。"这个又说："我有星星翠。"那个又说："我有月月红。"这个又说："我有《牡丹亭》上的牡丹花。"那个又说："我有《琵琶记》里的枇杷果。"

这些女孩子通过斗草说出的这些花草名称对仗工整、灵活多变、精彩纷呈。她们虽然身世卑微，身心长期遭受封建礼教的压抑，但是作为花季少女，在适当的时候，

依然能够尽情释放，充分展现其聪明伶俐、活泼好动的特性。荳官说："我有姐妹花。"众人没了，香菱便说："我有夫妻蕙。"荳官说："从没听见有个夫妻蕙。"香菱道："一箭一花为兰，一箭数花为蕙。凡蕙有两枝，上下结者为兄弟蕙，有并头结花者为夫妻蕙。我这枝并头的，怎么不是夫妻蕙。"在众人对答不上的情况下，香菱一个"夫妻蕙"对得极其工整准确。香菱是根据兰蕙的生长特征通过推理想象而得，非普通人所能为之，可见香菱的才情与智慧不同凡响。

　　荳官没得说了，便演绎出老子儿子蕙和仇人蕙来，并嘲笑香菱："你汉子去了大半年，你想夫妻了？便扯上蕙也有夫妻，好不害羞！"荳官是一个小花面，最是顽皮淘气，对不上来就胡诌一通，气得香菱要拧她。这个伶俐的荳官未等香菱起身先就压倒了她，两人滚在草地上。不料旁边有一汪积雨，污湿了香菱的新裙子。荳官她们见事情不妙都跑了，香菱看着裙上滴滴点点流下绿水来，又恨又愁。恨荳官耍赖弄脏了她的裙子，愁的是新裙子刚上身就弄脏了，既辜负了宝琴，又将遭到婆婆的责骂与唠叨。

　　正在她一筹莫展时，宝玉拿着些花草来凑戏。香菱说自己有一个夫妻蕙，荳官不知便胡诌，闹起来弄脏了裙子。宝玉笑道："你有夫妻蕙，我这里有一枝并蒂菱。"香菱正为裙子发愁，哪还有心思斗草呢？便打断了宝玉让他瞧。宝玉最是怜香惜玉的，他最能理解和体会女儿的忧愁。他低头一瞧，又听香菱说是宝琴新带来的，立刻就猜出了香菱的苦恼，并主动帮她解决了问题。宝玉让袭人拿自己一模一样的新

图 2-63　香菱换裙

裙子给香菱换上，并把脏的拿走收拾，别让旁人知道。宝玉最喜在清净女儿身上用心，他一直对香菱充满了怜惜之情，可巧今日为她尽了一些心，因此心满意足。香菱换上新裙子，见宝玉在地上挖了一个坑，将并蒂菱和夫妻蕙精心地掩埋在一起，沾了两手泥。香菱觉得可笑，让他快去洗手，并特意叮嘱宝玉不要将此事告诉薛蟠。每次看到这里我都想笑，笑香菱心思单纯、娇憨可爱。

香菱的年龄应该比宝钗还大一点，比这些唱戏的女孩子们要大几岁，她是薛蟠的侍妾，算已婚的女人，但是，她给我们的印象始终是一个天真烂漫、清纯可爱的少女形象，她能同这些小丫头们玩在一起更体现了她童心未泯、天真纯洁的一面。香菱出身姑苏望族，五岁被拐子拐去，受尽折磨，十二三岁上被卖与薛家，后来给呆霸王薛蟠做了侍妾。那个年代，男人们可以随便出去游玩聚会、潇洒快活，女人们只能待在家里，做妾的女人就更加没有自由。曹公因同情香菱的遭遇，怜惜她的才情与品性，所以就让薛蟠出了趟远门，香菱趁机来到了大观园。香菱初到大观园就拜了黛玉学作诗，通过学诗作诗，她的才情与智慧得到了绽放。这次通过斗草游戏，香菱童心未泯、天真烂漫、聪明伶俐的一面得到了充分展示。

64. 群芳夜宴：大观园的盛宴，贾府衰败的"晚餐"

瑶华·群芳夜宴

贺世战

群芳夜宴。华府灯辉，映青霄云汉。倾杯覆盏，光影里、晃动垂裳纤腕。愉娱嬉戏，未相让、林莺梁燕。掷花签、司主来归，若是人间春半。　　草蛇千里泥痕，看伏脉何曾，宿命偷换。怡红寿事，言盛景、莫道繁华堪美。月盈有极，到异日、谁为秋饯？俱往矣、逝水流东，消得曲终人散。

【品评】贺世战　翟海潮　撰

《红楼梦》第63回"寿怡红群芳开夜宴"。晚间，怡红院袭人、晴雯、麝月、秋纹、芳官、碧痕、春燕、四儿等八位一、二等的丫头，单独为宝玉做生日。因宝玉事先已说定大家要畅意喝酒，不可拘礼，加上天热，所以众人都将正妆卸去，头上只随便挽着纂儿，身上皆是紧身袄儿。宝玉在她们每人手里喝一口酒，权作安席，然后团圆坐下，议定行拈花名的酒令。拈花名要人多才有趣，于是又临时拉来了宝钗、湘云、黛玉、探春、李纨、宝琴与香菱七人。

众人按骰点数座次，数到的人从签筒中拈取象牙签子，上刻花朵、题辞、唐诗与饮酒提示。宝钗第一个轮到，掣出的是牡丹花，题"艳冠群芳"，诗云"任是无情也动人"，在席共贺，掣签者还可随意命人。接着探春得的是杏花，题为"瑶池仙品"，配诗"日边红杏倚云栽"。注云："得此签者，必得贵婿，大家恭贺一杯，共同饮一杯。"众人笑道："我们家已有了个王妃，难道你也是王妃不成。大喜，大喜。"

　　接着李纨掣出的是老梅，"霜晓寒姿"，"竹篱茅舍自甘心"。湘云为海棠，"香梦沉酣"，"只恐夜深花睡去"。麝月荼蘼，"韶华胜极"，"开到荼蘼花事了"。香菱并蒂花，"联春绕瑞"，"连理枝头花正开"。黛玉则拈着芙蓉，题着"风露清愁"，诗云"莫怨东风当自嗟"。袭人该着桃花，"武陵别景"，"桃红又见一年春"。花名、诗句，竟恰恰同各人的情性与命运暗合。

　　这时已到二更，黛玉等被仆妇接走，怡红院的女孩们继续留下作乐。一坛酒不知何时已喝得干干净净。芳官吃得两腮胭脂一般，把臊都丢了。四更多天，才横三竖四地打了个盹，芳官醒来发现躺在宝玉身边。更意外的是妙玉也差人送来一张笺纸，上写"槛外人妙玉恭肃遥叩芳辰"。宝玉天明才看到，直跳了起来，却又不知如何回帖才好。

　　"寿怡红群芳开夜宴"，看似是丫鬟凑份子恭贺宝玉生辰，日常琐事而已，寿宴的规模也就是寻常的小聚会，甚至有点偷偷摸摸的味道，也无什么珍馐美味、美酒佳肴，不过是四十碟果子，一坛子绍兴老酒而已，实则在《红楼梦》整部作品中起着举足轻重的作用，是曹公大手笔集中展现。

　　为这场盛宴合情合理地

图 2-64　群芳夜宴

提上日程及宴中人物的顺利出场，曹公更是文思缜密，环环相扣地布局，自然而然地推进。早在前几回，贾政放了外任，宝玉无父亲约束；薛蟠不在，香菱自由；宝琴进京，湘云留宿大观园；还有老太妃薨逝，梨香院的芳官被分到宝玉房中使唤，已然众芳集齐。贾母一行人入朝守制，凤姐尚在病中，方有了怡红院这一场暗地里进行的盛大的狂欢。继"贾宝玉梦游太虚境"后又一筹谋全局的章节，缓缓地拉开序幕。细细看来，其中花签是伏笔，唱曲是伏笔，笔笔伏延千里，构思之巧妙令人叹为观止。

各自的花签同十二钗判词和《红楼梦曲》以及谜语前后呼应，无不一同地勾勒了"千红一哭，万艳同悲"的命运。其中探春为王妃远嫁番邦；李纨毫无生气的寡居状态和不问世事的处世方式；荼蘼是春天最后的花朵，麝月是宝玉身边最后一个丫鬟，麝月去后贾府也就走到了尽头等，无不是以花喻人，处处伏线将来各自的命运。

群芳夜宴是大观园的盛宴，也是贾府衰败"最后的晚餐"，自此大观园群芳各奔东西，潘多拉的盒子已经打开，之后从贾敬死亡开始坏事接踵而来，直至最后抄家，贾府衰败。回头再看群芳夜宴那时的欢畅喧闹，如同其中芳官所唱《赏花时》一样，不过是黄粱梦一场，悲凉甚！

65. 偷娶二姐：痴心揉碎不由人，侯门一梦翻成魇

踏莎行·偷娶二姐
王志霞

帐暖云酣，风狂柳暗。生涯浮浪何堪检。垂涎佳丽玉姿容，何曾得意知收敛。　淡泊应难，精明犹惨。岂容卧榻香尘染。痴心揉碎不由人，侯门一梦翻成魇。

【品评】 王志霞　撰

贾宝玉过完生日的第二天，众人就收到消息——贾敬归天了。第63、64回，家中长辈都不在家，宁国府的尤氏只好把尤老娘和两个妹妹接过来帮忙。尤二姐、尤三姐向来以姿色著称，与宁国府的贾珍、贾蓉都有说不清的关系。贾琏早就听说了尤氏姐妹貌美如花，只是遗憾一直没有见过。这次贾敬停灵在家，贾琏每天与尤二姐尤三姐朝夕相处，也不禁动了垂涎之意，所以总是趁机撩拨，眉目传情。尤三姐对贾琏的行为总是淡淡的，尤二姐却心领意会。因为人多眼杂，贾琏又怕贾珍吃醋，所以不敢轻举妄动。

　　一次贾琏和贾蓉闲聊的时候，贾琏故意在贾蓉面前提到尤二姐，夸她模样标致、举止大方、言语温柔，同时还不忘贬低自己的媳妇儿王熙凤："人人都说你婶子好，据我看那里及你二姨一零儿呢。"贾蓉一听到这话就知道贾琏的心意了，于是开门见山直说："叔叔既这么爱他，我给叔叔作媒，说了做二房，何如？"贾蓉的想法正中贾琏的下怀，但是贾琏依然有很多顾虑："只是怕你婶子不依，再也怕你老娘不愿意。况且我听见说你二姨儿已有了人家了。"

　　贾蓉给贾琏出谋划策。贾蓉先是将尤二姐的情况说与贾琏，说尤二姐确实是有婚约在身，那是尤老娘还没有改嫁之前，与皇粮庄头张家指腹为婚。但是后来张家遭了官司败落了，又十几年音信不通，尤老娘早就想退婚。当下刚好可以借此机会，让尤二姐与张家解除婚约，那张家看到是贾府，哪有不敢解除的理儿？在王熙凤这边，贾蓉让贾琏不要表露出一点声色，在贾府附近买一块住宅，择了日子神不知鬼不觉把尤二姐娶回去。

　　第65回，风流成性的贾琏在国丧期间以办丧事为名瞒着王熙凤偷娶了二姐，安置在了小花枝巷。贾琏"偷娶"尤二姐没有告诉家里人，但是在外面的手续可是一应俱全的。尤二姐是"珍大哥并珍大嫂子做媒"，经过尤老娘同意，贾琏明媒正娶过来的二房。在尤二姐过门后，贾琏命鲍二与其妻侍奉，贾琏和尤二姐如胶似漆，恩爱非常。

　　书中写道："那贾琏越看越爱，越瞧越喜，不知要怎生奉承这二姐，乃命鲍二等人不许提三说二的，直以奶奶称之，自己也称奶奶，竟将凤姐一笔勾倒。"贾琏直呼尤二姐

图 2-65　偷娶二姐

为奶奶，这是正妻的称呼。贾琏又把自己"积年所有的梯己"都搬过来给了尤二姐，这表现出贾琏把尤二姐这里当作自己真正的家，尤二姐的身份就是正妻。

贾琏的心腹小厮兴儿曾将贾府情况给尤二姐做过详细介绍，说凤姐心狠手辣，明里是一团火，暗里是一把刀，二姐一点也没有听进去，自以为对凤姐以礼相待就相安无事了，甚至还幻想自己将来扶为正室。

虽说古代社会可以三妻四妾，但是贾琏不与凤姐这个正室商量，便在外面金屋藏娇也十分过分，再加之丈夫直接让旁人称之为奶奶，将自己不放在眼里，动摇了王熙凤大奶奶的地位，作为"母老虎"的凤姐怎可能容忍呢？

第68回，俗话说"没有不透风的墙"，贾琏在外偷娶二房的事情，风言风语传到了凤姐耳中，凤姐对旺儿、兴儿一番审问，便得知大概，气愤之余，计上心来。王熙凤等贾琏外出办理公务之机，身穿一身素服，率身边的婆子丫鬟们来到尤二姐住处，假惺惺与二姐称姐妹，在尤二姐跟前摆出忍气吞声、深明大义的姿态，求尤二姐同居同处，还服低做小地说很多软话，又拿硬话堵住退路，说"若姐姐不随奴去，奴亦情愿在此相陪"。二姐本是老实人，知道长久在外住着也不是办法，她渴望一个名正言顺的名分，所以决定随着王熙凤进府。二姐还是太天真了，她不知道凤姐使计，万万没有想到这次进府是她受苦的开始，还最终送了性命。

66. 三姐饮剑：壁悬三尺剑，情定一生缘

临江仙·三姐饮剑

王志霞

　　莫问悠悠身世，朱门杳杳重关。香帘常闭久无欢。壁悬三尺剑，情定一生缘。　　盼得青丝暮雪，消磨云海风烟。污泥曾陷未能删。闻君生两意，以血鉴心丹。

【品评】 王志霞　撰

尤三姐是《红楼梦》中所用笔墨最少且最为成功的重要人物之一。三姐出身于独门小户，她本不姓尤，只因年幼丧父，母改嫁尤家，随了继父之姓。后继父也殁了，寡妇孤女，无所依靠，只好依附于宁国府贾珍。贾珍乃一风流纨绔子弟，浪荡公子出身，时常干些龌龊之事，他见三姐丰姿貌美，清纯可人，禁不住垂涎欲滴，起了非分之想，便时常来撩拨调戏三姐。

柳湘莲乃江湖人士，有侠气，但性情冷淡，看不惯世俗，人称"冷面二郎"。湘莲

因长得俊俏标致，偶尔也在戏台上客串个小生，平日里与宝玉最为交好。五年前，尤氏姐妹老娘家里过寿，请了湘莲客串，三姐一见，芳心洞开，立誓非此人不嫁。第66回，原文有一段尤三姐明志的描写：只见尤三姐走来说道："姐夫，你只放心。我们不是那心口两样的人，说什么是什么。若有了姓柳的来，我便嫁他。从今日起，我吃斋念佛，只服侍母亲，等他来了，嫁了他去，若一百年不来，我自己修行去了。"说着，将一根玉簪，击作两段，"一句不真，就如这簪子！"说着，回房去了，真个竟非礼不动、非礼不言起来。

　　从尤三姐的这段起誓明志的刚烈和果决来看，她这次是认真的了。她腻味了贾珍、贾蓉，不愿和这一对污浊之物混下去。她想要嫁人，想要从良，想要安安稳稳过日子。庚辰本把尤三姐写成了一个水性淫荡之人，早已失足于贾珍，而"程本"去掉了这些，把三姐塑造成一个贞烈女子的形象，就显得合情合理。

　　真是无巧不成书，贾琏在去平安州办事的路上，恰好遇见了薛蟠、柳湘莲二人，言谈之间，柳湘莲便有成家之意，贾琏心中暗自欢喜。他曾听尤三姐说非柳湘莲不嫁，所以赶紧推荐了自己的小姨子尤三姐。柳湘莲听说后，也没有推辞，一口答应下来。贾琏还不放心，说"口说无凭"，一定要柳湘莲留下一件定礼。于是，柳湘莲将随身佩戴的鸳鸯剑给了贾琏。尤三姐得了柳湘莲的鸳鸯剑，连忙收了，挂在自己绣房床上，每日望着剑，自笑终身有靠。

　　殊不知柳湘莲回到京都，第一件事就是去找贾

图 2-66　三姐饮剑

宝玉询问尤三姐的情况。当柳湘莲听贾宝玉说尤三姐与尤二姐是两个尤物，还住在宁国府后，说道："这事不好，断乎做不得。你们东府里除了那两个石头狮子干净。"宁国府确实是一个藏污纳垢之地，但柳湘莲仍然犹豫不决，他又向贾宝玉问起尤三姐的品行，宝玉笑道："你既深知，又来问我做甚么？连我也未必干净了。"宝玉这句话，既有与柳湘莲赌气的成分，也有对尤三姐言行的误会。但这也怨不得宝玉，因为尤三姐在宁国府里的名声确实不太好。这些更让柳湘莲坚信尤三姐亦非清白之人，所以决定退婚。

曾为了生存失身于人的尤三姐，只是想要一份属于自己的爱情，想跳出宁府这个肮脏不堪的泥潭，她坚信柳湘莲是可以把她救出泥潭的那个真命天子，怎么也没有想到柳湘莲会悔婚。一朝梦碎，原来她敬仰的柳湘莲也不过是须眉浊物而已，他定然也是别处打听的消息，嫌弃她是淫奔无耻之流，不屑为妻，因此悔婚。所以，当柳湘莲登门讨还鸳鸯剑时，性情刚烈的尤三姐，如何能忍受这样被误解，这样被无端地折辱，于是她想用生命和鲜血来洗刷自己的冤屈，证明自己的清白，明确自己的心志。

曹公用"揉碎桃花红遍地，玉山倾倒再难扶"来表达自己对尤三姐之死的心痛。柳湘莲见尤三姐死得如此惨烈，呆住不动，满脸流泪，说道："我并不知是这等刚烈贤妻，可敬，可敬。"柳湘莲称尤三姐为"贤妻"，说明他内心已经接受了尤三姐，也因此，他才那么决绝地告别红尘喧嚣，跟着跛足道人出家而去。尤三姐之死不仅仅是因为柳湘莲退婚，更是因为她看透了世间之情而了无生趣，唯有最后为自己保有一点尊严，才是"大解脱"！

67. 大闹宁府：宁府闹翻方解恨，双收名利动心兵

定风波·大闹宁府

陈慧茹

消息闻听怒火生，银牙咬碎审详情。巧定计谋藏腹内，贤惠，亲迎新妇表真诚。　暗下遣人投诉状。装样，兴师问罪有依凭。宁府闹翻方解恨，堪忍？双收名利动心兵。

【品评】陈慧茹　撰

大闹宁府发生在第 68 回。为贾敬治丧期间，贾琏在贾珍贾蓉的帮助下偷娶了尤二姐，并在府外置了房产住着。贾琏的小厮们不慎走漏消息，凤姐闻言大怒，严审兴

儿，问清来龙去脉，经过一番周虑，定好计谋，等贾琏出了远门才果断实施。她先派人收拾东厢房，然后亲自到尤二姐住处，用虚情假意、花言巧语骗迎二姐住进大观园；又派旺儿去打听细事，唆使胁迫张华到衙门告贾琏"背旨瞒亲，仗财依势，强逼退亲，停妻再娶"。

安排就绪，王熙凤气势汹汹到宁府问罪。贾蓉忙请安，贾珍忙溜走，尤氏迎上来，凤姐照脸一口唾沫啐道："你尤家的丫头没人要了，偷着只往贾家送！难道贾家的人都是好的，普天下死绝了男人了！你就愿意给，也要三媒六证，大家说明，成个体统才是。你痰迷了心，脂油蒙了窍，国孝家孝两重在身，就把个人送来了。这会子被人家告我们……连官场中都知道我利害吃醋，如今指名要提我，要休我。我来了你家，干错了什么不是，你这等害我？或是老太太，太太有了话在你心里，使你们做这圈套，要挤我出去。如今咱们两个一同去见官，分证明白。"一面说一面大哭，拉着尤氏要去见官。

凤姐的这一段骂条理清晰，头头是道。她安排人去告状，又把自己说成无辜的受害者，贾琏国孝家孝在身，你们却帮他偷着娶亲，眼里还有我吗？现在被人告了，这不是坏我的名声吗？她搬出老太太、太太，这两人对她极其信任宠爱。她还要去见官，因王子腾的势力炙手可热，她有足够的胆量说这些大话。急得贾蓉跪在地下碰头，只求："姑娘婶子息怒！"凤姐转而打骂贾蓉，骂得贾蓉磕头有声，自己举手左右开弓打自己嘴巴子。

凤姐儿滚到尤氏怀里，嚎天动地，只说："给你兄

图 2-67 大闹宁府

弟娶亲我不恼。为什么使他违旨背亲，将混帐名儿给我背着？""你妹妹我也亲身接来家……现在三茶六饭金奴银婢的住在园里。我这里赶着收拾房子，和我一样的道理，只等老太太知道了。原说接过来大家安分守己的，我也不提旧事了。谁知又是有了人家的……如今告我……少不得偷把太太的五百两银子去打点。"说的自己既委屈，又贤惠无辜！说了又哭又骂，又要寻死撞头。把尤氏揉搓成一个面团，衣服上全是眼泪鼻涕。

尤氏只骂贾蓉："孽障种子！和你老子作的好事！我就说不好的。"凤姐听说，两手搬着尤氏的脸紧对相问道："你发昏了？你的嘴里难道有茄子塞着？不然他们给你嚼子衔上了？为什么你不告诉我去？你若告诉了我，这会子平安不了？怎得经官动府，闹到这步田地。……自古说：'妻贤夫祸少，表壮不如里壮。'你但凡是个好的，他们怎得闹出这些事来！你又没才干，又没口齿，锯了嘴子的葫芦，就只会一味瞎小心图贤良的名儿。总是他们也不怕你，也不听你。"说着啐了几口。尤氏哭着自责，众姜丫鬟媳妇乌压压跪了一地向凤姐求情，丫头捧上茶来，凤姐也摔了，哭骂贾蓉："出去请大哥哥来。我对面问他，亲大爷的孝才五七，侄儿娶亲，这个礼我竟不知道。"贾蓉只跪着磕头说这事原不与父母相干，都是自己挑唆叔叔干的，求凤姐责罚。

凤姐为什么敢这样作践欺负尤氏？一是这件事自己得理；二是自己娘家势力大；三是尤氏娘家没权势。凤姐的气出够了，见他母子这般，立刻换了一副形容言谈，与尤氏反赔礼说自己年轻不知事，听见有人告，吓昏了，不知方才怎样得罪了嫂子？请嫂子体谅，令妹就是我的妹子一样。然后给尤氏出主意，怎样领着二姐拜见老太太、太太，给她二房的名分。尤氏和贾蓉赶紧打点五百两银子给凤姐送过去，并对她感恩戴德。

凤姐大闹宁府，把尤氏和贾蓉骂得心服口服，只是给她赔罪，自己除了解恨，还得了银子，名利双收。此时她已想好折磨除掉尤二姐的办法，她通过大闹宁府斩断了二姐的后援，从此，她不论怎样虐待二姐，宁府也不便插手了。这一节的精彩描写充分展示了王熙凤的聪明才智和非凡战斗力，并反映了她泼辣、残忍、贪婪、狠毒的一面。

68. 二姐吞金：大梦一场今方醒，原来步步惊心

临江仙·二姐吞金

王志霞

大梦一场今方醒，原来步步惊心。情痴意软换悲吟。府门真似海，妒妇怨何深。　谩怨庸医无神术，未曾亲沐春霖。此身名败恨吞金。香魂从此去，世事莫相寻。

【品评】王志霞 撰

　　尤二姐被王熙凤骗进大观园后，没过上一天好日子。贾琏的仆人兴儿曾告诉尤二姐，凤姐心狠手辣，明里是一团火，暗里是一把刀，二姐一点也没有听进去，自以为对凤姐以礼相待就相安无事了，甚至还幻想自己将来扶为正室。殊不知，凤姐连平儿都不让贾琏碰，怎么可能允许尤二姐与贾琏在一起。

　　第68回，凤姐将尤二姐身边的丫鬟换为她的心腹善姐，善姐领会凤姐之意，对二姐百般刁难，所需生活用品也不给，每日里送来的饭菜也是剩饭，还出言不逊，尤二姐像傀儡一样任由善姐摆布。凤姐还装好人对二姐说，丫鬟照顾不到的地方尽管对我说，二姐还认为凤姐对她好，只是下人作怪。凤姐利用张华去官府告贾琏，告的罪名是"国孝家孝里头，背旨瞒亲，仗财仗世，强逼退亲，停妻再娶"；气势汹汹到宁府问罪，大闹宁国府。

　　第69回，贾赦将丫头秋桐赏给贾琏做妾，贾琏宠爱秋桐，尤二姐被疏离。秋桐仗着自己是贾赦赏过来的，身份更高一点，整天指桑骂槐，张口就是"先奸后娶没汉子要的娼妇"，"气的尤二姐在房里哭泣，饭也不吃，又不敢告诉贾琏"。

　　秋桐愚昧无知，头脑简单，又与贾琏"燕尔新婚"正在红火中，连凤姐和平儿都不放在眼里。凤姐心中一刺未除，却凭空又添了一刺，因是公爹赏赐，又不能反对，只好忍气吞声，表面上假装好颜色，心中却暗恨。但转而一想，她可利用秋桐行"借剑杀人"之法，"坐山观虎斗"，等秋桐杀了尤二姐，自己再杀秋桐。

图 2-68　二姐吞金

　　凤姐在秋桐面前煽风点火，两下里挑唆，自己则扮出一副贤德委屈的正室模样。贾府上下全被她蒙骗过去，只有平儿知道她打的什么主意。平儿终究是善良的，她背地里偷偷地接济尤二姐，凤姐骂平儿："人家养猫拿耗子，我的猫只咬鸡。"从此以后，尤二姐叫天天不应，叫地地不灵，阖府上下都知道王熙凤对她宽容大度，加上秋桐中间不停地挑唆，别说是跟贾琏告状抱怨，就是背地里哭，让人家看见眼睛红了都不行。

　　且看贾母怎么说："人太生娇俏了，可知心就嫉妒。凤丫头倒好意待他，他倒这样争锋吃醋的。可知是个贱骨头。"贾母掌握着贾府的最高话语权，她都这样说了，下面的人见风使舵，就更加作践尤二姐，逼得她彻底没有了退路。

　　贾琏虽然不在乎尤二姐不堪的过去，但是他是个喜新厌旧的风流纨绔，眼下新欢在怀，他根本顾不上已经成为旧人的尤二姐。二姐尽管受尽了委屈，但她仍顽强地活着，一个重要的支撑就是有了身孕，她希望能生下儿子改变自己的命运。尤二姐怀孕，凤姐又做汤送水与二姐，假装殷勤，叫人去算命打卦，怕有什么冲着了或犯了什么，结果是"系属兔的阴人冲犯"。"大家算将起来，只有秋桐一人属兔，说他冲的。"凤姐让秋桐暂且别处去躲几个月再来，秋桐便张口肆骂起尤二姐："纵有孩子，也不知姓张姓王，奶奶希罕那杂种羔子，我不喜欢！"尤二姐肚里的孩子也没能幸免，被胡庸医用虎狼药打下肚里已成形的男胎后，尤二姐的希望彻底破灭了，没有儿子就没有了根基。尤二姐的身体和精神处于崩溃边缘，本来就已奄奄一息的尤二姐，身心再也忍受不住了，终于在一个夜里，尤二姐打扮齐整，流着泪吞下了一块生冷的金子……

　　尤二姐短暂的一生不过是贾氏兄弟父子的玩物。她活着不洁，自己不能做主，死后"干净"是她唯一能为自己做主之事。二姐死后凤姐不给银子，贾琏只能在平儿的支持下给二姐办了丧事。二姐临死前，三姐托梦给她让她杀了凤姐，她说自己德行有亏，落得这样的下场也是应该，没必要再造杀孽，可见尤二姐是一个善良之人。尤二姐，人间尤物，我见犹怜。

69. 黛复诗社：杜鹃啼尽春归去，柳絮飘飞日正斜

鹧鸪天·黛复诗社

陈瑞林

　　一曲桃花妄自嗟，哀音肠断口难夸。杜鹃啼尽春归去，柳絮飘飞日正斜。　　随逝水，冒窗纱。清词吟咏展才华。离枝逐梦心中怨，聚散无根到海涯。

【品评】陈瑞林　撰

《红楼梦》第70回描述了大观园的女才子们挥洒彩笔，竞展才情。林黛玉的一首《桃花行》激起了宝钗、湘云、宝琴、探春众姐妹的诗情。见宝玉走来，众口云："咱们的诗社散了一年，也没有人作兴。如今正是初春季节，万物更新，正该鼓舞另立起来才好。"湘云又道："如今恰好万物逢春，皆主生盛。况这首桃花诗又好，就把海棠社改作桃花社。"大家来到稻香村，稻香老农看了诗，称赞不已。议定改"海棠社"为"桃花社"，黛玉为社主。

《桃花行》的咏叹与《葬花吟》《秋窗风雨夕》的调子基本是一致的。桃花随着春暮而陨落，是对薄命的林黛玉夭亡的一种写照。曹公借宝玉对此诗的感受来暗示："宝玉看了并不称赞，却滚下泪来。""又怕众人看见，又忙自己擦了。"他断定出自黛玉。

众姐妹夸赞，是从创作艺术而言；而宝玉却是从内心深处，对林妹妹的身世和爱怜来解意的。

一日，史湘云见柳花飘舞，即兴偶成小令。于是诗社偶然兴动发起填词，以"柳絮"为题，限各色小调。于是大家拈阄，各展才华。曹公以"柳絮"为意象，预示了每个人未来的自况。下面我们且逐一赏来。史湘云《如梦令》这首词的基调是要留住春光，柳絮飘飞是在暮春，但是湘云却用"绣绒、香雾"形容柳絮的美好，以"残吐"描绘春光尚在。尤其是尾拍"莫使春光别去"，要紧紧地抓住这美好的时光，抒发了她对美好人生的向往和追求。可叹终究未能如愿！《南柯子》这

图 2-69　黛复诗社

阕小令是由贾探春（上阕）、贾宝玉（下阕）二人完成的。探春的上阕尽抒了离愁，以"空挂、徒垂"形象地描绘了婀娜多姿的柳条是挽不住柳絮的，预示了后来探春远嫁难归，只能是"一任东西南北各分离"。探春仅四句已说尽了，只好搁笔。此时宝玉尚未有如意之词，看到探春的上半阕，反倒动了兴，提笔将其续完。此令虽是二人所填，却不着痕迹，这正是曹公的精湛之处。整首词若说是宝玉所写，无可非议，前面的"空挂、难羁"用来形容宝黛的生离死别也恰如其分。要与柳絮再见，只待来年柳萌花开，预示着来世再见，更是离愁别恨的倾诉！

薛宝琴《西江月》上阕词中，引用了三个典，"汉苑"，汉代皇家的园林，"隋堤"乃隋炀帝在江都开渠所建，"明月梅花一梦"出自《龙城录》赵师雄"梦断罗浮"。三春的繁华都将赴与东风，明月夜也是无尽的惆怅啊！下阕连续两个问句，更烘托了宝琴的离愁别绪。离人恨重！倾诉了宝琴待嫁，寄居贾府，异乡思亲，月夜伤感，暗示了她未来的命运。

林黛玉《唐多令》这首词从情调上突显了缠绵凄恻，"粉堕、香残"都是描述柳絮离枝飘委，韶华已逝。柳絮的漂泊亦如薄命之人，"空缱绻，说风流"，徒有才华风度，心事总成空。下阕"草木也知愁，韶华竟白头"，皆是双关语。黛玉本就是绛珠草，可说是草木之人。柳絮色白如雪，可喻她因悲愁而青春老去。"凭尔去，忍淹留"，自己如柳絮一样任意漂泊的命运无人过问，两句惊叹是从内心发出了悲愤的呼号！

薛宝钗《临江仙》是欢娱情调，这缘于她与黛玉等人的身世、性格、处事方法都截然不同。上阕宝钗把柳絮描绘得那样高贵，在白玉堂前迎着春风翩翩起舞，蜂蝶成阵追逐着柳絮，而柳絮不曾随流水而逝，不曾落于泥土中被践踏。这是以柳絮自喻。下阕抒发了自己可凭借优越的条件实现人生美好的愿望，可青云直上。但是曹公在词中却暗示了"金玉良缘"是无根的，虽然能凭借好风，终究不能从根本上消除宝钗和宝玉在封建礼教、仕途功名的思想分歧。

曹公借几位才女之口，预示了大观园也可说整个封建社会如飘飞不定的柳絮一样，已然日暮西山，三春的繁华已渐逝去，从而抒发了自己难以言表的悲愤！

70. 寿辰生隙：风波暗起，遣是非，谁辨来因

行香子·寿辰生隙
王志霞

簪笏临门，乐事佳辰。恰八旬，福寿同臻。排开两宴，酒劝微醺。更奢中累，闲中语，乱中人。　　风波暗起，频生嫌隙，遣是非，谁辨来因。荣枯有数，颓势临身。叹国公府，自废堕，愧前恩。

【品评】王志霞　撰

　　《红楼梦》第 71 回"嫌隙人有心生嫌隙"，贾母八十大寿是贾府的头等大事，其场面之大，"荣宁两处齐开筵宴"；规格之高、重，皇亲贵族、王公贵戚都来庆贺；送礼者多且贵重，"凡所来往者，莫不有礼"。这几日"两府中俱悬灯结彩，屏开鸾凤，褥设芙蓉，笙箫鼓乐之音，通衢越巷"。宁国府接待男客，荣国府接待女客。

　　尤氏因为要替荣府接待来拜寿的女客，因此白天迎来送往，夜间陪贾母，晚上就住在李纨处。这日，尤氏回来晚了，看到大观园的灯都还亮着，门也没关，就让丫头去看看情况。结果只有两公婆子在，其余的人都不见了。丫头问情况，婆子们爱答不理，话里话外的意思是荣国府的事情，宁国府的人少管。尤氏不快，就与袭人、宝琴、湘云说了两个婆子的事情。袭人私下安排去找人，正好遇到周瑞家的。周瑞家的又把这件事报告给了王熙凤，王熙凤让周瑞家的记下两个婆子的名字，等贾母生日后，捆到宁国府听候尤氏发落。因为周瑞家的和婆子有仇，立刻命人捆了两个婆子。周瑞家的又通知林之孝家的去见凤姐，林之孝家的以为什么大事，马上从家里出来，跑到王熙凤的院子里，凤姐没见她，她又跑到大观园去找尤氏。尤氏想息事宁人就说没事儿，你回去吧。林之孝家的空跑一趟，就要出园子时，遇到了赵姨娘。赵姨娘与那些管理婆子有交情，就在一边煽风点火，赵姨娘挑事说周瑞家的多事，凤姐多事，戏弄了林之孝家的来回跑。赵姨娘添油加醋说的这番话，惹得林之孝家的心中冒火。恰巧，两个婆子

图 2-70　寿辰生隙

的女儿哭着求林之孝家的放人。林之孝家的就指点其中一个去找邢夫人的陪房费婆子，因为两个婆子中有一个婆子的女儿嫁给了费婆子的儿子。费婆子听说周瑞家的捆了她亲家，越发火上浇油，便来求邢夫人。费婆子说亲家年纪大了，并未犯什么大错，王熙凤不顾情面捆了她的亲家。先不过是告那边的奴才，后来渐次告到凤姐，后来又告到王夫人……费大娘的一番话，勾起了邢夫人对凤姐的嫌隙，对王夫人的嫌隙。

贾母大寿，南安太妃来了，她提出要看看小姐们。贾母只让探春出来，没有叫迎春。邢夫人早已怨忿不乐，只是使不出来。邢夫人不敢抱怨贾母偏心，却怨恨带着姑娘们拜见南安太妃的王熙凤。邢夫人和她的手下人都认为"老太太不喜欢太太，都是二太太和琏二奶奶调唆的"。邢夫人对凤姐和王夫人早就一腔怨气不得发泄。次日晚散时，邢夫人当着众人的面，假意低声下气地向儿媳妇凤姐为费婆子亲家求情。言语中夹枪带棒，极尽嘲讽羞辱之能事。在外人看来，王熙凤已经欺负到婆婆头上了，而且王熙凤在贾母大寿之日不做好事却做恶事，这是给老太太添堵，是不顾老太太的千秋，是不孝。凤姐气得回房哭泣，但因是贾母的喜庆日子，不便张扬，只得强带笑脸。其实，凤姐这次处理事情并没有错，是下人（周瑞家的）别有用心的传话扩展了矛盾。最终，这件小事在周瑞家的、林之孝家的、赵姨娘和邢夫人的陪房费婆子的推波助澜下愈演愈烈。

整个"嫌隙"事件几乎涉及了大观园各级人员。既有周瑞家的与费大娘之间的派系之争，还有王夫人与邢夫人的妯娌之争，又有赵姨娘与王夫人的妻妾、嫡庶之争，还涉及东西两府的关系，甚至还牵涉贾母与邢夫人的婆媳关系。所以，这个"嫌隙"事件看似只是一起家常小事，但它实际是在告诉我们，贾府繁华兴旺的表面之下，内部的斗争多么激烈。正如后来探春所说："可知这样大族人家，若从外头杀来，一时是杀不死的，这可是古人曾说的'百足之虫，死而不僵'，必须先从家里自杀自灭起来，才能一败涂地！"此时的贾府，各种内部纷争已渐至不可调和，所以，"嫌隙"事件的本质是在演说贾府的内部斗争，而不只是简单地叙述贾府的日常琐事。

71. 傻姐拾囊：绣囊偶拾觉新奇，何解败风俗

好事近·傻姐拾囊

陈瑞林

心性恁愚顽，爽利且凭天足。博得主人常笑，了不知拘束。　　绣囊偶拾觉新奇，何解败风俗？大厦塌崩欲至，叹红楼悲曲。

【品评】陈瑞林　撰

　　《红楼梦》中曹公描述了荣宁二府众多的鲜活人物，性格各异，命运多舛。之外又特别描绘了一个与众不同的傻大姐，而这个傻大姐在第73回才迟迟出现，虽不是主要人物，却另有深意。傻大姐年方十四五岁，正豆蔻年华，但却生得体肥面阔，一双天足，又心性愚顽，一无知识，行事出言常在规矩之外。本来是缺陷，但贾母却觉中意，留在了身边。一则，脚大提水桶扫院子做粗活爽利；二则，喜她出言可发一笑，常闷来便引她取笑一回，毫无避忌。取名为"傻大姐"，也叫作"痴丫头"。因此，她纵有失礼之处，众人见贾母喜欢她，也就不去苛责。所以这丫头要比别的丫鬟们自由松散些，若贾母不唤她时，便可入园来玩耍。

　　且说在怡红院，因赵姨娘房内的丫鬟小鹊给宝玉传信道："方才我们奶奶这般如此在老爷前说了你。你仔细明儿老爷问你话。"这里宝玉听了，便如孙大圣听了紧箍咒一般，顿时四肢五内皆不自在起来。别无他法，只有理熟了书预备明儿考查。如今若温习这个，又恐明日盘诘那个；若温习那个，又恐盘驳这个。一夜之功，也不能全然温习，越发添了焦躁。

　　丫头们都陪在左右侍奉，忽听金星玻璃从后门跑进来喊道："不好了，一个人从墙上跳下来了！"此时，晴雯计上心来，向宝玉道："趁这个机会快装病，只说唬着了。"贾母闻知宝玉被吓，细问原由，知情者不敢再隐，只得回明。近日因凤姐身子不大好，园内的人比前放肆了许多。夜里坐更时聚众赌

图 2-71　傻姐拾囊

博，聚众者有二十多人，为首者三人竟然开了赌局。贾母动了怒，为首者重责重罚，撵出，总不许再用，以整肃家规。当下邢夫人尤氏等都过来请安，凤姐及李纨姐妹等皆陪侍。待贾母歇晌，大家散去，但皆不敢各自回家，只得在此暂候。邢夫人在王夫人处坐了一回，也就往园内散散心来。

可巧，这日傻大姐正在园内掏促织，忽在山石背后得了一个五彩绣香囊，花红柳绿的色泽鲜艳，华丽精致，让傻姐爱不释手。但上面绣的并非花鸟等物，一面是两个赤条条的男女相抱盘踞，一面是几个字。这痴丫头原不识得是春意儿，更引起了她的好奇心。便暗自盘算："敢是两个妖精打架？不然必是两口子相打。"左右猜不出来，正要拿去给贾母看，所以笑嘻嘻的一边看，一边走。不妨迎面撞见了邢夫人，抬头看见，方才站住。邢夫人问："这痴丫头，又得了个什么狗不识儿这么欢喜？拿来我瞧瞧。"听邢夫人如此说，便笑道："太太真个说的巧，真是个狗不识呢。太太请瞧一瞧。"说着，便送过去。

邢夫人接过来一看，吓得连忙紧紧攥住，忙问："你是那里得的？"傻大姐道："我掏促织儿在山石上捡的。"邢夫人道："快休告诉一人。这不是好东西，连你也要打死。皆因你素日是傻子，以后再别提起了。"这傻大姐听了，反吓得黄了脸，说："再不敢了。"磕了个头，呆呆而去。邢夫人回头看时，都是些女孩儿，不便拿出，便悄悄地塞在袖内，心内十分罕异，且不露声色，自有盘算。

曹公为何偏偏让傻姐拾到了"绣春囊"，又让邢夫人撞见了呢？我们设想，假如这"绣春囊"是个聪明伶俐的丫鬟拾到，能知其利害，会销毁，事情不会败露。邢夫人本是贾府的长房儿媳，其夫贾赦虽为长子，又袭了一等将军的爵位，但他品行不端，是个无耻之徒，平日依官作势，行为多不检。所以贾母不喜贾赦，让他住在旧园，并把掌房权给了次子贾政之妻王夫人，后又移交给贾琏之妻王熙凤。贾琏虽是贾赦长子，而凤姐却是王夫人的亲侄女，凡大事都会听命于王夫人的。且凤姐又是个极聪明的，她深知要能牢牢掌握住贾府的管家大权，首先要讨贾母的欢心，对自己的亲婆母却疏远得很。所以邢夫人由于嫉恨而对王夫人姑侄心有嫌隙。她定会借机掀起风浪，以泄私愤。这便给后面的抄检大观园埋下了伏笔。

72. 金凤失窃：懦弱千金生性乖，春华秋月少情怀

鹧鸪天·金凤失窃

陈瑞林

懦弱千金生性乖，春华秋月少情怀。吟诗处事无才识，欺主花言窃凤

钗。　　　叹退让，任编排。理论婢子看吾侪。驱神召将玫瑰女，平息风波
好快哉！

【品评】陈瑞林　撰

　　迎春，贾府的二小姐，贾琏同父异母的妹妹。生性温柔善良，老实无能，懦弱怕
事，才疏学浅。她不但吟诗联句不如姐妹们，而且在处世为人上也只知退让，任人欺
侮。曹公在第 73 回，通过金凤失窃，对贾迎春人物性格作了详细的描述。

　　话说贾母闻知宝玉被吓而动怒了，园内传齐人一一盘查。聚众赌者有三大头家，
其中一个就是迎春之乳母。迎春正因乳母获罪而心中不自在，忽报母亲来了，遂迎接
奉茶。邢夫人说道："你这么大了，你那奶妈子行此事，你也不说说他。如今别人都好
好的，偏咱们的人做出这事
来，什么意思。"迎春低着头
弄衣带，半晌答道："我说他
两次，他不听也无法。况且他
是妈妈，只有他说我的。"邢
夫人道："胡说！你不好了他
原该说，如今他犯了法，你
就该拿出小姐的身分来。他
敢不从，你就回我去才是。
如今直等外人共知，是什么
意思。再者，只他去放头儿，
还恐怕他花言巧语的和你借
贷些簪环衣履作本钱，你这
心活面软，未必不周接他些。
若被他骗去，我是一个钱没有
的，看你明日怎么过节。"

　　迎春不语，只低头弄衣
带。邢夫人见她这般又道：
"你是大老爷跟前人养的，这
里探丫头也是二老爷跟前人
养的，出身一样。如今你娘
死了……只有你娘比如今赵

图 2-72　金凤失窃

姨娘强十倍的。你该比探丫头强才是，怎么反不及他一半！……倒是我一生无儿无女的，一生干净，也不能惹人笑话。"通过邢夫人的一番话，可以看出她贪财自私，冷漠寡情，对迎春无一点爱怜之意，只是抱怨，怕担事，迎春在这个母亲那里得不到一丝的温暖和母爱。本就懦弱的性格，遇事越发怯懦了。

迎春的贴身丫鬟绣桔却是个精明的。她发现攒珠累丝金凤不知哪里去了，回了姑娘，姑娘竟不问一声。绣桔说："我说必是老奶奶拿去典了银子放头儿的……姑娘就该问老奶奶一声，只是脸软怕人恼。"迎春道："何用问，自然是他拿去暂时借一肩了……谁知他就忘了。"绣桔道："何曾是忘记！他是试准了姑娘的性格，所以才这样。如今我有个主意：我竟走到二奶奶房里，将此事回了他……如何？"迎春忙道："罢，罢，罢，省些事罢。宁可没有了，又何必生事。"

谁知迎春乳母儿媳因婆婆得了罪，来找迎春去讨情。迎春便道："好嫂子，你趁早儿打了这妄想，我自己愧还愧不过来，反去讨臊去。"绣桔忙说："赎金凤是一件事，说情是一件事，别绞在一处说。……嫂子且取了金凤来再说。"王住儿家的被迎春拒绝，绣桔的话又如此锋利，不好作答，便强词夺理道："自从邢姑娘来了，太太吩咐一个月俭省出一两银子来与舅太太去，这里饶添了邢姑娘的使费，反少了一两银子。常时短了这个，少了那个，那不是我们供给？……算到今日，少说些也有三十两了。"绣桔不待说完，便啐了一口，道："我且和你算算帐，姑娘要了些什么东西？"病中的司棋也强撑过来问着那媳妇。

三人正没开交，可巧探春等人来至院中，从纱窗内便看见迎春倚在床上看书，若有不闻之状。待探春坐下，司棋、绣桔说明了情况。探春笑道："我不听见便罢，既听见，少不得替你们分解分解。"探春早使个眼色与侍书出去了。说话间，平儿进来了。探春向平儿道："那住儿媳妇和他婆婆仗着是妈妈，又瞅着二姐姐好性儿，如此这般私自拿了首饰去赌钱，而且还捏造假帐折算，威逼着还要去讨情，和这两个丫头在卧房里大嚷大叫，二姐姐竟不能辖治，所以我看不过，才请你来问一声……俗语说的'物伤其类'，'齿竭唇亡'，我自然有些惊心。"

平儿道："若论此事还不是大事，极好处置。但他现是姑娘的奶嫂，据姑娘怎么样为是？"当下迎春只和宝钗阅"感应篇"故事，只对平儿道："他们的不是，自作自受，我也不能讨情，我也不去苛责就是了。至于私自拿去的东西，送来我收下，不送来我也不要了。……竟有好主意可以八面周全，不使太太们生气，任凭你们处治，我总不知道。"可叹："二木头"的诨名得之矣！

73. 抄检大观园：暗流长涌动，大厦叹临危

五律·抄检大观园

陈瑞林

惊梦观园夜，兴风作浪时。

掀衣凭老脸，挥掌竖蛾眉。

了悟红尘怨，垂怜贞桂枝。

暗流长涌动，大厦叹临危。

【品评】陈瑞林　撰

第 74 回抄检大观园是场重头戏。一石激起千层浪，因傻姐偶拾绣春囊让邢夫人撞见而引起抄检大观园，揭示了豪门贵族主子之间、主仆之间、奴仆之间等重重矛盾。贾府表面上看似平静，荣华富贵，礼仪之家，一片祥和，实际上暗流涌动，从未平息。

王夫人带了绣春囊，声色俱厉地来责问凤姐。凤姐顿时双膝跪下，忍羞含泪向姑母一番陈述，王夫人听了这一席话，也觉大近情理，便叹道："你起来。我也知道你大家小姐出身，焉得轻薄至此……但如今却怎么处？"凤姐道："太太快别生气。……且平心静气暗暗访察，才得确实；纵然访不着，外人也不能知道。这叫作'胳膊折在袖内'。如今惟有趁着赌钱的因由……把周瑞媳妇旺儿媳妇等四五个贴近不能走话的人安插在园内，以查赌为由。"王夫人觉此计可行。

凤姐唤平儿招来了周瑞家的、吴兴家的等五家陪房。王夫人正嫌人少，王善保家的也走进来了，便向她说："你去回了太太，也进园内照管照管。"这王善保家的听了正中下怀，只因她素日进园去那些丫鬟们不大趋奉她，便极尽谗言道："太太不知道，一个宝玉屋里的晴雯，那丫头仗着他生的模样儿比别人标致些，又生了一张巧嘴，天天打扮的像个西施的样子，在人跟前能说惯道，掐尖要强。一句话不投机，他就立起两个骚眼睛来骂人，妖妖趫趫，大不成个体统。"王夫人道："我一生最嫌这样的人……好好的宝玉，倘或叫这蹄子勾引坏了，那还了得。"晚饭后，待贾母安歇了，王善保家的请了凤姐一并入园，喝令将角门皆上锁，于是先到怡红院中，喝命关门，直扑丫头们的房门去。凤姐向宝玉道："丢了一件要紧的东西……所以大家都查一查袪疑。"袭人先打开箱子，都一一查过。到了晴雯的箱子，晴雯豁一声将箱子底子朝天往地下一倒，皆无差错东西，王善保家的也觉没趣。

来到探春院内，探春遂命丫鬟秉烛开门而待。凤姐说明缘由。探春冷笑道："我们的丫头，自然都是些贼，我就是头一个窝主。既如此，先来搜我的箱柜。"说着便命丫

头们把箱柜和一切所用之物一齐打开，请凤姐去查阅。探春执意不让搜丫头们的。周瑞家的说："既然女孩子们的东西全在这里，奶奶且请到别处去罢。"探春又问众人："你们也都搜明白了不曾？"周瑞家的等都赔笑说："都翻明白了。"那王善保家的自恃邢夫人的陪房，越众向前拉起探春的衣襟，笑道："连姑娘身上我都翻了。"一语未了，只听"啪"的一声，王善保家的脸上早着了探春一掌，探春大怒道："你是什么东西，敢来扯我的衣裳！……你狗仗人势，天天作耗，专管生事。"平儿、周瑞家的等人劝了一番，凤姐方带人往暖香坞来。

惜春年少，尚未识事，谁知竟在入画箱中查出一大包金银锞子来，又有一副玉带板子并男人的靴袜等物。入画跪下哭诉真情说："这是珍大爷赏我哥哥的。……奶奶只管明日问我们奶奶和大爷去。"凤姐便命人记下，将东西交给周瑞家的暂时收着，等明日对明再议。

于是，别了惜春往迎春房里来。因司棋是王善保的外孙女，凤姐倒要看王善保家的私藏不私藏。先查别人无事。到了司棋，王善保家的也说没什么东西，才要盖箱时，周瑞家的道："且住，这是什么？"伸手掣出一双男子的锦带袜和缎鞋来。还有一个小包袱，里面有一个同心如意和一个字帖。凤姐看罢，不怒反乐。这王善保家的一心想拿别人的错，不料反拿住了她外孙女，又气又臊，便回手打了自己的脸。

曹公从不同的角度，不同的人物演绎了这场在大观园内掀起的轩然大波，也是贾府由盛而衰的关节点。正如探春所说："你们别忙，自然连你们抄的日子有呢！你们今日早起

图 2-73　抄检大观园

不曾议论甄家，自己家里好好的抄家，果然今日真抄了。咱们也渐渐的来了。可知这样大族人家，若从外头杀来，一时是杀不死的，这可是古人曾说的'百足之虫，死而不僵'，必须先从家里自杀自灭起来，才能一败涂地！"

74. 赏秋闻笛：行云流水韵，何故惹心寒

五律·赏秋闻笛（新韵）

王应民

人气香烟地，灯明月满天。

笛悠惊夜宴，酒醉沁芳园。

袅袅花间透，瑶瑶枝上缠。

行云流水韵，何故惹心寒。

【品评】 王应民　撰

第76回"凸碧堂品笛感凄清"，时值八月十五，大观园晶艳氤氲，不可形状。贾母兴致颇高，率众人到峰脊上的凸碧山庄赏月。厅前平台列下桌椅，其形式皆是圆的，特取团圆之意。居中贾母坐下，众人环绕坐了，还有半壁余空。活动从击鼓传花开始，花落谁手，则饮酒一杯，罚说笑话一个，好不热闹。待贾赦、贾政等散去后，贾母等都添了衣，盥漱吃茶，重新入座。贾母这时才注意到，宝钗姊妹二人不在座内，李纨、凤姐二人又病着未来，便觉冷清了好些。这时贾母的情绪现出了波折。老太太不觉长叹一声，遂命拿大杯来斟热酒，想喝出一些气氛。但因众人夜深体乏，且不能胜酒，未免都有些倦意，无奈贾母兴犹未阑，只得陪饮。

面对众人的懈怠，老太太出招化解：见月至中天，比先越发精彩可爱，因说："如此好月，不可不闻笛。"因命人将十番上女孩子传来。贾母道："音乐多了，反失雅致，只用吹笛的远远的吹起来就够了。"《风俗通》曰："笛，涤也。所以涤邪秽，纳之雅正也。"可见笛子已经是一种有丰富文化内涵的乐器，占有明显而突出的位置。在众多古诗词中也可见一斑。现在老太太把"好月"与"闻笛"联系一起，似乎要营造出一种"此曲只应天上有，人间能得几回闻"的气氛。

贾母仍带众人赏了一回桂花，又入席换暖酒来。正说着闲话，猛不防只听那壁厢桂花树下，呜呜咽咽，悠悠扬扬，吹出笛声来。趁着这明月清风，天空地静，真令人烦心顿解，万虑齐除，都肃然危坐，默默相赏。听约两盏茶时，方才止住，大家称赞不已。于是遂又斟上暖酒来。贾母笑道："果然可听么？"众人笑道："实在可听。我

们也想不到这样，须得老太太带领着，我们也得开些心胸。"贾母道："这还不大好，须得拣那曲谱越慢的吹来越好。"果然见效，老太太领着大家闻了一回笛，心胸都跟着开阔起来，情绪明显好转。

只见鸳鸯拿了软巾兜与大斗篷来，说："夜深了，恐露水下来，风吹了头，须要添了这个。坐坐也该歇了。"贾母道："偏今儿高兴，你又来催。难道我醉了不成，偏到天亮！"因命再斟酒来。一面戴上兜巾，披了斗篷，大家陪着又饮，说些笑话。只听桂花阴里，呜呜咽咽，袅袅悠悠，又发出一缕笛音来，果真比先越发凄凉。大家都寂然而坐。夜静月明，且笛声悲怨，贾母年老带酒之人，听此声音，不免有触于心，禁不住堕下泪来。众人此时都不禁有凄凉寂寞之意，半日，方知贾母伤感，才忙转身赔笑，发语解释。又命换暖酒，且住了笛。至此是一个大的转折，一缕笛音，竟似那不祥之兆，笛声凄凉，月光凄凉，桂阴凄凉，而人心更觉凄凉。紧接着又插入一个尤氏的让人听了想哭的"笑话"："一家子养了四个儿子：大儿子只一个眼睛，二儿子只一个耳朵，三儿子只一个鼻子眼，四儿子倒都齐全，偏又是个哑巴。"只见贾母已朦胧双眼，似有睡去之态。王夫人等笑道："夜已四更了，风露也大，请老太太安歇罢。明日再赏十六，也不辜负这月色。"贾母听说，细看了一看，果然都散了，方才起身，出园去了。

中秋月圆之夜，年事已高的老太太百感交集，内心的离散之感和家族的衰败之感纠葛在一起，形成了强烈的凄凉感受。同样是月圆之夜，元妃省亲时是何等的荣

图2-74　赏秋闻笛

华富贵、光耀门楣。虽然怀念往日的荣华，可是余下的只是无奈。曹公还在这段描写里穿插了一些小插曲，如座位半壁余空、贾赦失足崴腿，更有尤氏的笑话，都不是什么好的预兆。这段贾府中秋夜桂阴闻笛的描写，热闹中充满悲凉之气，跌宕起伏，牵着读者随贾母的情绪变化而变化，体现出曹公非凡的笔墨功力。

75. 凹晶联句：凄凄冷桂花魂渺，寂寂枯荷鹤影残

七律・凹晶联句（新韵）

王应民

笛缠凸碧堂前月，露浸凹晶馆外栏。

无奈夜阑席已散，有得兴起句重联。

凄凄冷桂花魂渺，寂寂枯荷鹤影残。

纵拟上元灯火事，平添哀怨向谁言。

【品评】王应民　撰

《红楼梦》第 76 回"凸碧堂品笛感凄清　凹晶馆联诗悲寂寞"，大观园中秋赏月开始时非常热闹：月明灯彩，人气香烟，晶艳氤氲，不可名状。初闻笛音的描写也是这样：只听那壁厢桂花树下，呜呜咽咽，悠悠扬扬，吹出笛声来。趁着这明月清风，天空地静，真令人烦心顿解，万虑齐除，都肃然危坐，默默相赏。可是后来情景骤变：只听桂花阴里又发出一缕笛音来，果然比先越发凄凉，大家都寂然而坐。夜静月明，众人不禁伤感。

夜深露冷，老太太尚有不舍之意，细看了一看，众人都散了，只有探春一人在此。贾母笑道："也罢。你们也熬不惯，况且弱的弱，病的病，去了倒省心。只是三丫头可怜见的，尚还等着。你也去罢，我们散了。"

再说离开凸碧堂后，黛玉和湘云二人并未去睡，竟转到凹晶馆来。凸碧堂、凹晶馆的特色由湘云一并道出："这山上赏月虽好，总不及近水赏月更妙。你知道这山坡底下就是池沿，山坳里近水一个所在就是凹晶馆。可知当日盖这园子时就有学问。这山之高处，就叫凸碧；山之低洼近水处，叫作凹晶。这'凸''凹'二字，历来用的人最少。如今直用作轩馆之名，更觉新鲜，不落窠臼。可知这两处一上一下，一明一暗，一高一矮，一山一水，竟是特因玩月而设此处。"

二人遂在两个竹墩上坐下。只见天上一轮皓月，池中一轮水月，上下争辉，如置身于晶宫鲛室之内。微风一过，粼粼然池面皱碧铺纹，真令人神清气净。面对此景此

情，她俩诗兴大发，联起了五言排律。诗句恕不赘述，略摘几句。前面场景挺热闹，如："香新荣玉桂，色健茂金萱。蜡烛辉琼宴，觥筹乱绮园。"写到个人的时候风格就有了变化："渐闻语笑寂，空剩雪霜痕。阶露团朝菌，庭烟敛夕椿。"最后见景生情，吟出意境凄凉无比的名句："寒塘渡鹤影，冷月葬花魂。"

这段描写很是仔细：湘云吟出此上句时，黛玉听了，又叫好，又跺足，说："了不得，这鹤真是助他的了！这一句更比'秋湍'不同，叫我对什么才好？'影'字只有一个'魂'字可对。况且'寒塘渡鹤'何等自然，何等现成，何等有景且又新鲜，我竟要搁笔了。"

湘云以为胜过黛玉了，可是黛玉只看天，不理她，半日，猛然笑道："你不必捞嘴，我也有了，你听听。"因对道："冷月葬花魂。"湘云拍手赞道："果然好极，非此不能对。好个'葬花魂'！"这里插几句题外话，"冷月葬花魂"亦作"冷月葬诗魂"。《红楼梦》版本不一，用字不同。我只是红学爱好者，从黛玉葬花词和对仗工整方面考虑选用的花字，孰是孰非待红学专家裁定。

忽然妙玉来了："我听见你们大家赏月，又吹的好笛，我也出来玩赏这清池皓月。顺脚走到这里，忽听见你两个吟诗，更觉清雅异常，故此就听住了。只是方才我听见这一首中，有几句虽好，只是过于颓败凄楚。此亦关人之气数而有，所以我出来止住。"三人遂一同来至栊翠庵中，并由妙玉改变语气、风格，续成"中秋夜大观园即景联句三十五韵"。

图 2-75　凹晶联句

这回书里，曹雪芹用前后对比的写法，赏月由热闹到凄清，联诗由高兴到寂寞，处处暗示着贾府大家庭未来的气数和个人的命运。虽然天下没有不散的筵席，但是前面众多人物一一散去，却单单留下黛玉、湘云和妙玉三个孤儿作结，弱女、寒塘、鹤影、冷月、花魂，多少哀怨尽在其中。

76. 探晴诔祭：可叹今朝彩云散，枉添遗恨万千重

七律·芙蓉诔祭（新韵）

王应民

怡红公子诔芙蓉，历数风流谁与同。

日魄星神明月韵，冰肌玉骨艳花容。

补裘何惧三更后，撕扇如生一梦中。

可叹今朝彩云散，枉添遗恨万千重。

【品评】王应民　撰

晴雯是金陵十二钗又副册之首，宝玉房里大丫鬟，当属曹公精心塑造的贾府中最具叛逆性格的丫鬟了。晴雯撕扇，体现了她的幼稚和刚烈，又说明宝玉对晴雯的喜欢；晴雯补裘，体现了她的倔强和灵巧，又说明晴雯对宝玉也是喜欢。《红楼梦》书里曾说，晴雯是宝玉"心上第一等的人"。

俗话说："木秀于林，风必摧之。"晴雯的个性，有纯洁无邪的一面，又有尖酸刻薄的另一面，不可避免地引人嫉妒，招人不满。如王善保家的道："一个宝玉屋里的晴雯，那丫头仗着他生的模样儿比别人标致些，又生了一张巧嘴，天天打扮的像个西施的样子，在人跟前能说惯道，掐尖要强。一句话不投机，她就立起两个骚眼睛来骂人，妖妖趫趫，大不成个体统。"王夫人一见她钗亸鬓松，衫垂带褪，有春睡捧心之遗风，也冷笑道："好个美人！真像个病西施了。你天天作这轻狂样儿给谁看？你干的事，打量我不知道呢！我且放着你，自然明儿揭你的皮。"晴雯长得风流灵巧，王夫人听信谗言，误以为晴雯带坏宝玉，怪罪于她，当着宝玉的面狠心撵走了晴雯：晴雯四五日水米不曾沾牙，恹恹弱息，如今现从炕上拉了下来，蓬头垢面，两个女人才搀起来去了。

可怜的晴雯，心比天高、命比纸薄，所以才有了《红楼梦》中的重要情节"探晴诔祭"。这件事的发生，在宝玉心中，或者说在广大读者心中，还留下一个谜：为何心地纯洁的晴雯被撵走了，真正与宝玉肉体有染的袭人却安然无恙？

第 77 回，宝玉终究心里不安，偷偷前去探望晴雯。晴雯在芦席土炕上，因着了

风，又受了她哥嫂的歹话，病上加病，已嗽了一日。她一把死攥住宝玉的手，哽咽了半日，呜咽道："我虽生的比别人略好些，并没有私情密意勾引你怎样，如何一口死咬定了我是个狐狸精！我太不服。今日既已担了虚名，而且临死，不是我说一句后悔的话，早知如此，我当日也另有个道理。不料痴心傻意，只说大家横竖是在一处。不想平空里生出这一节话来，有冤无处诉。"

晴雯拭泪，伸手取了剪刀，将左指上两根葱管一般的指甲齐根铰下，又伸手向被内，将贴身穿着的一件旧红绫袄脱下，并指甲都与宝玉道："这个你收了，以后就如见我一般。快把你的袄儿脱下来我穿。我将来在棺材内独自躺着，也就像还在怡红院一样了。论理不该如此，只是担了虚名，我可也是无可如何了。"当夜，晴雯就悲惨地死去了。

第 78 回，贾宝玉将深深的伤感思念，倾注到《芙蓉女儿诔》祭她。芙蓉女儿，指幻化为芙蓉花神的晴雯；诔，叙述死者生前事迹，表示哀悼。其开篇道："维太平不易之元，蓉桂竞芳之月，无可奈何之日，怡红院浊玉，谨以群花之蕊、冰鲛之縠、沁芳之泉、枫露之茗，四者虽微，聊以达诚申信，乃致祭于白帝宫中抚司秋艳芙蓉女儿之前……"诔文初始就足见宝玉的深情厚谊。随之又用比喻的排比手法对晴雯大加赞赏："其为质则金玉不足喻其贵，其为性则冰雪不足喻其洁，其为神则星日不足喻其精，其为貌则花月不足喻其色。"后面用大段落文字，追忆晴雯，寄托哀思，同时也表述了极度的苦痛和愤懑之情。其中一段还用骚体写法，展开奇特想象："乘玉虬以游乎穹窿"，"驾瑶象以降乎泉壤"，以浪漫主义

图 2-76 芙蓉诔祭

手法把宝玉心中芙蓉花神的形象从抽象化为具体。

这真是："霁月难逢，彩云易散。心比天高，身为下贱。风流灵巧招人怨。寿夭多因毁谤生，多情公子空牵念。"晴雯被迫害而死时仅十六岁，留下了与贾宝玉的情感遗憾。"茜纱窗下，我本无缘；黄土垄中，卿何薄命！"这应该是宝玉心中真情的呐喊吧！

77. 薛蟠娶亲：合当双爱悦，孰料两刁蛮

五律·薛蟠娶亲（新韵）

王应民

合当双爱悦，孰料两刁蛮。

金桂凭君跪，宝蟾随尔缠。

邪心生诡计，横势起狼烟。

事事皆相报，焉知谁可怜。

【品评】 王应民　撰

薛蟠，字文龙，薛姨妈之子，薛宝钗之兄，人称"金陵一霸"，外号"呆霸王"。可惜这位公子哥却白白地糟蹋"蟠龙"二字，打破了家里对他寄予厚望的美梦。生于"珍珠如土金如铁"家庭的薛蟠一出场，就肆无忌惮地指使人打死冯渊，硬生生把香菱弄到手，呈现出一个活脱脱恃财仗势的贵公子形象。

薛蟠与夏金桂定亲的事，是贾宝玉遇见来大观园的香菱，通过香菱之口引出的。宝玉问："说的到底是哪一家的？只听见吵嚷了这半年，今儿又说张家的好，明儿又要李家的，后儿又议论王家的。"香菱道出是"桂花夏家"，"非常的富贵。其余丑地不用说，单有几十顷地独种桂花，凡这长安城里城外桂花局俱是他家的，连宫里一应陈设盆景亦是他家贡奉，因此才有这个浑号"。而两人成亲又是从病中的宝玉处道出：听得薛蟠摆酒唱戏，热闹非常，已娶亲入门，闻得这夏家小姐十分俊俏，也略通文翰，宝玉恨不得就过去一见才好。

夏金桂的确貌美如花，可是内里的性格却风雷一般暴戾。夏金桂嫁给薛蟠之后，一月之中，二人气概还都相平；至两月之后，便觉薛蟠的气概渐次低矮下去。后来薛蟠竟吓得不敢回家，在外过夜。夏金桂就像是一头河东狮，毫不讲理，这薛蟠呆头呆脑的，束手无策，憋气又扎心。老实的香菱曾比薛蟠还急十倍地盼夏金桂过门，哪知金桂入门之后，就把香菱看成眼中钉、肉中刺，千方百计要除掉她。一日金桂无事，论及香菱名字，竟将脖项一扭，嘴唇一撇，鼻孔里"哧哧"两声，拍着掌冷笑道："菱

角花谁闻见香来着？若说菱角香了，正经那些香花放在那里？可是不通之极！"遂把香字强行改成秋字。

岂不知她起名"夏金桂"对与否，夏天哪里开有桂花？更何谈金贵？夏金桂嫁给薛蟠时带来的陪房丫鬟叫宝蟾，这名字与夏金桂倒是关合：桂树蟾蜍，广寒宫里形影相随。

"得陇望蜀"是薛蟠的天性，见宝蟾有三分姿色，举止轻浮可爱，便故意撩逗她。金桂觉察其意，欲舍出宝蟾借机给摆布香菱创造条件，遂答应薛蟠："你爱谁，说明了，就收在房里，省得别人看着不雅。"薛蟠得了这话，喜得称谢不尽。午后金桂故意出去，让个空儿与他二人。料定两人正颠鸾倒凤之时，有意派香菱去取手帕。不知原委的香菱一头撞了进去，自己倒羞得耳面飞红，忙转身回避不迭。不由得羞煞宝蟾、气坏薛蟠，恼恨香菱到了极点。

后金桂又装病闹了两日，忽又从枕头内抖出纸人来，上面写着金桂的年庚八字，有五根针钉在心窝并四肢骨节等处。使得薛蟠被激怒，顺手抓起一根门闩来，一径抢步找着香菱，不容分说便劈头劈面打起来，一口咬定是香菱所施。薛姨妈无奈只得赌气喝骂薛蟠，并且要卖香菱出去。还好有宝钗收留了香菱。金桂直把薛姨妈气得身战气咽，把薛蟠急得跺脚。金桂索性一不作，二不休，越发发泼喊起来了。薛蟠急得说又不好，劝又不好，打又不好，央告又不好，只是出入咳声叹气，抱怨说运气不好。

这夏金桂如此又渐次寻趁宝蟾。宝蟾见金桂又作践她，她便不肯低服容让半点

图2-77　薛蟠悔娶

儿。先是一冲一撞地拌嘴，后来金桂气急了，甚至于骂，再至于打。她虽不敢还言还手，便大撒泼性，拾头打滚，寻死觅活，无所不闹。薛蟠此时一身难以两顾，惟徘徊观望于二者之间，十分闹得无法，便出门躲在外厢，惟日夜悔恨不该娶这搅家星罢了。

"程本"续书第103回写夏金桂骗回香菱，并乘其不备将砒霜放入汤中，欲害死香菱。不曾想因为宝蟾换碗之故让夏金桂中毒而死，宝蟾到案招供也成了阶下囚。由于和夏金桂的矛盾，薛蟠在家难以安身，也要到南边置货去。心气不顺，酒后又打死了铺子里当槽儿的。虽然家里花银子买下性命，终被流放。后获赦时，夏金桂已死，便把香菱扶正。此为后话。

78. 迎春误嫁：狼子淫威暴虐，香消魂去皆空

汉宫春·迎春误嫁

李宝贵

弱女温柔，况金闺花柳，端丽芳容。谁知一朝错嫁，苦雨寒风。凄凉度日，暗生悲，涕泪无穷。狼子恶，淫威暴虐，菱洲噩梦重重。　　犹忆往年春际，看长裙妖媚，祖母慈浓。诗成海棠春社，醉了深红。匆匆一载，花枝残，儿父无衷。凭梦断，伤心命短，香消魂去皆空。

【品评】李宝贵　撰

迎春是一位"肌肤微丰，合中身材，腮凝新荔，鼻腻鹅脂，温柔沉默，观之可亲"的美丽女子。她天性懦弱，更乏才情，对周围的一切，不闻不问，木然处之，故有"二木头"的诨名。她在大观园的居所是紫菱洲上的缀锦楼，因此在海棠诗社中迎春的号为"菱洲"。

迎春的判词是："子系中山狼，得志便猖狂。金闺花柳质，一载赴黄粱。"这段判词暗示迎春要落在一个恶人手里被毁掉。过元宵节，姐妹兄弟们作灯谜，迎春写的灯谜是："天运人功理不穷，有功无运也难逢。因何镇日纷纷乱？只为阴阳数不同。"这首诗的谜底是算盘，但诗里所表达的意蕴并不是精于计算或有条有理，而是暗示她的命运，就像打动乱如麻的算盘，全是别人算计她，她自己绝不想算计别人，只求能过点清静日子。但是没想到最后所面临的，竟是最残酷的、被中山狼吞噬的结局。

迎春订亲和出嫁是在第79回。皆为她的父亲贾赦一人做主，将她许与孙家。这孙家乃大同府人氏，祖上系军官出身，乃当日宁荣府中之门生，算来亦系世交。姑爷名叫孙绍祖，生得相貌魁梧，体格健壮，弓马娴熟，应酬权变。贾母心中并不十分称意，

想来拦阻，又恐不听，况且是她亲父主张，心想何必出头多事，为此只说"知道了"，余不多及。

贾政深恶孙家，虽是世交，不过是他祖父当日希慕宁荣之势，有不能了结之事才拜在门下的，并非诗礼名族之裔，劝谏过两次，无奈贾赦不听，也只得罢了。迎春的亲事就这样定下了，并很快就嫁了。不久就传来迎春在夫家受虐待的信儿。那一日宝玉来给王夫人请安，正遇见迎春奶娘来家请安，说起孙绍组行为恶劣，甚属不端："姑娘惟有背地里淌眼抹泪的，只要接了来家散诞两日。"可是王夫人没有重视起这件事，只说最近太忙，没顾上。事实上这是迎春人生中唯一的一次求救和抗争，却被王夫人草草地打发了。

"程本"续书第100回，王夫人跟贾母说："（孙家）甚至于不给饭吃。就是我们送了东西去，他（迎春）也摸不着。近来听见益发不好了，也不放他回来。两口子拌起来就说咱们使了他家的银钱。可怜这孩子总不得个出头的日子……他一包眼泪的告诉婆子们说：回去别说我这么苦，这也是命里所招，也不用送什么衣服东西来，不但摸不着，反要添一顿打。"

第108回，贾母为宝钗庆生，派人接来了迎春，大家厮见一番。迎春提起她父亲贾赦出门一事，说："本要赶来见见，只是他拦着不许来，说是咱们家正是晦气时候，不要沾染在身上。我扭不过，没有来，直哭了两三天。"凤姐道："今儿为什么肯放你回来？"迎春道："他又说咱们家二老爷又袭了职，还可以走走……"说着又哭

图 2-78　迎春误嫁

起来，因怕贾母烦恼，又强忍住不敢作声了。至此，人们不难看出迎春在孙家过的日子有多么苦。孙绍祖之所以肆无忌惮地欺负迎春，除了他人性丑恶，还有就是贾家已经没落。如果元春还是那个风光无限的贵妃娘娘，贾家还有着显赫的地位，即便是迎春性格懦弱，孙绍祖也不敢太欺负她，更不敢把她虐待致死。后来贾母生病，且日重一日，延医调治不效的情况下，迎春重病的消息传到了贾府，贾母闻听悲伤不已。不多时，外头的人又传进来说："二姑奶奶死了。"因为正值贾母病笃，贾家的人都不便离开，故迎春之后事，竟容孙家草草完结。

可怜迎春这个温柔沉默、美丽懦弱的小姐，误嫁中山狼，受尽虐待，短短一年就香消玉殒。造成这一悲剧的罪魁祸首就是她的亲生父亲贾赦。他一意孤行，把亲生女儿推入火坑。迎春之死，让人看清了封建豪门贾赦、孙绍祖之流荒淫、冷漠、自私的人性。从此，贾府加速走向了衰亡。

79. 香菱受屈：翠华消尽，暗自泪涟涟

临江仙·香菱受屈
陈瑞林

　　荷举姣花香淡淡，无端风雨摧残。逆来顺受又谁怜？千金孤女，何处是家园！　　花柳之姿狂蝎性，施威称霸争先。水涸根断苦心田。翠华消尽，暗自泪涟涟。

【品评】陈瑞林　撰

　　香菱本为乡绅甄家的千金，原名甄英莲（谐音"真应怜"）。她不但模样标致，而且性情温柔，心地善良，天资聪慧，学诗勤奋刻苦。可叹命运坎坷，几经买卖，沦为了薛蟠的侍妾。她对薛蟠服侍得尽心周到，日子倒也平和。自从夏金桂娶进门，薛家便鸡飞狗跳，日日不得安宁。金桂这个夏家千金年方十七岁，生得颇有姿色，也颇识得几个字。若论心中丘壑经纬，亦步凤姐之后尘。只可叹自幼被寡母娇宠成性，酿成了盗跖的性气。外具花柳之姿，内藏蛇蝎之心。在家中时常和丫头们使性弄气，轻骂重打的。如今出了阁，自为要做当家的奶奶，需要拿出威风来，岂能容忍香菱这样才貌俱全的爱妾在室。首先金桂把香菱的名字改为秋菱，香菱只有顺从了。

　　那个薛蟠天性是个"得陇望蜀"的，娶了金桂，又见金桂的丫头宝蟾有几分姿色，举止轻浮可爱，每每要茶水故意挑逗。金桂顺水推舟，借机舍出宝蟾，而使薛蟠疏远香菱。一日午后，金桂故意出去，让个空儿与薛蟠、宝蟾二人，料在难分之际，便叫

小丫头舍儿告诉菱姑娘，到奶奶房里取手帕。香菱未敢怠慢，一头撞了进去，自己倒羞得面红耳赤，忙转身回避不迭。宝蟾素日最是要强说嘴的，今既遇见了香菱，便恨无地缝儿可入，推开薛蟠，一径跑了，口中还恨怨不迭。薛蟠好容易圈哄的要上手，却被香菱打散，一腔兴头变作了一腔恶怒，都在香菱身上。晚饭后，薛蟠已吃得醺醺然，洗澡时水略热了些，便赶着踢打了香菱，香菱只好自怨自悲。

　　此时金桂已暗和宝蟾说明，当夜令薛蟠和宝蟾在香菱房中成亲，命香菱过来陪自己睡。此事正中薛蟠下怀，香菱不依，又要挨打了。无奈只得抱着铺盖来，在地下铺睡。那金桂一时叫倒茶，一时叫捶腿，如是一夜七八次，总不让香菱安逸稳卧片时。那薛蟠得了宝蟾，如获珍宝，一概都置之不顾。恨得金桂暗暗发狠道："且叫你乐这几天，等我慢慢的摆布了来，那时可别怨我！"一面隐忍，一面设计摆布香菱。半月光景，忽又装起病来，只说心疼难忍，四肢不能转动。请医疗治无效，众人都说是香菱气的。

　　闹了两日，忽又从金桂的枕内抖出纸人来，上面写着金桂的生辰八字，有五根针钉在心窝和四肢骨节等处。于是薛家上下反乱起来，当作新闻，薛蟠立刻要拷打众人。金桂更是撒泼哭闹，以话激怒薛蟠。薛蟠顺势抓起一根门闩，一径抢步找着香菱，不容分说便劈头盖脸浑身打去，一口咬定是香菱所施。香菱叫屈，薛姨妈跑来禁喝说："不问明白，你就打起人来了。这丫头服侍了你这几年，那一点不周到，不尽心？他岂肯如今作这没良心的事！你且问个清浑皂白，再动粗卤。"金桂听婆婆如此说，怕薛蟠耳软心活，便益

图 2-79　香菱受屈

发号啕大哭起来，哭喊道："这半个多月把我的宝蟾霸占了去……唯有秋菱跟我睡。我要拷问宝蟾，你又护在头里。你这会子又赌气打他去。……何苦作出这些把戏来！"薛姨妈听见金桂句句挟制着儿子，十分可恨。无奈儿子不争气，只得要卖香菱，却被宝钗劝阻了，从此香菱跟随宝钗去了。

"程本"续书中，夏金桂在香菱的汤中下毒，却被宝蟾无意中调换了汤碗，金桂自己中毒身亡。夏金桂死后，香菱被扶正当了正夫人。最后香菱死于难产，遗一子于薛家以承宗祧。

香菱的判词是："根并荷花一茎香，平生遭际实堪伤。自从两地生孤木，致使香魂返故乡。"其中"两地生孤木"，即两个"土"字，加上一个"木"字，是金桂的"桂"字，第二句说自从呆霸王薛蟠娶夏金桂后，薄命的香菱身心饱受摧残和折磨，以致水涸泥干，莲枯藕败。香菱的结局，判词说得很明确，香菱明明是死于淫夫悍妇之手，又何来"产难完劫，遗一子于薛家以承宗祧"呢？"程本"续书对香菱结局的叙述显然不符合曹公的意图。

80. 老道疗妒：糖梨能爽口，怎理九回肠

五律·老道疗妒〔新韵〕

王应民

已试驱忧散，复求疗妒汤。

桂枝犹可虑，菱角不堪伤。

稚朴怜悲苦，诙谐道暖凉。

糖梨能爽口，怎理九回肠。

【品评】 王应民　撰

话说夏金桂自嫁到薛家后，对香菱嫉妒至极，联手宝蟾，欲置之死地而后快，直搅得薛家鸡犬不宁。而宝玉因抄检大观园、悲晴雯等羞辱惊恐悲凄所致，兼以风寒外感，故酿成一疾，卧床不起。一月之后，方才渐渐地痊愈。奉贾母命要好生保养，待过了百日，方出门行走。宝玉亦曾过来见过金桂，思想着："举止形容也不怪厉，一般是鲜花嫩柳，与众姊妹不差上下的人，焉得这等样情性，可为奇之至极。"他本是怜香惜玉的人，因此心下纳闷，疑虑金桂，更可怜香菱。

第80回"王道士胡诌妒妇方"，这日宝玉随贾母往天齐庙烧香还愿。宝玉天生性怯，不敢近狰狞神鬼之像。这天齐庙本系前朝所修，极其宏壮。如今年深岁久，又极

其荒凉。里面泥胎塑像皆极其凶恶，是以忙忙地焚过纸马钱粮，便退至道院歇息。众嬷嬷生恐他睡着了，便请当家的老王道士来陪他说话儿，故事由此引出。

这老王道士专意在江湖上卖药，弄些海上方治人射利，这庙外现挂着招牌，丸散膏丹，色色俱备，亦常在宁荣两宅走动熟惯，都与他起了个诨号，唤他作"王一贴"，言他的膏药灵验，只一贴百病皆除之意。当下王一贴进来，说会子话。宝玉道："天天只听见你的膏药好，到底治什么病？"王一贴吹嘘道："哥儿若问我的膏药，说来话长，其中细理，一言难尽。共药一百二十味，君臣相济，宾主得宜，温凉兼用，贵贱殊方。内则调元补气，开胃口，养荣卫，宁神安志，去寒去暑，化食化痰；外则和血脉，舒筋络，出死肌，生新肉，去风散毒。其效如神，贴过的便知。"老道吹得活灵活现，其实与江湖骗子别无二致。

图 2-80 老道疗妒

宝玉道："我不信一张膏药就治这些病。我且问你，倒有一种病可也贴的好么？"王一贴道："百病千灾，无不立效。若不见效，哥儿只管揪着胡子打我这老脸，拆我这庙何如？只说出病源来。"这茗烟手内点着一枝梦甜香，宝玉命他坐在身旁，却倚在他身上。王一贴看了心有所动，便笑嘻嘻走近前来，悄悄地说道："我可猜着了。想是哥儿如今有了房中的事情，要滋助的药，可是不是？"话犹未完，茗烟先喝道："该死，打嘴！"唬得王一贴不敢再问。宝玉道："我问你，可有贴女人的妒病方子没有？"王一贴听说，拍手笑道："这可罢了。不但说没有方子，就是听也没有听见过。"宝玉笑道："这样还算不得什么。"王一贴又忙道："贴妒的膏药倒没经过，倒有一种汤药或者可医，只是慢些儿，不能立竿见影的效验。"宝玉道："什么汤药，怎么吃法？"

王一贴道："这叫做'疗妒汤'：用极好的秋梨一个，二钱冰糖，一钱陈皮，水三碗，梨熟为度，每日清早吃这么一个梨，吃来吃去就好了。"宝玉道："这也不值什么，只怕未必见效。"王一贴道："一剂不效吃十剂，今日不效明日再吃，今年不效吃到明年。横竖这三味药都是润肺开胃不伤人的，甜丝丝的，又止咳嗽，又好吃。吃过一百岁，人横竖是要死的，死了还妒什么！那时就见效了。"说着，宝玉、茗烟都大笑不止，骂"油嘴的牛头"。梨，离也。病人离开这个世界，肯定不会妒了。似乎有点道理，也亏老道想得出来。

王一贴笑道："不过是闲着解午盹罢了，有什么关系。……实告诉你们说，连膏药也是假的。我有真药，我还吃了作神仙呢。有真的，跑到这里来混？"胡扯多时，只有最后这几句才是真话。医妒之难，难倒天下名医。封建社会女性命运的悲苦，相互之间的醋意与倾轧，才是难以根除的病根。这岂是一个老道能医得了的？夏金桂是一个妒妇的典型，她对香菱的计谋恶毒又持久。贾宝玉急香菱的悲苦命运而傻傻发问，王道士无奈只有胡诌笑话来回答。妒火中烧，吃点儿"疗妒汤"肯定也是没有问题的。

续书后四十回主要场景

81. 潇湘惊梦：斑竹堪解意，摇曳满纱窗

五律·潇湘惊梦（新韵）

王应民

一梦泪潇湘，佳人欲断肠。

亲情分远近，世态共炎凉。

无奈心如火，何由脸若霜。

斑竹堪解意，摇曳满纱窗。

【品评】王应民　撰

《红楼梦》既然以梦为主题，梦的描写肯定就少不了，据统计，梦境描写竟然达到三十余处。书中林黛玉虽然哭的次数最多，梦却只有一个，而且还是一个大大的噩梦，不得不引起我们的关注。

第 82 回"病潇湘痴魂惊噩梦"，这个梦是林黛玉忧虑婚姻的梦。曹公先通过袭人之口点出几个人的婚姻问题做引子：那天宝玉上学之后，袭人拿着针线要绣个槟榔包儿，无意中想到晴雯、尤二姐、香菱等人的不幸，而自己终身本不是宝玉的正配，原是偏房。又素来看着贾母、王夫人光景及凤姐儿往往露出话来，正配自然是黛玉无疑了。思虑再三，脸红心热，拿着针不知戳到哪里去了，便把活计放下，走到黛玉处去探口气。袭人在黛玉那里说话，恰遇宝钗差婆子来送一瓶儿蜜饯荔枝。婆子笑着向袭人道："怨不得我们太太说这林姑娘和你们宝二爷是一对儿，原来真是天仙似的。"出了屋门，那老婆子还只管嘴里咕咕哝哝的，谁知这会子连到了宝钗，却无形中给黛玉心中添堵了。

《红楼梦》第 22 回就写贾母喜欢宝钗稳重和平，自己拿钱出来给宝钗过生日。第 28 回又写元妃赐的礼物，独宝钗和宝玉的同样。这些隐忧都自然而然地引起黛玉心灵的震颤。所以黛玉看了蜜饯荔枝道："我懒待吃，拿了搁起去罢。"此物虽甜，怎解心中的苦啊。一时晚妆将卸，黛玉进了套间，猛抬头看见了荔枝瓶，不禁再想起日间老婆子的一番混话，甚是刺心。当此黄昏人静，千愁万绪堆上心来，想起自己身子不牢，想起与宝玉的婚姻渺茫，心内一上一下，辗转缠绵，竟像辘轳一般。叹了一回气，掉

了几点泪，无情无绪，和衣倒下。

俗话说，日有所思，夜有所梦。有了这些情感衬托，才有了林黛玉的一场惊悚：先是梦到贾雨村求见，南京还有人来接。紧接着又见凤姐同邢夫人、王夫人、宝钗到来。由凤姐说出："林姑爷升了湖北的粮道，娶了一位继母，十分合心合意。如今想着你撂在这里，不成事体，因托了贾雨村作媒，将你许了你继母的什么亲戚，还说是续弦，所以着人到这里来接你回去。大约一到家中就要过去的。都是你继母作主。怕的是道儿上没有照应，还叫你琏二哥哥送去。"说得黛玉一身冷汗。众人不再言语，都冷笑而去。黛玉此时心中干急，又说不出来，哽哽咽咽，恍惚又是和贾母在一处的似的。跪求贾母，贾母也总不言语，掉头而去。

黛玉又想到宝玉，便见宝玉站在面前，笑嘻嘻的调侃她。黛玉没了主意，只得拉着宝玉大哭。这时宝玉道："我说叫你住下。你不信我的话，你就瞧瞧我的心。"说着，就拿着一把小刀子往胸口上一划，只见鲜血直流。黛玉吓得魂飞魄散，忙用手握着宝玉的心窝，哭道："你怎么做出这个事来，你先来杀了我罢！"宝玉道："不怕，我拿我的心给你瞧。"黛玉拼命放声大哭。哭叫声惊动了紫鹃，才赶忙过来叫醒了黛玉。黛玉喉间犹是哽咽，心上还是乱跳，枕头上已经湿透，肩背身心，但觉冰冷。一时痛定思痛，神魂俱乱。又躺下去，翻来覆去哪里睡得着，直到窗上的纸，隔着屉子，渐渐地透进清光来。

这个梦境运用时间的交错、空间的位移，把林黛玉的内心活动表现得淋漓尽致。尽管她和宝玉心心相印、交好至

图 2-81　潇湘惊梦

深，可是要冲破封建家族里强大的障碍，实在困难。她可能已经预料到未来的沉重打击，将要置自己于叫天天不应、入地地无门的悲惨境地，促使她的忧虑、悲痛、惊恐、急怒接踵而来。梦中的黛玉见了凤姐、邢夫人、王夫人，还有宝钗，众人关于她对宝玉的情感均不屑一顾。即便是贾母，一样也不理不睬。虽然最后见了宝玉的真心，亦如救命的一根稻草，其奈若何？这里写的是梦，但也是一种潜意识的体现。黛玉病情加重，痰中带血，曹公开始为"黛玉之死"铺垫。梦中的绝望和悲怆，在不久的将来化为了现实。

82. 双玉听琴：栊翠畸人堪解意，怡红公子可知音

七律·双玉听琴（新韵）

王应民

风雨潇湘冷气侵，尤怜弱弱病中身。
强拨几首凄凉曲，难抚一颗寂寞心。
栊翠畸人堪解意，怡红公子可知音。
焉知缭绕琴声处，个里情怀谁与分。

【品评】 王应民　撰

　　"双玉听琴"的故事出现在《红楼梦》续书的第87回，故事始于宝钗，结于妙玉。却说宝钗寄书与黛玉："叹冷节遗芳，如吾两人也。感怀触绪，聊赋四章，匪曰无故呻吟，亦长歌当哭之意耳。"附寄来骚体诗四章，表达"忧心炳炳兮发我哀吟，吟复吟兮寄我知音"之意。黛玉看了，不胜伤感，解之惺惺相惜之意。

　　傍晚，黛玉看林鸟归山，夕阳西坠，情不自禁地联想南方旧景，思虑个人现状："今日寄人篱下，纵有许多照应，自己无处不要留心。不知前生作了什么罪孽，今生这样孤凄。真是李后主说的'此间日中只以眼泪洗面'矣！"一时觉天凉，命雪雁将一包小毛衣服抱来，无意中看见内中夹着宝玉病时送来的旧手帕，自己题的诗，上面泪痕犹在，里头还包着那剪破了的香囊扇袋并宝玉通灵玉上的穗子，不觉簌簌泪下。乡情未了，恋情依旧，却无可奈何。

　　黛玉回头把宝钗的诗又拿出来瞧了两遍，叹道："境遇不同，伤心则一。不免也赋四章，翻入琴谱，可弹可歌，明日写出来寄去，以当和作。"遂濡墨挥毫，赋成四叠。又将琴谱翻出，合成音韵，与自己做的配齐了，然后写出，以备送与宝钗。又将自己带来的短琴拿出，调上弦，操演了指法。黛玉在南边学过几时，虽是手生，到底一理

就熟。

宝玉这日信步走到蓼风轩，惜春和妙玉正在下棋。到精妙处，宝玉在旁情不自禁，哈哈一笑，把两个人都唬了一大跳。妙玉微微地把眼一抬，看了宝玉一眼，复又低下头去，那脸上的颜色渐渐的红晕起来。因站起要回庵里去。

妙玉笑道："久已不来这里，弯弯曲曲的，回去的路头都要迷住了。"宝玉道："这倒要我来指引指引何如？"妙玉道："不敢，二爷前请。"这里用曲笔透露出妙玉的小心思，把宝玉和妙玉的微妙关系不露声色地穿插其中。这些大量笔墨，包括上一回"寄闲情淑女解琴书"，都是为"双玉听琴"做的铺垫。

二人离了蓼风轩，走近潇湘馆，忽听得抚琴之声。遂在山子石坐着静听，甚觉音调清切。只听得低吟道："风萧萧兮秋气深，美人千里兮独沉吟。望故乡兮何处，倚栏杆兮涕沾襟。"

歇了一回，听得又吟道："山迢迢兮水长，照轩窗兮明月光。耿耿不寐兮银河渺茫，罗衫怯怯兮风露凉。"又歇了一歇，里边又吟道："子之遭兮不自由，予之遇兮多烦忧。之子与我兮心焉相投，思古人兮俾无尤。"

妙玉道："这又是一拍。何忧思之深也！"宝玉道："我虽不懂得，但听他音调，也觉得过悲了。"里头又调了一回弦。妙玉道："君弦太高了，与无射律只怕不配呢。"里边又吟道："人生斯世兮如轻尘，天上人间兮感夙因。感夙因兮不可惙，素心如何天上月。"

妙玉听了，呀然失色道："如何忽作变徵之声？

图 2-82　黛玉抚琴

音韵可裂金石矣。只是太过。""恐不能持久。"正说时，听得君弦嘣的一声断了。妙玉站起来连忙就走，宝玉道："怎么样？"妙玉道："日后自知，你也不必多说。"竟自走了。

黛玉已达到人琴合一的境界，妙玉已经听到不祥之意。妙玉归去，独自凭栏，忽听房上两个猫儿一递一声厮叫。那妙玉忽想起日间宝玉之言，不觉一阵心跳耳热，仍到禅床上坐了。怎奈神不守舍，时觉有许多王孙公子要求娶她，一会儿又有盗贼劫她，竟自走火入魔了。惜春听了此事也默默无语："妙玉虽然洁净，毕竟尘缘未断。"

《红楼梦》一书写事多前后关联，前有铺垫，后有呼应。琴弦似心弦，妙玉从断弦中悟出缘分已断。可这是黛玉和宝玉的缘分呢，还是她和宝玉的缘分呢？抑或两者都有？我们看看第87回的回目"感秋深抚琴悲往事　坐禅寂走火入邪魔"和内容，且慢慢领会。

83. 失玉疯癫：癫癫尚辩真和假，傻傻难分色与空

七律·失玉疯癫（新韵）

王应民

妖花魔玉谶哀凶，搅破红楼梦几重。

未遣神魂归旧院，已收鬼影入深宫。

癫癫尚辩真和假，傻傻难分色与空。

此后茫茫无迹处，谁凭泪眼望飞鸿。

【品评】 王应民　撰

续书第94回，怡红院里晴雯死的那年海棠也枯萎了几棵。现在初冬，海棠花忽然开放。众人诧异，连老太太都哄动了来瞧花儿。不过大家只道这花开得古怪，唯有探春心内明白："此花必非好兆。……草木知运，不时而发，必是妖孽。"《红楼梦》写事多前后关联，此为失玉的引子。宝玉因见花开，心中无数悲喜离合，都弄到这株花上去了。忽说贾母要来，便换衣服迎接。及至贾母去了，袭人见宝玉脖子上没有挂玉，便问："那块玉呢？"宝玉道："才刚忙乱换衣，摘下来放在炕桌上，我没有带。"袭人回看桌上并没有玉，便向各处找寻，踪影全无。吓得袭人满身冷汗，其他人也像木雕泥塑一般。这玉丢得甚奇。

这在贾府可不是小事，一下惊动园子里上下人等，天寻地觅，也了无踪影。第95回，岫烟还巴巴地到栊翠庵求妙玉扶乩。那仙乩疾书道："噫！来无迹，去无踪，青埂

峰下倚古松。欲追寻，山万重，入我门来一笑逢。"岫烟问请的是何仙，妙玉道："请
的是拐仙。"众人皆不解。前番带走甄士隐，送贾瑞风月宝鉴，带走柳湘莲，均为跛
足道人所为。然天机不可泄露，凭君心领神会吧。一连闹了几天，总无下落。宝玉也
好几天不上学，只是怔怔的，不言不语，没心没绪的。花情玉事果然不是好兆。腊月
十九，宫中小太监传谕出来说："贾娘娘薨逝。"贾府的靠山轰然崩塌，非同小可，一
家上下闹腾开来。

　　宝玉自失玉后，终日懒怠走动，说话也糊涂了。叫他去贾母那里请安，便去，没人
叫他，他也不动。每天茶饭，端到面前便吃，不来也不要。袭人又背地里去告诉探春。
探春心里明明知道花开得怪异，"宝玉"失得更奇，接连着元妃姐姐薨逝，谅家道不祥，
也日日愁闷。过了几日，元妃停灵寝庙，贾母等送殡去了几天。岂知宝玉一日呆似一日，
也不发烧，也不疼痛，只是吃
不像吃，睡不像睡，甚至说话
都无头绪。凤姐看他失魂落魄
的样子，只有日日请医调治。
煎药吃了好几剂，只有添病
的，没有减病的。这拿俗语
来说，就是丢了魂儿了。

　　元妃事毕，贾母亲自到
园看视。"贾母等进屋坐下，
问他的话，袭人教一句，他
说一句，大不似往常，直是
一个傻子似的。贾母愈看愈
疑：'……这病果然不轻，竟
是神魂失散的样子。到底因什
么起的呢？'"王夫人只得将
丢玉的话，告诉了一遍。贾母
听了，急得站起来，眼泪直
流，说道："叫琏儿来写出赏
格，悬在前日经过的地方，便
说有人捡得送来者，情愿送银
一万两，如有知人捡得送信
找得者，送银五千两。"贾母

图2-83　失玉疯癫

又叫人：“将宝玉动用之物都搬到我那里去，只派袭人秋纹跟过来，余者仍留园内看屋子。”

贾母便携了宝玉起身，回到自己房中，对王夫人道：“你知道我的意思么？我为的园里人少，怡红院里的花树忽萎忽开，有些奇怪。头里仗着一块玉能除邪祟，如今此玉丢了，生恐邪气易侵，故我带他过来一块儿住着。”过了些时，竟有人到荣府送玉来。宝玉睡眼蒙胧，接在手里也没瞧，便往地上一撂道：“你们又来哄我了。”说着只是冷笑。王夫人见他这样，便道：“他那玉原是胎里带来的一种古怪东西，自然他有道理。想来这个必是人见了帖儿照样做的。”贾琏拿了那块假玉气忿走出，那人赶忙抱头鼠窜而去。从此街上闹动了“贾宝玉弄出‘假宝玉’”来的话。

贾政知宝玉失玉以后神志惛愦，医药无效，又急着要上任江西粮道。即日见宝玉脸面很瘦，目光无神，大有疯傻之状，无暇多虑，就同意了贾母要娶宝钗冲喜的意思。至于娶宝钗、收回通灵宝玉等，皆为后话，不提。要知通灵宝玉是女娲补天时遗漏的一块石头所变，贾宝玉是嘴里含着它出生的。可以说玉就是他的魂灵，他的命根子。这一节描述，通篇起到承前启后的作用。将用一个痴癫的宝玉，演绎后面的诸多故事，并给宝玉的结局作铺垫。

84. 黛玉焚稿：质本洁来还洁去，繁花落尽又逢君

七律·黛玉焚稿断痴情

王志霞

仙缘两世可曾闻？诗稿终将付暮云。

病体不堪愁隐隐，流年唯有泪纷纷。

情从鼓乐声中绝，手自阴阳路上分。

质本洁来还洁去，繁花落尽又逢君。

【品评】 王志霞　撰

“程本”续书第97回，作者把“林黛玉焚稿断痴情”、“薛宝钗出闺成大礼”两个高潮放在一起来写，将黛玉、宝玉、宝钗三个人的悲剧一下子推向高潮。此时黛玉病情急转直下，她吐出的痰都带着一缕紫血。贾母便安慰她说：“好孩子，你养着罢，不怕的！”黛玉微微一笑，把眼又闭上了。紫鹃等在旁苦劝：“姑娘不信，只拿宝玉的身子说起，这样大病，怎么做得亲呢。”黛玉微微一笑，也不答言。一生只以眼泪洗面的林姑娘，这两次微笑是续书者的神来之笔！试想黛玉不笑，怎么能表现出大惊、大怒、

大悲、大愤之后对人生完全绝望的态度？

弥留的黛玉，决意不给宝玉以及这个世界留下任何一点儿属于自己的东西。她还有一个诗本子和题诗的手帕，现在她虽然没有气力再说什么话，但她的心是清醒的，仿佛它在轮子下碾着，痛苦地淌着血。烧毁诗本子、诗帕，这是何等简便易行之事，但是，现在黛玉却连举手之劳的事也无力完成了。紫鹃怎忍心烧掉她们姑娘的心血结晶，必然会竭力劝阻，那么，黛玉连坚持、争辩的力气也是没有的，现在黛玉要攒足最后的一点点力量，了却这桩心愿。

"焚稿"鲜明地表现出她的性格，这里黛玉一边喘息着，一边命雪雁"点上灯"、"笼上火盆"，并点头示意把火盆挪到炕上。"黛玉这才将方才的绢子拿在手中，瞅着那火点点头儿，往上一撂"，那绢子立刻烧着了。黛玉回手又把那诗稿拿起来，瞧了瞧，又撂在火上，待雪雁从火里抓出来时，已所余无几了。

黛玉心无牵挂，眼一闭，往后一仰，诗稿焚了，诗帕焚了，她把最后的点滴微弱的精力和心血聚拢起来，完成了最后的反抗，"质本洁来还洁去"。林黛玉那茕茕孑立的悲剧形象如高悬在艺术天空里的一轮明月，伴随着每一个《红楼梦》的读者走过了他们的一生。

小说第1回就指出了宝玉和黛玉的仙人身份，宝玉本是天上赤瑕宫的神瑛侍者，黛玉是天上一棵绛珠仙草。因为神瑛侍者每日灌溉甘露，绛珠仙草才得以修成女体，这是他们的第一份情缘。林黛玉和贾宝玉两人虽情投意合，但婚姻大事却迟

图 2-84　黛玉焚稿

迟没人为他们做主。林黛玉心思敏感，她始终不放心，她自己知道，宝玉也同样知道，两人婚姻大事不解决，心病也就得不到根治，长久以往，林黛玉自然病入膏肓。

在第49回，黛玉却说："近来我只觉心酸，眼泪却像比旧年少了些似的。心里只管酸痛，眼泪却不多。"就是在暗示还泪之旅是有终点的。泪还完了，她就会主动回到天上。贾宝玉将和薛宝钗大婚，黛玉所有的痴情和念想都已不可能得到回应，黛玉最终像杜丽娘一般，在对宝玉的无尽思念和担忧中郁郁而终、泪尽而逝。

小时候看《红楼梦》林黛玉焚稿断痴情这段，我总是想如果黛玉肯去争取，可能结局不会这么惨烈。至于她死的时候说的半句话："宝玉，你好……"年轻的时候，我觉得她一定是想说"宝玉你好狠心"之类的话。后来长大了才明白，爱一个人如果不能在一起，那就祝福他吧。我想黛玉可能会对宝玉说："宝玉，你好生活着吧。"

关于黛玉的死，刘心武认为，黛玉不该死得如此难堪，而是以一种比葬花还要诗意的方式。所以我想到《葬花吟》，这首诗不仅是对青春的感伤，也是对生命的歌颂，而且，林黛玉所歌颂和珍惜的生命不仅是自己的生命，人类的生命，而是万物的生命。我的诗中"质本洁来还洁去，繁花落尽又逢君"句从《葬花吟》中找到灵感，表达的是浊臭的社会不能玷污黛玉，就连死亡也不能扭曲她那颗高傲的心灵。

85. 宝钗大婚：嫁与无情输梦矣，夜阑独洒千行泪

蝶恋花·宝钗大婚

李宝贵

大轿罗裙珠钿翠。吉日时辰，应把良缘配。为嫁怡红施妩媚，盛妆鬓鬓凭人醉。　怎奈君心思向背。举案齐眉，却把终身累。嫁与无情输梦矣，夜阑独洒千行泪。

【品评】李宝贵　撰

贾宝玉因失玉变得失魂丧魄，时疯时傻，眼看命都难保。贾母王夫人焦急万分，故想起了给宝玉成亲，冲冲喜或可救他。贾政虽不愿意，但贾母做主，不敢违命，只得听凭贾母、王夫人和凤姐她们操持。为了稳住宝玉，防止他在婚礼上折腾，凤姐想出了掉包计，只说是老爷做主，将林姑娘配了他了。合府上下，丫鬟婆子一概不许泄露实情。

"程本"续书第97回，婚礼的各事项紧锣密鼓地展开。贾母、王夫人请来了薛姨妈，一起商定了过礼、嫁娶的日子及一些细节。次日，薛姨妈又将这边的话细细地告

诉了宝钗。那一日，是过礼的日子。虽说贾家经过抄家以及元春薨逝，已走向落败，但还是强撑着为薛家准备了较丰厚的过礼物件。书中写道：金项圈、金珠首饰共八十件，妆蟒四十四，各色绸缎一百二十匹，四季的衣服共一百二十件。外面没有预备羊酒，折合了银子。凤姐特意盼咐送礼的人们："不必走大门，只从园里从前开的便门内送去……这门离潇湘馆远，倘别处的人见了，嘱咐他们不用在潇湘馆里提起。"众人答应着送礼而去。宝玉一心以为是娶林妹妹，心里大乐，精神便觉得好些。

次日，是成亲的好日子，一早宝玉便叫袭人快快给他装新，再盼不到吉时，只管问袭人道："林妹妹打园里来，为什么这么费事，还不来？"袭人只说道："等好时辰。"一时大轿从大门进来，家里细乐迎出去，十二对宫灯，排着进来，倒也新鲜雅致。傧相请了新人出轿。宝玉见新人蒙着盖头，喜娘披红扶着，下首扶新人的是雪雁。宝玉看见了雪雁竟如见了黛玉一般欢喜。傧相赞礼，拜了天地。请出贾母受了四拜，后请出贾政夫妇登堂，行礼毕，送入洞房。还有坐床撒帐等事，俱是按金陵旧例。

且说宝玉此时到底有些傻气，便走到新人跟前道："妹妹身上好了？好些天不见了，盖着这劳什子做什么！"欲待要揭去，又转念一想："林妹妹是爱生气的，不可造次。"又歇了一歇仍是按捺不住，只得上前揭了。喜娘接去盖头，雪雁走开，莺儿等上来伺候。

宝玉睁眼一看，好像宝钗，心里不信，自己一手持灯，一手擦眼，一看，可不是宝钗么！只见她"盛妆艳服，丰肩悝体，鬟低鬓軃，眼瞤息微。真是荷粉露垂，杏花烟润了"。宝玉发了一回

图 2-85　宝钗大婚

怔，又见莺儿立在旁边，不见了雪雁。此时心里无主意，反以为自己在梦中了，呆呆的只管站着，众人接过灯去，扶宝玉坐下，仍两眼直视，半语全无。宝钗被请入里间床上坐下，此时自然是低头不语。宝玉轻轻地问袭人："我是在哪里呢？这不是在做梦么？"并悄悄儿地拿手指着道："坐在那里这一位美人儿是谁？""林姑娘呢？我才刚看见林姑娘了……"袭人回说不是做梦。凤姐又言之凿凿，老爷做主娶的宝姑娘。

宝玉原有惛愦的病，这下越发糊涂得厉害了。加以今夜神出鬼没，更叫他不得主意，便也不顾别的了，口口声声只要找林妹妹去。贾母等上前安慰，无奈他只是不懂。大家知他旧病复发，也不讲明，只得满屋点起安息香来，定住他的魂，扶他睡下。待宝玉昏沉睡去，凤姐去请宝钗安歇，宝钗置若罔闻，也便和衣在内暂歇。贾母等才得略略放心，坐以待旦。

宝钗出闺成大礼之日，也正是林黛玉焚稿断痴情之时。宝玉此时还不知道，他的林妹妹眼看婚姻无望，万念俱灰，泪已流干，为爱而死。宝钗如愿嫁给了宝玉。可宝玉却旧病陡发，更加惛愦，连饮食也不能进了。薛宝钗在婚姻上赢了林妹妹，却没有赢得爱情。新婚之夜，她的新郎吵嚷着要去找林妹妹，她是多么得尴尬，多么得难堪。本以为只要有足够的耐心，可以花时间去改变宝玉，却没想到无论怎么努力，与宝玉都无法情投意合。后来，宝玉在思念与痛苦中悟透了人生，选择了出家，丢下宝钗决然离去。宝钗大婚，又是一场悲剧。

86. 绛珠归天：呕心犹是血，焚稿已成灰

五律·绛珠归天（新韵）

王应民

花瓣窗前落，竹梢月下垂。

呕心犹是血，焚稿已成灰。

黛玉三魂渺，潇湘万念悲。

天庭仙乐远，泪尽绛珠归。

【品评】王应民　撰

每读到《红楼梦》第 98 回"苦绛珠魂归离恨天"这段，都会在心灵上产生极大的震撼。体会着林黛玉的伤心和无奈，禁不住掩卷沉思，垂头落泪。黛玉早年丧母，继而丧父，已经给她造成了难以承受的打击。她与宝玉两小无猜，情投意合，可惜"木石前盟"又被拆散。怎么把人间的大悲大痛都集中在了一个弱女子身上？

　　林姑娘归天之日，正是宝姑娘大婚之时。作者把大观园一悲一喜的典型事件安排在同一时间，采用交叉、对比的手法安排布局，大起大落，大张大合，相互映衬。用以乐景衬悲情的艺术手法，使读者心头的凄凉和感伤倍增。书中介绍，黛玉初听到"宝二爷娶宝姑娘"的话儿，如同一个疾雷，心头乱跳："那黛玉此时心里竟是油儿酱儿糖儿醋儿倒在一处的一般，甜苦酸咸，竟说不上什么味儿来了。"回到潇湘馆，黛玉身子往前一栽，"哇"的一声，一口血直吐出来。

　　宝玉、宝钗大婚前几日，贾府中上下人等都不过来，连一个问的人都没有。黛玉挣扎着烧掉了题诗的纸稿和绢帕。至于黛玉最后的时光，更令人不忍卒读，却说宝玉成家的那一日，黛玉白日已经昏晕过去，却心头口中一丝微气不断，把个李纨和紫鹃哭得死去活来。到了晚间，黛玉却又缓过来了，微微睁开眼，似有要水要汤的光景。

此时雪雁已去，只有紫鹃和李纨在旁。紫鹃便端了一盏桂圆汤和的梨汁，用小银匙灌了两三匙。黛玉闭着眼，静养了一会子，觉得心里似明似暗的。黛玉睁开眼一看，只有紫鹃和奶妈并几个小丫头在那里，便一手攥了紫鹃的手，使着劲说道："我是不中用的人了！你服侍我几年，我原指望咱们两个总在一处，不想我……"说着，又喘了一会儿，闭了眼歇着。紫鹃见她攥着不肯松手，自己也不敢挪动。看她的光景，比早半天好些，只当还可以回转，听了这话，又寒了半截。半天，黛玉又说道："妹妹！我这里并没亲人，我的身子是干净的，你好歹叫他们送我回去。"说到这里，又闭了眼不言语了。那手却渐渐紧了，喘成一处，只是出气大，

图2-86　绛珠归天

入气小，已经促疾得很了。紫鹃慌了，连忙叫人请李纨。可巧探春来了，紫鹃见了，忙悄悄地说道："三姑娘，瞧瞧林姑娘罢。"说着，泪如雨下。探春过来，摸了摸黛玉的手，已经凉了，连目光也都散了。探春、紫鹃正哭着叫人端水来给黛玉擦洗，李纨赶忙进来了。三个人才见了，不及说话。刚擦着，猛听黛玉直声叫道："宝玉，宝玉，你好……"说到"好"字，便浑身冷汗，不作声了。紫鹃等急忙扶住，那汗愈出，身子便渐渐的冷了。探春李纨叫人乱着拢头穿衣，只见黛玉两眼一翻，呜呼！香魂一缕随风散，愁绪三更入梦遥！当时黛玉气绝，正是宝玉娶宝钗的这个时辰。紫鹃等都大哭起来。李纨探春想他素日的可疼，今日更加可怜，便也伤心痛哭。大家痛哭了一阵，只听得远远一阵音乐之声，侧耳一听，却又没有了。探春李纨走出院外再听时，惟有竹梢风动，月影移墙，好不凄凉冷淡！

《红楼梦》第 1 回曾记载绛珠仙草（林黛玉）和神瑛侍者（贾宝玉）的前世情缘（木石前盟）的神话故事，那绛珠仙子是为还泪下世为人的，要把她一生所有的眼泪还给神瑛侍者。可见林黛玉是为宝玉而生，因宝玉而死。我个人觉得，续书作者在这里的才华展现，也不比曹公逊色。

读完林黛玉生命的最后一章，她的容貌、她的性格、她的才华、她的爱情，好像又重新展现在我们面前，而不自觉地陷入悲恸、愤恨、哀怨的感情世界中不能自拔，甚至她那爱使小性的性格好像也变得有些可爱了。一段凄美的爱情故事，无可奈何地画上了句号。

87. 探春远嫁：皎皎星河月，两地共凭栏

水调歌头·探春远嫁
李宝贵

但得春色好，日暖绿含烟。夹衫初试，风摆杨柳玉钗环。正是青春年岁，脂粉群中豪杰，俊眼黛眉弯。忽闻婚期迫，泪别已涟涟。　　从今后，家乡远，路三千。痛分骨肉，惟愿梦里道平安。执手闺中姊妹，涕别高堂祖母，莫问几时还。皎皎星河月，两地共凭栏。

青玉案·探春远嫁
王志霞

春寒恻恻牵离绪。但目送、芳尘去。论赋谈诗谁与度。清才傲骨，闺中抱负。从此家何处？　　一朝远嫁凭谁主？孤棹残阳忍回顾。江水青山成雅赋。空留遥想，深情托付。莫把前程误。

【品评】李宝贵　王志霞　撰

　　探春是贾府三小姐，贾政与赵姨娘之女，生得"削肩细腰，长挑身材，鸭蛋脸面，俊眼修眉，顾盼神飞"，并"文彩精华，见之忘俗"。曹雪芹对探春的评价极高，道是"迎、探、惜三人之中，要算探春又出于姊妹之上"。

　　探春年纪轻轻，就显露出组织才能和管理水平。在创建诗社、代王熙凤管理贾府内务中，都显露出不凡的才华。但就是这样一个才德堪与男子媲美的女子，也不能左右自己的婚姻。在探春的判词曲词和灯谜中，都暗示了探春远嫁的命运。

　　探春的判词为："才自精明志自高，生于末世运偏消。清明涕送江边望，千里东风一梦遥。"曲词："一帆风雨路三千，把骨肉家园齐来抛闪。恐哭损残年，告爹娘，休把儿悬念。自古穷通皆有定，离合岂无缘？从今分两地，各自保平安。奴去也，莫牵连。"灯谜是："阶下儿童仰面时，清明妆点最堪宜。游丝一断浑无力，莫向东风怨别离。"

　　判词曲词和灯谜喻义丰满，都点明了探春在清明时节满心悲戚与不舍，与家人痛泪分离，无奈远嫁，天各一方。

　　《红楼梦》第70回，黛玉重建桃花诗社，一向文采不凡的探春，却只填了半阕柳絮词。写道："空挂纤纤缕，徒垂络络丝。也难绾系也难羁，一任东西南北各分离。"这词看似写柳絮，实则写情思。暗示远嫁的探春也和这柳絮一般，离开故土和亲人，无依无靠，飘浮不定，渺无归期。

　　经过充分的暗示和伏笔，终在"程本"续书第99回，探春的婚事定了下来。贾政到江西外任后，一日，正在书房看书，签押上呈进一封书信，

图 2-87　悲远嫁宝玉感离情

乃镇守海门等处总制公文一角。贾政拆封看时，见上面除了问候，主要是提起儿女亲事。并说："途路虽遥，一水可通。不敢云百辆之迎，敬备仙舟以俟。兹修寸幅，恭贺升祺，并求金允。临颍不胜待命之至。"

贾政看了，心想，儿女姻缘果然是有一定的。旧年因见他就了京职，又是同乡的人，素来相好，又见那孩子长得好，在席间原提起这件事，只是没有说定。后来他调了海疆，大家也不说了。不料我今升任至此，他写书来问，我看门户也相当，与探春倒也相配。

第100回，宝钗在贾母屋里听得王夫人告诉老太太要聘探春一事。贾母也认为很好，只是路途太远，但见贾政与王夫人主意已定，也只好伤心落泪一回，吩咐拣个长行的日子送去，也就定了一件事。谁知宝玉忽然听见袭人和宝钗那里讲究探春出嫁之事，啊呀的一声，哭倒在炕上。

第102回，那日，探春将要起身，来辞宝玉。宝玉自是难割难分，探春好言相劝。又辞别众人，竟上轿登程，水舟车陆而去。

又一日，贾赦对贾琏说："前儿你二叔带书子来说，探春于某日到了任所，择了某日吉时送了你妹子到了海疆，路上风恬浪静，合家不必挂念。"

有许多学者、"红迷"们不认同"程本"续写的这一探春远嫁情节，转而提出了和番说、王妃说、海外说等说法。其实不管是哪种说法，探春都没有逃出远嫁的悲剧。

探春远嫁，十里红妆，实在是《红楼梦》里众多女儿悲剧的其中之一，是贾家貌似繁华下的悲凉一笔。

88. 大观园驱妖：法坛高筑地，贻笑满坊间

五律·大观园驱妖（新韵）

王应民

是目草芊芊，何堪入大观。

疑心生暗鬼，诌意作诳言。

象异焉能辨，机深孰可盘。

法坛高筑地，贻笑满坊间。

【品评】王应民　撰

续书第102回，大观园自元妃薨后，也不修葺。薛宝钗嫁，林黛玉死，湘云宝琴回去，宝玉病后不出屋门，益发没有高兴的人了。那日尤氏过来送探春出嫁，见凄凉

满目，台榭依然，心中怅然如有所失。因到家中便身上发热，挣扎一两天，竟躺倒了。日间发烧犹可，夜里身热异常，便谵语绵绵。大夫说感冒起的。可是服了两剂药，并不稍减，更加发起狂来。人岂不知，凄凉景触痛凄凉心，心病还要心药医啊。贾珍着急，与儿子贾蓉商议。贾蓉道："母亲别是撞客着了罢？外头有个毛半仙，是南方人，卦起的很灵，不如请他来占卦占卦。"贾珍即刻叫人请来了毛半仙。毛半仙设香案，摇卦筒，念咒语后表示卦象显示寒火凝结，需用大六壬才能断准。他排了神将盘，告诉贾蓉这是"魄化课"，意味着旧宅有伏虎作怪，非常凶险。但随后他又说算出有贵神救解，是先忧后喜不妨事。贾蓉付了卦金，送走毛半仙后向贾珍回禀。正说着，里头喊："奶奶要坐起到那边园里去，丫头们都按捺不住。"贾珍等进去，只闻尤氏嘴里乱说："穿红的来叫我，穿绿的来赶我。"贾珍命人买些纸钱送到园里烧化，果然那夜出了汗，便安静些。后也就渐渐地好起来。至于是不是半仙的功劳，只有天知道。由是都说大观园中有了妖怪。唬得那些看园的人起先晚上不敢行走，甚至日里也是约伴持械而行。过了些时，贾珍患病。贾珍方好，贾蓉等相继而病。如此接连数月，风声鹤唳，草木皆妖。那些看园的没有了想头，每每造言生事，便将花妖树怪编派起来，各要搬出，将园门封固，再无人敢到园中。事情越闹越大。

晴雯的表兄吴贵住在园门口，媳妇子感冒，日间吃错了药。晚上吴贵到家，已死在炕上。外面的人因那媳妇子不妥当，便都说妖怪爬过墙吸了精去死的。小丫头们还有的说看见红脸的，有的说看见很俊的女人的，吵嚷不休，火上浇

图 2-88　大观园驱妖

油。独有贾赦不大相信，带了几个持器械的家人，到了园中，果然阴气逼人。内中有个小年轻的，只听呼的一声，回过头来，见五色灿烂的一件东西跳过去了，唬得嗳哟一声，腿子发软，便躺倒了。贾赦回身查问，那小子喘嘘嘘地回道："亲眼看见一个黄脸红须绿衣青裳一个妖怪走到树林子后头山窟窿里去了。"贾赦听了，便也有些胆怯。回来就请道士到园作法事，驱邪逐妖。先在省亲正殿上铺排起坛场，三位法官行香取水毕，擂起法鼓，法师们俱戴上七星冠，披上九宫八卦的法衣，踏着登云履，手执牙笏，便拜表请圣。又念了一天的消灾驱邪接福的《洞元经》，以后便出榜召将。再看这声势：三位法师立在坛前。只听法器一停，上头令牌三下，口中念念有词，那五方旗便团团散布。法师下坛，叫本家领着到各处楼阁殿亭房廊屋舍山崖水畔洒了法水，将剑指画了一回，回来连击牌令，将七星旗祭起，接下打怪鞭望空打了三下。法师叫众道士拿取瓶罐，将妖收下，加上封条。法师朱笔书符收禁，令人带回在本观塔下镇住，一面撤坛谢将。

那些下人只知妖怪被擒，疑心去了，往后果然没人提起。独有一个小子笑道："跟着大老爷进园这一日，明明是个大公野鸡飞过去了，拴儿吓离了眼，说得活像。"

这第 102 回，依次写了几个病人，写了大夫、半仙、法师，还有诸多推波助澜者，把事件逐步推向高潮，然后戛然而止。虽说是续书，也章法严谨，浑然不乱。大观园的冷落，实际上也是贾府走向没落的体现，说严重点是众叛亲离的写照。此时园子杂草丛生、鸟兽逼人的凄凉景象与元妃省亲时珠宝争辉、人潮鼎沸的盛况形成巨大反差，起课、作法，也不过是自欺欺人罢了。

89. 金桂服毒：报应冥冥里，亏得来未迟

五律·金桂服毒（新韵）

王应民

风雷为秉性，花柳作身姿。

夏土金生处，秋霜桂落时。

菱香遭恶气，蟾蜍设毒汁。

报应冥冥里，亏得来未迟。

【品评】王应民　撰

"程本"《红楼梦》第 103 回"施毒计金桂自焚身"的故事，情节曲折，把人性的丑恶揭露得淋漓尽致。先是薛姨妈与贾琏说了夏金桂近况："前几个月头里，他天天

蓬头赤脚的疯闹。后来听见你兄弟问了死罪，他虽哭了一场，以后倒擦脂抹粉的起来。"又说如何召回香菱，如何亲手去做汤给香菱吃。并叙说了出事时她所见情形："我忙着看去，只见媳妇鼻子眼睛里都流出血来，在地下乱滚……闹了一回就死了。我瞧那光景是服了毒的。"还讲道："宝蟾便哭着来揪香菱，说他把药药死了奶奶了。"还是宝钗比较冷静，说道："若把香菱捆了，可不是我们也说是香菱药死的了么？妈妈说这汤是宝蟾做的，就该捆起宝蟾来问他呀。一面便该打发人报夏家去，一面报官的是。"

夏家人听报丧的说姑娘服毒死了，气得乱嚷乱叫，火速来到薛家。金桂的母亲指着薛姨妈的脸哭骂，夏家的儿子还要动粗。幸好贾琏带了七八个家人进来，把夏家儿子揪住，又说刑部来验，这些人才软了些。宝蟾见是她家的人来，便哭喊说："我们姑娘好意待香菱，叫他在一块儿住，他倒抽空儿药死我们姑娘！"薛家上下人齐声吆喝道："胡说，昨日奶奶喝了汤才药死的，这汤可不是你做的！"宝蟾道："汤是我做的，端了来我有事走了，不知香菱起来放些什么在里头药死的。"薛姨妈便道："这样子是砒霜药的，家里决无此物。"宝钗命人将金桂的东西检点检点，结果从炕褥底下找出一个揉成团的空纸包儿。宝蟾看见道："这个纸包儿我认得，头几天耗子闹得慌，奶奶家去与舅爷要的，拿回来搁在首饰匣内，必是香菱看见了拿来药死奶奶的。"

金桂的母亲便依着宝蟾所言，取出匣子，只有几支银簪子。薛姨妈便说："怎么好些首饰都没有了？"宝钗叫人打

图 2-89　金桂服毒

开箱柜，俱是空的，便道："嫂子这些东西被谁拿去，这可要问宝蟾。"又叫人："到外头告诉琏二爷说，别放了夏家的人。"金桂的母亲着了急道："我们姑娘何尝买过砒霜。若这么说，必是宝蟾药死了的。"宝蟾急得乱嚷说："怎么你们也赖起我来呢！你们不是常和姑娘说，叫他别受委屈，闹得他们家破人亡，那时将东西卷包儿一走，再配一个好姑爷。这个话是有的没有？"金桂的母亲恨得咬牙切齿地骂宝蟾。

宝蟾又说："我们奶奶天天抱怨说：'我这样人，为什么碰着这个瞎眼的娘，不配给二爷，偏给了这么个混帐糊涂行子。要是能够同二爷过一天，死了也是愿意的。'说到那里，便恨香菱。我起初不理会，后来看见与香菱好了，我只道是香菱教他什么了，不承望昨儿的汤不是好意。"金桂的母亲接说道："若是要药香菱，为什么倒药了自己呢？"宝蟾道："昨儿奶奶叫我做两碗汤，说是和香菱同喝。我气不过，心里想着香菱那里配我做汤给他喝呢。我故意的一碗里头多抓了一把盐，记了暗记儿，原想给香菱喝的。刚端进来，奶奶却拦着我到外头叫小子们雇车，说今日回家去。我出去说了，回来见盐多的这碗汤在奶奶跟前呢，我恐怕奶奶喝着咸，又要骂我。正没法的时候，奶奶往后头走动，我眼错不见就把香菱这碗汤换了过来。也是合该如此，奶奶回来就拿了汤去到香菱床边喝着，说：'你到底尝尝。'那香菱也不觉咸。两个人都喝完了。我正笑香菱没嘴道儿，那里知道这死鬼奶奶要药香菱，必定趁我不在将砒霜撒上了，也不知道我换碗，这可就是天理昭彰，自害其身了。"

正然吵嚷，贾琏在外嚷说："不用多说了，快收拾停当，刑部老爷就到了。"此时惟有夏家母亲着忙，不得已反求薛姨妈息了这件事罢。贾琏在外也将她儿子吓住，他情愿迎到刑部具结拦验。根据香菱判词分析，她死于金桂之手，此处续书与曹公原意大相径庭。可能是作者觉得香菱应怜，不忍心那样写吧。倒是夏金桂应了那句老话：善有善报，恶有恶报。

90. 查抄贾府：觥筹未罢官兵现，圣旨降、朱门乱

青玉案·查抄贾府
刘庆珍

　　觥筹未罢官兵现，圣旨降、朱门乱。只管威严公事办。小厮心恐，主人胆颤，女眷悲声散。　　封房检物严查看。贾赦珍蓉罪难辩。凤姐谋财招众怨。因奢家败，因贪成患，大厦危亡见。

【品评】刘庆珍　撰

　　续书第 105 回，贾政虽然被任命为江西粮道，并没有什么建树，反而因手下人横行不法、瞒着他纳贿被参降调回京。这日正请了亲朋过来吃酒，没想到锦衣府赵堂官带一队人马突然来访，又听到西平王也到了。赵堂官抢上去给王爷请安，便说："王爷已到，随来各位老爷就该带领府役把守前后门。"众官应了出去。贾政等知道事情不妙，连忙跪接。西平王爷说道："无事不敢轻造，有奉旨交办事件，要赦老接旨。如今满堂筵席未散，想有亲友在此未便，且请众位府上亲友各散，独留本宅的人听候。"众亲友立马逃散。

　　西平王道："小王奉旨带领锦衣府赵全来查看贾赦家产。"贾赦等听见，俱俯伏在地。王爷便站在上头说："有旨意：'贾赦交通外官，依势凌弱，辜负朕恩，有忝祖德，着革去世职。钦此。"赵堂官一迭声叫："拿下贾赦，其余皆看守。"赵堂官因为一向与贾府没有来往，所以毫不留情，查出许多禁用之物，还有两箱房地契和一箱当票，便说道："好一个重利盘剥！很该全抄！"贾政、贾赦一干人吓得面如土色，满身发颤。正说着，北静王遵旨来了，宣圣旨说，只提贾赦候审，其他的事都交给西平王处理，其实这是北静王有意来帮贾家，因此支走了赵全，分派了两个诚实的司官和十来个老年差役例行公务。

　　查抄事件闹得翻天覆地。府内女眷们听说东府被查抄，一片混乱。贾母听到这个消息时吓得涕泪交流，连话也说不出来。凤姐更是晕了过去，后被平儿叫醒。邢夫人见贾赦被带走，媳妇病危，房屋被封，

图 2-90　查抄贾府

更是嚎啕大哭，悲痛难耐。贾政搓手等待旨意，后又通过焦大的嘴得知贾珍、贾蓉也已经被捉拿进去，宁府也被抄了，那里同样乱成一团。

正慌乱时，贾琏气喘吁吁地跑来报信说，有两位王爷照应，暂不要紧。又怕贾母担心，便不说贾赦被抓，先出来照料自己屋里。贾政等人跪着听人汇报查抄出来的东西，却无法解释高利贷借据的事。等送走了查抄的人以后，贾政等人急忙回贾母屋里去看情况。邢夫人见贾政的人都在，自己的丈夫儿子却没来，不由得大哭起来。外面薛蝌传消息说，除了贾珍引诱世家子弟赌博之事，还有一款是强占良家妇女的罪名，还拉出一个张华来。另有消息称，李御史参奏平安州奉承贾赦，迎合上司，虐害百姓，好几大款。贾政急得顿足。查问得知，那放账取利的事是凤姐所为，贾政很不高兴。但凤姐现在病重，家产也被抄抢一光，又不好说什么。贾琏也是一肚子委屈，见凤姐奄奄一息，虽不好说她，但也不再理睬她。凤姐一生要强，却落得这个下场，只想死了完事，幸好平儿守在她身边，时时宽慰。

贾政随后查点家产用人，算起账来，才知这些年花费过大，早就入不敷出，如今这个家是真的败了，连从头俭省也来不及了。一天正在书房筹算，又有人来报，叫贾政到内廷问话。贾政不知吉凶，忙去见了枢密院各位大人，又见了各位王爷。北静王方遵旨问话，并告知他，事情已经查清楚了，贾赦、贾珍各种罪名加身，本该重治，但圣上念旧开恩，皆宽处理。革去两个世职，贾赦往台站效力，贾珍发往海疆。贾蓉年幼无知，贾琏释放。贾政在外任多年，居官还算勤慎，仍任工部员外。贾政知道二王说情才从宽发落，不胜感激，拜谢回家，将事情细细告知贾母，贾母又是放心，又是悲伤。贾政知道家已经败了，迟早要露出来，只能明告诉贾母。贾母方知今后家里生活都成了问题，更加忧虑。正忧虑间，只见贾赦、贾珍、贾蓉一齐进来给贾母请安。贾母看这般光景，一只手拉着贾赦，一只手拉着贾珍，便大哭起来。

抄家后，这个豪门贵族彻底败落。细品此章，又纵观《红楼梦》全书，荣宁府被查抄，贵族彻底衰败只是表面现象，真正的原因是他们自己早已种下的祸根。贵族豪门穷奢极欲，坐吃山空，经济上钱财亏空；元妃薨逝，政治上后台倒塌，最终走向衰亡。

91. 蘅芜庆生：豪门珠玉碎，强笑庆生辰

五律·蘅芜庆生

李宝贵

豪门珠玉碎，强笑庆生辰。

家败失云锦，愁多累老身。

薄凉堂上酒，悲恸梦中人。

谁解金钗女，终归泪满巾。

【品评】李宝贵　撰

　　薛宝钗第一次过生日是在十五岁时，恰逢元春省亲之后，贾府正值辉煌时期。贾母捐资二十两，由王熙凤操办。那次是较为体面的一次庆生活动。宝钗第二次过生日，出现在《红楼梦》续书的第108回"强欢笑蘅芜庆生辰　死缠绵潇湘闻鬼哭"，从题目上即可看出宝钗这次生日过得并不愉快，是强欢笑，与第一次的情形截然不同。

　　那日史湘云出嫁回门，来贾母这边请安，说她女婿甚好，日子也平安，请老太太放心。当提起贾家近年来连连发生不好的事，二人不免落泪悲伤。湘云劝解一回，贾母说道："如今这样日子在我也罢了，你们年轻轻儿的人还了得！我正要想个法儿叫他们还热闹一天才好……"湘云想到后天是宝钗的生日，不如多住一天，给宝姐姐拜个寿，大家热闹一天。此提议正合贾母的心，当即决定家人们聚一聚，给宝钗做个生日，也叫她欢喜欢喜。于是，为了重聚贾府的人气，压一压愁云惨淡的氛围，找回昔日的快乐，贾母让鸳鸯拿出一百两银子交给外头，叫从明日起预备两天的酒饭。打发人去接迎春，请了薛姨妈和宝琴并带香菱来。又请李婶娘以及李纹李绮等客人，准备热热闹闹地给宝钗过生日。

图 2-91　蘅芜庆生

宝钗见来了这么多客人，还以为是来问候的，心里喜欢。当听湘云说给姐姐拜寿时，倒愣住了，方想起明日是她的生日，便客气地推让一回。说话间迎春来了，李纨凤姐都进来了，大家厮见一番。迎春说起婚姻生活的不幸，禁不住哭起来。贾母嫌烦恼，迎春就不敢作声了。凤姐勉强说了几句有兴的话，终不似先前爽利。又发现邢夫人、尤氏、惜春等还没到，叫人去请。那邢夫人听见老太太叫，心内虽不十分愿意，但不敢不来。一时摆下果酒，贾母说，今日只许咱们娘儿们乐一乐，索性洒脱些，大家高兴些才好。

为了别再说到不好的事上来，宝玉提议掷骰子，行酒令。由鸳鸯主持，薛姨妈、贾母、李婶娘、邢王二夫人等依次掷过并喝了酒，轮到李纨掷，却掷了一个"十二金钗"，宝玉忽然想起十二钗的梦来，心里想，"这十二钗说是金陵的，怎么家里这些人如今七大八小的就剩了这几个"。看着湘云、宝钗都在，只是不见了黛玉，一时按捺不住，眼泪便要下来，恐人看见，便说去脱衣服，走出席去了。众人索然无趣的掷了一回骰子，行了一会子酒令，贾母即发话说咱们喝两杯吃饭吧。却不见宝玉回来，便问道："宝玉那里去了，还不来？"鸳鸯回说换衣服去了，袭人姐姐跟了去。贾母王夫人才放心。

宝玉伤心，有意走到大观园，见小门半开半掩，便走了进去。袭人拦也拦不住，只得跟着。进得园来，只见满目凄凉，花木枯萎，几处亭馆彩色剥落。宝玉找到去潇湘馆的旧路，径直走去。来到潇湘馆近前，似听得馆内有人在啼哭。又听婆子们说这里路隐僻，林姑娘死后常听见有哭声，所以人都不敢走的。宝玉袭人听说，都吃了一惊。宝玉便滴下泪来，说道："林妹妹，林妹妹，好好儿的是我害了你了！你别怨我，只是父母作主，并不是我负心。"愈说愈痛，便大哭起来。后被众人强行拉走。

宝钗的第二次庆生，笼罩在林黛玉泪尽而逝，贾府被抄家，薛蟠惹出人命官司，两家家道落败的阴霾里。而且王熙凤病重力不从心，邢夫人、尤氏心不情愿，大家心情压抑却还得强颜欢笑。本应热热闹闹的庆生活动，却打不起精神来，真是枉费了贾母的一片苦心。更有宝玉触景生情，中途离席去了家人们都忌讳的大观园潇湘馆哭祭黛玉。身为丈夫，在妻子庆生如此喜庆的日子，却为别的女子伤心大哭，薛宝钗也只能强颜欢笑，自找说辞，掩藏起心中的悲凉。这次庆生不欢而散，看来，贾母也已无回天之力。薛宝钗虽修成金玉良缘的正果，却并没有得到她想要的爱情和荣华富贵的生活。

92. 贾母寿终：红楼一梦金瓯碎，荣华落幕逝高堂

七律·贾母寿终

李宝贵

红楼一梦金瓯碎，月照帘栊满地霜。

老树折根归故里，荣华落幕逝高堂。

满庭披孝晨行祭，合府哀嚎夜守丧。

道是谁人悲末世，朱门此后话凄凉。

【品评】 李宝贵　撰

贾母，后辈人尊称"老祖宗"、"老太太"，很受子孙们的尊敬和爱戴。她一生享尽荣华富贵，经历了家族盛世，却在年老时看到了家族的没落衰败。这令她很悲伤，加上年龄大了，禁不住操心伤神，于续书中第 110 回黯然离世。

起源于那天，贾母出资聚拢众女眷为宝钗过生日，热闹了两日，略吃多了些，这晚有些不受用，第二天便觉着胸口饱闷。自此两日不进饮食，胸口仍是结闷，并头晕目眩，咳嗽。请来大夫诊了脉，说是停了些饮食，感冒些风寒，开了方子，吃了药，一连三日却不见好转。贾政又命贾琏打听好大夫，快去请来瞧老太太的病，三夫人等合宅女眷每日都来请安。

哪知贾母这病日重一日，换了好几个大夫，却调治不效，以后又添了腹泻。贾政着急，知病难医，即命人到衙门告假，日夜同王夫人亲视汤药。一日，见贾母略进些饮食，心里稍宽。可就在这时，传来了迎春病重的消息，贾母就又悲伤起来。时间不长，又传来"二姑奶奶死了"的消息。众人怕贾母过度伤心，只得瞒着她。贾母病势日增，只想这些好女儿。一时想起湘云，埋怨湘云不来看她。打发人去找，才知道湘云的夫婿得了暴病，湘云哭得不行，根本无法来探望贾母，来人也不敢把实情回复贾母。正在为难之际，又见贾母神色大变，众人知道是不好了，贾政已悄悄吩咐下丧事的前期各事项展开。太医又诊了一回，出来悄悄告诉贾琏："老太太的脉气不好，防着些。"这时贾母让人扶着坐起来喝了点茶，慢慢说道："我到你们家已经六十多年了。从年轻的时候到老来，福也享尽了。自你们老爷起，儿子孙子也都算是好的了。就是宝玉呢，我疼了他一场。"说到此处，拿眼满地下瞅着，找宝玉，又找贾兰，又找凤姐，对他们分别说了几句贴心话。又找湘云，说："最可恶的是史丫头没良心，怎么总不来瞧我。"最后瞧了一瞧宝钗，叹了口气，只见脸上发红。贾政知是回光返照，急忙进上参汤。贾母的牙关已经紧了，合了一回眼，又睁眼满屋里瞧了一瞧。听见喉间略

一响动，脸变笑容，竟是去了，享年八十三岁。

　　贾母升天，合府举哀。从荣府大门至内宅门扇扇大开，一色净白纸糊了，孝棚高起，大门前的牌楼立时竖起，上下人等孝服加身。贾政报了丁忧并礼部奏闻。家人们各处报丧，众亲友都来探丧。贾政、宝玉、贾环、贾兰等儿孙们守灵，邢王二夫人、李纨、宝钗等女眷们灵旁哭泣。虽请了些男女外亲来照应，但主要的还是凤姐照管里头的事，贾琏在外作主。此时，虽说贾府已处在没落之际，但百年望族的架子还在，兼之有皇室体恤，给了一千两安葬费。贾母德高望重，对下人又好，又是能人王熙凤操办。按常理，贾母的"大丧仪"还是应该能确保热热闹闹，体面下葬的。可事实却是丧事冷清寒酸，因为贾政考虑到贾府处在被抄家、已步入衰败的时候，丧事应从简，而鸳鸯等人想要办得风光，可怜凤姐夹在其中，无财权可控，无人力可使，邢王二夫人各怀心事，不肯帮忙，尤其邢夫人不但不帮忙还处处挑事。贾府上下大都不听凤姐的安排，还在旁边指指点点，说风凉话。只有李纨看在眼里同情之。

　　凤姐本是病重之身，连日忙乱，这日竟有些支撑不住，无奈只能硬撑着。忽见一个小丫头跑来说："二奶奶在这里呢，怪不得大太太说，里头人多照应不过来，二奶奶是躲着受用去了。"凤姐听了这话，一口气撞上来，往下一咽，眼泪直流，只觉得眼前一黑，嗓子里一甜，便喷出鲜红的血来，且血吐个不住。还没等贾母出殡，凤姐就倒下了。要强的凤姐最终把贾母的"大丧仪"办得一团糟，还受尽埋怨，几头不讨好。贾母去世不久，凤

图 2-92　贾母寿终

姐也重病身亡。更有鸳鸯悲切地哭奠主子后，用汗巾套住自己的咽喉，上吊而死以身殉主。贾母去世，似大树倾倒，加速了贾家百年望族的败落。

93. 鸳鸯殉主：寒风更比春风劲，此去归天避祸根

鹧鸪天·鸳鸯殉主

王志霞

别绪萦怀泪满巾。房空月冷枉伤神。有缘侍主心多契，无故添愁劫尚存。　　悲断发，痛焚身。余生无望莫怜春。寒风更比春风劲，此去归天避祸根。

【品评】王志霞　撰

《红楼梦》中的人物鲜少有毫无争议的，然而却有一个丫鬟几乎是交口称赞，她就是鸳鸯。鸳鸯本姓金，叫作金鸳鸯，是贾家的家生子。鸳鸯父母不在身边，而是在金陵为贾家看房子，身边只有亲哥哥，还有嫂子。鸳鸯非常聪明，三宣牙牌令时，她举止倜傥；她有才干，老太太的家私全归她保管。鸳鸯的重要性是从王熙凤口中说出来的：贾母离不开鸳鸯，离了鸳鸯饭也吃不香。鸳鸯为人正直不偏私，连泼辣的王熙凤，混不吝的贾琏，在面对鸳鸯的时候，都称呼鸳鸯姐姐。鸳鸯是个清清白白的正经人。作为贾母的首席大丫头，她手握重权，又深得贾母欢心，但她从不骄矜妄为。

承袭了一等将军爵位的大老爷贾赦，在外人眼里很风光，但在荣国府中，他的地位却很尴尬，因为贾母并不喜欢这个大儿子。贾赦知道鸳鸯名为丫头，实际上却是贾母身边最得力的帮手，拿下鸳鸯就会知道荣国府的家底和秘密，而争取鸳鸯的最好办法，就是娶鸳鸯当姨娘。贾赦信心满满地以为一朝麻雀变凤凰，奴才变主子（半个），好多人求之不得呢，鸳鸯肯定乐意。这种事，贾赦不好意思自己直接找贾母要人，就派他老婆邢夫人去办。贾赦说动了邢夫人，说动了鸳鸯的嫂子，说动了鸳鸯的哥哥，可是却没有说动鸳鸯。鸳鸯对此坚决拒绝："别说大老爷要我做小老婆，就是太太这会子死了，他三媒六聘的娶我去做大老婆，我也不能去。"贾赦逼得紧了，她就在贾母面前表示了死的决心："就是老太太逼着我，我一刀抹死了，也不能从命！"鸳鸯为了表明自己没有攀附富贵的心思，跪在贾母面前断发发誓宁愿永不嫁人。贾赦一听鸳鸯不肯屈从，就以断绝她的一切生路进行威胁："我要他（鸳鸯）不来，以后谁敢收？……凭他嫁到谁家去，也难出我的手心。"

在贾府的众多丫鬟中，鸳鸯无疑是最聪明、最有远见的。鸳鸯平民女儿的情操令

我们佩服，但她也因此断了自己的后路。鸳鸯依靠贾母，暂时逃出了贾赦的魔爪，但是贾母没有安排鸳鸯以后的生活。连平儿都为鸳鸯惋惜，劝她总不能一辈子跟着老太太，也要为自己打算。鸳鸯自己又何尝不知？大厦将倾的贾府，鸳鸯的视野看得更远也更孤独。

　　自古以来，福无双至，祸不单行。就在贾府风雨飘摇之际，贾母最终迎来了死亡。第 110 回贾母寿终，要办丧事，银子不够使，缺这少那的；又不现给工钱，引起干活人不满。贾琏和凤姐跟别人说没见过办事的银子。鸳鸯求凤姐给老太太好好办丧事，说钱不够就按老太太遗言说的，贾母剩下的那份折变补上。凤姐答应，可到处要不到钱。凤姐只得又去找鸳鸯说要老太太存的这一份家当。鸳鸯道："你还问我呢，那一年二爷当了赎来了么！"凤姐说："不用银的金的，只要这一分平常使的。"鸳鸯道："大太太珍大奶奶屋里使的是那里来的！"凤姐一想不差，转身去找王夫人要出一份来。鸳鸯这次就跟凤姐提到二爷借当的事，凤姐也没说拿出来。事后凤姐对干活的众人说："头一层是老太太的丫头们是难缠的，太太们的也难说话，叫我说谁去呢。"可见凤姐心里对鸳鸯是不满的，因为鸳鸯跟她提到借当没赎回的事。

　　在誓绝鸳鸯偶事件发展到高潮的时候，鸳鸯和贾赦都已经对未来做出了判断：鸳鸯嫁给任何人都难逃贾赦之手。而死对鸳鸯来说是无奈的选择，也是最好的选择。第 111 回，鸳鸯到老太太的屋里，恍惚间看见秦可卿在教自己上吊。秦可卿说自己是警幻仙子的妹妹，警幻派鸳鸯接替执掌痴情司。鸳鸯将那年剪下来的头发

图 2-93　鸳鸯殉主

揣在怀里就上吊自尽了。鸳鸯用死守住了自己的清白和自尊，这是任何一个权势者都无法剥夺和玷污的。毕竟，不妥协，不苟且，是鸳鸯姐姐身上最明艳的一抹底色。

94. 妙玉遭劫：可怜金玉质，人去几重山

临江仙·妙玉遭劫

王志霞

妙龄怎忍辞风月，青灯难掩悲欢。才华馥郁景阑珊。逸情唯自赏，雅趣向谁言。　　惯看繁华凭冷眼，梨花徒倚高寒。难逃厄劫任凋残。可怜金玉质，人去几重山？

【品评】王志霞　撰

妙玉，金陵十二钗正册之一。她是金陵十二钗中唯一一个跟贾府没有任何血缘关系的女子。她原是苏州官宦人家的小姐。因自幼体弱多病，买了许多替身皆无济于事，父母只好让妙玉在玄墓蟠香寺出家，做一个带发修行的居士。贾府建造大观园准备迎接元春省亲时，需要一些小道士、小尼姑。王夫人喜好吃斋念佛，被妙玉的佛学修为所折服，便下帖请妙玉进贾府，入住栊翠庵。

妙玉是一位个性鲜明的女子，她虽然是一位出家人，却有着自己的高贵与无奈。贾府在大观园设酒宴时，恰逢刘姥姥二进荣国府，贾母便带了众女儿到栊翠庵品茶。为了喝一盅美妙的茶，她用的水用的茶器都是与众不同的，并且皆体贴各人心意，还另请了宝钗和黛玉去房中吃梅花雪茶。刘姥姥吃过的那只成窑杯，妙玉嫌脏不要了，宝玉便央求她送给刘姥姥。

那一年的中秋，湘云诗兴大发，但又冷冷清清只有跟黛玉两人联诗，两人你来我往联了好久，没想到妙玉一直在悄悄地偷听。两人旁征博引，即景生情，精彩连连，终于把平常孤傲从来没有在众人面前作诗的妙玉引出来了，她也联了几十句诗，当然她的诗必定是佳作。"现有这样的诗仙在此，却天天去纸上谈兵"，这是黛玉、湘云的评价。但是诗里充满了孤独苦闷，"空帐悬文凤，闲屏掩彩鸳"，文凤、彩鸳只是帐和屏上的绣像，帐幔是空的，屏风是闲的。"芳情只自遣，雅趣向谁言？"心中那种美好情怀只能自己把玩欣赏，那种高雅的情趣又可以向谁言说呢？妙玉出世离尘，非凡脱俗，世人不知，俗人厌之，故李宫裁语宝玉云"厌妙玉为人，我不理她"。被贾府众人赞为"大菩萨"的李纨，也表达了对妙玉的不满。

妙玉的结局是怎样的呢？妙玉的判词中有所暗示："欲洁何曾洁？云空未必空。可

怜金玉质，终陷淖泥中。""欲洁何曾洁"暗指妙玉是个出家人，看似十分高洁，六根清净，实际上并非如此。"云空未必空"，佛家讲究四大皆空，但是妙玉却有一屋子的珍玩器具，并且还时常拿出来与人赏玩。《红楼梦曲·世难容》写道："到头来，依旧是风尘肮脏违心愿。好一似，无瑕白玉遭泥陷；又何须，王孙公子叹无缘。"这些都暗示了妙玉结局的悲惨。

对于妙玉最后的结局，书未写完，我们只能依据前八十回的内容和判词等进行合理推断。"程本"续书第112回说，贾府此时已经被抄家，荣国府里的大观园早已不是安全之所，家贼、强盗勾结，抢夺贾家财产早已成风，贾母出殡当晚，妙玉出园，到惜春房里坐谈、下棋，被入室打劫的贼寇盯上。因见妙玉长相超凡脱俗，顿起歹心，在三更半夜用闷香将妙玉迷住，趁乱将其掳走。原文如下："且说伙贼一心想着妙玉，知是孤庵女众，不难欺负。到了三更夜静，便拿了短兵器，带了些闷香……那个人把刀插在背后。腾出手将妙玉轻轻地抱起，轻薄了一会子，便拖起背在身上。此时妙玉心中只是如醉如痴。可怜一个极洁极净的女儿，被这强盗的闷香熏住，由着他掇弄了去了。"妙玉被劫持而去，后下落不明。

靖藏本第41回脂砚斋批曰："妙玉偏僻处，此所谓'过洁世同嫌'也，他日瓜州渡口，劝惩不哀哉，屈从红颜，固能不枯骨……"（第461页）其后的妙玉已非大观园之妙玉。与所有她看不起的前辈一样，陷入了世俗泥淖之中。"可怜金玉质，终陷淖泥中"与"到头来，依旧是风尘肮脏违心愿"都表示妙玉违心屈从于这个浊世。她之所以认

图 2-94　妙玉遭劫

可贾宝玉，对槛外人和槛内人欢心，在于她认为自己没有被污秽的世界污染。可最终她还是被世俗风尘的泥淖肮脏所浸染。对妙玉来说，最后与世俗妥协，"好一似，无瑕白玉遭泥陷！"

95. 凤魂返乡：由来事事皆相报，解羽玄宵莫怨谁

七律·凤魂返乡

王应民

一缕香魂何处飞，望乡台上泪低垂。

头晕小月红云滞，脚踏高山白雪危。

栖凤无桐诚可叹，家莲多藕愈堪悲。

由来事事皆相报，解羽玄宵莫怨谁。

【品评】 王应民　撰

"程本"续书第114回写道："从三更天起到四更时候，琏二奶奶没有住嘴说些胡话，要船要轿的，说到金陵归入册子去。众人不懂，他只是哭哭喊喊的……"不久就咽气了。贾府在京城，金陵有贾府的老宅，也有王熙凤的老家。所以才有了这些并非胡话的"胡话"——"王熙凤历幻返金陵"。贾府已是今非昔比，趋于捉襟见肘，诸事拮据。王熙凤的丧事，书中也没有大肆渲染，只是简单写道："凤姐停了十余天，送了殡。"然后在书的末尾交代了凤姐棺木送到金陵安葬。与秦可卿葬礼相比，可是有了天壤之别。

王熙凤是贾府中举足轻重的人物。她性格泼辣，能说会道，是整个荣国府的大当家。黛玉进贾府，王熙凤出场时，未见其人，先闻其声，是何等风光；秦可卿发丧协理宁国府，赏罚严明，号令通畅，是何等威严；害死贾瑞，逼死尤二姐，又是何等狠辣。但终归"机关算尽太聪明，反算了卿卿性命！"落得郁郁而终。近些年贾府已经逐渐走向衰落，王熙凤也是心有余而力不足，可怜应了那句"凡鸟偏从末世来"。王熙凤好容易怀了一个哥儿，到了六七个月还掉了。禀赋气血不足，兼年幼不知保养，平生争强斗智，心力更亏，故虽系小月，竟着实亏虚下来。一月之后，复添了下红之症。以后还通过鸳鸯之口提到了是"血山崩"。

第110回，王熙凤操办贾母后事时，这日竟支撑不住，也无方法，只得用尽心力，甚至咽喉嚷破，敷衍过了半日。一口气撞上来，往下一咽，眼泪直流，只觉得眼前一黑，嗓子里一甜，便喷出鲜红的血来，身子站不住，就蹲倒在地。幸亏平儿急忙过来

扶住，只见凤姐的血吐个不住。凤姐因劳累过度、急火攻心致吐血昏迷，此后亦未见好转。先前锦衣军查抄宁国府时，凤姐所有什物，尽被抄抢一光，就心内郁结。后在她有病期间，邢、王二夫人只打发人来问问，并不亲身来看。生性风流的贾琏回来也没有一句贴心的话。凤姐已是觉出有些众叛亲离了，心里更加悲苦。心狠手辣的凤姐此际冤魂缠绕，病入膏肓，甚至不得不低下高傲的头求刘姥姥代她烧香祷告，并把巧姐托付与其照顾。她自己终于心力交瘁，撒手而去。

前面是"程本"续书中所述。但王熙凤的结局，说法各异。王熙凤的判词旁边画有一座冰山，上面有一只雌凤。隐喻贾家的势力就像冰山，太阳一出就要消融。也有人说，冰山即雪山，可谐音血山，解为她是因妇科病"血山崩"而丧命。

我们再来回顾一下凤姐的判词："凡鸟偏从末世来，都知爱慕此生才。一从二令三人木，哭向金陵事更哀。""凡鸟"合为"凤"字，二句道其才华。三、四句有人解释为，凤姐对贾琏最初是言听计"从"，继则对贾琏可以发号施"令"，最后事败终不免于"休"之，故曰"哭向金陵事更哀"。很明显，续书与此偏差更大。

凤姐究竟是死在京城还是金陵老家，已无从查考，何况小说本身就是"满纸荒唐言，一把辛酸泪"。秦可卿在临终前曾托梦与她："婶婶，你是个脂粉队里的英雄，连那些束带顶冠的男子也不能过你，你如何连两句俗语也不晓得？常言'月满则亏，水满则溢'；又道是'登高必跌重'。如今我们家赫赫扬扬，已将百载，一日倘或乐极悲生，若应了那句'树倒

图 2-95　凤魂返乡

獭狲散'的俗语，岂不虚称了一世的诗书旧族了！"哪知一语成谶。王熙凤正像曲子词所说："枉费了，意悬悬半世心；好一似，荡悠悠三更梦。忽喇喇似大厦倾，昏惨惨似灯将尽。呀！一场欢喜忽悲辛。叹人世，终难定！"

96. 惜春出家：可怜绣户侯门女，独卧青灯古佛旁

七律·惜春出家

李宝贵

幼时失恃有谁怜，玉翠金珠两不全。

谜底藏忧言后事，判词解惑喻流年。

青丝未老红尘断，画墨无期水月偏。

最是繁华终寂寞，缁衣素面度安然。

【品评】李宝贵　撰

　　惜春是贾府四春姐妹中最小的一个，宁国府贾敬的女儿，贾珍的胞妹，金陵十二钗之一。惜春母亲早逝，父亲贾敬住在城外玄真观里，一味炼丹，别的事不管不问。胞兄贾珍、嫂子尤氏，年龄与惜春相差较大，贾珍生活奢靡无度，对小妹没有关怀。幸亏贾母把她接到身边，但贾母的精力是有限的，且主要心思都放在宝玉、黛玉身上。所以惜春就显得亲情缺位，少有人世间的温情，很少有人设身处地地为她着想。她虽身处繁华之中，却倍感落寞。

　　《红楼梦》第3回黛玉进贾府，惜春和姐姐迎春、探春一起出场，书中对她的描写是："身量未足，形容尚小。"在以后情节中也没有改变她这一尚小的形象，似乎总是别人的配角。元宵节猜灯谜，惜春写的灯谜是："身前色相总无成，不听菱歌听佛经。莫道此生沉黑海，性中自有大光明。"此灯谜谜底是佛前海灯，对于惜春以后决心出家为尼来说，这条谜语真的是一语成谶。

　　惜春没有什么诗才文兴，大观园的姐妹们商量起诗社，因她不擅写诗，只能在诗社中担任"誊录监场"的工作。但惜春喜欢绘画，喜欢一个人静静地画。后来，大观园来了刘姥姥，说这园子比画上的还好，要是有幅画带回去让乡邻们看看该多好。贾母就夸赞惜春会画，并吩咐惜春画一幅。不仅要画上楼台亭阁、湖光水色，还要画上人物故事。书中第43回，姐妹们商量画大观园的事，宝钗侃侃而谈，并开出一大篇绘画所需的笔墨纸砚等用具让人去采买。随后惜春开始画大观园，但画大观园是惜春奉命而为，缺少了兴趣，又不敢违背贾母，故积极性不高，不是天冷了，就是这个那个

的原因，总之到最后也没画完。

第 74 回抄检大观园，惜春因年纪小，尚未识事，很害怕。但出乎意外却在惜春的丫鬟入画的箱子里搜出了一些金银锞子，以及一包男人的鞋袜等物。随后入画跪下交代，是贾珍给她哥哥，她哥哥又交给她保存的。连王熙凤都不想追究了，可是惜春却说："嫂子别饶他这次方可。这里人多，若不拿一个人作法，那些大的听见了，又不知怎样呢。嫂子若饶他，我也不依。"全然不念入画与她从小的情分。我想，是不是就因为她存了心要远离红尘，就要让身边的人都散了，早晚是散，所以她决绝地要让入画走？第二天，惜春又遣人将她嫂子尤氏请来，让她带走入画，"或打，或杀，或卖，我一概不管"。在尤氏企图劝解的时候，惜春索性连尤氏也怼上了。"不但不要入画，如今我也大了，连我也不便往你们那边去了……我只知道保得住我就是了，不管你们。从此以后，你们有事别累我。"因此，尤氏说她"是个心冷口冷心狠意狠的人"。应该说，是从小生长的环境，众人的态度，使惜春逐渐对世事冷漠，对生活冷淡起来。因而形成了心冷口冷、孤僻冷漠的性格。惜春的判词是："勘破三春景不长，缁衣顿改昔年装。可怜绣户侯门女，独卧青灯古佛旁。"这首判词喻示了惜春一生的命运。在她的少女时期，贾家的时运逐渐趋衰，三个姐姐也遭迹悲苦。惜春在青丝长发红颜正好时就已看破红尘，决心摆脱世俗，遁入空门。

惜春到底在哪里出家，有各种不同的解读。"程本"续书惜春是在贾府的家庵水月庵出家为尼，第 115 回有一段描写惜春出家决心已定，谁也劝说不了，尤其嫂子尤氏不劝还

图 2-96　惜春出家

好，一劝了更要寻死，说："做了女孩儿终不能在家一辈子的，若像二姐姐一样，老爷太太们倒要烦心，况且死了。如今譬如我死了似的，放我出了家，干干净净的一辈子，就是疼我了……你们依我呢，我就算得了命了；若不依我呢，我也没法，只有死就完了……"家人只得依了她，从此惜春抛却繁华尘世，青灯古佛，缁衣素面，与世无争，倒也安然。惜春出家早于宝玉，真于妙玉。她也是《红楼梦》一书众多悲剧人物中的一个。

97. 和尚送玉：心已有，玉何求

鹧鸪天·甄贾玉见，和尚送玉

翟海潮

性貌相同志不投，忽生旧疾太虚游。癫僧驾到通灵现，公子魂归仙气留。　　心已有，玉何求？佳人悲痛母忧愁。尘缘已断情将了，重返荒山万事休。

【品评】翟海潮　撰

甄宝玉，是金陵省体仁院总裁甄应嘉之子，甄府和贾府既是老亲，又是世交，两家来往极其密切。甄宝玉比贾宝玉略小一岁，两人有着相同的外貌和相似的性情，似为贾宝玉的镜中幻影。续书第115回"证同类宝玉失相知"，甄家的太太带着她们家的宝玉来了，众人急忙迎接。贾政召见甄宝玉，见他相貌果然与宝玉一样，试探他的文才，竟是应对如流，甚觉心敬。王夫人也着实疼爱，提出作媒将李绮许配给甄宝玉，甄夫人也允了。

独有宝玉，比别人心内更要欣喜十分，以为得了知己。到两人相见之时，便一吐心中仰慕的积愫。不料甄宝玉满口文章经济，说道："弟少时也曾深恶那些旧套陈言……后来见过那些大人先生尽都是显亲扬名的人，便是著书立说，无非言忠言孝，自有一番立德立言的事业，方不枉生在圣明之时。"宝玉越听越不耐烦，回到屋中，口口声声只叹："不过也是个禄蠹。"宝钗道："人家这话是正理，做了一个男人原该要立身扬名的，谁像你一味的柔情私意。不说自己没有刚烈，倒说人家是禄蠹。"宝玉本就心中不快，听了宝钗的抢白，不觉复发了旧病，并不言语，只是傻笑。过了几天，糊涂日甚一日，甚至于饭食不进，人事不省。叫了大夫来，竟不肯下药，只关照预备后事，弄得贾府闹了个人仰马翻。

正在忙乱当口，报说门上来了个和尚，"手里拿着二爷的这块丢的玉，说要一万赏银"。贾政半信半疑，和尚已进来了，也不施礼答话，往里就跑，擎着那块玉道："快把银子拿出来，我好救他。"王夫人等绝处逢生，也不择真假，便说道："若是救活了人，银子是有的。"那和尚哈哈大笑，拿着玉在宝玉耳边叫道："宝玉，宝玉，你的宝玉回来了。"果然宝玉睁眼攥住了玉，说一声"嗳呀，久违了"，活转过来。众人正在欢喜，宝玉神色一变，身子往后一仰，又死了过去。看那和尚也不见了。续书第116回"得通灵幻境悟仙缘"，宝玉魂魄出窍，恍恍惚惚赶到前厅，见那送玉的和尚坐着。和尚起身，一把拉着宝玉就走。走到一个所在，牌楼上写着四个大字"真如福地"，望去像是太虚幻境，宝玉才隐约意识到是旧地重游了。宝玉看了册子，悟透了仙缘，一切都明白了……最后一群女子都变作鬼怪追来，幸得送玉和尚用"风月宝鉴"一照，才顿无踪影。宝玉也醒转了过来。

图2-97　甄、贾宝玉相见

第117回"阻超凡佳人双护玉"，谁知那送玉的和尚又来了，口口声声只要讨那一万赏银。恰好贾琏不在，王夫人急忙找宝钗商量，设法张罗些银两好打发走人。宝玉听说，一人走到前头，嚷着："我的师父在那里？"见了那和尚，施了礼，又问那和尚可是从"太虚幻境"而来。和尚说："你自己的来路还不知，便来问我！"宝玉本来颖悟，又经点化，早把红尘看透，要把那玉还给和尚，赶进来床边取了那玉，对袭人说："你快去回太太，说不用张罗银两了，我把这玉还了他就是了。"袭人极力阻拦，宝玉道："我已经有了心了，要那玉何用！"紫鹃在屋里听见了，连忙跑出来，帮着抱住宝玉。这时王夫人与宝钗也赶来了。宝玉心知还玉已不可能，只表示出去见见那和尚。两人在门口说了一阵话，旁边小厮只听得说些什么"斩断情缘"、"青埂峰"之类。回来一说，宝钗唬得两眼直瞪，半句话都没有了。

和尚送玉的情节写得非常精彩，但"和尚送玉"也引发了红学界的众多争议，因元妃省亲时点了四出戏，其中第三出《仙缘》，脂批曰"伏甄宝玉送玉"（己卯本第18回夹批，第246页）。在很多探佚的文章和书籍中，认为贾宝玉丢失通灵宝玉后，是甄宝玉送了回来，还设想了众多"甄宝玉送玉"的情节。到底是谁送回通灵宝玉已成为《红楼梦》的谜团之一。

98. 刘姥救巧：朔风吹白发，千里又重逢

临江仙·刘姥救巧

王志霞

命里无缘求富贵，辛劳难耐贫穷。侯门公府寄行踪。偶因承善举，济困过隆冬。　亲阅繁华真一梦，金瓯弹指成空。深情最见岁寒中。朔风吹白发，千里又重逢。

【品评】王志霞　撰

刘姥姥本来在乡下依靠女婿过活，但是女婿不太会操持家业，家里已经越来越艰难了。在这种情况下，刘姥姥决定到荣国府里打秋风。刘姥姥一进荣国府，在周瑞媳妇的帮助下见到了王熙凤。到了荣国府，刘姥姥自然要小心谨慎，好在凤姐也难得地大方，一出手就给了二十两银子，刘姥姥拿了银子千恩万谢地回去了。

刘姥姥一家勤勤恳恳地劳作，自己一个穷人家拿不出什么值钱的东西，二进荣国府的刘姥姥将收获下来的第一批瓜果、蔬菜留着最好的送到贾府以表达自己的谢意。这一次来，刘姥姥无意中和贾母投缘。贾母正想找个老太太一起聊聊天、说说话，就把刘姥姥留在贾府待了几日。这几日，贾母带着刘姥姥游览了大观园，还让刘姥姥将一辈子没见过的玩意儿、一辈子没吃过的吃食都领略了一遍。临到离开的时候，刘姥姥还收到了上至贾母下至丫鬟的许多礼物，堆满了半个炕，还有王夫人送的一百两银子，贾宝玉给的妙玉要扔掉的成窑古董杯子，这些都让刘姥姥实实在在感受到了来自贾府的温暖。

刘姥姥三进荣国府是在贾府败落后，曹雪芹只写了前八十回，后四十回是续写的，按照曹公的原意巧姐最后入了薄命司，应该也是一个悲剧性的人物，而"程本"

后四十回续书中把巧姐写成了有幸福归宿的人，与薄命司一点都不沾边。续书第 117、118 回写到，贾赦病危，贾琏去见最后一面，贾府剩下贾芸和贾蔷等人理家。"狠舅"王仁、"奸兄"贾芸以及贾环等将巧姐私聘予外藩，幸得刘姥姥相救，他们的阴谋才未能得逞。第 119 回写巧姐由刘姥姥做媒，提的是"家财巨万，良田千顷"的乡村财主周氏，而且郎君"生得文雅清秀，年纪十四岁，他父母延师读书，新近科试中了秀才"。刘姥姥把巧姐介绍给周财主之子，则对前文的细节照应不够。可见续书后四十回并没有写出曹雪芹的本意。那么巧姐的命运和结局究竟如何？刘姥姥到底是怎么救巧姐的呢？

《红楼梦》第 5 回，巧姐的判词是这样的："势败休云贵，家亡莫论亲。偶因济刘氏，巧得遇恩人。"判曲中《留余庆》这样唱道："留余庆，留余庆，忽遇恩人；幸娘亲，幸娘亲，积得阴功。劝人生，济困扶穷，休似俺那爱银钱忘骨肉的狠舅奸兄！正是乘除加减，上有苍穹。"从一词一曲来看，贾府被抄家，巧姐被狠舅奸兄卖入烟花巷，最终是刘姥姥想办法将她救出来的。据 1987 版电视剧《红楼梦》剧情，刘姥姥正是在王熙凤最绝望的时候来狱神庙探视，当刘姥姥得知巧姐被亲舅舅卖掉的事后，她承诺要将巧姐找回。封建社会要想从烟花巷里救人，只有一种方式，就是拿钱赎人。所以想办法凑钱，派合适的人去救巧姐是刘姥姥必须面对的两大难题。刘姥姥久经人世，她自己无法亲自出面的事情，自然想到求人帮忙。

王熙凤为人狠毒，手握大权时帮过的人不多，贾府被抄家后众人自然避之不及。那么谁会是刘姥姥的求助之人呢？靖藏本第 24 回中开篇批曰：

图 2-98　巧姐危难

"醉金刚一回文字，伏芸哥仗义探庵。余三十年来得遇金刚之样人不少，不及金刚者亦不少。惜不便一一注明耳。"（第277页）芸哥仗义探庵，与续书恰好相反，贾芸念及王熙凤曾经帮过自己，在她落难时去探望。王熙凤无可奈何之际，求刘姥姥救助巧姐，刘姥姥自然也会求助于贾芸。也许贾芸用刘姥姥的成窑杯换出来银子，再求助于倪二帮忙，进入烟花巷救出巧姐，并安置在刘姥姥家中。刘姥姥救巧姐，应该大费周折，最终将巧姐从青楼赎了出来，并和刘姥姥的外孙子板儿成婚。这在第41回有伏线，巧姐和板儿交换柚子和佛手这个细节，预示她与板儿的姻缘。

99. 袭菡证缘：红绿双巾系，天缘在此行

五律·袭菡证缘（新韵）

王应民

潸然别绮丽，哽咽叹伶仃。

相忆无相忘，自怜休自惊。

姣姣花解语，软软玉含情。

红绿双巾系，天缘在此行。

【品评】 王应民　撰

"程本"续书的故事到了尾声，第120回，宝玉考罢没有回来，王夫人要打发他屋里的人都出去。袭人听到一急，心痛难禁，一时气厥。独自躺着，神魂未定，又梦到宝玉在她面前说话。醒来细细地想："宝玉必是跟了和尚去……但是你悟了道，抛了二奶奶怎么好！我是太太派我服侍你，虽是月钱照着那样的分例，其实我究竟没有在老爷、太太跟前回明就算了你的屋里人。若是老爷太太打发我出去，我若死守着，又叫人笑话；若是我出去，心想宝玉待我的情分，实在不忍。"此时袭人的内心忐忑不安，一时竟不知如何是好。

袭人从和宝玉初试云雨之情之后，就把自己完全看成他的人了。可是像薛姨妈所说："虽说是算个屋里人，到底他和宝哥儿并没有过明路儿的。"薛姨妈还给王夫人说："想来不过是个丫头，那有留的理呢？只要姊姊叫他本家的人来，狠狠的吩咐他，叫他配一门正经亲事，再多多的陪送他些东西。那孩子心肠儿也好，年纪儿又轻，也不枉跟了姐姐会子，也算姐姐待他不薄了。袭人那里还得我细细劝她。就是叫他家的人来也不用告诉他，只等他家里果然说定了好人家儿，我们还打听打听，若果然足衣足食，女婿长的像个人儿，然后叫他出去。"王夫人遂同意了："这个主意很是。"不难看出，

袭人的命运，整个就掌握在这姐俩手中。很快袭人嫂子过来说："亲戚作媒，说的是城南蒋家的，现在有房有地，又有铺面。姑爷年纪略大了几岁，并没有娶过的，况且人物儿长的是百里挑一的。"王夫人听了愿意："你去应了，隔几日进来再接你妹子罢。"王夫人又命人打听，都说是好。仍请薛姨妈细细地告诉了袭人。袭人悲伤不已，又不敢违命，便哭得咽哽难鸣，含悲叩辞了众人，上车回去，见了哥哥、嫂子，也是哭泣，但只说不出来。那个时代女人的婚事自己无权做主，更何况是个卖身的丫鬟。

　　已是迎娶吉期。袭人本不是那一种泼辣人，委委屈屈地上轿而去。岂知过了门，见那蒋家办事，极其认真，全都按着正配的规矩。一进了门，丫头、仆妇都称"奶奶"。那夜原是哭着不肯俯就的，那姑爷却极柔情曲意地承顺。到了第二天开箱，这姑爷看见一条猩红汗巾，方知是宝玉的丫头。此时蒋玉菡念着宝玉待他的旧情，倒觉满心惶愧，更加周旋，又故意将宝玉所换那条松花绿的汗巾拿出来。袭人看了，方知这姓蒋的原来就是蒋玉菡，始信姻缘前定。袭人才将心事说出。蒋玉菡也深为叹息敬服，不敢勉强，并越发温柔体贴，弄得个袭人真无死所了。入了洞房，袭人还是"哭着不肯俯就"，足见其与宝玉之情深。岂知这两条汗巾，早已把他俩拴在一起。冥冥之中，有月老帮忙，确切地说是宝玉在帮忙。

　　袭人本名珍珠，宝玉知他姓花，曾见旧人诗句上有"花气袭人知昼暖"之句，遂更名袭人。小说第28回，席上蒋玉菡在不知情的情况下就曾随口吟出了这句诗，并与宝玉互赠汗巾，以为

图 2-99　蒋玉菡情赠茜香罗

表记。哪知宝玉赠给蒋玉菡的松花绿汗巾原属袭人所有，而蒋玉菡所赠的那条猩红汗巾，夜间宝玉却悄悄系到了袭人身上。所有这些，都暗暗透露出三人的不解之缘。

我们再回看袭人的判词：画着一簇鲜花，一床破席，也有几句言词，写道是："枉自温柔和顺，空云似桂如兰；堪羡优伶有福，谁知公子无缘！"画上的花、席即花袭人，破席或可引申为破身，与宝玉有枕席之欢。而判词点明性格、相貌均好的袭人，结局是离开宝玉，嫁给蒋玉菡。很多人在读续书后四十回时，喜欢找与前文线索不符之处。关于袭人的结局，虽然也出现了不同的声音，却好像没有那么响亮。

100. 宝玉出家：风舞雪连天，尘根了却别苍颜

浪淘沙令·宝玉出家

王志霞

及第也无欢，旧梦谁圆？繁华转瞬隐凝烟。粉渍脂痕何处觅，枉自魂牵。　　风舞雪连天，水瘦山寒。尘根了却别苍颜。幻境沉酣终醒也，自在随缘。

七律·通灵宝玉

陈慧茹

玉自通灵石自愁，情天幻海识风流。

温柔乡里温柔过，富贵人家富贵求。

前世恩怀今世报，三生幽怨一生休。

无才枉自空嗟叹，青埂峰回大梦收。

【品评】王志霞　撰

"程本"续书第120回，贾政一日接到家书，一行一行地看到宝玉贾兰得中，心里自是喜欢，后来看到宝玉走失，复又烦恼，只得赶忙回来。在道儿上又闻得有恩赦的旨意，又接家书，果然赦罪复职，更是喜欢，便日夜兼程。

一日，行到毗陵驿地方，那天午寒下雪，泊在一个清净去处。贾政打发众人上岸投帖辞谢朋友，总说即刻开船，都不敢劳动。船中只留一个小厮伺候，自己在船中写家书，先要打发人起早到家。写到宝玉的事，便停笔。抬头忽见船头上微微的雪影里面一个人，光着头，赤着脚，身上披着一领大红猩猩毡的斗篷，向贾政倒身下拜。贾政尚未认清，急忙出船，欲待扶住问他是谁，那人已拜了四拜，站起来打了个问讯。

贾政才要还揖，迎面一看，不是别人，却是宝玉。贾政吃一大惊，忙问道："可是宝玉么？"那人只不言语，似喜似悲。贾政又问道："你若是宝玉，如何这样打扮，跑到这里？"宝玉未及回言，只见舡头上来了两人，一僧一道，夹住宝玉说道："俗缘已毕，还不快走。"说着，三个人飘然登岸而去。

贾政不顾地滑，疾忙来赶。见那三人在前，哪里赶得上。只听见他们三人口中不知是哪个作歌曰："我所居兮，青埂之峰。我所游兮，鸿蒙太空。谁与我游兮，吾谁与从。渺渺茫茫兮，归彼大荒。"宝玉在雪地里光头赤脚，披着大红氅，和一僧一道绝尘而去，身后留下歌声。

贾宝玉出家，是酝酿了好久的事情。贾宝玉一出生，就和别人不一样，更令人诧异的是宝玉周岁抓周，竟然爬向了女儿们才爱的胭脂钗环之物。贾政的梦想是让贾宝玉读书，通过科举入仕，然而贾宝玉却只爱读些野史外传，结交的也是柳湘莲、蒋玉菡这样不入流的人物，每每把贾政气得半死。

宝玉幻想中的美好是在一个洁净的世界和一群洁净的女儿厮守终生，然而事实是贾府除了大观园，其他地方都是污浊不堪的。贾宝玉试图要保护身边的女儿，保护那份美好，可是在这些女儿被轻易地摧残时，他却无能为力，他珍爱的晴雯，喜欢的芳官以及四儿、司棋等丫头最后被一一撵走，有些人因此丢了性命，而刽子手却是他最亲近的人。贾宝玉的梦想一个个破灭，他所拥有的被一点点摧毁，他空有理想却毫无解决的办法，当这种悲剧上演到巅峰时，他只想逃离。

家族的倾覆，让贾宝玉明白了世间无常。巍巍百年的贾府，最终也落得个被抄的结局。这于贾府人而言，绝对是不能接受又不得不接受的事实。贾府获罪抄家之后，无论是在财富上，还是权力上，都遭受了巨大的创伤，这种从天堂到地狱的落差，让人无法接受，很长一段时间人们都如惊弓之鸟惶惶不安。

图 2-100　宝玉出家（翟海潮绘）

当日红飞翠舞、众星捧月，今日门前冷落、受尽白眼，这世间的富贵贫穷、热闹凄凉转眼即逝，乱哄哄你方唱罢我登场，让宝玉萌生了出家的念头。

宝玉出家和林黛玉去世也有一定的关系，但不是全部。因为在贾宝玉和林黛玉的人生观里，死并不意味着离开，只是换了一种方式活着，只要心中有她，即便不在她坟前，无论在哪里烧一炷香、舀一瓢水，便是祭奠了。贾宝玉本来就蔑视功名利禄，反对仕途经济，他视名利场中的人为"禄蠹"。他始终没有按照家长所希望并设计的道路走，即使后来宝玉科举考试成功而且名列前茅，皇上还特别注意到了他，表示对贾氏家族格外"悯恤"，他也不屑一顾。

浪漫神奇的贾宝玉，是女娲氏补天遗弃在大荒山青埂峰下的一块顽石"幻形入世"来到人世间。繁华享尽、富贵看终，方明白繁华富贵不过是一梦。总还是回归本质，始从何来，终回何去，不过是回去罢了。

下篇 《红楼梦》主要人物

贾宝玉与金陵十二钗

1. 贾宝玉：正邪两赋，今古未有之人

卜算子·贾宝玉

陈慧茹

本住赤瑕宫，偶把凡心动。衔玉投胎富贵乡，俊秀多娇宠。　　木石有情痴，金玉凭谁拥。历尽悲欢皆是空，了却红楼梦。

蝶恋花·贾宝玉（新韵）

翟海潮

性僻情痴轻仕路。千古奇人，衔玉生豪府。怜女嗜红人共睹，知心相爱唯颦属。　　金玉木石空落处。泪证前缘，尝尽离合苦。万艳同悲时领悟，红楼梦幻情僧录。

念奴娇·贾宝玉

贺世战

猗猗公子，望流光溢彩，如兰如璧。眉目灼然尤若画，自有风情难拭。性本痴顽，才称大巧，邪正都相集。恤贫怜弱，也为堪颂堪惜。　　离恨杳渺天长，灌愁仙海，兀自清波碧。木石之盟伤未继，珠泪因他频滴。金玉无缘，与随僧道，归去烟云隔。复听蕉下，依然经雨声密。

卜算子·贾宝玉

肖芳珠

才试大观园，情系前生债。不问功名不逐流，尝尽兴和败。　　顽石本心留，行止天然态。迷作痴人悟作僧，自在游云外。

七律·贾宝玉（新韵）

王应民

梦里红楼梦里人，神瑛侍者下凡尘。

　　木石盟自残花破，金玉缘同失雁分。

　　有好皮囊容溺爱，无多脂粉掩痴心。

　　终于风雪茫茫日，遁入空门了夙因。

【品评】 翟海潮　撰

　　贾宝玉是曹雪芹以自我生命的体验塑造出的最成功的人物之一，要全面理解和欣赏贾宝玉这一艺术形象，需要以中国的传统文化为立足点，从阅读《红楼梦》文本出发，对贾宝玉的前世今生、他奇特的性情和才智、他的爱情和婚姻、他的人生归宿等方面进行分析。

　　"一百个读者就有一百个哈姆雷特"，同样，一百个读者就有一百个贾宝玉。曾经有人把贾宝玉界定为"反封建战士"、"民主思想的先驱"等，这是过度解读。贾宝玉是一个"正邪两赋"、多重性格组合的立体型人物，不是政治标签。在父亲贾政眼里，宝玉是个"不肖的孽障"；在警幻仙姑眼里，他是"天下第一淫人"；在黛玉眼里，他是个"知心人"；在宝钗眼里，他是个"富贵闲人"；在探春眼里，他是个"卤人"；在众婆子眼里，他是个"呆子"……

（1）入世和离尘：贾宝玉的前世今生

　　在塑造贾宝玉这一艺术形象时，曹雪芹开篇用了两则神话故事：一则是"灵石下凡"，女娲氏炼石补天剩下的那块顽石，被二仙师缩成扇坠大小，并携至红尘中走一遭的那块美玉，便是日后贾宝玉出世时嘴

图 3-1　贾宝玉（采自《红楼梦图咏》）

里衔下的通灵宝玉；另一则是"绛珠还泪"，在灵河岸上三生石畔，日以甘露灌溉绛珠仙草的神瑛侍者，便是贾宝玉的前身，而林黛玉则是绛珠仙子的转世。这两则神话故事为贾宝玉的身世以及宝黛爱情带来了浪漫色彩和神秘性。"无材补天，幻形人世"的顽石变成伴随贾宝玉一生的"通灵宝玉"，对贾宝玉的叛逆性格有隐喻作用，它和宝玉的命运密切相关。灵石的历劫和"复还本质"，正昭示贾宝玉的一生。

宝玉的第一次现身在第3回，黛玉初进贾府，王夫人特意点出宝玉的古怪："我不放心的最是一件：我有一个孽根祸胎，是家里的'混世魔王'，今日因庙里还愿去了，尚未回来，晚间你看见便知了。你只以后不要睬他，你这些姊妹都不敢沾惹他的。""他嘴里一时甜言蜜语，一时有天无日，一时又疯疯傻傻，只休信他。"不要睬他、休信他的提醒，反衬着稍后两个人见面之后的震撼。黛玉的"好生奇怪，倒像在那里见过一般，何等眼熟到此"和宝玉"这个妹妹我曾见过的"，印证着两人三生石边的前世情缘，也注定了后来波澜壮阔的离合悲欢。宝玉最想知道的是黛玉是否有玉，当黛玉说"没有"的时候，宝玉失望之余，便"发作起痴狂病来，摘下那玉，就狠命摔去"。他哪里知道，正是这块独一无二的通灵宝玉，让他成为这个世界上独一无二之人。

贾宝玉生命的特征，是玉面石底，由此玉和石的并存以及冲突，成为他在这个世界生存的基本线索。贾母等说通灵宝玉是贾宝玉的命根子，贾宝玉衔玉而生，第3回宝黛初会就摔玉，第25回宝玉失灵通，第29回宝玉砸玉，续书第94回宝玉失玉，后被和尚送回；第117回玉再次丢失，当宝钗、袭人慌张寻找时，宝玉说了一句破天荒之语："我已经有心了，要那玉何用！"这是贾宝玉到人间走一遭即将离家出走时说的话。贾宝玉的生命历程是由石化为玉、通灵幻化入世、再由玉化为心的过程，第120回宝玉出家，灵玉归山。

（2）情痴和"意淫"：宝玉的奇特性情和才智

《红楼梦》第3回，曹雪芹用《西江月》两首勾勒贾宝玉的形象：

> 无故寻愁觅恨，有时似傻如狂。纵然生得好皮囊，腹内原来草莽。　潦倒不通世务，愚顽怕读文章。行为偏僻性乖张，那管世人诽谤！

> 富贵不知乐业，贫穷难耐凄凉。可怜辜负好韶光，于国于家无望。　天下无能第一，古今不肖无双。寄言纨绔与膏粱：莫效此儿形状！

"草莽"、"愚顽"、"偏僻"、"乖张"、"无能"、"不肖"等语似嘲似贬，既点染了宝玉性格的基本特征，又昭示了不同层次的人们都从传统心理定势出发，对宝玉的乖张性格和"出格"行为生出的厌烦与憎恶、嘲弄与侧目。

这正是第2回贾雨村所说的"正邪两赋"之人。宝玉衔玉而生，当然是一件奇异的事情，如贾雨村所言："只怕这人来历不小。"根据冷子兴的演说，宝玉周岁之时，虽将那世上所有之物摆了无数，却只抓来了脂粉钗环，贾政便以为是酒色之徒。宝玉"说起孩子话来也奇怪，他说：'女儿是水做的骨肉，男人是泥做的骨肉。我见了女儿，我便清爽；见了男人，便觉浊臭逼人。'"

少年的贾宝玉成长在"钟鸣鼎食之家"，不仅是"神采飘逸，秀色夺人"，而且风流倜傥。第3回中，初来荣国府的林黛玉眼中的贾宝玉光彩照人："头上戴着束发嵌宝紫金冠，齐眉勒着二龙抢珠金抹额；穿一件二色金百蝶穿花大红箭袖，束着五彩丝攒花结长穗宫绦，外罩石青起花八团倭缎排穗褂；登着青缎粉底小朝靴。面若中秋之月，色如春晓之花，鬓若刀裁，眉如墨画，面如桃瓣，目若秋波。虽怒时而若笑，即瞋视而有情。项上金螭璎珞，又有一根五色丝绦，系着一块美玉。"

"爱红"是贾宝玉在日常生活中潜移默化所形成的癖好和习性，宝玉从小在粉淡脂红的环境中长大，整天与姐妹丫鬟们在一起，长期目睹少女们的浓香艳抹，他所熟悉的人是女儿，熟悉的生活是女性天地。由于长期的耳濡目染，使他无意识地爱红，甚至发展成怪癖，爱吃女孩嘴上的胭脂，爱闻女孩袖筒的香味，爱洗女孩用过的剩水。第24回写宝玉便把脸凑在鸳鸯脖项上"闻那香油气，不住用手摩挲，其白腻不在袭人以下，便猴上身去涎皮笑道：'好姐姐，把你嘴上的胭脂赏我吃了罢。'一面说着，一面扭股糖似的粘在身上"。

宝玉喜欢一切纯洁无邪的少女，尊重她们，并且平等地对待她们。曹雪芹把贾宝玉这种痴情之举称为"意淫"，以此概括贾宝玉性格的一面。第5回"游幻境指迷十二钗"，警幻仙子说贾宝玉"乃天下古今第一淫人也"。她解释给宝玉说："淫虽一理，意则有别。""如尔则天分中生成一段痴情，吾辈推之为'意淫'。'意淫'二字，惟心会而不可口传，可神通而不能语达。"甲戌本脂砚斋侧批："按宝玉一生心性，只不过体贴二字，故曰意淫。"（第80页）用现代语言诠释"意淫"，可以表述为：爱护并崇拜女儿，包括了亲近、爱恋、体贴、尊重、同情等种种情怀。后来随着宝玉逐渐长大，他又发现"女儿"也是不断变化的，又有了女儿由出嫁前的"无价宝珠"到出嫁以后变成"死珠"，最后竟变成"鱼眼睛"的看法。

贾宝玉的行为"偏僻而乖张"，他鄙视功名利禄，厌闻"仕途经济"，不愿走"学而优则仕"的仕途。他痛恨"八股"，辱骂读书做官的人是"国贼禄蠹"。基于此种想法，他对读书上进、为官做宦的世俗男子，有着强烈的憎恶和轻蔑。第32回，史湘云劝宝玉："也该常常的会会这些为官做宰的人们，谈谈讲讲些仕途经济的学问，也好将来应酬世务。"宝玉听了十分逆耳，忙说："姑娘请别的姊妹屋里坐坐，我这里仔细污了你知经济学问的。"

第2回，冷子兴还说："谁知这样钟鸣鼎食之家，翰墨诗书之族，如今的儿孙，竟一代不如一代了！"贾府第一代宁国公和荣国公创业，到了贾母丈夫这一辈第二代是守业。第三代之后的男性贵族不是腐化堕落，吃喝嫖赌，就是昏庸无能，无所事事。贾家把唯一的希望寄托了贾宝玉身上，而宝玉一味痴钗迷粉，对仕途经济毫无兴趣，因此家业无人继承。贾政骂宝玉是"不肖孽障"，还抡起大板子把宝玉打了个半死（第33回）。王熙凤说宝玉中看"不中用"，傅家老婆子说他"呆气""糊涂"，可以说是"百口嘲谤，万目睚眦"。

贾宝玉本是灵河岸边的"神瑛侍者"，下凡来到人间的，心灵乃包容万物，因此宝玉之心是无限广阔的。他信赖一切人，也能容纳一切人。他不仅容纳奴婢、戏子、丫鬟，甚至妓女云儿，他也可以坦然与之饮酒而无任何邪念邪行。贾政把他往死里打，打得伤筋动骨，打得个个心疼，可是宝玉自始至终没有对父亲说过一句怨言。照理说，那些加害于他的人，如赵姨娘、贾环应该是他的敌人，但他却从不说赵姨娘一句坏话。第25回，贾环把滚烫的灯烛推向宝玉，企图烧毁他的眼睛，虽然没有伤着眼睛，却烫伤了脸，但宝玉立即制止愤怒的母亲王夫人去报告贾母，为弟弟承担罪责，这是一颗大慈悲之心。第41回，贾宝玉平等对待刘姥姥，妙玉要把刘姥姥用过的成窑五彩小盖钟扔掉（这可是个值钱的古董），而宝玉求得妙玉允许送给了刘姥姥。宝玉的所有表现都是自然的，宝玉天生就具有佛性，他甚至不知道自己的天真，因此许多人常常把他视为呆子。

宝玉虽然"愚顽怕读文章"，但"杂学旁搜"，颇有些"歪才"。第17、18回中写道："贾政近来闻得塾掌称赞宝玉专能对对联，虽不喜读书，偏倒有些歪才情似的，今日偶然撞见这机会，便命他跟来。"这就是"大观园试才题对额"的缘起。大观园内楼台阁榭等建筑命名均出自宝玉之手，除有些题额命名后经元妃亲点外，多数是由贾宝玉完成的。宝玉在题对额时，每一处都有其独特的见解，或论词翰、或谈草木、或述礼制、或引诗骚，不惟见其学问渊博，更见其说理通达、思路周密。第78回，宝玉写的《姽婳词》和《芙蓉诔》，更是他才华展露之处。

（3）今古未见之人：宝玉的形象前所未有

贾宝玉的确是一个全新的艺术形象，脂砚斋称"今古未有之一人"。己卯本第19回中有两段批语："按此书中写一宝玉，其宝玉之为人，是我辈于书中见而知有此人，实未目曾亲睹者。"（第252页）"……今古未见之人，亦是未见之文字。说不得贤，说不得愚，说不得不肖，说不得善，说不得恶，说不得正大光明，说不得混帐恶赖，说不得聪明才俊，说不得庸俗平凡，说不得好色好淫，说不得情痴情种，恰恰只有一颦儿可对，令他人徒加评论，总未摸着他二人是何等脱胎，何等心臆，何等骨肉。余阅此书亦爱其文字耳，实亦不能评出此二人终是何等人物。"（第258页）

脂砚斋批出的这一系列的"说不得"，既说明宝玉其人不能用一般的道德、审美标准来衡量，也说明宝玉具有许多矛盾的、不同的性格侧面。《红楼梦》的问世，突破了"从前的小说叙好人完全是好，坏人完全是坏"的模式，贾宝玉作为一个"今古未见"的全新人物形象，具有多重性格。世间所无，理或有之，这正是贾宝玉形象的魅力。

文学的意义在于把某一种生命发挥到极致，并阐述其演变的逻辑。曹雪芹的确是做到了！曹雪芹暗示，贾宝玉不属于大仁大恶之人，而属于许由、陶潜、阮籍、嵇康一流的人物，是一个带有佛之觉悟（大慈悲）、道之逍遥（大自由）、儒之仁厚（大正派）的至善、至真、至美之人。

（4）木石前盟和金玉良缘：宝玉的爱情和婚姻

在情感世界中，木石前盟和金玉良缘的紧张和冲突，成为贾宝玉最大的困惑和烦恼。这是两个完全不同的方向，金玉良缘通向的是仕途经济，木石前盟通向的是山林江湖。一个是此世界中人普遍的想法和追求，并获得儒家的肯定；另一个起初被隐士们发现和选择，后来被道家和佛教所加持。宝玉和黛玉之间的心有灵犀演绎出了人世间最真挚的爱情，而宝钗和宝玉之间的互相吸引更合乎从荣宁二公到当时贾府主人们的口味。

木石前盟是前世的情缘，注定了要在这个世界接受考验。黛玉的情感表现为一起下世为人的陪伴、还泪和泪尽而逝；宝玉的情感则是："你死了，我做和尚去！"对宝黛来说，情感是他们在这个世界上唯一和全部的意义。这种执着表现出来就是痴，第27回和第28回围绕着《葬花吟》的叙述，明显是真正一对痴儿女的点睛处。第57回，由于紫鹃试探宝玉之心而说了句戏言"林妹妹回苏州去"，贾宝玉就大病变得痴呆，标志着宝黛发展到了热恋阶段，走向了成熟。

宝玉和黛玉之间的情感在贾府是众所周知的，第25回黛玉一句"你们听听，这是吃了他们家一点子茶叶，就来使唤人了"，引来凤姐的调侃："你既吃了我们家的茶，怎么还不给我们家作媳妇？"但世俗的金玉良缘，却让木石前盟面临着直接的威胁。值得留意的是，这个姻缘似乎出自那个把石头变成宝玉的癞头和尚的刻意安排，以完成宝玉的觉悟之路。

事实上，当石头化身为宝玉，来到这个四大家族代表的金玉世界，金玉良缘就成为命中注定。这是金玉世界的法则，宝钗作为金玉世界的伦理和秩序典范，受到青睐和认可是必然之事。透过赐予宝玉和宝钗同样的礼物，元春表明了她的态度。透过驱逐眉眼和林妹妹有些像的晴雯，王夫人表明了她的态度。

王熙凤不过是在揣摩贾母、王夫人和元春的态度，她真正关心的不过是权力和财富，而不是什么儿女之情。在这个金玉的世界，贾代善娶了史家的小姐，贾政娶了王家的小姐，贾宝玉娶薛家的小姐就成为顺理成章之事。四大家族之间的联络有亲、一损俱损一荣俱荣的关系，通过金玉良缘可以得到进一步的确认。

木石前盟和金玉良缘的冲突，一方面表现为宝玉内心的紧张，另一方面更表现为宝玉和热爱着他的整个世界之间的紧张。在"任是无情也动人"的宝钗面前，痴迷于黛玉的宝玉也有心动的时刻，这种偶尔的心动和心迷虽然不可同日而语，却是宝玉纠结的重要根源。宝钗之病，是这个世界之病；黛玉之病，是不属于因而不适应这个世界；宝玉之病，则是两个姻缘所代表的两个世界的冲突。

（5）以情悟道：贾宝玉的人生归宿

从《红楼梦》创作的主旨上看，曹雪芹把人生的旨归锁定在"梦"、"幻"、"色"、"空"之上。《红楼梦》的另一个名字叫《情僧录》，这个情僧就是贾宝玉，故有"因空见色，由色生情，传情入色，自色悟空"的谶语。如果说"色"和"空"是人生的起点和归宿，"情"则是人生漫长的经历和过程。"以情悟道"，就是以情为本体去体悟、探究人生存的本真意义，因此宝玉以出家当作自己人生最后的归宿。

第22回描写宝玉看戏时因口角遭到黛玉、湘云的奚落，他回去后越想越没趣，信笔写下一偈："你证我证，心证意证。是无有证，斯可云证。无可云证，是立足境。"宝玉这一举动被黛、钗、湘三人一顿讥讽："这样钝愚，还参禅呢。"黛玉为宝玉的参禅偈又续了两句："无立足境，是方干净。"逼得宝玉直做检讨："谁又参禅，不过一时顽话罢了。"在"程本"后四十回续书中，第91回还有宝黛之间话禅的描写。

第120回，续书采取折中办法，安排宝玉、贾兰叔侄赴考场参加科考，宝玉"中了第七名举人"、贾兰"中了一百三十名"。就在贾府"家道复初"、"兰桂齐芳"之际，贾宝玉突然失踪了。当贾政在毗陵驿地方船上写家书时："抬头忽见船头上微微的雪影里面一个人，光着头，赤着脚，身上披着一领大红猩猩毡的斗篷，向贾政倒身下拜。……不是别人，却是宝玉。"这是贾政与宝玉父子的最后一面，"只见舡头上来了两人，一僧一道，夹住宝玉说道：'俗缘已毕，还不快走。'说着，三个人飘然登岸而去"。"我所居兮，青埂之峰。我所游兮，鸿蒙太空。谁与我游兮，吾谁与从。渺渺茫茫兮，归彼大荒。"宝玉由神话世界而来，复归神话世界而去。

写贾府"家道复初"、"兰桂齐芳"未必是曹雪芹的原意，但宝玉出家没有错。《红楼梦》开篇第1回，用甄士隐家的一段小荣枯，引出天下望族贾家的大荣枯，并借甄士隐的出家和绛珠仙草"还泪说"伏脉黛玉之死、宝玉出家的结局。石头从本来状态的迷失到通灵宝玉的终极觉悟，就好像小说的主人公贾宝玉，既在这个世界之中，又能够走到这个世界之外，《石头记》之名表现的就是心灵的旅行及其印记，这个名字的意义和魅力由此呈现出来。

2. 林黛玉：天上掉下个林妹妹

虞美人·林黛玉（新韵）

翟海潮

三生石畔仙珠草，还泪何时了？怡红公子守花旁，难抵霜刀雪剑满潇湘。　　多愁品性痴情在，才气冲天外。咏菊题帕对花吟，怎奈凄风冷月葬诗魂。

望海潮·林黛玉

陈瑞林

烟眉微蹙，梨花带雨，随风弱柳仙姿。魂绕梦牵，潇湘瘦影，斑斑翠竹参差。红烛照兰闺，泪眸问鹦鹉，题帕谁知？漫许才华，敞襟抒臆叹情痴。　　飞红满地春归。葬花人一曲，泣血堪悲。花落鸟惊，风流掩土，冰清玉洁何依？泪尽断肠时，何处寻香冢，冷月寒池。化蝶纷飞忍愤，终底两相思。

卜算子·林黛玉

陈慧茹

本是绛珠仙，下界偿甘露。怜月悲花易感伤，谁解伶仃苦？　　莫怪太多疑，金玉将人误。一片痴情化作灰，泪尽归天去。

鹧鸪天·林黛玉

田幸云

只道前盟木石缘，多才羸弱惜芳年。葬花泣泪惊飞鸟，咏菊抒怀剩雅篇。　　临浩劫，履深渊。怡红无力护婵娟。潇湘月冷魂何处，哭煞红楼有恨天。

定风波·林黛玉

王志霞

莲步轻移响玉钗。分明仙女下瑶台。咏絮才情堪绝世。难继，奈何心事欲谁猜。　　风雨敲窗秋夜冷。孤影，残红遍野动愁怀。命里参商终契阔。惜别，此生还泪为谁来？

【品评】翟海潮　撰

林黛玉是《红楼梦》中曹雪芹塑造的一个独具灵性和悲剧命运的艺术典型，她那凄凉的身世、绝世的才华、孤傲的个性、悲惨的命运，震撼着一代又一代读者的心灵。

林黛玉是一个具有正邪两赋、生动、圆润、深刻、感人、凄美的立体型艺术形象，要全面理解和欣赏这一艺术形象，需要从林黛玉的前世今生、她的性格特征、她的文人情愫、她的爱情、她的人生归宿等方面进行分析。

（1）天上掉下个林妹妹：林黛玉的前世今生

"天上掉下个林妹妹"是越剧《红楼梦》的著名唱段，林黛玉的确是天上掉下来的，《红楼梦》开篇第 1 回，讲述了一个"绛珠还泪"的神话故事：西方灵河岸上三生石畔的绛珠仙草，因受到赤瑕宫神瑛侍者日以甘露灌溉，始得久延岁月，脱了草木之胎，幻化人形，修成女体，终日游于离恨天外，饥餐蜜青果，渴饮灌愁海水。只因尚未酬报灌溉之德，故郁结着一段缠绵不尽之意。当神瑛侍者凡心偶炽下凡投胎之时，绛珠仙子也一道下凡，愿以一生所有的眼泪还他。这绛珠仙子便是林黛玉的前身，而贾宝玉则是神瑛侍者的转世。

作为绛珠仙子的幻身，黛玉降生在姑苏林家，其父林如海，母亲则是贾母的女儿贾敏。第 2 回"冷子兴演说荣国府"，介绍了林黛玉的家世："原来这林如海之祖，曾袭过列侯……至如海之父，又袭了一代；至如海，便从科第出身……今如海年已四十，只有一个三岁之子，偏又于去岁死了。……今只

图 3-2　林黛玉（采自《红楼梦图咏》）

有嫡妻贾氏生得一女，乳名黛玉，年方五岁。"无奈母亲贾敏一疾而终，林如海便送黛玉至贾府依傍外祖母及舅氏姊妹。祸不单行，不久林如海亦一命呜呼，林黛玉彻底成了孤苦伶仃之人。

林黛玉的第一次出场是在第 3 回，宝黛初会，两人一见如故，印证着三生石边的前世情缘。黛玉见到宝玉大吃一惊："好生奇怪，倒像在那里见过一般。"宝玉见到黛玉笑道："这个妹妹我曾见过的。"衔玉而生的贾宝玉，最想知道的是黛玉是否有玉，当黛玉说"没有"的时候，失望之余，宝玉便"发作起痴狂病来，摘下那玉，就狠命摔去"，这注定了两人后来波澜壮阔的离合悲欢。

黛玉进贾府之时还是个孩子，她和宝玉一起玩、一桌吃、一床睡，可谓青梅竹马。此时黛玉在宝玉眼中的形象是："两弯似蹙非蹙罥烟眉，一双似泣非泣含露目。态生两靥之愁，娇袭一身之病。泪光点点，娇喘微微。闲静时如姣花照水，行动处似弱柳扶风。心较比干多一窍，病如西子胜三分。"作者一开始就描绘出了林黛玉多愁多病、弱不禁风的形象。

元妃省亲后，黛玉入住潇湘馆。绛珠还泪的神话赋予了林黛玉迷人的诗人气质，同时又定下了她悲剧命运的基调。林黛玉与薛宝钗在第 5 回中的判词合二为一："可叹停机德，堪怜咏絮才。玉带林中挂，金簪雪里埋。"寓示着黛钗的悲剧命运，二人既存在人性上的德才之争，又存在婚姻上的金木之争。金玉良缘最终胜过了木石前盟，林黛玉最后于宝玉、宝钗大婚之夜泪尽而逝。

（2）多愁善感、孤高率真：林黛玉的性格特征

多愁善感、孤高率真是林黛玉性格的主要特征。黛玉的多愁善感发自内心，既源于她父母早亡、寄人篱下的处境，又源于她对宝玉的爱，使她变得异常敏感。周瑞家的送宫花，最后送到她那里，她便疑心是别人挑剩下的才给她；一天夜晚，她叫怡红院的门，晴雯偏偏没听出是她的声音，拒不开门，并说"凭你是谁，二爷吩咐的，一概不许放人进来呢！"把个黛玉气得怔在门外，欲要发作，又想："虽说是舅母家如同自己家一样，到底是客边。如今父母双亡，无依无靠，现在他家依栖。如今认真淘气，也觉没趣。"正在伤心垂泪之时，又听见宝玉宝钗的笑语声，越发动了气，"越想越伤感起来，也不顾苍苔露冷，花径风寒，独立墙角边花阴之下，悲悲戚戚呜咽起来"。"呜咽一声犹未了，落花满地鸟惊飞。"一日她卧病在床，听到园子里的老婆子骂人，实则是骂她的外孙女儿，黛玉却认为是在骂己，竟气得昏厥过去。别人一句玩笑，她认为是对自己的轻侮……

黛玉确实是个"小性儿"，用"泪人"形容她一点都不为过。第 37 回"秋爽斋偶结海棠社"，探春给黛玉起雅号："当日娥皇女英洒泪在竹上成斑，故今斑竹又名湘妃竹。如今他住的是潇湘馆，他又爱哭，将来他想林姐夫，那些竹子也是要变成斑竹的。以后都叫他作'潇湘妃子'就完了。"可见，竹既象征着黛玉的品格，也和泪水相关。黛玉的《题帕三绝》，一泪贯注，表现着黛玉对于宝玉的痴情，还泪的主题在此又得到呼应。

黛玉生性孤傲、天性率真，语言尖酸刻薄，她曾把刘姥姥比作"母蝗虫"。李嬷嬷说黛玉"真真这林姐儿，说出一句话来，比刀子还尖"。在宝玉"将北静王所赠鹡鸰香串珍重取出来，转赠黛玉"时，黛玉遂掷而不取，口中说："什么臭男人拿过的！我不要他。"宝玉从张道士那里得了个麒麟，宝钗一看便说史湘云有这么一个，探春赞宝钗心细，黛玉讽刺地说她对别人佩戴的东西最是留意。宝玉挨打那回，宝钗回家受了薛蟠的窝囊气，哭红了眼被黛玉瞧见，便说哭出两缸眼泪来也医不好棒疮。

黛玉对人坦率纯真，见之以诚。她对待紫鹃，亲如姐妹，情同骨肉，诚挚的友情感人至深。香菱学诗，向黛玉请教，她热诚相待。在对待宝钗的态度上，尤见出其天真笃实。本为情敌，无嫌犹猜。但在薛宝钗对她略表关怀，予以"训导"之后，她便开诚布公，肝胆相照，向薛宝钗掏出心窝子的话，并引咎自责："你素日待人，固然是极好的，然我最是个多心的人，只当你心里藏奸。……往日竟是我错了，实在误到如今。"此后她待宝钗如亲姐姐一般，连宝玉也感到惊奇。

据己卯本第 19 回脂批透露，黛玉在警幻情榜中被称作"情情"（第 258 页），黛玉的生命就是痴情，这是她的动人处，也是她的致命处。不懂掩藏的她把自己的情感暴露在整个世界的面前，从心到口，没有任何的遮拦。她的爱、她的怨、她的恼怒、她的嘲讽，都直截了当，无所顾忌。

（3）诗词与爱情：林黛玉的文人情愫和恋爱

林黛玉之美，表现在她才华横溢和浓郁的诗人气质。曹雪芹笔下的林黛玉，是一个诗化了的才女。她与薛宝钗"双峰对峙，二水分流"，在博学方面，黛玉略逊宝钗，但在诗思的敏捷、新颖别致、风流飘洒方面却出类拔萃。她的诗都是她的血泪，她是大观园中真正的诗人。

对于黛玉，不可一日无诗。她用诗发泄痛苦和悲愤，她用诗抒写欢乐与爱情，她用诗表示抗议与叛逆的决心。诗表现了她冰清玉洁的节操，诗表现了她刚直不阿的人格，诗表现了她美丽圣洁的灵魂，诗使她有一种迷人的艺术光辉！全书中林黛玉名下的诗作有第 27 回的《葬花吟》、第 32 回的《题帕三绝》、第 45 回的《秋窗风雨夕》、第 64 回的《五美吟》、第 70 回的《桃花行》等。在大观园组建诗社的活动中，她的《咏白海棠》《咏菊》《柳絮》，首首精彩。尤其是她的《菊花诗》，连咏三首，艺压群芳，一举夺魁。她的诗不仅"题目新，诗也新，立意更新"，而且写得情景交融，菊人合一，充分而深刻地表达了她的思想感情。

特别强调的是作为林黛玉诗谶的《葬花吟》，这是她进入贾府以后的生活感受，是她感叹身世遭遇和悲剧命运的全部哀音的代表作，她以落花自况，血泪作墨，如泣如诉，抒写了这位叛逆者的花落人亡的哀愁和悲愤。"一年三百六十日，风刀霜剑严相逼"，是对长期迫害着她的冷酷无情的现实的控诉；"质本洁来还洁去，强于污淖陷渠沟"，表现了她的高洁的情志和坚贞不阿的精神；"侬今葬花人笑痴，他年葬侬知是谁？试看春残花渐落，便是红颜老死时。一朝春尽红颜老，花落人亡两不知"等末了数句，以及鹦鹉也会吟哦的描写，寓意花的命运即黛玉的命运。这是她用热血和生命写就的心曲，也是与这个罪恶世界决裂的檄文。

诗词和爱情就是林黛玉生命的全部。从神话世界走来的绛珠仙子和神瑛侍者降临在大观园中，演绎出了一段生死不渝"木石前盟"的爱情故事。在现实世界中，林黛玉与贾宝玉是一对"灵心慧性"的情痴，她同宝玉之间有共同的乐趣和理想。金玉良缘的存在，让黛玉放不下心，宝黛之间在相互试探，在冲撞、纠葛和执着中体验着人生的初恋。

从第8回"黛玉含酸"到第34回"黛玉题帕"，宝黛二人共有十来次争吵哭闹。第17回，因黛玉误以为她送宝玉的荷包被小厮抢走而"误剪香囊"；第20回，宝玉去看宝钗，黛玉因猜疑又与宝玉吵嘴而哭，宝玉跟黛玉"论亲疏"；第22回，贾母给宝钗过十五岁生日，大家看戏，心直口快的湘云说出黛玉像戏子，宝黛争吵，使"宝玉悟禅"；第29回，因张道士提亲，引起二人争吵，"宝玉砸玉"，还惊动了贾母，气得贾母说出"不是冤家不聚头"。

金玉良缘让黛玉不仅处处不放心宝钗，连带着也旁及湘云。第32回，黛玉因金麒麟事件而猜疑，引发"宝黛诉腑"，二人交心。第34回"宝玉挨打"之后，宝玉送旧手帕给黛玉，"黛玉题帕"，标志着宝黛爱情进入了默契阶段，她和宝玉之前的彼此试探已不复存在，两个人都已明了对方的心意，达到了两情相悦的境界。在有了这份自信之后，黛玉的心境也好转了，也能坦然地面对宝钗，在第43回和第45回还向宝钗敞开了心扉，从此黛钗二人情同姐妹。第57回，由于紫鹃试探宝玉之心而说了句戏言"林妹妹回苏州去"，贾宝玉就大病变得痴呆，标志着宝黛发展到了热恋阶段，走向了成熟。但金玉良缘与木石前盟之争仍在继续，因为儿女的婚姻毕竟是"父母之命，媒妁之言"，此时的黛玉孤独无援，处境显得更加凄凉，但宝黛仍怀着一丝希望在等待。

第70回，黛玉重建桃花社，众姊妹以柳絮为题作词，黛玉的《唐多令》象征她一生的际遇。"叹今生谁舍谁收？"自己虽然与宝玉有情有爱，但自古婚姻大事皆由父母而定，黛玉无父无母，只能是像柳絮一样"凭尔去，忍淹留"。而此时的宝钗却成竹在胸，她作的《临江仙》，很乐观地寄予了对未来美好的向往："好风频借力，送我上青云！"

第74回抄检大观园以后，晴雯被撵出大观园，黛玉的身体愈发不好。晴雯死后，第78回宝玉作《芙蓉女儿诔》，透露出宝黛婚姻的无望，此时金玉良缘已经压过了木石前盟。《芙蓉女儿诔》虽是写给晴雯的，其实也是写给黛玉的。

林黛玉本是一个"情痴"、"情种"，她为爱情而生，又为爱情而死，诗词和爱情是她的生命所系。她对贾宝玉爱得真诚，爱得执着，始终如一。然而，他们的爱情又是在不许爱的环境中发生、发展和生存的，这就难免有痛苦，甚至要为爱情付出生命的代价。再加上她诗人的气质和悲剧的性格，这种被压抑的燃烧着的爱情，只能用诗和哭来抒发，来倾泻。林黛玉的泪，分明饱含着现实人生的血肉。当他们这种同生共命的爱情最后遭到毁灭时，她便"绝粒"、"焚稿"，以生命相殉。这种爱情是怎样的至诚至坚、至纯至圣，感天地、泣鬼神，动人肺腑，撼人心灵！

（4）天尽头，何处有香丘：林黛玉的人生追问

伟大的作家无不关注人类的生存困境与价值意义，无不充盈着对人类命运的形而上的追问和思考。人的个体生命是有限的，而宇宙是无限的，那么人这种有限的生命存在的意义何在呢？林黛玉和贾宝玉就是两位对生命最敏感、体验最深刻的人，他们的惆怅落泪不仅仅是感叹他们两人爱情的不幸，也是出于对生命、人生、存在的一种形而上的体验。

第22回描写宝玉看戏时因口角遭到黛玉、湘云的奚落，他回去后越想越没趣，信笔写下一偈。黛玉为宝玉的参禅偈续了两句："无立足境，是方干净。"

"无立足境"，是佛法的最高境界，正是《好了歌》那个真正"了"的大自由、大自在之境。一个赤条条来去无牵挂的生命，来到地球上走一回，还找什么"立足之境"？黛玉深明其理，但"悟而未了"，始终没有放下对情的"执着"，最终为情泪尽而死。

对林黛玉来说，"冷月葬花魂"这句诗昭示着生命的真谛，同时概括了她对人生的体验。最集中表现林黛玉人生感的当然是她的《葬花吟》，这首诗的主题"美、生命、春天"都是脆弱的、短暂的、易逝的、无所归依的，"一朝春尽红颜老，花落人亡两不知！"人生的归宿在哪里？"天尽头，何处有香丘？"这就是对人生终极意义的追问，也是《红楼梦》的永恒魅力所在。

（5）绛珠归天：林黛玉的人生归宿和悲剧结局

林黛玉来到这个世界只为了一个人，那就是宝玉。黛玉从一开始就不属于这个世界，她来到这个世界不过是要了结一段公案，是为还泪而来的。林黛玉的性格有孤高自傲、狷介耿直的晋人风范，但这在世俗的生活中是不受人欢迎的。黛玉从来不劝宝玉为官做宰，从来不用"仕途经济"一类的"混账话"去劝说宝玉，因而深得宝玉敬重，被宝玉视为"知己"。他们的这种共通点也成了他们爱情的共同基础，但他们之间的爱情注定是一场悲剧。

宝玉、黛玉、宝钗之间在恋爱、婚姻上的"三角关系"贯穿全书，时不时又插进来个宝玉的旧友史湘云，这就使他们的关系变得十分复杂，每当宝黛单独出现，必有宝钗不意而降。这种潜在的戏剧性安排是《红楼梦》爱情故事的纽结，"木石前盟"、"金玉良缘"一直萦绕在宝黛钗的情感发展道路之上。

林黛玉不属于人间，她的归宿是仙界。"程本"续书后四十回，接踵而来的是"宝玉始提亲"、"凤姐设奇谋"、"定婚瞒消息"、"傻大姐泄密"，一步一步把宝黛的爱情悲剧层层地推向了高潮。宝钗"行为豁达，随分从时"，黛玉"孤高自许，目无下尘"，再加上黛玉的"多愁多病之身"，第 90 回贾母说"林丫头乖僻"，"林丫头这样虚弱，恐不是有寿的"，这两点让贾母最终觉得"只有宝丫头最妥"，在宝、黛、钗婚姻的决策中，黛玉最终成为失败者。第 97 回"黛玉焚稿"、第 98 回"绛珠归天"是以木石前盟为标志的宝黛爱情的结束，黛玉离世的时候才十七岁。

当然以上是"程本"续书中的情节了，关于黛玉之死有众多的解读。丁维忠先生在《红楼探佚》一书中指出，八十回之后，贾母在"元妃薨逝"不久就死了，也不存在什么"掉包计"，黛玉之死的直接原因绝不是贾母在凤姐的"掉包计"之下"弄坏了"黛玉。"黛死钗嫁"另有原因，宝玉因涉嫌与柳湘莲"强梁"案被拘押狱神庙，致使宝黛"香巢"倾覆，黛玉因思念过度而死，而宝玉与宝钗结婚是在黛玉死后[①]。不同的解读增加了《红楼梦》的魅力。

《红楼梦曲十二支》中的《枉凝眉》是哀悼林黛玉和贾宝玉爱情悲剧的挽歌：

> 一个是阆苑仙葩，一个是美玉无瑕。若说没奇缘，今生偏又遇着他；若说有奇缘，如何心事终虚化？一个枉自嗟呀，一个空劳牵挂。一个是水中月，一个是镜中花。想眼中能有多少泪珠儿，怎禁得秋流到冬尽、春流到夏！

3. 薛宝钗：任是无情也动人

风入松·薛宝钗

陈瑞林

如霜如雪冷香凝，娴雅且温情。诗书饱览皇商女，粉妆浅、自是娉婷。咏絮青云抟上，芳尘岂委风声。　　但依金锁凤鸾鸣，难得志相盟。停机

---

① 丁维忠：《红楼探佚》，北京：北京联合出版公司，2011 年，第 76-107 页。

才德皆称许。枉悲叹、夜夜孤灯。只道山中高士，雪中深掩钗莹。

虞美人·薛宝钗（新韵）

翟海潮

随分学富皇商女，花绽蘅芜里。冷香四溢冠群芳，寻黛扑蝶梦兆绣鸳鸯。　　好风借力终身误，莫怨檀郎故。道说金玉是良缘，却是空房孤守梦成烟。

七律·薛宝钗

陈慧茹

艳冠群芳亦可亲，端庄慧雅出凡尘。
待人宽厚人缘好，处世圆融世态真。
纵有才情堪咏絮，却无兴味肯伤春。
枉凭金锁良姻配，终是孤茕误自身。

七律·薛宝钗（新韵）

王应民

牡丹为貌芷为神，任是无情也动人。
滴翠亭前蝶漫舞，蘅芜苑里草清芬。
莫失仙寿千年玉，不弃芳龄一寸金。
冷韵悠悠皆入梦，唯余冰雪覆钗裙。

蝶恋花·薛宝钗

李金娥

处事方圆咸有度。淑态端庄，针黹何曾误。笔底流香题妙句。停机德厚春呵护。　　红麝串中情几缕。虽吐箴言，早已随风去。梦破良宵皆定数。红尘望断无归路。

【品评】翟海潮　撰

薛宝钗是《红楼梦》中曹雪芹塑造的与林黛玉"双峰对峙，二水分流"性格迥异的艺术形象，林黛玉代表的是一种感性而诗意的存在，而薛宝钗代表的则是一种理性而世俗的存在。宝、黛、钗之间的联系、矛盾纠葛，构成了《红楼梦》的主要内容，黛钗之争，是"情"和"理"之争。对于薛宝钗这一复杂、立体的人物形象，历来有不同的看法：褒钗者认为，宝钗端庄稳重，温柔敦厚，豁达大度；抑钗者则认为，宝钗冷酷无情，虚伪奸险。不同的看法恰恰说明曹雪芹塑造薛宝钗这个艺术形象的成功。

从《红楼梦》文本描写来看，曹雪芹所塑造的薛宝钗，是一位端庄平和、才华出众的淑女形象。这一形象的基本特征，表现为她是封建礼教忠诚的信仰者、自觉的执行者和殉道者。"山中高士晶莹雪"和"世外仙姝寂寞林"是美的双璧，曹雪芹以花开两朵、各表一枝的手法，提炼出了薛宝钗和林黛玉这两种完全不同的生命。曹雪芹并没有褒此抑彼，而是欣赏着各自的美，也怜惜着她们走向悲剧的命运。

（1）丰年好大雪：薛宝钗的形象和家世

薛宝钗是薛姨妈之女，薛蟠胞妹，贾宝玉的姨表姐。她来自皇商"丰年好大雪，珍珠如土金如铁"的薛家。薛宝钗父亲不幸早逝，"独根孤种"的哥哥薛蟠是个不成器的"呆霸王"，"一应经济之事全然不知"，这个皇商家族呈后继无人的状态，虽然宝钗父在世时令其读书识字，其才"较之乃兄竟高过十倍"，可惜她是个女孩，不能支撑起这个家业。

薛宝钗首次出场在第4回，薛姨妈携宝钗进京，是为"备选"入宫当妃嫔或充才人赞善之类职位的。第7回，曹雪芹以隐喻的手法，把薛宝钗的性格抽象成"冷"字，让她常年服"冷香丸"。连她后来居住的蘅芜苑内也是"雪洞一样白"，在她身上也时时溢出"一阵阵凉森森甜丝丝的幽香，令宝玉心驰魂荡"。顿时，一个"冷美人"形象呈现在读者面前。

第8回，宝玉至梨香院探望宝钗，第一次把宝玉眼中的宝钗呈现给读者："来至里间门前，只见吊着半旧的红绸软帘。宝玉掀帘一迈步进去，先就看见薛宝钗坐在炕上作针线，头上挽着漆黑油光的鬏儿，蜜合色棉袄，玫瑰紫二色金银鼠比肩褂，葱黄绫棉裙，一色半新不旧，看去不觉奢华。唇不点而红，眉不画而翠，脸若银盆，眼如水杏。罕言寡语，人谓藏愚；安分随时，自云守拙。"

"罕言寡语"一句值得留意，甲戌本第8回脂批云："十六字乃宝卿正传，参看前写黛玉传，各不相犯，令人左右难其于毫末。"（第114页）从半旧、半新不旧、做针线这些描述可以看出，宝钗虽生在巨富之家，却不尚奢华，无骄娇之气。在后续的章回中作者多次写宝钗不爱打扮，就连贾母也说她居住的蘅芜苑布置得太素了。

在第5回开头，作者为宝钗的人品风貌做了一个先入为主的介绍："不想如今忽然来了一个薛宝钗，年岁虽大不多，然品格端方，容貌丰美，人多谓黛玉所不及。而且宝钗行为豁达，随分从时，不比黛玉孤高自许，目无下尘。"宝钗比黛玉大得下人之心。便是那些小丫头们，亦多与宝钗去玩。因此，黛玉心中便有些悒郁不忿之意。随着"金玉良缘"说法的出现，黛玉的不安感日益增加。

（2）豁达从时：薛宝钗的性情

薛宝钗从第4回出场到第120回结束，贯穿于全书，也把她近乎一生的德言功行袒露给了读者。宝钗"行为豁达，随分从时"，在她身上有一个突出特点就是会做人，在褒钗者眼中，宝钗处事周到，平等待人，关心人、体贴人、帮助人；而在抑钗者眼中，宝钗的上述行为则是虚伪，是在迎合人、讨好人、拉拢人，是在收买人心。

在贾府这个派系复杂、矛盾重重的大家族中，能与各方面的人保持一种亲切自然、合宜得体的关系确实不易，而宝钗做到了。宝钗待人接物不亲不疏、不远不近，可厌之人未见冷淡之态，形诸声色；可喜之人亦未见醴密之情，形诸声色。而在这种不偏不倚的处世态度中，宝钗特别能善解人意，甚至连为人所不齿的赵姨娘，也能不越大礼，因而得到了贾府上上下下各种人等的称赞。

图3-3　薛宝钗（采自《红楼梦图咏》）

贾母要给宝钗做生日，问她爱听什么戏，爱吃什么东西。她深知老年人喜欢热闹戏文，爱吃甜烂食物，就按贾母平时的爱好回答。她还当着面奉承过贾母："我来了这么几年，留神看起来，凤丫头凭她怎么巧，也巧不过老太太去。"结果是贾母大夸奖她："提起姊妹"，"从我们家四个女孩儿算起，全不如宝丫头。"

一次，袭人想央求湘云替她做点针线活，宝钗知道后，马上对袭人讲明湘云"在家里一点做不得主"，"做活做到三更天"，"一来了就说累得慌"的苦衷，并主动接去了要湘云做的活计。还有一次，湘云要开诗社作东，宝钗因怕她花费引起她婶娘抱怨，便资助她办了螃蟹宴。这都是基于宝钗对湘云的了解和同情，因此，心直口快、性情豪爽的湘云称赞宝钗："这些姐妹们，再没有一个比宝姐姐好的。"

宝钗身上的另一个突出特点是冷静，甚至可称作"冷漠"。在"怡红夜宴"时，她抽到的酒令签是"任是无情也动人"。宝钗的确有"动人"的外表，致使宝玉有时见了姐姐就忘了妹妹，见了宝钗的白臂膀也想摸一下。但宝钗内心深处确实有种冷漠"无情"，她完全生活在理智之中。

金钏儿投井自杀后，王夫人心里不安，她安慰王夫人说："或是在井跟前憨顽，失了脚掉下去的。"又说如果真是赌气自杀，"也不过是糊涂人，也不为可惜"。尤三姐自杀，柳湘莲出走，连呆霸王薛蟠也泪痕不干，甚至痛哭一场。可宝钗听了并不在意，便说道："俗话说得好，'天有不测风云，人有旦夕祸福'。这也是他们前生命定……"

宝钗身上还有一个突出的特点，就是她忠诚地信奉封建礼教。她曾多次规劝宝玉走"仕途经济"、"立身扬名"之道，以至引起宝玉的极大反感，说她说的是"混帐话"，并说"好好的一个清白女子，也学的沽名钓誉，入了国贼禄蠹之流"。宝钗还多次向黛玉、湘云进行"女子无才便是德"、"总以贞静为主"之类的说教。在宝钗的生命中，我们看不到那些极端情绪化的东西。宝钗克己待人，她对封建礼教的信奉和忠诚是发自内心的。她有自己的喜怒哀乐，但她把自己的情绪安放在自己的信念和追求之中，安放在这个世界的法则之中。这来自宝钗对于人性的深刻洞察，她似乎了解每个人，她能揣摩到每一个人的心思，因此赢得整个世界就顺理成章了。

（3）博学多识：薛宝钗的聪明才智

宝钗博学多才，写诗论画，就连医药之理也略知一二，她诗才敏捷，常常独占鳌头，足可与黛玉相媲美，就连宝玉也不得不佩服。在元妃归省时，元春对宝玉题咏中"绿玉"不喜欢，宝钗发现后马上建议改成现成的"绿蜡"，并随口点出了出处，宝玉称之为"一字之师"。

第42回，薛宝钗曾对黛玉表白："你当我是谁，我也是个淘气的，从小七八岁上就够个人缠的。我们家也算是个读书人家，祖父手里也爱藏书。"第17、18回元春省亲时"命妹辈各题一匾一诗"，结果"终是薛林二妹之作与众不同，非愚姊妹可同列者"。这次钗黛首次受命同咏，二人同列榜首。

第37回"秋爽斋偶结海棠社"时，众人看了都道是黛玉"这首为上"。但依李纨的评论标准："若论风流别致，自是这首；若论含蓄浑厚，终让蘅稿。"此说得到探春拥护和宝玉的反对，李纨以社长身份一锤定音："再有多说者必罚。"众人只好将钗诗尊之"为上"了。接着不久举行的菊花诗会，黛玉三诗夺魁，紧接着在螃蟹宴上，宝钗一展锋芒，她的《螃蟹咏》评为绝唱。第70回填柳絮词，宝钗一首《临江仙》"为尊"无愧，她的"好风频借力，送我上青云"也成为红楼诗词中的绝唱。作者五次安排宝钗黛同时作诗，特别是钗黛的诗才一时难分伯仲，从中说明了薛宝钗在诗词写作上的精深造诣。

薛宝钗的文化修养和艺术功底在《红楼梦》中多次展示，如第42回中宝钗为惜春画《大观园图》大谈工笔界画和楼台山水，从用纸、用墨到颜料工具，并为惜春开列了一个长长的绘画工具材料单，从画理、画论到工具材料，说明宝钗对传统绘画艺术的谙熟程度。

对大观园内的一切文化现象，包括宗教文化在内，宝钗都表现出极大的话语权。从中可知，宝钗可谓博学宏览，对文学、艺术、历史、医学以至诸子百家、佛学经典，都有广泛的涉猎和渊博的知识，使以"杂学旁收"著称的贾宝玉也显得相形见绌。史湘云看《历朝文选》时，不知道"橙"树何指，她立刻说不用查了，如今俗叫作"朝开夜合"的，一查果然如此，可见薛宝钗传统文化的功力。

（4）金玉良缘：薛宝钗的爱情与婚姻

第8回，宝玉去探望宝钗，宝钗要看宝玉的通灵玉，看到上面的字，念道："莫失莫忘，仙寿恒昌。"丫鬟莺儿在一旁嘻嘻笑道："我听这两句话，倒像和姑娘的项圈上的两句话是一对儿。"于是宝玉要来金锁看，念道："不离不弃，芳龄永继。"并笑问："姐姐这八个字倒真与我的是一对。"莺儿多嘴，说道："是个癞头和尚送的……"这便是"金玉良缘"的发端。金玉良缘和木石前盟之争，宝、黛、钗的爱情和婚姻悲剧由此展开。

薛宝钗在宝、黛、钗爱情婚姻中的态度和作用，历来是分析宝钗这一形象的重要内容。在一般读者的心目中，钗、黛是一对情敌，有人甚至认为，宝钗为了争夺"宝二奶奶"的宝座费尽了心机。但从文本的描写中，得不出这样的结论。黛、钗的关系在开始阶段，确实有些紧张。在宝、黛青梅竹马，情甜意蜜之时，突然来了一个"品格端方，容貌美丽"的薛宝钗，这对林黛玉来说不能不是一个威胁；特别是当有了"金玉良缘"之说后，黛玉更感到宝钗是她的一个实力雄厚的情敌。所以，黛玉利用一切机会处处对宝钗投以充满敌意的、锋芒毕露的讽刺，总是警惕地暗中窥探宝玉和宝钗的动静。

宝钗与宝玉、黛玉也曾经有过一次激烈的争吵，第30回宝玉讽刺宝钗像杨贵妃，宝钗生气借丫头找扇子的时机，明是训斥丫头，实是讽刺宝玉，接着又用"负荆请罪"

来讽刺宝黛，所谓"借扇双敲"。这是"行为豁达，随分从时"的薛宝钗少有的一次发怒。钗、黛关系的紧张，并不是宝钗要与黛玉争夺宝玉引起的，而是黛玉为保护自己的爱情而处处防范的结果。相反，宝钗对宝、黛的亲近，倒是采取了明智的回避做法。从宝钗与宝玉、黛玉关系上看，宝钗不时显现出大家的风范。她一向被黛玉视之为最大的竞争对手与情敌，对黛玉时不时地冷嘲热讽、夹枪带棒，她从容自若，从不点破，不与黛玉争一时之长短。

在经历了"宝玉诉腑"、"黛玉题帕"之后，宝、黛爱情进入了默契和成熟的阶段，达到了两情相悦的境界。在有了这份自信之后，黛玉的心境也好转了，也能坦然地面对宝钗，还向宝钗敞开了心扉。第42回，先前黛玉在行酒令时不自觉用了《牡丹亭》和《西厢记》中的唱词，宝钗借此劝解黛玉要少看这些书，这也让黛玉觉得宝钗是很宽厚待人的。

第45回"互剖金兰"，黛玉身子愈发不好，宝钗来探望。宝钗不仅体贴地为黛玉分析病理，还给黛玉送来燕窝，这着实让处境孤单的黛玉大为感动，甚至当面自省说："你素日待人，固然是极好的，然我最是个多心的人，只当你心里藏奸……往日竟是我错了，实在误到如今。"此后的"薛姨妈爱语慰痴颦"等章回，进一步描写了她们友情的发展。她们的关系亲密到"竟比别人好十倍"的程度，连宝玉都感到奇怪，"暗暗纳罕"。有人认为，这是阴谋家薛宝钗的胜利，幼稚的林黛玉上了当，这其实是过度解读，甚至是误读。

就做"宝玉媳妇"的客观条件来讲，宝钗的优势显然要比黛玉多：薛家家底殷实，宝钗稳重，招人喜欢，并且家中有替她婚姻大事做主的母亲。黛玉与之相比，孤独无助，她只有宝玉的爱情和心中的诗，而且大病在身。事实上，当石头化身为宝玉，来到这个四大家族代表的金玉世界，金玉良缘就成为命中注定。

（5）金钗雪里埋：薛宝钗的人生结局

薛宝钗和林黛玉在第5回中的判词合二为一："可叹停机德，堪怜咏絮才。玉带林中挂，金簪雪里埋。"其中首末二句是针对宝钗的，判词寓示着黛、钗两人的悲剧命运，二人既存在人性上的德才之争，又存在婚姻上的金木之争。

《红楼梦》曲子"终身误"是写给宝钗的："都道是金玉良姻，俺只念木石前盟。空对着，山中高士晶莹雪；终不忘，世外仙姝寂寞林。叹人间，美中不足今方信。纵然是齐眉举案，到底意难平。"

"终身误"预示了薛宝钗的人生结局，整个曲子都是宝玉的口气，宝钗被冠以"山中高士"之名，与黛玉的"世外仙姝"相对。山中高士的说法倒是很契合宝钗，她所居的蘅芜苑，"四面群绕各式石块，竟把里面所有房屋悉皆遮住"，宛若山中，宝钗当然是那个高士。

宝玉"终不忘，世外仙姝寂寞林"，宝钗看似赢得了整个世界，却始终无法赢得宝玉的心。宝钗知道宝玉早已心有所属，第36回绛芸轩里宝玉的梦话"和尚道士的话如何信得？什么是金玉良缘，我偏说是木石姻缘"让她发怔。宝钗作为传统道德的信奉者，她明白宝玉和黛玉的生死之情，而仍遵守母命与宝玉成亲，其中"情"的成分很淡，更多的是一个封建时代女子对命运的无条件规从，最终使她没有逃脱守寡的悲惨命运。

随着黛玉的逝去，宝玉的心灵在这个世界上再也找不到安放处，最终出家。宝钗成为下一个李纨，也就成为无法避免的命运。与李纨不同，李纨是死别，宝钗面对的则是生离。在这个意义上，宝钗要承受更大的痛苦。

4. 王熙凤：机关算尽太聪明

风入松·王熙凤
陈瑞林

风骚爽利笑含春，贾府掌权人。令行威重襄东府，相思局、恨别红尘。泼醋平儿蒙辱，岂容纳妾迎新。　黄泉路上殉情人，铁槛寺分银。风光无限机关尽，到头来、席散纷纭。权势荣华何在？金陵归处幽魂。

卜算子·王熙凤（新韵）
翟海潮

凤眼面含春，末世凡尘鸟。好胜争强太敏明，骄逸家衰兆。　未语笑先闻，决断杀伐巧。毒设相思擅弄权，善恶终回报。

踏莎行·王熙凤
李金娥

凤眼含春，厅堂揽政。相思局设风骚领。弄权争宠显威仪，聪明善变难修性。　毒劣留痕，冰霜覆顶。情缘已断怜孤影。梦残福浅返金陵，机关算尽难违命。

减字木兰花·王熙凤
王志霞

权高志满。八面逢源肠九转。泼辣无情。敛尽钱财留骂名。　心机枉费。情感荒芜空作势。日惨天昏。护女周全有宿因。

五律·王熙凤（新韵）

王应民

珠钗光映月，粉面自含春。

荡荡三更梦，悬悬半世心。

威容出理诣，媚态掩瑕痕。

大厦崩塌日，卿卿也断魂。

【品评】翟海潮　撰

　　王熙凤是《红楼梦》中曹雪芹塑造得最成功的人物之一。王熙凤能言善辩、泼辣张扬、精明强干，但争强好胜、心狠手辣、阴险狡诈。在她的身上，集中地体现了人性的贪婪、狠毒、凶残等。王熙凤毫无疑问是《红楼梦》中身份最复杂、性格最丰满的一个，令人一见难忘、爱憎交加，正像王昆仑所说的那样，许多读者都是"恨凤姐，骂凤姐，不见凤姐想凤姐"[①]。

（1）王熙凤的形象和家世

　　王熙凤是"东海缺少白玉床，龙王来请金陵王"这王家的后裔，她的祖父为外务官，单管各国进贡朝贺的事，包揽了广东、福建、浙江和云南的洋船货物。她的叔父王子腾原为京营节度使，后升为九省统制，奉旨出都查边又升为九省都检点，乃至官内阁大学士。王熙凤自幼假充男儿教养，使她养成了"杀伐决断"的性格。可以看出这个家族对凤姐性格的熏陶，使她很少有封建伦理的妇道成分，加上从小不读书，不但没有被封建社会传统道德的教化束缚了手脚，反而具有男子的刚骨。

　　第2回冷子兴演说荣国府时介绍说，贾琏娶了王熙凤之后，贾府上下无一人不称颂她，"说模样又极标致，言谈又爽利，心机又极深细"。

　　第3回林黛玉初到荣国府时，王熙凤第一次出场："一语未了，只听后院中有人笑声，说：'我来迟了，不曾迎接远客！'黛玉纳罕道：'这些人个个皆敛声屏气，恭肃严整如此，这来者系谁，这样放诞无礼？'"黛玉眼中出现了凤姐光彩夺目的贵妇人形象："只见一群媳妇丫鬟围拥着一个人从后房门进来。这个人打扮与众姑娘不同：彩绣辉煌，恍若神妃仙子……一双丹凤三角眼，两弯柳叶吊梢眉，身量苗条，体格风骚，粉面含春威不露，丹唇未启笑先闻。"

---

① 王昆仑：《红楼梦人物论》，北京：北京出版社，2004年，第152页。

第6回刘姥姥初进荣国府时，王熙凤再次亮相："那凤姐儿家常带着秋板貂鼠昭君套，围着攒珠勒子，穿着桃红撒花袄，石青刻丝灰鼠披风，大红洋绉银鼠皮裙，粉光脂艳，端端正正坐在那里，手里拿着小铜火箸儿……"

凤姐同黛玉见面时以琏嫂子身份，表现得活泼、随和，有说有笑。对于刘姥姥来见，她要摆出一副贵妇人的款儿，静中含威。这位被贾母称作"凤辣子"的内当家，是荣国府贾赦之子贾琏的太太，王夫人的侄女。她依仗家世和贾母、王夫人两个靠山，充分发挥出自己的聪明才智，成为贾府年轻一代的掌权人。

（2）王熙凤独特的性格特征

曹雪芹在设计凤姐形象时，胸中一定有一个曹操在。与曹孟德一样，王熙凤有"治世之能臣，乱世之奸雄"般的本领，是一个"脂粉队里的女英雄"。王熙凤是一个正邪两赋的人物，她颇具管理才能和理财本领，但又争强好胜，心狠手辣。第6回周瑞家的向刘姥姥介绍凤姐时说："这位凤姑娘年纪虽小，行事却比世人都大呢。如今出挑的美人一样的模样儿，少说些有一万个心眼子。再要赌口齿，十个会说话的男人也说他不过。"第65回，兴儿向尤二姐介绍凤姐，说她"嘴甜心苦，两面三刀；上头一脸笑，脚底下就使绊子；明是一盆火，暗是一把刀：都全占了"。

在主持贾府的事务中，凤姐抓住贾母、王夫人等实力派人物，对上阿谀奉承，对下威严独断。第38回，凤姐对贾母小时头上的伤疤说道："可知老祖宗从小儿的福寿就不小，神差鬼使碰

图 3-4　王熙凤（采自《红楼梦图咏》）

出那个窝儿来，好盛福寿的。寿星老儿头上原是一个窝儿，因为万福万寿盛满了，所以倒凸高出些来了。"至于凤姐对下人，一句话，严威并施，难怪周瑞家的抱怨她"待人未免太严些"。当然王熙凤也有善的一面，主要表现在她善待刘姥姥；对邢岫烟"家贫命苦"的怜惜；对老公公贾赦欲纳鸳鸯为妾，表示同情和不满；等等。

凤姐曾说："（我）从来不信什么是阴司地狱报应的，凭是什么事，我说要行就行。"从这个意义上说，凤姐的人生哲学同曹操的"宁教我负天下人，不教天下人负我"相像。在对金钱的贪婪追求上，凤姐真可谓爱财如命。她瞒着贾琏放高利贷，甚至把丫鬟仆人们的月钱都挪去放债。后来贾府坐吃山空，钱的确不够使了，贾琏便让她去求鸳鸯，她张口就要一二百两银子做报酬。连夫妻之间也这样钩心斗角，可见其的确是贾府崩溃前的蛀虫。续书第105回查抄宁国府时，"东跨所抄出两箱房地契又一箱借票，都是违例取利的"。这成为贾府衰败的重要原因之一，也是后来贾府获罪的罪状之一。真是兴也凤姐，败也凤姐。

表现凤姐性格特征的主要情节如下：第11至12回，王熙凤毒设相思局，置"癞蛤蟆想吃天鹅肉"的贾瑞以死地。此故事跌宕起伏，充分展示了凤姐奸诈、毒辣。第13回，王熙凤协理宁国府，她大权独揽，威重令行，充分显示出她的管理才能，为她日后主持贾府家政奠定了坚实的基础。第15回，王熙凤弄权铁槛寺，她收受老尼三千两银子的贿赂，弄得金哥儿一对有情人自缢死亡，更突出表现这位不怕阴司报应的女强人的贪婪和擅权。这也是她腐败的开始。

第25回，她同宝玉遭受赵姨娘和马道婆魔魔法的毒害，险些丧命，这是她不公正对待赵姨娘导致的。第44回，凤姐生日发生了贾琏与鲍二家的偷情，致使凤姐泼醋，不仅不分青红皂白地打了平儿，还使鲍二家的吊死了。这是她与贾琏在家庭婚姻诸矛盾的总爆发。

第67、68、69回，连续以三回的篇章，写贾珍、贾蓉、贾琏三人与尤二姐、尤三姐的"聚麀"和鬼混，导致在贾蓉怂恿下贾琏偷娶尤二姐为妾，引爆了最能反映凤姐个性的家庭事件，结果凤姐设计，大闹宁国府，借刀杀人，尤二姐吞金而亡，凤姐的心狠手辣得到了具体的印证。第96回，凤姐设奇谋，以掉包计促成宝玉宝钗完婚，黛玉夭亡。第106回，宁府抄家后，贾家近乎一败涂地，当家王熙凤抱羞惭恨。第110回，凤姐再次主持办理贾母的丧事时，不仅人心尽失，也无物力财力支撑，昔日的威风一扫而光。

（3）王熙凤在《红楼梦》的地位和作用

凤姐在整部《红楼梦》中，从第3回出场直到续书第114回病死，她支撑着贾府即将倾倒的大厦，随后同大厦几乎一起毁灭。凤姐善恶并行、美丑俱在的性格，使

《红楼梦》故事更加丰富、精彩，许多动人的故事都离不开凤姐的参与。

王熙凤在《红楼梦》中的地位相当重要，她有一种支柱作用，又有一种辐射作用。《红楼梦》不仅是写宝、黛、钗的爱情和婚姻，作者还写了这个大家族中四百多个人物。可以说，如果把贾府中长幼、尊卑、亲疏、嫡庶、主奴等错综复杂的人际关系比作一张大网的话，那么王熙凤就处在一个相对中心的位置上，她要同各种各样的人物打交道。因此，以她为焦点，或者说她辐射出去的种种矛盾，就给人一种纵深感。从反映生活的深度和广度来说，王熙凤这个艺术形象是不可代替的，不可缺少的。如果没有王熙凤，《红楼梦》会失色不少。

贾府的衰败是《红楼梦》的主线之一，王熙凤是荣国府的"总经理"，她从第3回出场，可谓风光无限，"协理宁国府"、"弄权铁槛寺"，到第44回"凤姐泼醋"从夫妻眷恋到贾琏偷情、内室争斗，第55回凤姐小产病倒、"探春理家"；从第65回"贾二舍偷娶尤二姨"到第71回贾母生日、"婆媳生隙"，邢夫人对凤姐发难，夫妻冷峙；从第105回"贾府被抄"，到第110回贾母寿终、"凤姐力诎失人心"，再到第114回"凤姐之死"，王熙凤魂归返金陵。可以说，凤姐的风光和死亡历程也是贾府兴衰历史的一部分。

（4）王熙凤的人生结局

王熙凤的判词是："凡鸟偏从末世来，都知爱慕此生才。一从二令三人木，哭向金陵事更哀。"预示了她的归宿不会有好的结果，处于"末世"者，最有才干的人也逃脱不了"千红一哭，万艳同悲"的命运。"一从二令三人木"句，前人解说甚多。"从"应该是三从四德的从，"一从"是指熙凤闺中和初嫁守其妇道的时代。"令"是发号施令的令，"二令"是指王熙凤执掌家政操纵一切的盛日。"人木"就是休弃的"休"字，"三人木"应该是指凤姐时非事败遭遭归的末路。这是凤姐人生的三部曲，也是权力世界中很多人的三部曲。

有些学者只着眼于凤姐死前是被休、"哭向金陵事更哀"，还是没有被休、病死在贾家，进而判断"程本"后四十回王熙凤悲剧结局是否符合曹雪芹的本意，其实这只是一个形式问题，而精明一生的凤姐落入无助和绝望之中才是问题的实质。曾经俊俏风骚、干练机敏，连眼睛都会说话的"凤辣子"，临死前"脱了形"、没了寄托、没了灵魂，只好乞灵在鬼神的脚下，这本身就是一种巨大的悲剧力量。《红楼梦曲·聪明累》是凤姐一生的写照："机关算尽太聪明，反算了卿卿性命。生前心已碎，死后性空灵。家富人宁，终有个家亡人散各奔腾。枉费了，意悬悬半世心；好一似，荡悠悠三更梦……"

5. 史湘云：是真名士自风流

七律·史湘云
陈慧茹

本是侯门富贵身，可怜襁褓失双亲。
性情豁达多言笑，意态娇憨少怨嗔。
诗咏海棠文采美，醉眠芍药梦词真。
寒塘鹤影成悲谶，独守空闺秋复春。

扬州慢·史湘云
陈瑞林

雏燕孤零，寄人篱下，苦悲几历寒霜。惜娇憨洒脱，更笑语浪浪。海棠咏、群钗赞许，酒缘诗兴，魁夺兰章。意朦胧、芍药沉酣，香梦绵长。　　月圆寂夜，笛声扬、谁解愁肠。赏广殿晴光，凹晶馆内，联句铿锵。鹤影掠塘孤照，须眉气、谁问柔刚。配仙郎、难料双星，云散高唐。

浣溪沙·史湘云（新韵）
翟海潮

襁褓孤凄笑乃闻，身心开朗性纯真。阴阳论罢对麒麟。　　豪气消融芦雪影，酒香迷醉茜丛裀。寒塘冷月葬诗魂。

七律·史湘云（新韵）
王应民

湘江水逝楚云飞，小驻红楼自展眉。
好梦犹凭花助兴，新诗更有酒相陪。
棹别野岸何方去，鹤渡寒塘哪日归。
遂性麒麟真逸客，留得豪气满香帏。

鹧鸪天·史湘云
肖芳珠

孤女亲违志未偏，娇憨爽直众芳怜。男儿巧扮韶容俏，诗韵高吟意态闲。　　斗酒醉，卧花眠。是真名士梦无边。寒塘鹤影何方渡，缘尽云舒逝水间。

【品评】翟海潮　撰

　　史湘云是曹雪芹在《红楼梦》里所着力刻画的人物之一，金玉的底色和孤女的命运，使她兼具了薛宝钗和林黛玉的部分生命特征。湘云有个金麒麟，看似与金玉良缘有关；她襁褓中父母双亡，令其人生一开始就蒙上了悲凉的色彩。但生活的阴影没有改变湘云的性格，热情豪爽的性情使湘云成为粉黛群中最难得之人。史湘云作为一个成功的艺术典型，无论是女扮男装、喝酒、猜拳、放鞭炮，还是啖鹿、联诗、眠石，都体现了她"是真名士自风流"的名士风范。

（1）史湘云的形象和家世

　　史湘云是金陵四大家族史氏的后裔，忠靖侯史鼎的侄女，贾母史老太君的侄孙女。她自幼父母双亡，童年只能跟着狠心的婶母过活。虽然她出身侯门，作为小姐的她"在家里一点儿作不得主"，家里的针线活儿多是自己做，"家里做活做到三更天"。寄人篱下孤苦伶仃的生活，让她同黛玉对人生形成了共同的感受。尽管黛玉在贾府生活无忧，完全是一个主子小姐的待遇，但是她时常流露出悲伤惆怅之情。湘云却相反，一到贾府她便如鱼得水，又恢复了她那天真活泼、无拘无束的天性。两个孤女的性格在大观园内形成了鲜明的对照。

　　从总体形象来讲，史湘云令人难忘的印象有三点：一是说话咬舌，二是爱扮男孩，三是爱说爱笑。

　　湘云首次出场在第20回，在金陵十二钗中算是比较晚的。宝玉正和宝钗玩笑，听到人说"史大姑娘来

图3-5　史湘云（采自《红楼梦图咏》）

了"，抬身就走，可知宝玉和湘云之间的熟悉程度。湘云小时候在贾母身边生活过，袭人曾经服侍过她，和宝玉也是青梅竹马。湘云给读者呈现的第一个画面便是大说大笑，正当黛玉为了宝玉和宝钗在一起而和宝玉计较的时候，湘云不合时宜地走了过来："爱（二）哥哥，林姐姐，你们天天一处玩，我好容易来了，也不理我一理儿。"咬舌的毛病引来黛玉"幺爱三"的调侃。史湘云娇憨旷达，却有"咬舌"的毛病，这个毛病的赋予，使其人物形象更加鲜活。己卯本第 20 回脂砚斋称之为"美人陋处"（第 279 页），这一"陋处"，不但不会损害湘云的整体美，反而把她写得更加姣美、真实可感，跃然纸上。

　　湘云给人印象深刻的另一点是爱把自己打扮成男孩子。第 31 回，曹雪芹没有直接写湘云的容貌，而是写湘云穿上男装后，"猛一瞧倒像是宝兄弟"。第 49 回中，大观园内白雪红梅一片琉璃世界，众姐妹们穿着五颜六色的大氅，围绕在银发的贾母身旁赏雪嬉戏。湘云在这些女孩中一副横空出世的姿态："一时史湘云来了，穿着贾母与他的一件貂鼠脑袋面子大毛黑灰鼠里子里外发烧大褂子，头上带着一顶挖云鹅黄片金里大红猩猩毡昭君套，又围着大貂鼠风领。黛玉先笑道：'你们瞧瞧，孙行者来了……故意装出个小骚达子来。'"湘云女扮男装，"脚下也穿着麂皮小靴，越显的蜂腰猿臂、鹤势螂形"。众人都笑道："偏他只爱要扮成个小子的样儿，原比他打扮女儿更俏丽了些。"这就是湘云的风采。

　　爱说爱笑是史湘云的天赋，姐妹们都喜欢把她称作"话袋子"，哪里有史大姑娘的踪影，哪里就会充满欢声笑语，她就像是大观园里的一颗开心果。第 31 回，迎春忍不住说她："我就嫌他爱说话。也没见睡在那里还是咭咭呱呱的，笑一阵，说一车，也不知道那里来的那些话。"

（2）史湘云的性格、才识和人生境界

　　湘云凄苦孤寂的身世，使她养成了宽以待人的"英豪阔大宽宏量"的品格，成为《红楼梦》中最为洒脱、放达的人物，刚直率真、热情豪爽、心直口快是湘云的主要性格特征。

　　第 22 回，薛宝钗生日，贾母置办酒和戏，其间凤姐说贾母喜爱的小旦像一个人，宝钗笑而"不肯说"，宝玉"不敢说"，湘云心直口快"照直说"像黛玉，宝玉忙使眼色制止，从而引发黛玉、宝玉、湘云之间的口角。这就是湘云，恰如宝钗对她的评价："说你没心，却又有心；虽然有心，到底嘴太直了。"豁达的湘云心中并不存太多的芥蒂，她仍然和黛玉住在一起。不过，她越来越敬佩宝钗了。

　　第 32 回，湘云给袭人赠送戒指，不想袭人已经有了，原来是宝钗给的。湘云于是感叹道："我只当是林姐姐给你的，原来是宝钗姐姐给了你。我天天在家里想着，这些

姐姐们再没一个比宝姐姐好的。"湘云和宝钗一样属于这个金玉的世界，这就注定了她们和黛玉具有不同的底色。

对于宝玉混在女孩子中不求长进的现象，她做了一针见血地批评："如今大了，你就不愿读书去考举人进士的，也该常常的会会这些为官做宰的人们，谈谈讲讲些仕途经济的学问，也好将来应酬世务，日后也有个朋友。没见你成年家只在我们队里搅些什么！"这和宝钗是一样的口气。宝玉不愿意听这种话，立即对湘云下了逐客令："姑娘请别的姊妹屋里坐坐，我这里仔细污了你知经济学问的。"宝玉把所有类似的规劝都称为"混帐话"。湘云对宝玉的不满仅一笑了之，对宝玉的发火，也不往心里去。

第 37 回，海棠诗会，宝钗和黛玉无疑是主角，而湘云被安排次日才出场，她一作便是两首。众人看一句，赞一句，让读者知道湘云原来是和宝钗、黛玉一样的大诗翁。湘云是个热心肠，马上就张罗下一个诗会，要开诗社作东。湘云开始来蘅芜苑与宝钗同住，两人同商拟题，宝钗因怕她花费引起她婶娘抱怨，便资助她办了螃蟹宴，这更感化了湘云，从此她把宝钗当亲姐姐一样看待。

在金陵十二钗中，只有湘云喜欢饮酒，饮酒可以激发她的诗心。酒、诗、梦（"醉眠芍药裀"）充分体现了湘云的名士风范。第 49 回，在芦雪广，湘云、宝玉、平儿三人吃烤鹿肉。湘云一面吃，一面说道："我吃这个方爱吃酒，吃了酒才有诗。若不是这鹿肉，今儿断不能作诗。"当黛玉打趣说"今日芦雪广遭劫，生生被云丫头作践了。我为芦雪广一大哭"时，湘云说："你知道什么！'是真名士自风流'，你们都是假清高，最可厌的。我们这会子腥膻大吃大嚼，回来却是锦心绣口。"她说得没错，无论是海棠诗，还是芦雪广联诗夺魁，都让我们领略到湘云的才识与人生境界。

曹雪芹似乎把自己的部分生命安放在了湘云的形象之中。酒助诗兴，诗发酒魂，湘云果然成为芦雪广联句的胜利者。她说的句子最多，众人都说是那块鹿肉的功劳。仔细看湘云的联句，从"野岸回孤掉"、"花缘经冷聚"、"池水任浮漂"、"僵卧谁相问"，到"海市失鲛绡"、"清贫怀箪瓢"、"石楼闲睡鹤"，她的内心从孤独、清冷、无奈，一直走进了坚毅和闲适，确是自身生命的写照。

第 62 回庆祝宝玉的生日，大观园众姐妹聚会、吃酒、游戏，湘云与宝玉吃酒划拳、行酒令。湘云"拣了一块鸭肉呷口，忽见碗内有半个鸭头，遂拣出来吃脑子"，便用筷子举着说道："这鸭头不是那丫头，头上那讨桂花油。"说得众人大笑。醉意朦胧的史湘云自己跑到山后头凉快，谁料竟在"一块青板石凳上睡着了"。当众姐妹走来看时，果见湘云"香梦沉酣，四面芍药花飞了一身，满头脸衣襟上皆是红香散乱，手中的扇子在地下，也半被落花埋了，一群蜂蝶闹嚷嚷的围着他，又用鲛帕包了一包芍药花瓣枕着"。众人看了，又是爱，又是笑，忙上来推唤挽扶。湘云口内犹作睡语说酒令，唧唧嘟嘟说：'泉香而酒冽……宜会亲友。'"

酒和诗一起引湘云进入温暖的梦乡，芍药裀的"香梦沉酣"简直是一个唯美的世界。这真是红楼一梦！所以湘云不想醒来，她想睡去。第63回，在当晚的"群芳夜宴"中，湘云果然抽中了"只恐夜深花睡去"的诗句。诗句出自苏东坡的《海棠》，湘云确实有点像苏东坡，她是一个豪爽、颇有名士风度的女孩子。

（3）史湘云在《红楼梦》中的作用

作为四大家族中史家的一员，贾母的侄孙女，湘云拥有代表这个世界的金玉的底色，她的象征是金麒麟。但是襁褓之中父母双亡，由叔叔婶娘抚养的命运，使她无法无忧无虑地享受锦衣玉食。与在史家相比，她更喜欢在大观园里和宝玉及姐妹们在一起的生活，一种可以充分展示自己的生活。湘云和宝钗一样接受或认同这个世界的法则，跟宝玉也会说些仕途经济的道理；但她又和黛玉一样体会着生命在这个世界的孤独和漂泊。这种矛盾让湘云的心灵充满着张力，从而造就了一个更豁达的生命。

第32回中，湘云与翠缕"论阴阳"之时拾到了张道士送宝玉的金麒麟。这是《红楼梦》中一段非常有意义的描写。由于湘云身上也有一个金麒麟，在宝玉与宝钗的"金玉"关系中，金锁之外又有一个金麒麟，增加了宝、黛、钗、湘关系的复杂性，一下子又让林黛玉紧张了起来，黛玉怕他们"做出风流佳事"来，时时"见机行事，以察二人之意"。

有学者认为，"金麒麟事件"是另一处"金玉良缘"，宝玉从清虚观张道士那里得到的金麒麟和史湘云的金麒麟是一对，预示史湘云最后嫁给了贾宝玉。脂批明确指出，金玉姻缘已定，又写一金麒麟，其实是间色法也。它是从画家的笔法中转化来的，在作品中画上一种杂色，正是为了强调正色。写金麒麟，是为了烘托气氛，史湘云其实是嫁给了卫若兰。

湘云和丫鬟翠缕的阴阳之论，显示出她是一个非常明白道理的人。她知道这个世界的阴和阳，也明白自己什么时候是阴、什么时候是阳。史湘云的这一篇宏论，突出地表现了她的辩证思想。虽然和"爱（二）哥哥"宝玉非常亲近，她却从来没有非分之想。她知道宝玉的所爱不是自己，也知道自己不是这个世界法则之下的优先选择。

围绕着湘云和宝玉的金麒麟描写显然是作者的刻意安排。宝玉的玉、宝钗的金锁和湘云的金麒麟，是她们各自身份的标志。但湘云从来没有金玉姻缘的企图。她和丫鬟翠缕拾到了宝玉丢失的在清虚观获得的金麒麟，原本就是宝玉想送给湘云的。湘云确实起到了"间色"的作用，作为大观园的过客，宝钗和黛玉的陪客，在她的衬托之下，金玉良缘和木石前盟并立的线索更加明显。通过湘云，读者更直接地获得这个世界对于黛玉和宝钗的不同理解。从最初和黛玉共一床的亲密无间，到后来"只要与宝钗一处住",直接显示了她与宝钗和黛玉亲疏关系的变化,也间接地表现了黛玉和宝钗在贾母、王夫人、王熙凤内心地位的升降。

如果考虑到湘云和贾母之间的特殊关系,那么,湘云对黛玉和宝钗认识的变化或许暗示着贾母心态的变化。贾母对于黛玉的特殊疼爱,是黛玉在贾府立足的最重要基础。宝玉更是贾母生命中最重要的存在,这是贾府的未来。贾母当然知道宝玉和黛玉之间的两情相悦,她同时也可以预知二玉婚姻的后果。"史"在《红楼梦》中寓意历史,作为这个家族中最年长最具权威的人,一个充满历史感的人,贾母的优先考虑一定不是她非常疼爱的"两个玉儿"之间的爱情,而是这个家族的命运。这个家族的命运某种程度上就寄托在宝玉身上,寄托在宝玉的婚姻中。爱情是两个人之间的事情,婚姻则是关联着整个家族、整个世界。理性地来看,宝黛二玉的婚姻是整个家族无法承受的。因此,贾母对于宝钗的接纳完全不是因为不喜欢黛玉,或者不尊重宝玉的感情,而是忧虑比这些更重要的这个家族的未来。宝钗而不是黛玉更适合帮助宝玉走上这个家族需要他走的仕途经济之路,而对这条路,黛玉是不屑一顾的。湘云的存在,进一步凸显了宝钗和黛玉不同的生命形象。

(4)史湘云的人生结局

史湘云在黛玉、宝钗之后加入到了大观园的女儿国,后来她订了婚,史湘云是不属于贾府、也不属于大观园的。因此,她希望宝玉提醒贾母能经常接她来住,希望众姊妹经常想着她。第76回,中秋夜凹晶馆联句,是前八十回湘云的最后一次出场。湘云和黛玉的联句恰如诗魂最后的挣扎,并预言了其不可避免的悲剧命运。她们从"三五中秋夕"的团圆,到对过往诗酒聚会欢乐时光的追忆,再到"渐闻语笑寂"、"人向广寒奔",终至于"寒塘渡鹤影,冷月葬花魂",呈现出一个清晰的自盛而衰的轨迹。黛玉和湘云的联句被妙玉的突然出现所打断:"只是方才我听见这一首诗中,有几句虽好,只是过于颓败凄楚。此亦关人之气数,所以我出来止住。"但这种有意的止住不过是出于不忍之心,却无法止住即将呈现的命运。

《红楼梦》曾经用一个"憨"字来形容湘云,它的意义是实诚。她实诚地面对这个世界,面对宝玉和姐妹们,也实诚地面对自己。湘云在大观园没有固定的住所,她喜欢黛玉,就和黛玉一起住;敬重宝钗,就和宝钗一起住;当宝钗无声无息地搬走之后,她先是去了稻香村,然后又回到了潇湘馆。从灵魂上看,湘云和黛玉更为接近,于是才有"寒塘渡鹤影,冷月葬诗魂"的灵犀。憨厚的湘云在将要散场的时刻,再真切不过地感受到了世界的空寂,而黛玉在开场的时候就已经了然于心。

第5回关于湘云的册页上画几缕飞云,一湾逝水。其词曰:"富贵又何为,襁褓之间父母违。展眼吊斜晖,湘江水逝楚云飞。"

　　《红楼梦曲·乐中悲》是写给湘云的，它是湘云性格和命运的总体概括："襁褓中，父母叹双亡。纵居那绮罗丛，谁知娇养？幸生来，英豪阔大宽宏量，从未将儿女私情略萦心上。好一似，霁月光风耀玉堂。厮配得才貌仙郎，博得个地久天长，准折得幼年时坎坷形状。终久是云散高唐，水涸湘江。这是尘寰中消长数应当，何必枉悲伤！"

　　"云散高唐，水涸湘江"，湘云的名字关联着传说中的巫山神女，也暗示着其变化无常的命运。所谓"潇湘云梦"，似也暗示了湘云的感情和婚姻。第 31 回"因麒麟伏白首双星"，所谓双星，即牛郎星和织女星，寓离别之意。湘云的婚姻，曹雪芹有明文交代，王夫人说湘云："只怕如今好了。前日有人家来相看，眼见有婆婆家了。"紧接着袭人又对湘云说："大姑娘，听见前儿你大喜了。"正文中虽没有点明人家，但据己卯本和戚序本第 31 回回末总评："后数十回若兰在射圃所佩之麒麟，正此麒麟也。提纲伏于此回中，所谓草蛇灰线在千里之外。"（第 429 页）可知湘云所婚配者即卫若兰。第 14 回秦可卿葬礼时，卫若兰在王孙公子之列。湘云得此佳偶，所谓"厮配得才貌仙郎，博得个地久天长"，可到头来也不过是似牛郎织女双星一样阴阳两隔，曹雪芹原稿中对此应有细致的描写。

　　在"程本"后四十回的续书中，对于史湘云的描写十分简略，她多舛的命运，让她成为《红楼梦》悲剧中的悲剧人物。书中第 106 回、110 回、118 回都略提到史湘云，如第 110 回，史湘云在贾母灵前，"想起贾母素日疼她；又想到自己命苦，刚配了一个才貌双全的男人，性情又好，偏偏的得了冤孽症候，不过捱日子罢了。于是更加悲痛，直哭了半夜"。湘云所嫁的男人得了痨症，不久病死了。第 118 回，湘云丧偶后"立志守寡"，这是"程本"史湘云的结局。

6. 秦可卿：薄命终因鸿福浅，画梁春尽芳魂散

蝶恋花·秦可卿

李金娥

　　脂粉英才风眷恋。秉性温柔，聪颖能筹算。处事周全心向善。谁知孽债根难断。　　幻海悲情非本愿。旧衅开端，珠泪连成串。薄命终因鸿福浅。画梁春尽芳魂散。

七律·秦可卿（新韵）

王应民

　　一枕红尘梦在楼，风情月债弄闲愁。

嫩寒暗锁春花面，窘色偷侵秋水眸。

谜样人生缠细缕，棋般世事暗浮蝣。

金铙檀板归仙日，谁可陪卿幻境留。

【品评】李金娥　王应民　撰

　　秦可卿，金陵十二钗之一，她长相鲜艳妩媚，办事温柔平和，虽是营缮官秦业的养女，却一跃成为宁国府的嫡媳——贾蓉之妻。秦可卿光彩照人，深得贾府众人的喜爱。

　　第5回"游幻境指迷十二钗"，贾母、王夫人等来宁府赏梅，饭后宝玉倦怠欲睡中觉。贾母素知秦氏行事温柔和平，乃重孙媳中第一个得意之人，秦氏去安置宝玉休息自是放心。宝玉在秦可卿香艳的卧房惚惚睡去，睡梦中警幻仙子让宝玉在"薄命司"看《金陵十二钗》图册，再听《红楼梦曲十二支》以"警其痴顽"，最后将自己的妹妹可卿许配给宝玉，宝玉陷入迷津，口呼"可卿救我"，在惊恐中醒来。秦氏非常纳闷，宝玉怎么知道她的乳名。

　　第7回，秦可卿让亲弟弟秦钟结识宝玉，进贾家私塾就读。第10回，从尤氏那里得知，秦可卿身体早已欠安躲在房中静养。第11回，凤姐和宝玉来看望秦可卿，凤姐拉住她的手说道："我的奶奶！怎么几日不见，就瘦的这么着了。"

　　第13回，秦可卿给凤姐托梦："常言'月满则亏，水满则溢'；又道是'登高必跌重'。如今我们家赫赫扬扬，已将百载，一日倘或乐极悲

图3-6　秦可卿（采自《红楼梦图咏》）

生，若应了那句'树倒猢狲散'的俗语，岂不虚称了一世的诗书旧族了！"凤姐听了此话，胸中大快，十分敬畏，忙问道："这话虑的极是，但有何法可以永保无虞？"秦氏冷笑道："婶婶好痴也。否极泰来……莫若依我定见，趁今日富贵，将祖茔附近多置田庄房舍地亩……便是有了罪，凡物可入官，这祭祀产业连官也不入的。便败落下来，子孙回家读书务农……祭祀又可永继……万不可忘了那'盛筵必散'的俗语。"最后送给凤姐两句话寓意深刻的话："三春过后群芳尽，各自须寻各自门。"可叹凤姐没有听进去秦可卿的嘱托。

第 13 回 "秦可卿死封龙禁尉"，文中显示秦可卿因病而死，但也留下了许多可疑之处。她死后"合家皆知，无不纳罕，都有些疑心。那长一辈的想他素日孝顺，平一辈的想他素日和睦亲密，下一辈的想他素日慈爱，以及家中仆从老小想他素日怜贫惜贱、爱老慈幼之恩，莫不悲嚎痛哭者"。贾珍行为异常，如丧考妣，哭得泪人一般，善后秦可卿丧事，可谓倾其所有。停灵七七四十九天，看板时竟用了铁网山出产的樯木作了棺材。为了丧礼风光，贾珍又为贾蓉捐了个龙禁尉，还请了凤姐协理。但唯独看不到秦可卿的丈夫贾蓉悲伤，更奇怪的是秦氏的丫鬟瑞珠，见主人死了，触柱身亡。还有小丫鬟宝珠，因秦氏无出，愿为义女，请任捧丧驾灵之任。贾珍即时传命，从此皆称宝珠为小姐。处处可疑。第 14 回，宁府出殡浩浩荡荡，连四大王、八大公都参与其中。

秦可卿在《红楼梦》第 5 回出场，第 13 回去世，其人物形象虽然比较完整，但故事情节比较朦胧，她的身世和婚姻，尤其是她的死因，都成了不解之谜。秦可卿的图册里画着高楼大厦，有一美人悬梁自缢。其判词云："情天情海幻情身，情既相逢必主淫。漫言不肖皆荣出，造衅开端实在宁。"曲子《好事终》："画梁春尽落香尘。擅风情，秉月貌，便是败家的根本。箕裘颓堕皆从敬，家事消亡首罪宁，宿孽总因情。"图画、判词与曲子中，透露出秦可卿的乱伦和上吊自缢的信息。脂砚斋在甲戌本第 13 回回末有朱批："秦可卿淫丧天香楼，作者用史笔也。老朽因有魂托凤姐、贾家后事二件，岂是安富尊荣坐享之人能想得到，其事虽未漏，其言其意则令人悲切感服，姑赦之。因命芹溪删去。"（第 177 页）秦氏不堪侮辱自缢，既说明贾珍的荒淫无度，又说明了秦可卿的死因。

7. 贾元春：笙箫齐奏合家乐，是悲是喜自明白

踏莎行·贾元春

陈慧茹

荣府千金，宫廷女史。才贤淑德谁堪比？封妃归省沐皇恩，阖家沉醉

春风里。　　但见荣华，焉知况味。深宫似海愁心计。是非难辨廿春秋，芳魂耗尽空悲涕。

七律·贾元春（新韵）

王应民

一元复始上春台，极紫奢红照眼开。

贤配大观别墅景，德堪凤藻尚书才。

笙箫齐奏合家乐，虎兕相逢诸事乖。

亦幻亦真犹懵懂，是悲是喜自明白。

【品评】 陈慧茹　王应民　撰

贾元春是金陵十二钗之一，她出身高贵，是荣国府的千金小姐，贾代善和史太君的嫡亲孙女，贾政与王夫人的嫡长女，因生在正月初一而取名元春。贾母爱她如掌上明珠，亲自教养。元春不仅相貌不凡、聪慧娴雅，而且贤孝才德，超乎寻常。

第2回冷子兴演说荣国府时交代，政老爹的长女，名元春，因贤孝才德，选入宫作女史去了。第18回详细介绍了贾元春的贤孝才德，当日这贾妃未入宫时，自幼亦系贾母教养。后来添了宝玉，贾妃乃长姊，宝玉为弱弟，贾妃之心上念母年将迈，始得此弟，是以怜爱宝玉，与诸弟待之不同。且同随贾母，刻未暂离。那宝玉未入学堂之先，三四岁时，已得贾妃手引口传，教授了几本书、数千字在腹内了。其名分虽系姊弟，其情状有如母子。自入宫后，时时带信出来与父母说："千万好生扶养，不严不能成器，过严恐生不虞，且致父母之忧。"眷念切爱之心，刻未能忘。

根据清朝的选秀制度，贾元春入选进宫时在十三至十五岁，由此推算，她比宝玉大十来岁，一个十多岁的小姑娘能如此体贴顾念母亲，实属贤孝难得。在宝玉三四岁时，她能教授他几本书、数千字，足见其才德不浅。元春进宫后先做女史，在秦可卿死后不久，突然被皇帝晋封为凤藻宫尚书，加封贤德妃，随后被恩准回家省亲。贾府上下接到这一连串的好消息个个喜出望外、春风得意。一面规划盖省亲别墅，一面到处采买一应用品，忙活了一年，万事齐备，贾政请旨，终于迎来上元夜元妃归省。

省亲时的富丽豪奢场景令元妃几次感叹奢华过费。此时的荣宁二府风光无限，除了贾政兢兢业业为官，其余众人都沉醉在皇恩浩荡、鲜花着锦的良好感觉里。人们只看到了元春的荣华富贵，谁也体会不到她的辛酸与苦楚。想她在十三四岁时，由一个备受娇宠、金尊玉贵的公府千金，突然进入到等级森严、规矩繁多的皇宫内苑去侍奉皇上家人，该是何等的不习惯、不自在！宫门一入深似海，她远离家乡和亲人，独自一人在皇宫里严守着皇家礼仪规范，不能错说一句话，不能错行一步路，每日里战战兢兢、如履薄冰地伺候着皇帝家人，其中滋味，谁能体会？她小心翼翼在宫里做女史十来年，不知熬过了多少孤苦无依的寂寞长夜？一朝荣耀加身，皇帝对她不过是有恩无宠，岂能比得上寻常百姓家的夫妻恩爱、举案齐眉？

　　伴君如伴虎，虽然贵为皇妃、贵妃，却没有自由和自我，还要随时准备应对皇帝的雷霆雨露。除此之外，宫廷中的人际关系极为复杂，皇后与妃嫔之间明争暗斗，步步惊心。所以在归省时，元春见到家人几次落泪。至贾母正室，贾妃满眼垂泪，一手搀贾母，一手搀王夫人，只管呜咽对泣。半日，贾妃方忍悲强笑，安慰贾母、王夫人道："当日既送我到那不得见人的去处，好容易今日回家娘儿们一会，不说说笑笑，反倒哭起来。一会子我去了，又不知多早晚才来！"说到这句，不觉又哽咽起来。贾政至帘外问安，贾妃隔帘含泪谓其父曰："田舍之家，虽齑盐布帛，终能聚天伦之乐；今虽富贵已极，骨肉各方，然终无意趣！"

　　可知元春在宫中二十年的生活是何等的煎熬！她的判词中说"二十年来辨是非"，她也许一直都想不明白，当初进宫是对是错。她是家人的荣耀，家族的希望，自己却葬送了一生的自由和幸福。她从女史直接晋封贤德妃，想必是政治原因，是皇帝的一招棋，所以她并未真正得宠，"榴花开处照宫闱"也只是假繁荣、虚热闹，并未结子。续书中贾元春病死的结局及年龄都不符合曹

图 3-7　贾元春（采自《红楼梦图咏》）

公原意，元春十几岁入宫，二十年的宫廷生活，所以应该死于三十多岁。这样一个才贤淑德的女子，在深宫里谦恭谨慎地生活了二十年，最终却成了政治斗争的牺牲品。可悲！可叹！

8. 贾迎春：温柔懦弱弈棋专，奴婢闲欺自可怜

七律·贾迎春

陈慧茹

公府千金时运偏，温柔懦弱弈棋专。

慈萱早丧谁疼爱，奴婢闲欺自可怜。

枉有严亲贪色利，何曾尊长护婵娟。

折银嫁得无情兽，一载煎熬入九泉。

七律·贾迎春（新韵）

王应民

明山静水紫菱洲，垂蓼摇荷缀锦楼。

骨秀肌丰人讷讷，棋残花落梦悠悠。

孤灯双泪三更枕，半世千金独木舟。

子系豺狼尤可恨，汝为蒲柳怎抬头？

【品评】陈慧茹　王应民　撰

　　贾迎春是一等将军贾赦庶出的女儿，贾母的亲孙女，贾琏同父异母的妹妹，金陵十二钗之一。虽然她出身高贵，祖母又极爱孙女，但她在孙女里排行第二，上有才貌超群的贾元春，下有精明能干的贾探春，因此她的存在感很低。她自幼丧母，父亲和嫡母对她极少关心，亲哥嫂对她置若罔闻，由此她养成了沉默寡言、温柔懦弱、逆来顺受的悲剧性格。她善于下棋，她的大丫头取名"司棋"。林黛玉进贾府一回，迎春首次出场，书中描述她"肌肤微丰，合中身材，腮凝新荔，鼻腻鹅脂，温柔沉默，观之可亲"。迎春为人敦厚，缺乏才情。元妃省亲时她奉命作了一首七言绝句，平淡无奇。第22回，娘娘差人送出一个灯谜，命大家猜，结果只有她和贾环猜错了。在探春起诗社时，迎春因不善作诗只负责限韵。迎春自幼与姊妹们一起跟随祖母生活，后来住进大观园里的紫菱洲。她木讷老实、善良懦弱，宝钗评价她是"有气的死人"，兴儿说她是"二木头"，戳一针也不知嗳哟一声。

第73回，迎春的乳母因聚赌获罪，黛玉、宝钗、探春等都向贾母讨情，迎春只觉没意思。事后她的丫头绣桔发现攒珠累丝金凤被她乳母偷去，要去回明二奶奶。迎春却说宁可没有了也不要生事。绣桔道："姑娘怎么这样软弱。都要省起事来，将来连姑娘还骗了去呢，我竟去的是。"说着便走。迎春只好由她。可见迎春是何等的懦弱老实！她奶娘获罪，她无动于衷；奶娘偷她东西，她不声不响；丫头为她打抱不平而违逆她，她也任其所为。真真的一个"活死人"！绣桔正要去，迎春奶娘的儿媳妇进来忙赔笑拦住绣桔，她承认累丝金凤是她婆婆"借"去当了，可以赎回来，但要迎春去给她婆婆求情。迎春不敢去，拒绝了她，绣桔告诉她赎金凤和说情是两件事，别绞在一起，让她先把金凤取来。这个媳妇没达到目的便开始胡搅蛮缠，妄说邢夫人让岫烟省出一两月钱之后，开销不够，她们填补了很多银子。这显然是颠倒是非、无中生有，气得绣桔要和她算账。

迎春见这媳妇说邢夫人之意，忙止道："罢，罢，罢。你不能拿了金凤来，不必牵三扯四乱嚷。我也不要那凤了。便是太太们问时，我只说丢了，也妨碍不着什么的。"绣桔又急又气哭了，司棋过来帮着问那媳妇，迎春劝止不住自拿一本《太上感应篇》来看。堂堂主子小姐，居然控制不了身边的奴才们，真是懦弱至极！可悲可怜！迎春的过分软弱不但纵容了刁奴、恶奴，既伤害了她自己，更伤害了对她忠心耿耿的丫头，使忠实的奴仆渐渐寒心。

抄检大观园时，迎春的大丫头司棋因和表弟潘又安秘密往来，被抄出"罪证"，要被撵出大观园。迎春虽然含泪不舍，却也无可如何。司棋求

图 3-8　贾迎春（采自《红楼梦图咏》）

她，指望她能死保赦下，但迎春语言迟慢，胆小怕事，不敢为司棋求情。结果既害了司棋，又寒了众丫头的心。

迎春的父亲贾赦贪财好色，从不把亲生女儿放在心上。他欠了孙家五千两银子，就把她许配给了孙绍祖，实际上是拿她抵债。贾赦欲择孙绍祖为东床娇婿，曾回明贾母。贾母心中不十分称意，却因是贾赦主张而不愿多事。贾政深恶孙家，劝过两次，无奈贾赦不听，只得作罢。因此迎春就嫁给了"中山狼"孙绍祖，从此开始了一段水深火热的孽缘。过分懦弱和善良的贾迎春无底线地忍让和妥协更助长了孙绍祖的骄横跋扈。迎春曾跑回娘家哭诉自己在孙家所受的欺凌和侮辱，此时荣国府还未败落，声势依旧，但是，偌大的贾府居然没有一个人到孙家兴师问罪，没有一个人为迎春撑腰助力、遮风挡雨。

堂堂荣国府人口众多，迎春虽然没有亲娘，尚有祖母、父母、哥嫂、叔父等亲人，却无一人真正地关爱她、怜惜她、保护她！可怜的公府千金，受尽了无情兽的百般折磨和蹂躏，苦苦煎熬了一年就魂飞梦断、香消玉殒，好不凄惨！

9. 贾探春：不让须眉歆胆识，治家除弊条纲立

蝶恋花·探春
陈瑞林

脂粉英才蕉下客。吟社初开，雅会东山迹。不让须眉歆胆识，治家除弊条纲立。　　刺手玫瑰惊艳色。身世萦怀，每恨终难息。梦逐纸鸢风借力，盛妆拜别同悲泣。

七律·贾探春（新韵）
王应民

春占瑰才花有兴，秋结蕉怨叶无光。
谨心难改出旁庶，舛运堪随入远疆。
笔墨书情浓与淡，诗词咏志抑和扬。
一帆风雨一轮月，忍把他乡作故乡。

定风波·探春
李金娥

天眷三春别有情，志高优爽自精明。结社缀文凭胆识，无匹，理家除

弊立章程。　　孰料荣华悬定数。谁护？一朝远嫁动心旌。孤棹拖云愁几许，回顾，故山入梦泪飘零。

【品评】陈瑞林　王应民　李金娥　撰

　　探春是贾政和赵姨娘所生，女儿中排行老三，人称"三姑娘"，她外貌可人，削肩细腰，长挑身材，鸭蛋脸面，俊眼修眉，顾盼神飞，气宇轩昂。饱读名书古籍，文采斐然，颇有自信。"探春素喜阔朗，这三间屋子不曾隔断。当地放着一张梨花大理石大案，案上磊着各种名人法帖，并数十方宝砚，各色笔筒笔海内插的笔如树林一般。"体现了探春心胸宽阔，酷爱书法的雅趣与众姐妹不同。这哪里是小姐的绣阁，倒像是公子的书房。

　　秋爽斋内种了梧桐和芭蕉，而探春尤喜芭蕉，因此自称"蕉下客"。芭蕉直立高大，体态粗犷潇洒，而蕉叶碧翠如涓，"舒卷有余情"，正与探春兼有须眉之粗豪，又有裙钗之精细相匹配。此外，探春也不像寻常女儿喜欢脂粉绸缎，却有着孩童的心性，对一些天然材料的手工艺品趣味横生，如柳枝儿编的小篮子、真竹子根挖的香盒、胶泥垛的风炉，均爱不释手。探春如此喜雅，故而率先有启诗社之意，并与宝玉赋上花笺，宝玉拍手称快！古来闺中诗篇无法外传让世人知晓，而探春寄望于诗社能让众姐妹的诗作大放光彩，留取雪泥鸿爪。探春虽为女儿身，但有须眉胸襟。她曾自我表白："我但凡是个

图 3-9　贾探春（采自《红楼梦图咏》）

男人，可以出的去，我必早走了，立一番事业，那时自有我一番道理。"这是贾府多少男儿都没有的远大志向！

第56回，曹公浓墨重彩、淋漓尽致地展现了她治家的管理才干，通过细致入微的查看，在大观园里大刀阔斧推行改革，兴利除弊，得到了李纨、宝钗、凤姐、平儿的大力支持及下人的拥护，宝玉也赞不绝口。以此可见，她是真正的心比男儿烈的脂粉英雄！探春心性高贵，有担当。第74回，她鄙视那几个管家奴才，狐假虎威仗势欺人，她身为主子对婢女给予保护，并另有高论："自己家里好好的抄家……可知这样大族人家，若从外头杀来，一时是杀不死的，这是古人曾说的'百足之虫，死而不僵'，必须先从家里自杀自灭起来，才能一败涂地！"当王善保家的趁势作脸，拉扯探春的衣襟，着实挨了探春一巴掌，大怒道："你是什么东西，敢来拉扯我的衣裳！""你打谅我是同你们姑娘那样好性儿，由着你们欺负他，就错了主意！"这一巴掌打得好！人心大快！这也是曹公借探春之手对封建腐朽恶势力的抨击。

探春极看重尊严，要胜过一切，对自己庶出的身世有一种隐隐的悲愤。她不愿认生母赵姨娘，第27回她在宝玉面前表白："我只管认得老爷、太太两个人，别人我一概不管。"探春从小是由贾母和王夫人教养的，封建社会嫡庶制度的观念在她脑海里深深打下了烙印。赵姨娘阴微鄙贱、粗俗愚昧，又爱争强好胜、搬弄是非，只想着在嫡庶之间争地位。以探春那样高贵的心性，对生母和胞弟极为不满，从不愿袒护他们，心里只有怨恨。

第55回，探春的亲舅舅过世，赵姨娘非要多索取二十两银子。探春执意不允。赵姨娘尖酸刻薄道："只拣高枝儿飞去了！"探春哭道："何苦来，谁不知道我是姨娘养的……故意的表白表白。也不知谁给谁没脸？"这一番话宣泄了长期压在她心头的郁闷和悲愤。

第46回，鸳鸯抗婚在贾母面前怒剪青丝，贾母气急发威，王夫人虽有委屈，也不敢还一言。此刻探春听了，便赔笑着向贾母道："这事与太太什么相干？老太太想一想，也有大伯子要收屋里的人，小婶子如何知道？"巧妙委婉地化解了尴尬的局面，为王夫人挽回了面子。这就突显了探春在众姐妹面前的精明之处。

曹公对探春的人物刻画从情感上是偏爱的，凭她的志勇双全、坦率大气、心性高贵和远大的志向，居于三春之冠，并且有跨时代的革故鼎新的超前意识。正如判词所云："才自精明志自高，生于末世运偏消。清明涕送江边望，千里东风一梦遥。"探春最后的结局是远嫁海疆，大观园里结诗社、赏花、放风筝的一幕幕已成美好回忆。

10. 贾惜春：尤惜栊翠三春后，黄卷青灯夜夜凉

七律·贾惜春（新韵）

王应民

彩墨丹青暖坞香，穿云度月到何方。

无情雨打风轩外，多舛人栖水榭旁。

梅子落时难入画，蓼花开罢懒梳妆。

尤惜栊翠三春后，黄卷青灯夜夜凉。

七律·贾惜春

崔波

蓼风轩里落余晖，一寸清光一寸怀。

妙笔成全心上景，残棋渐失手中威。

芳华未老春先去，大厦将倾梦不归。

觉悟佛门还夙愿，青灯龛焰自相依。

鹧鸪天·贾惜春

田幸云

茵溷花分因果藏，少时命舛失高堂。侯门绣阁千金女，古寺青灯一炷
香。　　人寂寞，夜苍凉，缁衣终日忆红妆。恩情怨恨凭谁诉，藕榭莲台
守佛光。

【品评】王应民　撰

　　贾惜春，金陵十二钗之一，是宁国府贾珍的胞妹，在贾府四春中年纪最小。由于
惜春从小缺乏父疼母爱，养成了孤僻冷漠的性格。尤其是后来，目睹家族的没落和三
位姐姐的不幸，最终产生了弃世的念头，以致带发修行，缁衣乞食。

　　惜春在大观园时住暖香坞，暖香坞北面是稻香村，南是蘅芜苑。书中介绍：过了
藕香榭，穿入一条夹道，东西两边皆有过街门，门楼上里外皆嵌着石头匾，西门向外
的匾上凿着"穿云"两字，向里的凿着"度月"两字。从里边游廊过去，便是惜春卧
房，门斗上有"暖香坞"三个字。即使在飘雪的冬季，暖香坞也是非常温暖的。第50
回"暖香坞雅制春灯谜"的故事就发生在这里。

　　惜春年龄较小，善于绘画，曾受贾母之命作《大观园行乐图》。清代王雪香《石头

记论赞》曾有评语："人不奇则不清,不僻则不净,以知清净法门,皆奇僻性人也。惜春雅负此情,与妙玉交最厚,出尘之想,端自隗始矣。"她的孤僻也是与妙玉志趣相投的重要原因。以致贾府败落后,惜春到栊翠庵出家,终其余生。

　　她的冷漠表现在"心冷嘴冷"。第74回"惑奸谗抄检大观园　矢孤介杜绝宁国府",她的丫头入画因私传东西受责,王熙凤都已经原谅了,她却下决心执意撵走,对入画求饶无动于衷。尤其是惜春与尤氏拌嘴一段描写,反映出惜春的出语犀利,把她的冷体现得淋漓尽致。如"你们管教不严,反骂丫头。这些姊妹,独我的丫头没脸,我如何去见人……嫂子来的恰好,快带了他去,或打,或杀,或卖,我一概不管",又如"你这话问着我倒好。我一个姑娘家,只好躲是非的,我反去寻是非,成个什么人了!……何况你我二人之间。我只能保住自己就够了,不管你们。从此以后,你们有事别累我",等等。所以尤氏归结道:"可知你是个心冷口冷心狠意狠的人。"

　　书中第5回惜春判词描写的画面是:后面便是一所古庙,里面有一美人在内看经独坐。其判云:"勘破三春景不长,缁衣顿改昔年妆。可怜绣户侯门女,独卧青灯古佛旁。"首句一语双关,看到春光短促,暗示着三个姐姐都好景不长,使惜春深深感到人生的渺茫。遂用缁衣换掉了彩裙,出家为尼,一个深闺小姐,独坐青灯下,与古佛陪伴终生。

　　惜春的曲子是《虚花悟》:"将那三春看破,桃红柳绿待如何?把这韶华打灭,觅那清淡天和。说什么,天上夭桃盛,云中杏蕊多。到头来,谁把秋捱过?则看那,

图3-10　贾惜春(采自《红楼梦图咏》)

白杨村里人呜咽，青枫林下鬼吟哦。更兼着，连天衰草遮坟墓。这的是，昨贫今富人劳碌，春荣秋谢花折磨。似这般，生关死劫谁能躲？闻说道，西方宝树唤婆娑，上结着长生果。"虚花悟，意思就是悟到荣华富贵如镜中花一般，都是虚幻的，都是一时的。从三位姐姐的不幸结局中，惜春感受到贾府的衰败没落，桃红柳绿般的春梦，到头来都要破灭。现实无可留恋，她要去寻觅那超脱尘世的清淡天和的境界。桃杏盛景就如人之青春韶华，等不到秋天就会败落净尽，最后归宿皆是白杨青枫、衰草连片的坟场。在惜春看来，这些劫数，是谁也躲避不了的。于是，她幻想着西方宝树，决意遁入空门。

《红楼梦》中描写惜春的情节和内容不多，因她"身量未足，形容尚小"，始终是一个陪衬的角色。在贾府的荣辱沉浮中，这种孤冷凄凉的内心始终伴随着她。惜春为我们带来了诸多思考，包括梦幻与现实之间的差别。我们多读读《红楼梦》，才能进一步了解曹雪芹为金陵十二钗的群芳谱中有意加进的这个独具特色的角色——暖香坞中的冷美人。曹雪芹把冷暖对比利用在惜春身上，不但是她个人的身世变化，同时也映照出整个的世态炎凉。

11. 李纨：教子继簪缨，博得贤名，孰料黄泉近

醉花阴·李纨

李金娥

风拂竹篱来送信。能解空房闷。枯井荡涟漪，结社垂情，终有春怜悯。　苦酸渍腹心头忍。守节传家训。教子继簪缨，博得贤名，孰料黄泉近。

七律·李纨（新韵）

王应民

竹篱茅舍寂寥身，独守山庄不染尘。
子教经年犹向意，诗结一社自宁心。
晨星冷牖惜花落，秋雨寒衾叹夜深。
莫道齐芳何处是，园中红杏已成荫。

【品评】李金娥　王应民　撰

李纨，字宫裁，取"以纺绩井臼为要"之意，她是荣国府长孙贾珠之妻，金陵

十二钗之一。夫贾珠夭亡，幸存一子贾兰。《红楼梦》中李纨出场的次数比较多，但对她的集中描写比较少，大都是些只言片语。这也恰恰从另一角度应和了她不爱出头露面的性格。李纨和王熙凤虽是妯娌，但二人的禀性、气质、志趣却截然不同。在团花簇锦的大观园里，李纨自处于无争无求的"稻香老农"地位，她因贤德被人称为"大菩萨"。让我们一起穿越时光隧道去荣国府看看这位金陵名宦之女吧。

李纨青春丧偶，家处膏粱锦绣之中，竟如槁木死灰一般，唯知侍亲养子，外则陪侍小姑针黹、诵读而已。第 7 回，周瑞家的奉命去送宫花，见李纨在炕上歪着睡觉，而在凤姐院中却飞出了贾琏的笑声。相比之下，李纨日夜的孤独是极为难熬的。第 18 回，元妃邀姊妹们为匾额题诗，李纨也有不俗的表现，她作的诗虽不及黛玉和宝钗，但也不乏捷才。

图 3-11 李纨（采自《红楼梦图咏》）

第 26 回，贾兰拿着一张小弓追了下来，宝玉道："好好的射他（小鹿）作什么？"贾兰笑道："这会子不念书……所以演习演习骑射。"可见李纨不仅督促儿子为科举考试做准备，还让他习武。

第 37 回，李纨自从住进大观园，如枯树逢春，唤起对热闹繁华的向往。李纨自荐海棠诗社社长，她慧眼识珠，评诗论稿，她说海棠诗"若论含蓄浑厚，终让蘅稿"，菊花诗又推黛玉为魁，公平公正。此刻她的心花犹如那稻香村喷火蒸霞的杏花。

第 39 回，在螃蟹宴上，平儿道："别只摸的我怪痒的。"李纨道："嗳哟！这硬的是什么？"平儿道："钥匙。"此时的李纨热泪盈眶，她手里摸的应是她作为长孙媳该拥有的。

第43回，贾母筹资给熙凤过生日，心疼她寡妇失业的，就替她出了份子钱。李纨看得明白，自丈夫贾珠死后联系贾府的纽带明显脆弱，应在经济上节俭以防变故。

李纨并非"心入枯井"，时而涌动着波涛。第45回，她居然伶牙俐嘴，让凤姐甘拜下风、出银子资助了诗社，彰显了她性格中闪光的一面。

第49回，李纨的寡婶和堂妹李纹、李绮来京，贾母素喜李纨贤惠，且年轻守节，便让她寡婶在稻香村住下来，李婶娘被贾母极为优待，正是李纨为李家争取了颜面。

第50回"芦雪广争联即景诗　暖香坞雅制春灯谜"，贾母来了，李纨忙命人拿一个大狼皮褥铺在当中请贾母坐了，接着又捧过手炉来，贾母想吃糟鹌鹑，又忙洗手亲自来撕，两个忙字，可见其孝心。

第55回探春理家，按照常理李纨寡居，不符合豪门管家规矩，但她是探春理家的好助手，从来安分顺时。第63回宝玉过生日，寿怡红开夜宴，李纨与众姐妹在一起，显得格外活泼，大家玩起了抽花名签，李纨掣出一根来一看，只见那签上，画着一枝老梅，是写着"霜晓寒姿"四字，那一面旧诗是"竹篱茅舍自甘心"，这正是她的真实写照。第70回，李纨将随身的手帕丢了，大清早就让碧月来怡红院询问，反映了李纨骨子里的贞洁观念。

"程本"续书，贾兰考中举人，金榜题名，爵禄高登，走上了仕宦之道。这盆绽放的兰花，完全是李纨用心血培育的结果。关于李纨的命运和结局，应该没有续书写的那样完美。

李纨的判词云："桃李春风结子完，到头谁似一盆兰。如冰水好空相妒，枉与他人作笑谈。"曲子《晚韶华》写道："镜里恩情，更那堪梦里功名！……只这带珠冠，披凤袄，也抵不了无常性命。……威赫赫爵禄高登，昏惨惨黄泉路近。问古来将相可还存？也只是虚名儿与后人钦敬。"从判词和曲子不难看出，贾兰应该在爵禄高登不久就死了，在儿子贾兰死后，纵然"带珠冠，披凤袄"，"也抵不了无常性命"，李纨的结局应该是个悲剧。

12. 妙玉：尘缘未断知何去，袅袅香烟直到今

七律·妙玉（新韵）

王应民

山水钟灵槛外人，珍珠为骨玉为魂。

烹茶煮就梅花雪，净面掬来竹叶云。

静室空门清境地，闲屏冷帐素罗裙。

尘缘未断知何去，袅袅香烟直到今。

踏莎行·妙玉
李金娥

风送禅音，缘通佛境。青灯相伴空床冷。咸宜栊翠诵经文，凡心欲渡修真性。　　块垒难消，情根未净。浮云过眼皆无定。谁知洁影落污泥，尘襟泪湿听天命。

【品评】王应民　李金娥　撰

妙玉在金陵十二钗正册里排第六，她原是仕宦人家的小姐，"因生了这位姑娘自小多病，买了许多替生儿，皆不中用；到底这位姑娘亲自入了空门，方才好了"。贾府建造大观园时，特地修了一座栊翠庵，把妙玉"邀请"入驻，仍带发修行。妙玉"为人孤高，不合时宜"，"文墨也极通"，"模样又极好"，是大观园中的佼佼者。她为人处事能从容自若，不卑不亢。宝玉丢失通灵宝玉，妙玉扶乩；贾母病危，妙玉自来探病；黛玉湘云联诗，妙玉及时提醒并补成三十五韵。妙玉和宝玉关系很好，属于灵魂知己。妙玉用自己常日吃茶的绿玉斗来斟茶与宝玉，妙玉记得宝玉生日并给他送来生辰贺帖，众人也都知道要宝玉去栊翠庵踏雪乞红梅。

《红楼梦》第63回，通过宝玉与岫烟的大段对话，述出了妙玉的身世和性格：岫烟迎面走来。宝玉忙问："姐姐那里去？"岫烟笑道："我找妙玉说话。"宝玉听了诧异，说道："他为人孤癖，不合时宜，万人不入他目。原来他推重姐姐，竟知姐姐不是我们一流的俗人。"宝玉说着，便将拜帖取与岫烟看，并笑道："姐姐不知道，他原不在这些人中算，他原是世人意外之人。因取我是个些微有知识的，方给我这帖子。我因不知回什么字样才好，竟没了主意……可巧遇见了姐姐。"岫烟道："怪道俗语说的'闻名不如见面'，又怪不得妙玉竟下这帖子给你，又怪不得上年竟给你那些梅花。既连他这样，少不得我告诉你原故。他常说：'古人中自汉晋五代唐宋以来皆无好诗，只有两句好，说道："纵有千年铁门槛，终须一个土馒头。"'所以他自称'槛外之人'。又常赞文是庄子的好，故又或称为'畸人'。他若帖子上是自称'畸人'的，你就还他个'世人'。畸人者，他自称是畸零之人；你谦自己乃世中扰扰之人，他便喜了。如今他自称'槛外之人'，是自谓蹈于铁槛之外了；故你如今只下'槛内人'，便合了他的心了。"难怪有人给妙玉总结了三条：无情还似有情，出世却也入世，槛外亦是槛内。

妙玉的册页画着一块美玉，落在泥垢之中。其断语云："欲洁何曾洁，云空未必空。可怜金玉质，终陷淖泥中。"意思是说妙玉本欲清白又何曾能清白，本欲脱俗又何曾能脱俗。可惜如金似玉的女子，最终还是陷落在泥淖之中。总的来说可用"人在空门，心在红尘"八个字来概括。再看妙玉的曲子词《世难容》："气质美如兰，才华阜比仙。天生成孤癖人皆罕。你道是啖肉食腥膻，视绮罗俗厌。却不知太高人愈妒，过洁世同嫌。可叹这，青灯古殿人将老；辜负了，红粉朱楼春色阑。到头来，依旧是风尘肮脏违心愿。好一似，无瑕白玉遭泥陷；又何须，王孙公子叹无缘！"曲子名用了"世难容"，直接道出妙玉不被社会所容。妙玉气质非凡、才华出众，却有洁癖，以至孤傲的性格难与众人相融。同龄人在她周围过着花团锦簇的生活，她却凄楚地守着黄卷青灯，对一个青春女孩来说太残酷了。

"程本"续书第112回写道：

等到四更，见里头只有一盏海灯，妙玉一人在蒲团上打坐。……自己坐着，觉得一股香气透入囟门，便手足麻木，不能动弹，口里也说不出话来，心中更自着急。只见一个人拿着明晃晃的刀进来……那知那个人刀插在背后，腾出手来将妙玉轻轻的抱起，轻薄了一会子……可怜一个极洁极净的女儿，被这强盗的闷香熏住，由着他掇弄了去了。却说这贼背了妙玉来到园后墙边，搭了软梯，爬上墙跳出去了。外边早有伙计弄了车辆在园外等着，那

图3-12　妙玉（采自《红楼梦图咏》）

人将妙玉放倒在车上……赶出城去，那伙贼加鞭赶到二十里坡和众强徒打了照面，各自分头奔南海而去。

关于妙玉的结局有很多争议，是《红楼梦》人物研究的一个难解之谜。

13. 巧姐：风吹柳絮任飘摇，落魄余生何处抛

七律·巧姐（新韵）

王应民

风吹柳絮任飘摇，落魄余生何处抛。

梧上凤声甘作曲，云中鹊影枉为桥。

十年荣府千金女，一座荒村百草萧。

纵使织帛三百尺，怎揩清泪满寒宵。

鹧鸪天·巧姐

田幸云

　　势败家亡似塌天，千金散尽化为烟。红楼惊梦遭风雨，弱女无辜陷穿渊。　　奸舅拐，虎兄鞭，感恩刘姥解熬煎。当年扶困成因果，村野安身结善缘。

【品评】 王应民　撰

　　巧姐是荣国府里王熙凤与贾琏的独生女，《红楼梦》中金陵十二钗之一。在同辈中数她年龄最小，且娇贵的身子孱弱多病，她染过痘疹，撞过花神，还有过惊风。刘姥姥二进大观园，凤姐就是因巧姐身体多病，想要刘姥姥给她起个名字，说道："你贫苦人起个名字，只怕压的住她。"刘姥姥听她生日是七月初七，就笑道："这个正好，就叫她是巧哥儿，这叫作'以毒攻毒，以火攻火'的法子，日后或一时有不遂心的事，必然是遇难成祥，逢凶化吉，都从这'巧'字上来。"

　　《红楼梦》前八十回对巧姐描写不多，刘姥姥游大观园时提道："那大姐儿因抱着一个大柚子玩的，忽见板儿抱着一个佛手，便也要佛手。丫鬟哄他取去，大姐儿等不得，便哭了。众人忙把柚子与了板儿，将板儿的佛手哄过来与他才罢。那板儿因顽了半日佛手，此刻又两手抓着些果子吃，又忽见这柚子又香又圆，更觉好顽，且当球踢着玩去，也就不要佛手了。"

　　第5回，巧姐的册页画道：后面又是一座荒村野店，有一美人在那里纺绩。其判

曰："势败休云贵，家亡莫论亲。偶因济刘氏，巧得遇恩人。"判词指出，权势衰败就别说富贵，家庭破落就别论亲疏。凤姐偶然接济过刘姥姥，却让这远亲成了巧姐的恩人。这巧姐的结局，不也正是作者对人情冷暖、世态炎凉的慨叹吗？

　　从判词前的画面暗示来看，巧姐后来应是嫁给了一个庄稼人。从锦衣玉食的公府千金，沦为纺织绩布的农妇，受到了命运极大的捉弄。有人据图画、判词推测，认为家庭破落后巧姐被卖到妓院为娼，后由刘姥姥救出，同刘姥姥的外孙板儿结为夫妇，才是符合曹公原构思意图的。有人据书中第41回巧姐和板儿交换柚子和佛手这个细节，解读是她与板儿的姻缘。

　　而在"程本"续书第118回里写贾芸受贾环的唆使，伙同其舅王仁等把巧姐卖给一个外藩的郡王作妾，后有刘姥姥偷着把巧姐接到乡下，并由她作媒把巧姐嫁给一个大乡绅之子了，这个乡绅的儿子还考中了秀才。

　　关于巧姐的命运和结局争论颇多，但不论家庭之贫富，巧姐的结局还是一农妇罢了，这一点是无可非议的。第5回，关于巧姐的曲子《留余庆》写道："留余庆，留余庆，忽遇恩人；幸娘亲，幸娘亲，积得阴功。劝人生，济困扶穷，休似俺那爱银钱忘骨肉的狠舅奸兄！正是乘除加减，上有苍穹。"

　　古人云："积善之家，必有余庆。"即谓前人积德，后人沾惠。曲子的意思是有上辈留下恩德，才遇见恩人救了我。劝人们多做好事，不要像那狠舅奸兄。一切善恶都有苍天记载，善恶必有报。王熙凤一生坏事多多，唯独对刘姥姥有的一点恩惠，回

图 3-13　贾巧姐（采自《红楼梦图咏》）

报在巧儿身上了。

"程本"续书也没太违背曹雪芹预设的"伏线",巧姐命运之谜,还在于究竟谁是"狠舅奸兄"。王仁是王熙凤的哥哥,巧姐的舅舅,是个忘却仁义的小人,所以"狠舅"应是王仁(谐音忘仁)无疑。但"奸兄"是谁呢?奸,在这里是形容词,表示虚伪、狡诈、自私。兄,在贾府应该是草字辈儿的。贾环既非"舅"亦非"兄","程本"续书,把贾芸当作"奸兄",引起一些争议。因为据靖藏本第 24 回脂批,贾芸在贾府败落后曾"仗义探庵"[1],是个有情有义之人,贾芸并非曹雪芹原稿中说的"奸兄"。巧姐年纪小,在书中处于陪衬地位,作者有些笔墨照顾不到的地方在所难免。不管是曹雪芹原意也好,还是"程本"的结局也罢,巧姐最后离开了金陵的富贵荣华,落到了荒野乡村,还算是金陵十二钗中结局不错的了。

---

① 〔清〕曹雪芹著,〔清〕脂砚斋评:《红楼梦(脂汇本)》,长沙:岳麓书社,2011 年,第 277 页。

贾府的老爷、少爷、亲戚等爷们儿

14. 贾敬：纵是成仙何足用，风吹灯灭梦成空

定风波·贾敬
李金娥

进士延科耀祖宗。才情绝代却昏庸。世事不谙堪袖手。终究，荣华一掷炼丹红。　　纵使成仙何足用。谬冗，箕裘颓堕运难通。惯看儿孙常放纵。谁痛，风吹灯灭梦成空。

七律·贾敬
陈慧茹

皇朝进士国公孙，绝代才情耀祖门。

放眼前程铺锦绣，置身道法度晨昏。

荣华一掷飘然去，子女无拘恣意论。

纵是成仙何足用？家邦难托愧隆恩。

【品评】 李金娥　撰

《红楼梦》中，曹公赋予贾敬的笔墨着实有限，但"无一笔闲文"，这是《红楼梦》的一个显著特色。第2回"冷子兴演说荣国府"讲道："当日宁国公与荣国公是一母同胞弟兄两个。宁公居长，生了四个儿子。宁公死后，贾代化袭了官，也养了两个儿子：长名贾敷，至八九岁上便死了，只剩了次子贾敬袭了官，如今一味好道，只爱烧丹炼汞，余者一概不在心上……把官倒让他（儿子贾珍）袭了。"贾府以军功起家，功高爵显。在宁、荣二府，无论是贾赦、贾政等的官职、封号或者承袭等，都是受益于祖宗的荫庇，唯独贾敬是乙卯科的进士，实在难能可贵。

第11回，话说是日贾敬的寿辰，贾珍先将好吃的、稀奇果品，让贾蓉带人给送去，贾敬又让把《阴骘文》急急地印一万张散人。这好像不是为了散人劝善，实际是赎他的罪。贾敬吃穿用度一概来自贾府，而他并不想为这个家族做任何贡献，自己的寿辰让别人去热闹，自己的本分让子孙去操劳，贾敬这个寿星仍在道观里继续修仙。贾敬心中怀着强烈的欲念，就是福寿绵长。

第13回，贾敬闻得长孙媳妇秦可卿死了，自信早晚要飞升，哪肯回家染红尘将前功尽弃呢。贾敬的逃避，其实也是贾家衰落的一个原因所在。贾敬本人对亲情的漠视，以及自私自利的态度也传染到了宁国府的人，贾珍为秦可卿操办丧事，见父亲不管，亦发恣意奢华。古训曰"养不教，父之过"，贾敬在无形之中纵容了家人不谋正道。

第53回"宁国府除夕祭宗祠　荣国府元宵开夜宴"，到了腊月二十九日，各色齐备，两府中焕然一新。众人围随着贾母至正堂上，香烛辉煌。每贾敬捧菜至，再经多人传至供桌前，贾母方捧放在桌上。至十五日之夕，贾母明知贾敬素不茹酒，也不去请他，祖祀已完贾敬仍出城去修养。看来贾敬和贾母之间的关系并不亲密。

第63回"寿怡红群芳开夜宴　死金丹独艳理亲丧"，宝玉的生日之后，忽见东府中有人慌慌张张跑来说："老爷宾天了。"大家都说老爷天天修炼，定是功行圆满，升仙去了。大夫们见人已死，肚中坚硬似铁，面皮嘴唇烧得紫绛皱裂，系道教中吞金服砂，烧胀而殁。因为贾珍父子和贾琏等男人皆不在家，尤氏听后未免慌了，忙让人装裹好了，用软轿抬至铁槛寺来停放，命天文生择了日期入殓。三日后便开丧破孝，一面做道场等贾珍。

第64回，话说贾蓉见家中诸事已妥，回明贾珍。于是连夜分派各项执事人役，预备一切应用幡杠等物。丧仪焜耀，宾客如云，自铁槛寺至宁府，夹路看的何止数万人。众人将灵柩停放在正堂之内，供奠举哀已毕。至次日饭时前后，忽听里面哭声震天，原是贾赦、贾琏父子挽了贾母走至灵前，又有贾珍、贾蓉跪着扑入贾母怀中痛哭。贾母又转至灵右，见了尤氏婆媳，不免又相持大痛一场。这贾敬一直和宁荣两府的关系非常疏远，在他死后贾母却为他哭得伤心生了病。说明贾母对贾敬的出家心里非常惋惜，她深感这个人的不易，贾府最有能力的人就这样莫名其妙地死了。试

图3-14　贾敬（采自《增评补像全图金玉缘》）

想贾敬出家修炼之前，贾母定是极力劝阻的。

　　贾珍和贾蓉父子俩表面上在为贾敬去世伤心，暗地里却在不断把目光瞟向尤氏姐妹。若是贾敬得知子孙如此不孝，会作何感想？细察在丧事中，没有看到惜春守灵尽孝的影子。但曹公有意把宝玉过生日和贾敬去世联系在一起，估计是对贾府前途命运传承的一种哀叹。

　　"箕裘颓堕皆从敬，家事消亡首罪宁。"贾敬有世袭的爵位，有可以光耀门楣的功名，谁知却选择了一条修道的不归路。贾敬把自己的责任推卸得一干二净，一心想成为神仙，放弃了对儿孙的教育，致使贾珍和贾蓉父子都成了败家之徒，宁府走向衰败，贾敬难辞其咎。

15. 贾政：宁荣势败凄凉日，如梦方醒涕泪潸

鹧鸪天·贾政
陈慧茹

　　祖父遗风或可传，读书崇礼品行端。训儿严厉高堂阻，为政清忠下属瞒。　　修身易，治家难，族人不肖受牵连。宁荣势败凄凉日，如梦方醒涕泪潸。

七律·贾政
邓世广

子不肖兮嗟奈何，国公府第寄愁多。

端方非假空存梦，谣谶成真好了歌。

大厦将倾孤木老，皇恩渐冷谤言苛。

儒绅徒有书生气，未敢樽前剑自摩。

【品评】 陈慧茹　撰

　　贾政，字存周，是荣国公贾代善与史太君的次子。他为人端方正直，谦恭厚道。但是，他因不通俗务，不善家事，被下属蒙蔽，被家人牵累。

　　第2回，冷子兴说贾政自幼酷喜读书，祖父最疼。第3回，林如海说贾政为人谦恭厚道，大有祖父遗风，非膏粱轻薄仕宦之流。第4回介绍贾政素性潇洒，不以俗务为要，每公暇之时，不过看书着棋而已。第78回，曹公称贾政起初天性也是个诗酒放诞之人。

　　贾政虽有真性情，但是在子女面前总要装作一本正经的样子。他望子成龙心切，因此教子极其严厉。大观园试才题对额时，他虽对宝玉的题咏十分满意，还要不断地指责、训斥。贾母向张道士说他逼宝玉念书，生生地把个孩子逼出病来了，话虽夸张，可知贾政教子之严。

　　第 33 回"不肖种种大承笞挞"，正面描写了贾政的教子之严。宝玉因"在外流荡优伶，表赠私物，在家荒疏学业，淫辱母婢"之罪遭到贾政痛打。愤怒至极的贾政恨铁不成钢，下死手打得宝玉皮开肉绽。贾政虽然教子严厉，但经常受到贾母的阻拦。贾政对母亲恭恭敬敬，唯命是从。闻得宝玉挨打，贾母赶来，贾政躬身赔笑，贾母却当众将他狠狠地数落一通，还要与王夫人、宝玉母子回南京去，贾政更是苦苦叩求认罪。

　　第 36 回，贾母怕贾政再叫宝玉，命人将贾政的亲随小厮头儿唤来，私下吩咐一番，说宝玉过了八月才能出二门。又将此话传与宝玉，让他放心。可见贾政教子的严厉在母亲面前很无力。

　　贾政对母亲极尽孝道。平日里，有什么好吃的、好玩的，他总是先奉给母亲。逢年过节，他也在膝下承欢。元宵节贾政朝罢，见贾母高兴，也来承欢取乐。为哄老太太高兴，贾政猜贾母的谜语故意先说错几次再说出对的。贾政做谜让贾母猜时，却悄悄地让宝玉说与贾母，待贾母猜出，贾政笑道："到底是老太太，一猜就是。"然后献上许多新巧之物，贾母甚喜。贾政对姐妹们所做灯谜深感不祥，因在母亲面前，不敢形于色。

图 3-15　贾政（采自《增评补像全图金玉缘》）

第75回，贾府中秋夜宴，席间击鼓传花取乐。贾政见贾母喜悦，只得承欢，为博母亲一笑，他讲了一个怕老婆的冷笑话。贾政为官清廉勤谨，对朝廷一片忠心。北静王称赞贾政任学政期间"秉公办事，凡属生童，俱心服之至"，因此回京后得到吴巡抚保举，皇上擢升他为工部郎中。后来工部将贾政保列一等，皇上念贾政勤俭谨慎，即放了江西粮道。他在江西粮道任上，一心想做清官，却阻力重重，由于不谙世情，被家仆李十儿等人欺瞒蒙骗，没多久就因"失察属员重征粮米苛虐百姓"被参。

贾政严于律己，勤于修身，谨于治家。他处处按儒家教条规范自己，但是，他治家却没有修身容易。他希望兄弟子侄都能读书上进，勤谨处事，光宗耀祖。但是，没有人能按他的要求行事。纵观宁荣两府的男人，只有贾政最有危机意识。

续书第92回，冯紫英等人论起贾雨村的仕途沉浮，贾政想到江南甄家的兴衰，感叹做官的艰险，贾赦却不以为然。冯紫英道："尊府是不怕的，一则里头有贵妃照应，二则故旧好亲戚多；三则你家自老太太起至于少爷们，没有一个刁钻刻薄的。"贾政道："虽无刁钻刻薄，却没有德行才情。白白的衣租食税，那里当得起。"可见贾政的忧患意识与众不同，眼见宁荣两府"主仆上下，安富尊荣者尽多，运筹谋画者无一"，他深为家族的前途与命运担忧。

贾政虽是荣府的当家人，府内大小事务皆交于贾琏夫妇管理。王熙凤贪婪狠毒、胆大妄为，最终为贾府积累了太多的罪恶。贾赦贪婪无耻、骄奢淫逸，贾珍穷奢极欲、荒淫无度，最终成了宁荣两府的掘墓人。而一向端方正直、谦恭厚道的贾政受到族人的牵连被朝廷问罪抄家，才如梦方醒，此时却也无可奈何，只能潸然泪下。

16. 贾赦：酒眼迷花留秽迹，误嫁千金情意寡

定风波·贾赦

李金娥

爵位加身赖祖恩。胸无大志却称尊。酒眼迷花留秽迹。贪色，朽翁乱性丧人伦。   误嫁千金情意寡。欺诈，仗权夺扇有冤魂。孰料繁荣凭造化。世霸，福根已断鬼敲门。

七律·贾赦

陈慧茹

荣国公孙爵位高，袭官一等自陶陶。

胸无壮志荒书剑，事有私心恋色醪。

嫁女抵银情已灭，仗权夺扇罪难逃。

为儿为父时乖谬，基业倾颓笑尔曹。

【品评】 李金娥　撰

　　贾赦，字恩侯，荣国公之孙，贾代善和贾母的长子，贾琏的父亲，袭荣国公世职，一等将军。第2回"冷子兴演说荣国府"讲道："古人有云：'百足之虫，死而不僵。'……如今……主仆上下，安富尊荣者尽多，运筹谋画者无一。""如今的子孙，竟一代不如一代了。"话说贾代善早已去世，太夫人尚在，长子贾赦袭着官。贾赦的"袭官"倒不是因为他品格端正、学识渊博，而是由于封建宗法制度，长子继承。

　　第3回，见贾雨村在问，林如海笑道："若论舍亲……乃荣公之孙：大内兄现袭一等将军，名赦，字恩侯；二内兄贾政，字存周，现任工部员外郎，其为人谦恭厚道，大有祖父遗风。"这林如海介绍贾赦只是一笔带过，对贾政却做了高度评价。

　　第16回，为迎接贾元春才选凤藻宫，宁荣二府的人忙前忙后，可贾赦却和小老婆们打情骂俏，只知享乐腐化。第25回，宝玉和凤姐被赵姨娘、马道婆暗害，命在旦夕。此时贾赦去寻僧觅道百般忙乱，就是这么个亲情淡薄的人，也有温暖的一面。

　　第46回，贾赦命邢夫人向贾母讨鸳鸯做妾，邢

图 3-16　贾赦与贾琏（采自《增评补像全图金玉缘》）

夫人去找凤姐商量，凤姐忙道："竟别碰这个钉子去。……老太太常说，老爷如今上了年纪，作什么左一个小老婆右一个小老婆放在屋里，没的耽误了人家。放着身子不保养，官儿也不好生作去……如今兄弟、侄儿、儿子、孙子一大群，还这么闹起来，怎样见人呢？"邢夫人去找鸳鸯，鸳鸯竟拒绝了这个做主子奶奶的好机会，邢夫人和贾赦恼怒不已。鸳鸯跪在贾母面前哭诉，说因自己拒绝做妾，这一辈子也跳不出贾赦的手心，并发誓说这辈子"横竖不嫁人就完了！就是老太太逼着我，我一刀抹死了，也不能从命！"贾母听后气得浑身乱战。鸳鸯抗婚，看似贾赦荒淫好色，实际是看重鸳鸯掌管贾母的财物大权。

第 48 回，贾赦仗势欺人，他看上了石呆子的古扇，便令贾琏去讨要，偏那石呆子不给。谁知贾雨村贪赃枉法把这扇子抄来送给了贾赦。为几把扇子害人，由此暴露出他一副恃强凌弱的丑恶嘴脸。第 69 回，贾琏因办事有功，贾赦随即奖给他一百两银子，又把自己房中丫鬟秋桐赏给了贾琏做妾。

因为贾母偏心，直接决定了贾赦、贾政两房在荣府中的地位，这明争暗斗也一直没有停止过。就处事而言，贾政深受儒家传统思想熏陶，对子女悉心培养，对母亲严守孝道，然而贾赦却是个见识短浅、器量狭小之徒。第 74 回，抄检大观园从表面上是王夫人对园内的一次大清洗，贾赦一面未露，一语未发，而是邢夫人出面，但从中不难看出有贾赦的影子。抄检大观园闹得鸡犬不宁，这正是贾赦一派希望看到的景象。

第 75 回，中秋节家宴，贾赦趁机说了个笑话：一家子一个儿子最孝顺，偏生母亲病了，便请了一个针灸的婆子来，只说是心火，用针灸之法就好了。这儿子慌了，便问："心见铁即死，如何针得？"婆子道："不妨事，你不知天下父母心偏的多呢。"这是贾赦在敲打贾母偏心。贾赦又赞扬贾环作的诗好，"甚有骨气"，又说"咱们这样人家"，何必雪窗荧火，才能蟾宫折桂，"将来这世袭的前程定跑不了你袭呢"。贾赦已经把矛盾公开化，而他竟然不知家业日微的现状，相反蔑视读书的重要性。

第 79 回，贾赦对子女也极不负责，为了抵债，竟然把女儿迎春嫁给孙绍祖，导致迎春"金闺花柳质，一载赴黄粱"的悲剧发生。

贾赦作为荣国公嫡孙，生活靡烂，因内乱引来外患，使整个家族滑向消亡的深渊。第 105 回锦衣军查抄贾府，贾赦因"交通外官，依势凌弱，辜负朕恩，有忝祖德"，革去世职，并发往台站效力赎罪。

17. 贾琏：惧内偏窥美景，窃香暗得柔情

西江月·贾琏
李金娥

忝列同知增福，深谙庶务贪荣。心存善意继簪缨。终究难移本性。　　惧内偏窥美色，窃香暗得柔情。锦帷虽暖梦难宁。世路濒临绝境。

七律·贾琏
邓世广

多情未减沈郎腰，过眼荣华一梦消。
砚北文章失赊望，河东絜矩宁轻饶。
锦帷固易遮家丑，金屋终难贮媚娇。
公子风流良有致，红旗不倒彩旗飘。

【品评】 李金娥　撰

　　贾琏为荣国府贾赦之子，王熙凤之夫，平日在贾政处管理荣府家务。贾琏是《红楼梦》中曹公塑造的一个比较出彩的人物，一个无用的浪荡公子，好色之徒。第2回，冷子兴演说荣国府时曾说，贾赦之子贾琏二十来岁，身上现捐的是个同知，也是不肯读书，"于世路上好机变，言谈去的"。娶的是模样标致、长袖善舞的王熙凤，使贾琏倒退了一射之地。

　　第7回，周瑞家的来送宫花，忽听房中飞出笑声，贾琏两口子柔情蜜意其乐融融。第12回，一日贾母让贾琏送林黛玉回去看望他身染重疾的父亲林如海，仍叫带回来，这足以说明贾母对贾琏能力和社会经验的肯定。第16回，贾琏在家时，恰巧旺儿家的来给熙凤送利钱，被平儿赶紧支走了。原来凤姐用大家的月例钱放高利贷，都是瞒着贾琏的。

　　第17回，建造中的大观园工程俱告竣，贾琏听说贾政唤他急忙赶来，忙向靴桶取靴掖内装的一个纸折略节来回道："妆蟒绣堆、刻丝弹墨……秋天都全了。"可以看出贾琏对此项基础性工作，做得扎实可靠的一面。贾蓉、贾蔷要下姑苏聘请教习、置办行头等事，贾琏说："这个事里头大有藏掖的，别贪图肥缺。"在言语间在提醒他俩要尽心办事。因贾政不惯俗事，荣国府的日常事务都由贾琏和凤姐出面料理，他给人的印象就是在家操劳，在外奔忙。第21回，女儿巧姐出天花，贾琏趁机和下人多姑娘鬼混，为感谢平儿为他打掩护瞒着凤姐道："你不用怕他，等我性子上来，把这醋罐打个

稀烂！"王熙凤的强势成了夫妻关系矛盾的导火索。第23回，为一个管理职务贾琏向凤姐笑道："西廊下五嫂子的儿子芸儿来求了我……你又夺了去。"因为争执不过凤姐他只能让步。

第44回，凤姐过生日，贾琏和鲍二家的偷情，被中途回家的凤姐撞见，引发凤姐泼醋，掀起了贾府一场轩然大波，后来鲍二家的蒙羞上了吊。在贾母的压制下，贾琏不得不向凤姐和平儿赔礼道歉。

贾琏与其父贾赦虽然都好色，但贾琏有良知也有底线，固不能一视同仁。这天贾赦指着石呆子那些古扇说贾琏无能，质问："人家怎么弄了来？"贾琏道："贾雨村为这点事，弄得人坑家败业，也不算什么能为。"为此贾琏被父亲毒打一顿。

贾琏本来就夫为妻纲适时打软，总被凤姐捏在手心里，觉得还是外面的风景好。第64回"浪荡子情遗九龙佩"，贾琏素日既闻尤氏姐妹之名，不禁动了垂涎之意，乘机与尤二姐百般撩拨，眉目传情，将现今身上有服、严父妒妻种种不妥皆置之度外了。

第65回"贾二舍偷娶尤二姨"，贾珍、贾蓉把事办妥后，让贾琏、二姐拜过天地，揆入洞房。是夜夫妇颠鸾倒凤，贾琏又将自己积年所有的梯己，一并让二姐收着，将凤姐素日为人行事尽情告诉了他，只等凤姐一死，便接他进去。二姐自知已经失了脚，偏贾琏又说："谁人无错，知过必改就好。"竟把王熙凤一笔勾销。

第69回，贾赦因贾琏办事有功，把自己的丫鬟秋桐赏给贾琏做妾，凤姐利用秋桐的嫉妒之心，折磨尤二姐，致使二姐吞生金而逝。贾琏心怀愧疚痛哭流涕："我忽略了，终久对出来，我替你报仇。"并收藏了二姐的旧裙子作为纪念，自此贾琏与凤姐已是同床异梦。

第72回，此时贾府已经入不敷出，贾琏求鸳鸯将贾母查不到的银器从里头偷一箱子出来，典当些银

图 3-17　贾琏和尤二姐（翟海潮绘）

子贴补亏空。还有一次贾琏和凤姐说梯己话，忽听人传报，太监夏守忠打发人过来借银子，贾琏一听皱眉道："又是什么话，一年他们也搬够了。"堂堂国公府竟然被几个太监明目张胆地多次打劫。贾府是靠军功起家，可如今金玉其外，败絮其中，俗语说："千里搭长棚，没有不散的筵席。"任凭贾琏夫妇再有能力也无法力挽狂澜，繁荣将化云烟。

续书后四十回对贾琏着墨不多。贾府被抄后，第106回贾琏虽蒙释放，家中历年积蓄一扫而光。第114回凤姐病死，他又去关外探望被罪的父亲贾赦。第119回，贾琏回来后见平儿与刘姥姥救了巧姐，欲扶平儿为正室。贾琏在后四十回续书中，完全是个跑龙套的角色。

18. 贾珍：荒礼法，乱人伦，骄奢淫逸负天恩

鹧鸪天·贾珍
陈慧茹

世袭功名富贵身，稳居族长顾宗亲。治家随意凭谁管，教子无方妄自尊。　　荒礼法，乱人伦。骄奢淫逸负天恩。一朝获罪方惊醒，恶孽从来恶报真。

七绝·贾珍
杨路平

祖上箕裘竟未珍，传家诗礼岂无循？
可怜大厦倾颓去，一个挖基毁业人。

【品评】陈慧茹　撰

贾珍是宁国公贾演的曾孙，贾敬之子，贾蓉之父，世袭三品爵威烈将军。他是贾氏家族的族长，对族人宗亲多有照顾。他的生活穷奢极欲，荒淫无耻，不顾纲常礼法，最终势败被朝廷问罪发配海疆。

贾珍天生富贵，他是贾代化唯一的孙子，他所承继的荣华富贵和显赫官爵由他的出身决定，不需通过任何竞争。他身为族长，办事能力不错，对宗亲和族人的照顾比较周全。修建大观园时，因贾政不惯俗务，贾赦只在家高卧，贾珍就成了主要负责人。大观园竣工，贾珍请贾政去看园子，并作为向导一路带着他们逛。

贾母带领荣府众多女眷到清虚观打醮，贾珍负责保驾护航。何等热闹复杂的场面，

贾珍一边指挥下人，一边陪着贾母，还要应承着前来送礼的世交亲友，还要确保姑娘小姐和奶奶们不能被外面的男子看到，他圆满完成任务。

　　老庄头乌进孝来交年租，贾珍见面先嘘寒问暖，又问人家儿子，亲切地与老庄头拉家常。尽管不太满意交租数量，仍命人好生招待。既不失体统又极尽笼络，分寸拿捏得当。贾珍吩咐将年租各物留出供祖的来，各样取些，命贾蓉送过荣府里。留下自己家中所用的，余者派出等例，分给族中无进益的子侄们。贾芹在家庙管事，也来领年物，被贾珍喝止并训斥一顿！此时的贾珍充分展示了族长的威严和公正，对宗族亲友照顾周全。

　　贾敬一心想作神仙，家事一概不管。贾珍作为宁府的当家人，"那里肯读书，只一味高乐不了，把宁国府竟翻了过来，也没有人敢来管他"。第7回，焦大醉骂揭示了宁国府的混乱不堪与贾珍的荒淫无耻。贾珍不但治家随意，不思进取，而且教子无方，荒唐淫逸。清虚观打醮时，贾蓉因在钟楼里乘会儿凉，贾珍就喝命家人唾他。小厮们都知贾珍素日的性子，便上来向贾蓉脸上唾一口。贾珍又道："问着他！"那小厮便问贾蓉道："爷还不怕热，哥儿怎么先乘凉去了？"贾蓉垂着手，一声不敢说。贾珍只顾摆老子威风，却让贾蓉当众受辱，自尊心受到极大伤害。从这次教子看，贾珍像一个封建正统的家长，其实他的很多行为表现出他是一个不顾纲常礼法、放荡乱伦的败家子。

　　贾珍虽有一妻二妾，还和儿媳秦可卿私通。秦氏死后，贾珍如丧考妣，拄杖才能行走。他不顾亡者的身份地位，

图 3-18　贾珍（采自《增评补像全图金玉缘》）

一味地追求奢华排场。为了死者体面，他花一千二百两银子为儿子捐一个五品龙禁尉的官职。十足的败家子行为！为了儿媳，他何曾考虑纲常礼法？

贾珍与妻妹尤二姐、尤三姐玩弄暧昧。贾敬宾天，贾珍父子往回急赶，路上遇到尤氏派去接替他们照顾贾母的人。贾蓉听见两个姨娘来了，便和贾珍一笑。贾珍忙说几声"妥当"，连夜飞驰。这父子俩的一笑，包含了多少龌龊呢？贾琏因贾敬停灵在家，每日与二姐、三姐相熟，动了垂涎之意。况知与贾珍贾蓉素有聚麀之消，遂乘机撩拨传情。作者用"聚麀之消"来写贾珍和贾蓉，足见这父子俩不顾纲常礼法的禽兽行为。

贾珍父子在热孝中帮贾琏偷娶尤二姐，并伺机与二姐、三姐调情玩乐，结果让凤姐大闹宁国府，尤二姐吞金自尽。这一切皆是贾珍的错！贾珍居丧期间，日间以习射为由，请世家弟兄及富贵亲友来较射，立罚约赌利物；晚间饮乐，渐渐公然斗叶掷骰，放头开局，夜夜聚赌，把赫赫宁国府搞成了地下赌场。

"箕裘颓堕皆从敬，家事消亡首罪宁。"贾珍的不肖与放纵，他父亲贾敬有着不可推卸的责任。但是作为成年人的贾珍，不懂修身齐家，却只安富尊荣，声色犬马，无视纲常礼法，最终被抄家问罪，也是咎由自取、罪有应得。

19. 贾蓉：豪门公子自翩翩，势败家亡亦可怜

鹧鸪天·贾蓉
陈慧茹

宝带轻裘美少年，豪门公子自翩翩。无须折得一枝桂，但有捐来五品官。　　聊作乐，且贪欢。荒唐淫逸惹悲端。祖宗基业难承继，势败家亡亦可怜。

五律·贾蓉
崔波

末世豪门嗣，生来变态心。
无才通庶务，不耻觅荒淫。
祖德蒙羞面，儿孙恋绣衾。
狂风掀笏板，牢狱泣悲音。

【品评】陈慧茹　撰

贾蓉，宁国府贾珍之子，贾敬之嫡长孙。尤氏是他的继母，秦可卿是他的结发妻

子。第 6 回书中描写他是一个十七八岁的少年，面目清秀，身材俊俏，轻裘宝带，美服华冠，风度翩翩。在秦可卿葬礼上，贾珍为了死者的风光排场，花一千二百两银子为贾蓉捐了一个五品龙禁尉的官职。

贾蓉自幼丧母，父亲贾珍荒淫无耻，对他的管教简单粗暴，继母尤氏善良柔弱，慑于贾珍的淫威，不便多管。贾蓉在这样的环境中养成了一些荒唐淫逸的习性。清虚观打醮时，贾蓉因在钟楼里乘会儿凉，贾珍就喝命家人啐他。小厮们都知贾珍素日的性子，便上来向贾蓉脸上啐一口。贾珍又道："问着他！"那小厮便问贾蓉道："爷还不怕热，哥儿怎么先乘凉去了？"贾蓉垂着手，一声不敢说。贾珍这样侮辱性的教子方式让贾蓉在人前毫无尊严，对他的人格造成极大伤害，最终导致他形成了发泄、报复、游戏人生等扭曲的性格特征。

王熙凤毒设相思局，意欲教训贾瑞一番。贾蓉、贾蔷甘当她的左膀右臂，凤姐设下毒计，佯约贾瑞半夜到她房后空屋幽会。贾蓉扮作凤姐，与贾蔷一起，残酷地把贾瑞戏弄一番，每人敲索五十两银子，又把一桶屎粪浇了贾瑞一头一身，导致贾瑞生病，最终死去。由此看出，贾蓉是个玩闹的孩子，他戏弄贾瑞出于恶作剧心理，因为缺爱才有如此残忍的手段。

在赖大家的宴会上，薛蟠意欲调戏柳湘莲，被柳湘莲骗到郊外毒打一顿。贾珍担忧薛蟠安危，便命贾蓉前去寻觅，结果在郊外的泥坑里找到了薛蟠。只见薛蟠衣衫零碎，面目肿破，没头没脸，遍身内外，滚得似个泥猪一般。薛蟠羞得恨没地

图 3-19　贾蓉（采自《红楼梦图咏》）

缝儿钻不进去，贾蓉命人雇了一乘小轿，还要抬着薛蟠往赖家去赴席，薛蟠百般央告他不要告诉人，贾蓉方依允。看到如此狼狈的薛蟠，贾蓉不顾人家的尊严与体面，还要抬着去赴宴丢丑，这种荒唐做法透露着纨绔轻浮，也是他父亲粗暴教育的后果。

贾蓉的妻子秦可卿是一个风流袅娜的女子，贾府上下人等对她评价都不错，公婆对她疼爱有加，文中却没有贾蓉与秦氏的亲热恩爱描写。第7回，焦大醉骂揭开了秦可卿与贾珍不正当关系的事实，贾珍在秦氏丧礼上的过激表现，更加证实了这种关系。贾蓉作为贾珍的儿子，不知该是何等的屈辱、尴尬与愤恨？却又无可奈何！

为贾敬治丧期间，尤氏把尤老娘和二姐、三姐接来宁府帮着看家。贾蓉乘机和尤二姐、三姐调情，情景十分不堪。众丫头看不过，说："热孝在身上，老娘才睡了觉，他两个虽小，到底是姨娘家，你太眼里没有奶奶了。回来告诉爷，你吃不了兜着走。"贾蓉便撇下姨娘，抱着丫头们乱亲嘴，丫头们恨得劝他，担心吵嚷出去让荣府的人笑话。贾蓉却毫无顾忌，还讲出了一番"脏唐烂汉"的歪理。

贾蓉随后办了一件更加荒唐的事。他见贾琏对尤二姐有意，不顾家孝国孝在身，积极为贾琏设计偷娶尤二姐做二房。原来他"素日因同他姨娘有情，只因贾珍在内，不能畅意。如今若是贾琏娶了，少不得在外居住，趁贾琏不在时，好去鬼混"。这样荒唐卑劣的打算竟得到了贾珍的大力支持，尤氏劝阻全当耳旁风。不久，事情败露，凤姐大闹宁国府，贾蓉和尤氏被凤姐骂得狗血喷头，贾蓉不住地磕头赔罪，最后还赔上五百两银子。两面三刀的王熙凤表面上原谅了他们，背后却借刀杀人害死了二姐。这一切罪恶皆源于贾蓉的荒唐淫逸。

贾蓉本应有美好的前途，却因自幼缺乏父母的关爱和正确的教养，不学无术，浪费了大好年华。可悲的是在父亲错误的教育和影响下，他一步步堕落成了一个不思进取、荒唐淫逸的浪荡公子。最后因父亲获罪被抄家，他受牵连无家可归，也着实可怜。

20. 贾环：蔷薇硝内真情浅，蜡烛台前恶意留

鹧鸪天·贾环

李金娥

庶出偏逢雷雨稠，心装骚墨性难修。蔷薇硝内真情浅，蜡烛台前恶意留。　　家不暖，爱常丢，彩云易散是何由。红楼摇曳声凄唳，厄运频来总有头。

【品评】李金娥　撰

　　贾环，荣国府贾政第三子，庶出，系贾宝玉同父异母兄弟，贾探春同父同母之弟。贾宝玉乃王夫人所生，贾环为赵姨娘所生，同是贾政的儿子，却有云泥之别。

　　第18回，元妃省亲赐给宝玉、宝钗、黛玉诸多姊妹和贾兰的礼物非凡，唯独贾环得到的礼物一般。可见贾妃也不喜欢这庶出的弟弟，而探春却受到了贾妃、贾母等众人肯定，可见本是同根生，自强才会赢。第20回，贾环和莺儿几个赶围棋作耍，输了就要耍赖，莺儿委屈道："和宝二爷顽，他输了也没赖我们。"贾环道："我拿什么比宝玉呢。你们怕他，都和他好，都欺负我不是太太养的。"被众人捧着的宝玉怎能理解落寞的贾环呢。

　　第25回，贾环长期受到蔑视，于是他变得偏激善妒。这日王夫人命他抄《金刚咒》，可巧见宝玉纠缠彩霞，便故意把那一盏油汪汪的蜡灯向宝玉脸上推去。如果王夫人、凤姐对贾环母子多关心包容一些，也不至于"魇魔法姊弟逢五鬼"了。第33回，贾环见他父亲盛怒，忙上前贴膝跪下道："方才原不曾跑，只因那井里淹死一个丫头，听母亲说是宝玉哥哥拉着太太的丫头金钏强奸不遂，打了一顿。"贾环诬陷宝玉，使宝玉惨遭父亲的毒打。

　　第37回，探春成立海棠诗社，在被邀请的众人中，根本没贾环。这对姐弟在书中连最基本的对话都罕见，暗示了两人的关系并不好。贾环形象猥琐，第60回，就连伶人芳官都敢给他一包假的蔷薇

图3-20　贾环和赵国基（采自《增评补像全图金玉缘》）

硝，惹得赵姨娘破口大骂，贾环气得摔手道："这会子又调唆我和毛丫头们去闹……你敢去，我就服你。"导致赵姨娘和芳官和众伶官的打闹。这就是让人"哀其不幸，怒其不争"的三少爷。第72回，赵姨娘与彩云契合，贾环却不在意："不过是个丫头，他去了，将来自然还有。"贾政也道："我已经看中了两个丫头，一个与宝玉，一个给环儿。"这舐犊之情跃然纸上。

第75回，八月十五日赏月，贾母便吩咐："将这粥送给凤哥儿吃去。"又指着一碗笋和一盘风腌果子狸："给颦儿宝玉两个吃。"由此可窥见在贾母那里，没有贾环这个孙儿一席之地。众人跟随贾母逶迤于凸碧山庄赏月玩击鼓传花，可巧花落在贾环手中，也立作一绝。贾政并不说好，贾赦要诗瞧了一遍，连声赞好，吩咐人去取了自己的许多玩物来赏赐与他，又拍着贾环的头笑道："将来这世袭的前程定跑不了你袭呢。"庚辰本第75回脂批："贾环亦荣府公子正脉。虽少年顽劣，见今故小儿之常情耳，读书岂无长进之理。"（第991页）第78回，贾政命三个子孙为巾帼英雄"林四娘"作诗，当贾环写完一首五律后，众人道："更佳！""三爷才大不多两岁，俱在未冠之时，如此用了工夫，再过几年，怕不是大阮小阮了。"虽带些奉承，然贾环也算尚学。

"程本"续书第84回，贾环去看望生病的巧姐，不知牛黄是啥样，便伸手拿锦子瞧时，岂知措手不及锦子倒了，吓得赶紧跑了。第94回，宝玉的通灵玉丢了，探春说"使促狭的只有环儿"。当贾环被平儿问时，他瞪着眼说道："我是犯过案的贼么！""丢了东西就来问我！"贾环没有从探春的身上感觉到亲情的温暖，唯有猜忌和惧怕。第112回，赵姨娘在铁槛寺中邪发疯后，大家都要起身。贾环急忙道："我也在这里吗？"王夫人啐道："你姨妈的死活都不知，你还要走吗！"这也是亲情缺失的悲剧。

第118、119回，贾环唆使贾芸，伙同王仁等把巧姐卖给一个外藩的郡王作妾，幸亏有刘姥姥相助。巧姐命运之谜，在于究竟谁是"狠舅奸兄"，"狠舅"是王仁（谐音忘仁）无疑。而贾环既非"舅"亦非"兄"，续书关于巧儿的结局并不符合曹公的原意。

21. 贾兰：但凭功业酬萱室，谁似芝兰独自芳

鹧鸪天·贾兰

陈慧茹

生在豪门富贵乡，幼年失怙感炎凉。相依寡母攻书紧，思慕先人习武忙。　　朝寂寂，夜长长。苦心不负少年郎。但凭功业酬萱室，谁似芝兰独自芳。

【品评】陈慧茹　撰

　　贾兰是贾珠和李纨的儿子，贾政和王夫人的嫡长子长孙。他这个身世在贾府里是异常尊贵的，可是，因为贾珠去世太早，这个可怜的孩子在偌大的国公府里没有享受到应有的关爱与照顾，小小年纪就切身体会到了世态炎凉。

　　慈祥博爱的老祖宗对自己的孙子孙女、外孙女、侄孙女没有疼不到的，没有照顾不周的。她怜惜李纨孤儿寡母，特意给了母子俩较好的经济待遇。贾兰是重孙子，贾母也许考虑到不能越过其祖母而过分关爱贾兰，所以只是偶尔给予一点儿关心。第 75 回，贾母吩咐："这一碗笋和这一盘风腌果子狸给颦儿宝玉两个吃去，那一碗肉给兰小子吃去。"而贾兰的亲祖母王夫人，好像对这个嫡亲孙子视同陌路，整部书里都找不到她关心疼爱贾兰的只言片语。唯一的一次关注是在第 78 回，王夫人嫌兰小子一个新进来的奶子十分的妖乔，很不喜欢就给撵了出去，并说："兰小子也大了，用不着奶子了。"

　　贾府上下人等皆是看主子的风向标行事，他们的主要视线都集中在了衔玉而诞的贾宝玉身上，所以贾兰不在他们的关心范围之内。元宵节那般隆重热闹的场合，大家都不曾注意贾兰的缺席。只有贾政因不见贾兰，便问："怎么不见兰哥？"李纨说老爷没叫他，他不肯来。众人都说贾兰是天生的牛心古怪，可谁又能理解这个从小就被边缘化的孩子自尊敏感的心理呢？贾政忙遣贾环与两个婆娘将贾兰唤来。贾母命他在身旁坐了，抓果品与他吃。

　　贾兰自幼看惯了阖府上下的人情冷暖，二叔宝玉集万千宠爱于一身，每日里花

图 3-21　贾兰（采自《红楼梦图咏》）

团锦簇、众星捧月，而自己与三叔贾环却好像是可有可无。他的生活寂寞冷清，只有母亲一个人真正疼他，可他没有自暴自弃，而是趁此安静环境学文习武，异常刻苦。宝玉要秦钟相伴才肯去家塾读书，贾兰小小年纪就已经去家塾读书了。闹学堂一回，金荣的朋友扔砚砖打宝玉、秦钟，谁知落在了贾兰和贾菌的桌子上。贾菌不能忍，抓起砚砖就要扔回去，贾兰忙按着砚，极口劝道："好兄弟，不与咱们相干。"贾兰知道自己到学堂里是来学习的，二叔的事情自有他的一大群小厮和奶哥们为他解决，不用自己操心。他要做的就是两耳不闻窗外事，一心只读圣贤书。

贾兰是贾府几个孩子中读书最用功、最刻苦的，在母亲的教导与陪伴下他早已明白，若想出人头地，必须靠自己发奋图强。第 26 回，宝玉无精打采地闲逛，忽见那边山坡上两只小鹿箭也似的跑来。宝玉不解其意，正自纳闷，只见贾兰在后面拿着一张小弓追了下来。一见宝玉在前面，便站住了，笑道："二叔叔在家里呢，我只当出门去了。"宝玉道："你又淘气了。好好的射他作什么？"贾兰笑道："这会子不念书，闲着作什么？所以演习演习骑射。"只知道安富尊荣的富贵公子宝玉不能理解贾兰，但是，贾兰的理想很坚定，他一定要考取功名，出人头地，刻苦读书之余，还要习武强身。

贾兰在书中出场不多，总是与贾环一起，给长辈问安、祝贺生日或是贾政让他们一起作诗等这样的场合。他像个影子，依礼而行，从无与人争执，也不参与任何是非。他心中自有一番远大的志向，经过多年的隐忍与刻苦，正所谓"苦心人天不负"，贾兰终于建功立业，爵位高登，为母亲李纨挣得了诰封。试想，如果贾府的子孙们有半数人能像贾兰这样自强自立，百年公府怎么可能就迅速衰败了呢？

按照李纨的判词和曲词推测，曹公原意是，贾兰建功立业之后，不久便意外离世，这是本书大悲剧结局的需要，最终落了片白茫茫大地真干净。但是，他依然是贾府最优秀的子孙，是豪门世家的希望，是王孙公子们的好榜样。

22. 薛蟠：富贵生来纨绔郎，无端生事累高堂

鹧鸪天·薛蟠
陈慧茹

富贵生来纨绔郎，斗鸡走马任骄狂。重情重义痴公子，无法无天呆霸王。　　凭意气，演荒唐。无端生事累高堂。可怜赫赫豪门后，家业凋零遗恨长。

一剪梅·薛蟠

刘庆珍

昔日金陵纨绔郎。个性张狂，年少张扬。挥金如土亦何堪，娇纵由娘，信马由缰。　　进得京城称霸王。挨打蒙羞，闯祸仓皇。胸无点墨亦荒唐，道是知恩，也恁情长。

七律·薛蟠

邓世广

破落门庭余荫长，寄人篱下亦嚣张。

呼朋争逐青蝇臭，霸女轻抛红袖香。

无识诗文曾出丑，逞凶市井便称王。

但教穿越天朝后，达贵官亲遮日光。

【品评】陈慧茹　刘庆珍　撰

　　薛蟠，表字文龙，是薛姨妈的独子，薛宝钗的胞兄。他幼年丧父，因寡母溺爱纵容，五岁上就性情奢侈，言语傲慢。他不学无术，终日斗鸡走马，游山玩水，虽是皇商，一应经济世事全然不知，是一个典型的纨绔公子，又挥金如土，最爱弄性尚气，外号"呆霸王"。

　　薛蟠在第4回出场，他抢走英莲，令手下豪奴将冯渊打死，被冯家人告上公堂。原来薛蟠已择定了日子上京，头起身两日，偶遇英莲，意欲买了进京，不料闹出事来。既打了冯公子，夺了丫头，他便没事人一般，只管带了家眷走他的路。人命官司一事，他竟视为儿戏。

　　薛蟠携母妹进京，起初不想住在贾府，恐姨父管约拘禁，无奈薛母执意在此，只得住下。薛蟠在贾府住了不上一月光景，就与贾宅族中子侄混熟了一半，凡是那些纨绔气习者，莫不喜与他来往，今日会酒，明日观花，甚至聚赌嫖娼，无所不至，引诱得薛蟠更坏了十倍。他不学无术，闹学堂一回从侧面描写了薛蟠以上学为名行龙阳之兴，用钱财把一些学生哄得团团转，自己却三日打鱼，两日晒网。

　　第28回，薛蟠误把"唐寅"读成"庚黄"，与冯紫英、宝玉、蒋玉菡等人饮酒行令，他说的酒令粗俗不堪，丑态百出，他的"哼哼曲"更是庸俗荒唐。第47回，在赖大家的宴席上，薛蟠误认柳湘莲是风月子弟，动了勾引之意，结果被柳湘莲骗到北门外苇子坑打个半死。

　　以上这些都充分展现了薛蟠是一个性情奢侈、荒唐任性、不学无术，整日只知吃喝玩乐、恣意妄为、不务正业的贵族子弟。然而，曹公笔下的薛蟠一方面是无法无天的呆霸王，另一方面又是一个重情重义、感恩朋友、顾惜家人的痴公子。第25回，赵姨娘勾结马道婆用魔魇法暗害熙凤和宝玉，二人中邪，乱作一团，贾府上上下下、里里外外的人都来园中看视。独有薛蟠更比诸人忙得不堪，又恐薛姨妈被人挤倒，又恐宝钗被人瞧见，又恐香菱被人臊皮。

　　第34回，宝玉挨打之后，薛姨妈和宝钗误以为是他闹的，此时正值薛蟠刚从外面喝了酒回来，母女俩怪他多嘴生事。被无端冤枉的薛蟠急得乱跳乱嚷，又要去打宝玉，又赌身发誓以洗自己的清白，借着酒劲，说了一些歪话，惹的宝钗哭了一夜。酒醒后，他后悔不迭，赔笑作揖求妹妹原谅，并忏悔道："何苦来，为我一个人，娘儿两个天天操心！妈为我生气还有可恕，若只管叫妹妹为我操心，我更不是人了。如今父亲没了，我不能多孝顺妈多疼妹妹，反教娘生气妹妹烦恼，真连个畜生也不如了。"口里说着，眼里竟滚下泪来。他外出做生意，还特意给母亲和妹妹带了两大箱子东西，薛蟠虽然年少骄狂，对母亲的孝顺和对妹妹的疼爱确是真挚的。

图3-22　薛蟠（采自《增评补像全图金玉缘》）

　　薛蟠过生日，程日兴送了他粗长粉脆的鲜藕，特大的西瓜，新鲜的大鲟鱼，暹罗国进贡的灵柏香薰的大暹猪。他连忙孝敬了母亲，还赶着给老太太、姨父、姨母送了些去，留了些又把宝玉等人请来一起享用。可见薛蟠是一个顾念亲情、重视友情的公子哥。薛蟠因挨了打羞见亲友，遂外出做生意，回来时路过平安州被一伙强盗将东西劫去。幸遇柳湘莲，把贼人赶散，夺回货物，救了薛蟠等人的性命，薛蟠感激不尽，二人结拜了生死弟兄。听闻贾琏给柳湘莲做了一门好亲事，薛蟠大喜，回京后，带病为柳湘莲准备成亲所需的一切东西。

谁知柳湘莲因怀疑尤三姐的清白而悔婚，三姐羞愤自刎，湘莲出家而去。薛蟠听到这个消息连忙带了小厮四处寻找，找寻不到，急得竟大哭一场。此时的薛蟠确是一个知恩图报、重情重义的痴公子。薛蟠自从娶了夏金桂，家中不得一日安宁。他在酒馆喝多了酒打死当曹的，惹上人命官司，害得母亲连日担惊受怕，求人使钱上下打点，最终家颓业败，悔恨不已。

23. 薛蝌：才俊秀，品端方，配得良缘共久长

鹧鸪天·薛蝌

陈慧茹

世代皇商富贵郎，少年失怙有担当。因怜胞妹逢迎远，为救堂兄奔走忙。　　才俊秀，品端方。谦恭持重避荒唐。但将大事安排定，配得良缘共久长。

七律·薛蝌

陈瑞林

自幼宠娇于万千，可叹失怙任双肩。

少年持重霜眉展，兰气微薰翠袖怜。

风浪前行犹淡定，浮华落尽也安然。

世家弟子岂狂妄？守礼知书只道贤。

【品评】陈慧茹　陈瑞林　撰

薛蝌出身于金陵四大家族之一的薛家，薛姨妈的侄子，薛宝琴的胞兄，薛蟠和薛宝钗的堂弟。他父亲是为皇室搜罗海外奇珍异宝，在天下各省皆有生意的大皇商。他根基富贵，相貌英俊，才学出众，品性良好，富有修养。薛蝌还未成年，父亲就去世了，母亲患痰症不能出门。作为家中长子长兄，薛蝌是一个有志气、有担当的人。

第49回，薛蝌带着妹妹宝琴千里赴京都，来到贾府投奔伯母薛姨妈。书中借宝玉之口写出了薛蝌的相貌风度。宝玉向袭人、麝月、晴雯等笑道："你们还不快看人去！谁知宝姐姐的亲哥哥是那个样子，他这叔伯兄弟形容举止另是一样了，倒像是宝姐姐的同胞弟兄似的。"可见他一表人才，气度不凡。为了妹妹的幸福和家族的利益，尚未成年的

薛蝌不辞劳苦远赴京城发嫁妹妹。因薛姨妈一家住在贾府，薛蝌就住了薛蟠的书房，宝琴被贾母留下同住。薛蝌虽然年少，但是他对人情往来逢迎，能够做到礼数周全细致。

第 62 回，宝琴和宝玉同一天过生日，薛蝌送了巾扇香帛四色寿礼与宝玉，两家皆治了寿酒，互相酬送，宝玉自是喜欢薛蝌的为人，因此陪他吃面吃酒。薛蝌又在家里摆下宴席请伙计们吃酒。因梅家赴了外任，薛蝌只得陪着妹妹在京中一面等待，一面料理生意。薛姨妈看中了邢岫烟，委托贾母等人做媒说与薛蝌。二人进京途中曾有一面之遇，大约心中也皆如意。按说长幼有序，薛蝌居长，本可先于妹妹完婚，但是薛蝌坚持必须先把妹妹安排出嫁之后，才能考虑自己娶亲的事。

续书第 90 回，薛姨妈感叹因薛蟠犯事不能为薛蝌、岫烟完婚，薛蝌道："琴妹妹还没有出门子，这倒是太太烦心的一件事。至于这个，可算什么呢。"可见，薛蝌认为妹妹的婚事比自己重要得多。薛家虽然富贵，但是随着他伯父、父亲相继去世，势力大不如前，薛家自知与梅家结亲属于高攀，所以把宝琴的婚事看得无比重要。

从第 72 回凤姐与贾琏拌嘴可见一斑，凤姐抢白贾琏："把太太和我的嫁妆细看看，比一比你们的，那一样是配不上你们的。"所以薛蝌尽可能地为妹妹备上一份足够丰厚的嫁妆，让她风光体面地嫁入梅家。长兄如父，他疼爱妹妹比父爱有过之而无不及。

薛蝌才智出众、品格端方，待人谦恭，办事稳重。不仅对妹妹疼爱有加，对伯母一家也是尽心尽力。续书后四十回中，薛蟠在铺子里喝酒拿酒碗打死了当曹的，

图 3-23　薛蝌（采自《红楼梦图咏》）

被官府拿去，薛蝌火速赶到县里，上下打点疏通官司，只为判个误伤，保住薛蟠性命。薛蝌虽然年轻，办起事来却沉着谨慎，只要县里来信儿，他便连夜启程，不辞辛苦，安排好薛蟠的事情，再回到京城帮着薛姨妈料理家里和铺子里的事情，另外还要处理薛蟠的狐朋狗友们前来造访相扰。薛蝌发现薛蟠在外头交往的没有一个正经人，遂吩咐门上，以后不许传这种人进来。薛姨妈见此又感动，又伤心道："我虽有儿，如今就像没有的了。就是上司准了，也是个废人。你虽是我侄儿，我看你还比你哥哥明白些，我这后辈子全靠你了。"可见薛姨妈对他是何等的信赖和赞许。

薛蟠被关在牢里，不能回家。心毒手狠、泼辣善妒的夏金桂和丫头宝蟾是一对不知羞耻、耐不住寂寞的女人，她们主仆费尽心机，百般设计勾引薛蝌。薛蝌虽然秉性忠厚，却也不乏机警智慧，巧妙地躲避了她们设计的种种圈套，避免了一些荒唐事情的发生。

薛蝌就是这样一位有能力、有担当、沉稳机智的少年公子，他只等把妹妹宝琴的终身大事完成之后，就与温厚贤淑、心性恬淡的邢岫烟结成眷属。这一对优秀的伴侣定会白头偕老，地久天长。

24. 贾芸：能尽孝，善怀恩，巧传罗帕促良姻

鹧鸪天·贾芸

陈慧茹

香草无依落魄身，形容清秀见斯文。趁机认父心期好，谋事求情世态真。　　能尽孝，善怀恩。巧传罗帕促良姻。应知贾府衰亡日，方显男儿义薄云。

五律·贾芸

崔波

西廊英俊后，潦倒欲争强。

谄媚工心计，生存放眼光。

高枝犹可倚，落叶亦堪伤。

解帕知芸意，红花分外香。

【品评】 陈慧茹　撰

贾芸是贾府的近支子孙，西廊下五嫂子的儿子。他父亲早亡，家中产业所剩无几，母子俩相依为命，艰难度日。第 24 回，宝玉准备去给贾赦请安，遇贾琏回来，二人正

互相问话。见旁边转出一个人来，"请宝叔安"。宝玉看时，见这人容长脸，长挑身材，年纪十八九岁，生得着实斯文清秀，十分面善，一时想不起是谁。待贾琏做了介绍，宝玉笑道："你倒比先越发出挑了，倒像我的儿子。"贾芸伶俐乖觉，听宝玉这样说，便笑道："只从我父亲没了，这几年也无人照管教导。如若宝叔不嫌侄儿蠢笨，认作儿子，就是我的造化了。"贾芸趁机认宝玉做父亲，一则他想在府里谋个差事，认了这个父亲，想必会容易一些；二则认了父亲，他就可以常到府里找宝玉，顺便得到更多的见识和机会。但是宝玉过后就忘了。

　　贾府为迎接元妃省亲修建大观园时，很多族人都趁机挣了些银子，现在为生计发愁的贾芸也想找个事做。他先找到贾琏，谁知出来一个差事被凤姐给了贾芹。贾芸意识到凤姐才是贾府真正的管事人。聪明的贾芸想到求凤姐不能单凭一张嘴，他便去找亲娘舅卜世仁，想在他的香料铺子里赊一些贵重香料送给凤姐。没想到卜世仁不但不帮他，还摆起长辈的姿态喋喋不休地数落他不长进。贾芸被臊得灰头土脸，赌气逃出舅舅家。正当他一筹莫展时，遇到了醉金刚倪二。颇有侠义之气的倪二得知事情的原委，慷慨相助，解了他的燃眉之急。

　　次日一早，贾芸买好冰片、麝香，打听贾琏出了门，拎着礼物站在凤姐家院门口等机会。当看见凤姐被一大群人簇拥着出来时，他忙恭恭敬敬抢上来请安。凤姐连正眼也不看，仍往前走，只问他母亲好。贾芸碰了个冷脸，并未退缩，便借母亲之名不露声色地夸起凤姐来。凤姐听得心花怒放、满面带

图 3-24　贾芸（采自《红楼梦图咏》）

笑，不由得止了步。贾芸趁机双手奉上那贵重香料，并编了一个圆满的故事，令凤姐欣然受之。转天凤姐便给了贾芸在园子里栽种花木的差事。百折不挠的芸二爷经过一番努力终于找到了工作，人生自此有了起色。

贾芸很珍惜这份来之不易的工作，他每日里和工匠们一块儿栽花种树，休息时，便安静地坐在山子石上，不敢随便游逛。贾芸不但做事认真，还极尽孝道、知恩图报。他在舅舅那里碰了一鼻子灰，回到家里，恐母亲生气，只字不提，还关切地问母亲吃过饭不曾。脂批云："孝子可敬。此人后来荣府事败，必有一番作为。"

贾芸认了宝玉做"父亲"，虽没得到帮助，但他对宝玉的孝心很真诚。宝玉遭魇魔后人事不省，贾芸夜间带着小厮们轮班看守。宝玉被救醒后，养病期间，贾芸带着家下小厮坐更守护，昼夜不离三十多天。第37回，贾芸从花匠那里买来两盆难得的白海棠孝敬宝玉，并呈上一个帖子，言辞虽不通顺，但极为真诚恭敬，满满的都是孝心。

贾芸在追求爱情方面也很智慧。宝玉将贾芸认作儿子，让他次日去书房找自己。贾芸应邀而去，连续两天都没见到宝玉，却见到了怡红院里不得志的丫头小红。小红得知贾芸是"本家的爷们"，便"下死眼把贾芸钉了两眼"，并主动帮他传话。小红生得干净俏丽，给贾芸留下了深刻印象。之后在宝玉生病时，两人又彼此相见多日，暗生情愫。小红故意丢下手帕，大张旗鼓到处寻找。贾芸捡到后，将自己的手帕通过小丫头坠儿转给了小红。两人因此互通了心意。贾芸和小红通过巧妙地传递手帕互相表达了爱慕之情，最终结成了一段美好姻缘。

贾芸知恩图报、义薄云天。"程本"后四十回所写的贾芸忘恩负义，参与贩卖巧姐等行为并不符合曹公原意。根据脂批推测[①]，他在人生低谷时受过王熙凤的帮助，后来贾府势败，宝玉、凤姐被囚在狱神庙，昔日的亲朋好友都避之不及，唯有贾芸心念旧恩，不惧惹祸上身前去探望他们，并携手小红等人设法进行搭救。

25. 贾芹：朝聚赌，夜窝娼，佛门净地自为王

鹧鸪天·贾芹

陈慧茹

宠溺骄奢未可量，求情谋事赖高堂。何曾立志功勋建，只是贪财礼法荒。　　朝聚赌，夜窝娼。佛门净地自为王。虽蒙庇护难回首，却是孤恩负义郎。

---

① 参见〔清〕曹雪芹著，〔清〕脂砚斋评：《红楼梦（脂汇本）》，长沙：岳麓书社，2011年，第277页。

五律·贾芹

崔波

远亲求子事，司庙欲称王。
聚赌昏天日，窝娼暗月光。
佛门清净地，妖鬼浊污房。
案发遭嗔斥，终将苦果尝。

【品评】陈慧茹　撰

贾芹是荣国府的近派玄孙，脂批称宁、荣二公之后八房在都，就是贾代化兄弟四个与贾代善兄弟四个分成了八房。贾芹是三房里的老四，他的曾祖也是国公之子，因非长子不能袭官，所以分得一部分房产独立门户，子孙们自然遗传了一些富贵公子的习气。贾芹自幼被娇生惯养，过分宠溺，结果养成了不思进取、骄奢贪婪、恣意妄为的习性。

荣国府因为元妃省亲，生出许多事情，近派宗亲都想趁机谋个事做，挣一些银钱。第23回，玉皇庙并达摩庵两处的十二个小沙弥并十二个小道士，要挪出大观园，贾政想着要打发到各庙去分住。贾芹之母周氏，正盘算着要谋一个事务给儿子管管，可巧听见这件事出来，便坐轿子来求凤姐。凤姐因见她素日不大拿班作势的就答应下来，凤姐教了贾芸一套说辞，这件事就办成了。

贾芹仰仗着母亲得到一

图 3-25　贾芹（采自《增评补像全图金玉缘》）

个美差，他自己没费吹灰之力，但是他的母亲不知要如何讨好奉承凤姐才能赢得凤姐如此的认可与关照。凤姐又作情央贾琏给他先支三个月的费用，贾芹拿了对牌到银库上领出白花花二三百两银子，随手拈了一块，撂与掌秤的人，叫他们吃茶。自己登时雇了大叫驴骑上，又雇了几辆车，坐上二十四个人，一径往城外铁槛寺去了。由此可见贾芹的骄奢与张狂。

第 53 回，贾芹听说宁府分发年物，他赶着来领，被族长贾珍训斥一顿。贾珍道："我这东西，原是给你那些闲着无事的无进益的小叔叔兄弟们的。……你如今在那府里管事，家庙里管和尚道士们，一月又有你的分例外，这些和尚的分例银子都从你手里过，你还来取这个，太也贪了！""你在家庙里干的事，打谅我不知道呢。你到了那里自然是爷了，没人敢违拗你。你手里又有了钱，离着我们又远，你就为王称霸起来，夜夜招聚匪类赌钱，养老婆小子。这会子花得这个形象，你还敢领东西来？"

从贾珍的这番话可知贾芹是一个不思进取、贪婪放纵的人。一是他手里有钱还想再领族长的年物，真是贪得无厌。二是他手里有了钱不做长远的打算，却妄自尊大，不顾道德礼法，在佛门净地称王称霸、勾结土匪聚赌窝娼、养老婆小子，简直无法无天。

"程本"续书第 93 回，贾芹的不肖行为被人匿名写了帖子贴在荣府大门上。见到帖子，贾政气得头都昏了，当即就叫人把贾芹和女尼女道等都叫进府来查办。贾琏暗中庇护贾芹，才没有被贾政重责。因为这事动静太大，瞒不过去，贾琏只好按着王夫人的意思，把水月庵里的女尼女道遣散撵了出去，革掉了贾芹的总管一职。

续书第 94 回之后再无贾芹的文字，这显然与曹公的原意不符。贪婪成性的贾芹丢了差事，他认识不到自己的问题，反而会对庇护过他的贾琏等人心生怨恨，他应该会继续招匪聚赌，胡作非为。将来贾府势败，忘恩负义的贾芹伙同王仁把贾巧姐卖到烟花巷，他应该就是巧姐判词里的"奸兄"。但因八十回后文字丢失，这只是推测而已。

26. 贾蔷：蒙厚爱，得长筹，梨香掌管乐悠悠

鹧鸪天·贾蔷

陈慧茹

富贵生涯春复秋，聪明俊俏自风流。挑唆家仆心机动，捉弄宗亲道义丢。　　蒙厚爱，得长筹。梨香掌管乐悠悠。痴情爱恋终成梦，树倒猢狲各自休。

五律·贾蔷

崔波

托孤珍府上，仗势甚乖张。

入学闲滋事，寻花乱出墙。

春残知日暮，家破罢膏粱。

弱弱龄官手，相携共远方。

【品评】陈慧茹　撰

　　贾蔷是宁府中正派玄孙，父母早亡，自幼被贾珍抚养，生得风流俊俏，过着无忧无虑、锦衣玉食的少爷生活。他和贾蓉最相亲厚，常相共处。宁府那些不得志的奴仆们专能造言诽谤主人。贾珍因名声不好，为避嫌疑，才命贾蔷搬出宁府自立门户去过活。

图3-26　贾蔷（采自《红楼梦图咏》）

　　贾蔷到底是谁的儿子？书中没有交代。贾代化只有贾敬一个儿子长大成人，从贾敬开始三代单传，所以他该是贾代化兄弟的重孙，与贾菖、贾菱等身份相当。但是贾珍对他视如己出，就让人疑心，联想焦大醉骂"爬灰的爬灰，养小叔子的养小叔子"，"养小叔子"很可能就是贾珍与他的堂嫂——贾蔷之母有染，生下贾蔷。贾蔷父母亡故，贾珍作为族长抚养了贾蔷。看似名正言顺，毕竟难防悠悠之口。

　　贾蔷生性聪明，心思缜密。只是在贾珍和贾蓉的影响下，并不发奋读书上进，而是不务正业，斗鸡走狗，赏花玩柳，沉湎于声色犬马。贾蔷的聪明持重、心思缜密在闹学堂一回表现得淋漓尽致。贾蔷见金荣诽谤秦钟，自己要打抱不平，却又心中忖度一番，金荣、贾瑞等都是薛蟠的相知，要制服金荣，又不能与薛蟠伤了和气。他思索考量之后，悄悄地去挑唆宝玉最得用的小厮茗烟。茗烟最爱仗势欺人，果然进去大骂金荣。贾蔷见事情闹大，向贾瑞告个假，及时离开了现场。贾蔷动用心机策划完闹学堂，还让自己成了局外人，足见其聪明老成，但是，他在"王熙凤毒设相思局"、捉弄贾瑞时太过于冷酷残忍。

王熙凤为了教训试图勾引她的贾瑞，派贾蓉和贾蔷去惩治他。贾蔷举着火捻子当场拿住意欲行奸的贾瑞，连唬带吓，每人敲诈了他五十两银子。一百两银子对贾瑞来说已是巨额债款，在那寒风刺骨的腊月天，他们又浇了贾瑞一身尿粪，直接导致贾瑞一病不起。此时的贾蔷作为王熙凤的帮凶手段卑劣、冷酷无情，已将仁义道德丧失殆尽。贾瑞固然可憎，但他毕竟是贾蔷他们的堂叔，受到如此捉弄确实不该。

贾蔷生性乖巧，深得贾珍厚爱。元春省亲前，他被贾珍派往姑苏去办理聘请教习、采买女孩子、置办乐器行头等事。这是准备省亲中很重要的一件事，预计花费三万两银子。贾琏听说派贾蔷，深表质疑，贾蔷笑道："只好学习着办罢了。"话外之音这是珍大爷的意思。贾蓉又暗求凤姐帮腔，贾琏只好同意。当凤姐给他推荐两个助手时，贾蔷忙赔笑说：正要和婶婶讨两个人呢。足见贾蔷反应机敏，聪明乖巧。

贾蔷办完三万两银子的大差事，贾珍又为他安排下长远的打算，让他做了戏班总管。贾蔷在管理戏班期间，与龄官产生了一段缠绵悱恻的爱情故事。"龄官画蔷"足见龄官对贾蔷的痴情，贾蔷对龄官也很包容专情，从他给龄官买雀解闷因龄官不满遂又放生来看，他俩是相互爱恋、彼此真诚。只是他们的爱情超越了阶级现实，注定没有结果。

贾蔷在第 36 回之后再没出现，"程本"续书对贾蔷的描写明显不符合曹公原意。根据大悲剧结局推测，贾蔷作为宁府的玄孙定不能逃脱悲剧的命运。

27. 贾瑞：已负酸翁贪欲久，何添辣姐计谋深

七律·贾瑞（新韵）

王应民

孤露翻为放浪人，几经落魄几惊魂。

斜风着意随时至，朔月无缘何处寻。

已负酸翁贪欲久，更添辣姐计谋深。

空灵宝鉴通三界，生死原来各有因。

七律·贾瑞

李鸿国

老儒尝望子成龙，怎料孙生奇懒慵。

好色贪财污祖训，痴心悖理败芳容。

凛寒浊味一头粪，欲火焚身三九冬。

宁可花前为俏鬼，冥间莫叹鉴骷凶。

【品评】 王应民　撰

　　贾瑞父母早亡，由在贾家私塾的祖父贾代儒教养，老先生虽然对贾瑞管教甚严，却适得其反地将其培养成了纨绔子弟，只把贪利附势相承下来。第 9 回"顽童闹学堂"一段对贾瑞曾有个评价，专门叙其贪，与后面道其淫做了呼应："原来这贾瑞最是个图便宜没行止的人，每在学中以公报私，勒索子弟们请他；后又助着薛蟠图些银钱酒肉，一任薛蟠横行霸道，他不但不去管约，反助纣为虐讨好儿。"

　　贾瑞在《红楼梦》中最主要的故事是他和凤姐的一段风流公案。其情节在书中第12 回"王熙凤毒设相思局　贾天祥正照风月鉴"有细致的描写。且在第 11 回的后半部分叙述了见熙凤贾瑞起淫心，即相思局的前因，而后面第 12 回叙述了过程和结果。贾瑞对凤姐自作多情的淫心，凤姐对贾瑞恼羞成怒的戏弄，把贾瑞的贪欲和王熙凤的狠辣体现得淋漓尽致。初在园中相见，王熙凤已经把贾瑞的心思看透，只不过表面敷衍两句，谁知贾瑞听了"身上已木了半边"。岂知凤姐已是恨透了他："这才是知人知面不知心呢，那里有这样禽兽样的人呢。他如果如此，几时叫他死在我手里，他才知道我的手段！"

　　贾瑞第一次受到戏弄，是凤姐约其晚上"相见"，而被关在荣府穿堂里。书中介绍：这屋内又是过门风，空落落；现是腊月天气，夜又长，朔风凛凛，侵肌裂骨，一夜几乎不曾冻死。好容易盼到早晨，只见一个老婆子先将东门开了，进去叫西门，贾瑞瞅她背着脸，一溜烟抱了肩跑出来。幸而天气尚早，人都未起，从后门一径跑回家去。

　　即使这样，贾瑞依然鬼迷心窍："前心犹是未改，再想不到是凤姐捉弄他。过后两日，得了空，便仍来找凤姐。"这使得凤姐第二次"点兵派将，设下圈套"。哪知这次更惨不忍睹、狼狈至极。先被贾蔷、贾蓉大加戏耍，又各写一张五十两欠契。贾瑞蹲在那台阶下，正在盘算，只听头顶上一声响，哗啦啦一净桶尿粪从上面直泼下来，可巧浇了他一身一头。贾瑞撑不住"嗳哟"一声，忙又掩住口，不敢声张，满头满脸皆是尿屎，浑身冰冷打战。回家"到了自己房中更衣洗濯，心下方想到是凤姐顽他，因此发一回恨；再想想凤姐的模样儿，又恨不得一时搂在怀内，一夜竟不曾合眼。自此满心想凤姐，只不敢往荣府去了"。

贾瑞二十来岁的人，尚未娶亲，想着凤姐得不到手，自不免有些"指头儿告了消乏"，更兼两回冻恼奔波，因此三五下里夹攻，不觉就得了一病……药吃了有几十斤下去，也不见个动静。正逢贾瑞要命心急时，跛足道人来化斋，口称专治冤孽之症，取出个正面反面皆可照人的镜子来，递与贾瑞："这物出自太虚幻境空灵殿上，警幻仙子所制，专治邪思妄动之症，有济世保生之功。所以带他到世上，单与那些聪明杰俊、风雅王孙等看照。千万不可照正面，只照他的背面，要紧，要紧！三日后吾来收取，管叫你好了。"且说贾瑞：拿起风月鉴来，向反面一照，只见一个骷髅立在里面，唬得贾瑞连忙掩了，骂道："道士混帐，如何吓我！——我倒再照照正面是什

么。"想着，又将正面一照，只见凤姐站在里面招手叫他。贾瑞心中一喜，荡悠悠的觉得进了镜子，与凤姐云雨一番……如此三四次。到了这次，刚要出镜子来，只见两个人走来，拿铁锁把他套住，拉了就走。贾瑞叫道："让我拿了镜子再走！"

色字头上一把刀，贾瑞终毁于自己的妄想贪婪，风月宝鉴只是加快了他的死亡进程而已。按照平儿的话来讲就是："癞蛤蟆想天鹅肉吃，没人伦的混帐东西，起这个念头，叫他不得好死！"造成这场悲剧的背后原因，有贾代儒的迂腐，有王熙凤的狠毒，更多的还是贾瑞自己的愚蠢和贪淫，终而成了一个既可恨又可怜的小丑似人物。贾瑞，字天祥，化自

图 3-27　贾瑞与贾代儒（采自《增评补像全图金玉缘》）

"天降祥瑞"。假瑞、假天祥，乃天不与其降祥瑞也！"以人为鉴，可以知得失。以史为鉴，可以知兴替。"贾瑞的故事，难道不像曹公留给后世的一面宝鉴？

28. 秦钟：少年俊美足风流，哀怨命空丢

少年游·秦钟
贺世战

少年俊美足风流。粉面又藏羞。祸起庵堂，劫因风月，哀怨命空丢。　　相偕相契为知己，至死意难酬。消魄有凭，化魂应悔，怎个哭声悠。

减字木兰花·秦钟
王志霞

寒门薄宦。续代从来知岁暖。马后鞍前。得趣风情两少年。　　横生枝梧。漫许心期生骥足。初涉尼庵。枉死风流命不甘。

阮归郎·秦钟
孙树娟

风流俊俏女儿颜，穿梭花柳间。羞羞怯怯惹人怜，心思惜带偏。　　情善种，意难全，风流闹剧添。平铺道路付云烟，尼庵梦不圆。

【品评】 翟海潮　撰

秦钟，字鲸卿，秦业的儿子，秦可卿的弟弟。秦钟是"情种"之意，他生得眉清目秀，粉面朱唇，身材俊俏，举止风流，怯怯羞羞的有些女儿之态。秦钟和秦可卿、贾瑞一样，都是《红楼梦》开篇不久就因情欲而死、转瞬即逝的人物。

秦钟首次出现在第7回"宴宁府宝玉会秦钟"，宝玉跟随凤姐到宁国府赴宴，贾蓉领秦钟来见凤姐，"果然出去带进一个小后生来，较宝玉略瘦些……腼腆含糊，慢向凤姐作揖问好"。凤姐喜得先推宝玉，笑道："比下去了！"凤姐给秦钟"一匹尺头、两个'状元及第'小金锞子"作见面礼。宝玉和秦钟一见如故，因为秦钟，宝玉甚至主动提出去上学念书，不过是因为想要和秦钟时常待在一起。

第9回"起嫌疑顽童闹学堂"，秦钟和宝玉共进家塾上学。"自此以后，他二人同来同往，同坐同起，愈加亲密。又兼贾母爱惜，也时常的留下秦钟，住上三天五日，与自己的重孙一般疼爱。"论辈分秦钟应该叫宝玉叔叔，宝玉以俩人一样年纪，又是同

窗为由，"以后不必论叔侄，只论弟兄朋友就是了"。

　　秦钟这个角色，是秦可卿的弟弟，因为姐姐的关系，得以进入贾府，成了宝玉的陪读。不过，随着时间的推移，这个原本腼腆的孩子，渐渐染上了纨绔子弟的恶习。在贾府家塾里，一边与贾宝玉亲密无间，一边又与香怜、玉爱打得火热。秦钟的种种作为，引起金荣等人的嫉恨，甚至引发了一场混战。

　　秦钟和智能儿初次出场都是在第7回，周瑞家的送花给惜春，惜春正和智能儿玩笑说出家作尼姑的事。秦钟进入贾府后，虽不敢明目张胆地胡作非为，却已显露出了淫相。在第15回中，秦可卿发丧，凤姐带着宝玉、秦钟夜宿馒头庵。晚上，小尼姑智能儿出现后，宝玉、秦钟间的一番嬉闹，道出了秦钟在贾府的一桩丑事。宝玉笑道："你别弄鬼，那一日在老太太屋里，一个人没有，你搂着他做什么？这会子还哄我。"

由此可见，秦钟趁着四下无人，竟敢在贾母屋里和智能儿搂抱亲热，足见其平日的所作所为了。要说秦钟对智能儿，也算得上是动了真情了。少男少女春心萌动，倒也无伤大雅，只是，这秦钟竟在姐姐发丧之际，与智能儿在馒头庵里云雨起来，实在是令人瞠目结舌。

　　在姐姐秦氏出殡之际，秦钟与智能儿在馒头庵偷情，秦钟灭了灯火和智能儿得趣之际，宝玉突然进来，从背后将他们二人按住，又偏不出声，一时间吓得秦钟和智能儿瘫软在那。宝玉和秦钟接下来的一番对话，却又十分耐人寻味，宝玉拉了秦钟出来道："你可还和我强？"秦钟笑道："好人，你只别嚷的众人知道，你要

图 3-28　秦钟（采自《红楼梦图咏》）

怎样我都依你。"宝玉笑道:"这会子也不用说,等一会睡下,再细细的算帐。"其后,"算帐"之事并无下文,作者暗示二人有同性恋之嫌。

第 16 回"秦鲸卿夭逝黄泉路",秦钟与智能儿偷期缱绻,受了些风霜,大有不胜之态,遂不敢出门。智能儿进城寻秦钟,被秦业撵出,将秦钟打了一顿,秦业气得"三五日光景呜呼死了"。秦钟本自怯弱,又添了许多症候。

宝玉带人看望病危的秦钟,"见秦钟面如白蜡,合目呼吸于枕上。宝玉忙叫道:'鲸兄!宝玉来了。'"连叫两三声,秦钟不睬。书中此时描写鬼判捉拿秦钟,有耐宝玉是个运旺时盛的人,震慑了鬼判放手秦钟返回阳界,秦钟向宝玉留下两句遗言:"以前你我见识自为高过世人,我今日才知自误了。以后还该立志功名,以荣耀显达为是。"说毕,便长叹一声,萧然长逝了。

29. 王仁和邢德全:"忘仁舅"和"傻大舅"

鹧鸪天·王仁
李金娥

不惜亲情不自尊,心空难做好儿孙。每交豪友先谋利,欲卖孤甥竟忘仁。   频造孽,未怀恩。自伸黑手断前尘。红楼萧瑟斜阳落,负义终归是祸根。

卜算子·邢德全
李金娥

宿柳又眠花,嗜赌难收手。即使囊空未肯休,夜黑难遮丑。   风冷怨慈亲,醉卧豪门口。秉性贪婪乃祸根,福浅谁能佑。

【品评】 李金娥 撰

在《红楼梦》中,曹公笔下有几个舅舅,每个人描绘得都很精彩和多面性,他们的人格品质各异。比如贾芸的舅舅卜世仁面对亲外甥的求助袖手旁观,反而是近邻倪二帮了贾芸的大忙。王仁是凤姐之兄,巧姐之舅。而邢德全是邢夫人之胞弟,人称"傻大舅"。这两个人物都是贾府至亲,然而人品相似,特别是在续书后四十回,两人一起坑害巧姐。

第 14 回,书中提到王仁送家眷回南。第 49 回,大观园兴盛之际,邢夫人之兄嫂带了女儿岫烟进京,可巧碰见王熙凤之兄王仁,两亲家一处打帮来了。

第75回，贾珍近因居丧，不得游顽旷荡，公然斗叶掷骰，放头开局，夜赌起来。恰有邢夫人之胞弟邢德全也酷好如此，故也在其中。这个邢德全只知吃酒赌钱，眠花宿柳为乐，手中滥漫使钱，坐吃山空，好酒者喜之，不饮者则不去亲近，无论上下主仆并无贵贱之分，因此都唤他"傻大舅"，今日又和薛蟠臭味相投，都爱"抢新快"爽利。

傻大舅运气不好，嗔着两个娈童只招待赢家不理他这个输家，就骂起人来，借酒勾往事，乃拍案对贾珍叹道："怨不的他们视钱如命。多少世宦大家出身的，若提起'钱势'二字，连骨肉都不认了。""我母亲去世时我尚小，世事不知。他姊妹三个人，只有你令伯母年长出阁，一分家私都是他把持带来……我便来要钱，也非要的是你贾府的，我邢家家私就够我花了。无奈竟不得到手，所以有冤无处诉。"这个傻大舅埋怨其姐之啬克。确实邢夫人为人锱铢必较又狐疑多虑，今傻大舅自暴家丑实属愤怒，可见世风日下，人情凉薄。忽听一纨绔说了句下流笑话，他竟乐得"喷了一地饭"，傻态毕露。

再看看王仁，典型的吃喝玩乐、坑蒙拐骗的不孝子。续书第101回，贾琏对熙凤说："你打谅你哥哥行事像个人呢，你知道外头人都叫他什么？"凤姐道："叫他什么？"贾琏道："叫他'忘仁'！是忘了仁义礼智信的那个'忘仁'哪！"

第117回，贾琏去看望父亲贾赦以后，王仁、贾环、邢大舅等整天赌钱喝酒，愈闹的不像事了。听说外藩王爷要纳妾，王

图3-29　王仁和邢德全（采自《增评补像全图金玉缘》）

仁得此消息，一个诡计立刻在心里形成。

第118回，王仁伙同贾环、邢大舅等人，欲将自己的亲外甥女巧姐卖与藩王为妾，哪知愚蠢的邢夫人不顾王夫人的劝诫，反疑心王夫人不是好意，便说："孙女儿也大了，现在琏儿不在家……况且是他亲舅爷爷和他亲舅舅打听的，难道倒比别人不真么！我横竖是愿意的。"

第119回，且说贾环见宝玉、贾兰出门赴考，便自大为王说道："我可要给母亲报仇了。"就到邢夫人面前阿谀奉承道："如今太太有了这样的藩王孙女婿，还怕大老爷没大官做么。"真是天无绝人之路，最后在王夫人的默许下，刘姥姥伸出援手，巧姐才躲过这一劫。正如巧姐的判词曰："势败休云贵，家亡莫论亲。偶因济刘氏，巧得遇恩人。"两相对比，所谓亲情真是令人寒心啊！

或许王熙凤自己也想不到，当初那二十两银子的赠予，换来了她女儿的一世平安。"忘仁"真是名副其实！为了一己之私，做出丧尽天良的勾当，差点毁了自己的亲外甥女。在善良的刘姥姥衬托之下，更是遭人唾弃。

纵观贾府的子孙们坐吃山空，骄奢淫逸，明争暗夺，家业早已是日薄西山，这"钟鸣鼎食之家，诗礼簪缨之族"走向衰亡也就不足为奇了。

贾府的妻妾、嬷嬷、亲戚等女人们

30. 贾母：怜老弱，惜孤贫，宽慈厚爱待儿孙

鹧鸪天·贾母

陈慧茹

盛世修来富贵身，侯门公府喜联姻。黄金屋里春风暖，白玉堂前欢宴频。　　怜老弱，惜孤贫。宽慈厚爱待儿孙。尊荣福寿谁堪比，羡煞红楼醉梦人。

七律·贾母

布凤华

翠绕珠围金玉身，凤冠霞帔福联姻。

养闲朱阁威仪在，教导儿孙乐趣真。

家道渐随筋骨老，根基难逐庙廊新。

焉知安富尊荣者，却是红楼梦里人。

【品评】陈慧茹　撰

　　贾母，又称史太君，贾府上下尊称她为"老太太"、"老祖宗"，她是金陵史侯家的千金小姐，嫁给了荣国公长子贾代善为妻。她是贾赦、贾政和贾敏的母亲，贾珠、贾琏、贾宝玉、贾探春等人的祖母，林黛玉的外祖母，史湘云是她的内侄孙女。她是生活在贾府金字塔尖的人物，封建贵族的代表。

　　贾母懂美食，懂艺术，懂养生，懂茶道，懂生活，爱好广泛，喜欢热闹，可以说是个很有品位的老太君。她嫁入贾府是从重孙媳妇做起的，一直到儿孙满堂，自己也有了重孙媳妇，凭着她的精明能干，稳坐了贾府最高统治者的位置。她虽已年老，也不管家，但余威犹在。虽然享乐成了日常生活的主要内容，但她并不糊涂昏庸，而是一个睿智、干练的老太太。她把理家的大权交给王夫人和王熙凤，但是在关键事情上她毫不含糊。

　　第73回，贾母听闻下人夜间聚赌，定要力查此事。她命即刻查了头家赌家来，有人出首者赏，隐情不告者罚。最后查得大头家三人，小头家八人，聚赌者连共二十多

人。她命人将骰子牌一并烧毁，所有的钱入官分散与众人，将为首者每人四十大板，撵出，总不许再入；从者每人二十大板，革去三月月钱，拨入圊厕行内。由这一件事就可以看出贾母的杀伐决断、雷厉风行，既有手段又有魄力，其理家治乱的能力非常人能比。

贾母品位高雅，对音乐戏曲的品赏无人能及。贾母带刘姥姥等人逛大观园一回，让把酒饭摆在缀锦阁底下，让唱戏的女孩子们在藕香榭的水亭子上演奏乐曲，为的是借着水音更好听。第54回元宵夜宴时她叫芳官唱一出《寻梦》，只琴与管箫合，笙笛一概不用。第76回大观园中秋夜宴时，贾母见月至中天，比先越发精彩可爱，因说："如此好月，不可不闻笛。"因命人将十番上女孩子传来。贾母道："音乐多了，反失雅致，只用吹笛的远远的吹起来就够了。"不一会儿，只听那壁厢桂花树下，呜呜咽咽，悠悠扬扬，吹出笛声来。趁着明月清风，天空地静，真令人烦心顿解，万虑齐除。贾母道："这还不大好，须得拣那曲谱越慢的吹来越好。"

贾母热爱生活，注重养生，经常带领着媳妇们孙子孙女们聚会行乐，对饮食酒令茶道颇有讲究。她慈善博爱，虽然最疼宝玉其次黛玉，但对其他孙子女、重孙子女及儿媳妇、侄媳妇、孙媳妇、重孙媳妇们也都眷顾着。她对下人多恩，对亲戚关照，不管是哪房的亲戚，不论穷富，只要来到贾府，贾母对他们都是热情厚待。

贾母一向怜贫惜弱。清虚观打醮时，一个小道士误撞了凤姐，凤姐扬手打了他一个筋斗，并恶骂，众婆子喊着要拿他打他。贾母听说，

图 3-30　贾母（采自《增评补像全图金玉缘》）

忙道："快带了那孩子来，别唬着他。小门小户的孩子，都是娇生惯养的，那里见的这个势派。倘或唬着他，倒怪可怜见的，他老子娘岂不疼得慌？"说着，便叫贾珍去好生带了来。那孩子跪在地下乱战，贾母命贾珍拉起来，叫他别怕，问他几岁了。那孩子紧张说不出话来。贾母还说"可怜见的"，又让贾珍带他去，给他些钱买果子吃，别叫人难为了他。贾府元宵夜宴上汤后献元宵时，贾母便命："将戏暂歇歇，小孩子们可怜见的，也给他们些滚汤滚菜的吃了再唱。"又命将各色果子、元宵等物拿些与他们吃去。

贾母也有一些缺点，一味享受眼前的荣华富贵，没有教育儿孙如何发愤图强，而是溺爱子孙淫乐，纵容凤姐专权，偏爱二儿子一家令大儿子不满，依赖鸳鸯过度，这些都是加速贾府衰败的因素。她见证了荣宁两府的全盛时期及由兴盛走向衰败的过程，最后以八十三岁高龄寿终正寝。总览书中两府众多人口，只有她一人福寿双全。

31. 王夫人：权势握，是非迷，风华豆蔻魄魂摧

鹧鸪天·王夫人
陈瑞林

闺阁名门拥福威，佛珠慢捻可慈悲？轻情寡语衰颜冷，盼子归心士路为。　　权势握，是非迷。风华豆蔻魄魂摧。巧施诡计红绳断，独守昏灯暮岁凄。

【品评】陈瑞林　撰

王夫人乃名门望族金陵王家的二小姐，京营节度使王子腾是其兄长，贾政的嫡妻，随丈夫袭五品宜人。婚后育有贾珠、元春、宝玉二子一女。虽长子早逝，但留下长孙贾兰。她虽是贾府的二儿媳，但深得贾母的信任，贾政长年做官在外，家事全由她来掌管，是贾府的实权派。因此也遭到大太太邢夫人的嫉恨。随着年事已高，身体羸弱，将掌管大权移交给了自己的亲侄女，琏二奶奶王熙凤。但凡大事，凤姐还要向太太请示，王夫人仍稳稳地坐在幕后把握着实权。

王夫人是个双面性人物，也是曹公创造的一个性格独特的典型人物。她面善心狠，爱子带有浓厚的封建伦理的色彩。她害怕复杂的社会和家庭环境影响了宝玉，遇事从不怪罪儿子，一味地责怪和非难婢女。第 30 回，她房里的大丫头金钏只和宝玉玩笑了一句，王夫人翻身起来，照金钏儿脸上就打了个嘴巴，指着骂道："下作小娼妇，好好的爷们，都叫你教坏了。"金钏的半边脸火热，一声不敢言语。王夫人便叫玉钏儿："把你妈叫来，带出你姐姐去。"那金钏跪哭求饶："我跟了太太十来年，这会子撵出

去，我还见人不见人呢！"虽金钏苦求，亦不肯收留。那金钏只好含羞忍辱地出去了。第32回，金钏性情刚烈投井命绝，王夫人这个假善人对外谎称是因不小心弄坏了东西挨了打，以五十两银子和两套新妆裹，掩盖了逼死人命的罪责。而金钏以死来证明自己的清白，揭示并抗争了封建家族家长的虚伪和残酷。

宝玉身边的丫鬟晴雯，因模样生得好些，又伶牙俐齿，王夫人看着不顺眼，视为狐狸精。加之邢夫人的陪房王善保家的在王夫人面前添油加醋极尽谗言，更让王夫人不能容忍片刻。在晴雯卧床病重，四五天水米未进的情况下，硬是把她从病榻上拉了下来，赶出大观园，当夜就悲惨地死去了。又一个豆蔻年华的好女儿被摧残了！事后还大言不惭地对贾母进言，说晴雯又懒又淘气，且得了女儿痨。这对带病补裘的晴雯是何等的弥天大谎啊！

图 3-31　王夫人（采自《增评补像全图金玉缘》）

更有甚者，邢夫人向王夫人告发了绣春囊一事，她怒气冲天，不调查，不研究，主观臆断认定是凤姐的，把凤姐怒斥一顿，并命抄检大观园。结果戕害了司棋，逼走了入画，赶走了四儿，遣散了芳官等十二个女伶。芳官性格倔强，不愿像商品一样被买卖，宁愿遁入空门，更彰显了对封建家族恶势力代表的抗争。正如鲁迅所言："悲凉之雾，遍被华林。"就这样，风华豆蔻的女伶结束了其艺术生涯，遭到了巨大的摧残。

王夫人爱子是极端自私的，她明知宝玉深爱的是黛玉，宝玉听了紫鹃的一句玩话"林妹妹要回苏州去"，便急痛迷心大病一场，为了给宝玉冲喜，她同意凤姐的掉包计，让宝玉和宝钗拜堂成亲。她想的是唯有宝钗能够掌管贾府的一切事宜，在府中的口碑极好。而凤姐是借过来的，又太贪财，太霸道。府中上下对之无不怀恨，只是敢怒不敢言。宝钗既是亲外甥女，又是亲儿媳，所以贾府的大权依然没有旁落。况且宝钗会将宝玉带上仕途之路，自己晚年有了依靠，真正圆了两全其美之梦。

曹公在全书中对王夫人没有明显的贬义描述，只写了王熙凤的狠毒，笔者以为从中也暗示了王熙凤的身上也有王夫人的基因。凤姐贪财放高利贷迟发例银，对外图财害命，王夫人对诸类事宜装聋作哑，不闻不问，只要不触动她的切身利益，即可得过且过。俗语云："养女随姑。"此乃曹公的绝妙。王夫人把爱都集中在宝玉一人身上，她对幼小失怙的亲长孙贾兰极少关爱，不合常理。由于她的愚顽，最终使宝玉遁入空门，宝钗独守空房，金玉良缘一场空。她晚年的悲惨结局也就不言而喻了。

32. 邢夫人：妒意难消嫌隙生，更惹风波乱

卜算子·邢夫人
陈慧茹

本是贵夫人，可叹根基浅。一味从夫可奈何，不顾伤颜面。　　儿女不相亲，手足多嗔怨。妒意难消嫌隙生，更惹风波乱。

鹧鸪天·邢夫人
王志霞

假善佯慈心若刀，性情愚弱恃身骄。钱财敛尽犹惆怅，灯火衰残更寂寥。　　消块垒，逐尘嚣。倚尊争势总徒劳。闲愁未解终生惑，回望家山万里遥。

浣溪沙·邢夫人
李锡庆

灰暗心灵贪且苛，郎君不肖妾偏多。纵封诰命又如何？　　尴尬人为尴尬事，冷森魔作冷森歌。豪门从此起风波。

【品评】陈慧茹　王志霞　撰

邢夫人是荣国府大老爷贾赦的正妻，一品诰命夫人，人称大太太。邢夫人娘家的

势力远比不上金陵王家，她嫁到贾府多年没有生育儿女，王夫人不但生了二子一女，女儿还封了皇妃，所以邢夫人品级虽高，但在贾府的地位明显比不上王夫人。

凤姐知道邢夫人禀性愚犟，只知承顺贾赦以自保，次则婪取财货为自得，家下一应大小事务俱由贾赦摆布。凡出入银钱事务，一经她手，便克啬异常，儿女奴仆，一人不靠，一言不听。这个评价基本客观，只是表象。邢夫人的苦衷与无奈谁能体会呢？因婆婆偏心，丈夫贾赦本是嫡长子，现袭着一等将军，他们夫妇不但不能管家，还只能住在荣国府旁边的偏院里。府内事务由王夫人和其内侄女王熙凤管理，与贾府的世交往来通常都由王夫人出头露面。对此，邢夫人心里是极不平衡的。她嫁入贾府时娘家有一些势力，她的嫁妆也算丰厚，至少还带了两家陪房。而今娘家已经败落，兄嫂和胞弟都来依靠她，她在府里无权无势，只能依靠丈夫。她一味地依靠顺从丈夫是无可奈何的，以至于贾赦看上了贾母的贴身大丫头鸳鸯，派她去说，她不顾儿媳劝阻，义无反顾地去碰了一鼻子灰，结果还被婆婆教训一番，颜面尽失，好不尴尬！

王熙凤利用管家之便积攒家私无数，每月拿着府里上下人等的月钱去放高利贷挣私房钱，有人想在府里谋个差事都要给她送礼行贿。邢夫人作为大太太，任何权力没有，她能平衡吗？因此只要有机会，她也会占留一些钱财。第74回，邢夫人知道贾琏和鸳鸯偷了老太太的金银家伙当了一千两银子，便趁机以过中秋节使用为由要去二百两。

邢夫人对儿女们照顾不多、不够亲近，对迎春和贾琮缺乏母爱与关心。第24回，宝玉去给贾赦请安，贾琮来问宝玉好，邢夫人道："那里找活猴儿去！你那奶妈子死绝了，也不收拾收拾你，弄的黑眉乌嘴的，那里像大家子念书的孩子！"

第73回，迎春正因她乳母获罪自觉无趣，心中不自在，邢夫人没有一句安慰体恤的话，反而是一顿责备和训斥，虽说是恨铁

图 3-32　邢夫人（采自《增评补像全图金玉缘》）

不成钢，毕竟缺少真正的关心与爱护。邢夫人对她侄女岫烟也缺乏关爱和照顾。邢岫烟住在迎春那里，邢夫人让她把每月二两银子的月钱拿出一两去给她父母使用。因为迎春懦弱，婆子们刁蛮，害得岫烟天未转暖就去当冬衣。下了大雪，岫烟只穿一件旧毡斗篷，冻得拱肩缩背，还是平儿给她一件半旧大红羽纱的斗篷。邢夫人对亲手足也很悭吝。第75回，她的胞弟邢德全向贾珍诉苦说他母亲去世时自己尚小，只有大姐邢夫人年长出阁，把一份家私都把持带来。如今二姐虽也出阁，她家甚艰，三姐尚在家里，一应用度，都是这里陪房王善保家的掌管。邢家家私足够姐弟们花费，无奈竟不得到手，有冤无处诉。邢德全嗜酒好赌，邢夫人也许担心他任意挥霍才把家私把持牢固，但是她对弟弟妹妹帮衬照顾不周才会遭抱怨。

邢夫人在娘家一手遮天，在婆家却非常不得势，她有太多的不平衡和嫉妒心理。因此，她总是伺机找王夫人和凤姐的不是。贾母的八旬寿宴期间，有两个婆子偷懒，被周瑞家的捆了起来，其中一个的亲家求了邢夫人，于是邢夫人当着众人的面"求"凤姐看在老太太千秋的份上把她们放了，让凤姐十分难堪。

邢夫人见傻大姐在大观园中捡到一个绣春囊，立刻封好命人给王夫人送云，意在指责她管理不当，气得王夫人训斥凤姐一顿，随后引发了抄检大观园的风波，结果在迎春的大丫头、王善保家的外孙女儿司棋箱子里查出了"赃物"，邢夫人落个没趣。

33.薛姨妈：无方教子凭骄逸，家业颓倾苦果吞

鹧鸪天·薛姨妈
陈慧茹

自是豪门富贵身，辞乡借势远投亲。长居贾府难圆梦，巧布良缘欲结姻。　　心意假，世情真。慈颜暖语慰痴顽。无方教子凭骄逸，家业颓倾苦果吞。

落梅风·薛姨妈
孙树娟

红楼如梦梦如烟，珍珠似土堆山。寄居贾府促佳缘，两强联。　　性情温婉慈眉样，儿郎宠溺无边。老来难免尽心酸，亦堪怜。

【品评】陈慧茹　翟海潮　撰

薛姨妈，出身于四大家族之一的王家，嫁给了金陵首富皇商薛家，是一位真正的

豪门贵夫人。只可惜早年丧夫，守着巨大的产业与一双儿女过活。第4回讲到，薛姨妈"乃现任京营节度使王子腾之妹，与荣国府贾政的夫人王氏，是一母所生的姊妹。今年方四十上下年纪，只有薛蟠一子；还有一女，比薛蟠小两岁，乳名宝钗，生得肌骨莹润，举止娴雅"。

薛蟠素闻得都中乃第一繁华之地，正思一游，便趁此机会，一为送妹待选，二为望亲，三因亲自入部销算旧账，再计新支，其实，则为游览上国风光之意。薛蟠携母妹进京，起初本不想住在贾府或母舅王子腾家，恐受管束拘禁。入都时，却闻得母舅王子腾升了九省统制，奉旨出都查边，薛蟠心中暗喜。三人来到贾府，薛蟠拜见过贾政，贾政便使人对王夫人说："姨太太已有了春秋，外甥年轻不知世路，在外住着恐有人生事。咱们东北角上梨香院一所十来间房，白空闲着，打扫了，请姨太太和哥儿姐儿住了甚好。"王夫人未及留，贾母也就遣人来说："请姨太太就在这里住下，大家亲密些。"薛姨妈觉得居住一处，方可拘紧些儿，若另住在外，又恐薛蟠纵性惹祸，遂忙道谢应允。薛姨妈深谙人情世故，自从住进贾府，深受贾母的喜欢，她常陪着贾母聊天打牌、说笑凑趣儿哄贾母开心。

自女儿宝钗入宫竞选的目的不能实现后，她最关注的便是女儿的婚姻。第8回"比通灵金莺微露意"，贾宝玉通灵玉上的八个字"莫失莫忘，仙寿恒昌"和薛宝钗金锁上的八个字"不离不弃，芳龄永继"竟是一对儿，从此有了"金玉良言"之说。她和姐姐王夫人心照不宣地为宝玉和宝钗的"金

图 3-33　薛姨妈（采自《增评补像全图金玉缘》）

玉良缘"下功夫。第34回，宝玉挨打之后，薛姨妈和宝钗误以为是薛蟠闹的，薛蟠急得乱跳乱嚷，对宝钗说道："从先妈和我说，你这金要拣有玉的才可正配。"惹得宝钗哭了一夜。

薛姨妈知道贾母对林黛玉这位外孙女十分宠爱，所以在贾母面前，她对黛玉的关心超出了一般的爱心。她在贾母面前绝口不谈宝、黛的恋情和婚事，采取了完全回避的态度。第57回，薛家母女去看望，宝钗故意伏在薛姨妈怀里撒娇，而薛姨妈用手摩弄着宝钗，说她善解人意，能给自己开心解愁。惹得黛玉流泪叹道："他偏在这里这样，分明是气我没娘的人，故意来刺我的眼。"接下来就是薛姨妈一番慈颜暖语安慰黛玉，说心里多疼黛玉又不敢表现出来，哄得黛玉认她做娘。她又说要给黛玉和宝玉保媒，紫鹃忙跑来求她和老太太说去，她却用一番调笑说得紫鹃"红了脸"。曹雪芹善用史笔，叙述事件从不做善恶评论，因此就有了众多解读，说薛姨妈真心者有之，说薛姨妈言不由衷、虚情假意者有之。

续书后四十回，宝玉因失玉疯癫，当贾母要给宝玉冲喜，王夫人秉承贾母之意提亲时，薛姨妈却置黛玉生死于不顾，一口答应下来，她对凤姐的"掉包计"也毫不反对。宝玉和宝钗婚姻的悲剧是个人的悲剧，他们的婚姻却是家族的胜利。最后，宝玉出家，宝钗独守空房。

薛姨妈早年丧夫，在教育子女方面无能无方。她对儿子薛蟠宠溺无度，致使薛蟠成了骄横跋扈、倚财仗势、奢侈荒淫的呆霸王。每次薛蟠惹了祸，她不趁机教育儿子，而是忙着去求娘家和亲戚为儿子消灾或出气。第4回，薛蟠打死冯渊，抢了英莲，便同母妹等起身长行而去，把人命官司视为儿戏，因为他知道母亲会找人为他了结。第47回薛蟠被柳湘莲痛打一顿，薛姨妈又是心疼，又是发恨，意欲告诉王夫人，遣人寻拿柳湘莲，而得到宝钗的劝止。

第79回，薛蟠自从娶了夏金桂，就弄得家里天天鸡飞狗跳，不得安宁，从此薛姨妈也就没有一天消停过。续书后四十回，薛蟠在酒馆喝多了酒打死当曹的，又惹上人命官司，即"太平案"，害得薛姨妈连日担惊受怕，竟花了十万两银子上下打点，最终导致家颓业败。

34. 尤氏：锦衣三品竞风流，屈辱含酸怎不忧

七律·尤氏

陈瑞林

锦衣三品竞风流，屈辱含酸怎不忧。

贤德秉持人息事，空房独守月当楼。

寒微怜取春情暖，利害权衡属意谋。

料得华筵终有散，寄居荣府更添愁。

踏莎行·尤氏

陈慧茹

　　三品夫人，长房主母。怜卑恤弱仁心固。居尊不傲性温良，当家理事从容处。　　但见荣光，谁知酸楚。相夫无力唯依附。任郎与子演荒唐，满腔幽恨何由诉？

【品评】陈瑞林　陈慧茹　撰

　　尤氏乃宁国府贾珍之妻，贾敬的长房儿媳，故称珍大奶奶。尤氏虽为继室，但随贾珍袭正三品诰命夫人。贾元春才选凤藻宫，贾母率邢、王二夫人并尤氏大妆后，一共四乘大轿鱼贯入朝，这是何等的风光。就是这样一个在人前地位显赫的宁府的掌门人，在人后却饱受屈辱和冷落，被凤辣子骂得一无是处。第 68 回，贾琏偷娶尤二姐，事情败露后，王熙凤骂尤氏："自古说：'妻贤夫祸少，表壮不如里壮。'""你又没才干，又没口齿，锯了嘴子的葫芦，就只会一味瞎小心图贤良的名儿。"

　　尤氏真的如凤辣子所骂得那样吗？其实在曹公的笔下，通过几个场景便表现出尤氏有着过人的智慧和城府，处事能避开锋芒，隐忍大度。她和琏二奶奶堪有一比，都是贾府的长房当家儿媳。凤姐出身于有名的金陵王府，深得贾母的信任，且有亲姑母王夫人撑腰，可谓得天独厚。而尤氏出身不显贵，后来家境又败落了，其父过世，还有继母和两个非血缘关系的妹妹要靠贾珍接济，贾蓉也非亲生。自古"不孝有三，无后为大"，尤氏婚后无育，无一人与尤氏有血缘关系，真可谓是孤苦伶仃了。就是这样一个家境不济又没生子的寒微之人，却能够稳稳地坐在宁府长房当家大奶奶的位子上，必定是凭其智慧和才干。

　　尤氏办理公公贾敬之丧事，也演了一出"独艳理亲丧"，因当时贾珍父子及贾琏为太妃奔丧，凤姐又因病卧床，尤氏只能里里外外一肩挑，一马当先，呼风唤雨，急事速办，要事慎办，方方面面俱无疏漏，连贾珍听了尤氏的安排都赞不绝口。当初凤姐协理宁国府为秦可卿办理丧事，那是顺风扬帆，正值贾府"烈火烹油，鲜花着锦之盛"的前夕。而尤氏办丧事时，贾府已临近"盛筵必散"，趋于弱势了。逆水行舟，当然与前是大相径庭了。那尤氏的才干岂在凤姐之下？此外，尤氏的人缘好，待人接物比凤辣子宽容和善，对长辈恭敬，竭尽孝道。侍奉贾母用餐、说话取笑直到起更时候，每逢节日必备佳肴美味给贾母送过来。对公公贾敬的寿诞特别记挂，为庆寿提前向贾珍请示操办。对平辈姐妹如李纨、凤姐等相处和谐。对地位寒微的人抱有怜悯之心。

第43回，尤氏受贾母之托，要"众筹"为王熙凤筹办生日宴，从贾母对尤氏的信任度，可见她办事妥帖。大家都出了不少银子，凤姐还问两位姨奶奶出不出，尤氏因悄悄地骂凤姐道："我把你这个没足厌的小蹄子！这么些婆婆婶子凑银子给你做生日，你还不足，又拉上两个苦瓠子作什么。"尤氏趁凤姐不在跟前，把周、赵二位姨娘的银子还了，并说："你们可怜见儿的，那里有这些闲钱？"尤氏当面也把鸳鸯和平儿的银子还了。

尤氏对待家奴焦大特别关照，尽管焦大喝酒骂人，但念及他曾经救主有功，嘱咐贾蓉别给他派活，只管看门就好了。对凤姐要驱逐焦大的主张并不赞同，不相为谋。

尤氏是个很让人怜惜的封建家族的牺牲品，空有华贵的外表，精神情感是极其空虚和忧愤的。公公一心奉道，不务家业，贾珍父子又是色胆包天之人，贾珍染指儿媳，调戏尤家姐妹，她只能装聋作哑。明知贾琏偷娶尤二姐如入虎口，但毕竟身单力薄，劝阻无果，只能是无可奈何。秦可卿自缢，为了维护贾家的面子，人前强作悲痛，只得称病以示不满和抗拒。

贾珍白天在家聚众赌博，晚间与两个小妾饮酒作乐，而尤氏独守空房。她心中有多少委屈、不平、怨恨和苦楚，又能向谁诉说？偌大的贾府谁又是她的知心人？尤氏虽能左右逢源，隐忍大度，但倾巢之下，焉有

图 3-34　尤氏（采自《增评补像全图金玉缘》）

完卵。宁府被抄，贾珍发配，自己只能寄居于荣府，孤苦伶仃，凄凉终老。曹公对尤氏的人物描述，多是以王熙凤的独断专行、心狠手辣为陪衬的。尤氏有才有德，对丈夫唯唯诺诺，也是不得已而为之，是曹公从另一个角度对封建大家族的抨击。

35. 赵姨娘：愚蛮总把尊荣损，恶语凭教骨肉伤

七律·赵姨娘
李宝贵

当年对镜理云妆，怎料平生风雨狂。
身贱位卑难自重，人前事后枉争强。
愚蛮总把尊荣损，恶语凭教骨肉伤。
铁槛失魂凄惨去，红楼一梦老残阳。

【品评】 李宝贵　撰

　　赵姨娘是贾政的妾室，探春和贾环的生母。曹雪芹没有给出赵姨娘的名字，只道她出身贫贱。大家推测她年少时或许是贾府的丫鬟，后升为贾政的妾。很多读者对赵姨娘很是厌恶，认为她愚蠢、刁蛮。其实细思之，却可看到赵姨娘不为人知的一面，可恨的背后写满悲凉。赵姨娘在贾府地位低下，勉强算半个主子。她对女儿探春和儿子贾环没有管教权，因为探春和贾环是主子，她是奴才。

　　第25回，贾环给王夫人抄经时故意弄翻烛台烫伤宝玉，不仅贾环被王夫人骂，连赵姨娘也一起被骂。娘俩也只能吞声承受。赵姨娘素日不忿凤姐宝玉两个，却不敢露出来。今日受这场恶气，更是怀恨在心。在马道婆的撺掇下，赵姨娘花了银两请马道婆作法，弄出扎小人的闹剧，使得凤姐、宝玉二人中邪遭魔，险些丧命。更为愚蠢的是，在贾母为了宝玉心焦如焚的时候，她居然不识时务地对贾母说："哥儿已是不中用了，不如把哥儿的衣服穿好，让他早些回去。"宝玉是贾母的心头肉，赵姨娘此话必然又遭到贾母一顿啐骂。

　　赵姨娘是探春的生母，可探春从小在王夫人和贾母的身边长大。探春很在意庶出这件事，人前总想要和赵姨娘撇清关系，可赵姨娘不肯，三天两头就要在人前提醒探春我才是你的亲妈啊！还时不时地给探春制造一些麻烦，出一些难题，令探春很是无奈。

　　第55回，凤姐养病，王夫人请李纨和探春管理贾府内宅事务。刚上任的那天，就遇到赵姨娘的兄弟赵国基去世的事，按照惯例赏银子二十两，赵姨娘嫌少，便眼泪鼻涕地大哭大闹起来。直到平儿来了，赵姨娘才住嘴离去。像这样给探春制造麻烦的事

时有发生。其实赵姨娘很想亲近女儿，亲近不成就乱闹。她对自己的女儿没有一个母亲应有的样子。

赵姨娘对待儿子贾环也没有一点耐心，恨贾环在贾府的地位不如宝玉，因此时常制造出一些小闹剧，意在替儿子贾环拔高，却总适得其反。第60回的蔷薇硝事件，只因芳官用茉莉粉代替蔷薇硝给贾环，她便怒火冲天，认为别人都在欺负她们娘俩。更加上夏婆子的煽动，她便不顾体统闯到怡红院大闹，同芳官、藕官等四五个小丫鬟叫骂厮打起来，并没得到什么便宜，直到晴雯找来探春才得以脱身。赵姨娘不愿认命，总想抗争，她要为儿子争，儿子贾环就是她的底气与保障。但她既无智商，又无情商，恶毒的语言和行为，常招来人们的厌恶和嘲笑。其实赵姨娘能成为贾政的妾，说明她并非一无是处。虽然曹雪芹在书中没有一句描写她容貌的词，但她也年轻过，想必也曾美丽过，不然怎能得到贾母的同意，怎能被贾政看上呢？第72回，赵姨娘服侍贾政休息，睡前两人闲话宝玉和贾环的婚事，就非常自然和谐。可见贾政在赵姨娘这里也非常放松。

"程本"续书中，赵姨娘死得非常凄惨。贾母去世，合府众人送贾母至铁槛寺安灵，次日，贾政等在贾母灵前辞别，又哭了一场，都起来正要走时，只见赵姨娘爬在地下不起，口吐白沫，眼睛直竖，舌头吐出。贾政、王夫人和宝钗安排周姨娘、贾环、鹦鹉在这里看守她，别人就都回去了。此时的赵姨娘双膝跪地，又说又哭，有时似正在遭受严刑拷打，有时爬在地下叫饶。到了晚上更是叫声凄惨，鬼哭狼嚎，

图3-35　赵姨娘（采自《增评补像全图金玉缘》）

嘴里鲜血直流，头发披散，人人害怕，不敢近前。整整闹了一夜，至第二天已无力嚎叫，手撕衣服，露出胸膛，痛苦之状实在难堪，至大夫来到时已无脉息。赵姨娘死后，哭得最悲切的当属周姨娘，想道："做偏房侧室的下场头不过如此！况他还有儿子的，我将来死起来还不知怎样呢！"赵姨娘的一生就这样结束了，她纵然有很多可恨讨厌之处，但她是否也有很多委屈，有很多苦处？她是那个封建豪门里被压在底层的下人，是曹雪芹笔下又一位悲剧女性。

36.平儿：轻宠辱，理妆裙，冰心一片自含春

鹧鸪天·平儿
王志霞

也是风流绝代人，位卑未许暗生嗔。承威近俗能衡事，惜老怜贫广布恩。　　轻宠辱，理妆裙。冰心一片自含春。嚣尘几度因君止，谊尽悲欢誉满身。

一剪梅·平儿
陈瑞林

息事宁人凭瘦肩。俏丽容颜，品德高贤。观园上下影堪怜。花殒情牵，叶落情牵。　　妒妇凡夫巧斡旋。雨也如前，晴也如前。寒蟾圆缺总难全。恩宠何言？衰盛如烟。

鹧鸪天·平儿
刘庆珍

靓影仙姿语自平，花容月貌睿才英。解奴风险仁心厚，消主清蛮善意诚。　　扶凤姐，侍夫兄。愿陪花蕊色休争。功谋巧女离危境，理事周全尽至情。

【品评】 王志霞　刘庆珍　陈瑞林　撰

平儿是王熙凤的陪嫁丫头，也是贾琏的通房大丫头。平儿不仅可靠，而且得力，被称作是"凤姐身边的一把总钥匙"。尽管如此，平儿并没有失去她善良的本性，她待人心境平和，头脑清醒，聪明能干，从不仗势欺人，以强凌弱，常背着凤姐做好事。

在"俏平儿情掩虾须镯"一节中，她的镯子被宝玉房中的小丫头坠儿偷去，平儿

明知却不愿声张，一方面保全了宝玉和房内大丫头的面子，另一方面又照顾了病中晴雯的身体，此事做得非常周全；第二件事是第61回"判冤决狱平儿行权"，玫瑰露、茯苓霜丢失之事，因二奶奶身体不适，着平儿查办。平儿心里像明镜一样，此事若严查定会牵连到赵姨娘和彩云，也就伤及三姑娘探春的体面，"不肯为打老鼠伤了玉瓶"。平儿于是和宝玉、袭人等商量，还是由宝玉应承了为是。平儿又建议："也须得把彩云和玉钏儿两个业障叫了来，问准了他方好。不然他们得了益，不说为这个，倒像我没了本事问不出来，烦出这里来完事，他们以后越发偷的偷，不管的不管了。"表现出曹公对平儿处事严谨的赞美，真乃大事化小，小事化了。

第三件事是续书后四十回中，王熙凤死后，巧姐被奸兄狠舅出卖时，平儿悉心照护巧姐脱险，就连贾琏也深为感动，打算扶她为正室。这说明她忠于王熙凤，更可见她心地的善良。

还有，凤姐有病，探春代理家政，平儿陪侍。那些管家媳妇见探春年轻又是庶出就想欺负她，连她的生身母亲赵姨娘也来惹是生非。这样的事情，平儿竟能应付自如，既不伤害探春，又保全了凤姐的面子。平儿的善良和聪明不仅表现在她处理和凤姐、贾琏之间的关系，还表现在她对凤姐的几次劝说上。当平儿处理完"茯苓霜失窃"案后，回房向凤姐作汇报时，凤姐说道："只叫他们垫着磁瓦子跪在太阳地下，茶饭也别给吃。一日不说跪一日，便是铁打的，一日也管招了。"这时平儿劝道："'得放手须放手'，什么大不了的事，乐得不施恩呢。"

平儿还是个心中有大爱

图 3-36　平儿（采自《红楼梦图咏》）

的姑娘。刘姥姥第一次进荣国府殊为不易，是平儿"作了主意"让刘姥姥和板儿进来坐着，这才有了刘姥姥二进荣国府。姥姥临走时平儿帮忙打点，还送了一些常用的衣物等。

平儿对尤二姐更是同情怜爱。尤二姐被凤姐骗进贾府后受尽了折磨，唯有平儿明里暗里体恤关照她，拿自己的梯己钱让厨房做些汤菜给尤二姐进补。尤二姐被打胎后，平儿趁夜看望安慰她，深表歉意，悔不该向凤姐告密，二姐也很感激平儿为自己中间受了不少闲气。尤二姐吞金绝命，贾琏无钱安葬，平儿私自偷出来二百两银子料理丧事。平儿告密贾琏偷娶，何错之有？身为一个奴婢，怎允许不忠实主子？但平儿的善良终究让她惴惴不安，千方百计倾力弥补，又怎不让人赞叹！

还有平儿对贾赦要强娶鸳鸯之事，也是站在鸳鸯一边骂贾赦为衣冠禽兽，并同情和支持鸳鸯。贾琏之俗，凤姐之威，平儿竟能体贴周旋。当然这种调节一旦失衡，不但不能庇护别人，自己也会遭殃。譬如凤姐生日，贾琏和鲍二媳妇偷情事败露，双方都迁怒平儿，对她拳脚相加，无辜的平儿有冤无处诉，逼得几乎觅刀寻死，这是平儿处境艰难的一次大曝光。平儿受了委屈，贾母命凤姐安慰，平儿忙走上来给凤姐磕头，说："奶奶的千秋，我惹了奶奶生气，是我该死。"这让凤姐觉得心愧。无论多么艰难的处境也不能改变平儿善良的本性。

平儿的平和、温柔、善良着实令人赞叹。即使有时也有难以周全之处，但是大家也会报以同情和理解。这样一个人际关系复杂的大家庭，能够平衡各种关系少不了平儿这样的人。曹公用浓重细腻的笔墨刻画了平儿这样一个较为完美的封建家族的大丫头形象，也是一个比较完美的女性角色。曹公让平儿在时代的疾风骤雨中独善其身，终有归宿。

37. 尤二姐：红颜薄命柔肠断，饮恨魂飘月不圆

鹧鸪天·尤二姐

陈瑞林

初信良缘一线牵，九龙玉佩意缠绵。洞房花烛情何限，鸳枕罗衾梦正酣。　　风骤起，雨方涟。满园春色已阑珊。红颜薄命柔肠断，饮恨魂飘月不圆。

七绝·尤二姐

杨路平

月貌花容也酿愁，狂蜂浪蝶竞风流。

　　哪堪更坠连环计，撒手人寰恨不休。

【品评】 陈瑞林　撰

　　尤二姐可谓《红楼梦》中的一个悲剧人物。虽然算不上什么大人物，但曹公对她的描述非常精细醒人。尤二姐相貌标致，性情温柔和顺，是个水性女人。自纱与张华指腹为婚，张华的祖上也是皇粮庄头，只是后来家道中落，败了下来，尤二姐随着尤老娘嫁到尤家之后，又见识了贾府的富贵，故而也就与张家疏远了。以此可见尤二姐是个嫌贫爱富之人，为了攀附富贵，与贾珍父子有失检点，贾琏趁火打劫看中了尤二姐的美貌，用宝玉的话说"这是一个尤物"，想见这绝对是个美人胚子。贾琏以九龙玉佩作为定情物，收了二房，贾珍也顺水推舟促成了这对姻缘。按封建礼制，女子随意退婚是不允许的，即使退了婚也不好再嫁，因毁了名声。尤二姐嫁给了贾琏这个风流富家公子，当然是求之不得，自以为从此有了依靠。正如二姐道："我虽标致，却没品行。""我如今和你作了两个月夫妻，日子虽浅，我也知你不是愚人。我生是你的人，死是你的鬼，如今既作了夫妻，我终身靠你。"曹公这一笔点出了尤二姐并不是个愚人，虽婚前失脚，但日后会恪守妇道。

　　尤二姐太幼稚，轻信了贾琏的许诺——待凤姐一死便接她进府扶为正室。她哪里知道，即使是纳妾，一要父母知情；二要正室知情，虽不是明媒正娶，也应摆设酒宴庆贺；三因为宫里太妃国丧期间，且又是贾敬的大

图 3-37　尤二姐（采自《增评补像全图金玉缘》）

丧之期，决不能谈婚论嫁。在以孝为先的古代，不守国孝、家孝，是犯了双重罪！贾琏怎么可能把二姐接进府里？他也不敢面对正妻这个出了名的凤辣子，更何况是偷娶，以后扶正之事只能是泡影。可叹二姐是活在幻想的美梦之中啊！

尤二姐自己柔弱，也想不到王熙凤是何等样人，兴儿苦口相告，她只是半信半疑，觉得只要以礼相待，总能和睦相处。但被王熙凤软语骗进贾府后，饱尝了凤辣子借剑杀人的连环计之苦。曹公在第 69 回"弄小巧用借剑杀人　觉大限吞生金自逝"，浓墨重彩，起伏跌宕，把凤辣子的醋意大发、花言巧语、两面三刀、致人以死地而后快的蛇蝎心肠，描摹得淋漓尽致。贾琏的喜新厌旧，秋桐的狐假虎威，势利小人的助纣为虐，平儿的善良，尤二姐的柔弱、忍气吞声，从封建家族的一个侧面展演了各色人物，其场景令人惊心动魄。这是曹公对封建家族腐败、专治、仗势欺人的无情揭露和有力抨击！

贾琏这个拈花惹草的浪荡公子，身边有了秋桐，对二姐早已不放心上了。那尤二姐原是"花为肠肚，雪作肌肤"的人，如何经得起这般折磨？不过受了一月的暗气，便恹恹得一病，四肢懒动，茶饭不进，渐次黄瘦下去。夜来合上眼，只见她妹妹手捧鸳鸯剑前来，说："姐姐，你一生为人心痴意软，终吃了这亏。休信那妒妇花言巧语，外作贤良，内藏奸狡，他发狠定要弄你一死方罢。""你依我将此剑斩了那妒妇……不然，你则白白的丧命，且无人怜惜。"尤二姐哭道："妹妹，我一生品行既亏，今日之报既系当然，何必又生杀戮之冤。"这二姐惊醒，却是一梦。曹公借梦中姊妹对话，更衬托了尤二姐的善良温顺，听天由命。

贾琏得知二姐病体已有了身孕，立即命人请了太医诊治，胡君荣太医道："不是胎气，只是淤血凝结。如今只以下迁血通经脉要紧。"贾琏令人抓了药来，调服下去。只半夜光景，尤二姐腹痛不止，谁知竟将一个已成形的男胎打下来了。于是血行不止，二姐就昏迷过去。如此一来，二姐生存的唯一希望破灭了，心中自思："病已成势，日无所养，反有所伤，料定必不能好。况胎已打下，无可悬心，何必受这些零气，不如一死，倒还干净。"一个年轻貌美柔顺无辜的女子吞金而亡。死得那样果决凄美！曹公椽笔具有凄入肝脾、哀感顽艳的艺术魅力。

38. 尤三姐：鸳鸯宝剑挂床前，惊魂血溅桃花面

风入松·尤三姐

陈瑞林

鸳鸯宝剑挂床前，日日暖心田。良缘自喜终身配，长相守、此意拳拳。

至死春蚕丝尽，成灰蜡炬情残。　　痴情五载盼君还，孰料竟翻然。惊魂血溅桃花面，一轮月、但觉光寒。斩断愁思千缕，太虚幻境游仙。

鹧鸪天·尤三姐
田幸云

剑自郎君腰上来，聊当聘礼感香腮。三更抚剑呼知己，五载相思伴案台。　　惊骤变，忍悲哀。守贞如玉被疑猜。肝肠寸断铮铮骨，饮恨桃花带血开。

【品评】 陈瑞林　撰

尤三姐是《红楼梦》第65回、第66回的标题人物，在曹公的笔下，尤三姐不但姿色绝佳，而且敢于向封建礼教挑战，不攀附权贵，鄙视和厌恶贾珍、贾琏这等纨绔子弟，也看透了这哥俩是拿着她姐妹二人权当粉头来取乐儿。她从不愿受别人的摆布，正如曹公所云"但终生大事，一生一死，非同儿戏。向来人家看着咱娘儿们微息，不知都安着什么心，我所以破着没脸，人家才不敢欺负"。

尤老娘母女三人因生活无奈投靠贾府，也可谓是寄人篱下。宁国府尤氏旦贵为诰命三品有权有势，但终究与尤老娘母女非至亲，尤老娘是其继母，而尤二姐姊妹与她又是异父异母，无任何血缘关系。尤氏能够收留她们也是碍着情面，且有先父的婚约。她对贾琏纳尤二姐为二房，贾珍对尤三姐也起了歹心，全然不闻不问。尤三姐对母亲和姐姐的相劝不以为然，自有见解："姐姐糊涂！咱们金玉一般的人，白叫这两个现世宝玷污了去，也算无能。而且他家里有一个极利害的女人，如今瞒着他不知，咱们方安。倘或一日他知道了，岂有干休之理，势必有一场大闹，又不知谁生谁死。"

尤三姐为了维护自己的尊严，只得破了脸大闹酒席。这三姐松挽着头发，大红袄子半掩半开，故意露出葱绿抹胸和一痕雪脯，忽起忽坐，忽喜忽嗔，没半刻斯文。两个坠子却似打秋千一般，灯光下，越显得柳眉笼翠雾，檀口点丹砂。上下贵贱若干女子，可有此绰约风流？三姐自己高谈阔论，任意挥霍，村俗流言，洒落一阵，由着性儿拿他们兄弟二人取乐。他兄弟两个本是风流场上要惯的，不想今日竟全然元以相对。一时酒足兴尽，岂容他兄弟多坐，撵了出去，自己关门睡去了。这一番生动的描述真乃淋漓醋畅！也是一个被压迫的封建弱女子向时代发出的最强音！

三姐虽是一裙钗，但有须眉胸襟。她敢爱敢恨，一心追求自己的真爱，安排自己的一生。五年前因给老娘拜寿，与名伶柳湘莲一面之缘，不料竟倾心于他，立誓非他不嫁。贾琏道："果真眼力不错。""那一个标致人，最是冷面冷心的，差不多的人，他都无情无义。……萍踪浪迹，知道几年才来，岂不白耽搁了？"尤三姐决心已定，当着贾琏的面折簪为誓，一句不真，如同此簪。从此吃斋念佛，侍奉母亲，将爱深深地埋藏在心底，可以为厮守终身。

真是无巧不成书，贾琏在去平安州办事的路上，恰好遇见了薛蟠、柳湘莲二人，言谈之间，柳湘莲便有成家之意，贾琏心中暗自欢喜。他曾听尤三姐说非柳湘莲不嫁，所以赶紧推荐了自己的小姨子尤三姐。柳湘莲听说后，也没有推辞，一口答应下来。贾琏还不放心，说"口说无凭"，一定要柳湘莲留下一件定礼。于是，柳湘莲将随身佩戴的鸳鸯剑给了贾琏。尤三姐得了柳湘莲的鸳鸯剑，连忙收了，挂在自己绣房床上，每日望着剑，自笑终身有靠。

图 3-38　尤三姐（采自《红楼梦图咏》）

殊不知柳湘莲回到京都，第一件事就是去找贾宝玉询问尤三姐的情况。当柳湘莲听贾宝玉说尤三姐与尤二姐是两个尤物，还住在宁国府后说道："这事不好，断乎做不得了。你们东府里除了那两个石头狮子干净……"因此要悔婚。

但当尤三姐得知柳湘莲欲索回定情物，把自己当作淫奔无耻之流，不屑为妻，便引剑自刎，正是："揉碎桃花红满地，玉山倾倒再难扶。"以死殉情，自证清白，这是何等的刚烈！柳湘莲万般悔恨，大梦初醒，断发后跟随跛脚道士不知去向。这段描写从另一个侧面道出了曹公欲冲破封建樊笼、崇尚自由恋爱、尊重女性的新思想、新观念。真正女儿的骨肉是水做的，清澈晶莹。

39. 香菱：命如草芥三秋萎，身与荷花一处香

鹧鸪天·香菱
田幸云

生就清纯性自强，云霞篱畔掩寒塘。命如草芥三秋萎，身与荷花一处香。　　春事尽，朔风凉。红楼深邃九重霜。可怜闺阁怀才女，魂魄还乡去哪方？

七律·香菱
陈慧茹

品性高标小姐身，幼年罹祸失家亲。
久遭凌虐犹柔善，偶遇垂怜亦率真。
斗草污裙憨态足，学诗琢句雅怀纯。
桂花开处菱花谢，魂返仙乡泪满巾。

【品评】田幸云　翟海潮　撰

《红楼梦》第1回，香菱就出场了。香菱本是江南乡绅甄士隐的女儿甄英莲，不幸的是她在元宵节夜晚被仆人霍启（谐音"祸起"）带出游玩而走失，被拐子拐去，再被转卖，从此开始了甄英莲（谐音"真应怜"）人生的凄惨之路。

第4回，薛蟠为争夺甄英莲打死了冯渊，引发了人命官司。此案正经借勘贾府补了个应天府官职的贾雨村之手，而贾雨村此前恰因甄士隐相助，进京考中进士。门子对贾雨村介绍英莲的情况时说："这人算来还是老爷的大恩人呢！……虽隔了七八年，如今十二三岁的光景，其模样虽然出脱得齐整好些，然大概相貌，自是不改，熟人易认。况且他眉心中原有米粒大小的一点胭脂痣，从胎里带来的，所以我却认得。"贾雨村忘恩负义，为了攀附贾、王二府，便徇情枉法，胡乱判断了此案，最终把英莲推向了深渊，落到了"呆霸王"薛蟠之手。

英莲随薛家来到京城，住进了贾府，薛宝钗为她取名为"香菱"。当香菱出现在贾府时，已是第7回："只见香菱笑嘻嘻的走来。周瑞家的便拉了他的手，细细的看了一会，因而向金钏儿笑道：'倒好个模样儿，竟有些像咱们东府里蓉大奶奶的品格儿。'"第16回，通过贾琏之口交代了香菱已是薛蟠的妾："生的好齐整模样……谁知就是上京买的那个小丫头，名叫香菱的，竟与薛大傻子作了房里人，开了脸，越发出挑的标致了。那薛大傻子真玷辱了他。"

　　第 48 回"香菱学诗",是香菱恢复本性的开始。薛蟠因遭柳湘莲毒打而外出做生意,香菱才有机会进入大观园。香菱拜黛玉为师,在黛玉的指导下进步很快,她对诗的投入达到了"茶饭无心,坐卧不定","耳不旁听,目不别视"的地步,终于创作出吟月诗三首。第一首写得不好,第二首还是不能令人满意。她不肯罢休,日夜苦吟,忽于梦中得了八句:"精华欲掩料应难,影自娟娟魄自寒。一片砧敲千里白,半轮鸡唱五更残。绿蓑江上秋闻笛,红袖楼头夜倚栏。博得嫦娥应借问,缘何不使永团圆!"这第三首终于得到了黛玉的好评,众姐妹们都为她喝彩。

　　第 62 回"呆香菱情解石榴裙",当贾宝玉为受了委屈的平儿理妆后,他对女性的欣赏和怜爱,又聚焦到了香菱身上。香菱与荳官等在大观园里斗草,斗嘴玩笑,打斗之间弄脏了香菱的石榴裙。宝玉自然说了一番体贴的话,后来向袭人借了一条一样的裙子,解决了香菱这不大不小的尴尬。

　　第 80 回"美香菱屈受贪夫棒",自从夏金桂娶进门,便在家中使性弄气,闹得薛家日日不得安宁。夏金桂把香菱的名字改为秋菱,香菱只得顺从。呆霸王薛蟠,是一个不学无术、胸无点墨的纨绔子弟。当香菱被悍妇谗妾联手陷害时,薛蟠毫无怜爱之心,不问青红皂白,对贤惠温顺的香菱怒目相向,棍棒相加。

　　"程本"续书中,第 100 回"破好事香菱结深恨",当夏金桂纠缠薛蝌时又被香菱撞见,"此把香菱恨入骨髓"。第 103 回"施毒计金桂自焚身",为了除掉眼中钉、肉中刺的香菱,夏金桂在香菱的汤中下毒,却被宝蟾无意中

图 3-39　香菱(采自《红楼梦图咏》)

调换了汤碗，使得金桂自己中毒身亡。夏金桂死后，香菱被扶正当了正夫人。第120回中说香菱死于难产，"遗一子于薛家以承宗祧"。

第5回，香菱的判词是："根并荷花一茎香，平生遭际实堪伤。自从两地生孤木，致使香魂返故乡。"其中"两地生孤木"，即两个"土"字，加上一个"木"字，是金桂的"桂"字，第二句是说薛蟠娶了个搅家不贤的泼妇夏金桂，香菱受尽了她的凌辱虐待，含恨而死。

关于香菱的结局，判词说得很明确，自从呆霸王薛蟠娶夏金桂后，薄命的香菱身心饱受摧残和折磨，以致水涸泥干，莲枯藕败。香菱明明是死于淫夫悍妇之手，又何来"产难完劫，遗一子于薛家以承宗祧"呢？"程本"续书对香菱结局的叙述显然不符合曹公的意图。

40. 夏金桂：木生两地恃风雷，聚首冤家岂雄媒

七律·夏金桂
李振国

木生两地恃风雷，聚首冤家岂雄媒。
到处如闻狮子吼，从头辜负美人胚。
恶因次第积还满，业果分明唤不回。
窃喜小奴方入彀，小奴正为索卿来。

【品评】 李振国　翟海潮　撰

夏金桂，薛蟠之嫡室，生于桂花夏家。桂花夏家名号之由来，是从宝玉、香菱的几句对话中说明的。宝玉笑问道："如何又称为'桂花夏家'？"香菱道："他家本姓夏，非常的富贵。其余田地不用说，单有几十顷地独种桂花，凡这长安城里城外桂花局俱是他家的，连宫里一应陈设盆景亦是他家贡奉，因此才有这个浑号。如今太爷也没了，只有老奶奶带着一个亲生的姑娘过活，也并没有哥儿兄弟，可惜他竟一门尽绝了后。"

"桂花夏家"之浑（诨）号，衰落之先也。俗话言"事出反常必为妖"。桂花秋放，而百姓口中，桂花名冠于夏首；海棠春开，而怡红院内，海棠花发于冬月。二者皆出反常，皆为星士口中所言之"外应"。前者征之夏宗室式微，后者征之大观园末路。

再看夏金桂饮食，每日务要杀鸡鸭，将肉赏与人，只单以油炸焦骨头下酒。嗜食焦骨，此意将夏金桂比诸墨吏耶？古今墨吏，无非敲骨吸髓，而金桂焦骨不弃，犹能大嚼之，其腹黑过于墨吏十数倍矣！

　　却说这夏金桂幼而失怙，且无同胞，寡母溺爱，不啻珍宝，遂养成了盗跖的性气。原文形容她"爱自己尊若菩萨，窥他人秽如粪土；外具花柳之姿，内秉风雷之性"。夏金桂自过了门，见薛蟠气质刚硬，举止骄奢，便欲拿出威风，钤压众人。又见香菱才貌双全，位在侧室，越发添了"宋太祖灭南唐"之意。先用美人计，舍宝蟾以媚薛蟠，欺定香菱。直闹得薛姨妈肝气上逆，贤宝钗闺内吞声。

　　第 79 回"薛文龙悔娶河东狮"，夏金桂首先制服了"呆霸王"丈夫，让他服小作低。"薛蟠本是个怜新弃旧的人，且是有酒胆无饭力的，如今得了这样一个妻子，正在新鲜兴头上，凡事未免尽让他些。那夏金桂见了这般形景，便也试着一步紧似一步。一月之中，二人气概还都相平；至两月之后，便觉薛蟠的气概渐次低矮了下去。"

　　第 80 回"美香菱屈受贪夫棒"，压下了气盛的薛蟠，夏金桂再进一步收拾美妾香菱，从改名入手，让她屈服。金桂道："既这样说，'香'字竟不如'秋'字妥当。菱角菱花皆盛于秋，岂不比'香'字有来历些。"香菱道："就依奶奶这样罢了。"自此香菱变成了"秋菱"。

图 3-40　夏金桂和宝蟾（采自《增评补像全图金玉缘》）

　　夏金桂还把宝蟾也拉进来，让"得陇望蜀"的薛蟠把宝蟾搞上手，又不时以办事取东西为由，让香菱冲撞他们的"好事"，"薛蟠好容易圈哄的要上手，却被香菱打散，不免一腔兴头变作一腔恶怒，都在香菱身上"。

　　续书后四十回中的夏金桂仍然是跋扈骄悍，逼得薛蟠只好躲出家门，欲南去置货，于城南酒肆吃了些酒，使酒尚气，复打死了人，拘在囹圄。薛府上下，惟薛蝌一力支撑。夏金桂迁怒于香菱，笼络宝蟾，挑逗薛蝌。那夏金桂复以美人计，用宝蟾挑之不能得手，遂自行艳服莺声挑之，皆被薛蝌避去（见第 90 回、第 91 回、第 100 回）。

第 103 回，夏金桂视香菱为眼中钉，总欲除之而后快。虽当初被薛姨妈、宝钗两次护下，自宝钗出闺成大礼，遂复萌加害之心。使计将香菱诱入自己房里住下，欲将其毒死，没想到天不作美，宝蟾因在香菱碗里多下盐，却发现盐多的汤碗在夏金桂面前，结果宝蟾换碗，夏金桂不知，自己喝了有毒的汤，毒发身亡。开始宝蟾想诬陷香菱，后见诬陷不成，宝蟾只能说了实情。此真天理昭彰，害人未成，反至自戕。

作者把夏金桂塑造成了一个"五毒俱全"的悍妇形象，也是对为非作歹的呆霸王薛蟠这类人的一种报应。借他们之间形成的这种因果关系，以警示后人。

41. 薛宝琴：吟诗皆赞文辞壮，论道堪知阅历深

七律·薛宝琴（新韵）

王应民

天生丽质俏佳人，一展才华自不群。

玉骨冰肌同韵致，梅心雪貌共灵魂。

吟诗皆赞文辞壮，论道堪知阅历深。

多少谜团犹未解，但凭识者话纷纭。

鹧鸪天·薛宝琴

陈慧茹

识广闻多碧玉年，奇才绝色惹人怜。感怀古迹新诗咏，鏖战群芳妙句连。　　存绮梦，待良缘。红梅白雪画中妍。一来贾府承恩宠，美煞蘅芜刮目看。

【品评】王应民　撰

薛宝琴，《红楼梦》中的一个奇特人物。她出身于金陵四大家族，是宝钗的堂妹，相貌超群，才华出众。令人遗憾的是，薛宝琴只出现在《红楼梦》故事的中间部分。她在第 49 回初登场，"薛蟠之从弟薛蝌，因当年父亲在京时已将胞妹薛宝琴许配都中梅翰林之子为婚，正欲进京发嫁，闻得王仁进京，他也带了妹子随后赶来"。

关于宝琴之容貌，书中有多处描写：宝玉忙忙来至怡红院中，向袭人、麝月、晴雯笑道："……你们成日家只说宝姐姐是绝色的人物，你们如今瞧瞧他这妹子，更有大

嫂嫂这两个妹子，我竟形容不出了。老天，老天，你有多少精华灵秀，生出这些人上之人来！可知我井底之蛙，成日家自说现在的这几个人是有一无二的，谁知不必远寻，就是本地风光，一个赛似一个，如今我又长了一层学问了。除了这几个，难道还有几个不成？"晴雯等早去瞧了一遍回来，吹吹笑向袭人道："你快瞧瞧去！大太太的一个侄女儿，宝姑娘一个妹妹，大奶奶两个妹妹，倒像一把子四根水葱儿。"还有探春道："果然的话。据我看，连他姐姐并这些人总不及他。"又经探春之口说出："老太太一见了，喜欢的无可不可，已经逼着太太认了干女儿了。老太太要养活，才刚已经定了。"老太太给宝琴一领金翠辉煌的斗篷，竟引得湘云又瞅了宝琴半日，笑道："这一件衣裳也只配他穿，别人穿了，实在不配。"

尤其是第50回如诗如画的这一段：一看四面粉妆银砌，忽见宝琴披着凫靥裘站在山坡上遥等，身后一个丫鬟抱着一瓶红梅。众人都笑道："少了两个人，他却在这里等着，也弄梅花去了。"贾母喜的忙笑道："你们瞧，这山坡上配上他的这个人品，又是这件衣裳，后头又是这梅花，像个什么？"众人都笑道："就像老太太屋里挂的仇十洲画的《双艳图》。"贾母摇头笑道："那画的那里有这件衣裳？人也不能这样好！"次日雪晴。饭后，贾母又亲嘱惜春："不管冷暖，你只画去，赶到年下，十分不能便罢了。第一要紧把昨日琴儿和丫头梅花，照模照样，一笔别错，快快添上。"

我们再来欣赏宝琴之才华：《红楼梦》第50回"芦雪广争联即景诗　暖香坞雅制春灯谜"，有一段宝钗、宝

图 3-41　薛宝琴（采自《红楼梦图咏》）

琴、黛玉三人战湘云的精彩描写，宝琴妙句迭出，从容自如，可见她的才华与钗黛也不相上下。紧接着吟红梅花诗，又技压李纹、岫烟，众人看了，都笑称赏了一番，又指这一首说更好。宝玉见宝琴年纪最小，才又敏捷，深为奇异。第50回末尾，宝琴走过来笑道："我从小儿所走的地方的古迹不少。我如今拣了十个地方的古迹，作了十首怀古的诗。诗虽粗鄙，却怀往事，又暗隐俗物十件，姐姐们请猜一猜。"孰知小小年纪的薛宝琴，其诗作题材之广，难度之大，双双令人惊叹。

第70回众人填柳絮词，宝琴填了首《西江月》，众人都笑说："到底是他的声调壮。'几处''谁家'两句最妙。"宝琴八岁时，跟父亲到西海沿子上买洋货，有个真真国的女孩子写了一首诗，好几年之后竟然能给大家一字不差地背下来了。

薛宝琴，就像冰天雪地里一枝盛开的红梅花，光彩夺目，艳压群芳。她的美貌通过众人之口间接道出，不由得令人浮想联翩；她的才华通过诗词直接展现，更令人心口皆服。而交叉使用这两种不同的表现方式，又无形中体现出《红楼梦》笔法变化的精妙。

薛宝琴在《红楼梦》中如梦如幻，飘忽而来、飘忽而去，给后人留下不少的谜团：曹雪芹为什么要加入这么一个才貌非凡的人物？原本轰轰烈烈，但75回之后再没有提起，是作者漏笔还是有意为之？她五官身段究竟长得什么模样？她的婚姻、结局又是怎样？她写的十首怀古诗谜底是什么？她为什么没有入选金陵十二钗？……

42. 邢岫烟：玉立亭亭袭布裙，红楼有梦结良姻

一剪梅·邢岫烟
陈瑞林

玉立亭亭袭布裙。苦读寒门，十载晨昏。幽兰深谷自缤纷。香气怡人，四季如春。　　彩笔题来吟咏真。更比梅芬，野鹤闲云。红楼有梦结良姻。莲举清淳，月满冰轮。

浣溪沙·邢岫烟
陈慧茹

料峭寒风独自凉，家贫无奈典衣裳。安身守分度春光。　　绣口咏梅情雅澹，素心行事品端庄。良缘千里得贤郎。

【品评】陈瑞林　陈慧茹　撰

　　邢岫烟是邢忠的女儿，邢夫人的侄女。因家道贫寒，一家人前来投奔邢夫人，便在大观园迎春的紫菱洲住下。在书中，邢岫烟是个不起眼的角色，曹公对她着墨不多，但给她取了个极雅的芳名。论其人品，可说是量体裁衣。

　　邢岫烟一出场就渲染了悲情，宝钗曾评价："想他家业贫寒；一则别人的父母皆是年高有德之人，于女儿分上平常；独他的父母偏是糟透了的人，邢夫人也不过是脸面之情，亦非真心疼爱。"第 49 回，贾府三家亲友团进京，走至半路泊船时巧遇了，同日齐聚王夫人上房。虽然邢岫烟荆钗布裙，但她端庄淑雅，亭亭玉立。正如晴雯带笑向袭人说道："你快瞧瞧去！大太太一个侄女儿，宝姑娘一个妹妹，大奶奶两个妹妹，倒像一把子四根水葱儿。"因家道贫寒，岫烟初进贾府备受冷落，竟连宝玉这个怜香惜玉之人，都没把岫烟看在眼里。

图 3-42　邢岫烟（采自《红楼梦图咏》）

　　第 52 回，平儿丢失了虾须镯，第一个怀疑的目标就是邢岫烟的丫头，觉得："本来就穷，只怕小孩子家没见过，拿了起来也是有的。"幸亏查出来了，否则邢岫烟因身世寒酸真要背黑锅了。邢夫人人情淡薄，但也是岫烟在贾府的唯一依靠。她要求岫烟把每月的二两例银省下一两贴补父母，使得岫烟不得不典当衣服来维持在大观园的开支。这一切，她都能默默地承受，从无抱怨。邢岫烟外表贫寒，内心却有一番丘壑。她从没进过学堂，却自学成才，与妙玉半师半友。第 63 回，刚过沁芳亭，宝玉见岫烟迎面走来忙问："姐姐那里去？"岫烟笑道："我找妙玉说话。"宝玉听了，诧异道："他为人孤僻，不合时宜，万人不入他目。原来他推重姐姐，竟知姐姐不是我们一流的俗人。"岫烟笑道："他也未必真心重我，但我和他做过十年的邻居，只一墙之隔。他在蟠香寺修炼，我家原寒素，赁房居就，就赁的是他庙里的房子，住了十年，无事到他庙里去作伴。我所认的字都是承他所授。我和他又是贫贱之交，又有半师之分。……如今又天缘凑合，我们得遇，旧情竟未易。承他青目，更胜当日。"岫烟凭借自己的才学很轻松地融入了宝玉、黛玉、探春等人组建的诗社圈。正是："芝兰生于深谷，不以无人而不芳。"

第 50 回是曹公对岫烟这个人物赞美的巅峰。一首《咏红梅花》就是对岫烟品格的写真。好一句"浓淡由他冰雪中"，表述了她内心恬淡的达观人生，世事洞明的处事境界。她不在意金钱地位，也无一般女儿的虚荣心态，而是以一种闲云野鹤的方式生活在诸事纷杂的大观园中。这就是她非一般女儿所持有的"超然"境界，故而在大观园里也赢得了众人的尊重。连凤姐都冷眼旁观道："岫烟心性为人，竟不像邢夫人及他的父母一样，却是温厚可疼的人。"平儿主动送冬衣，探春送她碧玉珮，宝钗替他赎回典当的冬衣，让她在贾府感到了些许的温暖。同时她也得到了黛玉、湘云、宝玉等人的敬重。

一个人一旦思想超越了物质，其精神便会得到升华。岫烟的眼光并不局限于生活琐事上，第 62 回，宝玉、宝琴同日生辰，众人说说笑笑，却忽略了岫烟也是同日的，而岫烟并不放在心上，与众人谈笑自如。她心胸宽广，处事泰然，所以心中才会无任何的烦恼和牵挂。她对自己的贫寒无怨无卑，而是自尊自重。此番境界恐怕要在黛玉、宝钗之上啊！正是："君子修道立德，不为穷困而改节。"

曹公对邢岫烟这个家境贫寒的女子由衷地赞美，也给她安排了一个圆满的结局，由薛姨妈选中，嫁给了品貌双全的薛蝌，双宿双飞。曹公极用心地塑造了一个极普通的小人物，但其视角却影射了自己的人生理想。

43. 李纹和李绮：有才有貌，温文尔雅

七绝·李纹（词韵）

陈瑞林

赋得梅花品自高，守寒失怙恰垂髫。

芳姿冷艳婷婷立，莫问何时着嫁袍。

七绝·李绮

陈瑞林

同是寒门姊妹花，联诗妙想展才华。

幸而能有良缘配，金榜题名真玉嗟。

【品评】 陈瑞林　撰

　　李纹、李绮是李纨的寡婶之女，有才有貌的姐妹。虽然在《红楼梦》中出场不多，但她们个性鲜明、温文尔雅，也是非常值得大家珍爱的好女儿。

　　第49回，从宝玉口中道出："更有大嫂嫂这两个妹子，我竟形容不出了。老天，老天，你有多少精华灵秀，生出这些人上之人来！"晴雯等看了也向袭人道："你快瞧瞧去！大太太的一个侄女儿，宝姑娘一个妹妹，大奶奶两个妹妹，倒像一把子四根水葱儿。"可见李纹、李绮姊妹品貌不凡。贾母王夫人因素喜李纨贤惠，今见她寡婶来了，执意让她母女三人住进稻香村。大观园又平添了许多的热闹。

　　第50回"芦雪广争联即景诗"，五言排律，限二萧韵。李纹李绮每人先联了二句。李绮"年稔府粱饶。葭动灰飞管"，李纹"阳回斗转杓。寒山已失翠"。李绮的联句颂扬年成好，冬雪大瑞，"年登岁稔"。"葭动灰飞管"化用了杜甫《小至》诗："冬至阳生春又来，吹葭六琯动飞灰。"李纹的联句意思是阳气复来，冬至"阴极阳生"。北斗七星，斗柄所指因季节

图 3-43　李纹和李绮（采自《增评补像全图金玉缘》）

而变化。冬季山已积雪，失去了翠色。尾联："欲志今朝乐"（李纹），"凭诗祝舜尧"（李绮）。可看出李纹姊妹饱读诗书，能引经据典。但毕竟初到贾府较为矜持，不敢喧宾夺主。

联句中因宝玉落第了，李纨罚他去栊翠庵折一枝红梅来插瓶，供大家欣赏。黛玉提议方才联句少的人作红梅，否则屈才了。宝钗极力赞同道："就用'红梅花'三个字作韵，每人一首七律。"分给李纹是作"梅"字。

我们且看李纹诗作："白梅懒赋赋红梅，逞艳先迎醉眼开。冻脸有痕皆是血，酸心无恨亦成灰。误吞丹药移真骨，偷下瑶池脱旧胎。江北江南春灿烂，寄言蜂蝶漫疑猜。"曹公通过这首"红梅"诗对李纹的人品作了更细致的描绘。

颔联"冻脸有痕皆是血，酸心无恨亦成灰"可谓经典句。"冻脸"指红梅开于冰雪之中，化用了苏轼《定风波·咏红梅》"自怜冰脸不宜时"，冻脸上的泪痕皆是血泪，用以喻红。"酸心"，梅花蕊孕育梅子，言酸。待梅花时过境迁，化为乌有，即成了灰。此句化用了李商隐的《无题》诗："春心莫共花争发，一寸相思一寸灰。"表达了对自己身世的一种惆怅和哀婉。

尾联中的"春灿烂"、"寄言蜂蝶"，表达了她向往美好的生活，却依然自恃节操。虽早岁失怙，孤女寡母家道贫寒，但还是注重儒家"德教"，也是李守中一族共同环境的熏陶。

正是李纹性格如梅，超脱淡然，美丽高冷，却又不失坚韧。可叹可赞矣！其结局书中虽没做交代，大概也难免"千红一哭，万艳同悲"。

李绮虽没作诗，但作灯谜却是奇思妙想，展示了才华。以"萤"字打一字。众人猜了半日，宝琴笑道："这个意思却深，不知可是花草的'花'字？"众人道："萤与花何干？"黛玉笑道："妙得很！萤可不是草化的？"众人会意都称赞："好！"李绮在大观园表现活跃，很喜人。后由王夫人做媒许配给甄宝玉，而这个"真玉"后来又金榜题名，好事成双，可谓良缘。

44. 刘姥姥：三入豪门见盛衰，知恩图报显胸怀

七律·刘姥姥

刘庆珍

老妪乡间历苦辛，家贫无奈远攀亲。

凤生怜悯施多锦，母念仁慈送百银。

酒醉观园皆笑傻，茶迷栊翠却言真。

知恩图报德行善，护巧安危智慧人。

七律·刘姥姥
布凤华

朱门三进竟如何，笑语大观园里多。

身处敝庐存德礼，义从落魄结丝萝。

贫寒不碍襟怀阔，智慧端凭岁月磨。

莫以癫痴看老妪，可知弹铗那支歌。

鹧鸪天·刘姥姥
丁玉林

悯女家贫拜远亲，祖孙拘谨入豪门。憨容风趣金钗敬，和态恭谦贾母尊。　　乡间果，府中银。情呈雅谊暖三巡。倾家四顾扶衰第，巧姐祺祥媪智存。

【品评】 刘庆珍　翟海潮　撰

刘姥姥是一位典型的农村妇人，具备淳朴、善良、乐观、诚信等优秀品质。她虽为乡间村妇，但以德报德，藏精于拙，愚蠢中有精明，又风趣幽默，滑稽中有崇高，卑微中有人格。曹公设计的刘姥姥的人物形象逼真、鲜活，与豪门之间贫富反差强烈，人物对比令人拍案叫绝，这是刘姥姥这个人物形象能打动人的重要原因。

刘姥姥在《红楼梦》小说中具有穿针引线、举足轻重的作用，她三进荣国府，见证了贾府兴衰荣辱的全过程。

刘姥姥一进荣国府为求助。因冬来饥馑，储粟无计，女婿窝在家里发脾气。刘姥姥想起女婿的爹和金陵王家在祖上沾亲带故，遂去贾府打打秋风。初至荣国府，便受阻于看门小厮，幸得阍人中一长者指点，解了这褴褛老妪不尴不尬之处境。

刘姥姥在周瑞家的引荐下，进了王熙凤房门，只见平儿遍身绫罗，插金带银，花容玉貌的，便当是凤姐儿了。至王熙凤出场，"只听远远有人笑声，约有一二十妇人，衣裙窸窣，渐入堂屋，往那边屋内去了"。一个王熙凤，其豪奢权势可见一斑。刘姥姥以古稀之龄，屈膝几拜王熙凤，身裹绫罗的凤姐，坦然受之。

凤姐能说会道，接上刘姥姥的地气，没有看不上对方贫穷，也没有显摆自己富贵。刘姥姥则小心谨慎，察言观色，展示了机敏、睿智的人物性格，最终不仅让贾府认了亲戚，还带回了二十两银子和一吊钱，帮助家里渡过了难关。

　　刘姥姥二进荣国府是为报恩。她没有忘记贾府昔日赠银之恩，于转年带了头遭的瓜果来答谢恩主，以感谢贾府的关照，却意外受到贾母的厚待。因为贾母很想找个老太太聊天，就留她在家居住。刘姥姥此间目睹了大观园之豪华以及贾府的兴盛。

　　刘姥姥是个知足常乐、生性乐观的人，她到荣国府之后，通过与老祖宗贾母一起玩乐宴饮，看到了贾府的兴盛和富贵。如果说刘姥姥一进贾府是窥一斑而知全豹地看到贾府权势奢华的一角，那么这一次则是一览无遗地看到最能代表贾府繁华兴盛的大观园全景。对于生活于乡野的刘姥姥，经常见到的是过年买的年画里那个虚无的美好风景，也曾梦想过去里面逛一逛。她怎么也想不到，自己有一日真的能够进入比那画里还要美上十倍百倍的贵族园子，亭台楼阁、廊榭轩馆，山水花草，鸟兽虫鱼，无所不有……

　　不仅如此，刘姥姥还见到了黛玉、探春、惜春等生活于大观园中的金尊玉贵的小姐。期间，凤姐不以刘姥姥年迈，竟推刘姥姥做了宴席间的筬片，恣意取笑，以悦己愉人。此刻，寒门薄祚之卑微与朱门广厦之豪奢展现无遗。足见生存法则，弱者附势，仰人鼻息；强者凌人，颐指气使。一介乡妪，以稻粱故，折腰五斗，承欢人前，让人喟然生叹。

　　刘姥姥应该是三进荣国府。但"程本"续书中，刘姥姥在第113回和第119回又有两次进府：第一次进荣国府为探望，当贾府被抄，贾母离世，凤姐弥留之时，刘姥姥得知后就去贾府探望凤姐，凤姐把巧姐托付给了刘姥姥；第二次进荣国府是

图 3-44　刘姥姥（采自《增评补像全图金玉缘》）

贾芸受贾环的唆使，伙同其舅王仁等把巧姐卖给一个外藩的郡王作妾，刘姥姥偷着把巧姐接到乡下，并作媒把巧姐嫁给一个大乡绅之子了，这个乡绅的儿子还考中了秀才。

有人根据巧姐的图画、判词推测，续书的情节并不符合曹公的原意，认为贾府破落后巧姐被卖到妓院为娼，后由刘姥姥救出，同刘姥姥的外孙板儿结为夫妻。第41回有巧姐和板儿交换柚子和佛手这个细节，这是巧姐与板儿姻缘的伏笔。不论如何，巧姐的结局还是一农妇罢了，这一点是无可非议的。

45. 赖嬷嬷：教儿总管豪门守，育后筹谋大事图

七律·赖嬷嬷
李金娥

一世经营眼界宽，殷勤侍主更周全。
并非受宠春风护，终是承恩好运连。
落座闻声知礼让，捧茶解语懂恭虔。
心仪孙辈青云上，未料将来梦不圆。

七律·赖嬷嬷（新韵）
师晓安

身虽妇道且为奴，一世经营胜丈夫。
礼让圆成长夜梦，谦恭造就老年福。
教儿总管豪门守，育后筹谋大事图。
惯看兴衰勤算度，谁知梦醒有还无。

【品评】王志刚　撰

赖嬷嬷是贾府最有体面的老奴，她是荣宁二府的管家赖大、赖二之母，是县令赖尚荣的祖母。在众多佣人里，她是唯一能坐着和贾母说话的人。而这种待遇，源于赖嬷嬷曾经伺候过贾府里的老主人，也是她平时为人低调处事得来的福报。

第43回，贾母为凤姐过生日，以民间小家子"攒金"方式。赖嬷嬷主动说，她应该自降一等，份子钱要比邢王二夫人低一等，从而可以看出她为人谦虚低调，知礼守礼，身份摆得正，时刻不忘自己出身。贾母不同意，说她是个土财主，是个"老封君"，也应该和少奶奶一例出十二两银子。自降一等是赖嬷嬷的聪明之处，这也正迎

合了主子们虚荣的心理，时刻让主子们觉得有着身份上的优越感，这也是赖嬷嬷在贾府备受主子欢心的原因。

赖嬷嬷持家有道，她盘活闲置资源，把自家花园承包出去，每年能为赖家赚来不少钱，从而让"死物变成了活钱"，探春理家搞承包制就是从赖家学来的。正是这样，使赖家积累了不少钱财，还买来丫头晴雯孝敬贾母，更进一步密切了她与贾母的关系。赖嬷嬷没有多少文化，却有着先进的治家理念和教育理念，最成功的莫过于让自己的孙子赖尚荣一出生就脱去奴籍，并借助贾家的关系，当上了让人羡慕的县令，成了朝廷官员。赖嬷嬷孙子之所以能有今天，与赖嬷嬷的严格家教是分不开的。

第45回，当赖嬷嬷的孙子赖尚荣放了知县，要走马上任前，阖家先风光一下，下帖请贾母等老少主子去她家赴席祝贺。赖嬷嬷自豪地说："托主子洪福，想不到的这样荣耀，就倾了家，我也是愿意的。因此吩咐他老子连摆三日酒：头一日，在我们破花园子里摆几桌酒，一台戏，请老太太、太太们、奶奶姑娘们去散一日闷；外头大厅上一台戏，摆几席酒，请老爷们、爷们去增增光。第二日再请亲友。第三日再把我们两府里的伴儿请一请。热闹三天，也是托主子的洪福一场，光辉光辉。"第47回，贾母高兴，到赖大花园中坐了半日。那花园虽不及大观园，却也十分整齐，泉石林木，楼阁亭轩，也有好几处骇目的。

赖嬷嬷还向凤姐、李纨等年轻主子重复了她教训孙子赖尚荣的话："……你那里知道那'奴才'两字是怎么写的！只知道享福，也不知道你爷爷和你老子受的那苦恼，熬了两三辈子，好容易挣出你这么个东西来。……你一个奴才秧子，仔细折了福！如今乐了十年，不知怎么弄神弄鬼的，求了主子，又选了出来。州县官儿虽小，事情却大，为那一州的州官，就是那一方的父母。你不安分守己，尽忠报国，孝敬主子，只怕天也不容你。"这一番话慷慨激昂，有着教子典范孟母和岳母的影

图 3-45　赖嬷嬷（翟海潮绘）

子，与贾母对子孙放纵娇惯形成鲜明的对比。

　　赖嬷嬷是一位有担当、负责任的仆人，凤姐要撵走闯了祸的周瑞之子，赖嬷嬷挺身而出，以周瑞家的毕竟是王夫人的陪房为由，替周瑞之子说情，极力挽留他，凤姐居然听了。她对贾家年轻主子，也非一味顺随，赖嬷嬷还用严厉的口吻教训宝玉、责备贾珍。

　　赖嬷嬷跟宝玉说："不怕你嫌我，如今老爷不过这么管你一管，老太太护在头里。当日老爷小时挨你爷爷的打，谁没看见的。老爷小时，何曾像你这么天不怕地不怕的了。还有那大老爷，虽然淘气，也没像你这扎窝子的样儿，也是天天打。还有东府里你珍哥儿的爷爷，那才是火上浇油的性子，说声恼了，什么儿子，竟是审贼！如今我眼里看着，耳朵里听着，那珍大爷管儿子倒也像当日老祖宗的规矩，只是管的到三不着两的。他自己也不管一管自己，这些兄弟侄儿怎么怨的不怕他？"真是苦口婆心，分寸拿捏得极好。赖嬷嬷的话也暗示了贾家不善于教育后代，这也是贾家最终走向没落的原因之一。赖嬷嬷一家是《红楼梦》中奴才家发迹的典型，从赖嬷嬷身上也折射出了贾府奴才们的生存史。

46. 李嬷嬷和赵嬷嬷：哺育王孙各有功，两人表现却非同

七律·李嬷嬷和赵嬷嬷

王志刚

哺育王孙各有功，两人表现却非同。

胸襟狭隘旧墙隔，眼界高深大路通。

抢酪明为欺婢软，谋差何惜把腰躬。

终归位贱福缘浅，大梦醒来皆是空。

【品评】王志刚　撰

　　李嬷嬷是宝玉的奶妈，赵嬷嬷是贾琏的奶妈，两人在贾府中的地位要比陪房尊贵得多。曹雪芹用传神之笔，把处于社会底层的两个嬷嬷刻画得栩栩如生，入木三分。

　　李嬷嬷凭着她是宝玉奶妈这种特殊身份，经常居功自傲，语言刻薄，讨人厌烦。第8回，写宝玉在薛姨妈处吃酒，李嬷嬷两次上前拦阻，并抬出"老爷问书"之事，令宝玉"心中大不自在"，这种不合时宜的劝阻，很是扫了大家的兴，而目的是怕自己挨说。宝玉回到绛芸轩，闻言枫露茶被李嬷嬷喝了，愤怒不已，摔了茶杯，骂道："不

过是仗着我小时候吃过他几日奶罢了。如今逞的他比祖宗还大了。"说着便要去立刻回贾母撵李嬷嬷走。

第 19 回更是写李嬷嬷一来就排揎众丫头，听说给袭人留的酥酪，气急败坏地说，宝玉是吃她的奶长大的，袭人是她调教出来的丫头，"一面说，一面赌气将酥酪吃尽"。枫露茶事件和吃酥酪事件，彰显了李嬷嬷仗着自己奶过宝玉，居功自傲、为老不尊、爱占便宜的性格，她没有摆正自己在贾府的位置，在丫头们面前忘了自己奴才的身份。

第 20 回写道：只见李嬷嬷拄着拐棍，在当场骂袭人是"忘了本的小娼妇"，"一心只想妆狐媚子哄宝玉"，"好不好拉出去配一个小子，看你还妖精似的哄宝玉不哄！"脏话连篇。随着宝玉的慢慢长大，袭人成了宝玉身边的贴身第一丫鬟，作为宝玉奶妈的李嬷嬷，在感情上难以接受甚至觉得非常不爽。此段语言描写，淋漓尽致地表现出李嬷嬷倚老卖老、狂妄不羁、心胸狭窄的性格特点，而且说话不会掌握分寸。

而有着和李嬷嬷相似经历的赵嬷嬷，却是一位与李嬷嬷性格相反的人物。赵嬷嬷出场时正是贾府筹备元春省亲这一关键时刻，赵嬷嬷去为两个儿子谋差事，从这一点可以看出，赵嬷嬷是一位审时度势善于把握机会的老人。赵嬷嬷去求王熙凤时的说辞，很是体现了她说话的智慧：第一，她在不伤及贾琏体面的前提下，贬责了一通她这奶过的儿子；其次，她不露声色地恭维了凤姐，让其听了高兴；再有，她不失时机地抓住了"这一件大喜事"提供的机遇，请求凤姐照顾她"那两个儿子"。果然，凤姐听后满心喜悦，笑

图 3-46　李嬷嬷（采自《增评补像全图金玉缘》）

道："妈妈你放心，两个奶哥哥都交给我。"仅看王熙凤对赵嬷嬷的态度便知，赵嬷嬷是个精于人情世故讨人喜欢的老太太。

谈起元妃省亲，凤姐和赵嬷嬷都兴奋起来。当凤姐谈起当年皇帝南巡接驾的事，赵嬷嬷激动地说："嗳哟哟，那可是千载希逢的！那时候我才记事，咱们贾府……接驾一次，把银子都花的淌海水似的！……江南的甄家，嗳哟哟，好势派！独他家接驾四次……"赵嬷嬷在书中的故事不多，仅出一次场就把贾府昔日的辉煌一笔带出。

再看凤姐嘲讽贾琏时赵嬷嬷的表现，当凤姐针对贾琏别有深意说出"内人""外人"的话来时，乳母赵嬷嬷立马接过了话茬儿说："我们爷是没有，不过是脸软心慈，搁不住人求两句罢了。"本是严肃的问题，却被赵嬷嬷轻描淡写的几句话，轻松化解了王熙凤的怨气和贾琏的尴尬处境。

赵嬷嬷说话得体让人舒爽，她贬中有褒，贬得有分寸，让身边的人轻松自然没有一点局促感。赵嬷嬷是一位有智慧的老人，她的智慧应是来自在贾府多年的生活阅历，她见多识广、处事低调，懂得人生的务实比务虚更重要，所以她能摆正自己的位置，乐意抬高、愉悦别人，最终达到利己的目的。

赵嬷嬷说话如春风化雨，情商更不知要比李嬷嬷高出几倍，她深得贾府主子们的欢心，也就不足为奇了。同为仆人的两个嬷嬷，性格各异，读过皆让人过目不忘。

贾府和大观园的丫鬟、女伶们

47. 袭人：红巾暗赠将身许，妩媚娇嗔诉

蝶恋花·花袭人
李金娥

处事精明心有数。秉性贤良，侍主何言苦。软语三箴情几许。待时守分风难阻。　　孰料荣华留不住。泪洒红楼，难忘归乡路。缘系香罗藏爱慕。命途携手同呵护。

醉花阴·袭人
陈瑞林

香气氤氲花解语，巧舌钗裙楚。和顺且温柔，九转回肠，帷幄芳心妒。　　红巾暗赠将身许，妩媚娇嗔诉。深得主人怜，孰料相违，辞却凡尘路。

【品评】李金娥　陈瑞林　翟海潮　撰

袭人原名花珍珠，本是贾母的丫鬟，因贾母溺爱宝玉，素喜袭人心地纯良，克尽职任，遂与宝玉。宝玉因诗句"花气袭人知昼暖"改珍珠为袭人。

第6回，贾宝玉与袭人初试云雨情，从此两人形成了特殊的关系："自此宝玉视袭人更比别个不同，袭人待宝玉更为尽心。"第8回，袭人伸手从宝玉项上摘下那玉来，用自己的手帕包好塞在褥下，就怕带时冰着脖子，她侍奉主子细心体贴。

第9回，早上袭人把书笔文物收拾妥当，劝宝玉读书上进，充当了宝玉身边时时规箴的卫道士角色。第19回，袭人借着家里人要赎她出去的机会，有意敲打宝玉。袭人箴规宝玉说："我另说出两三件事来，你果然依了我，就是你真心留我了，刀搁在脖子上，我也是不出去的了。"宝玉急忙表态说："你说，那几件？我都依你。好姐姐，好亲姐姐，别说两三件，就是两三百件，我也依……"宝玉本性难移，第21回，宝玉就着湘云用过的水洁面，又顺手抓了胭脂，欲向口里送。忽见宝钗走来，袭人叹道："姊妹们和气，也该有个分寸礼节。"宝钗心中暗忖道："倒别看错了这个丫头。"

第26回，小丫鬟佳蕙道："袭人那怕他得十分儿，也不恼他……谁还敢比他呢？

别说他素日辛勤小心……"袭人平时与姐妹们处事，律己足以服人。

第 28 回，宝玉偶遇琪官（蒋玉菡），蒋玉菡赠宝玉"茜纱巾"，据说是茜香国女国王所贡的系着能肌肤生香不生汗渍的大红汗巾，且要了宝玉随身的松花汗巾。宝玉的这松花汗巾原是袭人给他的，袭人生气。宝玉悄悄把蒋玉菡送的大红汗巾系在袭人腰上，为后来袭人和蒋玉菡成婚埋下了伏笔。

第 34 回，宝玉挨打之后，袭人以一番贤德的话向王夫人进言，王夫人听了大为感动，心下越发感爱袭人，说道："我的儿，你竟有这个心胸，想的这样周全！"第 36 回，王夫人吩咐凤姐从自己的月例里，"拿出二两银子一吊钱来给袭人"。

第 63 回，宝玉生日，群钗嬉戏抽花签，袭人抽到了桃花签，上面题着"武陵别景"四字，另一面则写着一句诗，诗云"桃红又是一年春"，这谶诗暗示了袭人的归宿。袭人的结局有众多猜测。第 5 回，袭人出现在《金陵十二钗》又副册上，有几句判词："枉自温柔和顺，空云似桂如兰。堪羡优伶有福，谁知公子无缘。"预示袭人最后没有成为宝玉的妾，而是嫁给了蒋玉菡。根据己卯本第 20 回脂批，袭人出嫁是在宝玉出家之前，因为贾家变故，袭人不得不离开贾府嫁给蒋玉菡，离开前留下"好歹留着麝月"等语（第 274 页）。

"程本"后四十回，袭人的结局也是嫁给了蒋玉菡，但嫁的原因和时机和脂批大不相同。第 120 回，宝玉出家，"惟有这袭人，虽说算个屋里人，到底他和宝哥儿并没有过明路儿的"。王夫人安排把袭人领回家去聘人，袭人不情愿，欲死。到

图 3-47　袭人（采自《红楼梦图咏》）

了迎嫁吉期，那夜袭人原是哭着不肯俯就的，可那姑爷却柔情曲意的承顺。第二天开箱，这姑爷看见一条猩红汗巾，方知是宝玉的丫头。此时蒋玉菡将宝玉所换那条松花绿的汗巾拿出来。袭人看了，方知这姓蒋的原来就是蒋玉菡，始信姻缘前定，才放弃了死的念头。袭人的结局也算是善缘善终了。

48. 晴雯：霁月难逢，彩云易散

满庭芳·晴雯
陈瑞林

玉洁冰清，风流灵巧，更怜兰蕙幽香。岁华初逝，霞彩赏晴光。撕扇千金一笑，叹傲骨、只道痴狂。纤纤指，补裘五色，丝缕寄情长。　　寒霜，摧落叶，飘零魄散，黯黯忧伤。恁心比天高，孤立秋芳。怎得唇枪舌剑，身卑贱、犹自矜强。尘缘断，观园泣别，缥缈入花乡。

七律·晴雯
邓世广

命贱心高集一身，罔谙世故误前尘。
风流亦且矜才识，伶俐非关工笑颦。
撕扇拈酸知气傲，补裘抱病见情真。
金陵另册裙钗首，缘是红楼饮恨人。

【品评】陈瑞林　撰

晴雯乃《红楼梦》大观园中最有个性的典型人物之一，是贾宝玉房里的四大丫鬟之一。她从小被卖给贾府的奴仆赖大供役使，连父母的乡籍姓氏都无从所知，地位是最低下的。但在曹公笔下的众多奴隶中，她又是反抗性最强的一个。她敢说、敢怒、敢骂，心直口快，语言尖刻，不拘泥虚伪，而且模样生得标致，心灵手巧。

第31回，晴雯因失手跌了扇子被宝玉骂："蠢才，蠢才！将来怎么样？明日你自己当家立事，难道也是这么顾前不顾后的？"晴雯冷笑道："二爷近来气大的很，行动就给脸子瞧。前儿连袭人都打了，今儿又来寻我们的不是。要踢要打凭爷去。就是跌了扇子，也是平常的事。先时连那么样的玻璃缸、玛瑙碗不知弄坏了多少，也没见个大气儿，这会子一把扇子就这么着了。何苦来！要嫌我们就打发我们，再兆好的使。好散好离的，倒不好？"一直生闷气，直至撕扇换取千金一笑。这是曹公对晴雯由衷的赞美，展示了她虽为婢女，却绝不低声下气，向往平等公正，不肯轻易低头的倔强性格，骨子里透露着高傲。

第52回因小丫鬟坠儿偷镯子，晴雯打骂了她并赶她出去，虽然话语尖刻但掩盖了事情的真相，只是骂她偷懒不听主子的差遣，实则出于好心救了坠儿。她知道王熙凤的狠毒，后果会怎样？于此体现了晴雯洒脱泼辣、无所顾忌、天真善良。不仅如此，晴雯还心灵手巧，关键时刻能挽狂澜。贾母赏赐给宝玉的一件雀金裘，不料后襟上烧了一块。第二天又是正日子，必须穿。为救急，晴雯抱病熬夜补裘。因工艺繁琐精细，越发加重了风寒，为后来号称"病西施"埋下了伏笔。

第74回，王善保家的倚仗主子的势力，狐假虎威抄检大观园。袭人先打开了自己的箱子并匣子，别人的也挨次都一一搜过。到了晴雯的箱子，因问："是谁的，怎不开了让搜？"袭人等方欲代晴雯开时，只见晴雯挽着头发闯进来，豁一声将箱子掀开，两手捉着底子朝天往地下尽情一倒，将所有之物尽都倒出。曹公仅几笔就生动地描绘了晴雯面对屈辱所发出的冲天怒火，不顾一切地公然反抗，也因此给自己带来了厄运。王夫人这个吃斋念佛的假善人，加之王善保家的极尽谗言："宝玉屋里的晴雯，那丫头仗着他生的模样儿比别人标致些，又生了一张巧嘴，天天打扮的像个西施的样子，在人跟前能说惯道，掐尖要强。一句话不投机，他就立起两个骚眼睛来骂人，妖妖趫趫，大不成个体统。"王夫人立即叫传唤了晴雯来，正值晴雯身体不适，午睡刚起。王夫人一见她钗

图3-48　晴雯（采自《红楼梦图咏》）

弹鬓松，衫垂带褪，有春睡捧心之遗风，不觉勾起方才的火来，冷笑道："好个美人！真像个病西施了。"唯恐晴雯勾引了唯一能为她养老送终的宝玉，恶狠狠地硬是把一个卧病四五日水米未进的羸弱之人从病榻上拉了起来，赶出大观园。就此，一个十六岁的花季少女忍悲含恨地结束了短暂的一生。

第77回宝玉私探晴雯，晴雯此时向宝玉泣诉："只是一件，我死也不甘心的：我虽生的比别人略好些，并没有私情密意勾引你怎样，如何一口死咬定了我是个狐狸精！我太不服。……有冤无处诉。"于是晴雯将剪下的指甲和一件贴身的旧红绫袄让宝玉收好，又穿上了宝玉的贴身袄儿，说道："回去他们看见了要问，不必撒谎，就说是我的。既担了虚名，越性如此，也不过这样了。"晴雯的纯洁无瑕如冰如莲。以此可见，宝玉已把晴雯引为红颜知己，对晴雯惨遭迫害，悲恸欲绝，愤慨不已，把全部的伤感倾注在名篇《芙蓉女儿诔》中。曹公借宝玉之口极尽颂赞晴雯："金玉不足喻其贵，冰雪不足喻其洁，星日不足喻其精，花月不足喻其色。"一个冰清玉洁的好姑娘被封建家族的暴力所摧残。《芙蓉女儿诔》是曹公从心底发出的呐喊，同时也让晴雯有了好去处，做了芙蓉花神。多么凄美的浪漫主义啊！

49. 麝月：荼蘼开罢芳菲歇，看尽荣华春梦休

小重山·麝月
陈瑞林

叶自飘零月自移。清光流照影、四时随。奴颜媚骨不相宜。风波息，利齿赖循规。　　青鬓莫言痴。荼蘼花事了、守残枝。繁华阅尽梦中徊。红颜老，镜里忆阿谁。

鹧鸪天·麝月
布凤华

云自横空月自流，一痕蟾影鉴沉浮。心诚可见仁兼厚，齿利堪当盾与矛。　　天渺渺，路悠悠。独扶公子度残秋。荼蘼开罢芳菲歇，看尽荣华春梦休。

【品评】陈瑞林　撰

麝月是宝玉身边的一等丫鬟，怡红院里四大丫鬟。麝月虽然经常与其他大丫鬟同入同出，却没有太大的存在感。论品貌既不够漂亮，也不够温柔，待人宽厚、善解人意、与

世无争是她的操守。无论是城府颇深有心计的袭人,还是性情泼辣的晴雯,都能与她友好相处。

　　麝月从小受袭人的调教和影响,安分守己、尽职尽责、处事冷静,有袭人的影子,但不像袭人那样有心计,会讨主人的欢心。第32回,宝玉为讨晴雯的欢心,尽情欣赏她撕扇,还把麝月手中的扇子夺过来也让晴雯撕。麝月看不过,劝他们少造孽,并拒绝为晴雯搬扇子。从这一小品戏,充分体现了麝月不会随意去讨好主子。晴雯生病了,她倍加关爱照顾,送水端药。晴雯因发烧头痛得厉害,麝月奉宝玉之命去二奶奶处,取来西洋贴头疼的膏子药"依弗哪",帮助晴雯贴在两太阳上,并调侃道:"病的蓬头鬼一样,如今贴了这个,倒俏皮了。"以示安慰。特别是晴雯抱病补裘,麝月也陪了一晚,帮着拈线,更欣赏晴雯的心灵手巧。

图3-49　麝月(采自《红楼梦图咏》)

　　麝月是个敢担事能压事的人,对那些挑衅滋事的人当仁不让,以规矩压制人。第52回,平儿丢了虾须镯,经暗中查访,原是宝玉房里的小丫头坠儿偷的。被宋嬷嬷看到了,拿着赃物要回二奶奶,被平儿压下了。平儿把麝月叫到窗外低声说明了原由,将坠儿悄悄地打发出去就完了。麝月深解其意。麝月对宋嬷嬷说:"早也去,晚也去,带了去早清净一日。"宋嬷嬷只好唤来她母亲,打点了她的东西。坠儿娘自然不高兴说道:"姑娘们怎么了,你侄女儿不好,你们教导他,怎么撵出去?也到底给我们留个脸儿。"晴雯道:"这话只等宝玉来问他,与我们无干。"那媳妇冷笑道:"我有胆子问他去！他那一件事不是听姑娘们的调停？"此时，麝月比晴雯要稳重能压事了。麝月道："嫂子，你只管带了人出去，有话再说。这个地方岂有你叫喊讲礼的？你见谁和我们讲过礼？别说嫂子你，就是赖奶奶林大娘，也得担待我们三分。便是叫名字，从小儿直到如今，都是老太太吩咐过的，你们也知道的，恐怕难养活，巴巴的写了他的小名儿，各处贴着叫万人叫去，为的是好养活。连挑水、挑粪、花子都叫得，何况我们。"麝月伶牙俐齿的一番话，有理有据，以贾府规矩和最高掌权人来震慑，使对方心生忌惮，又不好迁怒于她。这是曹公以浓墨重彩展现了麝月敢说会道的能力。

这样一个朴实无华又能仗义执言的好姑娘，结局会怎样呢？曹公在第 63 回埋下了伏笔。为宝玉生日庆，怡红院群芳开夜宴。无长辈参加，大家乐得自在，以占花名儿抽签饮酒。麝月掣出一根来，大家看时，上面是一枝荼蘼花，题着"韶华胜极"四字，那边写一句旧诗，道是："开到荼蘼花事了。"注云："在席各饮三杯送春。"麝月问："怎么讲？"宝玉皱皱眉儿，忙将签藏了，说："咱们且喝酒。"说着，大家吃了三口，以充三杯之数。宝玉本来就是个伤春悲秋之人，"韶华胜极"虽字面上说得很好，实质上胜极就是到了头，转而便是衰败。荼蘼乃春末开花，东坡有诗云："荼蘼不争春，寂寞开最晚。"现在签上说"花事了"，又让大家都"送春"，正好触动了他的忧思。宝玉不愿意让麝月败兴，故藏了签，只劝酒。

"开到荼蘼花事了"对麝月而言，是个谶语。麝月是最后留在贫困潦倒的宝玉、宝钗夫妇身边唯一的丫头，她安分守己，忠实于主子。宝玉虽娶了宝钗，但对黛玉始终难于忘怀，金玉良缘形同虚设，最后宝玉还是抛却红尘遁入空门。麝月从此空守旧庄园，待红颜老去，留下的只有破碎的回忆。

曹公对麝月的描述不算多，但每一个场景都给人留下了深刻印象，使人不免对麝月这个封建家族的牺牲品赋予了悲悯之情。作者用麝月这面镜子，折射出了封建家族的兴衰，最终是树倒猢狲散，大观园呼啦啦似大厦倾。

50. 秋纹：貌不惊人自苦身，恃强恶语抖精神

浣溪沙·秋纹

陈瑞林

貌不惊人自苦身，恃强恶语抖精神。殷勤恩赏旧罗裙。　　邀宠何知奴下贱，张狂愈显德无存。繁华谢后叹孤魂。

【品评】陈瑞林　撰

　　秋纹是宝玉身边的四大丫鬟之一，其相貌平平，也不招人喜欢。虽从小受袭人调教，但很平庸，各方面都不出色，在宝玉面前极不受宠。所以她对袭人、晴雯、麝月当面不敢造次，都能忍让，但是对下边的小丫头却是高调行事，气焰嚣张。

　　第24回，秋纹、碧痕两人打水回来，知道小红给宝玉倒了碗茶，秋纹啐了一口道："没脸的下流东西！""你可等着做这个巧宗儿。一里一里的，这不上来了。""你也拿镜子照照，配递茶递水不配！"这一番恶语相加，俨然像个恶主子对奴才发飙。对小红倒茶一事反应如此强烈，生怕有一天小红会得宠取代了她的位置。张狂任性，是秋纹处处行事目无长幼、令人生厌的另一特性。第54回，元宵时节，袭人因有热孝在身，不能陪同宝玉，由麝月和秋纹代替了。宝玉走到山石后面小解，后面的两个小丫头忙去茶房内预备水来了。秋纹先伸手向盆里试了试，说道："你越大越粗心了，那里弄的这冷水。"小丫头笑道："姑娘瞧瞧这个天，我怕水冷，巴巴的倒的是滚水，这还冷了。"正说着，可巧见一老婆子提着一壶滚水走来，小丫头就说："好奶奶，过来给我倒上些水。"那婆子道："哥哥儿，这是老太太泡茶的。"秋纹道："凭你是谁的，你不给？我管把老太太茶吊子倒了洗手。"那婆子回头见是秋纹，忙提起壶来倒了些。秋纹道："够了！你这么大年纪，也没个见识。谁不知是老太太的水！"同是家奴，理应尊老携幼，而秋纹却没有一颗悲悯之心，一味地狐假虎威！

图 3-50　秋纹（采自《增评补像全图金玉缘》）

　　第 55 回，表现了秋纹的

豪横和不尽人意。凤姐因年内外操劳过度而小月了，王夫人便命探春协助李纨料理家事。孰料赵姨娘是个不通情理之人，兄弟赵国基的丧礼非要探春破例，多给二十两银子。探春执意不肯，秉公办事。赵姨娘便当众撒泼浑闹，刺到了庶出女儿的痛处。李纨苦心劝解无用，直到平儿来了方才止住。探春的执着，平儿已经会意。小丫头们见三姑娘哭了，忙去捧来洗脸等物。侍书不在，平儿忙上来与探春挽袖卸镯，一面听探春的抱怨。平儿笑道："姑娘别信他们。那是他们瞅着大奶奶是个菩萨，姑娘又是个腼腆小姐，固然是托懒来混。"正说着，见秋纹走来，众媳妇忙赶着问好，又说："姑娘也且歇一歇，里头摆饭呢。等撤下饭桌子，再回话去。"秋纹笑道："我比不得你们，我那里等得。"说着便直要上厅去。平儿忙叫："快回来。"秋纹回头见了平儿，笑道："你又在这里充什么外围的防护？"平儿悄问："回什么？"秋纹道："问一问宝玉的月钱我们的月钱多早晚才领。"平儿道："这什么大事。你快回去告诉袭人，说我的话，凭有什么事今儿都别回。……若回一百件，管驳一百件。"秋纹听了，忙问："这是为什么了？"平儿与众媳妇等都忙告诉他原故，秋纹听了便起身走了。如果平儿不在此，那将会唱一出人仰马翻的大戏哦。

第37回，秋纹笑道："因那日（宝玉）见园里桂花，折了两枝……亲自灌水插好了，叫个人拿着，亲自送一瓶进老太太，又进一瓶与太太。可巧那日是我拿去的。老太太见了这样，喜得无可不可。""他们知道，老太太素日不大同我说话的……那日竟叫人拿几百钱给我。""几百钱是小事，难得这个脸面。及至到了太太那里……现成的衣裳就赏了我两件。衣裳也是小事，年年横竖也得，却不像这个彩头。"晴雯立刻讥讽了秋纹，而她却不以为然，笑道："凭他给谁剩的，到底是太太的恩典。"当秋纹得知是先给了袭人，连忙给袭人赔个不是。这一席对话，秋纹讨好主子、轻贱自己的奴颜媚骨暴露无遗。

秋纹是个心灵被扭曲的特殊家奴，在比自己低下的下人面前自称主人，在主子面前比奴才还奴才。书中虽然没有直叙她的结局，但凭秋纹对谁都没有真情，一味地攀高枝，总是生活在算计人之中，怎会有知音呢？在精神上她是孤独的，待贾府衰败，荣华散尽，她不过也是一个孤苦无依的奴才而已。

51. 茜雪：公子当年一怒，被撵只因枫露

如梦令·茜雪

翟海潮

公子当年一怒，被撵只因枫露？事本乳娘滋，怪罪茜奴何故？情处，

情处，一片忠肝抚主。

【品评】 翟海潮　撰

茜雪，是贾宝玉未入大观园前的大丫鬟之一，她是和袭人、鸳鸯、紫鹃等一拨儿进贾府的。茜雪因为把宝玉的枫露茶给李嬷嬷吃了，宝玉醉闹，惊动了贾母，随后不久就被撵走了。茜雪为什么被撵走？这已经成了《红楼梦》的谜团之一。

茜雪的出场主要在第8回，宝玉与宝钗互相看了对方的金锁和通灵宝玉，有了莺儿"一对儿"的说法后，宝玉因在薛姨妈那里喝多了酒，从梨香院回到绛芸轩，半醉中接过茜雪捧上的茶，吃了半碗，忽又想起早起的茶来，因问茜雪道："早起沏了一碗枫露茶，我说过，那茶是三四次后才出色的，这会子怎么又沏了这个来？"茜雪道："我原是留着的，那会子李奶奶来了，他要尝尝，就给他吃了。"宝玉听了，将手中的茶杯只顺手往地下一掷，豁啷一声，打了个粉碎，泼了茜雪一裙子的茶。又跳起来问着茜雪："他是你那一门子的奶奶，你们这么孝敬他？不过是仗着我小时候吃过他几日奶罢了……撵了出去，大家干净！"

宝玉厌恶李嬷嬷，此前已经做了铺垫，如李嬷嬷不许宝玉吃酒等，已经和宝玉、黛玉闹得不快。宝玉这次大怒，读者会觉得遭撵的一定是李嬷嬷，但往后读，却吃惊地发现，遭撵的却是茜雪，而且这位乳母的恶习**丝毫不见收敛**。第20回，李嬷嬷倚老卖老，又来怡红院生事，骂袭人是"妆狐媚"，弄

图3-51　茜雪（采自《增评补像全图金玉缘》）

得袭人又愧又委屈地哭。宝玉不断替袭人辩解，这时黛玉、宝钗也过来劝解，李嬷嬷还"将当日吃茶，茜雪出去，与昨日酥酪等事，唠唠叨叨说个不清"。看来在第8回之后不久茜雪就被撵走了，但书中并没有明确描述茜雪为何被撵走。

对于茜雪被撵走的原因有众多解读。有人认为，就名字而言，"茜"为红，后面的茜香罗汗巾、茜纱窗下都代表了"红"，与贾宝玉"怡红公子"相通。"雪"谐音"薛"，《红楼梦》中那么多丫头，仅有茜雪和雪雁名字中有"雪"字，证明此名与贾宝玉和薛宝钗相关，影射金玉良姻。茜雪被撵走，应该是贾母的意思。贾母不满意李嬷嬷对贾宝玉服务不周到，不好对奶娘发难，就让茜雪做了替罪羊，借以敲打李嬷嬷。但曹雪芹让贾母撵走茜雪的另一层意思，影射贾母最初反对金玉良缘，要撵走薛家。这也许是过度解读，但很有趣。

茜雪虽然仅在第8回出场，但据脂批透露，她在八十回后却是个重要人物，她被撵的详情，是曹雪芹特意设计的"暂且不表"的一大伏笔。据甲戌本第8回脂批：枫露茶茶名"与千红一窟遥映"（第124页）。"千红一窟"的谐音"千红一哭"，而"枫露茶"应该是"逢怒茶"的谐音。宝玉摔茶杯、责骂茜雪，和之后袭人挨宝三的"窝心脚"一样，属于宝玉非常罕见的以暴躁对待"水作的骨肉"女儿的特例。庚辰本第20回脂批："茜雪至狱神庙方呈正文，袭人正文标目曰'花袭人有始有终'。余只见有一次誉清时，与'狱神庙慰宝玉'等五六稿，被借阅者迷失，叹叹！"可见八十回后宝玉遭难，到狱神庙里去安慰并救助宝玉的就是茜雪。

据脂批分析，宝玉落难之后，袭人有赡养宝玉宝钗夫妻之恩，茜雪有狱神庙探望并救宝玉之义。宝玉醉后大摆贵公子的谱儿，导致茜雪被撵出府，茜雪成了替罪羊。没想到茜雪却能在宝玉蒙难时，原谅他当年的无情，不仅没有落井下石，反到热心慰助，也许是茜雪深知宝玉本是个惜花者，那天实在是因为醉酒迷了本性偶露摧花劣态，何况口口声声要撵的是李嬷嬷而并非茜雪，更重要的，或许是曹雪芹刻意要写出先为女奴后落入社会底层的茜雪的人性美（第271页）。

52. 四儿：戏言怎料起风波，观园逐出起悲歌

浣溪沙·四儿

陈瑞林

豆蔻含香立翠荷，聪明乖巧也登坡。更名随意又如何。　　屏帐难防藏利刃，戏言怎料起风波。观园逐出起悲歌。

【品评】陈瑞林　撰

　　四儿在怡红院本是个默默无闻的粗使小丫头，原名芸香。前后两次被更名，也是跌宕起伏。先是被袭人更名为蕙香，有兰桂之气。袭人原是个有心机有谋算的，准备把蕙香好好调教，能俯首帖耳，成为第二个麝月。麝月和袭人最亲厚。这样便能保屏帏的安全，不会危及她准姨娘的位置。

　　蕙香第二次被宝玉更名为"四儿"。第21回，宝玉一大早就跑到黛玉和湘云的房间，并在那里完成了梳洗。袭人是封建礼教的忠实维护者，她认为宝玉的行为有违男女之妨，所以在宝钗面前抱怨道："姊妹们和气，也有个分寸礼节，也没个黑家白日闹的！凭人怎么劝，都是耳旁风。"此话深得宝钗心意。

　　一时宝玉来了，见袭人脸色不好，便笑道："怎么动了真气？"袭人冷笑道："我那里敢动气！只是从今以后别进这屋子了。横竖有人服侍你，别再来支使我。我仍旧还服侍老太太去。"宝玉见了这般景况，禁不住过来劝慰。那袭人只管合了眼不理。宝玉也真的气了，索性连麝月也一并不理。

　　宝玉看了半天书，因要茶，抬头只见两个小丫头站在地上，一个大些的生得十分水秀，便问叫什么名字。那丫头说："我原叫芸香的，是花大姐姐改了蕙香。"宝玉道："正经该叫'晦气'罢了。"又问："你姊妹几个？你第几？"蕙香道："第四。"宝玉道："明儿就叫'四儿'，不必什么'蕙香''兰气'的。那一个配比这些花，没的玷辱了好名好姓。"并命她倒茶。

图 3-52　四儿（蕙香）（采自《增评补像全图金玉缘》）

"四儿"正经是农家院丫头之名。谁知四儿是个聪明乖巧不过的丫头，见宝玉用她，她变尽方法笼络宝玉。晚饭后，四儿听命剪灯烹茶。如此更叫袭人醋意大发，对宝玉冷言冷语道："从今咱们两个丢开手，省得鸡声鹅斗，叫别人笑。横竖那边腻了过来，这边又有个什么'四儿''五儿'服侍。我们这起东西，可是白'玷辱了好名好姓'的。"宝玉见她娇嗔满面，便折了簪子发誓，总算是化解了。也为四儿今后的结局埋下了伏线。

第74回，因傻大姐在园中无意捡到了春意香囊，而上演了一出抄检大观园。那些趁势搬弄是非的更进谗言，借机报复。第77回，待查清了怡红院后，王夫人首先逐出了晴雯。又问："谁是和宝玉一日的生日？"老嬷嬷指道："这一个蕙香，又叫作四儿的。"

王夫人细看了看，却有几分水秀，观其行止，聪明皆露在外面，打扮得也不同。王夫人冷笑道："这也是个不怕臊的……同日生日就是夫妻。这可是你说的？打谅我隔的远，都不知道呢。……我的心耳神意时时都在这里。难道我通共一个宝玉，就白放心凭你们勾引坏了不成！"此时四儿不禁红了脸，低头垂泪。王夫人即命快把她家的人叫来，领出去配人。

宝玉向袭人感叹道："四儿是我误了他，还是那年我和你拌嘴的那日起，叫上来做些细活，未免夺占了地位，故有今日。"此语一针见血地戳穿了四儿被撵，乃袭人屏内幕后所为。

53. 春燕和柳五儿：三珠妙引通情理，茯苓冤恨湿长宵

瑞鹧鸪·春燕

李锡庆

唤名春燕不双飞，生死为奴亦可悲。亲母肆行唯有孝，长皁诚信两无违。　三珠妙引通情理，一语轻陈辨是非。还盼此身能自主，总归人世有春晖。

忆江南·春燕

翟海潮

观园里，燕子沐春光。先以宝珠评女子，再将鱼目说姨娘。聪敏又刚强。

蕃女怨·柳五儿

孙树娟

柳含烟絮幽梦远，借力成现。雨霖铃，霜落面，红尘多变。茯苓冤恨

湿长宵，意难抛。

【品评】孙树娟　翟海潮　撰

　　春燕和柳五儿都是贾宝玉的丫头。春燕的出场主要在第 59 回至第 60 回，那一天正是桃红柳绿，素有"天真烂漫"之称的莺儿一时玩兴大起，竟不顾自己的主子平日如何言行身教，大掐花柳，编起了花篮。正是在这样的时刻，春燕笑着出场了。春燕一出场就"语不惊人死不休"，一出口便是宝玉关于女儿的论述："女孩儿未出嫁，是颗无价宝珠；出了嫁，不知怎么就变出许多的不好的毛病来，虽是颗珠子，却没有光彩宝色，是颗死珠子了；再老了，更变的不是珠子，竟是鱼眼睛了。分明一个人，怎么变出三样来？"

图 3-53　春燕和五儿（采自《红楼梦图咏》）

　　春燕虽觉得这是混账话，却也认为颇有几分道理，并且口无遮拦地比出了例子。那例子不是别人，正是她的亲妈和姨妈：这老姐妹俩是越老越把钱看真了，虽然手头宽绰了，却是无厌。未进园子时不知赚了芳官他们多少东西，如今进了园子还积下了不少恩怨；她的妈妈进了怡红院就跟干女儿吵架，为的是芳官洗头的事；她的姨妈为了藕官烧纸的事，要在宝玉面前告她，结果没告成，还被宝玉赖了好多不是。春燕的姑妈骂了春燕，她妈妈也来打了她。她们醉翁之意不在酒，打骂春燕这股邪火是奔怡红院这些丫头们来的。"那春燕啼哭着往怡红院去了"，她妈追到怡红院，直到宝玉处，触犯了府上的规矩。麝月派小丫头去找平儿处理，平儿有事回话说："既这样，且撵他出去，告诉了林大娘在角门外打他四十板子就是了。"春燕妈何婆此时才吓得知道告饶，宝玉一句话赦免了她，"那婆子走来——的谢过了下去"。

第 60 回，春燕向芳官传硝，虽然她觉得蔷薇硝不值什么，还是帮忙带给芳官了。回去时看到贾环等在场，又特地私下将芳官叫出来。后来由蔷薇硝引发芳官与赵姨娘的正面冲突，在芳官跟赵姨娘大闹过后，宝玉将芳官托给春燕照顾。第 63 回，群芳夜宴之前，宝玉特地把春燕叫出来问五儿进来的事办得怎样。所以春燕与柳五儿在这回有了交集。

柳五儿初次亮相是在第 60 回，曹公对她着墨并不多，写道："柳家的有个女儿，今年才十六岁，虽是厨役之女，却生的人物与平、袭、紫、鸳皆类。因他排行第五，因叫他是五儿。因素有弱疾，故没得差。"因凤姐把小红从宝玉房中要走，宝玉少了一个丫鬟，柳嫂子想让女儿五儿补这个缺，便托芳官促成此事。第 61 回，五儿因被怀疑偷茯苓霜，被凤姐知道，要打板子并撵出去，她忙给平儿说明事情的原委，平儿便命暂时把母女俩关在了柴房。五儿被软禁起来后，众媳妇有劝说的，也有抱怨的，又有素日与柳家不睦的人，来奚落嘲戏的。她心内又气又委屈，竟无处可诉；且本来怯弱有病，这一夜茶水未进，呜呜咽咽哭了一夜，因此加重了病情。在第 63 回，宝玉问春燕五儿进来的事，春燕说告诉了柳嫂子，五儿倒喜欢得很。只是五儿那夜受了委屈烦恼，回家去又气病了，哪里来得，只等好了罢。宝玉听了不免后悔长叹！

"程本"续书第 109 回，五儿自从芳官去后，也无心进来。后来听凤姐叫她进来服侍宝玉，竟比宝玉盼他进来的心还急。有一次宝玉竟然错把她当作晴雯，只管爱惜起来。那五儿早已羞得两颊红潮，又不敢大声说话，只得轻轻地说道："二爷漱口啊。"宝玉笑着接了茶在手中，也不知道漱了没有，便笑嘻嘻地问道："你和晴雯姐姐好不是啊？"五儿听了摸不着头脑，便道："都是姐妹，也没有什么不好的。"宝玉又悄悄地问道："晴雯病重了我看他去，不是你也去了么？"五儿微微笑着点头儿。宝玉已经忘神，便把五儿的手一拉，五儿急得红了脸，心里乱跳，便悄悄说道："二爷有什么话只管说，别拉拉扯扯的。"

在 118 回，袭人提到五儿说："紫鹃去了，如今只他们四个，这里头就五儿有些个狐媚子，听说他妈求了大奶奶和奶奶，说要讨出去给人家儿呢，但是这两天到底在这里呢。"自此五儿就可能被她母亲嫁出去了！

54.佳蕙和坠儿：贾宝玉的两个三等小丫鬟

鹧鸪天·佳蕙
李金娥

莫道身微难做人，心高嘴巧赖天真。送茶得赏能谙事，交友无私知感恩。　　收碎扇，怨晴雯。怡红院内足留痕。纵然勤恳难如意，何日花开现福根。

鹧鸪天·坠儿
李金娥

好事从来无处寻，犹如小草复霜侵。怡红院内恐缘浅，滴翠亭中怕祸临。　　传绣帕，有慈心。虾须一案泣悲音。可怜风冷空流泪，梦断红楼泪湿襟。

【品评】李金娥　撰

《红楼梦》中的贾宝玉，是丫鬟们相互追捧的对象。若说一等丫鬟能混得开，靠的是能力和背景，可三等小丫鬟佳蕙和坠儿她俩靠的是什么呢？

第26回"蜂腰桥设言传心事"中，丫鬟小红因为"丢手帕"的事独自惆怅，只见佳蕙跑进来坐在床上笑道：我好造化！花大姐让我给林姑娘送茶叶。可巧老太太那里送钱来，林姑娘就抓了两把给我，也不知多少。你替我收着。便把手帕子打开，把钱倒了出来，小红替他一五一十地数了收起。看佳蕙得了赏赐第一时间来分享喜悦，可见俩人关系匪浅。佳蕙又道："依我说，你竟家去住两日，请一个大夫来瞧瞧，吃两剂药就好了。"看佳蕙担心小红的病情，可谓是细致入微，春风送暖。佳蕙点头想了一会道："可也怨不得，这个地方难站。就像昨儿老太太因宝玉病了这些日子，说跟着服侍的这些人都辛苦了……都按着等儿赏他们……我心里就不服。袭人那怕他得十分儿，也不恼他，原该的。说良心话，谁还敢比他呢？别说他素日殷勤小心。"佳蕙认为袭人的付出最多，同时替小红鸣不平，对晴雯等人表示不服。佳蕙认同小红的"千里搭长棚，没有个不散的筵席"的观点，一句"坏透了的小蹄子！"道出了天真无邪姐妹情。

第31回"撕扇子作千金一笑"，晴雯任性撒娇撕了宝玉和麝月的扇子，是佳蕙过来收拾烂摊子，她固然聪明有头脑，眼界看得比较远，但对此事心里怎能平衡呢！

在怡红院存在感极低的小丫鬟坠儿，受命把贾芸领来和宝玉打过招呼后又送出来了，贾芸见四顾无人，便和坠儿拉起了家常，贾芸道："方才他问你什么手帕子，我倒拣了一块。"坠儿笑道："他问了我好几遍，可有看见他的帕子。……他说我替他找着了，他还谢我呢。……好二爷，你既拣了，给我罢。我看他拿什么谢我。"贾芸见坠儿天真烂漫，便向袖内将自己的一块帕子取了出来，向坠儿笑道："你若得了他的谢礼，不许瞒着我。"

第27回"滴翠亭杨妃戏彩蝶"，坠儿道："你瞧瞧这手帕子，果然是你丢的那块，你就拿着；要不是，就还芸二爷去。"小红明知道不是自己的，却道："可不是我那块！拿来给我罢。"坠儿贪着小红的谢礼，就稀里糊涂为小红和贾芸牵了红线。

第52回"俏平儿情掩虾须镯"，这日平儿来找麝月道："你们这里的宋妈妈去了，拿着这支镯子，说是小丫头坠儿偷起来的……我赶忙接了镯子，想了一想：宝玉是偏在你们身上留心用意、争胜要强的……偏是他的人打嘴。""所以我回二奶奶，只说……镯子褪了口，丢在草根底下……今儿雪化尽了，黄澄澄的映着日头，还在那里呢，我就拣了起来。二奶奶也就信了，所以我来告诉你们。你们以后防着他些……等袭人回来，你们商议着，变个法子打发出去就完了。"宝玉听了，喜的是平儿竟能体贴自己；叹的是坠儿那样一个伶俐人，做出这丑事来。因而把平儿之话告诉了晴雯。处事平和的平儿为了情分决定把这件事瞒下来。庚辰本双行夹批："妙极！红玉既有归结，坠儿岂可不表哉？可知'奸贼'二字是相连的。故'情'字原非正道，坠儿原不情也，不过一愚人耳，可以传奸即可以为盗。二次小窃皆出于宝玉房中，亦大有深意在焉。"

这日晴雯吃了药乱骂，指着坠儿道："我不是老虎吃了你！"坠儿只得前凑，晴雯便一把将她的手抓住，向枕边取了一丈青，口内骂道："要这爪子作什么？拈不得针，拿不

图 3-54　佳蕙和坠儿（翟海潮绘）

动线，只会偷嘴吃。眼皮子又浅，爪子又轻，打嘴现世的，不如戳烂了！"坠儿疼得乱哭乱喊。后来晴雯自作主张撵走坠儿，既辜负了平儿的良苦用心，又破坏了宝玉的名声。

可人小心的佳蕙为自己的命运担忧，贪小偷镯的坠儿被撵出，终归犹似浮萍难扎根。在贾府这座红楼大厦即将倾覆时路在何方？她们的权利都受到了严重的剥夺，生在封建社会注定是命途多舛！

55. 鸳鸯：剪青丝、惊见情肠，白绫三尺魂翔

风入松·鸳鸯
陈瑞林

　　寿萱绣阁淑姿忙，日日奉羹汤。金钗十二群芳压，道家奴、也闪瑶光。摆宴牙牌传令，理财行事良方。　　怜香寄语慰残妆，冷月覆寒霜。何从轻许花堂入，剪青丝、惊见情肠。傲骨冰心堪叹，白绫三尺魂翔。

【品评】 陈瑞林　撰

　　鸳鸯是贾府的家生奴，生来容貌秀丽，聪明能干，善解人意，且心地善良，所以深得贾母的钟爱。作为贾母的贴身大丫头，照料老太太的生活起居，尽心尽力，事事想得周全。此外还帮助贾母管理财务，妥帖忠诚。代替了儿辈尽孝，给了老祖宗心灵上极大的安慰，可谓心灵鸡汤。虽然鸳鸯有老祖宗的倚重，连凤姐都不敢小觑，要高看几分，但她自爱自重，从不仗势欺人，待人宽容平和，故而赢得了贾府上下各色人等的好感和尊重。

　　第71回、第72回曹公仅用了几笔就表现了鸳鸯的善良。鸳鸯晚归偶遇司棋与其姑舅兄私会，司棋拉住她苦求，哭道："我们的性命，都在姐姐身上，只求姐姐超生要紧！"鸳鸯道："你放心，我横竖不告诉一个人就是了。"过几日，鸳鸯闻知司棋病重，要外挪，心下料定是二人惧罪之故，生怕鸳鸯说出来，方吓成这样。因此，自己反过意不去，赶忙来看望司棋，支出人去，反自己赌咒发誓，与司棋说："我若告诉一个人，立刻现死现报！你只管放心养病，别白糟蹋了小命儿。"又道："我又不是管事的人，何苦我坏你的声名，我白去献勤。况且这事我自己也不便开口向人说。你只放心。从此养好了，可要安分守己，再不许胡行乱作了。"司棋在枕上点头不绝，心中万分感激。平日里鸳鸯和司棋并非最亲近的姐妹，但她宽厚仁爱，不愿因无意间的发现伤害了一个妹妹。

　　刘姥姥二进荣府得到了鸳鸯的热情礼赠，令刘姥姥感激不已。第40回"史太君两宴大观园　金鸳鸯三宣牙牌令"，为讨老祖宗欢心，鸳鸯与凤姐"捣鬼"把姥姥满头插花，出尽了洋相。在宴席上"搞笑"，三宣牙牌令展示其才华。刘姥姥的临场发挥几次惹得大家哄堂大笑，气氛热烈，更展现了鸳鸯这个才女本来的品质和浓厚的青春女儿气息。这是曹公对鸳鸯由衷的赞美！

　　第72回曹公巧妙地利用琏二爷之口，描述了鸳鸯为贾母理财但不贪财，掌管了一大部分金钱从未据为己有，真诚可见。鸳鸯听闻凤姐近来身体有恙，故前来看望，临走时被贾琏挽留。因贾琏实在应付不了贾府偌大的开支，只好求"好姐姐"鸳鸯帮忙，道："这两日因老太太千秋，所有的几千两都使了。明儿又要送南安府的礼，又要预备娘娘的重阳节，还有几家红白大礼，至少还得三二千两银子用，一时难去支借。俗语说'求人不如求己'。说不得，姐姐担个不是，暂且把老太太查不着的金银家伙偷着运出一箱子来，暂押千数两银子支腾过去。不上半年的光景，银子来了，我就赎了交还，断不能叫姐姐落不是。"鸳鸯听了，笑道："你倒会变法儿！亏你怎么想来。"贾琏笑道："我'宁撞金钟一下，不打破鼓三千'。"可见贾琏对鸳鸯的忠诚胆识了如指掌，也无比的信任，更是曹公对鸳鸯的赞许！

　　第46回鸳鸯对贾赦的纳己为妾敢于说"不"！竖蛾眉，剪青丝，以示抗拒。当众跪在老太太面前哭诉："因为不依，方才大老爷越性说我恋着宝玉，不然要等着往外聘，我到天上，这一辈子也跳不出他的手心去，终久

图 3-55　鸳鸯（采自《红楼梦图咏》）

要报仇……我这一辈子莫说是'宝玉'，便是'宝金''宝银''宝天王''宝皇帝'，横竖不嫁人就完了！就是老太太逼着我，我一刀抹死了，也不能从命！"这一番决绝之言，铿锵有力！她虽是家奴但绝不攀附富贵，宁愿侍奉老太太也不愿受凌辱。续书第111回贾母辞世后，鸳鸯没有了保护伞，料定难逃魔掌，毅然悬梁自尽，保全了自己冰清玉洁之身。她虽然挣脱不了封建制度的枷锁，但更不愿听凭命运的摆布，敢于向封建礼教和恶势力抗衡，宁死不屈，可歌可泣！

　　曹公笔下的鸳鸯是个比较完美的女性。才貌双全，既善良温和又刚烈坚毅。她身为封建大家族的家生奴，要生存不得不依赖于封建家族，但她有着高尚的品格，一身的傲骨。她是荣府中反抗性最强的女性之一，令人怜爱敬佩。这也体现了曹公对封建制度的揭露和抨击。

56. 傻大姐：一啼一笑藏因果，而今方晓人难作

踏莎行·傻大姐
李金娥

　　秉性呆萌，时光划过。心宽不把眉头锁。勤操粗活汗留痕，一啼一笑藏因果。　　天意能违，时机不妥。春囊偶拾招灾祸。风波骤起动根源，而今方晓人难作。

一剪梅·傻大姐
陈瑞林

　　豆蔻年华天足肥。生性痴愚，且喜新奇。春囊偶拾笑低眉，骤起风波，激荡涟漪。　　一语伤情如疾雷，道破心机，黛玉魂飞。此愁何计可消除？怨也无凭，恨也难追。

【品评】李金娥　撰

　　在《红楼梦》的人物画廊上，有一位身份极其卑微的丫鬟傻大姐，年方十四五岁，是新挑上来在贾母这边作粗活的。她生得体肥面阔，两只大脚做粗活简捷爽利，且心性愚顽，一无知识，但贾母见了她，好像得了"活宝"似的，便给她起名为"傻大姐"，常闷来便引她取笑且毫无避忌，还允许她闲暇时可以在大观园内随便赏景。曹公正是利用了傻大姐的傻，做了两件聪明人不能完成的事情，对故事的发展起到了不可忽视的作用。

第73回"痴丫头误拾绣春囊"，这日傻大姐在大观园内山石后面拾了一个五彩绣香囊，固是可爱，但上面绣的并非花鸟等物，一面却是两个人赤条条的盘踞相抱，一面是几个字。这痴丫头原不认得是春意，便心下盘算："敢是两个妖精打架？不然必是两口子相打。"左右猜解不来，正要拿去与贾母看，忽见邢夫人走来，便笑着递给她看，吓得邢夫人连忙攥住道："快休告诉一人。这不是好东西，连你也要打死。"从表面上看这事是偶然的，实则是必然的，因凤姐生病管理失禁，导致大观园的赌博等坏事增多。庚辰本双行夹批："险极妙极！荣府堂堂诗礼之家，且大观园又何等严肃清幽之地，金闺玉阁尚有此等秽物。"傻大姐的行为导致了抄检大观园，也触发了这红楼大厦崩塌的导火索，让邢夫人和王夫人的矛盾冲突更加尖锐化。

第74回，王夫人听信了王善保家的谗言，命人深夜抄检大观园，探春看到凤姐等人来到屋里，便命丫头们把箱柜都打开道："自己家里好好的抄家……可知这样大族人家，若从外头杀来，一时是杀不死的，这是古人曾说的'百足之虫，死而不僵'，必须先从家里自杀自灭起来，才能一败涂地！"说着，不觉流下泪来。这"绣春囊"犹如一把火，烹了一席盛宴，让人吃了心里不是滋味，令贾府人心涣散，相互猜忌。

续书第96回"瞒消息凤姐设奇谋　泄机关颦儿迷本性"，宝玉自把那块玉丢失后，就迷迷糊糊，贾母和王夫人等想偷梁换柱，安排贾宝玉偷娶薛宝钗，只见凤姐说道："只是我想了个主意，不知姑妈肯不肯。"王夫人道："你有主意只管说给老太太听。"凤姐道："依我想，这件事只有一

图3-56　傻大姐（采自《增评补像全图金玉缘》）

个掉包儿的法子。"凤姐怕贾母不懂，露泄机关，便也向耳边轻轻地告诉了一遍。贾母笑道："林丫头又怎么样呢？"凤姐道："这个话原只说给宝玉听，外头一概不许提起，有谁知道呢。"凤姐、贾母等觉得这事做得天衣无缝，谁知隔墙有耳。

这日黛玉早饭后，带着紫鹃到贾母这边来，刚走到当日同宝玉葬花之处，忽听有人在那里哭，却不认得，那丫头（傻大姐）见黛玉询问，便拭泪道："因为我们老爷要起身，说就赶着往姨太太商量把宝姑娘娶过来。头一宗，给宝二爷冲什么喜，第二宗……给林姑娘说婆家呢。""我白和宝二爷屋里的袭人姐姐说了一句：'咱们明儿更热闹了，又是宝姑娘，又是宝二奶奶……'说我混说，不遵上头的话，要撵出我去。"黛玉听了这这番话，如同一个疾雷，心头乱跳。

第97回"林黛玉焚稿断痴情　薛宝钗出闺成大礼"，话说林黛玉被紫鹃搀扶着到了潇湘馆内，便口吐鲜血几乎晕倒。原来林黛玉无意中得知宝玉、宝钗要合卺的事情，这本是她数年的心病，一时急怒，所以迷惑了本性。这会见紫鹃哭，方模糊想起傻大姐的话来，此时反不伤心，惟求速死。傻大姐的傻劲直接推动了林黛玉香消魂殁。

纵观傻大姐的出场，使大观园的主人们都先后走向自己命浅的归宿。傻大姐没有像晴雯、小红那样为争取自己做人的权利而去努力，她呆萌的形象却久久地留在了我们的记忆里。

57. 紫鹃：杜鹃啼血愁怀满，独卧青灯古佛旁

青玉案·紫鹃
李金娥

修来缘分韶光浅。幸遇那、鹃花伴。处事周全心向善。以情试玉，知寒知暖，侍主何曾懒。　　亲同手足相依恋。孰料伊人命途短。独守床前端药盏。梦痕成影，泪珠成串，只把缁衣眷。

高阳台·紫鹃
陈瑞林

心系潇湘，情牵木石，相随相伴年年。倚恨多愁，花锄泪洒春残。一抔净土风华瘗，更平添秋雨宵寒。解相思、为结红绳，啼血闻鹃。　　尊卑手足同床梦，竟情探宝玉，笃定姻缘。何奈天时，阴晴变幻如烟。榻前焚稿柔肠断，怎堪伤、玉魄飘然。别观园、竹影悠悠，长守青莲。

七律·紫鹃

刘庆珍

花鸟同名寓意长，潇湘侍女尽衷肠。

心惊木石前盟散，目断衣冠凤梦伤。

自叹神瑛离绪远，更悲仙草旧情凉。

杜鹃啼血愁怀满，独卧青灯古佛旁。

【品评】李金娥　陈瑞林　刘庆珍　撰

《红楼梦》中的丫鬟众多，性格不一，比如迎春的丫鬟司棋为一碗鸡蛋羹大闹厨房，惜春的丫鬟入画私藏宁国府赏赐的财物，唯有紫鹃与主人林黛玉结下了真挚的姐妹深情。

第3回，林黛玉进贾府后，贾母看她身边人少，就让鹦哥去服侍黛玉并改名紫鹃。紫鹃纯洁善良，总是一心一意地为黛玉着想。第8回，紫鹃让雪雁给黛玉送小手炉过来，就怕薛姨妈家冷。这些细微的小事可见紫鹃善解人意。紫鹃懂黛玉的心，既遇到了"木石"前盟为何又有"金玉"之论，虽有刻骨铭心之爱，却无人为黛玉做主，惊喜与焦虑就郁积成一块心病。紫鹃将一切都看在眼中，想帮助黛玉解开心结，谈何容易啊！

第30回，因张道士提亲惹得宝玉砸玉泄愤，黛玉将玉穗剪了。后来宝玉来赔礼道歉，黛玉负气不许开门，但紫鹃一径去开门，之后又

图 3-57　紫鹃（采自《红楼梦图咏》）

顺着宝玉的话题把黛玉的心思告诉了宝玉："身上病好了，只是心里还气不大好。"其实黛玉也后悔，为此日夜愁闷，如有所失。紫鹃度其意乃劝道："若论前日之事，竟是姑娘太浮躁了些。""为什么又剪了那穗子？岂不是宝玉只有三分不是，姑娘倒有七分不是。"紫鹃和黛玉相惜相知，试想若是一个奴性很重的丫鬟，岂敢如此。

第 57 回"慧紫鹃情辞试忙玉"，宝玉见黛玉歇午觉，不敢惊动，紫鹃笑道：如今姑娘每日食一两燕窝补养身体，"明年家去，那里有这闲钱吃这个"。紫鹃告诉宝玉：你林妹妹要回苏州家去。原是老太太心疼他年小无依靠，大了该出阁时，自然要送还林家的。

宝玉听后如晴天霹雳，竟然犯了痴病。黛玉闻得宝玉如此形景，独自伤心难过，紫鹃悄向黛玉笑道："宝玉的心倒实在。""最难得的是从小儿一处长大，脾气情性都彼此知道的了。""替你愁了这几年了，无父母无兄弟，谁是知疼着热的人？趁早儿老太太还明白硬朗的时节，作定了大事要紧。""姑娘是个明白人，岂不闻俗语说：'万两黄金容易得，知心一个也难求'。"这日薛姨妈来潇湘馆看望黛玉时，竟要给她和宝玉做媒。紫鹃听了立刻跑过来道："姨太太既有这主意，为什么不和太太说去？"紫鹃把目光都投在黛玉的身上，她明白黛玉心中对宝玉的特殊情感。

第 76 回，中秋节之夜黛玉与湘云在凹晶馆联诗琢句，深夜未归，紫鹃急切地满园寻找，生怕黛玉累着、冻着。当大观园里的丫鬟们在院内戏耍娇笑时，唯紫鹃一人在潇湘馆里为黛玉煎药、浇花。

第 97 回，黛玉弥留之际，只有紫鹃一人守着，哀伤至极，那鼻涕眼泪把一个砌花锦边的褥子已湿了一片。黛玉香消魂殁之时，正是宝玉、宝钗大喜之日，贾母和凤姐又命令紫鹃，为偷梁换柱而去服侍宝钗。紫鹃断然拒绝道："你先请罢。等着人死了我们自然是出去的。"这句话虽然没有说完，满腔的怒火已溢于言表了。也只有紫鹃，不惧怕主子们权威，不管自己抗命的结果如何。

第 98 回，黛玉攥着紫鹃的手说道："我是不中用的人了。""我这里并没亲人。我的身子是干净的，你好歹叫他们送我回去。"偌大的贾府只有紫鹃一人可以委托。

第 113 回，一日宝玉因思念黛玉来看望紫鹃，紫鹃越发心里难受，思前想后：宝玉的事，明知他病中不能明白，并非忘情负义之徒。今日这种柔情，只可怜黛玉姑娘无福消受。人生缘分都有一定，算来竟不如草木石头，无知无觉，倒也心中干净！想到此处，倒把一片酸热之心一时冰冷了，自此紫鹃便有了出家的念头。

第 118 回，惜春执意出家修行，丫鬟们都不愿意跟随，忽见紫鹃在王夫人面前跪下说："我服侍林姑娘一场……实在恩重如山，无以可报。他死了，我恨不得跟了他去。……求太太们将我派了跟着姑娘，服侍姑娘一辈子。"从此以后紫鹃是梦痕泡影，孤灯黄卷，出家尘缘断。

58. 雪雁：年少小，性呆萌，离乡侍主奔荣宁

鹧鸪天·雪雁
张绍花

　　水阔山长又一程，离乡侍主奔荣宁。端茶喂药床前奉，研墨铺笺案上呈。　　年少小，性呆萌。潇湘馆内口无声。一朝多嘴风刀起，斩断颦儿未了情。

双雁儿·雪雁
孙树娟

　　离巢孤雁伴潇湘，羽未满、试飞翔。历经争渡落寒塘，尚天真，戏画廊。　　可怜春尽惜时光，命运舛、叹无常。别京回望雪茫茫，忆繁华、泣断肠。

【品评】张绍花　撰

　　雪雁是林黛玉从苏州家里带来的小丫头，是林黛玉的贴身丫鬟之一。

　　《红楼梦》第 3 回 "林黛玉抛父进京都"，黛玉来京只带了两个人来，一个是自幼奶娘王嬷嬷，一个便是雪雁，也是自幼随身的，只有十来岁，一团孩气。贾母看她还是个小孩子，便让自己身边一个二等丫头名叫鹦哥的，也就是后来的紫鹃服侍黛玉。自从有了聪慧的紫鹃在黛玉身边，雪雁做的不过是帮紫鹃递东西、帮黛玉传个话等此类小丫头做的杂事，成了紫鹃的小跟班。

　　雪雁从小服侍黛玉，因为她少不更事、心性愚钝，不能理解黛玉的喜怒哀乐和心结所在，所以黛玉和她并不亲密。第 57 回 "慧紫鹃情辞试忙玉"，曹雪芹迂回地告诉了我们黛玉亲紫鹃疏雪雁的原因，安排了一个看似不相关的小插曲：赵姨娘的丫头来找雪雁借件衣服参加赵国基的葬礼，雪雁满心不愿意，以紫鹃和黛玉为挡箭牌，巧妙地拒绝了赵姨娘的丫鬟。从此可以看出雪雁也不是一味地呆傻，在人际关系复杂、明争暗斗的贾府里生存，她还是能随机应变的，同时也反映了雪雁既自私又势力、爱推脱责任的性格特征。但总的来说雪雁还是比较愚笨，情商不高，因为她居然还把这话直接跟紫鹃说了。

在续书后四十回里，雪雁的表现也不是很灵透。第89回"蛇影杯弓颦卿绝粒"，紫鹃忙前忙后地服侍黛玉，雪雁一个人在那里发呆。紫鹃出去问她话时，她才缓过神来，也不管黛玉睡着没睡着，把她从侍书那儿听来的"宝玉订亲"的话告诉了紫鹃。

两人的对话恰被黛玉听了去，黛玉"虽不很明白，已听得了七八分，如同将身撂到大海里一般。思前想后，竟应了前日梦中之谶，千愁万恨，堆上心来。左右打算，不如早些死了，免得眼见了意外的事情，那时反倒无趣"。黛玉一时"也不肯吃药，只要速死"，一片疑心后成"蛇影杯弓"。

第97回"林黛玉焚稿断痴情　薛宝钗出闺成大礼"，宝玉和宝钗真要成亲了，为了瞒过宝玉，王熙凤使用了掉包计。林黛玉从傻大姐那里得知宝玉和宝钗成亲的消息后，病上加病，生命垂危。紫鹃心急如焚，而雪雁是黛玉南边带来的，反倒不理会。

前边婚礼需要黛玉身边的人做陪嫁娘，以安宝玉之心，完成张冠李戴的大婚仪式。紫鹃死也不肯前去，最后决定让雪雁过去，雪雁"换了新鲜衣服，跟着林家的去了"。宝玉一见扶新人的喜娘是雪雁，"竟如见了黛玉的一般欢喜"。从这件事也可以看出，她远不如紫鹃有担当，她跟黛玉的感情远不如紫鹃跟黛玉的不离不弃、生死相依。

后四十回交代雪雁的结局是，宝钗和宝玉结婚后，宝钗见雪雁心地不甚明白，就回了王夫人，将她配了一个小厮，自己过活去了。

图 3-58　雪雁（采自《增评补像全图金玉缘》）

59. 莺儿：编篮折柳挽春光，良姻金玉舌如簧

鹧鸪天·莺儿

陈瑞林

生性天真巧手忙，编篮折柳挽春光。风骚占尽梅花络，彩线精掐淑女肠。　　何自弃，且思量。良姻金玉舌如簧。蘅芜苑里穿梭影，无束无拘伴冷香。

【品评】陈瑞林　撰

莺儿是薛宝钗的闺中丫鬟，原名黄金莺，因宝钗嫌呼之拗口，故简称为莺儿，此名倒符合其性格。莺儿虽为奴婢却生性天真活泼，快人快语，心灵手巧，更重要的是深谙主子的意愿，是她第一个揭示了金玉良姻。宝钗颇中意于她，有宝钗的光环照着，虽是客居，宝玉及众多姐妹也都善待于她。因此莺儿比起贾府的众丫鬟，活得是最洒脱的，其乐融融。

曹公对莺儿是赞美的，虽然笔墨不多，却充分展示了莺儿的性格，真像一只欢快鸣唱的黄莺，自由自在沐浴着春光。第8回，宝玉来看望宝钗，宝钗借机要赏鉴宝玉所佩戴的玉，宝钗将玉托在掌上，反正两面细看，口里念道："莫失莫忘，仙寿恒昌。"宝钗两次催莺儿去给宝玉倒茶，她却迟迟不肯，嘻嘻地笑道："我听这两句话，倒像和姑娘项圈上的两句话是一对儿。"宝玉看了，也念了两遍，"不离不弃，芳龄永继"。又念自己的两遍，因笑问："姐姐，这八个字倒真与我的是一对。"莺儿笑道："是个癞头和尚送的，他说必须錾在金器上……"莺儿见机向宝玉道出宝钗的金锁之谜。

第35回，曹公详细描绘了莺儿打络子的特长，在宝玉面前俨然是个师傅，对于颜色的搭配说得头头是道，兴致勃勃如数家珍。宝钗携了莺儿过来问宝玉打什么绦子。宝玉笑向莺儿道："烦你来不为别的，却为替我打几根络子。"莺儿道："装什么的络子？"宝玉见问，便笑道："不管装什么的，你都每样打几个罢。"莺儿拍手笑道："这还了得，要这样，十年也打不完了。"宝玉笑道："好姐姐，你闲着也没事，都替我打了罢。"袭人笑道："那里一时都打的完？如今先拣要紧的打两个罢。"莺儿道："什么要紧，不过是扇子、香坠儿、汗巾子。"宝玉道："汗巾子就好。"莺儿道："汗巾子是什么颜色？"宝玉道："大红的。"莺儿道："大红的须是黑络子才好看，或是石青的才压的住颜色。"宝玉道："松花色配什么？"莺儿道："松花配桃红。"宝玉笑道："这才娇艳。再要雅淡之中带些娇艳。"莺儿道："葱绿柳黄是我最爱的。"宝玉道："也罢

了，也打一条桃红，再打一条葱绿。"莺儿道："什么花样呢？"宝玉道："共有几样花样？"莺儿道："一炷香、朝天凳、象眼块、方胜、连环、梅花、柳叶。"可见，莺儿对络子的颜色搭配和花样是独出心裁，贾府无人可比。

第59回，莺儿心灵手巧，热爱生活。宝钗命莺儿去潇湘馆取些蔷薇硝。蕊官便和莺儿一同出了蘅芜苑，顺着柳堤走来，因见叶才点碧，丝若垂金，莺儿立刻被这大好春光迷住了，便随兴问蕊官："你会拿着柳条子编东西不会？"蕊官笑道："编什么东西？"莺儿道："什么编不得？顽的使的都可。等我摘些下来，带着这叶子编个花篮儿，采了各色花放在里头，才是好顽呢。"

说着且不去取硝，只伸手采了许多嫩条命蕊官拿着，却一边走一边编花篮。随路见花便采一二枝，编出一个玲珑过梁的篮子。枝上自有本来的翠叶布满，将花放上，却也别致有趣。喜得蕊官笑道："好姐姐，给了我罢。"莺儿道："这一个送咱们林姑娘，回来咱们再多采些，编几个大家玩。"说着来至潇湘馆，黛玉见了这篮子，高兴地笑道："怪道人赞你的手巧，这玩意儿却也别致。"看来莺儿随心所欲的编制，的确让人爱不释手啊。

出了潇湘馆，来到柳堤，莺儿便差蕊官先回去送硝，而她自己又采了柳条，坐在山石上编起来，真是方兴未艾。莺儿折柳采花被夏婆子看在眼里，又不便说，只得以管教春燕为名指桑骂槐。但莺儿性情率真，毫不示弱，并不因此而罢手。

曹公笔下塑造的莺儿，是个令人爱怜的阳光女孩。她不像袭人有太多的心思和

图3-59　莺儿（采自《红楼梦图咏》）

期望；虽好强，但也不像晴雯那样言语犀利锋芒太露。不卑不亢，无拘无束，活出了真正的自己。

60. 小红：聪明伶俐，能言善辩，遗帕相思缱绻

鹊桥仙·小红
陈瑞林

聪明伶俐，能言善辩，遗帕相思缱绻。秋波暗递盼佳期，恰解意、芙蓉堪恋。　　岂亲富贵，何攀高木，千里长棚有散。世间恩怨可消除？终底是、冬寒春暖。

踏莎行·林红玉
李金娥

茶盏轻端，时机恰巧。端倪善看知分晓。虚怀侍主更周全，逢人眷顾前程好。　　家沐恩光，喜通运道。情传罗帕佳音报。同心已结送秋波，今生定是清欢绕。

【品评】陈瑞林　李金娥　撰

小红原名林红玉，是林之孝的家生女。因"玉"字犯了宝玉、黛玉之名，便改称"小红"。她是在怡红院宝玉房里打杂的四等小丫鬟，虽然地位低下，但聪明能干，从不自卑。

第 24 回，宝玉要喝茶，恰巧此时房里近身伺候他的大丫鬟们，都不在身边，刚要起身，只听背后有人说道："二爷仔细烫了手，让我们来倒。"宝玉倒唬了一跳，便仔细打量这小丫头：穿着几件半新不旧的衣裳，倒是一头黑鸦鸦的好头发，容长脸面，细条身材，却十分俏丽干净。宝玉笑问道："你也是我这屋里的人吗？"丫头笑答道："是的。"宝玉道："既是这屋里的，我怎么不认得？"小红道："从来我又不递茶水，拿东拿西……那里认得呢？"正说话间，秋纹和碧痕进来了，不分青红皂白把小红辱骂了一顿："没脸的下流东西！……你也拿镜子照照，配递茶递水不配！"小红只得隐忍，斟茶递水是二等丫头的事情，哪里轮到四等丫头傍前？由此引起了她对封建家族等级森严、极不公平的愤懑。

小红是个有见地、头脑清醒的好女孩。第 26 回，佳蕙向小红抱怨，宝玉的烫伤痊愈了，老太太高兴，凡是伺候在宝玉身边的丫头，按着等份都行赏了，唯独没有佳蕙

和小红的。小红劝慰道："也犯不着气他们。俗语说的好：'千里搭长棚，没有个不散的筵席'，谁守谁一辈子呢？不过三年五载，各人干各人的去了。那时谁还管谁呢？"这两句话不觉感动了佳蕙。小红年纪不大，话语不多，但彰显了她的独到见解，有远虑、看透了世事。

　　小红从不自弃，而王熙凤正是她的伯乐。第 27 回，王熙凤独自一人走在园子里，忽想起一事，她需抽调一个丫鬟跑腿传话，便站在山坡上向众人招手。小红跑到凤姐跟前。凤姐打量了一回，见她生得干净俏丽，说话知趣，因笑道："我这会子想起一件事来，要使唤个人出去，不知你能干不能干，说的齐全不齐全？"小红笑道："奶奶有什么话，只管吩咐我说去。若说的不齐全，误了奶奶的事，凭奶奶责罚就是了。"小红圆满完成了，还流畅清晰地表达了"四五门子"的事情。凤姐向小红笑道："好孩子，难为你说的齐全……你明儿服侍我去吧。我认你做女儿。"小红却很沉稳，笑道："愿意不愿意，我们也不敢说。只是跟着奶奶，我们也学些眉眼高低，出入上下，大小的事也得见识见识。"此话正中凤姐下怀。

　　小红勇于追求爱情，一方罗帕便给她和贾芸牵了红线。第 24 回，贾芸有事相求来见宝玉，是小红回的话，孰料贾芸对小红一见钟情。白天小红遭了秋纹等的一场恶话，闷闷的睡在床上，忽听窗外低低地叫道："红玉，你的手帕子我拾在这里呢。"小红听了，忙出来看时，不是别人，正是贾芸。小红不觉粉面含羞，问道："二爷在那里拾着的？"只见那贾芸笑道："你过来，我告诉

图 3-60　小红（采自《红楼梦图咏》）

你。"一面说一面就上来拉她的衣裳。那小红臊的转身一跑，却被门槛子绊倒。这原来是小红做了一个梦。

第26回，小红道听坠儿要带进芸二爷来。刚走至蜂腰桥门前，只见那坠儿引着贾芸来了。那贾芸一面走，一面拿眼把小红一溜；那小红只装着和坠儿说话，也把眼去一溜贾芸：四目恰好相对。曹公这几笔何其传神，把这一对追求自由恋爱男女的神情展现在了读者的面前。贾芸并非是那种轻浮的纨绔子弟，而是有头脑、为人正派的。他从坠儿的口中得知，小红丢了帕子让坠儿帮忙找，便向袖内将自己的一块取出来，向坠儿笑道："我给是给你，你若得了他的谢礼，不许瞒着我。"这块回赠的旧罗帕便成了定情物。在贾府衰败后，他们能幸福地生活在一起，可谓"千红一哭，万艳同悲"里极幸运的一双比翼鸟。

曹公对小红的描述，是他心之所向，大观园中那些命运多舛的花季少女，都成了封建家族的牺牲品。而小红却是唯一头脑清醒、有远见、冲破封建家族樊笼的一朵盛绽的奇葩！

61. 善姐和秋桐：恃凌助虐欺新主，酸云醋海起波澜

七绝·善姐和秋桐
李宝贵

其一

恃凌助虐欺新主，善恶终分一字间。
谁悯风花尤氏女，吞声忍气度时艰。

其二

酸云醋海起波澜，妒妾淫威为哪般。
借剑杀人当自损，黄泉一命雪霜寒。

如梦令·善姐
李锡庆

外室入园来住，凭甚长相看顾？深得主人心，岂忌台前狼虎。无故，无故，忍睹花零朝暮！

【品评】李宝贵　撰

　　善姐和秋桐都是贾府的丫头。一个是凤姐所指派去"服侍"尤二姐的丫头,一个是贾赦房中的丫头,后赏给贾琏做妾,使贾琏本已复杂的家庭关系,又多了一层危机。曹雪芹在小说中安排这两个人物出场,就是让她们迫害尤二姐,把红楼二尤的故事引向悲剧。

　　善姐不善,她本为凤姐身边的丫头,后派她去服侍刚被凤姐骗入贾府的尤二姐,目的很明确,就是让她在生活起居上作践尤二姐,在精神上摧残尤二姐。

　　秋桐则愚昧无知,头脑简单,心胸狭窄。仗着是贾赦赏来的,又与贾琏"燕尔新婚",正在红火中,连凤姐和平儿都不放在眼里。凤姐心中一刺未除,却凭空又添了一刺,因是公爹赏赐,又不能反对,只好忍气吞声,表面上假装好颜色,心中却暗恨。但转而一想,她可利用秋桐行"借剑杀人"之法,"坐山观虎斗",等秋桐杀了尤二姐,自己再杀秋桐。

　　第 68 回,尤二姐进园三日之后,凤姐指派善姐服侍。尤二姐没了头油让善姐回大奶奶拿些去,善姐说她不知好歹,甚至发展到了连饭"或早一顿,或晚一顿,所拿来之物,皆是剩的",让尤二姐有口说不出。可见善姐多么恶毒刻薄,虐待尤二姐就是她的任务,正如脂批所说:"写使女欺压二姐,正写凤姐欺压二姐。"丫头倒占了主子的上风,直教那二姐每日忧郁垂泪,度日艰难。

　　再说秋桐,脂砚斋评秋桐是"极淫邪"(戚序本第 69 回回前总评,第 899 页)。秋桐见了尤二姐,张口就是"先奸后娶没汉子要的娼妇,也来要我的强"。尤二姐的处境越来越糟,每日茶饭都是不堪之物。平儿自拿钱弄菜来与尤二姐吃,只要秋桐一撞见,便去凤姐处告状,凤姐骂平儿:"人家养猫拿耗子,我的猫只倒咬鸡。"在这种环境下,尤二姐的病越来越重。

图 3-61　善姐和秋桐(翟海潮绘)

尤二姐怀孕，凤姐又做汤送水与二姐，假装殷勤，还叫人去算命打卦，怕有什么冲着了或犯了什么，结果是"系属兔的阴人冲犯"。"大家算将起来，只有秋桐一人属兔，说他冲的。"凤姐让秋桐暂且别处去躲几个月再来，秋桐便张口肆骂尤二姐："纵有孩子，也不知姓张姓王。奶奶希罕那杂种羔子，我不喜欢！"

尤二姐肚里的孩子也没能幸免，被小厮找来的胡庸医用虎狼药打下肚里已成形的男胎后，尤二姐的希望彻底破灭了，没有儿子就没有了根基。尤二姐的身体和精神处于崩溃边缘，身心再也忍受不住了，终于在一个夜里，尤二姐打扮齐整，流着泪吞下了一块生冷的金子……

善姐和秋桐，一个人性恶毒，一个粗俗愚昧张狂。一个受凤姐的指使，一个受凤姐的挑唆，都充当了残害尤二姐的先锋，双双完成了残害尤二姐的任务。还有凤姐，在尤二姐这件事上，借剑杀一人，自损三人。可她们自己却也没得到好的结局。据推测，后来善姐死得很惨，秋桐被领回娘家后，或找一穷人随便嫁了，或又被卖与别人做妾。而凤姐死得更惨。

62. 金钏和玉钏：王夫人的丫鬟姐妹花

鹧鸪天·金钏
张绍花

豆蔻娉婷俏脸庞，殷勤处事有荣光。尊卑失礼时亲昵，主仆调情惹恐慌。　　心烂漫，性轻狂。从来口祸惹灾殃。十年侍奉虽留迹，终是天真井下亡。

鹧鸪天·玉钏
张绍花

姊妹花开一并香，谁知祸起损柔肠。哭残手足千丝转，嗔捧莲羹五味尝。　　心缜密，品端方。从来自重避膏粱。满怀希冀牢笼出，父母偎依嫁玉郎。

五律·玉钏
崔波

娇容含姊恨，入室自弯腰。
见玉仇心起，尝羹怒气消。

独垂廊下泪，自是雨中蕉。

欲作何人妾，虚言上九霄。

【品评】张绍花　撰

　　金钏儿是王夫人的贴身大丫鬟，她第一次闪亮登场是在第7回，王夫人去梨香院和薛姨妈姐妹俩聊家常，她跟香菱站在台阶上玩。通过周瑞家的和金钏儿的对话可以看出，她不但天真活泼、性情开朗，还长得漂亮，在太太面前也有些面子，和宝玉玩得来，走到哪里，都是笑声一片，而且口无遮拦。第23回当贾宝玉奉命即将搬进大观园的时候，贾政传话让贾宝玉过来训话，当时众丫鬟都大气不出地站在廊下伺候，可金钏儿一见宝玉来了，立即上去一把拉住他，笑着说："我这嘴上是才擦的香浸胭脂，你这会子可吃不吃了？"彩霞看不下去，赶紧阻止金钏儿。在这种时候和主子开这样轻浮的玩笑，还对贾宝玉"动手动脚"，正是这种性格为王夫人在盛怒之下撵走她埋下了伏笔。

　　金钏伺候王夫人十来年，可以说她和贾宝玉是从小一起长大的，基本上无话不说。

图3-62　金钏和玉钏（翟海潮绘）

第30回，在一个炎热的午后，当贾宝玉主动上来与她调笑的时候，金钏就非常配合他，和他"胡言乱语"起来："你忙什么！'金簪子掉在井里头，有你的只是有你的。'……凭我告诉你个巧宗儿，你往东小院子拿环哥儿和彩云去。"这话被假寐的王夫人听了个真真切切，起身就打了金钏一个耳刮子，大骂金钏是下作的小娼妇，好好的爷们都被你教坏了！金钏被打懵了，她万万想不到几句调笑的话，惹得王夫人大发雷霆。尽管金钏跪下百般求饶，可是王夫人还是把她撵回了家。金钏儿在家里哭天哭地的，一气之下投井自尽了。王夫人口口声声说金钏儿虽是个丫头，"素日在我跟前比我的女儿也差不多"，但她只不过是一个身份卑微的婢女，王夫人不会因为喜欢她而轻易饶恕她。在等级森严的社会，主子就是主子，奴才就是奴才，像金钏这样思想单纯，口无遮拦，分不清主仆界限，最后只落得个跳井的悲惨下场。

玉钏儿是金钏儿的妹妹，与姐姐同为王夫人的贴身丫头，姐妹俩感情很深。虽是一奶同胞，可两人的性格截然不同，姐姐比较活泼直爽，爱开玩笑，玉钏儿则比较稳重内敛，不随便和人说笑，特别是主子贾宝玉。姐姐跳井自杀后，玉钏儿知道姐姐的死与贾宝玉有关，心中甚恨宝玉，她总是适当地和他保持距离，更不会和贾宝玉乱开玩笑。

《红楼梦》里曹雪芹对玉钏儿着墨很少，但有两次重要的描写。第一次描写是贾宝玉为金钏之死和琪官之事挨打，伤势很重，特别想吃莲叶羹。王夫人命玉钏给宝玉送去。贾宝玉看见玉钏儿，就想起了她的姐姐金钏。金钏因宝玉而死，宝玉心中满怀愧疚之情。尽管宝玉低声下气，玉钏仍是满脸怒色，宝玉只得把人支出去，满脸赔笑，问长问短温存磨转，并哄玉钏亲自尝了一口莲叶羹，至此玉钏脸上才有了几分喜色。玉钏手里端着汤只顾听话。宝玉只顾和婆子说话，一面吃饭一面伸手要汤，两个人的眼睛都看着人，不小心将汤泼了宝玉手上。宝玉自己烫了手倒不觉得，却只管问玉钏儿："烫了那里了？疼不疼？"玉钏儿和众人都笑了。玉钏儿道："你自己烫了，只管问我。"宝玉听说，方觉自己烫了。宝玉想用对玉钏儿的温情，弥补对金钏儿的歉意。而玉钏儿的单纯、淳朴之态跃然纸上，十分可爱，到此时她对宝玉的怨恨已减几分。

第二次描写是姐姐金钏儿死后一周年，宝玉遍体纯素，带着书童茗烟，私自去郊外祭奠。回来时，见玉钏独坐廊下垂泪。宝玉赔笑安抚，玉钏儿总不搭理，只管擦泪。当众人都在欢天喜地为王熙凤庆寿之时，玉钏儿想起今天是姐姐的生日，怎不伤心泪下，可是为人奴仆，她又不能在大庭广众之下号啕大哭！

身为奴婢的玉钏儿，面对亲人的逝去，有恨无处发泄，有仇没办法报，面对逼死姐姐的王夫人，除了把怨恨埋藏在心底，默默地落泪，又能如何！面对纨绔子弟贾宝玉，顶多给个冷脸，又能怎样！心里的伤疤，何时能好！

63. 彩云和彩霞：月残影瘦，风摧根断，终是云霞散

青玉案·彩云

李金娥

殷勤赢得东人赞。夹缝行，才能显。恰遇良缘凭慧眼。芳华已许，痴心不变，只把侯门眷。　　蔷薇硝内情无限。误会焉知结成怨。好梦成空

天色暗。月残影瘦，风摧根断，终是云霞散。

<h3 style="text-align:center">鹧鸪天·彩霞</h3>

李金娥

侍主殷勤秋复秋，端庄慧雅性温柔。情牵往事心思苦，影出豪门汗迹留。　　虽揣梦，又添愁。风吹云乱几时休。奈何浪子强迎娶，黑幕天垂不肯收。

【品评】李金娥　撰

在《红楼梦》中，很多丫鬟和贾宝玉的交情都不错，可偏偏有两个丫鬟反其道而行之，和宝玉保持一定的距离，却与庶出的贾环来往密切，她们就是彩云和彩霞。

彩云常年跟在王夫人身边，见多识广，对未来生活充满憧憬，对贾环寄寓了希望。第 60 回，贾环从芳官处得了一包擦春癣的蔷薇硝，就兴冲冲来找彩云，彩云打开一看笑道："这不是硝，这是茉莉粉。"贾环闻闻也是香的，因笑道："这也是好的，硝粉一样，留着擦罢。"彩云听了心里暖暖的，这事可惹怒了赵姨娘，彩云忙说："这又何苦生事，不管怎样，忍耐些罢了。"赵姨娘道："你快休管，横竖与你无干。"随后就上演了五伶官群斗赵姨娘的闹剧。

彩云虽是王夫人的丫鬟，却把眼光投在了贾环身上。第 61 回，林之孝家的怀疑是柳五儿偷了王夫人那瓶玫瑰露，多亏平儿夜访怡红院得知缘由，判怨决狱。实际上王夫人这边的玫瑰露和茯苓霜，是赵姨娘唆使彩云偷的，平儿本欲坐实，又怕这事伤害探春的颜面，所谓投鼠忌器是也，就央求宝玉自揽责任，又唤来彩云和玉钏儿说明缘由。彩云已是羞愧之心感发，便对平儿说道："姐姐放心……偷东西原是赵姨奶奶央告我再三，我

图 3-63　彩云和彩霞（翟海潮绘）

就拿了些与环哥是情真……如今既冤枉了好人，我心也不忍。姐姐竟带了我回奶奶去，我一概应了完事。"宝玉忙笑道："彩云姐姐果然是个正经人。"

赵姨娘心神不宁，只因彩云平时私赠了贾环好多东西，生恐查出来，忽见彩云来告诉他："都是宝玉应了，从此无事。"谁知贾环听了就起了疑心，将彩云凡私赠之物都拿了出来，照着彩云的脸上摔了去，说："你这两面三刀的东西！我不稀罕。你不和宝玉好，他如何肯替你应。"说罢摔手而去，贾环根本不珍惜这份感情，气得彩云泪干肠断，来到园中，把所赠之物都撒在河内，可惜彩云钟情错了人。

再看看彩霞，她也是王夫人身边的大丫鬟，比彩云出场还要早。第23回，一次宝玉来见贾政，金钏见宝玉惴惴不安，便偷偷地笑道："我这嘴上是才擦的香浸胭脂，你这会子可吃不吃了？"彩霞一把推开金钏，笑道："人家正心里不自在，你还奚落他。"可见彩霞善解人意，通情达理，比较稳重。

第25回，贾环拿腔作势地抄写《金刚咒》，丫鬟们素日厌恶他，只有彩霞给他斟了一钟茶，又悄悄对他说："你安些分罢，何苦讨这个厌那个厌的。"贾环道："如今你和宝玉好，把我不答理，我也看出来了。"彩霞咬着嘴唇，向贾环头上戳了一指头说道："没良心的！狗咬吕洞宾，不识好人心。"可以看出彩霞并不随风逐波。因宝玉吃酒醉了，彩霞虽然替他拍着，但两眼睛只向贾环处看。宝玉想拉他，彩霞夺手不肯，便说："再闹，我就嚷了。"可见彩霞不像有的丫鬟对宝玉充满爱意。

第39回，在谈论主子身边的大丫鬟时，宝玉说："太太屋里的彩霞，是个老实人。"探春道："可不是，外头老实，心里有数儿……连老爷在家或外出的一应大小事他都知道。太太忘了，他背地里告诉太太。"可以肯定彩霞是王夫人的得力臂膀。

第72回，旺儿夫妇相中了彩霞，顺势求凤姐说媒。凤姐虽听言旺儿之子，酗酒赌博不务正业，但为一己之私，竟把彩霞推入火坑。林之孝叹曰："虽说都是奴才们，到底是一辈子的事……何苦来白糟蹋一个人。"而贾环确实没有担当，认为彩霞不过是个丫鬟，她走了还有下一个。彩云和彩霞怎么可能掌握自己的命运和婚姻？随着贾府呼啦啦大厦倾，主子们尚且自身难保，何况奴才们呢？

64. 瑞珠和宝珠：瑞珠触柱而亡，宝珠甘为义女

蝶恋花·瑞珠

孙可华

贾府香风迷万众。雨后娇红，落土何人恸。可笑世间时捉弄，潇潇洒洒浮云涌。　　幻幻红楼多醉梦。假假真真，影动惊青冢。忠烈丫头情侍

奉，纵随冥界还恩宠。

一叶落·瑞珠
孙树娟

人楚楚，忠卿主，隐私撞破恨无助。府深月影寒，侯门终身误，终身误，杜宇啼朝暮。

清平乐·宝珠
孙可华

悲嚎阵阵，珠泪无穷尽。任孝扶灵行本分，铁槛孤灯守训。　　义女独宿哀愁，贾珍上下筹谋。兼美太虚回目，可怜风月荒丘。

【品评】 翟海潮　孙可华　孙树娟　撰

瑞珠和宝珠是宁国府孙媳妇秦可卿的丫鬟，是《红楼梦》中两个很不起眼的小人物，曹公对她们着墨不多，却给人留下了深刻的印象。她们在秦可卿病逝之后，分别以不同的方式为主子尽忠尽孝，但也留下了很多疑点。

第13回中写道："因忽又听得秦氏之丫鬟名唤瑞珠者，见秦氏死了，他也触柱而亡。此事可罕，合族人也都称叹。贾珍遂以孙女之礼殓殡，一并停灵于会芳园之登仙阁。小丫鬟名宝珠者，因见秦氏身无所出，乃甘心愿为义女，誓任捧丧驾灵之任。贾珍喜之不尽，即时传下，从此皆呼宝珠为小姐。那宝珠按未嫁女之丧，在灵前哀哀欲绝。于是，合族人丁并家下诸人，都各遵旧制行事，自不得紊乱。"

瑞珠和宝珠一出场就走上了不同的人生之路，一个悲壮，一个悲凄。两个丫鬟为何选择这样的人生之路？众说纷纭，说尽忠尽孝者有之，说处于无奈者有之。一般情况下，一个仆人无论怎样忠诚，都不会轻易地殉主，除非她对主人去世以后自己的生活感到了绝望。就像鸳鸯殉主一样，由于抗婚，贾赦威胁她："凭他嫁了谁家，也难出我的手心。"贾母的去世，鸳鸯失去了保护伞，她对未来生活的恐惧，已经完全超过了她对死亡的恐惧。

要弄清楚两个丫鬟一死一升的原因，首先要弄清楚秦可卿死因。秦可卿在《红楼梦》第5回出场，第13回去世，其人物形象虽然比较完整，但故事情节比较朦胧，她的身世和婚姻，尤其是她的死因，都成了不解之谜。第13回写道："那长一辈的想他素日孝顺，平一辈的想他素日和睦亲密，下一辈的想他素日慈爱，以及家中仆从老小想他素日怜贫惜贱、慈老爱幼之恩，莫不悲嚎痛哭者。"从文本来看，秦可卿的人缘不错，似乎死于疾病。

第5回，秦可卿的图画里画着高楼大厦，有一美人悬梁自缢。其判词云："情天情海幻情身，情既相逢必主淫。漫言不肖皆荣出，造衅开端实在宁。"曲子《好事终》："画梁春尽落香尘。擅风情，秉月貌，便是败家的根本。箕裘颓堕皆从敬，家事消亡首罪宁。宿孽总因情。"图画、判词与曲子中，透露出秦可卿乱伦和上吊自缢的信息。脂砚斋在第13回回末有朱批："秦可卿淫丧天香楼，作者用史笔也。老朽因有'魂托凤姐'、'贾家后事'二件，岂是安富尊荣坐享之人能想得到，其事虽未漏，其言其意则令人悲切感服，姑赦之。因命芹溪删去。"（第177页）此回的文字确实比前后的章回少了很多字。

瑞珠、宝珠都是秦可卿的贴身丫鬟，对于秦氏死后她们的做法，合族人都感到"此事可罕"，而作为族长的贾珍，对于儿媳的丧事如此奔忙、悲痛欲绝，也让全族人对秦可卿的死"无不纳罕，都有些疑心"。事后贾珍庄重地把瑞珠以孙女之礼殓殡，更有一种欲盖弥彰的意味。因此有专家推测，瑞珠触柱身亡，是因为她撞见了贾珍与秦可卿爬灰的私情，秦氏羞愤自缢后，她怕得祸，触柱殉葬而死。1987版电视连续剧《红楼梦》可谓是某些红学家探佚的产物，剧中演到：瑞珠在天香楼撞见了秦可卿与公公贾珍令人不齿的一幕，但是不巧因自己心慌而弄出了动静，而被贾珍发现。当秦可卿得知贾珍从她头上拔掉的绿簪子到了尤氏之手时，知道事情已败露，一下子羞愧难当，以致病情

图3-64　瑞珠和宝珠（采自《增评补像全图金玉缘》）

迅速恶化，后来自缢天香楼。

即使瑞珠能保守那个秘密，贾珍能留下她这颗定时炸弹吗？可怜的瑞珠明了自己未来的下场，有苦无处诉，怕落个不明白的冤死鬼，只有把心里话诉与同病相怜的宝珠听。宝珠比瑞珠年龄小，眼前发生的这一系列情节让她无限恐慌，可见宝珠也是窥知秦氏隐情的人。秦可卿死后，瑞珠触柱而亡，宝珠甘为义女，应该是明智而无奈的选择。

65. 司棋：尊卑无序怨重重，梦断菱洲步自封

七律·司棋
王志霞

尊卑无序怨重重，梦断菱洲步自封。
厨内干戈心久抑，园中私会理难从。
抄查验视多悲色，斥逐流亡少愧容。
终是痴情常抱恨，穷途赴死蹑仙踪。

太常引·司棋
陈瑞林

鸡飞狗跳竖双眸，底事占风头？逞势紫菱洲，懦小姐、文温且休。　　青梅竹马，清规莫问，身许不能羞。但愿共兰舟，凤愿绝、魂归恨留。

【品评】 王志霞　撰

司棋，本名秦司棋，贾迎春的大丫头，王善保的外孙女，秦显的侄女。她脾气刚烈，雷厉风行。因为迎春懦弱怕事，针扎一下都不知道嗳呦一声，久而久之，有后台撑腰又生得品貌风流、高大丰壮的司棋就成了丫鬟群里腰杆最硬的副小姐。《红楼梦》前八十回，在司棋身上发生了两件大事：一件是带人打砸小厨房；一件是与表弟潘又安在大观园私会。这两件事，无论发生在谁身上，都绝对不算小事，更何况司棋只是贾府的一个丫鬟。

事情的起因还要从一碗炖鸡蛋说起。一日，司棋派小丫头莲花去厨房，让柳嫂子给她做一碗炖得嫩嫩的鸡蛋羹。司棋仗着面子大，直接说自己要吃鸡蛋，而没说迎春要吃。柳嫂为人势利，她一心想着让女儿柳五儿进怡红院，自然事事以宝玉的怡红院为先，司棋本是丫鬟，又是迎春房里的，所以就不大待见，有鸡蛋也不给做。柳嫂一

番话就把司棋派来的小丫头莲花儿打发了，若要是司棋同她的主子迎春一般好说话，这事也就罢了，可偏偏司棋是个气性大又不怕事的泼辣丫鬟，仗着一家人几乎都在贾府当差，自己又是迎春身边的大丫鬟，竟然把公子小姐们吃饭的厨房给砸了，事后连说带骂，也没有人敢惹她。后来，因玫瑰露、茯苓霜事件，柳嫂子一度被革职，顶替她上去的却是司棋的婶娘秦显家的。

　　曹公再一次写司棋的胆大妄为是第71回"鸳鸯女无意遇鸳鸯"。这一次，司棋终于为自己的霸道付出了惨痛的代价。有一天，贾母的丫鬟鸳鸯从大观园回来，一时想去山石后小解，无意间碰到了正在与表弟私会的司棋。古代男女授受不亲，未结婚之前，没有父母之命媒妁之言，是不能私相授受的。司棋的大胆之处正在于，她作为一个丫鬟跟着迎春生活于大观园之中，竟然敢夜里把表弟这样一个外男悄悄引到大观园，且做出那见不得人之事。对于最注重礼节的贾府而言，若传出去，无疑是一件令整个家族蒙羞的丑事。

　　司棋虽是"胆大"，到底不过是个柔弱的少女。她与表弟潘又安偷情被鸳鸯撞破后，也曾惴惴不安，惶惶不可终日，生怕被抖搂出去。直到鸳鸯亲自上门，赌咒发誓替她保密，她才放下心来，但司棋终究还是落下了心病。没有不透风的墙，司棋之事最终在抄检大观园一回被发现。贾母房里的傻大姐在大观园捡到一枚绣春囊，被邢夫人截获。邢夫人便派心腹王善保家的送到王夫人那里，让王夫人自己看着办。王夫人一开始怀疑凤姐，凤姐一番自辩证明了自己的清白。王夫人又怕有"狐狸精"祸

图 3-65　司棋（采自《红楼梦图咏》）

害了她的宝玉，于是就有了大观园内部的抄检和惩办。王善保家的、周瑞家的等众婆子领着凤姐等人进了大观园。然而到迎春那里后，却搜出了迎春的丫鬟司棋箱子里有男人的物品。铁证如山，无从抵赖，被当场拿到偷情证据的司棋竟然只是低了头，并无羞惭之意，其胆识令凤姐都纳罕不已。

司棋被逐那日，先哭着求迎春，"实指望迎春能死保赦下的"。司棋也是天真，她犯下的错"事关风化"，别说软弱的迎春，便是强硬的探春，怕也难出面留下。司棋最终成了两夫人斗法的牺牲品。与司棋约会，被鸳鸯撞见后，潘又安吓得连家都不敢回。司棋得知表弟逃走了，也曾气个倒仰，并说，纵是闹了出来，也该死在一处。

司棋被撵出大观园后便没了消息。"程本"续书里借迎春的陪嫁之口，道出了司棋的最终命运：潘又安外出赚钱回来，对司棋没信心，怕人家贪图他那几个臭钱，装穷到司棋家求婚，被司棋的母亲断然拒绝，司棋无奈，便一头撞死在墙上。这样写也符合司棋刚烈勇敢的个性。潘又安的懦弱犹疑、胆小怕事，更衬托出了司棋的勇敢泼辣、坚定不移。想来潘又安是知道司棋娘见钱眼开的，如果他能及时显出他的金银来，搭上一些钱财，司棋的母亲也许会答应他们的婚事，司棋又何至于只有死路一条呢？

66. 绣桔：遮风挡雨忠心见，酸甜品过终需咽

忆秦娥·绣桔

孙树娟

春心软。橘花小巧纯情暖。纯情暖。无意争色，馨香悠远。　　遮风挡雨忠心见。酸甜品过终需咽。终需咽。东风错嫁，谁怜肠断。

五律·绣桔

李锡庆

金枝何怯懦？卑者至真诚。

仗义追阴贼，怀仁慰落英。

索银豺虎意，陪嫁主宾情。

小姐夭亡后，谁怜问死生？

【品评】孙树娟　撰

绣桔是贾迎春的丫头，她伶牙俐齿、争强好胜，是一个一心护主的二等小丫鬟。

绣桔在第 29 回随众出场，她的故事主要集中在第 73 回，对懦小姐迎春"只是捡软怕人恼"着急忧虑，为攒珠累丝金凤的事跟王住儿媳妇大吵一架，奋力维护迎春的尊严和利益。

　　绣桔这个名字看似很美——桔花素雅洁白，寓意高洁；幽香淡雅，颇有与世无争之态。然而细究起来，"绣"字终究是人工矫饰，而"桔花"的那抹亮白，纵能映入人眼，却终究照不进人心。所以，绣桔这个角色还是非常令人爱怜的。她并不能帮助贾迎春逃脱命运的藩篱，绣出来的结局，必成虚幻。

　　贾迎春是有名的"二木头"，针扎都不吭声。曹公在塑造迎春的形象时，以其懦弱而辅助了两个人，一个是性情火爆的大丫头司棋，一个是伶牙俐齿、不依不饶的绣桔。

　　迎春的乳母赌博被罚后，绣桔发现迎春的一个攒珠累丝金凤冠被奶妈拿去典银子花了。迎春面软不好意思追究，而迎春乳母儿媳王住儿媳妇因为婆婆得了罪，来求迎春讨情，听到了因失累丝金凤要去报凤姐时，只得进来阻止，以免把事儿闹大。

　　绣桔便说："赎金凤是一件事，说情是一件事，别绞在一处说。难道姑娘不去说情，你就不赎了不成？嫂子且取了金凤来再说。"王住儿媳妇不满，反唇相讥，气焰嚣张："谁的妈妈奶子不仗着主子哥儿姐儿多得些益，偏咱们就这样丁是丁卯是卯的，只许你们偷偷摸摸的哄骗了去。自从邢姑娘来了……算到今日，少说些也有三十两了。我们这一向的钱，岂不白填了限呢。"绣桔不待说完，便啐了一口，道："作什么你白填了三十两，我且

图 3-66　绣桔（采自《增评补像全图金玉缘》）

和你算算账，姑娘要了些什么东西？"迎春说："你不能拿了金凤来，不必牵三扯四乱嚷。我也不要那凤了。"绣桔又气又急地说："姑娘虽不怕，我们是作什么的，把姑娘的东西丢了。他倒赖说姑娘使了他们的钱，这如今竟要准折起来。倘或太太问姑娘为什么使了这些钱，敢是我们就中取势了？这还了得！"

"懦小姐不问累金凤"是绣桔的正传。这丫头在司棋病倒不能理事时站出来，因迎春懦弱，直接与迎春"奶嫂子"王住儿媳妇正面冲突起来。虽说绣桔也不完全恭顺，但一心护主还是让人体会到她的忠心。迎春若没有她在身边，不知道还要如何受欺负。绣桔有点类似探春身边的侍书，在主人不方便说话时勇敢站出来。

抄检大观园之后，当司棋被撵走时，绣桔在大观园中哭着赶来给司棋送绢包，说是姑娘给的，做个念想吧。绣桔的结局如何？第79回写迎春出嫁时，"说陪四个丫头过去"。宝玉说："从今后这世上又少了五个清洁人了。"可能绣桔也陪嫁过去了。第80回迎春还家向王大人哭诉，说孙绍祖"一味好色，好赌酗酒，家中所有的媳妇丫头将及淫遍……"如此，绣桔也在劫难逃了。

67. 翠缕：天真亦把阴阳论，意味旁敲

采桑子·翠缕（李清照格）
孙树娟

丝丝春柳垂千缕，风雨飘摇。风雨飘摇。绿意欣然，坚韧韵犹娇。　　天真亦把阴阳论，意味旁敲。意味旁敲。金玉麒麟，错位两难交。

七律·翠缕
李金娥

春风拂面自留香，书帙勤搬身影忙。
主子跟前分贵贱，石榴树下论阴阳。
轻移莲步愁焉在，微漾心湖喜欲狂。
即使多情常揣梦，不知何日作新娘？

【品评】孙树娟　撰

翠缕是史湘云的丫鬟，湘云称呼她"缕儿"。她生得灵慧天真，娇憨可爱，性格也如史湘云一样心直口快。所以主仆关系甚是亲密。

翠缕如丝，寓意史湘云处境悲苦。曹雪芹把湘云"襁褓之中父母违"的柔弱命运，

和无人娇养、时常做针线活到半夜的悲苦处境，都倾注在一个"缕"字中。翠缕如柳，寓意史湘云百折不挠的韧性。

翠缕原来也是贾母的丫鬟，湘云父母亡故，住在叔父家中，她使的人怕还不及黛玉带来的人，所以贾母把翠缕给了湘云。

第21回，翠缕一出场就看出她在贾府的资格和与宝玉的亲厚关系。史湘云带着丫鬟翠缕又回到贾府，和林黛玉住在一起。一日天明时，宝玉披衣拖拉鞋往黛玉房中跑，黛玉湘云起床后正在梳洗，宝玉便就她们洗脸剩下的残水，弯腰洗了两把。翠缕见状说道："还是这个毛病儿，多早晚才改。"

翠缕出场最多的是第31回，她是与湘云论阴阳，翠缕道："他们那边有棵石榴，接连四五枝，真是楼子上起楼子，这也难为他长。"湘云道："花草也是同人一样，气脉充足，长的就好。"翠缕把脸一扭，说道："我不信这话。若说同人一样，我怎么不见头上又长出一个头来的人？"

湘云听了，由不得一笑，说道："……天地间都赋阴阳二气所生，或正或邪，或奇或怪，千变万化，都是阴阳顺逆多少。一生出来，人罕见的就奇，究竟理还是一样。"翠缕道："这么说起来，从古至今，开天辟地，都是些阴阳了？"湘云笑道："……'阴''阳'两个字还只是一个字，阳尽了就成阴，阴尽了就成阳，不是阴尽了又有个阳生出来，阳尽了又有个阴生出来。"

这长篇大论里，主仆之间那种随意自然的气氛，让人感叹她们多年的相依相伴，二人之间无拘无束的亲密关

图 3-67　翠缕（采自《红楼梦图咏》）

系没有埋没在史府的风刀霜剑里。作者无闲笔，那一段对话，又加上后来出现的金麒麟（那是宝玉得了珍藏着要送给湘云的），那个回目"因麒麟伏白首双星"，不得让人不想，双星会不会是宝玉与湘云？世事难言，谁又断定他与她没有相遇的一刻。但脂批曰："金玉姻缘已定，又写一金麒麟，是间色法也。"（第419页）写金麒麟，是为了烘托气氛，史湘云其实是嫁给了卫若兰。

当然，这里的意义还不止于此。翠缕和湘云论阴阳，还提到了荷花和石榴。史湘云说这里的荷花不如史家的，可是石榴却十分旺盛，"难为他长"。石榴代表的是贾元春，"二十年来辨是非，榴花开处照宫闱"，元春的晋升、省亲是贾府乃至于四大家族兴衰的晴雨表。翠缕和湘云看似闲谈趣话，却隐匿着《红楼梦》主要人物命运和家族运势。

曹公通过几个小片段就把一个不拘小节、明朗单纯的小丫鬟写活了，给读者留下了深刻的印象。

68. 侍书和入画：探春和惜春的丫鬟

鹧鸪天·侍书
李金娥

智慧端凭岁月磨，芭蕉树下影婆娑。倾心处事春闺暖，研墨沾香故事多。　　嗔杏眼，斗刁婆。执言仗义又如何。感恩随嫁情缘在，护主同行一首歌。

鹧鸪天·入画
李金娥

秉性温柔足可夸，画前侍主度年华。备毫调色随时在，遇事蒙冤无处查。　　情似纸，命如沙。金银锞子烙伤疤。一朝遭弃难由己，望断天涯何处家？

【品评】李金娥　撰

在《红楼梦》中，曹公匠心独运地描写了精明能干、有"玫瑰花"之诨名的三小姐探春身边的丫鬟侍书和身量未足、形容尚小的四小姐惜春身边的丫鬟入画。这两个大丫鬟虽不及凤姐身边处事和平、能在众人之间周旋的大丫鬟平儿，也不像在宝玉身边充当时时规箴角色的大丫鬟袭人，却也默默尽心侍奉各自的主人。

第 37 回"秋爽斋偶结海棠社"，裙钗云集，海棠幽香，侍书预备纸笔端茶倒水，精心周到，宽厚待人心眼灵活，细微之处见功夫。

第 73 回，迎春秉性懦弱，就连乳母赌博偷当了她的累丝金凤尚能忍耐。探春自然是无法容忍的，她使了一个眼色，侍书便出去把平儿请来，问题很快得到解决，可见主仆二人心有灵犀。

第 74 回，在"惑奸谗抄检大观园"的过程中，凤姐一行人来到秋爽斋，探春道："我的东西倒许你们搜阅；要想搜我的丫头，这却不能……凡丫头们所有的东西我都知道，都在我这里间收着……你们今日早起不曾议论甄家，自己家里好好的抄家，果然今日真抄了。……可知这样大族人家，若从外头杀来，一时是杀不死的，这是古人曾说的'百足之虫，死而不僵'，必须先从家里自杀自灭起来，才能一败涂地！"说着，不觉泪满香腮。面对探春理直气壮的顶撞，凤姐不恼反而识趣要离开，谁知王善保家仗着是大太太邢夫人的陪房，平时王夫人对她也礼让三分，本是个心内没成算的人，知道探春是庶出，这会根本不把探春放在眼里，更想尽谄媚之能事，因越众向前掀起探春的衣襟道："连姑娘身上我都翻了，果然没有什么。"此时探春怒火正旺，只听"啪"的一声，王善保家的脸上着了探春一掌，顿时威风扫地，捂着脸在窗外说："罢了，罢了，这也是头一遭挨打。我明儿回了太太，仍回老娘家去罢。"侍书便追出去说道："你果然回老娘家去，倒是我们的造化了。只怕舍不得去。"凤姐笑道："好丫头，真是有其主必有其仆。"侍书嗔杏眼，斗刁婆，仗义执言，敢于揭露王善保家的狗仗人势、小人得志的丑陋嘴脸，真是个勇敢聪明、忠心护主的大丫鬟。

当凤姐等到惜春房中查时，竟在入画箱中寻出一大包金银锞子来，又有一副玉带板子并一包男人的靴袜等物。庚辰本双行夹批："奇。为察奸情，反得贼赃。"因问是哪里来的，入画只得跪下哭诉真情说："这

图 3-68　侍书和入画（翟海潮绘）

是珍大爷赏我哥哥的。因我们老子娘都在南方，如今只跟着叔叔过日子。我叔叔婶子只要吃酒赌钱，我哥哥怕交给他们又花了，所以每常得了，悄悄的烦了老妈妈带进来叫我收着的。"这些东西都是违禁之物，惜春胆小说："我竟不知道。这还了得！二嫂子，你要打他，好歹带他出去打罢。"惜春偏偏是个心冷面冷之人，对入画竟毫无怜悯之情，反而敦促或打或撵，凤姐却心生恻隐，主动为入画求情，偏偏惜春不依，又请了尤氏来，入画又跪下哭求说："再不敢了，只求姑娘看从小儿的情常，好歹生死在一处罢。"惜春虽然年幼却有主见，任人怎说总认为丢了她的体面，咬紧牙关断乎不肯。庚辰本双行夹批："是自己也不依的。各得自然之理，各有自然之妙。"

相比司棋敢爱敢恨，侍书巧言骂走王善保家的，入画的秉性是柔和的，她安分守己，从来没有刻薄婆子们，倒是和她的主人惜春一样存在感不强。有谁会知道惜春那些成功的画作背后，当有一位勤勤恳恳研墨调色的助手入画呢。

侍书和入画的命运，因各自侍奉的主人不同就截然相反，侍书跟随探春远嫁了，入画被尤氏带回去下落不明。他们看似穿戴光鲜，却生活在水深火热之中无力反抗，丫鬟也好主子也罢，命运一个比一个凄惨，谁也逃脱不了封建社会的樊篱。

69. 宝蟾：孰知陪嫁女，乃是乱族人

五律·宝蟾（新韵）

王应民

美貌三分色，奸谋一片心。
舍之羞与耻，贪念秽和淫。
舌刃堪折桂，词锋可断金。
孰知陪嫁女，乃是乱族人。

【品评】 王应民　撰

宝蟾是夏金桂嫁给薛蟠时的陪房丫鬟，在《红楼梦》第 80 回才出场：香菱与夏金桂说到热闹头上，忘了忌讳，便接口道："兰花桂花的香，又非别花之香可比。"一句未完，金桂的丫鬟名唤宝蟾者，忙指着香菱的脸儿说道："要死，要死！你怎么直叫起姑娘的名字来！"就在薛家的身份来说，金桂是妻，香菱是妾，而宝蟾只是个丫鬟。她却敢指着香菱的脸儿骂，可知她在夏金桂身边耳濡目染，也跟着练就了"阴狠毒辣"的坏脾性。

这薛蟠见宝蟾有三分姿色，举止轻浮可爱，便故意撩逗他。宝蟾虽亦解事，只是怕着金桂，不敢造次。金桂亦觉察其意，想着："正要摆布香菱，无处寻隙，如今他既

看上了宝蟾，如今且舍出宝蟾去与他，他一定就和香菱疏远了，我且乘他疏远之时，便摆布了香菱。那时宝蟾原是我的人，也就好处了。"遂答应薛蟠："你爱谁，说明了，就收在房里，省得别人看着不雅。"宝蟾便成了金桂送给薛大爷享受的一件"礼品"，宝蟾也由此成为谋害香菱的帮凶。这天薛蟠和宝蟾颠鸾倒凤，正要入港之际，金桂有意派香菱来取手帕，以坏其好事。香菱傻傻地闯进来，羞得宝蟾恨无地缝儿可入，忙推开薛蟠，一径跑了，口内还恨怨不迭。薛蟠也不免一腔兴头变作了一腔恶怒，都在香菱身上。而后金桂又暗和宝蟾说让她和薛蟠在香菱房中去成亲，命香菱过来陪自己先睡，趁机摆布香菱。以后更吵吵闹闹，把香菱撵走。

金桂又渐次寻趁宝蟾，宝蟾却不比香菱的情性，最是个烈火干柴。她和薛蟠情投意合，便把金桂忘在脑后。近见金桂又作践她，她便不肯服低容让半点。先是一冲一撞的拌嘴，后来金桂气急了，甚至于骂，再至于打。她不敢还言还手，便大撒泼性，拾头打滚，寻死觅活，昼则刀剪，夜则绳索，无所不闹。真是流氓遇上了无赖，薛蟠、金桂却也无可奈何。

续书第 91 回"纵淫心宝蟾工设计"是宝蟾的重场戏。薛蟠打死酒店当槽儿的张三，打入大牢。金桂和宝蟾闲饥难忍，又狼狈为奸，合伙勾引薛蝌。晚上金桂打发宝蟾给薛蝌送去果子和酒，并乘着夜色舔破窗户纸偷窥，真真无耻之极。到天明，宝蟾又拢着头发，掩着怀，穿一件片锦边琵琶襟小紧身，上面系一条松花绿半新的汗巾，下面并未穿裙，正露着石榴红洒花夹裤，一双新绣红鞋，赶早来取家伙。原来宝蟾夜里回去睡不着，翻来覆去，想出这个法子来，欲把薛蝌先搞到手，奢望拔个头筹。

可惜一计不成，遂再生一计。宝蟾又给金桂出主意："他是个小叔子，又没娶媳妇儿，奶奶就多尽点心儿和他贴个好儿，别人也说不出什么来。过几天他感奶奶的情，他

图 3-69　宝蟾（翟海潮绘）

自然要谢候奶奶。那时奶奶再备点东西儿在咱们屋里，我帮着奶奶灌醉了他，怕跑了他？"这招真是恶毒，薛蝌顺从则冠以奸嫂乱伦的恶名，不从则摊上调戏亲嫂的丑事，堪称一箭双雕。宝蟾的"设计"尽管没有达到目的，已足见淫心毒手的本事。后来夏金桂、宝蟾合谋又骗回香菱，欲用砒霜害死她，不曾想夏金桂服下毒药而死。宝蟾先是恶意诬陷香菱，后来见众人把怀疑指向了她，又有香菱道："昨儿听见叫我喝汤，我喝不下去，没有法儿正要喝的时候儿呢，偏又头晕起来。只见宝蟾姐姐端了去。我正喜欢，刚合上眼，奶奶自己喝着汤，叫我尝尝，我便勉强也喝了。"宝蟾不待她说完，便打断道："昨儿奶奶叫我做两碗汤……那里知道这死鬼奶奶要药香菱，必定趁我不在将砒霜撒上了，也不知道我换碗，这可就是天理昭彰，自害其身了。"宝蟾最后的辩解是否属实不得而知。此后她就从《红楼梦》中消失了，却也难免存疑。

最后聊聊宝蟾名字，主仆俩倒挺有缘分，桂宫有蟾，蟾宫有桂。作者是否借用了月亮的别称"太阴"，暗示这俩人太阴损了？"蟾宫折桂"更恰恰说明夏金桂死于宝蟾之手。

70. 芳官：妆来铜镜情无限，洗去芳尘泪满庭

七律·芳官
李宝贵

梨香小院舞娉婷，戏里乾坤戏外听。
命比风吹春柳絮，身如雨打夏浮萍。
妆来铜镜情无限，洗去芳尘泪满庭。
暮鼓晨钟天地老，金陵一梦草青青。

唐多令·芳官
陈慧茹

丽质亦聪明，离亲赴帝京。饰青衣，演绎闺情。幸得怡红公子顾，虽任性，尚轻盈。　棱角太分明，曹欺诉不平。待知交，一片真诚。伶俐倚强遭妒恨，终落得，对青灯。

【品评】李宝贵　撰

芳官姓花，红楼十二伶官之一。红楼十二伶官都是贾府为迎接元春省亲在姑苏采买来的女孩子，被安置在梨香院，每日练习唱念做打、笙歌管弦，并为她们起名芳官、

宝官、玉官、龄官等。芳官扮正旦。元春省亲之日，她们为元春及贾府众人演出，书中写道："一个个歌欺裂石之音，舞有天魔之态。"元春喜欢，赏赐颇丰。

芳官戏唱得好，扮相美。在第54回贾府欢度元宵之夜时，贾母特意点了芳官的戏《寻梦》，并吩咐只提琴与管箫合，笙笛一概不用。这说明贾母懂戏，是想细细地品味芳官唱腔的优美韵味，也彰显了芳官在戏班的主角地位。书中写道：直唱得全场"鸦雀无闻"。后来，宫中老太妃薨逝，朝廷颁布了政令，一年之内不许有娱乐活动，要求凡官宦之家里养戏班子的，一律遣散唱戏的优伶。芳官被分派到怡红院当丫鬟。

藕官在园内假山石后烧纸，引起宝玉的好奇。当问起烧纸的原因时，藕官让去问芳官。芳官把藕官烧纸的原由告诉宝玉，道出了一场假凤虚凰的故事，竟又引起宝玉一阵呆想，不禁又是欢喜，又是悲叹，又称奇道绝。从此，宝玉与芳官又亲近了一层。

芳官脾气倔强，却身份卑微。用赵姨娘的话来说，贾府下三等的奴才也比这些小戏子们高贵。因此，芳官们常受到一些婆子们的欺负。书中第58回，芳官的干娘克扣芳官的月钱，还让芳官用她女儿洗剩下的水洗头，芳官不服，进行分辨，却遭到干娘的打骂。晴雯怪芳官不省事，有些狂。袭人则说："一个巴掌拍不响，老的也太不公些，小的也太可恶些。"宝玉则道："怨不得芳官，自古说'物不平则鸣'。他少亲失眷的，在这里没人照看，赚了他的钱。又作践他，如何怪得。"可见宝玉是护着芳官的。第60回，因为"蔷薇硝"的事，芳官被赵姨娘打骂，幸亏藕官、蕊官、葵官、荳官听到信儿后，跑到怡红

图3-70　芳官（采自《红楼梦图咏》）

院助芳官抗争，才使得赵姨娘丢了面子，扫兴而归。

芳官聪明伶俐，活泼可爱。第63回，怡红院群芳开夜宴为宝玉庆生日。因天热，宝玉提议，大家都脱了大衣裳。书中写道："（宝玉）和芳官两个先划拳。当时芳官满口嚷热，只穿一件玉色红青酡绒三色缎子斗的水田小夹袄，束着一条柳绿汗巾，底下是水红撒花夹裤，也散着裤腿。头上眉额编着一圈小辫，总归至顶心，结一根鹅卵粗细的总辫，拖在脑后……越显得面如满月犹白，眼如秋水还清。"引得众人笑说："他俩倒像是双生的弟兄两个。"宝钗提议芳官唱一段，芳官唱了一曲《赏花时》，得到了众姐妹们的赞誉。

芳官喝醉了，两腮胭脂一般，眉梢眼角越添了许多风韵，倒在袭人身上睡去。大家昏天黑地一觉，至第二天早上，只见芳官头枕着炕沿上，睡犹未醒。被众人叫醒后，方知道和宝玉同榻，倒也没人责怪。后来，宝玉还曾把芳官打扮成男孩，并起名"耶律雄奴"。可见芳官的天真烂漫，深得宝玉的喜欢。芳官在怡红院度过了她一生中最开心的一段时光，也绽放了她一生最美丽的生命之花。

可惜好景不长，第77回，芳官没有犯下任何错误，便被王夫人逐出大观园。理由是："唱戏的女孩子，自然是狐狸精了！"就连另外几个小伶官也受连累被一同逐出大观园，由各人干娘领走。芳官、蕊官、藕官不愿被干娘领去再次卖出，又哭又闹，要求出家为尼。水月庵的智通与地藏庵的圆心当时正好在贾府，两人听得此信，巴不得又拐两个女孩子去作活使唤，便对王夫人说愿带她三人走。王夫人准许，从此芳官跟了水月庵的智通，蕊官、藕官二人跟了地藏庵的圆心，各自出家去了。

芳官她们是那个封建社会被压迫在最底层身份卑微的女子，终是难逃悲惨的命运。

71. 藕官：身入梨园扮小生，杏阴烧纸惹人惊

鹧鸪天·藕官

张绍花

身入梨园扮小生，菂官夭逝痛悲鸣。剧中戏外鸳鸯偶，幕后台前伉俪情。　　才忌日，又清明。杏阴烧纸惹人惊。为全大节新弦续，义助同仁抱不平。

山花子·藕官

陈慧茹

假凤虚凰假作真，百般恩爱恁温存。不幸佳人舍君去，太伤神！　　杏

子阴前诚落泪，鲛绡帐里好逢春。曲散岂由抛浊世，入空门。

【品评】张绍花　撰

贾府为了迎接元妃省亲建造了大观园，还买了十二个唱戏的女孩子，安置在梨香院，请教习教她们排戏，以备正月十五上元之日省亲之需，藕官就是其中一个。

藕官是何出身，书中没有交代，应该是穷苦人家的女儿。在清朝的时候，戏子的身份是最为低等的，一般家庭但凡有点活路，都不会让自己的孩子去唱戏，只有实在养不起了，才会把女儿卖到戏班，一则卖来的银两可以养活家人，二则孩子自己也能寻条活路。

藕官虽然年龄小，但为人仗义，当她的朋友芳官被赵姨娘侮辱时，藕官冒着随时被驱逐的危险和伙伴们一起将身为主子的赵姨娘打了个痛快。戏班解散后，芳官被分配在怡红院当差，蕊官派给了薛宝钗，藕官成了林黛玉的丫鬟。

藕官的重头戏在第58回，恰逢清明之日，府里的男人们都去铁槛寺祭祀烧纸，宝玉因病未愈就没去，在园子里闲逛，忽然看见一股火光从山石那边发出，将鸟儿都惊飞了。走近一看，原来是藕官满脸泪痕地蹲在那里烧纸钱，旁边一个老婆子要拉着她去见奶奶们。

作为一个下人，在主人的院子里烧纸钱，是大不敬的事情，藕官究竟是要祭拜谁？宝玉心中也大为疑惑。宝玉一向偏爱女儿，他的经典名句就是"女儿家都是水

图 3-71　藕官（采自《增评补像全图金玉缘》）

做的骨肉"，不管是姐姐妹妹还是府里的丫头，宝玉对她们都极为宽厚，所以马上圆了个谎替藕官解了围，打发走了老婆子。

藕官感念宝玉的恩情，却不好意思将自己的私事亲口告知宝玉，只叫他去问芳官。从芳官口中得知，原来藕官祭的是死了的菂官，这藕官唱的是小生，菂官是小旦，常在舞台上演夫妻，本身就总一起排练，一起饮食居住，唱的说的又都是温柔体贴的情爱之事，因此两人竟假戏真做。

菂官一死，藕官哭得死去活来，念念不忘，所以每逢节日便要烧纸给她。后来戏班子里又补了蕊官来代替菂官的角色，两个人在戏里还是扮演恋人和夫妻，藕官就又和蕊官好上了，依然是一般的温柔体贴。芳官几个人说她得新弃旧，她却振振有词，说这就好比男子丧了妻，如果因恋旧而不续娶，妨了大节，死的人反倒不安了。只要不把死的丢过不提，便是情深义重了。藕官的这一大套理论，偏偏合了宝玉的呆性，对藕官称奇道绝。

第 77 回，王夫人抄检大观园时，因为晴雯的缘故，一向以菩萨心肠著称的王夫人大发雷霆，毫不留情地处置了他房里一批不安分的丫头们，认为"唱戏的女孩子都是狐狸精"。芳官受此委屈，闹着要出家，藕官和蕊官也不免兔死狐悲，三人分别跟水月庵的智通、地藏庵的圆心出家削发为尼，长伴青灯古佛，了此残生。

72. 龄官：蔷薇花下泪，字字万千情

临江仙·龄官
李宝贵

眉蹙春山眸带雨，梨园戏舞升平。绿阴深处看红伶。蔷薇花下泪，字字万千情。　　莫道身卑难作凤，与君同此卿卿。人间好景易飘零。一朝辞贾府，音断若浮萍。

水调歌头·龄官
宋梁缘

花下簪环落，倚立雨霖中。不知篱外公子，痴念与谁同？小旦柔嗔娇怪，又作女儿情态，孰料意难终。不求困梨院，金雀盼凭风。　　自江南，幼学唱，几春冬。悲欢尽展，不把卑字事权翁。犹似颦儿神貌，更喜真淳姿采，醉梦百花红。但愿春常驻，风信莫匆匆。

【品评】李宝贵　撰

　　贾府为迎接贾元春省亲，派贾蔷去姑苏采买来十二个学唱戏的女孩子。龄官是其中之一，学唱小旦。龄官第一次出场是在书中第18回，正月十五元宵节元春省亲，小戏班为元春及合府众人演出了《豪宴》《乞巧》《仙缘》《离魂》四出戏。书中写道："一个个歌欺裂石之音，舞有天魔之态。"元春观之喜欢，戏刚演完，即派一太监执一金盘糕点，点名赏赐龄官。太监又道："贵妃有谕，说'龄官极好，再作两出戏，不拘那两出就是了'。"

　　贾蔷忙命龄官作《游园》《惊梦》二出。龄官认为此二出原非本角之戏，执意不作，定要作《相约》《相骂》二出。贾蔷扭她不过，只得依她了。戏罢，元春额外又赏了两匹宫缎、两个荷包并金银锞子、食物之类。

　　龄官是一个痴情的女子。第30回，盛夏的中午，宝玉经过园中蔷薇花架，听有人哽咽之声。心中疑惑，站住细听，果然架下那边有人。宝玉隔着茂盛的花叶从篱笆洞看到一个女孩子蹲在花下，手里拿着根绾头的簪子在地下抠土，一面悄悄地流泪。宝玉留神细看，只见这女孩"眉蹙春山，眼颦秋水，面薄腰纤，袅袅婷婷，大有林黛玉之态"。再看，她并非是掘土埋花，而是在土上画字，宝玉仔细观看按笔画猜测，才看出是蔷薇花的"蔷"字。只见那女孩子画来画去，都是一个"蔷"字。画完一个又画一个，已画了有几千个。画的痴了，外面看的也痴了。宝玉怜香惜玉之心顿起，只是不知怎样才能帮到这个女

图 3-72　龄官（采自《红楼梦图咏》）

孩。其实，宝玉当时不知道这个女孩就是龄官。她画的"蔷"字就是贾蔷的"蔷"。

龄官和贾蔷的爱情，在龄官来说是美丽而纯洁的。但是在唯美的外衣下却是巨大的潜在悲情。他们一个是社会地位非常低下的、连贾府的下三等奴仆都不如的小戏子，一个是贾府的正派玄孙。身份地位悬殊，结局怎能不会是一场悲剧呢。

龄官和贾蔷的爱情，也"震撼"了宝玉。书中第 36 回，宝玉游逛到梨香院，想请龄官唱一套"袅晴丝"。谁知龄官一见宝玉进来，就抬身躲开，正色和宝玉说话，丝毫没把这个人人都想讨好巴结的贵公子放在眼里。宝玉再一细看，原来就是那日蔷薇花下画"蔷"字的那一个。这还是宝玉第一次被人厌弃，红了脸，只好出来了。听说贾蔷让她唱什么，龄官必然会唱，才决定等一会贾蔷。少时，贾蔷从外面回来了，买了一个扎着个小戏台的雀儿笼子，并一个会表演的雀儿。本想给龄官解闷哄她高兴，不想龄官却恼了。龄官道："你们家把好好的人弄了来，关在这牢坑里学这劳什子还不算，你这会子又弄个雀儿来，也偏生干这个。你分明是弄了他来打趣形容我们，还问我好不好。"贾蔷听了，不觉慌起来，连忙赌身立誓，说自己今儿香脂油蒙了心！"原说解闷，就没想到这上头。罢，罢，放了生，免免你的灾病。"说着，果然将雀儿放了，一顿把那笼子拆了。龄官告诉贾蔷，今天咳嗽出两口血来。贾蔷马上要去请大夫，龄官却又叫住，不忍大热天劳累贾蔷。

龄官这种情思纠缠、自生伤感的性格，多像黛玉啊。而贾蔷对龄官这种服服帖帖、百依百顺的状况，也全然没有了以前的小聪明和滑头，是掏心掏肝的爱。宝玉目睹了全过程，心中感慨，改变了自己原先的人生观。宝玉过去一贯认为，所有的女孩子眼泪都是为他而流，所有的女孩子都爱他。如今，他认识到，每个人都有每个人的缘分。人之一生，能真正得到一两个人的眼泪，就应满足了，以致他大彻大悟地对林黛玉和袭人说："……我竟不能全得了。从此只是各人各得眼泪罢了。"

后来，贾家解散家中的小戏班。龄官决定回家，被干娘领去，单等她亲父母来接。此后，书中再无龄官的消息。她的命运，她和贾蔷爱情的结局，只能任由读者想象。

贾府的管家、婆子、男仆等

73. 赖大和赖尚荣：捐县令，有花园，家中早把福根盘

鹧鸪天·赖大

李金娥

总管由来不等闲，常凭慈母巧周旋。逢人礼让豪门守，侍主恭谦世路宽。　　捐县令，有花园。家中早把福根盘。捞财顿觉风声紧，遁迹人间梦化烟。

鹧鸪天·赖尚荣

李金娥

奴籍虽除却有痕，生来便是自由人。蓬门得月春光暖，贾府施恩日子新。　　享富贵，少经纶。捐来七品敛金银。谁知忘本良心变，自毁前程更不仁。

【品评】李金娥　撰

赖大是荣国府的大总管，赖嬷嬷之子，赖尚荣之父。赖大一家在贾府很有权势，其弟赖二（赖升）是宁国府大总管，其母赖嬷嬷曾服侍过贾府的老主子，在贾府受人尊重。

赖大深谙世事，用谦微恭顺的态度侍奉主子。第16回，贾政入朝，贾母等心中不定，忽见赖大气喘吁吁跑来送信道："说咱们家大小姐晋封为凤藻宫尚书，加封贤德妃。"瞬间贾母等心花怒放。

贾蔷下姑苏聘请教习等，贾琏因问："这一项银子动那一处的？"贾蔷道："赖爷爷说，不用从京里带下去，江南甄家还收着我们五万银子。明日写一封书信会票我们带去，先支三万，下剩二万存着，等置办花烛彩灯并各色帘栊幔帐的使费。"

贾元春晋封贤德妃后，皇恩浩荡，贾府要起建省亲别院。贾政不谙俗务，凡景点安插，只凭贾赦、贾珍等安排。贾赦亦在家高卧，凡芥豆之事，皆传呼贾琏、赖大。赖大领命，点人丁、开册籍，将大观园建造得极尽奢华，工程结算赖大都有话语权。可见赖大的身份之高，但他用低调做事、低调做人来收敛自己，也是在贾府安身立命

的法宝。

第52回，宝玉出门恰巧碰见赖大，忙笼住马意欲下来。赖大忙上来抱住腿，宝玉便在镫上站起来，笑携他的手说了几句话。出于晚辈礼数，宝玉要下马打招呼，而赖大对于自己的身份有清楚的认知，看得出赖大的奴仆之路走得顺风顺水是精心运营出来的。

第56回，探春协理大观园实行承包制，灵感就是从赖大的园子得来的。足见赖大是善于发现生财之道的，相当有经济头脑，有超前的管理理念。

赖尚荣一出生就被主子放了出来，成为自由人，读书习字，后来成了知县。第45回，赖嬷嬷谈起孙子赖尚荣时，李纨等笑道：赖尚荣这有好几年没来了，前儿给老太太、太太磕头，见他穿着新官的服色，倒越发的威武了。

图 3-73　赖大（采自《增评补像全图金玉缘》）

第47回，贾母等来参加赖尚荣当官的酒宴，映入眼帘的是他家那花园，虽不及大观园，却也颇具规模，有好几处惊人骇目。可谓财势尽显，人前奴仆，人后尊主。赖大一家若是没有贾府的政治资源和财力做支撑，怎会有底气建造一座豪宅呢？再看赖尚荣和贾府的子孙们平起平坐，无限风光，赖尚荣哪里知道"奴才"两字是怎么写的？只知道享福，出生就逢主子恩典，他是踩着上辈的肩膀做了官，完全脱离了奴仆二字的束缚。

续书第118回，赖尚荣上任后大肆敛财，极不安分守己。且言贾政扶了贾母灵柩南行，因盘费不足，不得已向赖尚荣借银五百两，谁承想赖尚荣见贾府大势已去，只给银五十两，贾政命人立刻送还。赖尚荣接到银两，又添了一百两求来人带回，岂知那人撂下就走了。

赖尚荣已知得罪贾府，立刻修书回明他父亲，赖大一面告假，一面让赖尚荣告病辞官，自毁了前程。贾政以磊落之身告借，非欺非赖。且赖家世受主恩，于时赖尚荣纵无钱可借，告知艰难亦何妨！何必白银五十以辱之？又何必复添一百两频增其怨？赖尚荣乃小人之心度君子之腹！

纵观赖家三代，都在贾府荫蔽之下达至富贵兴盛，但随着贾家被抄，赖家没有守住感恩的初心，岂能经得住人性的考验？最终无法得偿所愿。

74. 林之孝和周瑞：贾府分管房田事务和地租的管家

鹧鸪天·林之孝

李金娥

莫道为奴日子穷，谦卑行事是初衷。理财那肯留污迹，侍主从来露笑容。　恍似哑，并非聋。箴言不断祸连踪。谁知楼倒家风冷，大梦醒来皆是空。

清平乐·周瑞

李金娥

操劳虽累，奴性何曾弃。倚势通权消祸事。放账心虚跑腿。　教子竟是无能。收租生隙难平。终被豪门逐去，何时再享安宁。

【品评】李金娥　撰

林之孝不善言谈，出场不多，是荣国府的管家，总揽各处房田事务、收支账目，深谙韬光养晦之道。周瑞在贾府身居管家职位，名义上只管春秋两季地租，实际还替凤姐等放账，深得主子们的信赖。冷子兴演说荣国府的消息来源，估计也是他这个岳父周瑞提供的。

第 27 回，林之孝女儿小红因为凤姐办事崭露锋芒而得到器重，李宫裁笑道："你原来不认得他？"凤姐听了十分诧异，说道："哦！原来是他的丫头。林之孝两口子都是锥子扎不出一声儿来的。我成日家说，他们倒是配就了的一对夫妻，一个天聋，一个地哑。那里承望养出这么个伶俐丫头来！"这两口子给凤姐的印象是有格局、忠厚朴实，其实不然。

　　第 44 回，日间贾琏和鲍二媳妇鬼混，被凤姐发现后竟然吊死了。只见林之孝家的进来悄回凤姐道："他娘家的亲戚要告呢。"贾琏一径出来，和林之孝商议，许了二百两银子发送才罢。这些人也知道贾府有权有势，纵要复辨亦不敢辨，只得忍气吞声。庚辰本双行夹批："大弊小弊，无一不到。"贾琏又命林之孝将那二百银子入在流年账上，分别添补开销过去。又梯己给鲍二一些银两，安慰他说："另日再挑个好媳妇给你。"鲍二又有体面，又有银子，有何不依，便仍然奉承贾琏，而负责暗箱操作的是林之孝。他聪明也善于隐藏自己，用谦虚的态度来收敛自己的才能，这才是真正安身立命的法宝。

　　第 72 回，林之孝哪里是天聋？他对府内外的情况很清楚，这天他对贾琏说："方才听得雨村降了，却不知因何事，只怕未必真。"贾琏道："真不真……只怕未必不连累咱们，宁可疏远着他好。"林之孝道："何尝不是，只是一时难以疏远。"林之孝冷眼看到了荣国府的内在弊病，趁势对贾琏道："人口太重了。不如拣个空日回明老太太老爷……开恩放几家出去……一年也省些口粮月钱。"林之孝提议在制度层面实行改革，在下人们钩心斗角的环境下能为主子着想，也是一份忠心。贾琏又道旺儿的小子要娶

太太房里的彩霞，林之孝说："二爷竟别管这件事。旺儿的那小儿子虽然年轻，在外头吃酒赌钱，无所不至。……到底是一辈子的事……何苦来白糟踏一个人。"彩霞和林之孝毫无血缘关系，他却不怕得罪人，这就是他的善良。因为有智慧，所以有底气，因为有底气，才敢吐箴言。

　　讲完林之孝，再说说周瑞。第45 回，周瑞夫妇在贾府混得顺风顺水，但他儿子差点被撵出去，原因是凤姐过生日，里头还没吃酒，他小子先醉了，不说在外头张罗，倒坐着骂人，后来他拿的一盒子倒失了手，撒了一院子馒头。人去了，他倒骂了彩明一顿。这样无法无天的下人，不撵了作什么！还是赖嬷嬷出面求情，才得以留下，真乃养

3-74　林之孝和周瑞（翟海潮绘）

不教，父之过。

续书第 88 回 "正家法贾珍鞭悍仆"，庄头送来新鲜果蔬，贾珍便叫周瑞 "照帐点清"。鲍二对账目提出疑问，周瑞道："奴才在这里经管地租庄子，银钱出入每年也有三五十万来往……何况这些零星东西。"然而周瑞的干儿子何三却找事，贾珍命人把鲍二、何三各打五十鞭，谁知为此埋下祸根。

第 112 回，贾府被盗，林之孝指出了开门闭户的漏洞，但是为时已晚。林之孝自知有罪，并将周瑞和他干儿子何三供了出来。周瑞夫妇虽处事精明，终因不通过修身养性来反省体察自身，从而失宠被撵。正所谓积善之家必有余庆，积不善之家必有余殃。再看林之孝夫妇全赖深谋远虑和务实精神，女儿小红才有完美结局。怎奈贾府这百年旺族楼倒人散，他们岂有回天之力，终是大梦醒来一场空。

75. 周瑞家的：惯会逢迎凭智慧，未能检束暗悲辛

浣溪沙·周瑞家的
陈慧茹

太太跟前得意人，豪门府第往来频。行权倚势抖精神。　　惯会逢迎凭智慧，未能检束暗悲辛。多年体面了无存。

【品评】陈慧茹　撰

周瑞家的，是荣国府王夫人的陪房和心腹，在封建社会，女人没有社会地位，嫁人后直接以夫家的姓氏冠名。她平日里只管太太奶奶们出行的事，经常跟着太太奶奶们出入豪门府第，因此行权倚势，自觉高人一等。她处事圆滑、惯会见风使舵。

第 6 回，刘姥姥打算到荣国府打秋风，先去求周瑞家的作引荐。只因昔年周瑞争买田地多得狗儿之力，周瑞家的既念旧情，又好虚荣，想显示一下自己的体面，于是着实替刘姥姥筹划一番，带她去见凤姐。见了凤姐，刘姥姥不好意思求告，周瑞家的忙提醒她："没甚说的便罢；若有话，只管回二奶奶，是和太太一样的。"一面说，一面递眼色与刘姥姥。周瑞家的跑前跑后，尽力安排，让刘姥姥得到了凤姐二十两银子的资助，这是她做的一件好事。

周瑞家的善于察言观色，洞察主子意图。她送走刘姥姥，去找王夫人回话，王夫人正在梨香院与薛姨妈说话。她不敢打扰，进里间与宝钗说话。王夫人问是谁？她连忙应答，回了刘姥姥之事。薛姨妈乘机让她帮忙给姑娘们送宫花，交代很清楚：你家三位姑娘，每人一对，剩下六枝，送林姑娘两枝，那四枝给凤哥。周瑞家的应该遵照

薛姨妈的嘱托去送达，但她暗动心机，擅自做主，送完迎、探、惜三位姑娘的，就去王熙凤处送了四枝，最后剩下两枝去给黛玉。黛玉看了一眼便问："还是单送我一人的，还是别的姑娘们都有呢？"周瑞家的道："各位都有了，这两枝是姑娘的了。"黛玉冷笑道："我就知道，别人不挑剩下的也不给我。"

周瑞家的听了，一声儿不言语。从前面看，周瑞家的是一个非常会说话的人，而此时却不言语表示默认了黛玉的话。她是王夫人的心腹，自然知道王夫人不喜欢黛玉，所以她也利用一切机会去伤害黛玉，不仅伤了黛玉敏感的心，且让黛玉背负了一个刻薄之名。

周瑞家的在送宫花路上遇到女儿来找她，便问有什么事？女儿告诉她女婿因多吃了两杯酒，和人纷争起来，被人告到衙门里，要递解还乡，所以来和她商议求谁了事。

图 3-75　周瑞家的（采自《增评补像全图金玉缘》）

周瑞家的听了道："这有什么大不了的事！你且家去等我，我给林姑娘送了花儿去就回家去。"女儿说："妈，好歹快来。"周瑞家的道："是了。小人儿家没经过什么事，就急得你这样了。"从这段话看出周瑞家的仗着主子的势力，根本不把这事放在心上，她有十足的把握能轻松化解，多么豪横的奴才！

王熙凤生日那天，里头还没吃酒，周瑞儿子先醉了，不干活儿却坐着骂人，还把老娘家送来的馒头撒了一院子。过后彩明去说他，他骂了彩明一顿，气得凤姐要把他撵出去。周瑞家的很聪明，她没求太太，而是求赖嬷嬷为她讲情。赖嬷嬷是贾府大管家赖大的母亲，贾母尚给面子，所以赖嬷嬷一出面，王熙凤只好饶他。

　　周瑞家的虽有逢迎处事的智慧，但她不懂低调，不知检点自律，结果为她的前程埋下隐患。贾母寿日期间，两个婆子犯了错。周瑞家的虽不管事，因她素日仗着是王夫人的陪房，有些体面，心性乖滑，专管各处献勤讨好，就添油加醋地回了凤姐，凤姐吩咐记上名字过几日再处置。周瑞家的为报私仇，一面传林之孝家的进园，一面又传人立刻捆起这两个婆子押在马圈里。结果导致邢夫人当众给凤姐"没脸"，王夫人也责怪她多事，弄得凤姐委屈难辩。

　　在抄检大观园时，周瑞家的又成了凤姐的得力助手。在搜检司棋的箱子时周瑞家的眼疾手快搜出"赃物"，在如何处置司棋的问题上她又主动给王夫人出谋划策，在撵司棋出去时她负责监督执行，态度极其傲慢恶劣。

　　周瑞家的一贯行为影响了她儿子。亲儿子差点儿让凤姐给撵出去，她并未及时吸取教训，依旧飞扬跋扈，干儿子也吃酒闹事被打，又召集土匪偷抢贾府，最后他们一家都被撵出，多年的体面丧失殆尽。

76. 王善保家的：寻机泄愤，抄检观园颜面尽

减字木兰花·王善保家的
陈慧茹

　　心无成算。自觉陪房多体面。尴尬亲随。世态炎凉与愿违。　　寻机泄愤。抄检观园颜面尽。恶意伤花。事到临头害自家。

朝中措·王善保家的
陈瑞林

　　虚张声势语尖酸，谄媚殒花妍。秋爽斋中怒斥，紫菱洲里羞颜。　　恃强泄怨，风云突变，冷暖人间。同是家奴卑下，可叹难解前缘！

【品评】陈慧茹　撰

　　王善保家的是荣国府大太太邢夫人的陪房和心腹，她自觉是一个有体面的上等奴仆，本该受到众多丫头婆子的尊重与奉承，事实却与愿违。因贾母不喜欢长子贾赦，邢夫人是续弦，未生子女，身份尴尬，贾府人都有一双势利眼，主子不得势，她这个陪房自然不受人重视。然而，她心骄气傲，拿腔作势，心中没成算，还总想找机会发威生事。

　　"傻大姐"在大观园里捡到一个绣春囊，不知何物，可巧碰到邢夫人。邢夫人一看

吓得忙塞于袖内，并嘱咐傻大姐不可再提，回家将绣春囊封了，派王善保家的给王夫人送去。王夫人收到这囊，又急又气，直接去找凤姐问罪，她怀疑是凤姐的。凤姐跪在地上细细辩解，洗清自己之后，向王夫人建议不能将事情闹大，找几个心腹人暗暗访察才是。王夫人让把自己的几家陪房一并找来，正欲吩咐如何勘察，忽见王善保家的走来，便向她说："你去回了太太，也进园内照管照管。"王善保家的因素日进园去那些丫头们不大趋奉她，心里大不自在，正欲寻个机会报仇泄愤，听到委托，正中下怀，便欣然应允。

她先告了晴雯一状，说宝玉屋里的晴雯，仗着模样标致，天天打扮得像个西施，掐尖要强，大不成个体统。王夫人猛然想起眉眼像黛玉的那个丫头，她不喜欢黛玉，因此也厌恶貌似黛玉的晴雯，听完王善保家的一番话，立刻派人把晴雯叫来骂了一通。

图 3-76　王善保家的（采自《增评补像全图金玉缘》）

王夫人说担心还有这样的，明日得查查。王善保家的趁机献上晚间抄检大观园的馊主意。这婆子利令智昏，只想公报私仇，却忘了自己的外孙女也住在大观园里，是否清白自己还不知道。

当晚，一行人开始抄检大观园。这是一件得罪人的事，凤姐都无可奈何，被动而行。心无成算的王善保家的却耀武扬威，一马当先。先从上夜的婆子房内抄检到一些多余攒下的蜡烛灯油等物，她说这也是赃。接着到怡红院，大搜特搜一通，没发现私弊之物。随后到潇湘馆，在紫鹃房中检出一些宝玉用过的寄名符、荷包、扇套之类的东西，王善保家的自以为抄着了，忙请凤姐验视。凤姐说宝玉他们自小一起长大，有这些东西正常。她只能作罢。

然后到秋爽斋。探春对此事极其反感，冷笑着告诉她们：丫头的东西都是我收着，只许搜检我的箱柜，不许动丫头们的。命丫头们把箱柜、妆盒、衣包等大小之物一齐打开，请凤姐去抄阅。凤姐只得赔笑说是奉命而行，命丫头们快关上。凤姐正欲告辞，探春道："可细细的搜明白了？若明日再来，我就不依了。"凤姐和其他管事妈妈们都赔笑说"搜明白了"。王善保家的想探春一个姑娘家，又是庶出，敢怎么着？自己既是大太太的陪房，又拿着二太太的尚方宝剑，于是，她越众向前拉起探春的衣襟，故意一掀，嘻嘻笑道："连姑娘身上我都翻了，果然没有什么。"只听"啪"的一声，探春狠狠的一记耳光落在了王善保家的脸上。本想趁机长脸，没想到挨了一巴掌，真是自讨没趣。

从秋爽斋出来，一行人又去过李纨、惜春处，最后来到迎春住处。迎春的大丫头司棋，是王善保家的外孙女。搜到司棋的箱子时，王善保家的想混过去，却不想周瑞家的眼疾手快，伸手从中掣出一双男子的锦带袜并一双缎鞋来，还有一个小包袱，里面有一个同心如意并一个大红字帖儿，上面清楚交代了司棋和她表弟潘又安的私情。

王善保家的一心想拿别人的错儿，不想被人拿住了她外孙女，又气又臊，恨不得找个地缝钻进去。一时无处发泄，只得自己打自己的脸，骂自己造孽，现世现报。其羞愧、愤恨，无地自容，可谓颜面丧尽。这个愚蠢的婆子本想报复几个丫头，没料到事情闹大，晴雯被撵，不久病亡，四儿、芳官等人被逐出大观园，她的外孙女司棋也被逐出大观园，不久殉情而亡。正应了那句"害人如害己"的老话。

77. 林之孝家的：天聋地哑谁人信，大厦倾时终散场

鹧鸪天·林之孝家的

张绍花

贾府当差管事忙，精明干练上厅堂。太君夜宴安排稳，宝玉生辰话语长。　　求凤姐，做干娘。藤依大树好乘凉。天聋地哑谁人信，大厦倾时终散场。

诉衷情令·林之孝家的

布凤华

为奴为仆是家生，城府隐聪明。叮当腰挂金钥，时尔受逢迎。　　明作哑，暗闻声，亦贪荣。或施谀媚，或显威凌，腹有棋杆。

【品评】张绍花　撰

　　林之孝家的，是林之孝的老婆，夫妻二人都是荣国府的管家，林之孝总揽各处房田事务、收支账目，林之孝家的负责管理家内的事。

　　林之孝家的为人低调，办事也相对公正，亦有同情心。第27回王熙凤欣赏小红的快人快语，想把她从宝玉的房里调到自己身边，并想认小红做干女儿，小红说使不得，我妈是二奶奶的干女儿啊！作为荣国府当家二奶奶的王熙凤居然不知道小红是林之孝的女儿，可见他们夫妻二人为人很低调。

　　第43回"闲取乐偶攒金庆寿"，贾母张罗给凤姐过生日，一共凑了一百五十余两，由尤氏操办。与尤氏这样的东府大奶奶交接，需要回话应酬，一般的丫头还真办不了。对凤姐来说，只有交给林之孝家的（凤姐的干女儿）去办，才不会出纰漏。

　　林之孝家的精明干练，办事能力非常强。第53回"荣国府元宵开夜宴"，林之孝家的指挥六个媳妇摆了三张炕桌，指示将两张摆在薛姨妈、李婶娘的席下，将一张送至贾母榻下来。每一张桌上搭着一条红毡，毡上放着选净一般大新出局的铜钱，用大红彩绳串着。这说明林之孝家的对贾府家宴这样的大场面是十分熟悉的。

图 3-77　林之孝家的（翟海潮绘）

　　第61回"判冤决狱平儿行权"，因为茯苓霜，她拿了柳五儿和赃证后来回李纨与探春，恰因她两个都有事，便又来回凤姐。可见她并没有擅作主张，着急处置，而是回明了凤姐之后才做处置。

　　林之孝家的除了精明干练，办事能力强，作为管家对主子忠心耿耿，尽职尽责。第63回"寿怡红群芳开夜宴"宝玉过生日，贾母等人皆不在家，林之孝家的便每日带领几个媳妇各处查房，以确保大观园里公子小姐的安全。这是她的职责所在。林之孝家的仗着脸面，更是在众人跟前好好教育了宝玉一顿。

　　第71回，王熙凤听了周瑞家的之言，捆了得罪尤氏的两个婆子，两个婆子的女儿到林之孝家的跟前求情，是她给她们指了明路。

另外林之孝家的也会利用职务之便以权谋私，在凤姐眼中，林之孝夫妇是一个天聋，一个地哑。事实果真如此吗？答案是否定的。第 60 回"玫瑰露引来茯苓霜"，柳家的母女被捆，大观园小厨房一时群龙无首，也是林之孝家的趁机让秦显家的顶了上去，而秦显家的上位后，立马就安排给林之孝家的送去了不少礼。可见林之孝家的仗着脸面和后台，也会利用职务之便，为自己谋利。

78. 柳嫂子：鸡飞狗跳犹争命，攀上高枝亦此人

七绝·柳嫂子

孙树娟

烟火弥蒙不失真，机谋费劲岂无因。

鸡飞狗跳犹争命，攀上高枝亦此人。

【中吕·朝天子】柳嫂子

祁国明

曲营，贿营。妄想通天凳。苦心为女卖人情。诺诺如神敬。看似精明，实为不正。怎知大祸生。苦争，斗赢，全凭主子一时性。

【品评】 孙树娟　翟海潮　撰

柳嫂子是怡红院丫鬟对她的尊称，也称柳家的、柳家媳妇，她是大观园主管厨房的厨娘。她的戏份主要体现在《红楼梦》第 60 回和第 61 回里。柳嫂子与小戏子芳官儿交好，想通过芳官把女儿柳五儿介绍到怡红院做贾宝玉的丫鬟，因此对怡红院中人格外照顾。

第 60 回，芳官来到厨房，看见一个婆子托着一碟热糕时，便准备"先尝一块儿"，被探春房里的丫鬟小蝉讥笑："这是人家买的，你们还稀罕这个。"柳嫂子忙出来帮芳官打圆场："芳姑娘，你喜欢吃这个？我这里有才买下给你姐姐吃的，他不曾吃，还收在那里，干干净净没动呢。"

柳嫂子给芳官拿来糕点，芳官更为得意，便与小蝉翻了脸，打起了嘴仗，还将柳嫂子给的糕点一块一块地掰了，扔给雀儿吃。为了向小蝉逞能，芳官又笑着对柳嫂子说："柳嫂子，你别心疼，我回来买二斤给你。"柳嫂子知道芳官有意作弄小蝉，便任由芳官糟践她的糕点，一点也没有生气，反而装聋作哑。小蝉气得怔怔的，说了一句

狠话便离开了："雷公老爷也有眼睛，怎不打这作孽的……"

　　第61回，迎春的大丫鬟司棋想吃碗炖鸡蛋，派小丫鬟莲花去给小厨房管事柳嫂子传话，柳家的从心里不太重视司棋，前面已经怠慢过，这次直接就说鸡蛋太难买，还发了好一通牢骚，丫鬟们也知道，怡红院的丫鬟想吃个什么东西，柳家的那叫一个殷勤，这是看人下菜碟啊！莲花回去一汇报，司棋可不比迎春好说话，带上几个丫鬟来到小厨房一通乱砸，司棋一发威，柳家的立马就认了怂，乖乖的蒸了蛋派人送去，司棋一口没吃，全泼到地上。

　　柳嫂子看人下菜碟，不该得罪蝉儿、莲花这两个小丫头。这两个小丫头与柳嫂子原本没有交集，正是因为她们的主子才有了联系。蝉儿因为外祖母的事与芳官等结下了仇，这次又被芳官戏弄，觉得此仇不报非君子。而莲花因为司棋的关系，遭到柳嫂子的拒绝，惹怒了这个小丫头，回去添油加醋的学给司棋听，结果司棋带人砸了厨房。

　　王夫人房中的玫瑰露丢失，王熙凤命林之孝家的调查此事，恰好芳官送给柳五儿一瓶玫瑰露，被林之孝家的从厨房搜出。而有意思的是，告密的恰恰就是司棋的丫鬟莲花。柳五儿成为"玫瑰露案"的犯罪嫌疑人。就在这场冤案中，也隐藏着另一层错综复杂的利益关系，那就是林之孝家的希望通过这件事，扳倒以柳家媳妇为代表的厨房势力，将自己的亲信秦显家的提拔为厨房管事，而这位秦显家的，恰恰就是之前打砸厨房的司棋的婶婶。秦显家的上任第一件事就是给外头账房送礼，给管家送礼，笼络小厨房的厨役们，这个平时不起眼的女人只一晚上的功夫，就让大观园小厨房改换门庭变了天。

　　如果不是平儿秉公断案，柳嫂子母女俩早已成冤魂。这件事终究还是闹到了王熙凤那里。凤姐根本没兴趣了解这等小事的来龙去脉，直接交代平儿处理。平儿经过一番调查，做出了公平的裁决，她批评林之孝家的"太急了些"，并决定将

图 3-78　柳嫂子（翟海潮绘）

秦显家的退回原处，将柳家的恢复原职。

平儿的决定让一场报复和夺权计划流产了。厨房风波从侧面反映了贾府不仅仅上层矛盾很尖锐，底层也是矛盾重重，荣国府上上下下积怨很深，已经到了不可调和的地步。

79. 焦大：子孙不肖灵根断，莫怪忠奴频忘形

鹧鸪天·焦大
李金娥

脱去征衣留姓名，几番醉骂道曾经。谁怜身老慈心变，自是声高怒气增。　　情欲绝，意难平。辛酸尝尽贱犹荣。子孙不肖灵根断。莫怪忠奴频忘形。

七律·焦大
邓世广

舍身救主恃功高，口吐危言笑尔曹。
既有精忠三字狱，宁无生死九牛毛！
不堪马粪急时用，盍取金钗痒处搔。
世事洞明皆学问，戏谈谩议忌唠叨。

七律·焦大
师晓安

宝马香车日复年，荣华富贵逝如烟。
当时未惧征尘苦，此刻常忧运势偏。
杯酒不知身是客，忠心岂肯子为权？
老奴尽晓荒淫事，醉詈儿孙愧祖先。

【品评】 李金娥　撰

只见焦大被众小厮揪翻捆倒，"用土和马粪满满的填了他一嘴……"《红楼梦》中曹公寥寥数笔，一个受辱的忠仆形象跃然纸上，为何这个对贾府有恩的人落得如此悲惨下场？

第 7 回 "宴宁府宝玉会秦钟"，凤姐应宁府的尤氏之邀，与宝玉同车前往。那尤

氏和秦氏婆媳殷勤款待。恰巧秦氏之弟秦钟也在府中，宝玉喜出望外，二人互相仰慕，晚饭后派马车送他们回家，却引出了焦大醉骂这场风波。只听尤氏秦氏道："偏又派他作什么！放着这些小子们，那一个派不得？"凤姐道："我成日家说你太软弱了。"尤氏叹道："你难道不知这焦大的？……只因他从小跟着太爷们出过三四回兵，从死人堆里把太爷背了出来，得了命……得了半碗水给主子喝，他自己喝马溺。……我常说给管事的，不要派他差事，全当一个死了的就完了。"蒙本脂批："有此功劳，实不可轻易摧折，亦当处之道。厚其赡养。"

　　贾府不论主仆，曾经感恩焦大并给予他充分尊重。遗憾的是如今这些子孙们不知他昔日的光环犹在，就嫌弃他又老又不顾体面。且看焦大任意洒落，先骂大总管赖二，抬出自己的身份，"焦大太爷跷跷脚，比你的头还高呢。""别说你们这一起杂种王八羔子们！"好一副盛气凌人的派头。又赶着贾蓉叫："不是焦大一个人，你们就做官儿享荣华受富贵？"他要维护自己"功臣"的"尊严"，不惜"红刀子进去白刀子出来"。

　　奈何这些不肖子孙，忘恩负义，全不念及焦大当年对贾府所做的贡献，不善待他。焦大更看不起贾珍，乱叫："我要往祠堂里哭太爷去。那里承望如今生下这些畜牲来！每日家偷狗戏鸡，爬灰的爬灰，养小叔子的养小叔子，我什么不知道？咱们'胳膊折了往袖子里藏'！"甲戌本第7回脂砚斋侧批："忽接此焦大一段，真可惊心骇目，一字化一泪，一泪化一血珠。"（第109页）

图 3-79　焦大（采自《增评补像全图金玉缘》）

虽是一个老忠仆，但他的行为举止让那些主子们无法忍受。而秦可卿听到焦大骂声，更平添了缕缕愁，致使画梁春尽芳魂散。

焦大的第二次亮相在续书第 105 回"锦衣军查抄宁国府"，两府被罪抄家，贾府上下如惊号之马，贾政在外心惊肉跳，等候旨意，忽见看守军拴着焦大，过来便说："怎么跑到这里来？"而焦大却号天蹈地站出来哭道："我天天劝，这些不长进的爷们，倒拿我当作冤家！连爷还不知道焦大跟着太爷受的苦！今朝弄到这个田地！……我活了八九十岁，只有跟着太爷捆人的，那里倒叫人捆起来！……我如今也不要命了，和那些人拚了罢！"说着便一头撞到大门口的石狮子上死了。

贾府两宅还没有哪一个主子和奴才敢有此作为。焦大是一个贾家忠仆的形象，是令人难忘的老奴形象，在他身上凝聚着一种精神和骨气，与贾府的主子管家们形成了鲜明的对比。焦大的忠心赤胆，被鲁迅誉为"贾府的屈原"。

焦大是《红楼梦》中的一个背景式的人物。焦大的处境和贾府的处境紧密相连，唇亡齿寒。不怨他痛恨这些贾府的后人骄奢淫逸、藏污纳垢，任意挥霍宁国公辛苦挣来的家业。贾敬不顾整个家族命运去修道，贾蓉不学好，贾珍差点把宁国府翻个底朝天。真应验了"箕裘颓堕皆从敬，家事消亡首罪宁"这句谶语。

焦大出场拉开了"钟鸣鼎食之家、百年望族"的落败大幕。若多一些像他这样的人常敲警钟，也许是另一番景象，更不至于让众多的人物命运多舛。朝中靠山已倒，贾府竟没有一人能担当起家族复兴的重任。

80. 包勇：丹心护主凭真性，无愧男儿七尺松

鹧鸪天·包勇

李金娥

千里投书拜主公，谁知府内有灾凶。忽惊贼恶来违道，何惧身孤能尽忠。　　飞健影，觅行踪。频挥木棍显神通。丹心护主凭真性，无愧男儿七尺松。

七绝·包勇

师晓安

为奴不与众人同，自有英豪侠义风。

但使园中多此士，不教鼠辈窃颜红。

【品评】李金娥　撰

《红楼梦》中，曹公笔下的男性，有遁身佛道来逃避责任的，有恣意妄为的，也有虽是文人却无法保全文人风骨的清客等等。惟有包勇是为义字而歌，他本是江南甄家的奴仆，行为处事却给风雨飘摇的贾府增添了一道阳刚之美。

续书第 93 回"甄家仆投靠贾家门"，包勇带着甄应嘉的信见贾政，信中写道："世交夙好，气谊素敦。遥仰襜帷，不胜依切。弟因菲材获谴……迄今门户凋零，家人星散。所有奴子包勇，向曾使用，虽无奇技，人尚悫实……"贾政看罢书信，得知甄家蒙难，又见眼前这个人身高五尺有零，肩背宽肥，浓眉爆眼，磕额长髯，气色粗黑，垂手而立。这是贾政眼中虽有些粗，却有忠勇不凡气质的包勇。其实这会贾政心里也非常为难，因为府内的境况也如江河而下，但看在甄老爷的情面上，还是把包勇留下了。包勇给贾政磕了三个头，起来道："家老爷请老爷安。"自己又打个千儿说："包勇请老爷安。"

见包勇恭而有礼又不卑不亢，贾政道："你们老爷不该有这事情，弄到这样的田地。"包勇道："小的本不敢说，我们老爷只是太好了，一味的真心待人，反倒招出事来。"贾政道："真心是最好的了。"包勇道："因为太真了，人人都不喜欢，讨人厌烦是有的。"

看包勇初来乍到就敢和新主人争辩，这表现了包勇的直爽性格。贾政又问道："我听见说你们家的哥儿不是也叫宝玉么？他还肯向上巴结么？"包勇道："哥儿的脾气也和我家老爷一个样子，也是一味的诚实。"这话语透

图 3-80　包勇（采自《增评补像全图金玉缘》）

露出他从骨子里对老主人的忠心和少主人的赞美。只要他认为不对的，他都要争取。

"程本"续书第107回"复世职政老沐天恩"，贾政袭职，但是家计萧条，府内几个有钱人，各自另寻门路。独有包勇，见那些人欺瞒主子，便时常不忿。这日包勇在街上听人说："那个贾大人……他本沾过两府的好处，怕人说他回护一家，他便狠狠的踢了一脚，所以两府里才到底抄了。"包勇心想，贾雨村在贾府这靠山得势时徇情枉法去讨好，如今见贾府失势了就落井下石，便大声骂道："没良心的男女！怎么忘了我们贾家的恩了。"

第111回"狗彘奴欺天招伏盗"，贾母仙逝，所有孝男等在庙伴宿。妙玉来看望惜春，被包勇拦在门外道："主子都不在家，园门是我看的，请你们回去罢。"可看腰门的婆子却让妙玉进去了。包勇忠于职守，见腰门频繁开、关，就格外警惕。话说惜春他们四更要休息，忽听房上飞下好些瓦来，守夜的人吓得骨软筋酥，惜春等更是心胆俱裂。原来这些贼刚抢劫了贾母上房，来到惜春这里，见有绝色女尼，顿起淫心。在这紧急关头只听腰门一声大响，见一个梢长大汉，手执木棍打进来，正是甄家荐来的包勇，他耸身上房挥舞木棒将贼打下房来。那些贼飞奔而逃，包勇在房上追捕，怒道："这些毛贼！敢来和我斗斗！"包勇胆识过人，武艺高强。他的舍己护主精神，让人非常敬佩，当林之孝询问被盗情况时，上夜的男人说："幸亏包大爷上了房把贼打跑了去了。"包勇和那些奴仆有着本质的不同，虽寄人篱下却不趋炎附势。在贾府被盗之时，见证了他义薄云天的侠义精神，让那些自私、贪婪又胆怯的贾府亲戚和奴仆们无地自容。

第112回，包勇敢在威风八面的王熙凤面前把贾府守夜的弊端公布于众，乃是他为人善良和正直性格的表现，贾琏让人把他找来，道："若没有你，只怕所有房屋里的东西都抢了去了呢。"包勇也不言语，彰显了他憨厚朴实的风度和修养，仰不愧于天，俯不怍于人。俗话说"滴水之恩，当涌泉相报"，包勇感恩在走投无路时贾府收留了他，即使去"看园浇灌"仍不计前嫌。他大足以容众，德足以怀远，在《红楼梦》的人物画廊上留下了浓墨重彩的一笔。

81. 茗烟和李贵："鬼精灵"和"卫道士"

卜算子·茗烟

李金娥

伶俐小家奴，常把愁云扫。虽祭芳魂痛未消，情暖能言表。　　仗义更无私，后果谁知晓。护主凌威闹学堂，世事皆难料。

七律·焙茗

陈慧茹

身份低微不自轻，忠心侍主鬼灵精。

少谙世事犹淘气，大闹黉堂忐放情。

寄语芳魂痴意表，解忧公子禁书呈。

平生志向唯爷好，贾府森严谨慎行。

西江月·李贵

李金娥

勤恳也曾得誉，卑微莫笑能贤。成于足下步难偏，侍主风光无限。　　处事虚心情厚，平波仗义恩宽。学堂振铎吐箴言，终究梦空福浅。

【品评】李金娥　撰

《红楼梦》中的小人物尽管身世、秉性各异，但曹公都赋予他们不同的艺术形象和展示自我的机会。李贵是贾宝玉的奶哥，他虽然学问浅，但性情稳重，充当了宝玉身边规箴的卫道士角色。还有一个顽皮中透着可爱的鬼精灵，是负责贾宝玉去学堂读书、交友的小厮茗烟，脂砚斋用三个字称他"贼茗烟"（或"茗烟贼"，己卯本夹批，第253页）。出身卑微的茗烟要比出身较好的李贵雅致一些，他善解人意，对宝玉追求精神自由，起着推波助澜的作用。

第9回"起嫌疑顽童闹学堂"，这日宝玉上学前向父亲请安，贾政问："跟宝玉的是谁？你们成日家跟他上学，他到底念了些什么书！"吓得李贵忙跪下磕头，回说："哥儿已念到第三本《诗经》，什么'呦呦鹿鸣，荷叶浮萍'。"说的贾政也撑不住笑了，看来李贵确实对宝玉读书之事费尽心思。

贾府的私塾乌烟瘴气，诟谇谣诼布满书房内外。这日贾代儒有事，贾瑞暂且管理，秦钟和香怜走至后院说梯己话，恰巧被窗友金荣看见，就搬弄是非挑事端。当茗烟得知金荣欺负秦钟，连他爷宝玉都牵连在内，这茗烟乃是宝玉第一个得用的，年轻不谙世事，揪住金荣说了一堆粗话问道："出来动一动你茗大爷！"

贾瑞忙吆喝，怎奈地狭人多，教室里砚飞壶碎，登时鼎沸起来。李贵等人进来，把茗烟等撵了出去。宝玉又问是那一房的亲戚，茗烟在窗外探头喊道："他是东胡同子里璜大奶奶的侄子。那是什么硬正仗腰子的。"李贵又呵斥道："仔细回去我……回老爷太太，就说宝玉全是你调唆的。"茗烟才偃旗息鼓，谁又能否定茗烟出手时的勇气和仗义呢！李贵对贾府各个旁系派支的经济实力了如指掌，但心中牢记跟在宝玉身边所肩负的重任。学堂息风波，展示出茗烟与李贵截然不同的个性风貌，形成了俏皮顽劣和语言得体、善用平衡之道的鲜明对照。

第16回"秦鲸卿夭逝黄泉路"，宝玉得知秦钟移床易箦多时矣，痛哭不已，李贵忙劝："不可不可，秦相公是弱症，未免炕上挺扛的骨头不受用，所以暂且挪下来松散些。哥儿如此，岂不反添了他的病？"李贵道出此等语，在此亦能理解宝玉几分。能以得体的箴言，委婉的方式规劝宝玉，乃能达主人之意不辱君命。

第19回，话说宝玉想去小书房中看美人画，刚到窗前，听见屋里一片喘息之声，原是茗烟按着个女孩，干那警幻所训之事。茗烟也觉尴尬，便将话题一转说我悄悄地引二爷去城外逛逛，于是便来到袭人家。

第23回"西厢记妙词通戏语"，一日宝玉无聊，茗烟察言观色，便到外面把那古今小说飞燕、杨贵妃等的外传买了许多来。正是有了茗烟的帮助，宝玉、黛玉二人才能"共读西厢"。

第43回"不了情暂撮土为香"，凤姐生日当天，宝玉偷偷和茗烟来至水仙庵祭奠金钏，含泪施了半礼，让茗烟收起香炉，茗烟忙爬下磕头，口内祝道："这受祭的阴魂虽不知名姓，想来自然是那人间有一，天上无双，极聪明极俊雅的一位姐姐妹妹了。二爷心事不能出口，让我代祝：若芳魂有感，香魂多情……你在阴间保佑二爷……再不可又托生这须眉浊物了。"就是这个未脱稚气的茗烟，能让宝玉满意，又能使贾母容得下，没有根基却在

图3-81　茗烟（焙茗）（采自《红楼梦图咏》）

贾府站得住脚。

第80回"王道士胡诌妒妇方"，这天宝玉来天齐庙烧香还愿，命李贵等出去只留下茗烟，足以证明他有知而不言的智慧，才让这个摇摇欲坠的红楼里有了一点灵动。

在某种程度上，茗烟、李贵起到了互相映照与制约的作用。试想佣人都是茗烟一类，宝玉可能被放纵成薛蟠之流的呆霸王，如果都像李贵这样，则有可能被规劝成甄宝玉式的凡夫俗子。但这座红楼大厦倒塌之后，宝玉最终出了家，让李贵、茗烟的忠诚付了东流水。

82. 兴儿和旺儿：贾琏和凤姐的心腹

相见欢·兴儿
李金娥

身微难得情燃。用心参。题罢诨名作戏、尽忠言。　　笑声断，风云变，醋缸翻。凤姐施威胆战、祸开端。

鹧鸪天·旺儿
李金娥

仔细常能理乱麻，辛勤处事不矜夸。进城送信为私利，教子无方误彩霞。　　开眼界，叹生涯。几经思忖悯张华。红楼欲倒将飞雪，早有风刀心上刮。

【品评】李金娥　撰

在《红楼梦》中，曹公别出心裁地设计了备受凤姐信任、重用的小厮旺儿和贾琏的心腹小厮兴儿。

第15回"王凤姐弄权铁槛寺"，凤姐为了贪图钱财，与馒头庵的静虚老尼私下勾结，由长安府太爷出钱，让其小舅子李衙内霸占张财主之女张金哥，凤姐借贾琏之名出面干涉案情的审判，果断安排忠诚有能力的旺儿进城，干脆利落办妥了。凤姐赚了三千两白银，这旺儿功不可没。

话说贾琏身边的贴身小厮兴儿，年纪虽小却事事通达，伶牙俐齿。第65回，这贾琏偷娶了尤二姐，在外面租了房百般恩爱。这日尤二姐拿来酒菜命兴儿吃，从侧面打听贾府的详细情况。兴儿笑嘻嘻道："我们二爷也算是个好的。"尤二姐笑道："我还要找你奶奶去呢。"兴儿连忙摇手说："一辈子别见他才好。嘴甜心苦，两面三刀；上头一脸笑，脚下使绊子；明是一盆火，暗是一把刀。"又是"醋缸醋瓮"，"奶奶这样斯文良善人，那里是他的对手！"这充分说明兴儿率真善良没有心机，言语之间富于生活气息。兴儿又拍手笑道："我们家这位寡妇奶奶，他的浑名叫作'大菩萨'。……二姑娘的浑名是'二木头'，戳一针也不知嗳哟一声。三姑娘的浑名是'玫瑰花'……可惜不是太太养的，'老鸹窝里出凤凰'。"这兴儿风趣幽默，说自己都不敢出气，"生怕这气大了，吹倒了姓林的；气暖了，吹化了姓薛的"。这些俗语、谚语，一经兴儿运用，便焕发出无限光彩，生命力鲜活，读来真令人拍案叫绝。

第 66 回，这日尤三姐笑问道："你们家那宝玉，除了上学他作些什么？"兴儿笑道："我们家从祖宗直到二爷，谁不是寒窗十载，偏他不喜读书。老太太的宝贝，老爷先还管着，如今也不敢管了。"这兴儿单纯善良，一针见血，哪知祸从口出，言多必失的道理。

第 67 回"闻秘事凤姐讯家童"，却说兴儿正在账房里和小厮们玩呢，听说二奶奶叫，先唬了一跳，而后磕头犹如鸡啄米，凤姐厉声道："你二爷外头娶了什么新奶奶旧奶奶……"原来是兴儿口无遮拦走漏风声。被凤姐逼得胆战心惊，无奈便把贾琏偷娶尤二姐的过程和盘托出，但能化险为夷证明了兴儿的聪明机智。曹公将凤姐怒诘兴儿的一副凶恶面孔、一副畏惧形状描画入神，起到了推动全局的作用。

第 68 回"苦尤娘赚入大观园"，凤姐让旺儿在外打听细事，得知尤二姐曾经和张家订过婚，旺儿对凤姐惟命是从，便挑唆张华故意把事情闹大。狠毒的凤姐阴谋得逞后欲将张华斩草除根。旺儿领命后做了明智的选择，冒险留下张华的性命，因他能守住底线，显露了人性中善良的一面。

第 72 回"来旺妇倚势霸成亲"，旺儿虽然办事能力很强，但教子无方，且依仗凤姐的威势求娶模样出挑、心思缜密的彩霞，来给他酗酒

图 3-82　兴儿和旺儿（翟海潮绘）

赌博、面貌丑陋的儿子做媳妇，彩霞一家只能委曲求全。可见，有陪房身份的奴仆是不同于一般家奴的，也许这是一种"特权"。

曹公让兴儿一身兼"二任"，是费了一番苦心的，夹在王熙凤和贾琏之间处事，日子不好过。而旺儿得听从王熙凤的差遣。他们并没有坏心却坏了事。世界上最重要的事情，就是懂得如何主宰自己的命运，这两个生活在社会最底层的小人物，怎能掌控自己的前程！贾府人多嘴杂，相互排挤打压，祖宗的百年基业岂能永葆。封建社会走向灭亡是必然趋势。

贾府的朋友及其他人物

83.北静王：漫任庸流否与臧，谦谦君子本无双

七律·北静王（新韵）

李振国

漫任庸流否与臧，谦谦君子本无双。

臭男人自潇湘口，袭世爵称北静王。

国体官俗非所缚，江山社稷故宜长。

规从经济文章后，舆轿高车笏满床。

七绝·北静王

杨路平

临风玉树目传神，一串香珠馈意真。

未得颦儿青眼看，居然唤作臭男人。

【品评】李振国　撰

　　北静王，位在四王八公之列，乃世袭之爵。四王之中，又惟北静郡王功高，现今北静王水溶年未弱冠，便袭得王爵。看这水溶品貌如何？书中单以"形容秀美，情性谦和"八字概括之。宁荣二家又在八公之列，一时四王八公，煊赫当朝，而宁荣二府与北静王府之间之贺吊往来，尤胜于寻常贵戚。第14回秦可卿之死，贾府出殡之日俱来送殡，四王亦当路设下祭棚。这北静王五更入朝，公事一毕，换了素服，径至祭棚前落轿，早有宁府开路人报与贾珍，贾珍急命殡车暂住，同贾政、贾赦连忙迎来，以国礼相见，北静王仍以世交称呼接待。水溶不以王位自居，又不以异性相视.惟论世交之谊，实乃揽下有心，谦下有德。不露威仪而威仪自有之，不示体恤而体恤自呈之，不意延揽而延揽自用之，王道用心，家教所承。当时水溶装束，头戴洁白簪缨银翅王帽，穿着江牙海水五爪坐龙白蟒袍，系着碧玉红鞓带，面如美玉，目似明星，真好秀丽人物。水溶仪表端秀，非赖华衣美服点缀，实乃澄澈之心使然，内颖则外玥，内慧则外秀。水溶明秀，与积年潜学陶熔，不无相关！水溶宝玉初会，以圣上所赐鹡鸰香念珠一串为敬贺之物，赠与宝玉。鹡鸰香念珠，虽非罕物，然隐喻颇深，鹡鸰者，所

喻兄弟也。水溶赐此物于宝玉，喻不忘世交之情，愿代代交好之意。

后宝玉将此鹡鸰香念珠转赠黛玉，黛玉却说："什么臭男人拿过的！我不要他。"遂掷而不取。清人涂瀛于《红楼梦论赞》中评此事曰："北静王表表高标，有天际真人之概，嫦娥思嫁之矣，何论乎谈文章说经济者也，而林黛玉直以臭男人蓄之。嗟乎，王也而乃臭乎哉！是天下更无不臭者矣。天下而更无不臭者也，舍宝玉其谁与哉？死矣！"[①]一串鹡鸰香念珠，圣上赐与北静王，北静王受之，或未领解其意，抑或未在意，转赐宝玉，宝玉受之，或未领解其意，抑或未在意，转赠黛玉，黛玉或未领解其意，抑或未在意，掷诸一旁。赐珠者有意，受珠者无意。呜呼，流水无情冲落花，凡事不可着意，着意者多失意！

图 3-83　北静王（采自《红楼梦图咏》）

路祭毕，贾赦、贾珍等一齐上来请回舆，水溶道："逝者已登仙界，非碌碌你我尘寰中之人也。小王虽上叨天恩，虚邀郡袭，岂可越仙軺而进也？"直待将殡过完，方回舆去了。

第 58 回，宫里的老太妃薨了，凡诰命皆入朝按爵守制。北静王和贾府两家同赁了一个下处，分为东西二院，荣府赁了东院，北静王赁了西院。太妃少妃每日晏息，见贾母等在东院，彼此同出同入，都有照应。古代以东为贵。按理，北静王比贾家地位要高，身份更尊贵，理应北静王府居东院。但贾府住了东院，北静王府却住了西院。可见，北静王府对荣国府是很尊敬的，私交深厚，

① 冯其庸辑校：《重校〈八家评批红楼梦〉》，青岛：青岛出版社，2015 年，第 101—102 页。

并不介意这些缛节繁文。第 71 回，贾母八旬之庆，宁荣两府广排筵宴，前来给贾母祝寿的王公侯爵以及公侯诰命之中，就有北静王、北静王妃等人，与南安太妃等先后看了湘云、黛玉、宝钗、探春等贾府的几个姊妹。可见，北静王府与贾府过从甚厚，两府女眷交往亦频，已逾寻常贺吊。

"程本"续书第 105 回"锦衣军查抄宁国府"，西平王、北静王、赵堂官会同查抄，查抄结果，宁国府财物充公，贾赦、贾珍监禁待罪。书中有记：查抄毕，二王欲回去复旨，"贾政等就在二门跪送。北静王把手一伸，说：'请放心。'觉得脸上大有不忍之色"。贾府遭难之际，北静王并没有像贾雨村、赵堂官一样，落井下石，而是静静地站在贾府后面，予以斡旋。将贾赦、贾珍发往远地效力赎罪，已革去的世职，也依旧赏给贾政承袭。综上，吾谓北静王之心事，天青日白，北静王之才华，玉韫珠藏，实则翩翩浊世佳公子也！

84. 甄宝玉：纵然未把光阴误，秉性终难脱俗尘

鹧鸪天·甄宝玉
李金娥

真假何须再去分，梦中惊醒已崇仁。愿承家业将谐事，能务时机便有春。　　遵祖训，费心神。燃藜接劲上青云。纵然未把光阴误，秉性终难脱俗尘。

【品评】李金娥　撰

在《红楼梦》中，金陵甄府甄应嘉之子甄宝玉与众不同，他时隐时现，犹如贾宝玉的影子，在太虚幻境太石牌坊有一副对联是这样写的："假作真时真亦假，无为有处有还无。"这甄、贾宝玉到底孰真孰假呢？

第 2 回，冷子兴介绍了人尽皆知的一件奇事，荣国府的子孙之一贾宝玉，一落胎胞，嘴里便衔下一块五彩晶莹的玉来，上面还有许多字迹。说明来历不小，自然就给贾宝玉的身世蒙上一层神话色彩。而甄宝玉是借贾雨村之口，说出了他的性情开始也如贾宝玉，不愿走仕途，读书必得几个女儿伴着，方能认得字，心里也明白，不然心里就糊涂。所以他令尊也曾下死笞楚过几次，无奈竟不见成效。这甄宝玉、贾宝玉的女儿论好似同出一辙，仔细品读就觉得并非如此。甄宝玉把女儿二字提升到极其尊贵的地位上，小厮们不能随意言说，表面看似对女儿很尊重，但实质上是自己的地位最尊贵，可见甄宝玉内心世界是自私的。

第5回，有一副对联最适合甄宝玉："世事洞明皆学问，人情练达即文章。"这甄、贾宝玉的表面性情貌似相同，但内心世界却是截然相反的，贾宝玉心地善良、待人真诚，有超凡脱俗的平等博爱之心。

第16回，贾元春才选凤藻宫时，借赵嬷嬷之口说出"江南的甄家，嗳哟哟，好势派！独他家接驾四次，若不是我们亲眼看见，告诉谁谁也不信的"。故脂批说："借省亲事写南巡，出脱心中多少忆昔感今！"

第64回，贾敬死后，贾珍也道出了甄府、贾府经济密切往来的实情："昨日出殡以后，有江南甄家送来打祭银五百两，未曾交到库上去。"再看书中尤氏和老嬷嬷的对话："昨日听见你们老爷说看见抄报上，甄家犯了罪，现今抄没家私，调取进京治罪。"

"程本"续书第93回，甄家派下人包勇来见贾政时曾介绍甄宝玉道："哥儿大病了一场……幸喜后来好了，嘴里说道，走到一座牌楼那里，见了一个姑娘领着他到了一座庙里，见了好些柜子，里头见了好些册子。又到屋里，见了无数女子，说是多变了鬼怪似的……他吓急了，便哭喊起来。老爷知他醒过来了，连忙调治，渐渐的好了……他竟改了脾气，惟有念书为事。"

第115回"证同类宝玉失相知"，作者安排甄、贾宝玉相见，贾政见甄宝玉相貌果与宝玉一样，试探他的文才，竟应对如流，甚是心敬。贾宝玉见到甄宝玉时想到了梦中之境，以为二人同心，得了知己。于是两人交谈起来，甄宝玉曰："弟少时也曾深恶那些旧套陈言，只是一年长似一年……后来见过

图3-84　甄宝玉（采自《红楼梦图咏》）

那些大人先生尽都是显亲扬名的人，便是著书立说，无非言忠言孝，自有一番立德立言的事业，方不枉生在圣明之时，也不致负了父亲师长养育教诲之恩，所以把少时那一派迂想痴情渐渐的淘汰了些。"最后贾宝玉是这样评价甄宝玉的："相貌倒还是一样的。""并没个明心见性之谈，不过说些什么文章仕途，又说什么为忠为孝，这样人可不是个禄蠹么！……我想来，有了他，我竟连我这个相貌都不要了。"不难看出甄、贾宝玉，本就不是一路人。书中曾多次描写贾宝玉厌恶世俗、玩世不恭。他鄙视官场上阿谀奉承的伪君子，讽刺那些求取功名的人是"国贼禄蠹"。

曹公为何要在书中用大量笔墨仔细地写甄、贾两府和甄、贾宝玉酷似呢？看看贾雨村和冷子兴的对话就明白了，子兴道："谁人不知！这甄府和贾府就是老亲，又是世交，两家来往，极其亲热的。"原来甄府的不幸，是预示贾府最后也是由兴盛走向了衰亡。在后四十回的续写中，作为贾宝玉的镜像人物，甄宝玉走入仕途，与李绮完婚，以科举出身想重振家业，不就是贾府上下对贾宝玉的殷切期望和要求吗？终究甄宝玉禀性难移，未脱俗尘。

85. 蒋玉菡：暗换罗巾绿与红，优伶妩媚且才雄

浣溪沙·蒋玉菡
陈瑞林

暗换罗巾绿与红，优伶妩媚且才雄。藏娇王府若深宫。　　冲破樊笼将展翅，慨叹天马自行空。齐芳兰桂善缘逢。

【品评】陈瑞林　撰

在《红楼梦》中蒋玉菡乃一小人物，着墨也不多。但曹公对他的描述蕴含了政治权力和封建势力的争斗，对贾府的兴衰，对贾宝玉的爱憎和人生去向，是个不可或缺的人物。

蒋玉菡，艺名琪官。生得妩媚温柔，聪慧，能随机应答，待人彬彬有礼。在当时是京城的名旦。第 28 回，宝玉应邀参加冯紫英的宴请，还有薛蟠和蒋玉菡并几个唱曲的小厮、锦香院的云儿。席间宝玉题新令并领先唱了一曲，大家齐声喝彩。喝了门酒，便拈起一片梨花，说道："雨打梨花深闭门。"完了令。轮到蒋玉菡也唱了一曲，饮了门酒，拿起一朵木樨来，念道："花气袭人知昼暖。"完令。此时薛蟠却跳将起来，喧嚷道："该罚！该罚！"冯紫英和蒋玉菡并不知宝玉和袭人的微妙关系，遂过云儿告知，蒋玉菡忙起身告罪。

宝玉出席解手，蒋玉菡便随了出来。二人站在廊下，蒋玉菡再次赔罪。宝玉见他

妩媚温柔，心中十分留恋，便紧紧地搭着他的手，叫他："闲了往我们那里去。还有一句话借问：也是你们贵班中，有一个叫琪官的，他在那里？如今名驰天下，我独无缘一见。"蒋玉菡笑道："就是我的小名儿。"宝玉听说，不觉欣然跌足笑道："有幸！有幸！果然名不虚传。"将一块玉玦扇坠解下来，递与琪官，道："微物不堪，略表今日之谊。"琪官接了，笑道："无功受禄，何以克当！也罢，我这里得了一件奇物……聊可表我一点亲热之意。"将系小衣儿一条大红汗巾子解了下来，递与宝玉，道："这汗巾子是茜香国女国王所贡之物，夏天系着，肌肤生香，不生汗渍。昨日北静王给我的，今日才上身。若是别人，我断不肯相赠。二爷请把自己系的解下来，给我系着。'"

　　宝玉喜不自禁，连忙将自己一条松花绿的汗巾解下来，递与琪官。两人气息相投，从此结下了一段俗缘。此处曹公又埋下了伏笔，宝玉一时欣喜，赠与蒋玉菡的那条松花绿的汗巾子，却是袭人的赠物。当袭人侍奉宝玉入寝时发现了，宝玉只好委婉劝解，把那条红汗巾给袭人系上，袭人终归不悦，还是解下来放在了空箱子里了。暗换的罗巾倒成了后来的定情物。

　　蒋玉菡被包养在忠顺王府里，成了忠顺王和北静王的玩物。他并不甘心，他也想如常人一样过着自由平静的生活。第33回，忠顺府的长史官奉命来至贾府，禀明来意："我们府里有一做小旦的琪官，一向好好在府里，如今竟三五日不见回去……因此各处访察。这一城内，十停人倒有八停人都说，他近日和衔玉的那位令郎相与甚厚……王爷亦云：'若是别的戏子呢，一百个也罢了；只是这琪官……甚合我老人家的心，竟断断少不得此人。'"

图3-85　蒋玉菡（采自《红楼梦图咏》）

宝玉起初说不知，恐是讹传。但那长史官说出了红汗巾子之事，宝玉目瞪口呆，知道瞒不住了，道："听得说他如今在东郊离城二十里有个什么紫檀堡，他在那里置了几亩田地几间房舍。"由此可见宝玉同情蒋玉菡，并且赞同其对生活的向往。这一事件的发生，却得罪了忠顺王爷，成了贾府的敌对势力，最终被抓住了"箕裘颓堕"的把柄，落井下石，奏本弹劾，兴狱问罪。

"程本"续书第 120 回，宝玉遁入空门，袭人按王夫人的旨意，嫁到了蒋家。当蒋玉菡开箱看到了那猩红汗巾，方知是宝玉的丫头，念及宝玉带他的旧情，更加周旋，又特意拿出那条松花绿的汗巾，袭人看了，始信姻缘前定。正是："堪羡优伶有福，谁知公子无缘。"

86. 柳湘莲：红楼多少浑闲事，当记疑男烈女悲

鹧鸪天·柳湘莲
李锡庆

都道男人泥作胚，不闻此子亦须眉？清风明月琴同剑，侠胆豪情是与非。　心最苦，意何为？霜锋雷电恨其谁？红楼多少浑闲事，当记疑男烈女悲。

七律·柳湘莲
杨路平

休将本色拟优伶，倜傥原为有性情。
三尺戏台施手段，一丛芦苇啸鞭声。
失宜顿使桃花坠，无果犹凭剑刃横。
削得青丝飘满地，可能烦恼不相萦？

【品评】李锡庆　撰

柳湘莲在第 47 回"呆霸王调情遭苦打　冷郎君惧祸走他乡"正式登场。对于他的介绍，书中是这么说的："那柳湘莲原是世家子弟，读书不成，父母早丧，素性爽侠，不拘细事，酷好耍枪舞剑，赌博吃酒，以至眠花卧柳，吹笛弹筝，无所不为。因他年纪又轻，生得又美，不知他身分的人，却误认作优伶一类。"可见，柳湘莲至少不是那种"浊臭逼人"的男子，读者甚至还会觉得这个人虽然有些缺点，但总体上来说，是一个很可爱的洒脱少年。

柳湘莲爱美，在男人群里，他喜欢和宝玉、秦钟这样的人做朋友；对于婚姻，他对做媒的贾琏说："我本有愿，定要一个绝色的女子。"他很有正义感。薛蟠不尊重他，想要占有他，被他设法狠揍了一顿，弄得薛蟠这个权贵人家子弟满身污泥伤痕，好不狼狈；而在他凑巧遇上薛蟠做生意被土匪抢劫时，又凭自己的勇气和功夫，赶散了贼人，夺回了货物，救了薛蟠一行人的性命，并和薛蟠结拜了弟兄。关于这件事情，有些读者会有猜想：会不会柳湘莲本来就和强盗是一家的？要不然怎么会凭一己之力能够驱散这些强盗？也有人会说，柳湘莲不是因为侠义而去救薛蟠的，是因为和薛蟠结下梁子之后，想讨好薛蟠而去救他的。这些猜测，我认为是不必要的。看什么人，我们都应该多从正面去理解人，在没有证据的情况下，我们是不应该将人都想得那么龌龊的。

图 3-86　柳湘莲（采自《红楼梦图咏》）

但是，正如前文所说的，柳湘莲又是一个"不拘细事"的人，这给尤三姐，也给自己带来了致命的伤害。我们听听他对媒人贾琏和在场的薛蟠是怎么说的："如今既是贵昆仲高谊，顾不得许多了，任凭裁夺，我无不从命。"然后，在贾琏要求"留一定礼"时，湘莲道："大丈夫岂有失信之理。"最后，将他的定情之物"鸳鸯剑"交给贾琏代转，至于对方（尤三姐）是何方人士、父母是何人、有无兄弟姐妹等事情一概不问。待正式要见面之前，跑去问他最相信的挚友宝玉，才知道尤三姐就是生活在荣府中的人物。而宝玉也因为年少，不知道其中的利害，说话间也仿佛认可了柳湘莲对于东府里"除了那两个石头狮子干净，只怕连猫儿狗儿都不干净"的模糊认知，以至于发出"我不做这剩忘八"的决断，造成了后面尤三姐自杀、柳湘莲不知去向的悲惨结局。须知，这对于在一塘臭水中洁身自好、将"鸳鸯剑"挂在绣房床上、充满对未来幸福憧憬的尤三姐来说，是多么得不公平！

那么，柳湘莲最后去了哪里呢？从第66回的内容看，为安慰读者，作者用了一大段文字，描写了尤三姐的魂灵又来与柳湘莲辞别并泣诉五年爱慕之情，说自己"来自情天，去由情地。前生误被情惑，今既耻情而觉，与君两无干涉"。"说毕，一阵香风，无踪无影去了。""湘莲警觉，似梦非梦，睁眼看时……竟是一座破庙。旁边坐着一个跏腿道士捕虱。湘莲便起身稽首相问：'此系何方？仙师仙名法号？'道士笑道：'连我也不知道此系何方，我系何人，不过暂来歇足而已。'柳湘莲听了，不觉冷然如寒冰侵骨，掣出那股雄剑，将万根烦恼丝一挥而尽，便随那道士，不知往那里去了。"

由此可见，柳湘莲为自己的行为深感愧疚，为使自己的内心能够得到平静，故对自己进行自虐式惩罚而遁入空门做道士去了。《红楼梦》第66回的正文虽说他"不知往那里去了"，这本来就是小说的隐晦之笔，不足为信；因为从这一回的标题"情小妹耻情归地府　冷二郎一冷入空门"看，他的去处也算是清楚的。至于有人用第1回中贾士隐对《好了歌》的解释文字中的"训有方，保不定日后作强梁"来解释柳湘莲的最后去处，说柳湘莲后来当了强盗，笔者以为这是一种误解。因为柳湘莲"父母早丧"，也谈不上出于"教训有方"之家，这是一；再者，从小说中柳湘莲的表现看，他毕竟是个有正义感的人物，还不至于去做强盗的。

87. 冯紫英：富门公子，围猎挥拳称侠士

减字木兰花·冯紫英

陈瑞林

富门公子，围猎挥拳称侠士。生性雄豪，不喜诗书远楚骚。　　酬朋有信，海量满樽皆饮尽。行令风流，调笑民间语自由。

【品评】 陈瑞林　撰

冯紫英乃神武将军冯唐之子，出身高贵，智勇双全。素日交游广，诸朋送往迎来。生性豪爽粗犷，也是侠中的翘楚。

第10回"张太医论病细穷源"，冯紫英去探望贾珍，得知他儿媳身体有恙，主动给请来医术高明的张太医诊脉。冯紫英的待人豪爽、助人为乐已初见端倪。第26回，

薛蟠的生日前夕设宴，宝玉先到了，两人正在争论，小厮回"冯大爷来了"。薛蟠等一齐都叫"快请"。只见冯紫英一路说笑，已进来了。众人忙起席让座。

薛蟠见他面上有些青伤，便笑道："这脸上又和谁挥拳的？挂了幌子了。"冯紫英笑道："从那一遭把仇都尉的儿子打伤了，我就记了再不怄气，如何又挥拳？这个脸上，是前日打围，在铁网山教兔鹘捎一翅膀。"待冯紫英吃了茶，让他入席，此时他便立起身来说："论理，我该陪饮几杯才是，只是今儿有一件大大要紧的事，回去还要见家父面回，实不敢领。"

薛蟠宝玉等人哪里肯依，死拉着不放。冯紫英笑道："若必定叫我领，拿大杯来，我领两杯就是了。"薛蟠执壶，宝玉把盏，斟了两大海。那冯紫英站着，一气而尽。曹公通过两个小场面，简短的对话，丝毫无述冯紫英的仪表容貌，但已将一位青少年英侠的形象跃然纸上，令人过目不忘。

第28回"蒋玉菡情赠茜香罗"，冯紫英设家宴邀请了宝玉、薛蟠、蒋玉菡、锦香院的云儿并唱曲儿的小厮等。宝玉擎茶，笑道："前儿所言幸与不幸之事，我昼悬夜想，今日一闻呼唤即至。"冯紫英笑道："你们令表兄弟倒都心实。前日不过是我的设辞，诚心请你们一饮，恐又推托，故说下这句话。今日一邀即至，谁知都信真了。"说毕，大家一笑，然后摆上酒来。

图 3-87　冯紫英（翟海潮绘）

薛蟠三杯酒下肚，拉着云儿的手让云儿唱曲。云儿只得拿起琵琶，唱了一曲。唱完，薛蟠还让云儿再唱一曲。宝玉笑着说"如此滥饮，易醉而无味"，提议饮酒发一新令，必要说悲、愁、喜、乐四字，却要说出女儿来，还要注明这四字原故。

且听冯紫英说道："女儿悲，儿夫染病在垂危。女儿愁，大风吹倒梳妆楼。女儿喜，头胎养个双生子。女儿乐，私向花园掏蟋蟀。"说毕，端起酒来唱到："你是个可人，你是个多情，你是个刁钻古怪鬼灵精，你是个神仙也不灵。我说的话儿你全不信，只叫你去背地里细打听，才知道我疼你不疼！"唱完饮了门酒，说道："鸡声茅店月。"令完。

曹公为他拟的行令，说女儿之悲欢，不过是侍夫、梳妆、生儿、玩耍，一些日常事，颇有个性化。而唱曲前面连用了四个"你是个"，都是民间口头流行俚语谑称，未加任何修饰脱口而出。这对于一个喜围猎挥拳，不喜读书，胸中无多文墨的富家公子，恰到好处。冯紫英的气概在《红楼梦》的男子中是不多见的，较之宝玉多一分英武，较之薛蟠少一分狼伉。虽都年少，但在政事上显得敏感成熟，是曹公刻画的另一种类型的卓然男子。

在"程本"续书的第 92 回，又进一步描绘了冯紫英善于经商。他带着四件洋货在贾政面前展示且报了价，母珠、鲛绡帐、《汉宫春晓》、自鸣钟共二万，并说："你们是个国戚，难道宫里头用不着么？"贾政又让贾琏拿给老太太赏识，终没留下。等大老爷回府一起进餐，冯紫英还没死心，说道："这种货本是难消的，除非要像尊府这种人家，还可消得，其余就难了。"临别时又道："若尊府要用，价钱还自然让些。"可见人情世故的练达老成。

88. 甄士隐：何奈云消散作烟，好了歌吟识几玄

南乡子·甄士隐

李鸿国

归隐一隅扁，深巷葫芦也得安。修竹平庸空对月，应怜，何奈云消散作烟。　　人世慕神仙，任是蛛丝绕画间。宿慧烛犀僧道化，随缘，好了歌吟识几玄。

鹧鸪天·甄士隐

刘庆珍

本是乡官隐士贤，当初恬淡赋诗篇。家门不幸遭天祸，岳丈无情落井难。　　经苦雨，过愁烟。道人歌了悟其玄。空心绝俗逍遥去，凡世凭谁泪几潸。

【品评】 翟海潮　撰

甄士隐，姓甄名费，字士隐，嫡妻封氏，为姑苏阊门外乡宦，家住在十里街仁清巷的葫芦庙旁。甄士隐本是一地望族，颇有隐士的风格，"禀性恬淡，不以功名为念，每日只以观花修竹、酌酒吟诗为乐，倒是神仙一流人品。只是一件不足：如今年已半百，膝下无儿，只有一女，乳名英莲，年方三岁"。

　　开卷第1回，曹雪芹把甄士隐和贾雨村两相对照来写，表明他撰拟这两个名字的寓意是将"真事隐（甄士隐）去"、"假语存（贾雨村）焉"，由此构成了《红楼梦》中极具特色的谐音寓意艺术。甄士隐初识落拓的贾雨村后，慷慨解囊，资助贾雨村进京赶考。甄士隐作为开场人物，把接力棒交给了贾雨村，由他引发出《红楼梦》的故事。

　　甄英莲（取意"真应怜"）是甄士隐独女，甄士隐爱若珍宝。英莲在元宵节看社火花灯时因家奴霍启（取意"祸起"）看护不当而被骗子拐走，后被人贩子拐卖。甄士隐与妻子封氏遍寻不着，先后病倒。不想没过多久，隔壁葫芦庙失火，甄士隐家中房屋被烧成一片瓦砾场。他想到田庄上去安身，偏值"近年水旱不收，鼠盗蜂起，无非抢田夺地，鼠窃狗偷，民不安生，因此官兵剿捕，难以安身"。士隐只得将田庄都折变了，携了妻子与两个丫鬟投他岳丈封肃家去。

图3-88　甄士隐（采自《增评补像全图金玉缘》）

　　只那封肃是势利眼，甄士隐用来请他置办田地房屋的银子被他半哄半赚，只给他薄田朽屋。甄士隐乃读书之人，不惯生理稼穑等事，勉强支持了一二年，越觉穷了下去。封肃又人前人后说甄士隐如何好吃懒做，不善过日子，令甄士隐既悔恨投奔错了人，又急忿怨痛。他本已有积伤，且暮年之人。经过这么些打击，贫病交攻，竟渐渐地露出那下世的光景来。

　　一日，甄士隐拄了拐杖挣挫到街前散散心时，忽见那边来了一个跛足道人，这道人口中念念有词，便是《好了歌》。士隐本是有宿慧的，听了道人的《好了歌》，心中彻悟。在解注了《好了歌》之后，甄士隐将道人肩上褡裢抢了过来背着，竟不回家，同了疯道人飘飘而去。从此抛家弃业，出世而去了。

甄士隐是一个经历了独女被拐、骨肉分离、家遭火灾、下半世坎坷，而终于醒悟出世的人物形象。作者意欲借甄士隐的故事预示贾宝玉的类似结局，用甄士隐家的一段小荣枯，引出天下望族贾家的大荣枯。

"程本"续书第103回，贾雨村升了京兆尹兼税务，一日出都查勘开垦地亩，见到了阔别十九年的甄士隐，但甄士隐并未与贾雨村相认。

第120回，贾雨村犯了贪索的案件审有定罪，今遇大赦，褫籍为民。贾雨村因叫家眷先行，自己带了一个小厮，一车行李，来到急流津觉迷渡口。在这里贾雨村又同甄士隐见面了，二人茅庵膝谈，归结《红楼梦》。

让甄士隐在小说结束时出现，归结《红楼梦》，与第1回首尾呼应，应该是符合曹雪芹原来意图的，所不同的是甄士隐和贾雨村那一席充满了庸俗的富贵荣华的议论，什么"高魁贵子"、"兰桂齐芳"、"家道复初"及"福善祸淫"说，应该不是曹雪芹的原意。

89. 贾雨村：忘恩负义，徇情枉法，终是锁枷扛

七律·贾雨村（新韵）

翟海潮

姑苏落魄貌非凡，寺庙栖居意志坚。
甄府承恩金榜中，公堂忘义势族攀。
为官贪酷明争利，处世圆滑暗耍奸。
几度浮沉终有报，囚衣枷锁半生寒。

南乡子·贾雨村

李鸿国

序引欲开篇，娇杏寥寥识得颜。簟枕简书成一梦，时迁，凭颊荣宁两府缘。　村语假时言，知是南柯蕉鹿天。强势衰颓终去也，山前，草冢荒丘夕落烟。

【品评】翟海潮　撰

贾雨村，名化，字时飞，别号雨村。对于贾雨村的姓名字号，脂砚斋批语说其对应的是"假话"、"实非"，"雨村者，村言粗语也。言以村粗之言演出一段假话也"（甲戌本第1回侧批，第12页）。曹雪芹笔下的贾雨村，非常典型地反映了旧时某些读书

人一生的经历：苦读、赶考、高中、为官、革职、复出、高升，最后枷锁扛、获罪等，完美地演绎了一场官场现形记。如果说，贾雨村是凭自己的学识才干跻身官场，那么后来的起复委用及至在官场上的兴风作浪则完全靠他的投机钻营。

在《红楼梦》前八十回中，对贾雨村的描写除了在开场前四回比较集中外，此后就隐伏在一些故事情节中，在第16、17、32、48、53、72回中有所描述，或一言半语，或借他人之口顺便道出，通过几处侧笔使他这一人物在书中笔断意连。

第1回中，贾雨村于甄家巧遇丫鬟娇杏（谐音"侥幸"），作者通过娇杏的视觉写出雨村的外貌，雨村的相貌可谓不俗，虽然衣衫褴褛，却掩饰不住其内在的气质和才华。贾雨村是一个具有不凡抱负的人，后因甄士隐相助，进京考中进士。

第2回中，贾雨村中举后出任知府，路遇买线的娇杏，"遣人送了两封银子、四匹锦缎"给封肃，娶了娇杏为二房。做知县不上一年，贾雨村就因贪酷徇私、恃才侮上被革职。他来到维扬，结识了钦点巡盐御史林如海，又做了他女儿林黛玉的西宾。这一时期，贾雨村所表现出来的特点：有才华，仍渴望功名。其中关于其才华，在他与冷子兴的对话中体现得淋漓尽致。贾雨村在城郭之外遇到了古董商冷子兴，两人杯酒之间演说荣国府。

第3回，贾雨村被革职两年之后，携黛玉进京，在林黛玉舅舅贾政帮助下，复职补了个金陵应天府职。此番雨村复职，他的心理发生了重大变化。第4回，贾雨村复职后就遇到薛蟠仗势打死冯渊命案，他为了攀附贾、王二府，结果"便徇情枉法，

图3-89　贾雨村（采自《增评补像全图金玉缘》）

胡乱判断了此案"。曹雪芹通过几个心理描写展示贾雨村人性的蜕变过程，此时贾雨村已经变成了地地道道的政客，变成了一个忘恩负义之人。

在第48回中，从平儿嘴里说出贾雨村为了给贾赦弄到古扇，讹石呆子拖欠官银，拿他到衙门去，变卖家产赔补，把扇子抄了，作了官价送了来。这是贾雨村以权谋私的又一罪证，其谄媚的嘴脸也越刻画越明显。在第53回中提道："王子腾升了九省都检点，贾雨村补授了大司马，协理军机参赞朝政。"第72回，"方才听得雨村降了"，贾琏宁可远着他，贾政却喜欢和他来往，如今东府大爷和他更好。只是简单一两句话叙述贾雨村官位的升降。

"程本"所续后四十回，对贾雨村的描述也不多。比如，第92回，"为着一件事降了三级，如今又要升了"。第103回，贾雨村升了京兆尹兼税务，一日出都查勘开垦地亩见到了阔别十九年的甄士隐，但甄士隐并未与贾雨村相认。第117回，"听说咱们家又闹出事来了……就是贾雨村老爷"，他们在三法司"看见带着锁子"在衙门受审去了。

第120回，贾雨村犯了贪索的案件审有定罪，今遇大赦，褫籍为民。贾雨村因叫家眷先行，自己带了一个小厮，一车行李，来到急流津觉迷渡口。在这里贾雨村又同甄士隐见面了，二人茅庵膝谈，归结《红楼梦》。

贾雨村是《红楼梦》不可或缺的人物，透过他，我们看到了封建社会里被世俗严重污染的儒士形象，看到了被官场熏黑的政客灵魂，看到了司法的腐败，看到了道德的沦丧，看到了人情的冷暖、世态的炎凉……

90.娇杏：偶因一着错，便为人上人

鹊桥仙·娇杏
陈瑞林

拈花回顾，英姿落魄，孰料红颜心驻。无心插柳柳成荫，得贵子、迁尊主母。　　沉浮宦海，奔波利禄，几度风尘烟雾。登临赏景只曾经，终底是、卑微寒苦。

喝火令·娇杏回眸
李宝贵

雨润园中杏，霜欺水上莲。叹人间冷暖由天。初见那时回首，从此几经年。　　布衣钗环女，威仪赴任官。隔街相遇忆从前。记得花香，记得

俏容颜。记得旧时庭院，最是好姻缘。

五律·娇杏（新韵）

翟海潮

翻书解闷中，窗外有咳声。

婢女无心望，儒生有意听。

头年得子嗣，又载正妻名。

因偶一回顾，荣华自此升。

【品评】 翟海潮　撰

　　娇杏应该是《红楼梦》中最幸运的女性，她原是甄士隐家的丫鬟，只因偶然一次回头，被贾雨村看中做了二房。后来雨村嫡妻病故，娇杏被扶作正室夫人。娇杏，谐音"侥幸"也。

　　第1回"贾雨村风尘怀闺秀"，此时的贾雨村，还是个穷书生，寄居在甄宅隔壁的葫芦庙里，以卖字作文为生。后来贾雨村得遇乡绅甄士隐，被邀到甄家书房聚谈，方谈得三五句话，忽家人飞报："严老爷来拜。"甄士隐前去应酬，贾雨村在书房翻弄书籍解闷，忽听得窗外有女子嗽声，雨村遂起身往窗外一看，原来是一个丫鬟，在那里撷花。这丫鬟便是娇杏，生得仪容不俗，眉目清明，虽无十分姿色，却有动人之处。雨村不觉看得呆了。

　　娇杏撷了花，方欲走时，猛抬头见窗内有人，敝巾旧服，虽是贫窘，然生得腰圆背厚，面阔口方；更兼剑眉星眼，直鼻权腮。娇杏忙转身回避，心下乃想："这人生的这样雄壮，却又这样褴褛，想他定是我家主人常说的什么贾雨村了，每有意帮助周济，只是没甚机会。我家并无这样贫窘亲友，想定是此人无疑了。怪道又说他必非久困之人。"如此想来，娇杏不免又回头两次。雨村见她回了头，便自为这女子心中有意于他，狂喜不尽，自为此女子必是个巨眼英雄，风尘中之知己也。

　　后来，贾雨村在甄士隐的资助下进京赶考，金榜题名，高中进士并做了知府。而在这期间，甄士隐却连遭不幸，独女英莲被拐，骨肉分离，又遭遇家宅被烧，寄居在老丈人封肃篱下。由于贫病交加，在经历家业凋零的世间劫难之后，士隐得疯道人指引出家。封氏闻此，哭个死去活来，遣人各处访寻，杳无音讯，无奈何，少不得依靠着她父母度日。幸而身边还有两个旧日的丫鬟服侍，主仆三人，日夜作些针线发卖，帮着父亲用度。

　　一天，娇杏在门前买线，忽听街上喝道之声，众人都说新太爷到任。娇杏于是隐在门内看时，只见军牢快手一对一对的过去。俄而，大轿抬着一个乌帽猩袍的官府过去。娇杏倒发了个怔，自思这官好面善，倒像在哪里见过的。于是进入房中，也就丢过，不在心上。

事有凑巧，贾雨村也瞧见了娇杏，当晚就派人请封肃到府里问话。至次日，雨村便遣人送两封银子、四匹锦缎，答谢甄家娘子；又寄一封密书与封肃，转托他向甄家娘子要那娇杏作二房。封肃喜得屁滚尿流，巴不得去奉承，便在女儿前一力撺掇成了。乘夜只用一乘小轿，便把娇杏送进去了。贾雨村一个不经意的回眸一顾，改变了一个丫鬟的命运。谁想娇杏"命运两济"，不承望自到雨村身边，只一年便生了一子；又半载，雨村嫡妻忽染疾下世，雨村便将她扶侧作正室夫人了。正是：偶因一着错，便为人上人。

第1回，曹雪芹把甄士隐与贾雨村对照来写，一个出世，一个入世。同样，英莲"有命无运"和娇杏"命运两济"，也是辉映主题的对照。对英莲和娇杏截然相反的人生际遇，甲戌本第2回眉批："妙！与英莲'有命无运'四字遥遥相映。莲，主也；杏，仆也。今莲反无运，而杏则两全，可知世人原在运数，不在眼下之高低也。此则大有深意存焉。"（第23页）

英莲和娇杏，是一对主仆，也是《红楼梦》里出场最早的两位女子。一个为奴婢，却"偶因一着错，便为人上人"，另一个是小小的主子，却在元宵佳节看社火花灯时因家奴霍启（谐音"祸起"）看护不当而被骗子拐走，最后沦为奴婢和侍妾。把娇杏和英莲对照来写，相互映衬，写娇杏的"侥幸"，更说明英莲的不幸和"应

图 3-90　娇杏（采自《增评补像全图金玉缘》）

怜",从而揭示世事无常、命运不可抗拒的主题。

91.冷子兴：演说荣宁冷眼人

七绝·冷子兴(新韵)

翟海潮

身为商贾涉足深，论世堪称冷眼人。

妙语演说兴替事，荣宁两府数家珍。

鹧鸪天·冷子兴

刘庆珍

演说荣宁冷眼人，开篇会话解豪门。百年钟鼎穷途至，五代簪缨末路跟。　　传异事，道奇闻。落胎衔玉不凡身。识穿望族偷安富，昭示淫奢败落因。

图3-91　冷子兴(翟海潮绘)

【品评】翟海潮　撰

《红楼梦》第2回"冷子兴演说荣国府"，作为小说序曲，拉开了《红楼梦》故事的帷幕。冷子兴何许人也？他为何对贾府百年的底里如此"门儿清"？

冷子兴在第2回中是这样出场的：贾雨村"意欲到那村肆中沽饮三杯，以助野趣，于是款步行来。将入肆门，只见座上吃酒之客有一人起身大笑，接了出来，口内说：'奇遇，奇遇。'雨村忙看时，此人是都中在古董行中贸易的号冷子兴者，旧日在都相识。雨村最赞这冷子兴是个有作为大本领的人，这子兴又借雨村斯文之名，故二人说话投机，最相契合"。

可见冷子兴与贾雨村气味相投。冷子兴为何对贾府百年的底里那么"门儿清",这个答案在第 7 回作了披露。第 7 回,冷子兴的妻子(周瑞的女儿)出场,托她母亲周瑞家的求情:"实对你老人家说,你女婿前儿因多吃了两杯酒,和人分争,不知怎的被人放了一把邪火,说他来历不明,告到衙门里,要递解还乡。所以我来和你老人家商议商议,这个情分,求那一个可了事呢?"话说得含混不清,又要掩盖着冷子兴屈理,又要借势压人。周瑞家的听了道:"这有什么大不了的事!你且家去等我。"原来冷子兴的岳父周瑞是贾府的管家,岳母是王夫人的陪房,他们操纵着荣国府重要的经济大权和管理庶务的大权。

冷子兴为什么姓冷?曹雪芹给每个人物起名字都是有讲究的,"冷"应该是冷眼旁观的意思。甲戌本第 2 回有一首回前诗:"一局输赢料不真,香销茶尽尚逡巡。欲知目下兴衰兆,须问旁观冷眼人。"脂批曰:"故用冷子兴演说。"(第 22 页)冷子兴能够充当"旁观"贾府兴衰的"冷眼人",是通过与周瑞家的这种内里的"关系",再加上他喜欢结交官宦名流,颇有见识。像他这样的人述演说荣国府不仅有资质,而且有见解,怪不得冷子兴把贾府五代世系讲得那么繁简适宜,脉络那么清晰。

冷子兴在书中的价值和作用,甲戌本第 2 回回首有脂批曰:"此回亦非正文本旨,只在冷子兴一人,即俗谓冷中出热,无中生有也。其演说荣府一篇者,盖因族大人多,若从作者笔下一一叙出。尽一二回不能得明。则成何文字?故借用冷子兴一人畔出其大半,使阅者心中已有一荣府隐隐在心。"(第 21 页)这正是冷子兴"冷眼人"的深刻之处,能够透过现象看到本质,通过个别认识上升到认清规律性的东西。冷子兴在《红楼梦》故事中的作用,不仅仅是讲故事的需要,更重要的是透过贾府"气象不同",能将贾府"亮底",从而为揭开贾府的底蕴传达出更准确的信息。

92. 警幻仙子:女儿命运判词中,万缘幻、警人醒悟

鹊桥仙·警幻仙子
翟海潮

太虚梦境,欲天孽海,月债风情掌处。女儿命运判词中,万缘幻、警人醒悟。　　红妆翠袖,闺中良友,论说意淫何故?岂知万艳痛悲时,为了却、顽痴迷误。

高阳台·警幻仙姑
贺世战

离恨天长,灌愁海阔,遣香洞隐春山。氤露琼脂,浸得玉骨仙颜。霞辉

云色萦回下，映这般、素锦轻纨。一相逢，不恋荣华，忘却何年。　　曷来布散相思事，更许容姊妹，更与缠绵？佳茗香醪，可醒冤魄痴顽？风情月债红尘里，料也该、难弃难还。又安知，梦底机缘，不是人间。

【品评】翟海潮　撰

　　警幻仙子，放春山遣香洞太虚幻境仙姑，即贾宝玉梦中所见的神仙姐姐，是曹雪芹为《红楼梦》故事情节需要虚拟的神仙人物。她居离恨天之上、灌愁海之中，生得"蹁跹袅娜"，超凡脱俗："靥笑春桃兮，云堆翠髻；唇绽樱颗兮，榴齿含香。纤腰之楚楚兮，回风舞雪；珠翠之辉辉兮，满额鹅黄……"

　　警幻仙姑司人间之风情月债，掌尘世之女怨男痴，她在《红楼梦》中的作用有两

个：一是示以《金陵十二钗簿册》，演绎十二支《红楼梦曲》，预示众女儿的命运和结局；二是向贾宝玉及世人释解"意淫"。

　　第1回，神瑛侍者与绛珠仙子在警幻案前挂了号，下凡了结宿缘，即宝玉与黛玉形象的寓意化和神化。第5回，警幻仙姑受荣宁二公之灵"剖腹深嘱"警醒宝玉，引导宝玉神游太虚幻境，让其"改邪归正"。太虚幻境是曹雪芹虚拟的人间仙境，在这里作者以"假作真时真亦假，无为有处有还无"，为《红楼梦》故事构筑模糊的虚无缥缈的梦境。宝玉在"孽海情天"看了"痴情司"、"结怨司"、"朝啼司"、"夜怨司"、"春感司"、"秋悲司"等处，最

图 3-92　警幻仙子（采自《红楼梦图咏》）

后驻足于"薄命司"。宝玉翻阅"金陵十二钗"正册、副册、又副册，继则警幻让宝玉"醉以灵酒，沁以仙茗，警以妙曲"。《簿册》和《红楼梦曲》为小说中的女儿们留下了命运的注脚。

——歌罢，还要歌副曲，警幻见宝玉甚无趣味，因叹："痴儿竟尚未悟！"仙姑知道宝玉天分中生成一段痴情，必不能见容于世，所以先将宝玉引来领受仙闺幻境的声色风光，让他觉悟万缘俱幻、色总是空的道理。

警幻向宝玉指出："自古以来多少轻薄浪子，皆以'好色不淫'为饰，又以'情而不淫'作案，此皆饰非掩丑之语也。好色即淫，知情更淫。是以巫山之会，云雨之欢，皆由既悦其色、复恋其情所致也。吾所爱汝者，乃天下古今第一淫人也。"宝玉听了忙说："我因懒于读书，家父母尚每垂训饬，岂敢再冒'淫'字。况且年纪尚小，不知'淫'字为何物。"

警幻解释道："淫虽一理，意则有别。如世之好淫者，不过悦其容貌，喜歌舞，调笑无厌，云雨无时，恨不能尽天下美女供我片时之趣兴，此皆皮肤淫滥之蠢物耳。如尔则天分中生成一段痴情，吾辈推之为'意淫'。'意淫'二字，惟心会而不可口传，可神通而不可语达。"

"意淫"是作者曹雪芹对"情"的一种阐释，"意淫"不同于皮肤淫滥、云雨之欢，而是"儿女真情"，有泛爱、体贴、痴情之意。作者塑造警幻仙姑这一形象，更多的是从精神层面与宝玉的灵魂对话，阐发出作者创作的目的而诠释"情"的主旨。

最后，警幻以其妹"兼美字可卿者，许配于汝"，目的是让宝玉"改悟前情，留意于孔孟之间，委身于经济之道"，从而不负祖先厚望，成为贾府众多子孙中唯一可望"继业"之人。"鲜艳妩媚，有似乎宝钗，风流袅娜，则又如黛玉"、乳名"兼美"的可卿，乃是曹雪芹塑造的一个理想人物（"黛钗合一"），成为宝玉一生与钗黛感情纠葛的一个象征。

警幻仙姑启悟宝玉的种种手段都未能奏效，宝玉始终执迷不悟，未能"回头"，以致后来被夜叉海鬼拖下"迷津"。

警幻仙子之名，乃寓借幻设警，警其痴顽。其警示之事有三：一是痛斥皮肤滥淫之蠢物；二是赞美、咏叹、激赏、歌颂青春儿女真情，叹惋、伤悼金陵十二钗的青春悲剧、爱情悲剧；三是希冀情之了悟，"寄言众儿女，何必觅闲愁"，自求大解脱，得大光明，后又以孔孟经济之训作结。

93. 多姑娘：怨恨夫君中酒，姑娘零落花丛

清平乐·多姑娘
孙可华

放情风月，轻鄙灵通洁。假假真真寻梦蝶，醉享一时欢悦。　　几分姿色招蜂，心高不免平庸。怨恨夫君中酒，姑娘零落花丛。

眼儿媚·多姑娘
李鸿国

妖冶花枝任炎冰，如火烈风迎。蛾眉醉眼，酥心摄魄，柳荡娉婷。　　更兼侠骨柔心具，怨女自多情。笑它俗世，堪怜留梦，莫说荣宁！

【品评】 孙可华　撰

曹公笔下的多姑娘，不同版本出入较大，即便是同一个版本也有不少矛盾之处。

图 3-93　多姑娘（翟海潮绘）

"程本"里晴雯嫂子和多姑娘是两个人，晴雯表哥（吴贵）和多浑虫也是两个人，多浑虫嗜酒死了，鲍二家的与贾琏鬼混被王熙凤发现上吊死了，贾琏又给鲍二找了一个媳妇叫作多姑娘。晴雯嫂在"程本"后四十回只是以晴雯表哥吴贵的妻子身份出现的。所以对于书中人物的评品，应以自己的读本为依据为好，不然会矛盾重重，争论不休。

庚辰本第21回"俏平儿软语救贾琏"，凤姐的女儿大姐儿出痘疹，凤姐要与贾琏隔房，贾琏趁机与多姑娘鬼混。书中对多姑娘做了介绍：荣国府内有一个极不成器破烂酒头厨子，名叫多官，人见他懦弱无能，都唤他作"多浑虫"。娶了一个媳妇，生性轻浮，最喜拈花惹草，多

浑虫又不理论，只是有酒有肉有钱，便诸事不管了，所以荣宁二府之人都得入手。众人都呼他作"多姑娘儿"。

庚辰本第 77 回"俏丫鬟抱屈夭风流"，却又这样交代晴雯及其嫂子的来历：这晴雯当日系赖大家用银子买的，贾母见她生得伶俐标致，十分喜爱，故此赖嬷嬷就孝敬了贾母使唤，后来到了宝玉房里。这晴雯进府后，又将其姑舅哥哥，求了赖家的收买进来吃工食，并将家里一个女孩子配了他。谁知她姑舅哥哥"一朝身安泰，就忘却当年流落时，任意吃死酒，家小也不顾。偏又娶了个多情美色之妻，见他不顾身命，不知风月，一味死吃酒，便不免有兼葭倚玉之叹，红颜寂寞之悲"。这媳妇遂恣情纵欲，"满宅内便延揽英雄，收纳材俊，上上下下竟有一半是他考试过的"。"若问他夫妻姓甚名谁，便是上回贾琏所接见的多浑虫灯姑娘儿的便是了。"在这里清楚地交代了晴雯嫂子，就是"多浑虫灯姑娘儿"。

我们且不理会这些矛盾，还是以庚辰本的先入为主，把晴雯嫂子和多姑娘看成是一个人，来表明对曹公写多姑娘（晴雯嫂）所表达的内涵之意。

曹公对多姑娘（晴雯嫂）的描写表面上是一个"淫妇"，我倒认为曹公是要把她描写成为一个有个性、有反抗精神、美貌异常、性感多情之人。只因多浑虫"不顾身命，不知风月，一味死吃酒"，而不甘心于命运的操弄，致使多姑娘做出如此的行为。

曹公对晴雯嫂子最突出的人性描写为：宝玉探望病危的晴雯，两人的对话和行为，被晴雯嫂听得一清二楚。多姑娘进来，乜斜醉眼，笑道："呸！成日家听见你风月场中惯作工夫的，怎么今日就反讪起来。""我等什么似的，今儿等着了你。虽然闻名，不如见面，空长了一个好模样儿……倒比我还发讪怕羞。可知人的嘴一概听不得的。……我进来一会在窗下细听，屋内只你二人，若有偷鸡盗狗的事，岂有不谈及于此，谁知你两个竟还是各不相扰。可知天下委屈事也不少。如今我反后悔错怪了你们。既然如此，你但放心。以后你只管来，我也不罗唣你。"此一段，可以看出宁荣两府内以讹传讹的事情层出不尽，同时看出晴雯嫂子的善良明理，并非是一个自私的花痴淫妇。开始，她虽然对宝玉不无垂涎之意而调戏，但是最终却敬重宝玉的人品，又为晴雯和宝玉的纯洁感情所打动。她不仅没再骚扰宝玉，还满怀同情地为宝玉和晴雯遭受误解而打抱不平。说明晴雯嫂子的心灵是善良的。

曹公笔下的多姑娘（晴雯嫂），视"三从四德"为粪土，视纨绔子弟为玩偶。因此，对晴雯嫂子这位多姑娘的风流韵事也仅以"满宅内便延揽英雄，收纳材俊，上上下下竟有一半是他考试过的"诙谐幽默地表现其人性的温情美好与多姿多彩，以及对现实的不满与反抗之意。在此，笔者谨以四句五绝描绘曹公笔下的这位多情之人：

放情云雨中，沉醉有钱公。

来去不迎送，花香一阵风。

94. 马道婆：损福惯收钱，歹毒迷心窍

卜算子·马道婆

李金娥

损福惯收钱，歹毒迷心窍。观色闻声胆愈狂，不耻行奸道。　　行魔
两头奔，招数知多少。终究风催断命根，尽是阴间报。

【品评】 李金娥　撰

马道婆是《红楼梦》中一个丑陋的人物形象，利用邪术害人，到处蒙骗钱财。书中对她的着墨虽然不多，但给人留下了难以忘却的印象。

第20回，贾环与莺儿玩游戏输了钱，吵闹起来被赵姨娘训斥，恰巧王熙凤听见了就大骂赵姨娘："他现在是主子，不好了，横竖有教导他的人，与你什么相干？"作为晚辈的王熙凤，对她姨娘地位的藐视，引发赵姨娘对凤姐的仇恨，卑微的生命也有尊严、也有反抗。

第25回"魇魔法姊弟逢五鬼"，贾环放学回来，王夫人命他抄《金刚咒》。王夫人的几位丫鬟素日厌恶他，只有彩霞和他合得来，倒了茶给他。不多时，宝玉也来了，躺在床上拉着彩霞的手说笑。贾环素日恨宝玉，今见他和彩霞玩耍，越发咽不下这口气，故作失手，

图 3-94　马道婆（采自《增评补像全图金玉缘》）

将一盏油汪汪的蜡烛推在宝玉脸上。凤姐用话挑唆，王夫人让人叫来赵姨娘骂了一通。

赵姨娘素日常怀嫉妒之心，不忿凤姐、宝玉两个，如今贾环又生了事，只好吞声承受。这日宝玉寄名的干娘马道婆来给贾母请安。见了宝玉，唬一大跳，问起原由，就向宝玉脸上用指头画了一画，说道："管保就好了……大凡那王公卿相人家生的子弟，只一生长下来，暗地里便有许多促狭鬼跟着他。"贾母便问："这有什么佛法解释没有呢？"马道婆道："只是替他多作些因果善事。"为此骗了贾母每日五斤香油供奉菩萨。

马道婆趁机又和赵姨娘私混在一起，马道婆察言观色，怂恿赵姨娘将素日对宝玉、王熙凤的嫉恨和盘托出。她为了谋夺家产竟然想暗地里害死宝玉和王熙凤，不惜血本拿出自己的私房钱，随即写了五百两银子的欠契，印了个手模。马道婆见目的达到，就在裤腰里掏出十个纸铰的青面白发的鬼来，并两个纸人，递与赵姨娘，又悄悄地教她道："把他两个的年庚八字写在这两个纸人身上，一并五个鬼都掖在他们各人的床上就完了。我只在家里作法，自有效验。千万小心，不要害怕！"果不其然，这日宝玉正拉着黛玉的袖子嘻嘻笑，忽然"嗳哟"了一声，说："好头疼，我要死！"将身一纵，益发拿刀弄杖，寻死觅活的，登时园内乱麻一般。又见凤姐手持一把明晃晃钢刀砍进园来，见鸡杀鸡，见人就要杀人。正闹得天翻地覆，多亏一个癞头和尚、跛足道人，持颂宝玉重付灵光，令叔嫂相继转危为安。甲戌本第25回眉批："宝玉乃贼婆之寄名干儿，一样下此毒手，况阿凤乎？三姑六婆之害如此，即贾母之神明，在所不免。其他只知吃斋念佛之夫人太君，岂能防范的来？此系老太君一大病。作者一片婆心，不避嫌疑，特为写出，使看官再四着眼，吾家儿孙慎之戒之！"（第343页）

"程本"续书第81回，王夫人道：刚才老爷说宝玉的干娘竟是个混账东西，前几天被人告发的。原来有个名唤潘三保的，把房子卖给了当铺，价钱很高还要加，当铺里哪里还肯。潘三保买嘱马道婆使了邪术，叫当铺里内人抱恙，马道婆说这个病自己能治，就向内眷们要了十几两银子。这一天着急回去，掉了一个绢包便回来找。当铺里人诧异，把她拿住，身边一搜，都是祸害人的物品，立刻送到锦衣府去了，马道婆被判了死罪，这真是"善有善报，恶有恶报"。

95. 詹光和单聘仁：贾府阿谀奉承的清客

清平乐·詹光

李金娥

豪门清客。谈吐皆甜蜜。修造观园施良策。处事顺风观色。　　捧场更是周详。影随自是沾光。仰息敛财取巧，终归福浅心凉。

清平乐·单聘仁

李金娥

贾妃归省。采买皆荣幸。意下姑苏观风景。解闷全凭奴性。　　才颖从不崇仁。阿谀只为金银。好梦终成泡影，何言鸿运敲门。

【品评】 李金娥　撰

在《红楼梦》的人物画廊上，曹公还塑造了几个虽是文人却无法保全文人风骨的清客形象，如詹光、程日兴、单聘仁等。看单聘仁这个名字，就知他巧舌如簧，善于察言观色，善于揣摩主人的意图，而见风使舵，也是他的基本功。

图 3-95　詹光、程日兴、单聘仁
（采自《增评补像全图金玉缘》）

贾政应该算是正统的官员，但过于呆板和迂腐，他有个嗜好，就是养一帮子清客，没事就一起清谈。若是没有这些人的存在，贾政的生活就索然无趣了。

第 8 回，这日贾宝玉去看望薛宝钗，偶遇他父亲门下清客詹光（甲戌侧批：妙！盖沾光之意）、单聘仁（甲戌本侧批：更妙！盖善于骗人之意）二人见了宝玉，便都笑着赶上来，一个抱住腰，一个携着手，都道："我的菩萨哥儿（甲戌侧批：没理没伦，口气毕肖），我说作了好梦呢，好容易得遇见了你。"说着，请安，又问好。唠叨了半日，方才走开（第 113 页）。宝玉是贾政的嫡子，是少东家，他俩自然要努力巴结奉承。

第 16 回，为迎元妃归

省，贾蔷下姑苏聘请教习、置办乐器行头等事，便带着单聘仁、卜固修两个清客相公，一同前去。詹光擅长园林规划，也参与了大观园建造。因贾政不惯于俗务，只凭贾赦、贾珍、贾琏、赖大、詹光等人安插摆布。从大观园最终的完成效果看，这些清客们的才艺不可否定。他们都属于知识分子阶层，把毕生学来的本事，卖与百年望族贾府，也许这就是随波而动，随遇而安。

在封建社会，能读得起书的肯定不是普通家庭，想必也见过大世面，都有一技之长。或因命运多舛等原因，难入仕途，就以闲情逸趣取悦财势。詹光他们朝叩富儿门，暮随肥马尘，残杯与冷炙，到处潜悲辛。

第26回，薛蟠骗宝玉出园做客，作陪的人就有詹光、程日兴、单聘仁等人，可见这些清客们与贾府来往密切。第42回，宝玉、宝钗等议论惜春画《大观园图》，宝玉提道："詹子亮的工细楼台就极好，程日兴的美人是绝技。"说明这些清客们确有一些真才实学。

第84回，贾政试了宝玉一番才学，心里却也喜欢，走向外面和那些门客闲谈。说起方才的话来，便有新来的一位清客说道："据我们看来，宝二爷的学问已是大进了。"贾政道："那有进益，不过略懂得些罢咧，'学问'两个字早得很呢。"詹光道："这是老世翁过谦的话。……就是我们看，宝二爷必定要高发的。"贾政笑道："这也是诸位过爱的意思。"

詹光善解人意，能陪贾政吟诗作对、取乐开心，善于转圜迎合也是他处世的一大妙法。俗话说：吃人嘴软，拿人手短。为了五斗米，不得不折腰。由此可见，充当帮闲大脑要管用，嘴皮要灵活，否则是挤不进帮闲行列的。

"程本"续书第92回，詹光和贾政下棋其乐融融。詹光善于窥察主人心思，应付主人的各项爱好与需求，纵然胸藏丘壑，依然是对主人的一阵阵的奉承，到头来失去了独立的人格、做人的尊严。那笑脸背后也许蕴含着更多的无奈和无助，为了生存而托身贾府，无非是借助权势谋财获利罢了。

俗话说："千里搭凉棚，没有个不散的筵席。"单聘仁、程日兴、詹光等清客们是否能洞察到这种好日子不会长久啊。天有不测风云，贾府大厦倾覆，他们自然各奔前程，有谁能记住曾经发生的事情和场面呢！

96. 卜世仁和倪二：六亲不认的"狠舅"和侠义金刚

定风波·卜世仁

李金娥

惧内何曾不可怜。沉浮商海遇风寒。处事心虚皆本质。吝啬。诤言犹在血缘连。　　但把仁慈抛脑后。娘舅。亲情不惜惜金钱。香料虽真闲袖手。终究。难来福报梦如烟。

定风波·倪二
李金娥

混迹江湖运气强。衣冠不整也风光。善恶分明移本性。觉醒。近邻有难动心肠。　　莫道泼皮无大爱。情在。倾囊相助又何妨。纵使身微能焕彩。豪迈。醉行侠义是金刚。

清平乐·倪二
李锡庆

醉中清醒，犹识春风影。听得比邻言欲哽，岂管囊中无剩！　　休看貌似癫狂，衣冠不整何妨？谁道泼皮无赖，分明侠义金刚。

图 3-96　卜世仁和倪二（翟海潮绘）

【品评】李金娥　撰

　　卜世仁和倪二是曹公塑造的两个性格和为人截然不同的小人物。卜世仁（谐音"不是人"）是香料铺的主人，他虽为贾芸的亲舅舅，但却六亲不认；倪二，绰号"醉金刚"，是贾芸的街坊，虽是一个"专放重利债，在赌场吃闲钱"的市场泼皮，却颇有侠义之举。

　　第24回"醉金刚轻财尚义侠"，庚辰本回前总批："夹写醉金刚一回，是处中之大文字，聊醒看官倦眼耳，然亦书中之必不可少之文字，必不可少之人，今写在市井俗人身上，加一'侠'字，则有大深意存焉。"（第320页）

　　贾府修建大观园衍生了许多职位，贾芸欲贿赂王熙凤谋个差事。

这天贾芸出了荣国府一路思量，便一径往他母舅卜世仁家来。原来卜世仁现开香料铺，方才从铺子里回家，忽见贾芸进来。贾芸明言道："我有一件事，用些冰片麝香使用，好舅舅每样赊四两给我，八月里按数送了银子来。"卜世仁冷笑道："再休提赊欠一事。"他是担心贾芸出去胡闹，说铺子里有规定，"再不许替亲友赊欠"。又说这个货紧缺，都是推托之词，可窥见卜世仁吝啬的一面。在利益和帮助之间，卜世仁想得更多的是明哲保身，贾芸听了只道，巧媳难做无米之炊，亏我脸皮薄不来缠舅舅。舅舅唠叨不堪，舅妈又冷言冷语连一顿饭都不让吃，真是人情冷暖世态炎凉。

且说贾芸赌气离开了母舅家门，心下正自烦恼，不小心一头撞在正从欠钱人家索了利钱、吃醉回来的近邻"醉金刚"倪二身上。他刚要发作，认出是贾芸，便道："原来是贾二爷，我该死，我该死！这会子往那里去？"倪二虽是个彻头彻尾的泼皮，平日里专放重利债，在赌场吃闲钱的人，今却帮贾芸渡难关，说："不妨不妨，有什么不平的事，告诉我，替你出气。这三街六巷，凭他是谁，有人得罪了我醉金刚倪二的街坊，管叫他人离家散！"可看出倪二极讲义气。当贾芸把在舅舅家碰壁的事说了之后，倪二的反应是致力守节地道："要不是令舅，我便骂不出好话来……你也不用愁烦，我这里现有几两银子，你若用什么，只管拿去买办。""我在外头有名放帐，你却从没有和我张过口。也不知你厌恶我是个泼皮……这银子我是不要利钱的，也不厓写文约，若说怕降低了你的身分，我就不敢借给你了，各自走开。"庚辰本侧批："仗义人岂有不知礼者乎？何尝是破落户？冤杀金刚了。"（第325页）

贾芸心下自思："素日倪二虽然是泼皮无赖，却因人而使，颇的有义侠之名。"贾芸忙说："老二，你果然是一条好汉……今日既蒙高情，我怎敢不领，回家按例写了文约过来便是。"倪二道："既说'相与交结'四个字，如何放帐给他，使他的利钱！""你要写什么文契，趁早把银子还我。"说完果然从搭包里掏出十五两三钱有零的银子。这倪二的慷慨和义气，就是和贾芸交好的筹码。"仗义每从屠狗辈"，倪二的品格相当可贵，乃一大亮点。

"程本"续书第104回，说倪二喝醉酒在贾雨村轿前撒泼，被抓又哀求，许是扭曲了曹公的原意。再回头看卜世仁虽是表面光鲜的老板，就知贾芸不得势，眼光浅、格局小，限定了他为人处事。再看柳湘莲的义气太刚硬，致使三姐着迷自刎，自己也剃度出家。反观倪二这泼皮，胸襟阔见识多，一番醉意操作，充满了侠义。倪二仗义疏财，被人们歌颂，卜世仁无非吝啬点也无大错，而被人们骂。

97. 戴权和夏守忠：大权在握、下手重的太监

鹧鸪天·戴权
李金娥

莫说阉奴愧祖先，荣华尽享附朝权。能传好言交情厚，善用高招世路宽。 龙禁尉，逗蜂轩。纲常已乱势遮天。登场恰遇云翻卷，唯恐风来运气偏。

鹧鸪天·夏守忠
李金娥

依附朝权日子红，常亲富贵命途通。元妃得势来添彩，一手遮天能蔽龙。 宣御旨，抖威风。频繁打劫自留踪。贪心将把宗根断，阉尹从来未守忠。

【正宫·六幺遍】夏守忠
李鸿国

权依重，承东风。宣懿诏旨，木蠹僵虫。金银俱拢，遮云蔽龙。 骄奢打马扬场纵，何终，区区一宦乱清宫。

【品评】 李金娥　撰

在《红楼梦》中，曹公精心塑造了戴权（谐音"大权"）、夏守忠（也称夏秉忠）等能接近皇权而位高权重的太监形象，对贾府"烈火烹油，盛筵必散"起着重要推动作用。

第13回，那贾敬闻得长孙媳妇秦可卿死了，岂肯回家染红尘，丧事任由贾珍料理。贾珍觉得儿子贾蓉不过是个黄门监，灵幡经榜上写时不好看，可巧这日早有大明宫掌宫内相戴权先备了祭礼后坐了大轿，打伞鸣锣亲来上祭。贾珍忙让至逗蜂轩献茶。蜂能蜇人，在古代蜂还有一层意思，是历史久远的四大骗局"蜂麻燕雀"之首，与现在的某些大型骗局一样。此时贾珍便说要给贾蓉捐个前程，戴权会意，因笑道："想是为丧礼上风光些。"贾珍忙笑道："老内相所见不差。"戴权道："事倒凑巧，正有个美缺。如今三百员龙禁尉短了两员，昨儿襄阳侯的兄弟老三来求我，现拿了一千五百两银子，送到我家里。你知道，咱们都是老相与，不拘怎么样，看在他爷爷的分上，胡乱应了。还剩了一个缺，谁知永兴节度使冯胖子来求，要与他孩子捐，

我就没工夫应他。既是咱们的孩子要捐，快写个履历来。"看戴权说得多亲近多漂亮，别人哪有这机会。戴权看完履历，回手让贴身的小厮收了，说道："回来送与户部堂官老赵，说我拜上他，起一张五品龙禁尉的票，再给个执照，就把这履历填上，明儿我来兑银子送去。"小厮答应了，临上轿，贾珍因问："银子还是我到部兑，还是一并送入老内相府中？"戴权道："若到部里，你又吃亏了。不如平准一千二百银子，送到我家就完了。"这明为买官实则假公济私，其权大遮天也。

第 16 回，贾政的生辰，闹热非常。忽有门吏忙忙进来，至席前报说："有六宫都太监夏老爷来降旨。"唬得贾赦、贾政等人忙撤去酒席摆了香案，启中门跪接。早见六宫都太监夏守忠乘马而至，前后左右又有许多内监跟从，那夏守忠也并不曾负诏捧敕，至檐前下马，满面笑容，口内说："特旨：立刻宣贾政入朝，在临敬殿陛见。"看夏守忠昂然而入、扬长而去的气场，令贾母等惶恐至极，不住的使人飞马来往报信。一会管家赖大回来说明情况道："是夏太监出来道喜，说咱们家大小姐晋封为凤藻宫尚书，加封贤德妃。"贾母等听后立刻心花怒放。估计夏守忠知道此事非要卖一个关子，可见他的计谋多深能量有多大。也许夏守忠根本没把正在走下坡路的贾府放在眼里。

第 23 回，黛玉、宝钗等姐妹们入住大观园，是贾妃命太监夏守忠到荣国府下的一道谕。可见他多次替元妃办事，犹如与贾府联系的一条纽带。第 28 回，贾妃打发夏太监给贾府送了一百二十两银子，叫在清虚观初一到初三打三天平安醮。贾妃每行一步如履薄冰，看来她的命脉已经掌握在夏守忠手里了，为此贾府一直秉承讨好的姿态，在钱财上尽力供给。

第 72 回，贾琏因资金周转有缺口而愁眉不展，忽然有人回"夏太府打发了一个小内监来说话"。贾琏听了道："又是什么话，一年他们也搬够了。"只听小太监说："夏爷爷因今儿偶见一所房子……打发我来问舅奶奶家里，有现成的银子暂借

图 3-97　戴权和夏守忠（翟海潮绘）

一二百。""夏爷爷还说了，上两回还有一千二百两银子没送来，等今年年底下，自然一齐都送过来。"

随着贾妃失宠，贾府在朝中没有了靠山，那些见风使舵的太监们，自然会落井下石，趁机以各种名目向贾府索要银子。夏守忠等几个太监更加肆无忌惮，来敲诈钱财，而且下手颇重，这也许就是其名字夏守忠（谐音"下手重"）之涵义所在。贾府却丝毫不敢怠慢，让这百年旺族走向衰败的脚步越来越快。如今贾府安富尊荣者尽多，运筹谋划者无一，最终"落了片白茫茫大地真干净"。

98. 张道士和王一贴："官场道士"和"江湖道士"

生查子·张道士
李金娥

名气欲蒸云，处事随风转。奉承赖替身，笑柄何曾断。　　巧舌为提亲，赠宝偏添乱。虽把善门开，终归道行浅。

清平乐·王道士
李金娥

初心已变。药劲风吹散。弄假终因灵根断。歪道贯通钱眼。　　行事更是荒唐。胡诌疗妒神方。积善能移本性，何时洒爱无偿。

【品评】李金娥　撰

在《红楼梦》中，曹公对僧人、道士这等社会现象进行了剖析和描绘。虽然他们出场不多，却让场面和故事走向发生重大改变。

第29回，混得风生水起的张道士，虽是化外之人却不可小觑。贾贵妃送了银子，让在清虚观打三天平安醮。只见荣国府门前车辆纷纷，人马簇簇。贾母带领凤姐、宝玉等众人来了。只见张道士站在旁边赔笑恭迎，他出现得很关键，贾珍知道他是当日荣国府国公的替身，曾经先皇御口亲呼为"大幻仙人"，如今现掌"道录司"印，又是当今封为"终了真人"，现今王公藩镇都称他为"神仙"，所以不敢轻慢。张道士被贾珍搀了进来，哈哈笑道："无量寿佛！老祖宗一向福寿安康？众位奶奶小姐纳福？一向没到府里请安，老太太气色越发好了。"贾母笑道："老神仙，你好？"张道士很懂心理，他知道贾母疼爱宝玉，所以闲谈时不断夸宝玉道："前日我在好几处看见哥儿写的字，作的诗，都好的了不得。"这话正切中贾母内心想法。慈眉善目的张道士在贾府众人面前依然表现得卑微、低调，主动取悦于贾母等人。他把话锋一转叹道："我看见哥儿的这个形容身段，言谈举动，怎么就同当日国公爷一个稿子！"说着两眼流下泪来。这无疑勾起了贾母对夫君的温馨回忆，俩人产生了共情，如此一来，贾母能不认可张道士吗？由不得满脸泪痕。

张道士善于应变，他许是受了一个人物的委托，当面给宝玉提亲，贾母听了不舒服。原来贾元春未顾念贾母的想法，送给宝钗和宝玉相同的节礼"芙蓉簟和凤尾罗"。贾母心想，这会你们又联手干涉我定好的"木石姻缘"，因而婉言拒绝道："上回有个和尚说，这孩子命里不该早娶，等再大一大儿再定罢。"面对这种尴尬的局面张道士绝不纠结，随即调整了心态，若无其事地换了话题，随机应变的能力之强令人敬佩。张道士很会造声势，又能抓住机会，他用托盘请来宝玉的通灵宝玉，让道士们瞻仰祈福，既显示了自己的实力，又巩固自己的地位，如此操作令人叹服，接着回赠重礼以示报恩。贾母不想收，宝玉心中不痛快笑道："老太太，张爷爷既这么说……不如叫小子们捧了这个，和我出去散给穷人罢。"

张道士见状，又无奈又心疼，这哪里像个不理俗物的化外之人。可宝玉的话让贾母心里畅快很多。贾母在那一盘子宝物中看见有个赤金点翠的麒麟，而后借宝钗之口点明，史湘云也有一个金器。至此惹得宝玉砸玉、黛玉剪玉穗，真可谓滴水起风波。

第 80 回，天齐庙有个当家的王道士，挂着招牌卖狗皮膏药，都给他起个诨号"王一贴"。这日宝玉随人来烧香还愿，复回静室，看见王一贴进来，宝玉道："可有贴女人的妒病方子没有？"王一贴听说拍手笑道："这可罢了。不但说没有方子，就是听也没有听见过。"他张口又说："贴妒的膏药倒没有，倒有一种汤药或者可医，只是慢些儿。"宝玉道："什么汤药，怎么吃法？"王一贴道：有一种"疗妒汤"，"用极好的秋梨一个，二钱冰糖，一钱陈

图 3-98　张道士和王道士（翟海潮绘）

皮，水三碗，梨熟为度，每日清早吃这么一个梨，吃来吃去就好了"。宝玉有些不信，王道士说："一剂不效吃十剂……吃过一百岁，人横竖是要死的，死了还妒什么！那时就见效了。"宝玉骂他"油嘴的牛头"，王一贴又告诉宝玉："连膏药也是假的。我有真药，我还吃了作神仙呢。说真的，跑到这里来混？"因为他的诚实可爱把宝玉逗乐了。但就因为王道士这个态度反而教育了宝玉，因为他爱黛玉又喜欢姐妹们，这剂药让他开了窍，弱水三千，只取一瓢饮。

张道士作为出家人能得到社会上各方人士认可，历经两朝而不倒，生存能力和适应能力颇值得借鉴。王道士虽然是个江湖骗子，但很会开导人，什么年代都需要这种人存在。曹公让这些僧道们丰富了《红楼梦》人物的画廊，再现了人生百态，对我们也颇有启迪。

99. 净虚和智能儿：身在庵中心不净

生查子·净虚
李金娥

仗势亦烧香，污迹何曾少。敛财黑手长，处事多邪道。　　饶舌祸开端，棒打鸳鸯鸟。心毒断缘根，诚然有阴报。

鹧鸪天·净虚
李锡庆

衔内烧香启祸初，金哥容貌竟何辜？老尼饶舌开清戒，情侣生身赴死途。　　焉有净？几曾虚？分明龌龊母於菟。三千银两天知否？从此沙门人亦污。

清平乐·智能儿
李金娥

佛慈风恶。相惜何言错。爱洒灯前情难却。频送秋波执着。　　蜜语纵使能聆。孰知心困深庭。禅意难修秉性，今生恍若浮萍。

【品评】李金娥　翟海潮　撰

净虚，水月庵（即馒头庵）的老尼，智能儿的师父。净虚首次出现在第7回，她带着徒弟智能儿来贾府拜访，并和贾府管各庙月例银的亲信"咕唧了半日"。

第 15 回 "王凤姐弄权铁槛寺　秦鲸卿得趣馒头庵"，秦氏之丧，大家皆在铁槛寺下榻，独有凤姐带着宝玉、秦钟到水月庵暂住。净虚乘机向凤姐说："我正有一事，要到府里求太太，先请奶奶一个示下。"这是一桩婚姻诉讼，求凤姐从中帮助运作：张姓财主有个女儿金哥，先已聘原任长安守备公子，后又被长安府太爷的小舅子李衙内看中；张家意欲退亲，守备家偏不许退定礼，就打官司告状起来。那张家急了，只得找人上京一寻门路。净虚想到如今长安节度云光与贾府关系最契，想托凤姐从中斡旋一下，"若是肯行，张家连倾家孝顺也都情愿"。凤姐笑道："这事倒不大，只是太太再不管这样的事。……我也不等银子使。"

老尼察言观色，工于心计道："张家已知我来求府里……好像府里连这点子手段也没有的一般。"这毒辣的激将法马上见效，凤姐道："从来不信什么是阴司地狱报应。""你叫他拿三千银子来。"然后凤姐借贾琏之名暗中操作。凤姐"替他出这口气"的结果，金哥儿与未婚妻双双自尽，以示抗争。作为出家人，净虚充当了一个十分卑鄙的角色。

智能儿自幼在荣国府走动，与府里的少爷小姐都很熟悉。第 7 回，周瑞家的送宫花时，在四姑娘房里，"只见惜春正同水月庵的小姑子智能儿一处顽耍呢"。惜春与智能儿的接触，似乎为日后惜春出家，做些感情上的铺垫，并非作者闲笔。

第 15 回不仅是凤姐弄权的重头戏，也是智能儿与秦钟的重头戏。宝玉和秦钟来到正殿上玩耍，见智能儿过来，宝玉笑道："能儿来了。"秦钟说："理那东西作什么？"宝

图 3-99　智能儿（采自《红楼梦图咏》）

玉笑道："你别弄鬼，那一日在老太太屋里，一个人没有，你搂着他作什么？这会子还哄我。"宝玉一语点破了他与智能儿的关系。原来那智能儿常与秦钟玩笑，如今渐知风月，便看上了秦钟人物风流，那秦钟也极爱她妍媚，两人早已情投意合了。甲戌本侧批："补出前文未到处，细思秦钟近日在荣府所为可知矣。"（第194页）

智能走去倒了茶来，秦钟笑说："给我。"宝玉又叫："给我。"智能儿抿着嘴儿笑道："一碗茶也争，我难道手里有蜜！"这话是典型的看似无情却有情，今智能见了秦钟，心眼俱开。谁想秦钟趁黑无人来寻智能，只见智能独在房中洗茶碗，便跑来搂着亲嘴。智能儿急得跺脚说："这算什么！再这么我就叫唤。"秦钟求道："好人，我已急死了。你今儿再不依，我就死在这里。"智能道："你想怎样？除非等我出了这牢坑，离了这些人，才依你。"秦钟道："这也容易……"说着，一口吹了灯，满屋漆黑，将智能抱到炕上，就云雨起来。正在得趣，宝玉将他俩按住，"羞的智能趁黑地跑了"。庚辰本第15回眉批："实表奸淫，尼庵之事如此。"（第197页）

第16回"秦鲸卿夭逝黄泉路"，智能儿不顾一切，跑来探视秦钟。这说明智能儿对秦钟的感情是很真挚的，她认为秦钟就是她的依靠和救星，只是悲剧的色彩已经显露。没想到被秦父发现，智能儿被逐。秦钟本就抱恙又挨打，又见老父气死，不久也就死了。在他生命垂危之际，依然挂念着智能儿，只是他已经无能为力了。智能儿在《红楼梦》故事中，也不知所终。

100. 跛道和癞僧：莫道无稽绪，天渺茫茫语

甘草子·癞僧跛道
李鸿国

谁度，埂青峰处，钗惜千红女。莫道无稽绪，天渺茫茫语。　　香冷隐真玉成汝。籍一石、参禅拂露。苏醒尘缘几多侣，柳絮空空舞。

七律·癞头和尚和跛足道人
刘庆珍

道骨仙风迥异身，疯癫虚幻下凡尘。
除邪弄法真犹假，疗疾胡言假亦真。
直教痴情生顿悟，但为惑事指迷津。
凭谁难舍荣华梦，好了歌中警世人。

【品评】翟海潮　撰

　　《红楼梦》中的一僧一道，一个是癫头和尚，一个是跛足道人。从第1回到120回他们忽隐忽现，凡故事发展到大关节、大关键处，便有他们的声音和身影出现。女娲补天遗下一石，"经煅炼之后，灵性已通"，被这一僧一道带入凡世。又以空空道人之像，在大荒山无稽崖青埂峰下抄录了这个故事，使《红楼梦》有一个神奇怪诞的开头和结尾。

　　一僧一道既是两个神仙般的人物，又是两个凡间僧道的形象。第1回中见到的一僧一道"生得骨格不凡，丰神迥异"，一副仙风道骨。但是，突然变成了，"那僧则癫头跣脚，那道则跛足蓬头，疯疯癫癫"。第25回，对癫头和尚的描述是："鼻如悬胆两眉长，目似明星蓄宝光。破衲芒鞋无住迹，腌臜更有满头疮。"对跛足道人的描述是：

"一足高来一足低，浑身带水又拖泥。相逢若问家何处，却在蓬莱弱水西。"

　　时隐时现的癫僧、跛道作为智慧的化身，甲戌本第3回脂批曰："通部书中，假借癫僧、跛道二人，点明迷情幻海中有数之人也。"（第38页）细心的读者可以看出，癫头和尚侧重度女，跛足道人侧重引男。

　　英莲失踪前癫头和尚曾要求度化她出家以避免灾祸，林黛玉在小时候也曾被其要求出家但也拒绝了。所以，英莲最终没有逃过失踪和成为薛蟠女人的命运，而林黛玉也没有做到癫头和尚所说的"除非从此以后总不许见哭声，除父母之外，凡有外姓亲友之人，一概不见，方可平安了此一世"。薛宝钗因为从娘胎里带有热毒，有了癫头和尚给的冷香丸药方，

图 3-100　跛道和疯僧（采自《增评补像全图金玉缘》）

才把她度成了一个冷眼观世、乖巧慧心的女性。

跛足道人从《好了歌》开始，度化了甄士隐，也在警醒世人。后面又用"风月宝鉴"欲度化陷入情欲无法自拔的贾瑞，结果未成。尤三姐自刎之后，跛足道人又度化了柳湘莲。

宝玉也与一僧一道的缘分不断，凡在危难之时，这癞头和尚必定出现，书中第25回以及"程本"续书第115回、第116回、第120回都有描述。

在第25回中，赵姨娘和马道婆联手对凤姐和宝玉施了魔魔法。二人着"魔"后，百般医治不效，被折磨得不省人事、奄奄一息。而此时，那一僧一道便奇幻般登场。男的有病了，跛足道人来瞧；女人有病了，癞头和尚来瞧。这次姐弟俩都病了，自然是"双真"都要出场了。癞头和尚与跛足道人把那块通灵宝玉"又摩弄一回，说了些疯话"，使凤姐和宝玉"三十三日之后，包管身安病退，复旧如初"，救了命悬一线的凤姐和宝玉。

在"程本"续书中，第120回贾政说："便是那和尚道士，我也见了三次：头一次是那僧道来说玉的好处；第二次便是宝玉病重，他来了将那玉持诵了一番，宝玉便好了；第三次送那玉来，坐在前厅，我一转眼就不见了。我心里便有些诧异，只道宝玉果真有造化，高僧仙道来保佑他的。"在毗陵驿地方，贾政亲眼见宝玉随僧道飘然而去。

《红楼梦》的缘由、贾宝玉的故事完全由这一僧一道导演出来，也是作者通过僧道两人对故事情节的精心布置和巧妙安排。第120回以甄士隐之口述出："前经茫茫大士渺渺真人携带下凡，如今尘缘已满，仍是此二人携归本处，这便是宝玉的下落。"贾宝玉出家，那"通灵宝玉"又被一僧一道带回青埂峰下。

附录 1　曹雪芹家族人物关系表 *

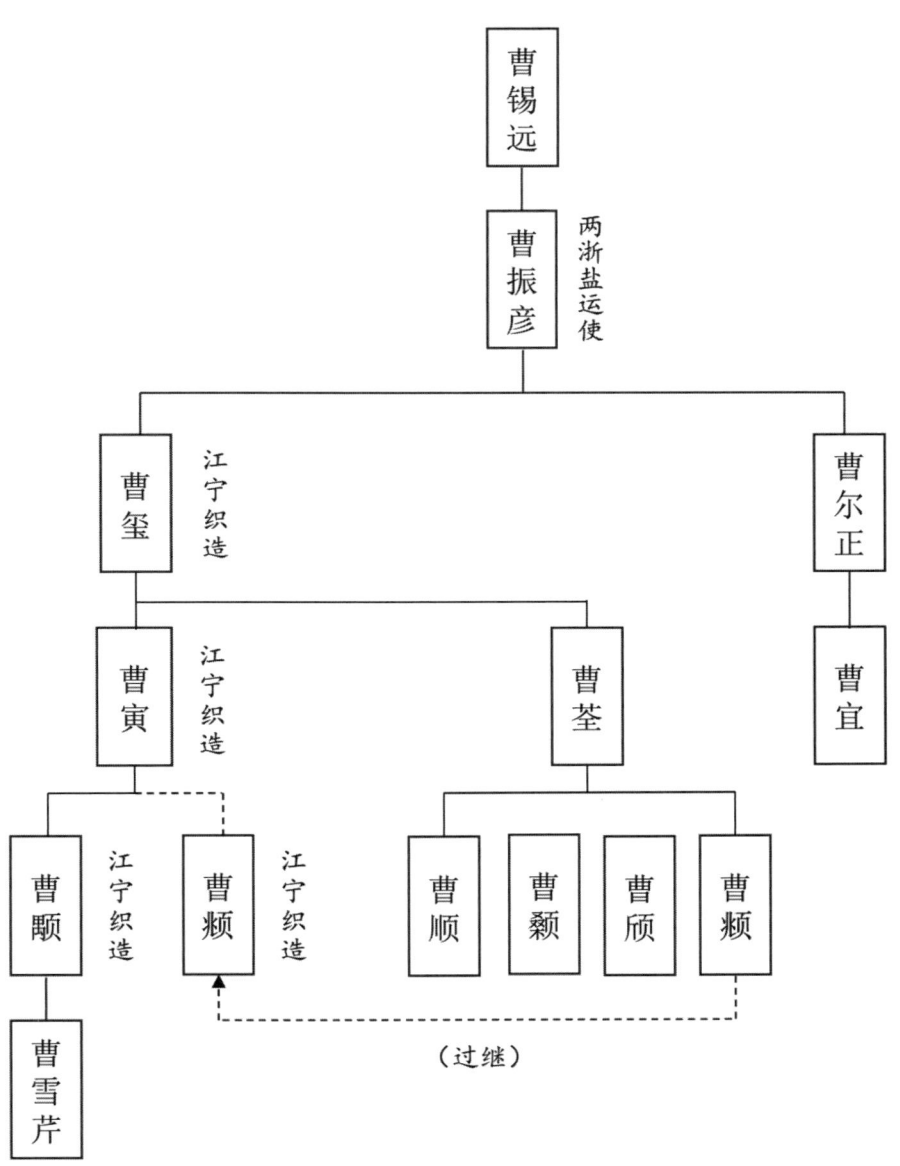

（过继）

---

* 　本表参考程乙本校注版《红楼梦》（南宁：广西师范大学出版社，2017 年）附录绘制。

附录 2 《红楼梦》四大家族人物关系表 *

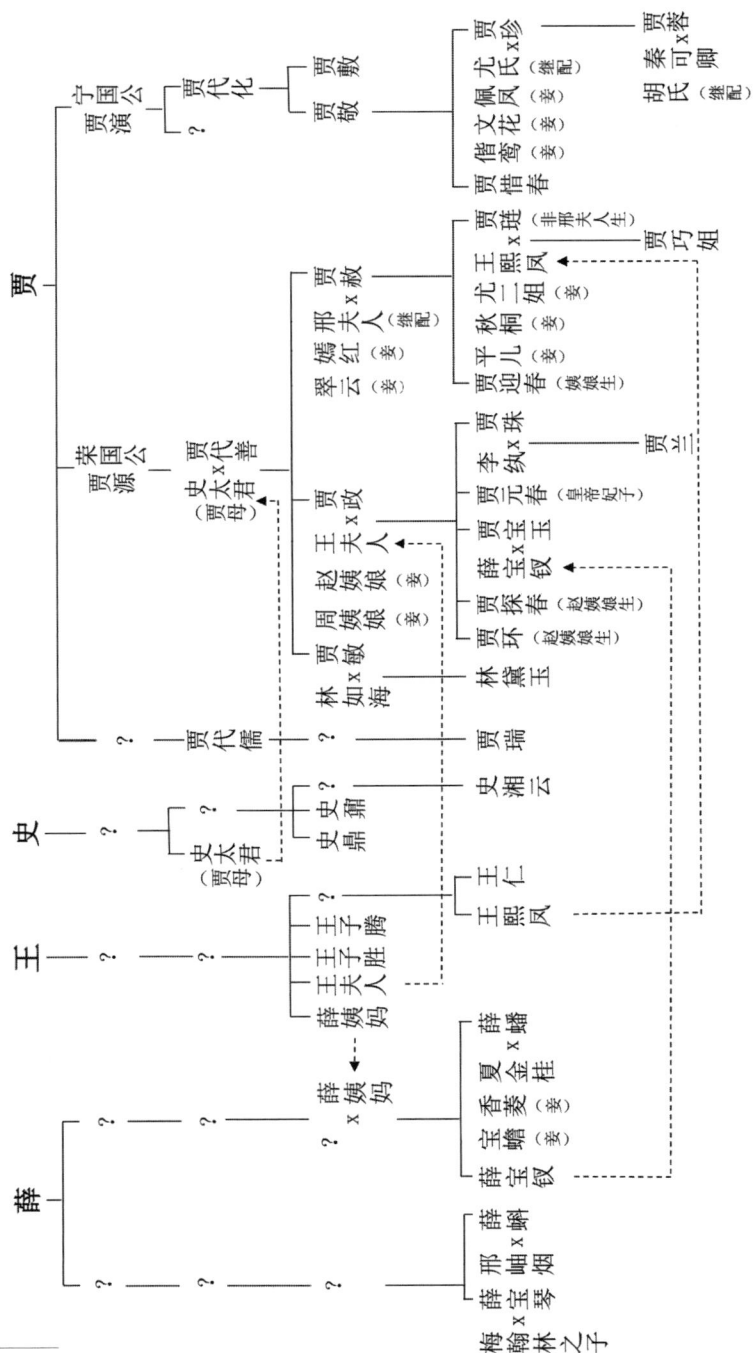

---

* 本表根据鲁迅《中国小说史略·〈红楼梦〉贾氏谱大要》，并参照有关《红楼梦》人物表整理、绘制而成。
表中标记"X"表示夫妻（妾）关系；"↑"表示此人由某家嫁往某家某人。

附录 3 《红楼梦》主要人物出场回目、回次统计表 *

序号	人物	出场回目	回次	备注
贾宝玉与金陵十二钗				
1	贾宝玉	1（暗笔），2，3，5—67，69—102，104—120	117	诗社雅号"怡红公子"，《红楼梦》主人公；第5回等25回标题人物，第9回等20回暗标题人物
2	林黛玉	1（暗笔），2，3，4，5（暗笔），7—9，12—14，16—32，34—38，40—46，48—55，57—60，62—67，70，71，73，74，76，78，79，81—87，89—92，94—100，102，104，106—111，113—118，120	98	诗社雅号"潇湘妃子"，宝玉称"颦颦"，贾母外孙女；"金陵十二钗正册"和"红楼梦十二曲"中人；第3回等15回标题人物，第19回等9回暗标题人物
3	薛宝钗	4，5（暗笔），7—9，16—60，61—67，70，71，73—87，89—92，94—104，106—120	104	诗社雅号"蘅芜君"，贾宝玉比其为"杨贵妃"；"金陵十二钗正册"和"红楼梦十二曲"中人；第8回等10回标题人物，第34回等3回暗标题人物
4	王熙凤	2，3，5（暗笔），6—8，10—16，18—25，27—31，33—58，60—79，81—86，88—114，116—118，120	109	王夫人侄女，贾琏妻；"金陵十二钗正册"和"红楼梦十二曲"中人；第7回等15回标题人物，第43回等3回暗标题人物
5	史湘云	5（暗笔），20—22，29，31—33，35—42，46，49，50，52，54—60，62，63，70，71，75，76，82，83，85，87，92，94，97，99，100，102，106，108—110，112，118	49	贾母内侄孙女，诗社雅号"枕霞旧友"；"金陵十二钗正册"和"红楼梦十二曲"中人；第62、70回标题人物，第76回暗标题人物
6	秦可卿	5，7，8，10，11，13—16，64，92，101，110，111，116，120	16	贾蓉前妻；"金陵十二钗正册"和"红楼梦十二曲"中人；第13回标题人物，第101回暗标题人物

---

* （1）本表由翟海潮根据《诗画品红楼》（北京：北京出版社，2021年）附录《〈红楼梦〉人物索引表》整理而成。

（2）本表统计数据以程乙本《红楼梦》为依据，表中标目人物，以本书下篇所列100位主要人物顺序排列。

（3）人物的出场，本表只统计出场所在的回目和回次，不统计出场次数。

（续表）

序号	人物	出场回目	回次	备注
7	贾元春	2，5（暗笔），16—20，22—24，28，29，36，53，62，65，70—72，81，83，84，86，92，93，95，96，98，99，102，105，106，110，112，116，119，120	37	凤藻宫尚书，贤德妃，谥号贤淑贵妃；"金陵十二钗正册"和"红楼梦十二曲"中人；第16、18、83、95回标题人物
8	贾迎春	2，3，5（暗笔），7，14，16，18，20—23，27—29，31，33，35，37，38，40，41，45，46，49，53，56—58，61，62，64，65，71，73，74—81，85，92，99，100，106，108，109，112，113，115，116	53	贾赦之女，庶出，诨名"二木头"，书称"懦小姐"，诗社雅号"菱洲"；"金陵十二钗正册"和"红楼梦十二曲"中人；第73、79、109回标题人物
9	贾探春	2，3，5（暗笔），7，18，20—23，27—29，33，35，37—40，42，45—51，52，55—58，60—65，70，71，73—77，81—87，89，90，92，94，95，98—102，104，108—110，112，114，118，119	68	赵姨娘所生，诨名"玫瑰花"，诗社雅号"蕉下客"；"金陵十二钗正册"和"红楼梦十二曲"中人；第56回标题人物，第55、81、100回暗标题人物
10	贾惜春	2，3，5（暗笔），7，11，18，20，21，23，25，27—29，35，37—40，42，45，46，48—50，52，55，57，58，62，64，65，71，74，75，76，82，85—88，92，94，99，102，106—113，115—120	58	贾珍胞妹，诗社雅号"藕榭"；"金陵十二钗正册"和"红楼梦十二曲"中人；第115回标题人物，第73回暗标题人物。四位小姐联名"原应叹息"
11	李纨	2，3，4，5（暗笔），7，16，18，21—23，25，27，29，31，33，35，37—40，42—46，48—56，58，60—65，68，70，71，73—76，82，85—88，92，94，95，97—99，105，107，118—110，112，115，117—120	70	字宫裁，贾珠妻，贾兰母，诗社雅号"稻香老农"；"金陵十二钗正册"和"红楼梦十二曲"中人
12	妙玉	5（暗笔），17，41，50，63，76，87，94，95，109，111—118	18	大观园栊翠庵尼姑；"金陵十二钗正册"和"红楼梦十二曲"中人；第112回标题人物，第87回暗标题人物
13	贾巧姐	5（暗笔），6，7，21，27，29，41，42，62，84，85，88，92，101，105，106，113—115，117—120	23	贾琏与王熙凤独生女；"金陵十二钗正册"和"红楼梦十二曲"中人；第92回标题人物，第118回暗标题人物
贾府的老爷、少爷、亲戚等爷们儿				
14	贾敬	2，7，10，11，13，18，45，53，63，64，68，76	12	宁国公之孙，贾珍之父，好道，服丹而亡；第63回暗标题人物
15	贾政	2—4，7—9，11—19，22，23，25，26，28，29，32—37，39，43，45，60，62，66，70—73，75—117，119，120	82	字存周，荣国公之孙，贾母之次子；第22、78、85、92、99、107回标题人物，第33回暗标题人物

（续表）

序号	人物	出场回目	回次	备注
16	贾赦	2、3、4、11—18、23—25、29、36、44—48、53、55、63—66、68—71、73、75、76、79—81、83—85、92—96、100、102、104、105—112、114、116—120	62	字恩侯，荣国公之孙，贾母之长子，"获罪释放"谓之"赦"，袭一等将军职；第46回暗标题人物
17	贾琏	2、4、7、11—16、18、19、21—25、29、33、38、42、44、46—48、53、54、58、59、62—72、74、82—86、88、92—97、99、101—107、109—120	72	贾赦之子，王熙凤之夫，书称"贾二舍""浪荡子"；第7、21、65回标题人物，第64回暗标题人物
18	贾珍	2、4、6—19、23、25、28、29、34、42、45、47、48、53、54、58、59、63—69、71、72、75、76、83、85、88、89、92、97、102、104—108、110—112、114、115、117、119、120	60	贾敬之子，世袭三品爵威烈将军；贾氏"玉"字孙辈；第88回标题人物，第13回暗标题人物
19	贾蓉	2、5—13、15、16、18、23、29、45、47、53、54、58、63、64、65、67—69、75、83、93、101、102、105—107、110、112、115、116、118、120	40	贾珍之子，贾氏"草"字头重孙辈；第13、63回暗标题人物
20	贾环	2、18、20、22—25、30、33、34、36、53、55、57、58、60—62、67、70、72、75、77、78、81、84、85、87、88、94、100、104、105、108、110、112、113、115—119	42	贾政之子，赵姨娘所生，书中称"环老三""家患"也；第84回标题人物
21	贾兰	2、4、5、9、18、22、24、26、54、55、57、58、61、62、75、77、78、87、88、92、94、97、104、105、108、110、112、113、115—120	34	贾珠、李纨之子，贾氏"草"字头重孙辈；第88回暗标题人物
22	薛蟠	3、4、8、9、13、16、19、25、26、28、29、31、33—35、37、47、48、57、62、66、67、75、78—80、83—87、90、91、95—97、99、100、103—106、108、109、114、120	46	字文起，被称为"呆霸王"，薛姨妈之子；第47、79、85回标题人物，第34、48回暗标题人物
23	薛蝌	49、57、62、85、86、90、91、96、97、100、103、105、106、108、109、114、117—120	20	薛姨妈侄；第90回暗标题人物
24	贾芸	13、23—27、29、37、53、85、88、104、111、112、115、117、118、119	18	父亲早殁，管理大观园花草树木；第118回标题人物
25	贾芹	13、23、24、29、53、88、93、94	8	第93回暗标题人物

（续表）

序号	人物	出场回目	回次	备注
26	贾蔷	9，11—13，16，18，23，30，36，105，110，117，118，119	14	宁国府近派重孙，讽喻"假墙"；第30回暗标题人物
27	贾瑞	9—12，63	5	字天祥，贾代儒长孙；第11、12回标题人物
28	秦钟	5，7—10，13—17，34，47，81	13	秦可卿弟，表字鲸卿；第7、15、16回标题人物
29	王仁	5（暗笔），14，49，95，96，101，108，114，117—119	11	贾巧姐之亲舅，"忘仁"；第118回标题人物
	邢德全	64，65，75，102，117—119	7	又称"傻大舅"，邢夫人胞弟
贾府的妻妾、嬷嬷、亲戚等女人们				
30	贾母	2，4—13，15—25，28—52，54—85，87—117，119，120	112	荣府贾代善之妻；第3、40、54、94、106、107、110回标题人物
31	王夫人	2—18，20—25，28—65，67—86，88—120	114	贾政妻；第74回暗标题人物
32	邢夫人	3，10—12，15，16，18，24，25，35，43—47，49，52—54，57，62—65，68，69，71，73—77，80—85，90—92，94，95，99，100，105—115，117—120	59	贾赦妻；第46回暗标题人物
33	薛姨妈	3，4，7，8，16，18，22，25，29，31，33—36，38，40，41，43—50，52—55，57—60，62，63，66，67，75—80，82—92，95—100，103，106，108—110，114，117，119，120	69	王夫人之妹，薛宝钗、薛蟠之母亲；第57回标题人物
34	尤氏	5，7，8，10，11，13，14，16，18，19，29，43，44，52—54，58—60，62—65，67—71，73—76，88，91，97，102，106—108，110—113，115—119	48	贾珍妻；第71回暗标题人物
35	赵姨娘	2，20，23，25，27，33，35—38，43，52，55—58，60—62，67，71—73，81，83—85，94，100，112，113，117—119	34	贾政妾，探春与贾环生母；第55、112回标题人物
36	平儿	6，7，11—14，16，21，24，25，27，29，31，35，36，38—40，42—52，55，56，59—69，71—75，83，84，88，90，92—94，97，101，102，105—114，117—120	71	贾琏妾；第21、44、52、61回标题人物，第59回暗标题人物
37	尤二姐	63—72，82，88，106，107，113，114	16	尤氏之妹，贾琏偷娶之妾；第65、68、69回标题人物
38	尤三姐	63—70，107，116	10	二姐之妹；第65、66回标题人物

（续表）

序号	人物	出场回目	回次	备注
39	香菱	1, 4, 5（暗笔）, 7, 16, 20, 24, 27—29, 33, 35, 47—50, 52, 57, 58, 62, 63, 70, 79—85, 91, 100, 103, 108, 114, 120	35	原名甄英莲，甄士隐之独女，宝钗将其更名"香菱"，夏金桂又更其名为"秋菱"；"金陵十二钗副册"人物；第4、62、80、100回标题人物，第48回暗标题人物
40	夏金桂	5（暗笔）, 79, 80, 82—87, 90, 91, 100, 103, 108, 120	15	薛蟠妻，书称"河东吼"；第79、103回标题人物
41	薛宝琴	49—54, 57, 58, 60, 62, 63, 70, 71, 73, 75, 76, 82, 83, 85, 90—92, 94, 97, 99, 100, 102, 103, 108—110, 118, 119	33	薛姨妈侄女，被称作"薛小妹"；第51回标题人物
42	邢岫烟	49—53, 57, 58, 62, 63, 73, 81, 85, 87, 90, 92, 94, 95, 99, 108—110, 114, 118	23	邢忠之女，薛蝌之妻；第81、90回暗标题人物
43	李纹	49, 50, 53, 70, 81, 85, 87, 92, 94, 99, 102, 108, 115	14	李婶娘之长女；第81回暗标题人物
	李绮	49, 50, 53, 70, 81, 85, 87, 92, 94, 99, 102, 108, 115, 118	14	李婶娘之次女，拟嫁甄宝玉；第81回暗标题人物
44	刘姥姥	6, 7, 39—42, 113, 119, 120	9	村妪，王家连宗之王狗儿的岳母，第6、39、41、113回标题人物
45	赖嬷嬷	43, 44, 45, 77	4	赖大、赖二母亲，贾政奶母
46	李嬷嬷	3, 8, 19, 20, 26, 36, 57, 77, 80	9	贾宝玉奶母
	赵嬷嬷	16	1	贾琏奶母
贾府和大观园的丫鬟、女伶们				
47	袭人	3, 5（暗笔）, 6, 8, 9, 13, 17—34, 36, 37, 39, 41, 43, 44, 49—64, 67, 70, 71, 73, 74, 77—79, 81—83, 85, 87, 89, 91, 92, 94—102, 104, 106, 108, 109, 111, 113—117, 119, 120	83	原名花珍珠，贾宝玉大丫头；"金陵十二钗又副册"人物；第21回标题人物，第19、36、117回暗标题人物
48	晴雯	5（暗笔）, 8, 9, 19, 20, 26—28, 30, 31, 34—37, 49, 51—53, 57—64, 67, 70, 73, 74, 76, 77, 79, 82, 87, 89, 92, 94, 101, 102, 104, 109, 116	43	宝玉大丫头；"金陵十二钗又副册"人物；第52回标题人物，第77回暗标题人物
49	麝月	5, 9, 20, 21, 24, 27, 30, 31, 34—37, 46, 49, 51—54, 56, 58—60, 62—64, 67, 70, 73, 74, 77, 78, 81, 82, 85, 89, 92, 94, 95, 101, 104, 109, 113, 115, 116, 118	44	贾宝玉大丫头

（续表）

序号	人物	出场回目	回次	备注
50	秋纹	5、19、20、24、27、31、34、35、37、52、54、55、63、64、67、73、74、77、78、82、85、86、88、89、91、92、94—97、101、108、113、115、118—120	37	贾宝玉大丫头
51	茜雪	7、8、19、20、46	5	贾宝玉丫头
52	四儿	21、63、64、77	4	蕙香，贾宝玉丫头
53	春燕	59、60、61、62、63、64、70、73	8	贾宝玉丫头，何妈之女；第59回暗标题人物
53	柳五儿	60—63、70、77、87、92、94、101、102、108、109、116、118	15	贾宝玉丫头，柳嫂子之女；第109回标题人物
54	佳蕙	26、31	2	贾宝玉小丫头
54	坠儿	26、27、52、53、60	5	贾宝玉小丫头，因偷窃被撵
55	鸳鸯	20、24、29、31、38—44、46、47、50、52—54、56、57、59、62、69—72、74—77、81—84、88、94、95、97、100、106、107—112、116、120	47	姓金，贾母大丫头；第40、46、71、111回标题人物
56	傻大姐	73、96、97	3	贾母丫头，第73回标题人物
57	紫鹃	8、21、24—30、35、38、40、45、46、48、52、57、59、62、64、67、70、74、76、81—83、85—87、89—91、94—98、100、104、111、113、115—119	47	原名鹦哥，贾母二等小丫头。贾母见林黛玉来时只带了两个人，恐不中使，便把鹦哥给了黛玉，改名为紫鹃；第57回标题人物，第113、117回暗标题人物
58	雪雁	3、8、27、29、35、57、64、82、83、85—87、89—91、94、97、98、100	19	林黛玉从扬州带来的小丫头
59	莺儿	7、8、20、26、27、29、35、38、48、49、55、57—60、62、67、91、97、98、106、108、109、111、118、119	26	薛宝钗丫头，原名"黄金莺"；第35回标题人物，第59回暗标题人物
60	小红	24—29、60、67、88、89、90、92、101、111、113、117	16	原名林红玉，林之孝之女；第24回暗标题人物
61	善姐	68	1	王熙凤丫头
61	秋桐	69、88、106、111、113、114	6	贾赦丫头，后赏给贾琏为妾
62	金钏	7、23、25、29—36、43、44、46	14	王夫人丫头；第32回标题人物，第43回暗标题人物
62	玉钏	25、30、35、36、40、43、46、57、59、61、62、81、110、117	14	王夫人丫头，金钏妹妹；第35回标题人物

（续表）

序号	人物	出场回目	回次	备注
63	彩云	23，25，29，30，34，38，43，59—62，70，74，77，96，98，104，106，108—110，112，113，117，119	25	王夫人丫头
	彩霞	25，38，39，43，46，59，72	7	王夫人丫头
64	瑞珠	13	1	秦可卿大丫头，秦死后触柱而亡
	宝珠	13，14，15	3	秦可卿小丫头，秦死后甘为义女
65	司棋	7，27，29，38，61，62，71—74，77，79，82，92	14	贾迎春丫头；第71回暗标题人物
66	绣桔	29，73，77	3	贾迎春丫头
67	翠缕	21，22，31，32，46，62，70，76，82，83	10	史湘云丫头
68	侍书	7，27，29，37，38，55，61，62，73—75，81，89，90	14	贾探春丫头
	入画	27，29，38，48，62，74，77	7	贾惜春丫头
69	宝蟾	80，83，90，91，100，103，108	7	夏金桂丫头；第91回标题人物
70	芳官	54，58，59，60，61，62，63，64，70，74，77，78，93，109	14	十二伶官之一，后侍宝玉，再后跟水月庵智通
71	藕官	58，59，60，62，77	5	十二伶官之一，第58回暗标题人物
72	龄官	18，30，36	3	十二伶官之一，第30回标题人物
贾府的管家、婆子、男仆等				
73	赖大	16，33，45，47，52，56，58，59，71，77，83，93，94，96，105，106，109，112，114，115，117，118	22	荣国府大管家，赖嬷嬷之子，赖尚荣之父
	赖尚荣	45，47，116，118	4	赖大之子，县官
74	林之孝	16，17，27，29，44，52，70，71，72，83，85，90，94，95，97，111，112，116	18	荣国府管家，小红之父
	周瑞	6，52，83，88，93，97，104，106，111，112	10	管收地租的管家
75	周瑞家的	6，7，24，25，34，39，45，51，68，71，74，77，83，101，103，110—113	19	王夫人陪房，后被撵
76	王善保家的	74，75，77	3	邢夫人陪房
77	林之孝家的	18，43，44，52，53，56，57，59，61—64，70，71，73，94，97，98	18	小红之母
78	柳嫂子	60—63，74，77，87，92，101，102	10	柳家的，厨房主管，柳五儿之母
79	焦大	7，88，105	3	宁国府老仆人

（续表）

序号	人物	出场回目	回次	备注
80	包勇	93，107，108，111，112，114，117	7	甄家仆投靠贾家门；第93回标题人物，第111回暗标题人物
81	焙茗	9，16，19，23，24，26，28，33，34，39，43，47，51，52，56，64，66，80，81，84，85，87，89，93—95，101，102，117，119	30	贾宝玉的小厮，第24回前叫茗烟，后来贾宝玉改此名；第9回标题人物
	李贵	9，11，16，17，43，52，62，80，81，83—85，117，119	14	李嬷嬷之子，贾宝玉亲随；第9回标题人物
82	兴儿	53，65—68	5	王熙凤、贾琏小厮，贾琏心腹
	旺儿	14，15，27，39，67，68，69，72，92，93，97，105，106	13	来旺，来旺儿，荣国府男仆，王熙凤的心腹
贾府的朋友及其他人物				
83	北静王	11，14-16，24，28，43，45，53，58，71，85，105，106，107，119	16	水溶，贾府世交；第14回标题人物
84	甄宝玉	2，56，57，93，114，115，118，119	8	甄应嘉之子，贾宝玉影子性人物；第105回暗标题人物
85	蒋玉菡	5，28，33，34，86，90，93，120	8	琪官，男伶；第28回标题人物
86	柳湘莲	47，65—67，70	5	尤三姐定亲对象，三姐自刎后出家；第47、66回标题人物
87	冯紫英	10，11，14，26，28，29，92，93	8	神武将军冯唐之子
88	甄士隐	1，2，103（暗笔），104（暗笔），120	5	名费，乡绅，因家庭连遭不幸而出家；第1、120回标题人物，第103回暗标题人物
89	贾雨村	1—4，7，16，17，32，33，48，53，72，82，92，95，103，104，107，117，120	20	名化，儒士；第1、103、120回标题人物，第92回暗标题人物
90	娇杏	1（暗笔），2，92，104	4	甄士隐丫头，贾雨村妾，后扶正；第1回暗标题人物
91	冷子兴	2，3，7，104	4	周瑞家女婿；第2回标题人物
92	警幻仙子	1，5，12，66，111，116，120	6	太虚幻境仙子；第5回标题人物
93	多姑娘	21，64，65，66，68，88，106	7	先为多官儿的媳妇，后嫁鲍二（据程乙本）
94	马道婆	25，81，112	3	贾宝玉寄名干娘，巫婆
95	詹光	8，16，26，84，92	5	清客相公
	单聘仁	8，16，26	3	清客相公
96	卜世仁	24	1	贾芸舅，香料铺掌柜
	倪二	24，104	2	醉金刚；第24、104回标题人物
97	戴权	13	1	老内相，掌权太监
	夏守忠	16，23，28，72	4	也称夏秉忠，六宫都太监

序号	人物	出场回目	回次	备注
98	张道士	25，29，62	3	荣国公替身，终了真人
	王道士	80	1	"王一贴"；第80回标题人物
99	净虚	15	1	馒头庵老尼姑
	智能儿	7，15，16	3	水月庵小尼姑
100	跛道	1，3，7，8，12，18，25，26，66，67，115—118，120	15	也称双真，茫茫大士，渺渺真人；第25回标题人物
	癞僧			

附录 4 《红楼梦》纪年和诗事表[*]

回目	红楼纪年	农历月日	重要事件和人物年龄	诗事及诗词题目
1	第1年	夏天 四月下旬	甄士隐梦见太虚幻境； 灵石下凡，贾宝玉降生； 英莲三岁	《石上偈》，作者自题一绝，甄士隐梦见太虚幻境对联，僧人《嘲甄士隐》
		八月十五 中秋佳节	甄士隐备宴邀贾雨村赏月	贾雨村作《中秋对月有怀口占一律》《咏怀一联》《对月寓怀口号一绝》
	第2年	二月十二	林黛玉降生；本年贾雨村及第	
	第3年	正月十五	英莲五岁，观花灯丢失	
		三月十五	葫芦庙失火，甄士隐投靠丈人	
	第4年		甄士隐贫病交加；甄士隐出家	《好了歌》《好了歌注》
2	第5年		贾雨村升任本府知府，娶娇杏	《娇杏赞》
	第6年		雨村入林馆做西宾，黛玉五岁	
3	第7年		冷子兴演说荣国府，宝玉七岁	贾雨村见智通寺对联
		秋末冬初	林黛玉进京，宝黛初会，黛玉六岁，雪雁十岁	荣禧堂对联，《西江月·嘲贾宝玉》二首，《赞冰黛玉》
4	第8年	夏天	葫芦僧乱判葫芦案；薛宝钗进京，薛蟠十五岁，薛宝钗十岁	《护官符》
5		冬末	贾宝玉梦游太虚境	宁府上房内对联，秦可卿卧房内对联，《春梦歌》，《警幻仙姑赋》，太虚幻境、孽海情天、薄命司对联，金陵十二钗等判词十四首，仙宫房内对联，《红楼梦曲》十四首
6—7			贾宝玉初试云雨情	
	第9年	秋末冬初	刘姥姥一进荣国府；宴宁府宝玉会秦钟，秦钟和宝玉同岁	
8		冬天	宝玉和宝钗相互鉴赏通灵宝玉和金锁，黛玉含酸	《嘲顽石幻相》
9		冬天	群顽童大闹学堂	

---

[*] 本表由翟海潮根据周汝昌《红楼梦新证》第六章"红楼纪历"和贺新辉主编《红楼梦诗词鉴赏辞典》附录"《红楼梦》诗事年表"整理、修订而成。

（续表）

回目	红楼纪年	农历月日	重要事件和人物年龄	诗事及诗词题目
10	第 10 年	秋天	秦可卿生病	
11		九月	贾敬寿辰，宁国府大排宴	《赞会芳园》
12		腊月	王熙凤毒设相思局	
13—16	第 11 年		秦可卿死，贾蓉二十岁；王熙凤协理宁国府、弄权铁槛寺	秦可卿托梦向王熙凤的赠言诗
17—18	第 12 年		省亲别墅告竣，大观园试才题对额，妙玉入园，年方十八	题大观园诸景对联
	第 13 年	正月十五	元妃省亲，题园名"大观园"	《赞省亲别墅》，《上贵妃启》，题大观园正殿对额，《题大观园》；迎春、探春、惜春、李纨、宝钗、黛玉等众姊妹各题一诗；宝玉赋四首五律诗
21		正月十九	袭人娇嗔宝玉	宝玉《续〈庄子·胠箧〉文》，黛玉《题贾宝玉续〈庄子〉文后诗》
22		正月廿一	贾母给宝钗过十五岁生日	寄生草曲，参禅偈，寄生草·解偈
		正月廿二	宝玉悟禅，元春制灯谜	弘忍弟子所作二偈，《春灯谜》八首
23		二月廿二	宝玉及众姊妹搬进大观园	宝玉《大观园即事诗》四首
25		三月	宝玉、凤姐逢魔魔法，被和尚、道人所救，宝玉十三岁	《癞头和尚赞》，《跛足道人赞》，《叹通灵玉》二首
26		四月廿五	黛玉看望宝玉被晴雯误拒之门外	叹黛玉哭花阴联句并诗
27		四月廿六	宝钗扑蝶，黛玉葬花	《葬花吟》
28		四月廿七	紫英设宴，蒋玉菡赠宝玉茜香罗	云儿唱《小曲》一首，宝玉《红豆曲》，众宾客"女儿"酒令五首
31—34		五月	晴雯撕扇，湘云拾麟，宝黛诉腑，宝玉挨打，黛玉题帕	《题帕三绝》
37		八月二十 八月廿一	探春组结"海棠社"	探春《招贾宝玉结诗社帖》，贾芸《送白海棠帖》，宝玉、宝钗、探春各吟《咏白海棠》诗一首，湘云补作《白海棠和韵》二首
38		八月廿二	荣国府大摆螃蟹宴	藕香榭对联，诗社成员作《菊花诗》十二首，宝、黛、钗又作《螃蟹咏》三首

（续表）

回目	红楼纪年	农历月日	重要事件和人物年龄	诗事及诗词题目
40	第13年	八月廿五	刘姥姥游宴大观园	探春书房内对联，鸳鸯三宣牙牌令
44		九月初二	凤姐生日，贾琏偷情，凤姐泼醋，平儿理妆；宝玉祭金钏	
45		九月初三	宝钗、黛玉推心	黛玉作《代别离·秋窗风雨夕》
48		十月	香菱学诗	香菱初写《咏月》三首
50		十月十八	芦雪广争联即景诗，宝玉联句落第，被罚往栊翠庵乞红梅	联诗诸句，邢岫烟、李纹、李绮各作《咏红梅花》一首，宝玉作《访妙玉乞红梅》、湘云作《点绛唇·耍的猴儿谜》曲，宝玉、宝钗、黛玉各作灯谜诗一首
51		十月十九		薛宝琴作《怀古绝句》十首
52		十一月	晴雯补裘	《真真国女儿诗》
53		腊月三十	贾府除夕祭宗祠	薛宝琴见贾祠联额三副
	第14年	正月十五	荣国府元宵开夜宴	
54—61		正月—四月	贾母论书，探春理家，紫鹃试玉，大闹厨房，宝玉瞒赃……	
62		四月间	宝玉生日，湘云醉眠芍药裀	酒令三首
63		四月间	怡红院群芳开夜宴	芳官唱《赏花时》，花名签题诗八则
64		五月初四	贾敬归天	黛玉悲题《五美吟》
65—69		六月—腊月	贾琏偷娶尤二姐，三姐饮剑，凤姐大闹宁府，二姐吞金	《吟尤三姐自刎》
70	第15年	三月	林黛玉重建桃花社，史湘云偶填《柳絮词》	林黛玉作《桃花行》，湘云、探春、宝玉、黛玉、宝钗、宝琴作《柳絮词》五首
71—75		七月—八月	八月初三贾母八十大寿，婆媳生隙，傻姐拾囊，抄检大观园	
76		八月十五中秋佳节	中秋赏月，凸碧堂品笛，凹晶馆联诗	黛玉、湘云即景作联句诗，妙玉又续作十三韵
77—78		八月	晴雯抱屈而逝，芳官斩情水月；贾兰十三岁	贾政命贾兰、贾环、宝玉分别作《姽婳词》，宝玉作《芙蓉女儿诔》
79—80		九月	迎春误嫁，薛蟠娶夏金桂，王道士胡诌疗妒方	宝玉吟《紫菱洲歌》

（续表）

回目	红楼纪年	农历月日	重要事件和人物年龄	诗事及诗词题目
81—83			贾母命人请医生给黛玉看病	周瑞家的念出外传歌谣
85		二月十二	贾政报升郎中任；黛玉生日	描写亲友庆贺贾政升官诗句
87		秋天	黛玉感秋深，抚琴悲往事；宝玉、妙玉听琴；妙玉坐禅走火入魔	黛玉得宝钗《与林黛玉书并诗四章》，后赋《琴曲四章》；《叹林黛玉见帕伤感》；惜春作悟禅偈
89		十月中旬	宝玉见晴雯补的那件雀金裘，见物伤感；闻宝玉定亲，黛玉立意自戕	宝玉填《望江南·祝祭晴雯》二首，《咏林黛玉》，《叹林黛玉照镜》
90	第16年		黛玉病情好转；薛蝌为未婚妻邢岫烟寄人篱下而处处受气和自己的不得志而感怀	《叹林黛玉病》；薛蝌作《感怀》诗
91			宝、黛谈禅	宝玉作《答林黛玉禅话》
93		十一月	王夫人受理匿名揭帖儿之事	贾府门口匿名揭帖儿
94		十一月	怡红院海棠开，贾母赏花妖；宝玉因失玉而疯癫	宝玉、贾环、贾兰各作赏海棠花妖诗一首
95		腊月十九	卯年寅月元妃薨逝；妙玉扶乩	妙玉《寻玉乩书》
96—98	第17年	春天	王子腾病逝，贾政任江西粮道；王熙凤设"掉包"计；黛玉焚稿，宝钗出阁，绛珠归天	《叹林黛玉之死》
99			贾政在江西收到周琼书信	《与贾政议探春婚事书》
101		秋天	凤姐大观园遇鬼，散花寺求签	散花寺"签"
102—107		腊月	贾政被参，降职，贾府被查抄	
108		正月廿一	史湘云回门，贾母为宝钗庆生	席上行骰子酒令四首
109—114	第18年		迎春病死；贾母病逝，享年八十三岁；鸳鸯殉主；妙玉遭劫；凤姐病死	
115—116			惜春决意出家；证同类宝玉失相知；宝玉重游太虚境	真如福地三副联额
117			贾环、贾蔷聚众赌钱喝酒	席间酒令
118—119	第19年	秋天	宝钗规劝宝玉；宝玉、贾兰出门赶考；刘姥姥救巧姐；宝玉中举后出家	宝玉《吟句》；《贾宝玉离家赴考赞》
120		冬天	贾政雪中见宝玉，一僧一道挟住宝玉飘然而去，口中念歌；袭人嫁蒋玉菡；甄士隐详说太虚情，贾雨村归结《红楼梦》	《离尘歌》，《题息夫人庙》讥评袭人，《顽石重归青埂峰吟句》，归结《红楼梦》偈

附录5　本书撰稿人作品数量统计表 *

序号	撰稿人	作品数量		作品数量合计
		诗词	文字品评	
1	翟海潮	59	41（含前言）	100
2	陈慧茹	52	32	84
3	陈瑞林	51	26	77
4	王志霞	46	27	73
5	李金娥	46	26	72
6	王应民	39	25	64
7	李宝贵	24	16	40
8	贺世战	20	2	22
9	孙树娟	12	7	19
10	刘庆珍	11	2	13
11	肖芳珠	11		11
12	张绍花	5	4	9
13	李锡庆	7	1	8
14	李振国	4	4	8
15	崔　波	6		6
16	李鸿国	6		6
17	田幸云	5	1	6
18	邓世广	5		5
19	布凤华	4		4
20	沙彩虹	4		4
21	孙可华	3	1	4
22	杨路平	4		4
23	丁玉林	3		3
24	师晓安	3		3
25	王志刚	1	2	3
26	祁国明	1		1
27	宋梁缘	1		1
合计	27人	433	217	650

* 本表按撰稿人的作品数量（诗词＋文字品评）降序排列，文字品评部分只计第一作者。

主要参考文献

〔清〕曹雪芹：《脂砚斋重评石头记（庚辰本）》，北京：人民文学出版社，2010 年。

〔清〕曹雪芹著，〔清〕脂砚斋评：《红楼梦（脂汇本）》，长沙：岳麓书社，2011 年。

〔清〕曹雪芹：《红楼梦（乾隆间程甲本）》，北京：中国书店，2014 年。

〔清〕曹霑著，蔡义江、吕启祥、张书才等校订：《增评补图石头记》，北京：作家出版社，2014 年。

〔清〕曹雪芹著，周汝昌汇校：《红楼梦》，北京：人民出版社，2006 年。

〔清〕曹雪芹著，〔清〕无名氏续，〔清〕程伟元、〔清〕高鹗整理，中国艺术研究院红楼梦研究所校注：《红楼梦》（第 4 版），北京：人民文学出版社，2022 年。

〔清〕曹雪芹著，〔清〕脂砚斋评，吴铭恩汇校：《红楼梦脂评汇校本》，北京：清华大学出版社，2020 年。

〔清〕曹雪芹、〔清〕高鹗著，启功注释：《红楼梦（程乙本）》（第 4 版），北京：人民文学出版社，2018 年。

国家图书馆分馆编：《古本红楼梦插图绘画集成》，北京：全国图书馆文献缩微复制中心，2001 年。

戴敦邦绘图，史良昭编文：《戴敦邦新绘全本红楼梦》，上海：上海古籍出版社，2003 年。

刘精民收藏，金横林整理：《王墀增刻红楼梦图咏》，上海：上海书店出版社，2006 年。

〔清〕改琦、〔清〕王钊绘图，傅明伟编文：《红楼梦写真》，上海：上海锦绣文章出版社，2007 年。

洪振快编：《红楼梦古画录》，北京：人民文学出版社，2007 年。

〔清〕孙温绘，刘广堂主编，周汝昌题词：《清·孙温绘全本红楼梦》，北京：作家出版社，2008 年。

〔清〕改琦绘：《红楼梦图咏》，北京：国家图书馆出版社，2017 年。

〔清〕孙温、〔清〕孙允谟绘，旅顺博物馆编：《梦影红楼：孙温绘全本红楼梦》，上海：上海古籍出版社，2017 年。

吕启祥、林东海编：《红楼梦研究稀见资料汇编》，北京：人民文学出版社，2001 年。

朱一玄编 :《红楼梦资料汇编》，天津 : 南开大学出版社，2001 年。

蔡义江 :《红楼梦诗词曲赋鉴赏（修订重排本）》，北京 : 中华书局，2004 年。

王昆仑 :《红楼梦人物论》，北京 : 北京出版社，2004 年。

周汝昌 :《献芹集 : 红楼梦赏析丛话》，北京 : 中华书局，2006 年。

刘梦溪 :《红楼梦与百年中国》，北京 : 中央编译出版社，2005 年。

刘梦溪等 :《红楼梦十五讲》，北京 : 北京大学出版社，2007 年。

王蒙 :《王蒙的红楼梦》（讲说本），长沙 : 湖南文艺出版社，2010 年。

孙逊、孙菊园编著 :《红楼梦鉴赏辞典》上海 : 上海辞书出版社，2011 年。

丁维忠 :《红楼探佚》，北京 : 北京联合出版公司，2011 年。

冯其庸辑校 :《重校〈八家评批红楼梦〉》，青岛 : 青岛出版社，2015 年。

何红梅 :《红楼梦评点理论研究》，济南 : 齐鲁书社，2015 年。

郑铁生 :《曹雪芹与〈红楼梦〉》，郑州 : 中州古籍出版社，2016 年。

周汝昌 :《红楼梦新证（增订本）》，北京 : 中华书局，2016 年。

白先勇 :《白先勇细说红楼梦》，桂林 : 广西师范大学出版社，2017 年。

贺新辉、贺梅龙主编 :《红楼梦诗词曲赋鉴赏辞典》，北京 : 北京时代华文书局，2019 年。

林语堂 :《平心论高鹗》，长沙 : 湖南文艺出版社，2019 年。

赵建忠 :《红楼梦续书考辨》，天津 : 百花文艺出版社，2019 年。

朱一玄编 :《红楼梦人物谱》，天津 : 南开大学出版社，2019 年。

王博 :《入世与离尘 : 一块石头的游记》，北京 : 生活·读书·新知三联书店，2020 年。

翟海潮等主编 :《诗画品红楼》，北京 : 北京出版社，2021 年。

赵建忠 :《红学流派批评史论》，北京 : 中华书局，2021 年。